16	3	2	13
5	10	11	8
9	6	7	12
4	15	14	1

Apuleio

O ASNO DE OURO

Edição bilíngue

Tradução, prefácio e notas de Ruth Guimarães

Apresentação e notas adicionais de Adriane da Silva Duarte

editora▪34

EDITORA 34

Editora 34 Ltda.
Rua Hungria, 592 Jardim Europa CEP 01455-000
São Paulo - SP Brasil Tel/Fax (11) 3811-6777 www.editora34.com.br

Copyright © Editora 34 Ltda., 2019
Tradução e prefácio © Herdeiros de Ruth Guimarães, 2019
Apresentação © Adriane da Silva Duarte, 2019

A FOTOCÓPIA DE QUALQUER FOLHA DESTE LIVRO É ILEGAL E CONFIGURA UMA
APROPRIAÇÃO INDEVIDA DOS DIREITOS INTELECTUAIS E PATRIMONIAIS DO AUTOR.

A tradução e o prefácio de Ruth Guimarães foram publicados
originalmente pela editora Cultrix, de São Paulo, em 1963.

Edição conforme o Acordo Ortográfico da Língua Portuguesa.

O texto de orelha foi extraído de Mikhail Bakhtin,
Teoria do romance II: As formas do tempo e do cronotopo,
tradução de Paulo Bezerra, São Paulo, Editora 34, 2018.

Título original:
Asinus aureus

Capa, projeto gráfico e editoração eletrônica:
Bracher & Malta Produção Gráfica

Revisão:
Rodrigo Garcia Manoel (AR. Textos & Contextos)

1ª Edição - 2019, 2ª Edição - 2020

CIP - Brasil. Catalogação-na-Fonte
(Sindicato Nacional dos Editores de Livros, RJ, Brasil)

Apuleio (Apuleius), *c.* 125-170 d.C.
A819a   O asno de ouro / Apuleio; edição bilíngue;
tradução, prefácio e notas de Ruth Guimarães;
apresentação e notas adicionais de Adriane da Silva
Duarte — São Paulo: Editora 34, 2020 (2ª Edição).
480 p.

Tradução de: Asinus aureus
Texto bilíngue, português e latim

ISBN 978-85-7326-748-8

1. Literatura latina clássica. I. Guimarães,
Ruth (1920-2014). Duarte, Adriane da Silva.
II. Título.

CDD - 870.1

O ASNO DE OURO

Apresentação, *Adriane da Silva Duarte* 7

Prefácio, *Ruth Guimarães* 23

O ASNO DE OURO

Livro I 37
Livro II 69
Livro III 109
Livro IV 141
Livro V 183
Livro VI 219
Livro VII 255
Livro VIII 289
Livro IX 329
Livro X 381
Livro XI 427

Índice de nomes 469
Sobre o autor 479
Sobre a tradutora 481

Apresentação

Adriane da Silva Duarte

APULEIO E SEU TEMPO

Sob vários aspectos, Apuleio é uma exceção entre os autores do romance antigo. A começar, sabe-se muito mais acerca de sua vida do que sobre qualquer outro romancista de seu tempo, de quem não raro conhece-se apenas o nome. Em segundo lugar, por escrever em latim a partir de um original grego, que foi conservado, ele derruba a distinção, um tanto arbitrária, mas prevalente na crítica, entre romances gregos e latinos, tidos por essencialmente diversos. Por fim, a recepção de sua obra tem início na própria Antiguidade, contando com leitores influentes como o cônsul Clodius Albinus (150-197 d.C.) e Agostinho de Hipona (354-430 d.C.), fato raro para um gênero sobre o qual os antigos em geral silenciam. Isso tudo faz dele um excelente ponto de partida para o estudo e a compreensão do romance.

É bem verdade que Apuleio não é propriamente um "romancista", de resto um termo anacrônico ao seu tempo. Embora na modernidade seu nome esteja associado quase que exclusivamente ao texto conhecido como *O asno de ouro* ou *Metamorfoses*, ele se dedicou à prática de gêneros tão diversos quanto a poesia épica e lírica, declamações e discursos para tribunais, tratados filosóficos, fisiológicos, sobre gramática e arquitetura.[1] Aliás, ele se apresentava como filósofo platônico, condição que lhe rendeu prestígio na Antiguidade e na Idade Média — Santo Agostinho, em *Cidade de Deus*, discute especialmente o tratado *Sobre o deus de Sócrates*, que junto com a *Apologia* e *Florida*, textos com-

---

[1] Para um detalhamento da produção conservada e perdida de Apuleio, cf. Stephen J. Harrison, *Apuleius: A Latin Sophist*, Oxford/Nova York, Oxford University Press, 2000.

postos para as tribunas, e *Sobre Platão* e *Sobre o mundo*, de divulgação filosófica, compõem sua obra preservada.

Apuleio era, portanto, um polímata, um autor erudito versado em várias ciências. Oriundo de uma família abastada da cidade de Madaura (atual M'Daourouch, na Argélia), na Numídia, onde nasce por volta de 125 d.C., tem uma formação esmerada. Em Cartago inicia-se nos estudos de gramática, retórica e filosofia platônica, que aprofunda em Atenas, cursando outras disciplinas do currículo clássico, como poesia, música e geometria. Segue depois para Roma e Alexandria, importantes centros culturais da Antiguidade. Foi contemporâneo de Aulo Gélio, Galeno, Luciano e Hélio Aristides, autores de expressão grega associados à Segunda Sofística, movimento que buscava reavivar a oratória grega do período clássico como forma de manter a identidade cultural helênica durante o Império Romano.

A trajetória acadêmica de Apuleio indica que ele tenha sido influenciado por essa atmosfera, sendo mesmo bastante provável que tenha convivido com alguns dos expoentes dessa vertente durante suas estadias em Atenas e Roma. Também é digno de nota que, fluente em púnico, latim e grego, boa parte de sua atividade como escritor está voltada para aproximar a cultura helênica da cultura latina, tendo estudado e traduzido autores gregos. Sua contribuição é mais como divulgador e compilador do que como pensador original. Quando ele retorna a Cartago, por volta de 160 d.C., estabelece-se ali como orador, conferencista e professor de retórica. Sua eleição para sacerdote provincial indica que gozava de prestígio e pertencia à elite local.

Isso tudo permite que Stephen J. Harrison o considere um sofista latino, ou seja, a contrapartida dos intelectuais gregos em que se espelhava. Apuleio é, portanto, um anfíbio e, o que nos parece exceção, quando olhamos de forma compartimentada a cultura grega e latina do período imperial, está mais perto de ser a regra, especialmente nas províncias da Ásia Menor e do norte da África onde as trocas culturais eram mais intensas.

Sua biografia ainda guarda um episódio saboroso e significativo. Entre 158 e 159 d.C. visita Oea, atual Trípoli, a convite de um companheiro de estudos de quem se tornara amigo anos antes em Atenas. Hóspede na casa desse Ponciano, acaba por envolver-se com sua mãe, Pudentila, rica viúva com quem vem a se casar, com a aprovação do filho, e que morre não muito depois do enlace. Apuleio foi então acusado de ter empregado magia para seduzir a matrona, de modo que, levado aos tribunais, apresentou ele próprio sua defesa. A acusação era grave e a pena prevista para os condenados era a morte. O discurso que proferiu nos chegou com o título de *Apologia* e é a principal fonte de informações sobre sua trajetória acadêmica, que apresenta como principal prova de sua inocência. A magia, no entanto, vai interessá-lo, como o leitor de O *asno de ouro* logo perceberá, já que ela desempenha um papel importante na narrativa.

O ASNO DE OURO OU METAMORFOSES

É justamente o processo em Oea que permite datar o romance O *asno de ouro* ou *Metamorfoses* na parte final da vida de Apuleio, em algum momento depois de 160 d.C. (a data de sua morte é incerta, estimando-se que tenha vivido até 170 ou 180 d.C.), uma vez que não se faz referência a ele na *Apologia* e seria provável que, se já o estivesse escrito, seus detratores o teriam usado como prova de seu conhecimento das artes mágicas.

A Antiguidade nos legou dois títulos para o romance, sendo-nos impossível saber como seu autor o batizara. *Metamorfoses* está anotado no códice de 395-397 d.C., primeiro registro conhecido do texto. A seu favor, está o gosto de Apuleio por nomear suas obras com termos eruditos e um possível desejo de aludir ao livro homônimo do poeta latino Ovídio (43 a.C.-17 d.C.), com o qual dialoga. É mais conhecido, no entanto, como O *asno de ouro*, denominação que lhe dá Agostinho de Hipona. Em *Cidade de Deus* (XVIII, 18), no capítulo destinado a examinar "O que merece fé nas metamorfoses humanas devidas aos demônios", discorre ele:

> "Ouvi, na Itália, em mais de uma ocasião, que em certas regiões, segundo se falava, as estalajadeiras, iniciadas nas artes sacrílegas, costumavam dar aos viajantes, escondido no queijo, algo que no mesmo instante os transformava em burros de carga, para transportar-lhes a bagagem, e, isso feito, os devolvia a forma anterior. A metamorfose, todavia, não lhes trocava a razão em bestial, mas conservava-a racional e humana, como no caso real ou imaginário contado por Apuleio em O *asno de ouro* [*sicut Apuleius in*

libris, quos asini aurei titulo inscripsit]. Refere-se que certa vez tomou a beberagem, que o converteu em asno, mas conservou-lhe a humana razão."[2]

A metamorfose está presente no imaginário greco-latino desde Homero, que, na *Odisseia*, conta como Circe, após servir a hóspedes queijo, cevada e mel misturado ao vinho, nele derrama droga e, ao toque de uma vara, transforma-os em porcos: "Tinham cabeça, corpo, cerdas, voz de porco/ as mentes mantinham como no passado".[3] Em *As aves*, comédia de Aristófanes (V a.C.), o protagonista come uma raiz que o transforma em pássaro, mas conserva igualmente o juízo humano. Enfim, são muitos os exemplos de relatos desse tipo, a começar dos que versam sobre os deuses, e sobre o maior entre eles, Zeus, que frequentemente assume a forma animal, touro ou cisne, para seduzir as incautas mortais. O exemplo máximo do quão apreciadas eram essas histórias está no poema *Metamorfoses* (8 d.C.), em que Ovídio reúne uma série de relatos com esse mote, dispostos em quinze livros. Agostinho reinterpreta o motivo à luz da crença cristã de que os demônios são os artífices de tais ilusões. E, por isso, concede que o caso, narrado por Apuleio, possa ter de fato acontecido — note-se também a confusão que ele faz entre o narrador-personagem, Lúcio, e o autor, Apuleio, ambiguidade que o próprio escritor parece querer alimentar, sobretudo no último livro de *O asno de ouro*.[4]

É fato que, ambos os títulos, *Metamorfoses* ou *O asno de ouro*, prestam-se bem a nomear a obra. Afinal, no cerne da narrativa está a transformação do jovem Lúcio, o narrador-personagem, em asno. Favorece o segundo a filiação ao texto grego do qual se origina, *Lúcio ou O asno*. Este, obra associada a Luciano de Samósata (120-192 d.C.),

---

[2] Santo Agostinho, *A Cidade de Deus*, Parte II, tradução de Oscar Paes Leme, Petrópolis, Vozes, 2012.

[3] Homero, *Odisseia*, canto X, vv. 239-40, tradução de Trajano Vieira, São Paulo, Editora 34, 2011.

[4] Veja-se, sobretudo, as menções a Madaura (em XI, 26-7) e a ocupação de Lúcio como advogado (em XI, 30), que estão de acordo com a biografia de Apuleio e discrepam da de Lúcio, que, no começo do romance, se declarara grego (I, 1) e negociante (I, 2). Isso se deve em parte à sobreposição entre a fonte grega de *O asno de ouro* e o inédito livro XI que foi aposto por Apuleio.

mas de atribuição contestada e, na visão de muitos, apenas um epítome ou resumo de obra de maior extensão, que se perdeu, traz em linhas gerais o mesmo enredo de *O asno de ouro*: um jovem grego em viagem à Tessália envolve-se com bruxaria e, por desejo de experimentar poções mágicas, transforma-se, por engano, em asno; sob essa forma vive uma série de aventuras até conseguir reverter o feitiço, devorando uma coroa de rosas.[5]

Muito embora siga de perto esse roteiro, Apuleio deixa nele sua marca. A maior diferença entre as obras, para além do fato de uma estar redigida em grego e a outra em latim, está na presença de uma série de narrativas intercaladas na do autor latino, que contribuem para tornar *O asno de ouro* mais do que o registro das aventuras de Lúcio enquanto burro, e o acréscimo de uma última parte, em que a recondução do protagonista à forma humana é patrocinada pela deusa Ísis, ação esta que ocupa todo o décimo-primeiro e último livro do romance. Mas são as histórias que ele ouve ou testemunha que trazem variedade e enriquecem a trama principal. Alguns desses relatos tornaram-se tão conhecidos a ponto de serem lidos, por vezes, de forma independente, como é o caso da história de Eros e Psiquê,[6] que ocupa sozinha dois livros e meio da obra. Logo no primeiro parágrafo, o narrador anuncia essa diversidade narrativa, associando-a à Grécia e aos contos milésios (*O asno de ouro*, I, 1):

> "Muitas fábulas quero apresentar-te, em variada sequência, nesta conversa de estilo milesiano, e agradar teus benévolos ouvidos com um álacre sussurro, no caso em que não desdenhes ler o papiro egípcio, coberto de letras gravadas pelo fino estilete de um caniço do Nilo. [...] Da Grécia veio esta história. Atenção, leitor; ela vai-te alegrar."

---

[5] Em português, há a tradução de Custódio Magueijo: Luciano, *Eu, Lúcio: memórias de um burro*, em *Luciano II*, Coimbra, Imprensa da Universidade de Coimbra, 2012, pp. 17-60, acessível em <https://digitalis-dsp.uc.pt/jspui/bitstream/10316.2/9727/6/Luciano_II.pdf?ln=pt-pt>. Para uma análise mais detida das fontes gregas, remeto a H. J. Mason, "The *Metamorphoses* of Apuleius and its Greek Sources", em Heinz Hofmann (org.), *Latin Fiction: The Latin Novel in Context*, Londres/Nova York, Routledge, 1999, pp. 87-95.

[6] O nome grego Eros é também grafado Cupido ou Amor.

Apresentação

Com "conversa de estilo milesiano", alude-se a pequenos relatos em prosa de teor erótico e maravilhoso (sobretudo na acepção de histórias de assombração e magia), atribuídos a Aristides de Mileto (século II a.C.). Muito populares, segundo testemunho de Ovídio em *Tristia* (II, 443), os contos milésios foram traduzidos para o latim por Sisenna — provavelmente o historiador Lúcio Cornélio Sisenna (120-67 a.C.). O enredo dessas histórias inspira as aventuras vividas pelo protagonista de *O asno de ouro*, que se torna ele mesmo um vetor de narrativas do tipo.

A primeira delas tem caráter exemplar e introduz os temas que nortearão o romance: magia e erotismo. Aristômenes, companheiro de viagem de Lúcio, conta um fato estranho que testemunhara durante sua estada em uma cidade da Tessália, região do norte da Grécia, particularmente associada à feitiçaria (I, 5-19). Um seu concidadão, de sugestivo nome Sócrates (uma vez que Apuleio era um reconhecido platonista), estava à beira da indigência por ter-se envolvido com uma feiticeira de nome Méroe, em casa de quem se hospedara. Logo torna-se seu amante, mas por insaciável, a mulher o exaure e não o deixa partir. Seus poderes são tamanhos que transforma os que a desafiam em animais — castor, rã, carneiro —, além de prender em suas casas todos os habitantes da cidade que, um dia, a quiseram castigar. Ainda assim, Aristômenes está decidido a ajudar seu amigo a fugir, mas, durante à noite, eles são visitados na hospedaria por Méroe e uma outra bruxa, que assassinam Sócrates durante o sono e urinam sobre o apavorado narrador, encolhido embaixo da cama. Convencido que a morte do amigo seria a ele imputada, é com alívio que Aristômenes descobre pela manhã seu conterrâneo vivo e bem-disposto. Julga, assim, tudo não ter passado de um pesadelo. Apressam-se em deixar a cidade, mas ao fazerem a pausa para o almoço, Sócrates sente-se indisposto e abre-se uma ferida em sua garganta, causando sua morte, exangue, e abalando profundamente o amigo.

O conto deveria servir como advertência a Lúcio, o narrador, que se deleita com o que ouve, mas não aprende a lição: cuidado com os amores insaciáveis, mantenha-se longe das feiticeiras! Ao contrário, o relato atiça-lhe a curiosidade de testemunhar por sua vez atos mágicos e aumenta-lhe o apetite pelas aventuras amorosas, que realiza com Fótis, escrava de seus anfitriões, Milão e Pânfila, uma feiticeira que dominava a arte da metamorfose. É através de Fótis que ele é introduzido ao mundo da magia. Tal combinação de curiosidade, imprudência e incontinência lhe vale a dura experiência como asno.

As desventuras de Lúcio têm início quando, trocados os potes com as poções, do pássaro pretendido, ele se transforma em asno, e é levado por bandidos que invadem a casa de Milão à noite. A partir daí experimenta uma vida servil como animal de carga, maltratado e explorado, num paralelo claro com o destino reservado aos escravos. Desprovido de linguagem, mas provido de inteligência, nada pode objetar, mas, em contrapartida, sua condição faz dele testemunha privilegiada de fatos inusitados, já que praticamente ninguém mostra reservas diante do animal, de modo que a verdadeira natureza humana termina por se revelar aos seus olhos.

É também um bom ouvinte, e colaboram para isso, talvez, suas longas orelhas. A exemplo de quando, em sua forma humana, se deleitara com o relato de Aristômenes, enquanto animal não perde o prazer da oitiva. O exemplo mais acabado está na história de Eros e Psiquê (IV, 28 a VI, 25), contada por uma velha senhora a serviço dos bandidos na tentativa de distrair a jovem noiva sequestrada no dia de seu casamento, mas igualmente apreciada pelo asno. O relato costuma ser lido como uma antecipação do destino do próprio Lúcio — mas, mais uma vez, o personagem não parece se dar conta disso. Vejamos. Apesar das advertências para que não o fizesse, a jovem Psiquê, presa de sua curiosidade, é levada a contemplar seu marido misterioso, Eros, durante o sono. Abandonada por ele, resta-lhe lançar-se em uma jornada de superação em que percorre todo o mundo conhecido e executa as tarefas mais árduas a fim de encontrar a absolvição e ser admitida em sua companhia junto aos deuses no Olimpo. Da mesma forma, Lúcio, outra vítima da curiosidade, terá de enfrentar inúmeros obstáculos, que quase lhe custam a vida, para alcançar a redenção pelas mãos da deusa Ísis, em cujo culto se inicia. Por outro lado, não há como não notar a influência de Platão nesse relato, que também costuma ser lido como uma alegoria da trajetória da alma até o plano divino, ou, posto de outra forma, o plano das ideias — Psiquê significa "alma", em grego, e Eros, o amor, é um propulsor da busca filosófica, como atesta, notadamente, o *Fedro* platônico.

Como visto antes, outra diferença notável entre a versão grega e a latina de *O asno de ouro* está no seu desfecho. No texto grego a transformação de asno em homem se dá de imediato, assim que o persona-

Apresentação

gem encontra e devora as rosas que são o antídoto para o feitiço. O asno é levado a uma arena onde será exibido durante a performance do ato sexual com uma mulher, mas ao avistar as flores, há tanto procuradas, se atira sobre elas e recupera a forma antiga. Isso feito, apesar do embaraço de se ver nu diante da imensa plateia, conta com o auxílio do governador para voltar ao convívio de sua família. Apuleio, contudo, concebe um outro final. Até o espetáculo, o enredo segue o mesmo, mas, uma vez na arena, Lúcio, temendo ser devorado pelas feras reservadas para a luta com os gladiadores enquanto fazia amor, desembesta porta afora do teatro e só para quando alcança o litoral. É quando, num misto de desamparo e exaustão, suplica a Ísis que o salve. Ela o atende e, em uma visão, o instrui a se juntar a uma procissão que a cidade oferecerá em sua honra e a comer das rosas que o sacerdote, já advertido pela deusa, portaria. Como reconhecimento pela graça obtida, ele se compromete a dedicar à divindade o que lhe resta de vida, iniciando-se em seus ritos e adotando uma vida ascética.

O sentido desse último livro é muito debatido e a crítica se divide em atribuir-lhe ora um tom paródico dos cultos de mistérios, condizente com o que a obra adotara até então, ora a conferir à conversão de Lúcio um sentido filosófico e religioso mais profundo, que espelhasse crenças do próprio Apuleio, haja vista a identificação entre autor e personagem nesse ponto, ou, até mesmo, que estivesse à serviço da causa pagã em vista do avanço do Cristianismo, sobretudo no norte da África.[7] Por trás dessa questão estão as convicções de como se devem ler os romances, como puro entretenimento ou como obras de algum intuito edificante.

O ASNO DE OURO E O ROMANCE ANTIGO

A ideia de que o romance antigo era um gênero exclusivamente voltado para o entretenimento foi responsável pelo silêncio, para não dizer, pelo desprezo, que o cercou por parte da academia até recentemente. A Antiguidade também não parece ter tido melhor impressão,

---

[7] Para uma discussão sobre o tema, remeto a W. H. Keulen e Ulrike Egelhaaf-Gaiser (orgs.), *Aspects of Apuleius' Golden Ass — Vol. III: The Isis Book*, Leiden/Boston, Brill, 2012.

a considerar o conselho de Pérsio (34-62 d.C.), de que se deixasse a leitura de *Calírroe* para depois do almoço, ou a censura do imperador Sétimo Severo (145-211 d.C.) aos que, no Senado, apreciavam "contos milésios e as insignificâncias de Apuleio".[8]

O desprestígio do gênero deve-se também a sua gênese tardia, quando o sistema literário já estava bem consolidado e orbitava em torno dos mais prestigiosos gêneros épico, dramático e historiográfico. Tendo em vista o cânone clássico, o romance já nasce marginal. Os primeiros exemplares são gregos e datam do século I d.C., sendo hoje praticamente consensual que *Quéreas e Calírroe*, de Cáriton de Afrodísias, seja o mais antigo título a nos alcançar. Este é um típico romance de amor idealizado, em que se descreve a paixão arrebatadora entre dois jovens e belos adolescentes, pertencentes às melhores famílias, que por algum acidente da fortuna são separados, devendo percorrer longas distâncias e enfrentar uma série de adversidades até que consigam reunir-se e retornar a sua cidade natal. Já os romances de expressão latina, como o *Satíricon*, de Petrônio, e *O asno de ouro*, se inscrevem na vertente cômico-realista, em que predominam a sátira aos costumes e a paródia, por vezes até mesmo daqueles congêneres gregos, e se apresenta a realidade de forma menos idealizada.

É provável que essa distinção, no entanto, fosse menos rígida então, devendo-se menos a uma tendência manifesta de autores gregos e latinos (até porque há textos gregos que apresentam características cômico-realistas, como é o caso do *Romance de Esopo*[9] ou o já referido *Lúcio ou O asno*), mas decorresse antes da acidentada transmissão textual. É importante lembrar que, sendo eles produtos do período imperial de Roma, respondem a condições políticas e culturais parelhas, no limite restando indiferente a língua em que foram escritos. Apuleio é

---

[8] Lê-se ao final da Sátira I, v. 134, de Pérsio, "Dou a estes logo cedo o édito; depois do almoço, Calírroe", em que alguns veem a referência à heroína de *Quéreas e Calírroe*, entendendo que as manhãs estão reservadas para as leituras sérias e as tardes, para as frívolas, como os romances. O juízo de Sétimo Severo consta de uma carta a Clodius Albinus, cf. Robert H. F. Carver, *The Protean Ass: The Metamorphoses of Apuleius from Antiquity to the Renaissance*, Oxford/Nova York, Oxford University Press, 2007, p. 12.

[9] Ver o volume dedicado a Esopo: *Fábulas, seguidas do Romance de Esopo*, tradução de André Malta (*Fábulas*) e Adriane da Silva Duarte (*Romance de Esopo*), São Paulo, Editora 34, 2017.

um bom exemplo disso, uma vez que compõe *O asno de ouro* a partir de um original grego.

O fato é que se sabe pouco ou praticamente nada sobre os autores de romances, à exceção de Apuleio, não havendo quase teorização sobre o gênero na Antiguidade — nem mesmo um nome consensual para designar as produções a ele associadas havia. No entanto, pode-se traçar uma linha entre os exemplares antigos e o romance moderno através daquele que é considerado um dos fundadores do gênero na modernidade: Cervantes. Cervantes foi um leitor do romance antigo, particularmente de Heliodoro, cujas *Etiópicas* tiveram mais penetração na Europa que outros textos afins, podendo-se sentir sua influência sobre o autor das *Novelas exemplares* e do *Quixote*.

Mikhail Bakhtin é um dos responsáveis pela reabilitação do gênero ao vinculá-lo à gênese do romance moderno.[10] Na discussão que faz das formas do tempo e do cronotopo no romance, o crítico russo apresenta uma leitura detalhada de *O asno de ouro*, em que considera que o tempo aventuresco, marcado pela excepcionalidade dos acontecimentos, deixa no herói uma marca profunda e indelével, capaz de alterar a si próprio e seu destino. Através de suas andanças, Lúcio realiza a metáfora da "estrada da vida", em que o que se torna decorre das experiências vividas no caminho. Assim, a metamorfose de Lúcio não é apenas física, mas compreende uma mudança mais profunda e espiritual. Para ele, toda a série de aventuras deve ser interpretada como castigo e expiação, já que o herói é responsável pelo seu destino, ao ceder à inoportuna curiosidade. Um romance de "aventuras e costumes", como o de Apuleio, contrasta com os romances "aventurescos de provação", como os que compõem o *corpus* grego, centrado no amor idealizado, em que os personagens, por mais que tenham de vencer obstáculos para celebrar a reunião amorosa, não evoluem, chegando ao fim da história tal qual eram no seu início.

O asno de ouro também interessa a Bakhtin da perspectiva da sátira menipeia. Em *Problemas da poética de Dostoiévski*,[11] o teórico

---

[10] Mikhail Bakhtin, *Teoria do romance II: As formas do tempo e do cronotopo*, tradução de Paulo Bezerra, São Paulo, Editora 34, 2018, pp. 47-70.

[11] Mikhail Bakhtin, *Problemas da poética de Dostoiévski*, tradução de Paulo Bezerra, Rio de Janeiro, Forense Universitária, 1985.

russo apresenta algumas características dessa que não constitui propriamente um gênero, mas antes um estilo literário de inspiração cínica que embasa textos ficcionais predominantemente em prosa. Entre as suas principais características estão a prevalência do cômico sobre o sério, a liberdade de invenção temática e filosófica, a subordinação dos elementos fantásticos da narrativa à função de testar a verdade, e a representação das camadas mais baixas da sociedade no seu aspecto mais vulgar, que, por vezes, se funde ao elemento religioso. E, de fato, não há nada mais fantástico do que a história do homem que vira burro para, sob essa forma, descobrir a verdade sobre a natureza humana, cujos vícios testemunha, e, por fim, regenerar-se através da iniciação religiosa.

Recepção da obra

Há várias evidências que, tão logo foi composto, *O asno de ouro* circulou amplamente na Antiguidade, sendo lido e imitado nos pontos mais distantes do Império Romano.[12] Exemplo disso é a censura que o imperador Sétimo Severo (145-211 d.C.) dirige ao cônsul, e depois imperador autoproclamado, Clodius Albinus (150-197 d.C.), por ser leitor de Apuleio.

Agostinho de Hipona (354-430 d.C.), que fez seus estudos iniciais em Madaura, também conhecia bem Apuleio, e não só o de *O asno de ouro*, mas também o filósofo platônico, como revela em *Cidade de Deus*. Note-se que tanto *O asno de ouro* quanto *Confissões* têm em comum o fato de serem relatos que envolvem punição e conversão. Ainda no século V, Macróbio (370-430 d.C.), em *Comentário ao sonho de Cipião*, menciona Apuleio, ao lado de Menandro e Petrônio, ao discutir o uso da fábula na filosofia.

Com o Renascimento e o advento da imprensa, o conhecimento e o apreço por Apuleio crescem exponencialmente. Francesco Petrarca (1304-1374) e Giovanni Boccaccio (1313-1375) possuíam cópias manuscritas de suas obras. Como prova de sua admiração, Boccaccio in-

---

[12] Atenho-me aqui apenas às referências principais. Para uma visão exaustiva, remeto ao livro de Robert Carver, *The Protean Ass: The Metamorphoses of Apuleius from Antiquity to the Renaissance*, já citado.

corporou duas das narrativas de adultério de *O asno de ouro* ao seu *Decameron* (V, 10 = *O asno de ouro*, IX, 22-8; e VII, 2 = *O asno de ouro*, IX, 5-7). Erasmo de Roterdã (1466-1536), em *De copia*, coloca Apuleio junto a Cícero e Aulo Gélio como exemplo de eloquência, destacando como particularmente notável a descrição do palácio de Psiquê, e Maquiavel (1469-1527) compôs uma versão em versos de *O asno de ouro* com vistas a satirizar os poderosos.

Shakespeare (1564-1616) também deu mostras de conhecer *O asno de ouro*. A referência mais clara está na cena de *Sonhos de uma noite de verão* em que Bottom, transfigurado em asno, seduz Titânia, evocando o relacionamento entre Lúcio e a Matrona de Corinto (*O asno de ouro*, X). Se essa é a mais evidente, há outras menções esparsas à obra de Apuleio em seu teatro, como no encantamento das feiticeiras em *Macbeth*, que remete à descrição que Fótis faz dos poderes de Pânfila (III, 15-8), ou, em *A tempestade*, nos ecos de Eros e Psiquê em diversos momentos, inclusive na caracterização de Ariel.

O romance de Apuleio também foi fonte de inspiração para os artistas plásticos, especialmente a história de Eros e Psiquê. As esculturas de Antonio Canova no Louvre, em Paris, e de Rodin no Metropolitan Museum of Art, em Nova York, são especialmente dignas de atenção, uma marcando o momento de reconciliação e a outra o de separação do casal, respectivamente. Os encontros e desencontros entre os amantes também figuram em telas e gravuras de artistas tão diversos quanto Rafael, Van Dyck, Goya, Reynolds e Fragonard.

INFLUÊNCIA NO BRASIL

Desde o estudo de Enylton de Sá Rego sobre Machado de Assis e a sátira menipeia, são várias as tentativas de rastrear a influência de Apuleio na obra do grande escritor carioca. Com exceção da escolha, característica da menipeia, de uma perspectiva narrativa pouco usual, caso tanto do narrador defunto de *Brás Cubas*, quanto do asno de Apuleio, que proporciona uma situação privilegiada para observação das ações humanas, pouco há de concreto, no entanto, que os ligue.[13] Em

---

[13] Enylton de Sá Rego, *O calundu e a panaceia: Machado de Assis, a sátira me-*

outro sentido, Benedito Nunes evoca os burros que povoam as crônicas do escritor para concluir "que o burro filosófico machadiano, descendente embora longínquo do asno de Luciano e de Apuleio, metamorfoses do bípede implume em quadrúpede pensante, carrega no lombo de sua figura dúplice, o artifício da sátira menipeia".[14]

Outro que reclama o *pedigree* apuleiano é o protagonista de "O burrinho pedrês", conto que abre o livro *Sagarana*, de Guimarães Rosa. A princípio é difícil notar a semelhança entre esse burrinho velho e pachorrento com o jovem e irrequieto Lúcio, mas algumas pistas deixam logo o leitor mais atento com a pulga atrás da orelha. A começar pelo nome do animal: Sete-de-Ouros, que, é certo, alude à carta do baralho, que por sua vez pode esconder algum significado do tarô, mas também resulta da junção entre o "sete", número de enorme importância para pitagóricos e platonistas, e o metal, que dá qualidade ao nosso asno.[15] Além disso, o narrador adverte o leitor que se agora vivia resignado, antes, "na mocidade, muitas coisas lhe haviam acontecido". Num momento crucial da narrativa até grego ele vira: "O burrinho é beócio". É verdade que beócio aqui tem uso pejorativo, designando quem tem pouca inteligência, mas isso é algo sugestivo, já que o asno Lúcio perambula entre a Tessália e a Beócia.

Resta notar que a narrativa de Guimarães Rosa é um conto de estrada, em que o burrinho a contragosto integra a comitiva de vaqueiros que vai à cidade embarcar uma boiada. O caminho é pretexto para que se contem muitas histórias, que o pedrês testemunha, e que se viva uma grande aventura, a travessia de um rio bravo engrossado pela enchente. É esse fato que mais aproxima as narrativas, pois nessa noite de tragédia, em que as águas engolem os homens e os cavalos da comitiva, só se salva ele, e com ele Badu, o vaqueiro apaixonado que volta para sua

---

nipeia e a tradição luciânica, Rio de Janeiro, Forense Universitária, 1989. Para uma tentativa de aproximação com Apuleio, cf. Sérgio Vicente Motta, *O engenho da narrativa e sua árvore genealógica*, São Paulo, Editora da Unesp, 2006, pp. 177-208.

[14] Benedito Nunes, "Machado de Assis e a filosofia", *Travessia*, nº 19, 1989, pp. 7-17. Para as crônicas de Machado de Assis consultar sua *Obra completa*, vol. 3, Rio de Janeiro, Nova Aguilar, 1992, pp. 513-4, 550-3.

[15] Cf. *O asno de ouro*, XI, 1: "Apressei-me a me purificar, indo banhar-me no oceano. Mergulhando por sete vezes a cabeça nas ondas, pois este é o número que convém aos atos religiosos, conforme o divino Pitágoras".

Apresentação

noiva na fazenda, além de Francolim, o capataz que zela pelo apaixonado. Trata-se de uma história de amor e morte no sertão que recende à de Eros e Psiquê.

Referência explícita mesmo quem faz é Ariano Suassuna em sua obra-testamento, *Romance de Dom Pantero no palco dos pecadores*.[16] O título dado ao primeiro livro, "O jumento sedutor", já prenuncia a presença do asno. Ele vem à cena no episódio de "A potra violentada", em que Dom Pedro Dinis Quaderna, o narrador do *Romance da Pedra do Reino*, conta como presenciou na estrada a investida de um jumento sobre sua égua, uma epifania erótica que tão grande impressão lhe causou a ponto de transfigurar-se no animal. O próprio Apuleio, lido no Seminário pela negligência de um padre, é chamado a dar seu testemunho. A identificação entre o personagem e o jumento tem por consequência uma metamorfose interior em que "meus pelos começaram a se tornar crinas, minha pele, couro, meus pés e minhas mãos a se transformar em cascos. Minha boca ia ficando enorme, as narinas fremiam e resfolegavam em chamas. As orelhas eretizavam-se, pontiagudas, e meu fálus assumia o tamanho e a grossura brutal do sexo dos cavalos" (passagem atribuída ao autor latino no romance). O impulso erótico só pode ser controlado pelo consumo de pétalas de rosa, sempre à mão para essas eventualidades.

Uma singularidade da recepção de *O asno de ouro* em nosso país está na sua presença na literatura infantil e juvenil, apesar da violência e do erotismo que permeiam a narrativa latina. Isso se dá em razão de o protagonista animal nos remeter ao imaginário da fábula, gênero que nos chegou através de Esopo e Fedro e que hoje está fortemente associado ao universo infantil, embora não o fosse assim originalmente.

Em *Os doze trabalhos de Hércules* (1944), Monteiro Lobato faz de Lúcio companheiro de Hércules, Pedrinho, Emília e Visconde de Sabugosa em suas andanças pela Grécia, para aplacar a ira de Juno e atender as tarefas impostas pelo rei de Micenas, Euristeu. Incorporado ao grupo já no final da história, quando da realização do nono trabalho, Lúcio permanece até o último. Ele é uma espécie de duplo de Meioameio, o centauro que serve de montaria e companhia a Pedrinho, e do

---

[16] Ariano Suassuna, *Romance de Dom Pantero no palco dos pecadores*, Rio de Janeiro, Nova Fronteira, 2017.

Burro Falante, habitante do Sítio do Picapau Amarelo. Sim, em Lobato o personagem fala, ao contrário do que ocorre em Apuleio, e conta de própria voz a sua história.[17] Note-se que o relato do asno se torna uma narrativa intercalada dentro das aventuras do herói grego, invertendo o padrão do romance, em que as aventuras de Lúcio são atravessadas por histórias diversas.

No livro de Monteiro Lobato, não há nem rastro da lascívia do original latino. Dentro da economia narrativa, Lúcio é um homem que se transformou em animal por artes de magia, emulando a situação de Emília que, apoderando-se da varinha de condão de Medeia, transforma vários meninos micênicos nos mais diversos objetos. Por outro lado, assim como Hércules, ele tem que passar por uma série de provações para retomar sua vida anterior. Lobato prevê um capítulo para isso: "Desasnamento de Lúcio". Se até então o asno seguira pacientemente o herói, uma vez cumpridas suas tarefas, agora é a hora de Hércules dobrar-se ao roteiro de Apuleio, levando Lúcio até o sacerdote de Ísis e às rosas que o desencantarão. Com isso, os dois ficam amigos, reunindo-se de tempos em tempos para matar as saudades dos companheiros que retornaram ao Sítio do Picapau Amarelo.

Já outro livro da literatura infantil e juvenil brasileira, *Lúcio vira bicho* (1998), revisto e rebatizado posteriormente como *O motoqueiro que virou bicho* (2012), de Ricardo Azevedo, é pensado para o leitor jovem.[18] Seu protagonista é um vestibulando que se aventura pelo Vale do Paraíba, no estado de São Paulo, onde se vê transformado, não em asno, mas em cão. As referências ao romance de Apuleio estão explicitadas desde o parágrafo inicial, sendo que Azevedo mantém em grande parte sua estrutura e seus episódios; ainda assim a adaptação proposta por ele vai além da transposição da história para os tempos atuais. Preservando uma das características mais notáveis do romance latino, o autor conserva as narrativas intercaladas, mas substituídas pelas histórias de reis e princesas pertencentes à vasta tradição popular luso-brasileira.

---

[17] Monteiro Lobato, *Os doze trabalhos de Hércules*, São Paulo, Editora Globo, 2010, pp. 289-90.

[18] Ricardo Azevedo, *Lúcio vira bicho*, São Paulo, Companhia das Letras, 1998; *O motoqueiro que virou bicho*, São Paulo, Moderna, 2012.

Por fim, gostaria de lembrar duas notáveis retomadas da história de Eros e Psiquê. Uma, a tradução realizada pelo poeta Ferreira Gullar (2009), e, a outra, uma edição em que belíssimas ilustrações ganham destaque sobre um texto mínimo, obra de Ângela Lago (2010). Pensadas inicialmente como um projeto conjunto, que não se concretizou, resultaram em dois livros independentes e preciosos, dignos da recepção de Apuleio no Brasil.[19]

---

[19] Apuleio, *Eros e Psiquê*, tradução de Ferreira Gullar, ilustrações de Fernando Vilela, São Paulo, Editora FTD, 2009; e Ângela Lago, *Psiquê*, São Paulo, Cosac Naify, 2010.

O homem de Madaura

Ruth Guimarães

Ia-se, sob os dois primeiros Antoninos, Nerva e Trajano,[1] esgotan-do-se cada vez mais a literatura latina, já em franco processo de decadência havia várias décadas. Os escritores de mérito desse período eram de origem grega, ou nascidos nas províncias do Império. Então, nada de poesia, mas somente hábeis manejos do metro, e nada de história, mas somente nugas. Claudiano é medíocre, Suetônio fraco. A dissolução vinha de longe. Petrônio e Sêneca portavam já o germe sutil que ataca as coisas e as almas que estão para morrer. Uma renovação se dera, entretanto, plena de vida fecunda e resistente: o aparecimento de um gênero novo — o romance. Surgira com o *Satíricon*, o livro mais estranho de toda a literatura romana, atribuído a Petrônio — sátira forte, feroz, cruel, realista, impiedosa, obscena, sem nenhuma ternura humana, sem nenhum pensamento generoso, sem nenhum ideal. Livro que chafurda na imoralidade e na corrupção, parecendo deleitar-se o seu autor com elas. No entanto, espelhava com uma verdade dolorosa a vida da sociedade romana do tempo. Nas pegadas desse livro funesto, viria Apuleio com *O asno de ouro*, e viria *Gil Blas de Santillane*, dezessete séculos mais tarde, e viriam depois *Tristram Shandy* e *Tom Jones*.

O autor do livro que se chamou *Metamorfoses*, *O asno*, *O asno de ouro*, ou *Lúcio*, nos aparece envolto em mistério. O próprio livro, que tem tantos vocativos, mal se sabe como foi primitivamente bati-

---

[1] Marco Coceio Nerva e Marco Úlpio Nerva Trajano foram os primeiros imperadores da chamada dinastia Nerva-Antonina; o primeiro governou entre 96 e 98, e o segundo, de 98 a 117 d.C. (N. da E.)

zado. Parece provado que o nome pelo qual é mais conhecido modernamente — *O asno de ouro* — veio de uma aposição do restritivo "de ouro" ao nome primeiro de "asno", porque se tratava de uma história *de ouro*, para ser lida, *de ouro* para ser apreciada, *de ouro* porque de ouro mesmo, tão extraordinária era; e o restritivo implica num julgamento.

Apareceu na decadência mais extrema de Roma, dissemos. Depois de Plínio e de Suetônio, de Tácito e de Juvenal. Plutarco acabara de morrer. Julga-se que se trata da tradução e adaptação de um livro perdido, pois chegou até nossos dias uma outra versão grega, de certo Luciano. Assegura o patriarca bizantino Fócio, que havia Luciano por sua vez imitado Lucius de Patras, e este sim seria a fonte original.

Se compararmos as obras de Luciano e de Apuleio, veremos que as narrativas são muito parecidas. O conto de Eros e Psiquê inexiste no grego, e os desfechos são diferentes. Ao passo que o Lúcio grego reconquistou a forma humana do modo mais laico e simples, durante uma reunião do povo para assistir aos jogos, o Lúcio de Apuleio volta ao Lúcio que era na procissão dos fiéis de Cibele. E aparece todo um excrescente capítulo XI, de iniciação nos mistérios da religião, e que destoa do tom geral irreverente do livro.

Isto, com relação ao enredo, que é, *grosso modo*, assim: um moço, viajando de sua pátria para a Tessália (considerada a terra das artes mágicas), com o auxílio de uma escrava, cuja ama é feiticeira, tenta se transformar em coruja, mas por infelicidade trocam os potes do unguento que se passava no corpo para conseguir tal resultado e a metamorfose faz dele um burro, em vez da ave desejada. Não parece muito grave o mal, pois é bastante comer pétalas de rosas para readquirir a figura humana. Na mesma noite, tendo o moço, em virtude da nova aparência, se recolhido à estrebaria, com o seu cavalo e mais um burro pertencente ao hospedeiro, Milão, vêm os bandidos da montanha, matam o dono da casa e levam, carregados de prataria furtada, os três animais. O livro conta as aventuras do burro, que fora gente, e várias outras histórias.

Antes de o comentarmos, falemos de Apuleio.

O pouco que dele sabemos, sabemos por seu próprio intermédio. Os contemporâneos silenciaram a seu respeito. Alguns traços biográficos foram confirmados por autores latinos, dois ou três séculos depois, mas não parecem muito dignos de fé.

Sabe-se que nasceu em Madaura, atual M'Daourouch.[2] Escritores antigos referiam-se a ele como o filósofo platônico madaurense. Na sua *Apologia*, sem nomear a cidade natal, conta que é uma florescente cidade romana, situada nos confins da Numídia, e isto se ajusta a Madaura, colônia romana da África. O pai era homem de grandes cabedais, rico, provavelmente culto. Ao morrer, deixou-lhe dois milhões de sestércios.

Madaura era nessa ocasião a Roma e a Atenas da África. Apuleio, que ali haurira toda a sabedoria que pudera, empreendeu uma viagem para completar a educação. Viajou pelo Oriente, foi à Grécia e à Itália. Conheceu cultos estranhos, e dogmas, as religiões todas do mundo conhecido. Sua curiosidade insaciável o levou a observar, e quem sabe a praticar, a magia. Estudou filosofia na Grécia, direito e eloquência em Roma. Que era brilhantemente versado em muitas ciências, em filosofia, retórica e liturgia, vê-se na sua obra. E entendia de geometria, de astronomia, de poesia e de música. É possível que tenha sido discípulo de Gaio, o célebre professor de filosofia platônica, que assistia em Atenas, nos meados do século II, pois a data provável do nascimento de Apuleio é 125 depois de Cristo (morreu em 170).

Quando escreveu, e seu talento era muito versátil, fê-lo nas duas línguas mais difundidas no mundo. Ele o diz: "Poemas em todos os gêneros, épicos e líricos, de botas e de coturnos, sátiras e enigmas, histórias variadas, discursos e diálogos, faço de tudo, tanto em grego, como em latim". E igualmente bem, podemos acrescentar.

É em *Florida* que ele acentua, com um ufanismo delicioso: "Empédocles compôs poemas, Platão diálogos, Sócrates hinos, Epicarmo mimos, Xenofonte história, Cratos sátiras: vosso Apuleio abrange todos esses gêneros e cultiva as nove musas com um zelo igual".

Quando se encaminhava para Alexandria, Apuleio ficou doente e parou em Oea, atual Trípoli, na África. Ali encontrou um antigo condiscípulo, Ponciano. Poucos dias depois, casava-se com a mãe do moço, Pudentila, uma viúva riquíssima, muito mais velha que ele. Não esteve pelos autos o cunhado da viúva, Sicínio Emiliano. Em nome do sobrinho mais novo, menino de catorze anos, acusou Apuleio de ter

---

[2] Cidade da Argélia a 130 km da costa do Mediterrâneo. (N. da E.)

Prefácio

recorrido a práticas de magia para conquistar a viúva e induzi-la ao casamento. Teria sido movido por interesses de dinheiro, e aquela matrona, que se recusara a contrair novo matrimônio durante tantos anos, resolvera-se, incompreensivelmente, em poucos dias. Apuleio viu-se em maus lençóis. Perigosa acusação aquela. A lei Cornélia, "*de sicariis et veneficis*", emparelhava a magia ao envenenamento. O castigo era a morte. Advogado ele era. Tinha o verbo fácil, fluente e brilhante. Tinha o dom de persuadir, era belo e ousado. Vemos que sua narração é clara, direita, reta, ilustrada com histórias. Vemos que interessa e prende. Advogado em causa própria, defendendo a pele, imaginai como não seria um espetáculo, atraindo ao fórum todos os dias multidões ávidas de o ouvirem e de o verem. Escreveu, continuando a defesa verbal, o livro *Apologia*, em que alinha argumentos de peso. Que Pudentila era dona de excelsas virtudes, e poderia ser amada por si, não por seu dinheiro. Que ele não queria se casar, fazendo-o tanto pelo encanto da nobre dama como também por insistência de Ponciano, o filho, diretamente interessado, como herdeiro da mãe, e que não poderia, portanto, ser conivente numa fraude e crime, se crime e fraude existissem. Que em questões materiais não ganhava nada com o casamento, o que poderia provar: vissem o contrato de núpcias. Vissem o testamento de Pudentila. E que, por tudo isto, não iria praticar a magia para conseguir um casamento que não lhe traria vantagens. Demais, não entendia de feitiços e não era mágico, mas filósofo. Não lhe foi difícil convencer os ouvintes de que não usara de magia para se fazer amado da nobre Pudentila, e se converter em seu esposo em poucos dias. Mas do que não persuadiu a todos foi de que não praticasse a magia. Continuaram vendo nele o feiticeiro e talvez não fosse mesmo tão inocente como queria demonstrar. A crença de que era mágico durou vários séculos. Santo Agostinho lhe atribui um poder sobrenatural e conta que os pagãos opuseram Apuleio a Cristo.

E assim, era para ele um perigo viver em Oea, com a reputação que granjeara na guerra familiar de grande repercussão pública. Fugindo à notoriedade nada invejável, foi morar em Cartago. Diante da lei, era um homem livre, mas o processo poderia ser reaberto a qualquer tempo, arquivado que fora por falta de provas. Que nada mais resultou disto de mal, prova-o a continuação de sua carreira. Foi alta autoridade do mundo pagão agonizante, exerceu grande influência. Consta que seus concidadãos votaram-lhe uma estátua, construída às expensas de

Tratado atribuído a Apuleio, *De herbarum medicaminibus*, em manuscrito do século XV, atestando que a suposta ligação do autor com as artes mágicas permaneceu na posteridade.

um personagem consular. Sua eloquência e triunfos ficaram célebres e ele desempenhou gloriosas funções.

O processo que tanto o embaraçou ocorreu entre 158 e 159. Teve duas consequências utilíssimas para o mundo. Primeiro, figura como documento sobre a história da magia, de que há tão poucos subsídios, e segundo, é um exemplo fiel, genuíno, da eloquência judiciária sob o Império Romano.

Com muita insistência reclamou Apuleio o reconhecimento de sua qualidade de filósofo, não somente na *Apologia*, em que afinal tinha de apresentar algum substitutivo à qualidade de feiticeiro, mas também em *Florida*, obra de pura retórica.

Porém, mesmo sendo filósofo, se o levassem a sério, não lhe correriam as coisas no sentido de clarear-lhe a reputação. Se a liberdade era limitada nessa época, era a vida livre. Andavam juntas a filosofia e a sensualidade. A decadência da religião, e a decadência em geral, afrouxavam os laços mais estáveis. Os filósofos eram convidados a suprir a grande lacuna existente entre o fim melancólico de uma religião que agonizava e o indeciso começo do Cristianismo, que mal despontava para o mundo. Parece que Apuleio mesmo aludiu ao Cristianismo, isto é, à religião absurda, dizia ele, em que se considera um deus único. O clima, tanto moral como filosófico, era extremamente conturbado. Espalhou-se um platonismo contaminado. Atraía como um ímã tudo quanto se poderia chamar de espiritualismo místico. Preparava-se o sincretismo de Plotino e Porfírio. Nessa direção caminhavam os ensinamentos de Apolônio de Tiana. Os pensadores platônicos aceitavam também os mistérios elêusicos, os dionisíacos, as divindades orientais, e os ritos egípcios, entre os quais se contava a iniciação nos mistérios de Ísis e de Osíris. Além disto, acreditava-se em demônios intermediários, que podiam ser invocados. E havia a generalizada crença nas adivinhações, nos oráculos, nos prodígios. De tudo isto, resultava que a magia campeava soberana. E tanta a crença, tantas as perturbações que daí advinham, que o Estado tomava providências enérgicas, reprimindo as práticas mágicas. Leis como a Cornélia pediam para o mágico a pena capital.

Acredita-se que *O asno de ouro* tenha sido obra da maturidade de Apuleio. Escrito depois das viagens. De todas as viagens que realizou, e com a rica experiência que elas lhe outorgaram. Aprendera perfeitamente o grego. Aprendera o latim na terra dos Quirites, na própria cidade dos latinos, é o que diz no prólogo do livro, que numa certa medida é autobiográfico, com a exclusão do maravilhoso, evidentemente. Apuleio não nos parece homem capaz de acreditar em metamorfoses como a que descreve. É grande a variedade dos meios em que transcorre a história. O asno-viajante, nas suas atribulações, ora está entre os bandidos nas montanhas, ora entre os mercadores das grandes cidades, gente rica da Tessália e de Corinto. Dá-nos um grande quadro da Grécia do século II, sob a proteção da paz romana. A variedade dos meios é extrema: as estradas e os campos, palácios e choupanas, mercados, templos, teatros, ruas, o fórum. Ficamos conhecendo os edis, a polícia, os vendedores de peixe, as alcoviteiras, os donjuans, os moleiros, o hortelão, o avarento, o agiota, e assistimos a banquetes, festins, discussões, casamentos, festas, jogos, cerimônias religiosas, bailados. Convivemos com escravos miseráveis, com soldados insolentes, com os bandidos donos das estradas. E de todas estas coisas fala Apuleio como homem que as viu com os seus olhos. Pois, por mal amanhada que esteja a continuidade do arranjo, por mal entrosadas que estejam as histórias à história, tudo é vivo, poderosa e encantadoramente vivo. De fato, é uma espécie de *pot-pourri* extraordinário, onde encontramos de tudo, num tom de veracidade, de testemunho dos costumes do tempo. Embora não possamos tomar como documento quanto nos conta Apuleio, assim ao pé da letra, há uma veracidade que não pode ser contestada, seja quando se perde nos meandros da jurisprudência, seja na pintura dos costumes, ou quando descreve por miúdo os programas litúrgicos. No seu espírito se reflete, como num espelho, o espírito do tempo.

E o tempo é de conhecimentos vastos, mas dispersos. Onde o sincretismo de Apuleio? Ambos, ele e o tempo, são mais brilhantes que profundos. Um e outro, inquietos e confusos, por um lado se entregam aos dogmas egípcios, do outro ao neoplatonismo cheio de mitos e de artes ocultas.

Como a sua época, Apuleio é homem dos contrastes e das contradições. Sério e frívolo, devoto e libertino, desejoso de verdade e um pouco charlatão. Quer se instruir e quer se mostrar. Faz especulações em torno de Deus e dos destinos da alma, e anda à procura do mistério tanto em estudos da Natureza como na revelação, tendo chegado à alta hierarquia sacerdotal. Sua universalidade se perde em curiosidades científicas, em citações literárias, em lugares-comuns da moral e da política, em descrições brilhantes, muito longas, e em traços picantes.

Prefácio

Apuleio conta em latim uma história grega. Diz que aprendeu na cidade dos latinos a língua forense, com grande trabalho, muito esforço e sem mestre para o orientar. Tinha aprendido antes o grego em Atenas. Em Madaura, de civilização helênica antes que africana, deveria ser o grego a sua língua cotidiana. "O próprio fato de passar de uma para outra linguagem", ele explica, "verdadeiro exercício acrobático, harmoniza-se com o meu estilo."

Dizem os comentadores que a presença do asno, do começo ao fim do relato, confere ao livro uma unidade mais ou menos exterior. Como se verá, para encaixar no todo as histórias, Apuleio frequentemente passa a palavra a uma personagem qualquer que conta um caso. Mas, outras vezes, contenta-se de dizer, com o maior desembaraço, que em tal ou tal sítio ouviu contar uma história, e ele também a vai contando. Ou então imbrica episódios uns nos outros, com grande desenvoltura. Por exemplo, a história de Telifrão se divide em duas, e se contamina com mais elementos da tradição. A do moleiro enganado enquadra duas histórias galantes. Vá lá que falte unidade de concepção, mas o seu modo de contar histórias é uma delícia. Também se fazem restrições ao luxo de pormenores das suas descrições, o que as torna ora monótonas, ora confusas. Não seria custoso ao tradutor dar a esses períodos um torneio mais arredondado, ou mais claro, ou pontuar de outra maneira, facilitando a compreensão. Todavia, imagino que seria atrevimento muito desmedido pretender melhorar Apuleio, pelo que o que estava escrito assim, ficou assim mesmo.

O madaurense é grande apreciador dos jogos de palavras. São muitos, tropeçamos com eles a cada passo, como aquele *"inquieta quiete"* — a inquietação do sono inquieto; como o trocadilho feito com a palavra sagrada, ao tratar de Prosérpina; e acontece-lhe, por exemplo, ao falar no asno que puxa interminavelmente a almanjarra do moinho, caminhando em círculos e círculos sobre os seus próprios passos, comentar que "seguia em marcha errante um itinerário invariável". E sem falar nas inúmeras vezes em que joga com as palavras que aludem à situação do burro-pessoa, talvez para não nos deixar esquecer que esse que conta está na pele e na situação intolerável de um quadrúpede. Ao falar de certa moça, a certa altura declara: "Eu não era tão burro assim que...", o que funciona como lembrete, devolvendo-nos à realidade (apuleiana), e tem um inesperado efeito cômico.

O tom geral de ironia, e a escolha de palavras, dão um toque inimitável à sua prosa. Ah! sim, a escolha de palavras. A língua portuguesa nos dá sobre tradutores de outras línguas, com exceção do italiano talvez, a vantagem de traduzir mais facilmente, de escrever, digamos, um latim atualizado, passado a limpo. Vê-se como o talento versátil, o temperamento do autor, torna o estilo acrobático. Em meio à séria, às vezes, solene, construção com palavras medidas e severas, reponta a orelha do asno. São locuções raras, arranjos inesperados. A própria presença da palavra, com um toque, uma significação um nada distorcida, guarda um certo sabor, um sal, é tão engraçada e imprevista como uma piscadela intencional desses burros cinzentos, doutorais, burro que puxa carroça de italiano. Ou é como se encontrássemos aí na rua uma dessas matronas cheias de aprumo, das meias aos óculos, e ela de repente nos mostrasse a língua. Vamos até o fim do livro sofrendo desses ultrajes, e jamais nos prevenimos suficientemente. Sempre somos apanhados. E quando não é a palavra, como um diabinho abstrato, é a irônica alusão. Ali está, por exemplo, a irreverência de chamar os ladrões das montanhas, uns bandoleiros muito ordinários, de "coorte de Marte" — o que lembra imediatamente a *legio martia* da qual falou altivamente Cícero: "Não leva ela este nome, o do deus de que nasceu o povo romano?" (diz a lenda que Remo e Rômulo eram filhos de Marte e de uma flor).

E, com tudo isto, o que falta em pureza da língua e em simetria na construção, sobra em pitoresco e colorido, nesse conto de fadas rico, fantástico, erótico e, sobretudo, poético. Onde encontramos relatos como o caso de Tlepólemo e Caridade, melodramático e até de mau gosto, e a bela história de Eros e Psiquê, à qual, quando muito e em raros trechos, podemos opor a restrição de ter certa ênfase declamatória, mas onde figura o extraordinário estudo sobre o nascimento da inveja e sua evolução nas almas.

O filósofo, volta e meia, comparece. "Há preço para tudo", ele diz, e não tem nenhuma fé na Humanidade. "A fidelidade humana é coisa frágil, não há obstáculo para o ouro. O ouro abre até portas de aço." Também não tem fé nas mulheres. Seu julgamento sobre elas, não se dirá que seja injusto, mas é duro e sem atenuantes. Culpa de quem? — perguntará o filósofo, amavelmente cético: "A chama do amor, fraca a princípio, nos deleita com seu suave calor. Mas quando o hábito o alimenta, ele se transforma em fogo ardente, que nada detém e consome inteiramente os homens". (E as mulheres.)

Prefácio

Há tanto em Apuleio, que procuraram chaves para sua compreensão. *O asno de ouro*, realmente o seu melhor livro, foi exaustivamente explicado e interpretado. Deram-lhe valor simbólico, mas são vários os símbolos e vários os caminhos. Assim:

a) As atribulações de Lúcio transformado em burro, por ter querido penetrar os mistérios da magia, seriam a punição da alma encadeada, sofrendo de prova em prova até encontrar a salvação;

b) O livro seria espelho da vida humana, que oscila entre volúpias e trabalhos;

c) Seria uma transposição romanceada de Platão e Pitágoras;

d) Seria uma reação contra a corrupção do mundo romano imperial, onde o roubo, o adultério, o incesto, o banditismo apodreciam a sociedade;

e) Seria a apresentação de uma solução aos males sociais, buscando corrigi-los com a religião.

Propósitos tão ortodoxos, como a reforma pela religião, não os teria Apuleio. Apesar da liturgia e da religião do livro XI, *O asno de ouro* não é nada edificante, sua religião nos parece muito exterior, sem nenhum espírito de santidade, antes com preocupações materialistas. É o "*do ut des*" — "dou para que me dês" — dos romanos, muito piorado. Aliás, a intenção confessada de Apuleio foi a de escrever mesmo um romance-folhetim. Queria escrever e escreveu contos milesianos. É o que diz no prólogo.

A primeira origem dos contos milesianos foi a crônica escandalosa de Mileto, na Ásia Menor, escrita por um outro Aristides, no século I de nossa era. Eram contos droláticos, muito livres, verdadeiramente cínicos. Do mesmo tipo foi a "Matrona de Éfeso", do *Satíricon*, de Petrônio. Apuleio contou as histórias milesianas muito atrevidamente e, em matéria de obscenidade, não recuou diante de nada. Não sabemos se foi preciso coragem para isso. A coisa era do gosto dos antigos. É Ovídio quem comenta: "Aristides compôs a crônica escandalosa de Mileto, e no entanto não foi banido de sua cidade. E Sisenna (que era conhecido como historiador, de resto bastante romanesco) traduziu Aristides de Mileto, sem que lhe tivesse acontecido nada".

Não será pois *O asno de ouro*, nem símbolo nem sátira, mas narrativa popular, a modo de contador de histórias, pois que Apuleio se revela um imoderado apreciador de contos da tradição popular.

Uma contradição, aparente, jamais explicada em *O asno de ouro*, é que o herói, Lúcio, meio abstrato, que aparece durante dez livros como cidadão grego, e que seria de Himeto, do Ifireu, de Tênaro, em Esparta, com família e língua e característicos gregos, inesperadamente no livro XI se revele um africano de Madaura. Comenta-se que são muitas pátrias para um homem só. Para um Apuleio, que estruturou essas histórias, o erro é grosseiro demais. Não se pode argumentar com algum engano de interpretação, pois o texto é claro e fácil. Então o quê? Imagino que, como se trata de narrativas populares, o Lúcio, o Asno, Apuleio enfim, é este, aquele, e outros, gente de todos os tipos e feitios, é o que escuta e é o que conta, para se resumir no fim, numa síntese, como o homem de Madaura que enfeixou os contos.

Bem. Esta é uma explicação, tão boa e tão imaginosa quanto outra qualquer. Deixa o prefácio, amigo leitor, que não te acrescenta nada, e segue o mandamento de Apuleio: "Da Grécia veio esta história. Atenção, leitor; ela vai-te alegrar".[3]

(1963)

---

[3] A tradução foi feita a partir do texto latino estabelecido por D. S. Robertson, da Universidade de Cambridge.

Asinus aureus[*]

---

[*] Texto em latim estabelecido a partir de *Apulée: Les Métamorphoses*, tommes I, II, III, texte établi par Donald S. Robertson; traduction de Paul Vallette, Paris, Les Belles Lettres/Collection Budé, 1940-1946).

O asno de ouro

As notas de rodapé de Ruth Guimarães fecham com (N. da T.); as notas de Adriane da Silva Duarte, com (N. da E.).

Liber I

[1] At ego tibi sermone isto Milesio varias fabulas conseram auresque tuas benivolas lepido susurro permulceam — modo si papyrum Aegyptiam argutia Nilotici calami inscriptam non spreveris inspicere —, figuras fortunasque hominum in alias imagines conversas et in se rursum mutuo nexu refectas ut mireris. Exordior. "Quis ille?" Paucis accipe. Hymettos Attica et Isthmos Ephyrea et Taenaros Spartiatica, glebae felices aeternum libris felicioribus conditae, mea vetus prosapia est; ibi linguam Atthidem primis pueritiae stipendiis merui. Mox in urbe Latia advena studiorum Quiritium indigenam sermonem aerumnabili labore nullo magistro praeeunte aggressus excolui. En ecce praefamur veniam, siquid exotici ac forensis sermonis rudis locutor offendero. Iam haec equidem ipsa vocis immutatio desultoriae scientiae stilo quem accessimus respondet. Fabulam Graecanicam incipimus. Lector intende: laetaberis.

Livro I

[1] Muitas fábulas quero apresentar-te, em variada sequência, nesta conversa de estilo milesiano,[1] e agradar teus benévolos ouvidos com um álacre sussurro, no caso em que não desdenhes ler o papiro egípcio, coberto de letras gravadas pelo fino estilete de um caniço do Nilo.[2] Verás, encantado, seres humanos, despojados de sua imagem e condição, tomarem outra forma; depois, ao contrário, e por uma ordem inversa, serem convertidos em si mesmos. Comecemos. Quem sou eu? Ei-lo, em poucas palavras. A Himeto ática, o Istmo efireu e a Tênaro espartana,[3] terras felizes, de eternidade assegurada por obras ainda mais felizes, são o berço ancião da minha raça. Lá, a língua ática foi o preço para eu iniciar os primeiros exercícios militares, criança ainda. Mais tarde, na cidade dos latinos, aprendiz de letras estrangeiras, principiei o estudo e adquiri prática do idioma natal dos Quirites,[4] com grande trabalho e muito esforço, sem mestre para me orientar. De antemão, suplico que me perdoes se, manejando como principiante uma língua estranha, a língua forense, eu cometer algum deslize. Entretanto, o próprio fato de passar de uma para outra linguagem, verdadeiro exercício acrobático, harmoniza-se com o meu estilo. Da Grécia veio esta história. Atenção, leitor; ela vai-te alegrar.

---

[1] Referência aos "contos milésios", narrativas em prosa, de temática erótica ou sobrenatural, atribuídos a Aristides de Mileto (II a.C.), e que teriam exercido influência sobre Apuleio especialmente nos relatos intercalados à trama principal. (N. da E.)

[2] Pode aludir tanto ao papel desempenhado pela deusa Ísis no desfecho do romance, quanto aos "papiros gregos mágicos", encontrados no Egito (II a.C.), que traziam receitas para os mais variados feitiços. (N. da E.)

[3] O narrador (Lúcio) circunscreve sua origem a três cidades gregas, Atenas, Corinto e Esparta, identificadas por esses acidentes geográficos (monte Himeto, istmo de Corinto e cabo Tênaro). Éfira era o antigo nome de Corinto. (N. da E.)

[4] O latim, já que Quirite designa o cidadão romano de estirpe antiga. (N. da E.)

[2] Thessaliam — nam et illic originis maternae nostrae fundamenta a Plutarcho illo inclito ac mox Sexto philosopho nepote eius prodita gloriam nobis faciunt — eam Thessaliam ex negotio petebam. Postquam ardua montium et lubrica vallium et roscida cespitum et glebosa camporum <emensus> emersi, in equo indigena peralbo vehens iam eo quoque admodum fesso, ut ipse etiam fatigationem sedentariam incessus vegetatione discuterem in pedes desilio, equi sudorem <fronte detergeo>, frontem curiose exfrico, auris remulceo, frenos detraho, in gradum lenem sensim proveho, quoad lassitudinis incommodum alvi solitum ac naturale praesidium eliquaret. Ac dum is ientaculum ambulatorium prata quae praeterit ore in latus detorte pronus adfectat, duobus comitum qui forte paululum processerant tertium me facio. Ac dum ausculto quid sermonibus agitarent, alter exerto cachinno: "Parce" inquit "in verba ista haec tam absurda tamque immania mentiendo."

Isto accepto sititor alioquin novitatis: "Immo vero" inquam "impertite sermone non quidem curiosum sed qui velim scire vel cuncta vel certe plurima; simul iugi quod insurgimus aspritudinem fabularum, lepida iucunditas levigabit."

[3] At ille qui coeperat: "Ne" inquit "istud mendacium tam verum est quam siqui velit dicere magico susurramine amnes agiles reverti, mare pigrum conligari, ventos inanimes exspirare, solem inhiberi, lunam despumari, stellas evelli, diem tolli, noctem teneri."

Tunc ego in verba fidentior: "Heus tu" inquam "qui sermonem ieceras priorem, ne pigeat te vel

[2] Fui para a Tessália[5] — origem, pelo lado materno, de uma família na qual temos a glória de contar o ínclito Plutarco, e mais tarde seu sobrinho, o filósofo Sexto;[6] fui, pois, para a Tessália, a negócios. Tinha transposto escarpados montes, úmidos vales, frescas praias e campos cultivados, e o cavalo indígena, um cavalo todo branco que me levava, já estava fatigado. Fatigado também estava eu próprio de estar sentado, e quis caminhar, para me sacudir um pouco e desentorpecer. Pulei para o chão, enxuguei com folhas de árvores o suor do cavalo, esfreguei-lhe a cara cuidadosamente, passei-lhe a mão pelas orelhas, retirei-lhe a brida e o conduzi tranquilamente, a passo, para lhe dar tempo de dissipar a lassidão e esvaziar o ventre pelas vias usuais e naturais. Enquanto o animal pastava, a caminhar virando a cabeça para o lado e abaixando o pescoço para agarrar de passagem, ao longo dos campos, um punhado de erva, eu me voltei a meio para dois companheiros de viagem que se encontravam, por acaso, um pouco adiante de mim. Como eu apurasse o ouvido para apanhar o assunto da conversa: "Ah!", exclamou um deles, torcendo-se de rir. "Também contas tantos absurdos e tão grandes mentiras!"

A estas palavras, e como sempre ávido de novidades, eu lhes disse: "Ponde-me a par dessa brincadeira; não que eu seja curioso, mas gosto de saber tudo ou, pelos menos, o mais que for possível. E, ao mesmo tempo, o amável entretenimento de uma história aplainará a áspera encosta que temos a escalar."

[3] A estas palavras, o que tinha começado replicou: "Ah! Não são mentiras? São tão verídicas que se pretende que, murmurando palavras mágicas, obrigam-se os rios a subir para as nascentes; encadeia-se o mar, tornado inerte; adormece-se o sopro dos ventos; detém-se o Sol; atrai-se a Lua; desprendem-se as estrelas; suprime-se o dia; para-se o curso da noite..."

Então, num tom mais tranquilizador, eu disse: "Vamos, tu que começaste essa conversa, não te detenhas, nem recuses contar-nos a his-

---

[5] A Tessália é uma região localizada no norte da Grécia, especialmente associada à magia. Introduz-se, assim, um dos motivos principais do romance. (N. da E.)

[6] Plutarco (*c*. 46-120 d.C.) foi um renomado historiador, biógrafo e filósofo grego, cujo *Tratado sobre Ísis e Osíris* influenciou grandemente Apuleio. Sexto da Queroneia (?-*c*. 160 d.C.) foi filósofo e tutor do imperador Marco Aurélio. Cf. II, 3 para o parentesco de Lúcio com Plutarco. (N. da E.)

taedeat reliqua pertexere", et ad alium: "Tu vero crassis auribus et obstinato corde respuis quae forsitan vere perhibeantur. Minus hercule calles pravissimis opinionibus ea putari mendacia quae vel auditu nova vel visu rudia vel certe supra captum cogitationis ardua videantur; quae si paulo accuratius exploraris, non modo compertu evidentia verum etiam factu facilia senties.

[4] Ego denique vespera, dum polentae caseatae modico secus offulam grandiorem in convivas aemulus contruncare gestio, mollitie cibi glutinosi faucibus inhaerentis et meacula spiritus distinentis minimo minus interii. Et tamen Athenis proxime et ante Poecilen porticum isto gemino obtutu circulatorem aspexi equestrem spatham praeacutam mucrone infesto devorasse, ac mox eundem invitamento exiguae stipis venatoriam lanceam, qua parte minatur exitium, in ima viscera condidisse. Et ecce pone lanceae ferrum, qua bacillum inversi teli ad occipitium per ingluviem subit, puer in mollitiem decorus insurgit inque flexibus tortuosis enervam et exossam saltationem explicat cum omnium qui aderamus admiratione: diceres dei medici baculo, quod ramulis semiamputatis nodosum gerit, serpentem generosum lubricis amplexibus inhaerere. Sed iam cedo tu sodes, qui coeperas, fabulam remetire. Ego tibi solus haec pro isto credam, et quod ingressui primum fuerit stabulum prandio participabo. Haec tibi merces deposita est."

[5] At ille: "Istud quidem quod polliceris aequi bonique facio, verum quod inchoaveram porro exordiar. Sed tibi prius deierabo solem istum omnividentem deum me vera comperta memorare, nec vos ulterius dubitabitis si Thessaliae proximam civitatem perveneritis, quod ibidem passim per ora populi sermo iactetur quae palam gesta sunt. Sed ut prius noritis

tória até o fim." E continuei, dirigindo-me ao outro: "Quanto a ti, quem sabe se uma pesada obstinação não fecha tuas orelhas e o teu entendimento a um fato verídico? Minha opinião tu não conheces: o erro e o preconceito não querem ver senão mentira quando não se está preparado para ouvir, nem habituado a ver, essas coisas que parecem pelo menos ultrapassar o nível da inteligência; mas um acurado exame te convencerá de que tais fatos são, não somente de uma verdade irrefutável, mas de fácil execução.

[4] Assim, eu, ontem à tarde, querendo levar vantagem aos meus companheiros de mesa, dispus-me a consumir um pedaço de bolo com queijo um pouco maior do que seria razoável, quando a pasta mole e viscosa se me pegou à glote e me obstruiu tão bem as vias respiratórias, que por um triz não perco a vida. E, no entanto, um dia destes, em Atenas, diante do Pecile,[7] eu vi claramente um artista de feira engolir, com a ponta para a frente, uma afiada espada de cavalaria. Com o incitamento de algumas moedas, enfiou ainda até as entranhas, pela ponta mortífera, uma lança de caça. E eis que acima do ferro da espada, no lugar onde o cabo da arma virada de cabeça para baixo emerge da embocadura, subindo para a ponta, um rapaz, belo como uma moça, se erguia tomando atitudes plásticas, tão ágil e flexível como se fosse deslocado e desossado. Na assistência, estávamos todos estupefatos: dir--se-ia serpente generosa, enlaçando, em apertado abraço dos seus anéis móveis, o bastão nodoso, de ramos cortados, que o deus-médico[8] carrega. Mas retomemos o fio da história começada, (digo) eu te suplico. Acreditarei por ele e por mim, e, na primeira hospedaria em que entrarmos, participarás do meu almoço. É esse o prêmio que te espera."

[5] "Sensibiliza-me a tua proposta" — respondeu — "e, quanto do relato cujo exórdio ouviste, vou retomá-lo. Mas, antes de mais nada, juro por esse divino Sol que vê tudo, nada conto que não possa ser averiguado; uma vez chegados à cidade de Tessália, que é a mais próxima e onde essas coisas se passaram e são comentadas abertamente pelo povo, não duvidareis mais. Mas sabei, primeiro, quem sou eu e

---

[7] Pórtico ornado de pinturas na antiga Atenas. Foi atribuído a Polignoto, que viveu no século V a.C. (N. da T.)

[8] Esculápio. O da ilha Tiberina, em Roma, segurava um cajado nodoso. Ovídio, nas *Metamorfoses*, mostra Esculápio tendo na mão um grosseiro cajado — *baculum agreste* — em torno do qual se enrola uma serpente. (N. da T.)

cuiatis sim, qui sim: <Aristomenes sum>, Aegiensis; audite et quo quaestu me teneam: melle vel caseo et huiusce modi cauponarum mercibus per Thessaliam Aetoliam Boeotiam ultro citro discurrens. Comperto itaque Hypatae, quae civitas cunctae Thessaliae antepollet, caseum recens et sciti saporis admodum commodo pretio distrahi, festinus adcucurri id omne praestinaturus. Sed ut fieri adsolet, sinistro pede profectum me spes compendii frustrata est; omne enim pridie Lupus negotiator magnarius coemerat. Ergo igitur inefficaci celeritate fatigatus commodum vespera oriente ad balneas processeram.

[6] Ecce Socraten contubernalem meum conspicio. Humi sedebat scissili palliastro semiamictus, paene alius lurore ad miseram maciem deformatus, qualia solent fortunae decermina stipes in triviis erogare. Hunc talem, quamquam necessarium et summe cognitum, tamen dubia mente propius accessi. 'Hem', inquam 'mi Socrates, quid istud? Quae facies? Quod flagitium? At vero domi tuae iam defletus et conclamatus es, liberis tuis tutores iuridici provincialis decreto dati, uxor persolutis feralibus officiis luctu et maerore diuturno deformata, diffletis paene ad extremam captivitatem oculis suis, domus infortunium novarum nuptiarum gaudiis a suis sibi parentibus hilarare compellitur. At tu hic larvale simulacrum cum summo dedecore nostro viseris.'

'Aristomene', inquit 'ne tu fortunarum lubricas ambages et instabiles incursiones et reciprocas vicissitudines ignoras', et cum dicto sutili centunculo faciem suam iam dudum punicantem prae pudore obtexit ita ut ab umbilico pube tenus cetera corporis renudaret. Nec denique perpessus ego tam miserum aerumnae spectaculum iniecta manu ut adsurgat enitor.

[7] At ille, ut erat, capite velato: 'Sine, sine' inquit 'fruatur diutius tropaeo Fortuna quod fixit ipsa.'

qual é o meu país: Aristômenes sou, o egeu; ouvi, também, como me mantenho: negocio com mel, queijo, e outras mercadorias do mesmo gênero, e percorro em todos os sentidos a Tessália, a Etólia, a Beócia. Tendo sabido que em Hípata, a cidade mais importante da Tessália, havia, para venda, queijo fresco de fino sabor, a um preço muito vantajoso, corri o mais depressa que pude para comprar todo o estoque. Mas saí com o pé esquerdo. Quando cheguei, o lucro com que contava fracassou: na véspera, com efeito, o negociante por atacado, Lupo, tinha comprado tudo. Fatigado de ter corrido tanto para nada, dirigi-me a um estabelecimento de banhos, ao cair da noite.

[6] E eis que ali vejo o meu amigo Sócrates. Estava sentado no chão, mal coberto por uma capa rasgada, a pele terrosa, irreconhecível, desfigurado pela magreza de causar dó, semelhante a esses náufragos da vida que mendigam tostões nas encruzilhadas. Apesar de estreitamente ligado a ele e conhecendo-o muitíssimo bem, ao vê-lo nesse estado, foi com alguma hesitação que dele me aproximei. 'Que vejo, Sócrates, meu amigo, que é isto? Que fazes? Que infâmia é essa? Em casa dos teus te acreditam morto, e realizaram em tua memória o derradeiro apelo;[9] teus filhos foram providos de tutores pelo juiz da província; tua mulher, depois de ter cumprido os últimos deveres de esposa, e ter-se consumido longamente no luto e na aflição, a ponto de prejudicar os olhos, se vê constrangida pelos próprios pais a alegrar com os júbilos de um novo casamento o desolado lar. Eis que, neste lugar, para nossa maior desonra, tu me apareces como um fantasma.'

'Aristômenes', respondeu, 'Vê-se bem que ignoras as voltas falaciosas da fortuna, seus golpes de surpresa, e correspondentes vicissitudes.' Enquanto falava, cobria com os trapos o rosto, agora rubro de vergonha, deixando nu o resto do corpo, do umbigo ao púbis. Não pude suportar mais a vista lamentável de tal infortúnio, e, estendendo-lhe a mão, esforcei-me para erguê-lo.

[7] Mas ele, permanecendo como estava, com a cabeça velada, dizia: 'Não, não, que a fortuna desfrute à vontade o troféu que ela mesma fixou.'

---

[9] A *conclamatio* (apelo) era um dos ritos funerários. Antes de conduzir o morto à sua tumba, os parentes o chamavam diversas vezes pelo nome. Chamava-se ao morto *conclamato*. (N. da T.)

Effeci sequatur, et simul unam e duabus laciniis meis
exuo eumque propere vestio dicam an contego et ilico
lavacro trado, quod unctui, quod tersui, ipse
praeministro, sordium enormem eluviem operose effrico,
probe curato ad hospitium lassus ipse fatigatum
aegerrime sustinens perduco, lectulo refoveo, cibo satio,
poculo mitigo, fabulis permulceo. Iam adlubentia
proclivis est sermonis et ioci et scitum etiam cavillum,
iam dicacitas timida, cum ille imo de pectore cruciabilem
suspiritum ducens dextra saeviente frontem replaudens:
'Me miserum' infit 'qui dum voluptatem gladiatorii
spectaculi satis famigerabilis consector in has aerumnas
incidi. Nam, ut scis optime, secundum quaestum
Macedoniam profectus, dum mense decimo ibidem
attentus nummatior revortor, modico prius quam
Larissam accederem, per transitum spectaculum obiturus
in quadam avia et lacunosa convalli a vastissimis
latronibus obsessus atque omnibus privatus tandem
evado, et utpote ultime adfectus ad quandam cauponam
Meroen, anum sed admodum scitulam, devorto, eique
causas et peregrinationis diuturnae et domuitionis anxiae
et spoliationis [diuturnae et dum] miserae refero; quae me
nimis quam humane tractare adorta cenae gratae atque
gratuitae ac mox urigine percita cubili suo adplicat. Et
statim miser, ut cum illa adquievi, ab unico congressu
annosam ac pestilentem con<suetudinem> contraho et
ipsas etiam lacinias quas boni latrones contegendo mihi
concesserant in eam contuli, operulas etiam quas adhuc
vegetus saccariam faciens merebam, quoad me ad istam
faciem quam paulo ante vidisti bona uxor et mala fortuna
perduxit.'

[8] 'Pol quidem tu dignus' inquam 'es extrema sustinere,
si quid est tamen novissimo extremius, qui voluptatem
Veneriam et scortum scorteum Lari et liberis praetulisti.' At
ille digitum a pollice proximum ori suo admovens et in

Consegui arrastá-lo. Dei-lhe uma de minhas duas túnicas, com que o vesti apressadamente, ou antes, o abriguei. Logo em seguida, conduzi-o ao banho, apresentei-lhe eu próprio o óleo e as roupas para usar, e arranquei, à força de esfregação, a espessa camada de caraca que o recobria. Depois de bem limpo, levei-o ao meu estalajadeiro, sustendo seus membros fatigados com grande esforço, pois eu também sentia grande lassidão. Procurei um leito para reparar-lhe as forças, fi-lo comer à farta e beber quanto quisesse, e acalmei-o contando-lhe histórias. Deixava-se levar para a conversa e o prazer, fazia frases, arriscava-se a lançar alguns ditos de espírito; de súbito, arrancando do fundo do peito um suspiro dilacerante e batendo na fronte com fúria, exclamou: 'Desgraçado de mim que, correndo atrás do prazer representado por um espetáculo famoso de gladiadores, caí nesta infelicidade. Como tu sabes, certamente, eu tinha ido à Macedônia, a negócio. Depois de nove meses de contínuos esforços, voltava bem provido de dinheiro, quando, pouco antes de atingir Larissa,[10] onde eu queria, de passagem, assistir ao espetáculo, eis que, num desfiladeiro afastado e profundo, terríveis bandoleiros me cercaram. Despojado de tudo, escapei, por fim, e nesse extremo a que estou reduzido, fui procurar abrigo em casa de uma velha estalajadeira chamada Méroe, muito agradável, apesar da idade. Contei-lhe as circunstâncias de minha longa viagem, as angústias da volta, a causa lastimável de minha nudez. Tratou-me, no começo, de modo muito humano; ofereceu-me um generoso repasto e, mais que depressa, no fogo do desejo, fez-me partilhar do seu leito. Ah! Mísero! Não foi preciso mais: uma única vez com ela, foi para mim o começo de uma interminável e pestilenta ligação. As próprias roupas que os ladrões, na sua bondade, tinham deixado para eu me cobrir, eu lhas entreguei. Abandonei-lhe até o magro salário que pude obter como carregador, pois tinha ainda vigor suficiente para isso. Enfim, tu me viste há pouco: eis o estado a que me reduziram minha boa esposa e minha má sorte.'

[8] 'Por Pólux, na verdade mereces bem o pior dos tratamentos, se por acaso houver sorte pior do que a tua. Pois então, às volúpias de Vênus e à pele de uma rameira, sacrificas teu lar e teus filhos?' 'Psiu, cala-te', fez ele, pousando o índice na boca, como que cheio de estu-

---

[10] Importante cidade da Tessália, situada sobre o rio Peneu, na rota da Macedônia para o sul. (N. da T.)

stuporem attonitus 'Tace, tace' inquit et circumspiciens tutamenta sermonis: 'Parce' inquit 'in feminam divinam, nequam tibi lingua intemperante noxam contrahas.' 'Ain tandem?' inquam. 'Potens illa et regina caupona quid mulieris est?' 'Saga' inquit 'et divina, potens caelum deponere, terram suspendere, fontes durare, montes diluere, manes sublimare, deos infimare, sidera extinguere, Tartarum ipsum inluminare.' 'Oro te' inquam 'aulaeum tragicum dimoveto et siparium scaenicum complicato et cedo verbis communibus.' 'Vis' inquit 'unum vel alterum, immo plurima eius audire facta? Nam ut se ament efflictim non modo incolae verum etiam Indi vel Aethiopes utrique vel ipsi Anticthones, folia sunt artis et nugae merae. Sed quod in conspectu plurium perpetravit, audi.

[9] Amatorem suum, quod in aliam temerasset, unico verbo mutavit in feram castorem, quod ea bestia captivitatis metuens ab insequentibus se praecisione genitalium liberat, ut illi quoque simile [quod venerem habuit in aliam] proveniret. Cauponem quoque vicinum atque ob id aemulum deformavit in ranam, et nunc senex ille dolium innatans vini sui adventores pristinos in faece submissus officiosis roncis raucus appellat. Alium de foro, quod adversus eam locutus esset, in arietem deformavit, et nunc aries ille causas agit. Eadem amatoris sui uxorem, quod in eam dicacule probrum dixerat iam in sarcina praegnationis obsepto utero et repigrato fetu perpetua praegnatione damnavit, et ut cuncti numerant, iam octo annorum onere misella illa velut elephantum paritura distenditur.

[10] Quae cum subinde ac multi nocerentur, publicitus indignatio percrebuit statutumque ut in eam die altera severissime saxorum iaculationibus vindicaretur. Quod consilium virtutibus cantionum

por. Depois, olhando em torno para ver se podia falar com toda a segurança, continuou brandamente: 'É uma mulher demoníaca. Contém tua língua, se não queres atrair nenhum malefício.' 'Verdade? Que espécie de mulher é então essa estalajadeira tão poderosa, essa rainha de bordel?' 'Mágica e adivinha, tem o poder de abaixar o céu, de suspender a terra, de petrificar as fontes, de diluir as montanhas, de sublimar os manes e derrubar os deuses, de apagar as estrelas e iluminar o Tártaro.'[11] 'Ora, vamos', digo eu, 'desce a cortina da tragédia, afasta a encenação de teatro e fala como toda a gente.' 'Queres saber', disse ele, 'uma ou duas de suas façanhas? Ou queres ouvir muitas? Faz-se amar até à loucura por homens que habitam, já, não digo somente esta região, mas a Índia, mas as duas Etiópias, e até os antípodas, e para ela isto é a infância da arte, e mera bagatela. Mas ouve o que ela perpetrou, diante de diversas testemunhas.

[9] Um de seus amantes cometeu a temeridade de lhe ser infiel. Com uma única palavra, ela o transformou em castor, a fim de que ele tivesse o destino daquele animal selvagem que, por temor do cativeiro, corta as partes genitais para se livrar dos caçadores. O dono de uma casa de prazer vizinha, e, que, por isso mesmo, lhe fazia concorrência, foi trocado por ela em rã. Agora, o velho nada no tonel e, mergulhado no limo, saúda com toda a cortesia, com os seus coaxos roucos, aqueles que outrora vinham beber do seu vinho. De outra feita, um advogado tinha falado contra ela. Foi transformado em carneiro, e agora temos um carneiro que advoga. A mulher de um de seus amantes se permitira, contra ela, umas brincadeiras um pouco ferinas. Essa mulher estava grávida: ela aprisionou no ventre o fruto e, demorando-lhe o desenvolvimento, condenou a moça a uma gravidez perpétua. Há oito anos, segundo a conta de alguns, a desgraçada arrasta seu fardo, com o ventre esticado, como se fosse dar à luz um elefante.

[10] A repetição de tais fatos, e o número das vítimas, fez crescer a indignação pública. Decidiu-se que, no dia seguinte, castigá-la-iam sem piedade, lapidando-a. Porém, ela previu o plano em virtude de seus sortilégios. Do mesmo modo que a famosa Medeia[12] que, tendo obtido

---

[11] Parte dos infernos reservada aos criminosos. (N. da T.)

[12] Personagem da tragédia homônima de Eurípides, entre outras obras, associada à vingança e à magia. (N. da E.)

antevortit et ut illa Medea unius dieculae a Creone
impetratis indutiis totam eius domum filiamque cum ipso
sene flammis coronalibus deusserat, sic haec devotionibus
sepulchralibus in scrobem procuratis, ut mihi temulenta
narravit proxime, cunctos in suis sibi domibus tacita
numinum violentia clausit, ut toto biduo non claustra
perfringi, non fores evelli, non denique parietes ipsi
quiverint perforari, quoad mutua hortatione consone
clamitarent quam sanctissime deierantes sese neque ei
manus admolituros, et si quis aliud cogitarit salutare
laturos subsidium. Et sic illa propitiata totam civitatem
absolvit. At vero coetus illius auctorem nocte intempesta
cum tota domo, id est parietibus et ipso solo et omni
fundamento, ut erat, clausa ad centesimum lapidem in
aliam civitatem summo vertice montis exasperati sitam et
ob id ad aquas sterilem transtulit. Et quoniam densa
inhabitantium aedificia locum novo hospiti non dabant,
ante portam proiecta domo discessit.'

[11] 'Mira' inquam 'set nec minus saeva, mi Socrates,
memoras. Denique mihi quoque non parvam incussisti
sollicitudinem, immo vero formidinem, iniecto non scrupulo
sed lancea, ne quo numinis ministerio similiter usa sermones
istos nostros anus illa cognoscat. Itaque maturius quieti nos
reponamus et somno levata lassitudine noctis antelucio
aufugiamus istinc quam pote longissime.'

Haec adhuc me suadente insolita vinolentia ac diuturna
fatigatione pertentatus bonus Socrates iam sopitus stertebat
altius. Ego vero adducta fore pessulisque firmatis grabatulo
etiam pone cardinem supposito et probe adgesto super eum
me recipio. Ac primum prae metu aliquantisper vigilo, dein
circa tertiam ferme vigiliam paululum coniveo. Commodum
quieveram, et repente impulsu maiore quam ut latrones
crederes ianuae reserantur immo vero fractis et evolsis
funditus cardinibus prosternuntur. Grabatulus alioquin
breviculus et uno pede mutilus ac putris impetus tanti

de Creonte um dia somente de adiamento, consumiu nas chamas lançadas de uma coroa toda a casa do velho rei, sua filha e ele próprio, assim Méroe, operando sobre uma cova, com ritos sepulcrais, conforme me contou recentemente, num dia em que estava bêbada, manteve todos os habitantes da cidade fechados em suas casas pela força muda das potências divinas. Ninguém pôde forçar as fechaduras, nem arrancar as portas, nem mesmo furar as paredes, durante dois dias inteiros. Por fim, pela instigação de uns e outros, a uma só voz gritaram e juraram, com o juramento mais sagrado, que nenhum deles levantaria a mão contra ela, e que, se alguém resolvesse o contrário, ela encontraria neles auxílio e proteção. Sob estas condições, ela abrandou e libertou a cidade inteira. Quanto ao autor do plano, numa noite escura ela o transportou com toda a sua casa, fechada como estava, paredes, assoalho e alicerces, para um lugar a cem milhas de distância, numa outra cidade, situada no mais alto pico do mais escarpado morro, e, por essa razão, privado de água. E, como as habitações estivessem muito apertadas para darem lugar a uma forasteira, atirou a casa diante da porta da cidade e se foi.'

[11] 'Isto que contas, meu bom Sócrates', disse eu, 'é terrível e maravilhoso. De tal maneira, que até a mim inspiraste uma tremenda inquietação, para não dizer pavor. É como se me tivesses cutucado não com um espinho, mas com a ponta de uma lança. E se essa velha, servida pelos divinos poderes, chegasse a conhecer o teor da nossa conversa? Apressemo-nos a dormir, e, quando o sono dissipar nossa fadiga, antes da aurora, toquemos para longe, o mais longe que pudermos.'

Eu aconselhava ainda, e já o honesto Sócrates, baqueado pelas libações inusitadas e por um longo cansaço, tinha dormido, e roncava barulhentamente. Quanto a mim, reforcei a porta, experimentei os ferrolhos, instalei meu catre contra os batentes, e ali me espichei. O medo me manteve desperto algum tempo, no começo. Depois, lá pela terceira vigília,[13] fechei um pouco os olhos. Mal dormira, quando, bruscamente, com um repelão forte demais para ser atribuído a ladrões, a porta se abriu, ou antes, foi projetada para a frente, as dobradiças quebradas e arrancadas do pino. Meu catre, de resto muito curto, e com um pé mutilado e carunchado, virou-se com a violência do choque; por

---

[13] À meia-noite. (N. da T.)

violentia prosternitur, me quoque evolutum atque excussum humi recidens in inversum cooperit ac tegit.

[12] Tunc ego sensi naturalitus quosdam affectus in contrarium provenire. Nam ut lacrimae saepicule de gaudio prodeunt, ita et in illo nimio pavore risum nequivi continere de Aristomene testudo factus. Ac dum in fimum deiectus obliquo aspectu quid rei sit grabatuli sollertia munitus opperior, video mulieres duas altioris aetatis; lucernam lucidam gerebat una, spongiam et nudum gladium altera. Hoc habitu Socratem bene quietum circumstetere. Infit illa cum gladio: 'Hic est, soror Panthia, carus Endymion, hic Catamitus meus, qui diebus ac noctibus inlusit aetatulam meam, hic qui meis amoribus subterhabitis non solum me diffamat probris verum etiam fugam instruit. At ego scilicet Vlixi astu deserta vice Calypsonis aeternam solitudinem flebo.' Et porrecta dextera meque Panthiae suae demonstrato: 'At hic bonus' inquit 'consiliator Aristomenes, qui fugae huius auctor fuit et nunc morti proximus iam humi prostratus grabattulo subcubans iacet et haec omnia conspicit, impune se laturum meas contumelias putat. Faxo eum sero, immo statim, immo vero iam nunc, ut et praecedentis dicacitatis et instantis curiositatis paeniteat.'

[13] Haec ego ut accepi, sudore frigido miser perfluo, tremore viscera quatior, ut grabattulus etiam succussu meo inquietus super dorsum meum palpitando saltaret. At bona Panthia: 'Quin igitur', inquit 'soror, hunc primum bacchatim

minha vez, rolei por terra, caído da cama, a qual, ao tombar, voltou-se e me recobriu inteiramente.

[12] Fiquei sabendo, então, que é próprio de certas emoções manifestarem-se por efeitos contrários. É do conhecimento de todos que frequentemente se derramam lágrimas de alegria: do mesmo modo, nesse pavor extremo, não pude conter o riso, vendo-me de Aristômenes transformado em tartaruga. Entretanto, agachado dentro da carapaça, sob a proteção prudente do catre, lancei um olhar de esguelha, na expectativa dos acontecimentos. Vejo duas mulheres de idade muito avançada; uma levava uma lâmpada acesa, outra, uma esponja e uma espada nua. Assim equipadas, cercaram Sócrates, que dormia serenamente, e aquela que tinha a espada falou: 'Aqui está ele, Pância, minha irmã, o caro Endimião;[14] ei-lo, o meu Catâmito,[15] que por muitos dias e muitas noites se aproveitou da minha idade terna demais, e aqui está, desprezando meu amor. Não contente de me difamar, ainda se prepara para fugir. E eu, sem dúvida, nova Calipso, abandonada pelo astucioso Ulisses,[16] chorarei e lamentarei a minha solidão eterna.' Assim falando, estendeu o braço e me mostrou à amiga Pância: 'Quanto a esse ali', acrescentou, 'o honesto conselheiro Aristômenes, que teve a ideia da fuga, esse que neste momento, mais próximo da morte do que nunca, prostrado no chão, e jacente sob o seu grabato, observa tudo isto, pensa que me ultrajou impunemente. Paciência; mas não, num instante, ou antes, imediatamente, quero que se penitencie de seus sarcasmos de antes e da sua curiosidade de agora.'

[13] Ouvindo este discurso, coitado de mim, um suor frio me corria ao longo do corpo, e estavam as minhas vísceras sacudidas por um tal tremor que meu catre, movimentado pelos sobressaltos, dançava aos pulos sobre o meu lombo. Mas a boa Pância respondeu: 'Que achas, minha irmã, de primeiro despedaçarmos esse homem, como fazem as

---

[14] Jovem caçador grego, amado por Selene, a Lua. Concedeu-lhe Zeus o dom de um sono eterno e de uma juventude perene. Apaixonada por ele, vinha a Lua, à noite, beijá-lo na gruta onde dormia. (N. da T.)

[15] Nome dado a Ganimedes, escanção de Júpiter, aquele que lhe dava de beber. "Catâmito" se tornou nome comum, no sentido de belo rapaz, querido, favorito, menino bonito. (N. da T.)

[16] Na *Odisseia*, canto V, conta-se que Ulisses abandonou, por ordem dos deuses, a enamorada ninfa Calipso. (N. da T.)

discerpimus vel membris eius destinatis virilia
desecamus?'

Ad haec Meroe — sic enim reapse nomen eius tunc
fabulis Socratis convenire sentiebam —: 'Immo' ait
'supersit hic saltem qui miselli huius corpus parvo
contumulet humo', et capite Socratis in alterum dimoto
latus per iugulum sinistrum capulo tenus gladium totum
ei demergit et sanguinis eruptionem utriculo admoto
excipit diligenter, ut nulla stilla compareret usquam. Haec
ego meis oculis aspexi. Nam etiam, ne quid demutaret,
credo, a victimae religione, immissa dextera per vulnus
illud ad viscera penitus cor miseri contubernalis mei
Meroe bona scrutata protulit, cum ille impetu teli
praesecata gula vocem immo stridorem incertum per
vulnus effunderet et spiritum rebulliret. Quod vulnus, qua
maxime patebat, spongia offulciens Panthia: 'Heus tu'
inquit 'spongia, cave in mari nata per fluvium transeas.'
His editis abeunt <et una> remoto grabattulo varicus
super faciem meam residentes vesicam exonerant, quoad
me urinae spurcissimae madore perluerent.

[14] Commodum limen evaserant, et fores ad
pristinum statum integrae resurgunt: cardines ad
foramina residunt, <ad> postes [ad] repagula redeunt, ad
claustra pessuli recurrunt. At ego, ut eram, etiam nunc
humi proiectus inanimis nudus et frigidus et lotio
perlutus, quasi recens utero matris editus, immo vero
semimortuus, verum etiam ipse mihi supervivens et
postumus vel certe destinatae iam cruci candidatus:
'Quid' inquam 'me fiet, ubi iste iugulatus mane paruerit?
Cui videbor veri similia dicere proferens vera?
"Proclamares saltem suppetiatum, si resistere vir tantus
mulieri nequibas. Sub oculis tuis homo iugulatur, et siles?
Cur autem te simile latrocinium non peremit? Cur saeva
crudelitas vel propter indicium sceleris arbitro pepercit?
Ergo, quoniam evasisti mortem, nunc illo redi.'"

Haec identidem mecum replicabam, et nox ibat in
diem. Optimum itaque factu visum est anteluculo furtim
evadere et viam licet trepido vestigio capessere. Sumo

bacantes, ou de lhe ligarmos os membros, e cortar-lhe o instrumento da virilidade?'

'Não', replicou Méroe, pois era ela, eu a reconhecia agora, visto Sócrates ter-lhe mencionado o nome em suas narrações, 'não, mas que ele pelo menos sobreviva para amontoar um pouco de terra sobre o cadáver deste pobre rapaz.' E, inclinando para a direita a cabeça de Sócrates, mergulhou a espada inteira, até o punho, no lado esquerdo da garganta; depois, aproximou um odrezinho e recolheu o sangue que jorrava, diligenciando para que nenhuma gota se perdesse. Tudo isto eu vi com os meus olhos. Para conservar, creio, a essa imolação todas as características de um sacrifício, a doce Méroe introduziu a mão direita no ferimento, remexeu até o fundo das entranhas, e retirou o coração do meu desgraçado camarada. A violência do golpe tinha-lhe cortado a garganta e ele, deixando escapar pela fenda um som que não passava de um vago sopro, exalou o último suspiro. Pância, com uma esponja, tampou a larga abertura, dizendo: 'Esponja, tu que nasceste no mar, guarda-te de atravessar um rio.' Feito isto, retiraram-se, empurrando o catre. Depois, agachadas, com as pernas separadas acima de meu corpo, esvaziaram sobre mim a bexiga, e me deixaram inundado de imunda urina.

[14] Mal transpuseram a soleira, os batentes da porta se mostraram intactos, e voltaram à sua posição primitiva: os pinos se recolocaram nas dobradiças, as trancas se ajustaram nos passadores, os ferrolhos se ajeitaram no encaixe. Mas eu fiquei lá como estava, jogado no chão, desfalecente, nu, transido, molhado de urina, tal como um recém-nascido ao sair do útero materno. Assim mesmo, meio morto, era o meu próprio sobrevivente, o meu prolongamento póstumo, e, em qualquer caso, candidato à cruz. Que acontecerá, eu me dizia, quando, amanhã pela manhã, descobrirem a garganta cortada? Adiantaria dizer a verdade? Quem acreditaria? "Poderias ao menos pedir socorro, se, de talhe avantajado como és, não pudeste resistir a uma mulher. Degola-se um homem na tua frente e calas-te? Ademais, por que não pereceste, vítima do mesmo atentado? Por que essa crueldade feroz, pelo simples temor de uma denúncia, não suprimiu a testemunha do crime? Escapaste da morte; pois bem, volta para ela."'

Enquanto eu ruminava essas coisas, ia-se a noite, e vinha o dia. Pareceu-me que o melhor partido a tomar era escapar furtivamente, antes da madrugada, e rápido pegar a estrada, sem deixar vestígio.

sarcinulam meam, subdita clavi pessulos reduco; at illae probae et fideles ianuae, quae sua sponte reseratae nocte fuerant, vix tandem et aegerrime tunc clavis suae crebra immissione patefiunt.

[15] Et 'Heus tu, ubi es?' inquam; 'valvas stabuli absolve, antelucio volo ire.' Ianitor pone stabuli ostium humi cubitans etiam nunc semisomnus: 'Quid? Tu' inquit 'ignoras latronibus infestari vias, qui hoc noctis iter incipis? Nam etsi tu alicuius facinoris tibi conscius scilicet mori cupis, nos cucurbitae caput non habemus ut pro te moriamur.' 'Non longe' inquam 'lux abest. Et praeterea quid viatori de summa pauperie latrones auferre possunt? An ignoras, inepte, nudum nec a decem palaestritis despoliari posse?' Ad haec ille marcidus et semisopitus in alterum latus revolutus: 'Unde autem' inquit 'scio an convectore illo tuo, cum quo sero devorteras, iugulato fugae mandes praesidium?'

Illud horae memini me terra dehiscente ima Tartara inque his canem Cerberum prorsus esurientem mei prospexisse. Ac recordabar profecto bonam Meroen non misericordia iugulo meo pepercisse, sed saevitia cruci me reservasse.

[16] In cubiculum itaque reversus de genere tumultuario mortis mecum deliberabam. Sed cum nullum aliud telum mortiferum Fortuna quam solum mihi grabattulum subministraret, 'Iam iam grabattule' inquam 'animo meo carissime, qui mecum tot aerumnas exanclasti conscius et arbiter quae nocte gesta sunt, quem solum in meo reatu testem innocentiae citare possum, tu mihi ad inferos festinanti sumministra telum salutare', et cum dicto restim, qua erat intextus, adgredior expedire ac tigillo, quod fenestrae subditum altrinsecus prominebat, iniecta atque obdita parte funiculi et altera firmiter in nodum coacta ascenso grabattulo ad exitium sublimatus et

Agarrando minha pequena bagagem, introduzi a chave na fechadura e manobrei os ferrolhos. Porém, aquela porta honesta e fiel que, por si mesma, durante a noite, tinha feito saltar as dobradiças, foi com enorme trabalho, e à força de virar e revirar a chave, que cedeu por fim.

[15] 'Olá, onde estás?', chamei. 'Abre a porta da estalagem, quero partir antes do dia.' O porteiro, que se tinha deitado no chão, atravessado na entrada, disse, ainda meio dormindo: 'Que pensas? Não sabes que os caminhos estão infestados de bandoleiros, para te meteres na estrada a esta hora da noite? Se tens algum pecado na consciência, que te dá ganas de morrer, eu não tenho cabeça de melão para ir morrer em teu lugar.' 'O dia não demora", respondi. 'E, ademais, que queres que os ladrões roubem de um viajante que de seu só tem a pobreza? Ou és tão tolo que é preciso te explicar que mesmo dez lutadores da Academia não poderiam despojar um homem nu?' O porteiro, caindo de sono, e quase dormindo outra vez, virou-se resolutamente para o outro lado, dizendo: 'E quem me prova que não degolaste o teu companheiro de viagem, com o qual aqui te alojaste ontem, e que não procuras, com a fuga, salvar-te da prisão?'

Nessa hora, lembro-me, vi abrir-se a terra, e o fundo do Tártaro aparecer, com o cão Cérbero pronto para me devorar.[17] Acudiu-me não ter sido por misericórdia, seguramente, que a boa Méroe me tinha poupado, em lugar de me degolar; mas havia, por crueldade, me reservado para a cruz.

[16] Voltei para o meu cubículo, deliberando sobre o mais expedito dos gêneros de morte. Mas o destino não me punha à disposição outra arma mortífera, a não ser o meu catre: 'Grabato', digo-lhe eu, 'grabato caro ao meu coração, companheiro de tantas desgraças que aguentamos juntos, tu que conheces como eu, por havê-los presenciado, os acontecimentos desta noite, única testemunha de minha inocência que posso invocar porventura, quando me acusarem — tenho pressa de descer à região dos mortos: fornece-me arma eficiente.' Dito isto, dei-me ao trabalho de desmanchar a corda com a qual era trançado o estrado; apanhei uma das pontas e fixei-a em torno de uma tranca que, presa à janela, formava uma saliência de um lado; com a outra ponta, fiz um nó firme; depois, subindo ao leito, e não me elevando senão pa-

---

[17] Cão de três cabeças, que guarda a porta do Inferno. (N. da T.)

immisso capite laqueum induo. Sed dum pede altero fulcimentum quo sustinebar repello, ut ponderis deductu restis ad ingluviem adstricta spiritus officia discluderet, repente putris alioquin et vetus funis dirumpitur, atque ego de alto recidens Socraten — nam iuxta me iacebat — superruo cumque eo in terram devolvor.

[17] Et ecce in ipso momento ianitor introrumpit exerte clamitans: 'Vbi es tu qui alta nocte festinabas et nunc stertis involutus?'

Ad haec nescio an casu nostro an illius absono clamore experrectus Socrates exsurgit prior et 'Non' inquit 'inmerito stabularios hos omnes hospites detestantur. Nam iste curiosus dum inportune irrumpit — credo studio rapiendi aliquid — clamore vasto marcidum alioquin me altissimo somno excussit.'

Emergo laetus atque alacer insperato gaudio perfusus et: 'Ecce, ianitor fidelissime, comes [et pater meus] et frater meus, quem nocte ebrius occisum a me calumniabaris', et cum dicto Socraten deosculabar amplexus. At ille, odore alioquin spurcissimi humoris percussus quo me Lamiae illae infecerant, vehementer aspernatur: 'Apage te' inquit 'fetorem extremae latrinae', et causas coepit huius odoris comiter inquirere. At ego miser adficto ex tempore absurdo ioco in alium sermonem intentionem eius denuo derivo et iniecta dextra: 'Quin imus' inquam 'et itineris matutini gratiam capimus?'

Sumo sarcinulam et pretio mansionis stabulario persoluto capessimus viam.

[18] Aliquantum processeramus, et iam iubaris exortu cuncta conlustrantur. Et ego curiose sedulo arbitrabar iugulum comitis, qua parte gladium delapsum videram, et mecum: 'Vesane', aio 'qui poculis et vino sepultus extrema somniasti. Ecce Socrates integer sanus incolumis. Vbi vulnus? Spongia <ubi>? Vbi postremo cicatrix tam alta, tam recens?' Et ad illum: 'Non' inquam

ra perecer, ergui a cabeça para o nó corredio e o passei em torno do pescoço. Mas, quando repeli com o pé o suporte que me servia de ponto de apoio, de maneira que, apertado pelo meu peso, o laço se apertasse na minha garganta, detendo-me a respiração, a corda, já velha e podre, arrebentou. Caí no vazio, bem em cima de Sócrates, que, deitado ao meu lado, rolou para o chão comigo.

[17] Nesse instante, o porteiro surgiu, gritando, com toda força: 'Onde estás ó tu que, no meio da noite, te impacientavas tanto por partir, e que, no entanto, agora roncas enrolado nas cobertas?'

Sócrates, despertando, seja pela nossa queda, seja pelos gritos ensurdecedores do outro, levantou-se dizendo: 'Não é sem razão que os viajantes maldizem os taberneiros. Vejam o indiscreto, que irrompe intempestivamente — ele gostaria, creio, de nos furtar alguma coisa — e cujos barulhentos clamores, quando mais não seja, me arrancaram de um sono profundo.'

Eu surgi alegre, verdadeiramente inundado de contentamento por essa felicidade inesperada: 'Vê, incorruptível porteiro, eis aí o meu companheiro, meu irmão, que esta noite, bêbado, me acusavas de ter matado.' E assim dizendo, eu abraçava Sócrates e o cobria de beijos. Mas ele, nauseado com o mau cheiro do líquido tremendamente repugnante com que as Lâmias[18] me haviam emporcalhado: 'Arreda-te', disse, 'tu fedes a latrina', e perguntou interessado como tinha eu me perfumado daquela maneira. Imediatamente, em meu embaraço, inventei qualquer absurda brincadeira para desviar-lhe a atenção, e, pondo a mão direita no seu ombro, disse-lhe: 'Que esperamos? Partamos e aproveitemos a amena caminhada matinal.'

Tomei minha pequena bagagem, paguei ao tendeiro o preço de nossa dormida, e eis-nos na estrada.

[18] Mal nos tínhamos posto a caminho, o Sol, nascendo, iluminou tudo com seus raios. Eu observava, com uma atenta curiosidade, o pescoço do meu companheiro, no lugar onde vira mergulhar o gládio, e dizia comigo mesmo: 'Louco, tinhas bebido, foi o espírito encharcado de vinho que te fez ter sonhos insensatos. Estás aí, Sócrates, intacto, sadio, incólume. Onde está o ferimento? Onde estão a esponja e a cicatriz, tão profunda quanto recente?' E, dirigindo-me a ele, falei: 'Mé-

---

[18] Seres meio mulheres, meio pássaros, como as Estriges e as Harpias. Transformavam-se em animais para mutilar os cadáveres. (N. da T.)

'immerito medici fidi cibo et crapula distentos saeva et gravia somniare autumant: mihi denique, quod poculis vesperi minus temperavi, nox acerba diras et truces imagines optulit, ut adhuc me credam cruore humano aspersum atque impiatum.'

Ad haec ille subridens: 'At tu' inquit 'non sanguine sed lotio perfusus es. Verum tamen et ipse per somnium iugulari visus sum mihi, nam et iugulum istum dolui et cor ipsum mihi avelli putavi, et nunc etiam spiritu deficior et genua quatior et gradu titubo et aliquid cibatus refovendo spiritu desidero.' 'En' inquam 'paratum tibi adest ientaculum', et cum dicto manticam meam humero exuo, caseum cum pane propere ei porrigo, et 'Iuxta platanum istam residamus' aio.

[19] Quo facto et ipse aliquid indidem sumo eumque avide essitantem aspiciens aliquanto intentiore macie atque pallore buxeo deficientem video. Sic denique eum vitalis color turbaverat ut mihi prae metu, nocturnas etiam Furias illas imaginanti, frustulum panis quod primum sumseram quamvis admodum modicum mediis faucibus inhaereret ac neque deorsum demeare neque sursum remeare posset. Nam et brevitas ipsa commeantium metum mihi cumulabat. Quis enim de duobus comitum alterum sine alterius noxa peremptum crederet? Verum ille, ut satis detruncaverat cibum, sitire inpatienter coeperat; nam et optimi casei bonam partem avide devoraverat, et haud ita longe radices platani lenis fluvius in speciem placidae paludis ignavus ibat argento vel vitro aemulus in colorem. 'En' inquam 'explere latice fontis lacteo.' Adsurgit et oppertus paululum planiorem ripae marginem complicitus in genua adpronat se avidus adfectans poculum. Necdum satis extremis labiis summum aquae rorem attigerat, et iugulo eius vulnus dehiscit in profundum patorem et illa spongia de eo repente devolvitur eamque parvus admodum comitatur cruor. Denique corpus exanimatum in flumen paene cernuat, nisi

dicos dignos de fé pretendem, com razão, que um estômago estufado de comida e bebida faz sonhar coisas trágicas e ameaçadoras. Pois foi isso. Bebi mais do que seria razoável. Passei uma noite terrível, que me trouxe imagens de espanto e de horror. Isso chegou a tal ponto, que neste momento creio-me ainda molhado e sujo de sangue humano.'

'De sangue?', inquiriu Sócrates, sorridente. 'Não é de sangue que estás molhado, mas de urina. De resto, eu também tive um sonho. Sonhei que me cortavam a goela. Senti a dor aqui na garganta. Pareceu mesmo que me arrancavam o coração e até agora como que me falta o sopro, tremem-me os joelhos, estão inseguros os meus passos, e sinto a necessidade de tomar algum alimento que me reanime.' 'Viva!', disse eu, arreando a sacola do ombro, 'aqui está um almoço já servido', e estendi-lhe queijo e pão. 'Sentemo-nos junto deste plátano.'

[19] Feito isto, tomei por minha vez um pouco das mesmas provisões. Olhando para o meu companheiro, que comia com avidez, vi seus traços se cavarem, seu rosto se tornar de um palor de bucho, as forças o abandonarem. Ficou, enfim, tão irreconhecível, com as cores tão mortalmente alteradas, que, em meu horror, cria rever diante de mim as Fúrias[19] da noite, e o primeiro bocado de pão, por pequeno que fosse, se me atravessava na garganta, sem poder descer nem subir. E o que levava ao cúmulo o meu medo era que só de raro em raro passava gente. Com efeito, a quem convencer que, de dois companheiros, um tivesse perecido sem que o outro interviesse? Contudo, Sócrates consumira boa quantidade de alimento e foi tomado de sede irresistível. Havia engolido um grande bocado de um queijo excelente, e, não longe das raízes do plátano, sereno como um lago, corria preguiçoso um regato de curso lento, da cor da prata e do vidro. 'Está bem', eu lhe disse, 'bebe da água leitosa daquela fonte, até matar a sede.' Ele se levantou, procurou por um instante, no barranco, um lugar ao nível da água; depois, dobrando os joelhos, inclinou-se e se aproximou, ávido, para beber. Não tinha ainda atingido com os lábios a superfície da água, quando profundo e largo ferimento se abriu em seu pescoço, a esponja bruscamente escapou, seguida de um filetezinho de sangue, e seu corpo inanimado iria de cabeça para diante dentro d'água se eu não o tivesse segurado por um pé e arrastado, com grande esforço, para a margem. Ali, depois

---

[19] Divindades infernais, filhas do Inferno e da Noite, que castigavam no Tártaro os que haviam vivido mal. (N. da T.)

ego altero eius pede retento vix et aegre ad ripam superiorem adtraxi, ubi defletum pro tempore comitem misellum arenosa humo in amnis vicinia sempiterna contexi. Ipse trepidus et eximie metuens mihi per diversas et avias solitudines aufugi et quasi conscius mihi caedis humanae relicta patria et lare ultroneum exilium amplexus nunc Aetoliam novo contracto matrimonio colo."

[20] Haec Aristomenes. At ille comes eius, qui statim initio obstinata incredulitate sermonem eius respuebat: "Nihil" inquit "hac fabula fabulosius, nihil isto mendacio absurdius", et ad me conversus: "Tu autem" inquit "vir ut habitus et habitudo demonstrat ornatus accedis huic fabulae?"

"Ego vero" inquam "nihil impossibile arbitror, sed utcumque fata decreverint ita cuncta mortalibus provenire: nam et mihi et tibi et cunctis hominibus multa usu venire mira et paene infecta, quae tamen ignaro relata fidem perdant. Sed ego huic et credo hercules et gratas gratias memini, quod lepidae fabulae festivitate nos avocavit, asperam denique ac prolixam viam sine labore ac taedio evasi. Quod beneficium etiam illum vectorem meum credo laetari, sine fatigatione sui me usque ad istam civitatis portam non dorso illius sed meis auribus pervecto."

[21] Is finis nobis et sermonis et itineris communis fuit. Nam comites uterque ad villulam proximam laevorsum abierunt. Ego vero quod primum ingressui stabulum conspicatus sum accessi et de quadam anu caupona ilico percontor: "Estne" inquam "Hypata haec civitas?" Adnuit. "Nostine Milonem quendam e primoribus?" Adrisit et: "Vere" inquit "primus istic perhibetur Milo, qui extra pomerium et urbem totam colit." "Remoto" inquam "ioco, parens optima, dic oro et cuiatis sit et quibus deversetur aedibus". "Videsne" inquit "extremas fenestras, quae foris urbem prospiciunt, et altrinsecus fores proxumum respicientes angiportum? Inibi iste Milo deversatur ampliter nummatus et longe opulentus verum extremae avaritiae et sordis infimae infamis homo, foenus denique copiosum sub

de ter chorado, tanto quanto permitiam as circunstâncias, o meu desgraçado companheiro, recobri-o de terra arenosa e deixei-o nas vizinhanças do rio para sempre. Ao mesmo tempo, cheio de inquietação e de temor por minha própria sorte, fugi, pelos caminhos mais afastados, para solidões impenetráveis. Como se tivesse a morte do homem na consciência, abandonei minha pátria e o meu lar. Exilado, habito hoje a Etólia, onde celebrei novo contrato matrimonial."

[20] Esta foi a narração de Aristômenes. E a isto, seu companheiro, que desde o começo tinha-se retraído em sua incredulidade, e recusava-se a ouvi-lo, disse: "Nada existe de mais fabuloso que essa fábula, nem mais absurdo que essa mentira. E tu", continuou, voltando-se para mim, "e tu, que tens o ar e as maneiras de um homem educado, dás ouvido a esse conto?"

"Sou de opinião", respondi, "que não há nada impossível: como decidirem os fados, assim decorre a vida para os mortais. A ti, a mim, a não importa quem, acontecem coisas extraordinárias e quase inéditas. Contai-as a quem ignore tudo isso, e perdereis todo o crédito. Quanto a ele, sim, certamente, eu creio nele, e lhe rendo graças infinitas por nos ter mantido tão bem sob o encanto de uma agradável história, de maneira que cheguei ao fim desta rude e longa escalada, sem esforço e sem aborrecimento. O benefício atingiu até a minha montaria, que obteve um inesperado proveito, pois que, sem fadiga para ela, eu vim até a entrada desta cidade levado, não por seu lombo, mas por minhas orelhas."

[21] Acabou aqui nossa conversa e nosso itinerário em companhia. Os dois companheiros viraram para a esquerda, em direção a uma casinhola de campo, situada a pouca distância. Quanto a mim, aproximando-me da primeira hospedaria que avistei, perguntei logo à velha hospedeira: "Esta cidade é Hípata?" Ela fez sim com a cabeça. "Conheces um certo Milão, um dos principais da cidade?" Ela riu e disse: "Verdadeiramente, Milão passa por tal, pois habita fora do perímetro urbano." "Fora de brincadeira, excelente mulher", digo-lhe eu, "responde-me, eu te peço: que espécie de homem é ele, e em que casa mora?" "Vês aquelas janelas, lá embaixo, que dão para fora, em direção da cidade, e, do outro lado, uma porta dando por trás para a rua vizinha? É lá que mora o teu Milão, um homem que possui haveres em abundância, mas desacreditado por sua extrema avareza e sua sórdida baixeza. Com efeito, ele pratica a usura proveitosamente, tomando co-

arrabone auri et argenti crebriter exercens, exiguo Lare inclusus et aerugini semper intentus, cum uxorem etiam calamitatis suae comitem habeat. Neque praeter unicam pascit ancillulam et habitu mendicantis semper incedit."

Ad haec ego risum subicio: "Benigne" inquam "et prospicue Demeas meus in me consuluit, qui peregrinaturum tali viro conciliavit, in cuius hospitio nec fumi nec nidoris nebulam vererer";

[22] et cum dicto modico secus progressus ostium accedo et ianuam firmiter oppessulatam pulsare vocaliter incipio. Tandem adulescentula quaedam procedens: "Heus tu" inquit "qui tam fortiter fores verberasti, sub qua specie mutari cupis? An tu solus ignoras praeter aurum argentumque nullum nos pignus admittere?" "Meliora" inquam "ominare et potius responde an intra aedes erum tuum offenderim." "Plane", inquit "sed quae causa quaestionis huius?" "Litteras ei a Corinthio Demea scriptas ad eum reddo." "Dum annuntio", inquit "hic ibidem me opperimino", et cum dicto rursum foribus oppessulatis intro capessit. Modico deinde regressa patefactis aedibus: "Rogat te" inquit.

Intuli me eumque accumbentem exiguo admodum grabattulo et commodum cenare incipientem invenio. Assidebat pedes uxor et mensa vacua posita, cuius monstratu "En" inquit "hospitium." "Bene" ego, et ilico ei litteras Demeae trado. Quibus properiter lectis: "Amo" inquit "meum Demeam qui mihi tantum conciliavit hospitem."

[23] Et cum dicto iubet uxorem decedere utque in eius locum adsistam iubet meque etiam nunc verecundia cunctantem adrepta lacinia detrahens: "Adside" inquit "istic. Nam prae metu latronum nulla sessibula ac ne sufficientem supellectilem parare nobis licet." Feci. Et sic "Ego te" inquit "etiam de ista corporis speciosa habitudine deque hac virginali prorsus verecundia generosa stirpe proditum et recte conicerem. Sed et meus Demeas eadem litteris pronuntiat. Ergo brevitatem gurgustioli nostri ne spernas peto. Erit tibi adiacens [en] ecce illud cubiculum honestum receptaculum. Fac libenter deverseris in nostro. Nam et maiorem domum dignatione tua feceris et tibi

mo penhores o ouro e a prata. Confinado numa salinha, ali vive possuído pela paixão que o consome. Tem, não obstante, uma esposa, companheira da sua calamitosa existência. Ele não sustenta senão uma pequena escrava, e sai sempre vestido como um mendigo."

A estas palavras, repliquei, rindo-me: "Benigno e previdente Demeias, que velou por mim, dando-me, quando partia, uma recomendação para tal homem: um hospedeiro em casa de quem não tenho que temer nem a fumaça nem o cheiro da cozinha."

[22] Assim dizendo, dei ainda alguns passos, detendo-me diante da entrada da casa, cuja porta estava solidamente aferrolhada. Pus-me a bater e a chamar. Por fim, apareceu uma mocinha: "Eh! tu aí, que dás tão vigorosos golpes na porta, sobre que espécie de penhor desejas o empréstimo? Ou só tu ignoras que não aceitamos como garantia senão o ouro e a prata?" "Bom proveito" disse-lhe eu. "Tu farias melhor em me dizer se teu patrão está em casa." "Sim", respondeu, "mas por que essa pergunta?" "Trago-lhe carta de Demeias de Corinto." "Vou-te anunciar", disse ela, "espera aqui." E, aferrolhando de novo a porta, entrou na casa. Um instante depois, voltou e abriu, dizendo: "Ele te espera."

Entrei. Encontrei-o justamente no momento em que se instalava sobre um pequeno estrado e se dispunha a jantar. A seus pés, sentava-se sua mulher. A mesa vazia estava posta. Designando-a, ele falou: "Eis o que posso oferecer aos meus hóspedes." "Está bem", digo, estendendo-lhe ao mesmo tempo a carta de Demeias. Leu-a rapidamente. "Agradeço", disse, "ao meu caro Demeias, por ter-me apresentado um hóspede tão distinto."

[23] Assim dizendo, convidou a mulher a me ceder o seu lugar, e a mim, para que me sentasse. E como, por timidez, eu fizesse ainda alguma cerimônia, agarrou a barra de minhas vestes e me puxou para si. "Senta-te", disse, "senta-te junto de mim. Pois o temor dos ladrões não nos permite procurar nem cadeiras nem mobília conforme nossas necessidades." Quando obedeci, continuou: "A elegância que transparece em tua pessoa, aliada à modéstia verdadeiramente virginal, teria por si só feito pressentir a nobreza de tuas origens, se a carta do meu amigo Demeias não se pronunciasse a respeito de tudo isso. Não desprezes, então, suplico-te, a exiguidade do nosso humilde cubículo. O quarto ao lado te oferecerá um abrigo decente. Que te seja possível encontrar prazer na estadia entre nós. A dignidade que emprestarás a esta casa a

specimen gloriosum adrogaris, si contentus lare parvulo
Thesei illius cognominis patris tui virtutes aemulaveris, qui
non est aspernatus Hecales anus hospitium tenue", et vocata
ancillula: "Photis" inquit "sarcinulas hospitis susceptas cum
fide conde in illud cubiculum ac simul ex promptuario
oleum unctui et lintea tersui et cetera hoc eidem usui profer
ociter et hospitem meum produc ad proximas balneas; satis
arduo itinere atque prolixo fatigatus est."

[24] His ego auditis mores atque parsimoniam ratiocinans
Milonis volensque me artius ei conciliare: "Nihil" inquam "rerum
istarum, quae itineris ubique nos comitantur, indigemus. Sed et
balneas facile percontabimur. Plane, quod est mihi summe
praecipuum, equo, qui me strenue pervexit, faenum atque ordeum
acceptis istis nummulis tu, Photis, emito."

His actis et rebus meis in illo cubiculo conditis pergens ipse
ad balneas, ut prius aliquid nobis cibatui prospicerem, forum
cupidinis peto, inque eo piscatum opiparem expositum video et
percontato pretio, quod centum nummis indicaret, aspernatus
viginti denariis praestinavi. Inde me commodum egredientem
continatur Pythias condiscipulus apud Athenas Atticas meus, qui
me post aliquantum multum temporis amanter agnitum invadit
amplexusque ac comiter deosculatus: "Mi Luci", ait "sat pol diu
est quod intervisimus te, at hercules exinde cum a Clytio magistro
digressi sumus. Quae autem tibi causa peregrinationis huius?"
"Crastino die scies", inquam. "Sed quid istud? Voti gaudeo. Nam
et lixas et virgas et habitum prorsus magistratui congruentem in te
video." "Annonam curamus" ait "et aedilem gerimus et siquid
obsonare cupis utique commodabimus." Abnuebam, quippe qui
iam cenae affatim piscatum prospexeramus. Sed enim Pythias visa
sportula succussisque in aspectum planiorem piscibus: "At has
quisquilias quanti parasti?" "Vix" inquam "piscatori extorsimus
accipere viginti denarium."

tornará mais considerada e tu adquirirás um título de glória se, contente com o pobre lar, imitares as virtudes desse Teseu, homônimo de teu pai, que não desdenhou a humilde hospitalidade da velha Hécale."[20] Depois, chamando a pequena escrava: "Fótis, encarrega-te da bagagem do hóspede e deposita-o em segurança no seu cubículo, e, ao mesmo tempo, tira do armário, logo, o óleo para fricção, linhos para enxugar, enfim tudo que é preciso, e conduz meu hóspede à casa de banho mais próxima: sua árdua viagem o fatigou bastante."

[24] A estas palavras, considerando o ponto de vista de Milão e sua parcimônia, e querendo conquistar melhor as suas boas graças, disse-lhe: "De nada preciso. Esses objetos me acompanham em todas as minhas viagens. E o banho, eu o encontrarei facilmente. Muito mais importante para mim é meu cavalo que me trouxe valentemente até aqui. Toma, Fótis, estas poucas moedas e compra feno e aveia."

Feitos esses arranjos, e depositadas as minhas coisas no feio cubículo, dirigi-me ao banho. Mas, querendo antes prover ao nosso repasto, fui ao mercado e vi ali expostos magníficos peixes. Perguntei o preço: cem sestércios. Recusei. Por vinte denários efetuei a transação. Justamente ao sair de lá encontrei Pítias, meu condiscípulo em Atenas. Mostrou, ao me reconhecer depois de tanto tempo, uma alegria cordial, saltou-me ao pescoço, abraçou-me afetuosamente: "Caro Lúcio", disse, "há um século que não nos vemos, por Hércules, desde que deixamos de frequentar nosso mestre Clício. Mas o que te trouxe a esta terra?" "Saberás amanhã", respondi. "Mas que é isto? Meus cumprimentos. Eu te vejo com as insígnias, os feixes, todo o aparato que convém a um magistrado." "Sou encarregado da anona[21] e exerço as funções de edil. Se há alguma vitualha que desejes, estou às tuas ordens." Agradeci-lhe. Eu tinha provido suficientemente o jantar com os peixes. Mas Pítias, avistando o meu cesto e sacudindo os peixes para lhes apreciar melhor o aspecto, perguntou: "Quanto pagaste por esses peixinhos?" "Com algum esforço", disse eu, "arranquei-os a um pescador por vinte denários."

---

[20] Hécale foi uma velha mulher que recebeu maternalmente Teseu quando ele ia combater o touro de Maratona. (N. da T.)

[21] O prefeito da anona, em Roma, encarregava-se do aprovisionamento dos víveres, sobretudo de cereais. (N. da T.)

[25] Quo audito statim adrepta dextera postliminio me in forum cupidinis reducens: "Et a quo" inquit "istorum nugamenta haec comparasti?" Demonstro seniculum: in angulo sedebat. Quem confestim pro aedilitatis imperio voce asperrima increpans: "Iam iam" inquit "nec amicis quidem nostris vel omnino ullis hospitibus parcitis, quod tam magnis pretiis pisces frivolos indicatis et florem Thessalicae regionis ad instar solitudinis et scopuli edulium caritate deducitis? Sed non impune. Iam enim faxo scias quem ad modum sub meo magisterio mali debeant coerceri", et profusa in medium sportula iubet officialem suum insuper pisces inscendere ac pedibus suis totos obterere. Qua contentus morum severitudine meus Pythias ac mihi ut abirem suadens: "Sufficit mihi, o Luci", inquit "seniculi tanta haec contumelia."

His actis consternatus ac prorsus obstupidus ad balneas me refero prudentis condiscipuli valido consilio et nummis simul privatus et cena, lautusque ad hospitium Milonis ac dehinc cubiculum me reporto.

[26] Et ecce Photis ancilla: "Rogat te" inquit "hospes." At ego iam inde Milonis abstinentiae cognitor excusavi comiter, quod viae vexationem non cibo sed somno censerem diluendam. Isto accepto pergit ipse et iniecta dextera clementer me trahere adoritur. Ac dum cunctor, dum moleste renitor "Non prius" inquit "discedam quam me sequaris", et dictum iure iurando secutus iam obstinationi suae me ingratiis oboedientem perducit ad illum suum grabattulum et residenti: "Quam salve agit" inquit "Demeas noster? Quid uxor? Quid liberi? Quid vernaculi?" Narro singula. Percontatur accuratius causas etiam peregrinationis meae. Quas ubi probe protuli, iam et de patria nostra et eius primoribus ac denique de ipso praeside scrupulosissime explorans, ubi me post itineris tam saevi vexationem sensit fabularum quoque serie fatigatum in verba media somnolentum desinere ac nequicquam, defectum iam, incerta verborum salebra balbuttire, tandem patitur cubitum concederem. Evasi aliquando rancidi senis loquax et famelicum convivium somno non cibo gravatus, cenatus solis fabulis, et in cubiculum reversus optatae me quieti reddidi.

[25] Mal ouviu isto, imediatamente me tomou pela mão e me levou de volta ao mercado de onde eu vinha. "De quem compraste esse rebotalho?", perguntou-me. Mostrei-lhe um velhinho, sentado num canto. Apostrofando-o logo, com voz rude, em virtude dos seus poderes de edil, gritou: "Eis a consideração que demonstrais por nossos hóspedes e, de maneira geral, pelos estrangeiros em trânsito! Vendeis caro peixinhos sem valor, e desta cidade, flor da Tessália, fazeis, com o alto preço dos víveres, um deserto, um escolho solitário. Mas isto não ficará impune. Eu me encarrego de mostrar como, sob a minha administração, a desonestidade será reprimida." Despejando no chão o conteúdo do meu cesto, ordenou ao seu ajudante que pisasse os peixes e os esmagasse até o último. Depois, satisfeito com a sua severidade, o amigo Pítia me convidou para sair, acrescentando: "É suficiente, Lúcio, ter infligido a esse velhinho tal afronta."

Consternado com semelhante ato e aturdido, retomei o caminho do banho. A prudente energia do meu sábio condiscípulo me tinha privado ao mesmo tempo do dinheiro e do jantar. Uma vez lavado, voltei cedo para a casa do meu hospedeiro Milão, e entrei para o quarto.

[26] Então apareceu a escrava Fótis: "Teu hospedeiro te chama", disse. Mas, edificado já a respeito do regime de abstinência de Milão, escusei-me cortesmente: para dissipar a fadiga da viagem, eu cuidava ter mais necessidade de sono que de alimento. Dado o recado, foi ele próprio quem veio me procurar. Pousando delicadamente a mão sobre mim, procurou me levar. Vendo que eu me furtava e resistia por discrição, disse: "Não irei se não me seguires." Jurou, e, tendo sua obstinação forçado minha obediência, conduziu-me até o seu pequeno grabato, fazendo-me sentar. "Como estão", perguntou, "nosso Demeias? E sua mulher? E os filhos? E a escravaria?" Narrei-lhe tudo pormenorizadamente. Em seguida, quis saber exatamente o objetivo de minha viagem, e quando lhe contei, foi sobre a minha pátria, seus maiorais, seu governador, que ele indagou minuciosamente. Reparando, todavia, que ao abalo de uma dura viagem se acrescentava para mim o cansaço de uma conversa prolongada, tanto que eu dormia no meio de uma palavra e, incapaz de articular, tentava sem êxito vagos balbucios, tolerou que eu me fosse deitar. Escapei, enfim, ao importuno ancião, anfitrião loquaz e famélico. Pesado de sono, e não de comida, e não tendo ceado senão histórias, voltei para meu quarto para ali saborear o ambicionado repouso.

Liber II

[1] Vt primum nocte discussa sol novus diem fecit, et somno simul emersus et lectulo, anxius alioquin et nimis cupidus cognoscendi quae rara miraque sunt, reputansque me media Thessaliae loca tenere qua artis magicae nativa cantamina totius orbis consono ore celebrentur fabulamque illam optimi comitis Aristomenis de situ civitatis huius exortam, suspensus alioquin et voto simul et studio, curiose singula considerabam. Nec fuit in illa civitate quod aspiciens id esse crederem quod esset, sed omnia prorsus ferali murmure in aliam effigiem translata, ut et lapides quos offenderem de homine duratos et aves quas audirem indidem plumatas et arbores quae pomerium ambirent similiter foliatas et fontanos latices de corporibus humanis fluxos crederem; iam statuas et imagines incessuras, parietes locuturos, boves et id genus pecua dicturas praesagium, de ipso vero caelo et iubaris orbe subito venturum oraculum.

[2] Sic attonitus, immo vero cruciabili desiderio stupidus, nullo quidem initio vel omnino vestigio cupidinis meae reperto cuncta circumibam tamen. Dum in luxum nepotalem similis ostiatim singula pererro, repente me nescius forum cupidinis intuli, et ecce mulierem quampiam frequenti stipatam famulitione ibidem gradientem adcelerato vestigio comprehendo; aurum in gemmis et in tunicis, ibi inflexum, hic intextum, matronam profecto confitebatur. Huius adhaerebat lateri senex iam gravis in annis, qui ut primum me conspexit "Est", inquit "hercules, est Lucius", et offert osculum et statim incertum quidnam in aurem mulieris obganniit; "Quin" inquit "etiam ipsam parentem tuam

Livro II

[1] Esmaeceu a noite, veio um novo Sol e fez-se o dia. Emergindo ao mesmo tempo do sono e do leito, com o espírito sempre ansioso e ávido ao mais alto ponto de conhecer fatos raros e maravilhosos, encontrei-me, pois, no coração da Tessália, nesse país que o mundo inteiro concorda em celebrar como o berço das artes mágicas e dos encantamentos, tendo ocorrido nessa cidade a origem da aventura do meu valente companheiro Aristômenes. Incitado pelo desejo e pela impaciência, eu considerava cada objeto com olhar curioso. De tudo que via, nada nessa cidade me parecia ser o que era. Persuadia-me de que algum feitiço infernal havia dado a cada coisa uma nova configuração. Quando encontrava uma pedra, acreditava ver um homem petrificado. Se ouvia um pássaro, era um homem ainda, no qual tinham crescido penas. Do mesmo modo, eram homens enfolhados as árvores que bordavam os arredores da cidade, e provinha a água das fontes de corpos humanos liquefeitos. Parecia-me que as estátuas e as imagens iam marchar, as muralhas falar, os bois e outros animais de rebanho anunciar o porvir. Do próprio céu, e do radioso orbe do Sol, cairia de repente algum oráculo.

[2] Assim obsedado, fascinado, tornado estúpido por um desejo que era o meu tormento, eu errava por toda parte, sem encontrar vestígio nem traço do que desejava tão vivamente. Enquanto vagava de porta em porta, como um homem adoidado ou bêbado, eis-me, de súbito, sem ter percebido, no mercado, pelo qual passava nesse instante uma mulher, seguida de numerosa famulagem. Apertei o passo para alcançá-la. O engaste de ouro de suas pedrarias, e os fios de ouro com que estavam entrançados os seus vestidos, anunciavam uma pessoa de categoria. Ao seu lado caminhava um ancião carregado de anos, que disse, logo que reparou em mim: "Por Hércules, sim, é Lúcio." Ao mesmo tempo, me deu um beijo; depois murmurou algumas palavras indistintas ao ouvido da dama: "Que esperas?", ajuntou ele, "para te

accedis et salutas?" "Vereor" inquam "ignotae mihi feminae" et statim rubore suffusus deiecto capite restiti. At illa optutum in me conversa: "En" inquit "sanctissimae Salviae matris generosa probitas, sed et cetera corporis exsecrabiliter ad [regulam qua diligenter aliquid adfingunt] <amus>sim congruentia: inenormis proceritas, suculenta gracilitas, rubor temperatus, flavum et inadfectatum capillitium, oculi caesii quidem, sed vigiles et in aspectu micantes, prorsus aquilini, os quoquoversum floridum, speciosus et immeditatus incessus."

[3] Et adiecit: "Ego te, o Luci, meis istis manibus educavi, quidni? parentis tuae non modo sanguinis, verum alimoniarum etiam socia. Nam et familia Plutarchi ambae prognatae sumus et eandem nutricem simul bibimus et in nexu germanitatis una coalvimus. Nec aliud nos quam dignitas discernit, quod illa clarissimas ego privatas nuptias fecerimus. Ego sum Byrrhena illa, cuius forte saepicule nomen inter tuos educatores frequentatum retines. Accede itaque hospitium fiducia, immo vero iam tuum proprium larem."

Ad haec ego, iam sermonis ipsius mora rubore digesto: "Absit", inquam "parens, ut Milonem hospitem sine ulla querela deseram; sed plane, quod officiis integris potest effici, curabo sedulo. Quotiens itineris huius ratio nascetur, numquam erit ut non apud te devertar."

Dum hunc et huius modi sermonem altercamur, paucis admodum confectis passibus ad domum Byrrhenae pervenimus.

[4] Atria longe pulcherrima columnis quadrifariam per singulos angulos stantibus attolerabant statuas, palmaris deae facies, quae pinnis explicitis sine gressu pilae volubilis instabile vestigium plantis roscidis delibantes nec ut maneant inhaerent et iam volare creduntur. Ecce lapis Parius in Dianam factus tenet libratam totius loci medietatem, signum perfecte luculentum, veste reflatum, procursu vegetum,

aproximares e saudares tua mãe?" "Não ouso", respondi, "não conheço essa senhora." O rubor me subiu ao rosto e, baixando a cabeça, quedei-me no mesmo lugar, imóvel. Porém ela, voltando os olhos para mim, disse: "É bem a generosa modéstia da virtuosa Sálvia, sua mãe. E em toda a sua pessoa, é prodigioso como podemos encontrá-la exatamente: um talhe desempenado, sem desproporção, esbelto, bons músculos, tez de rubor moderado, a loura cabeleira sem complicados arranjos, olhos verdoengos, mas vigilantes, de olhar móvel como o de uma águia, a flor da saúde visível no rosto, o andar cheio de graça, sem afetação."

[3] E continuou: "Fui eu, Lúcio, que te criei com estas mãos. Que há de surpreendente nisso, se eu estava ligada à tua mãe pelo duplo liame do sangue e da alimentação em comum? Oriundas ambas da família de Plutarco, sugáramos juntas o leite da mesma ama e crescêramos como irmãs em estreita intimidade. Não há diferença entre nós senão a posição social, pois tua mãe desposou um alto personagem, eu um simples cidadão. Eu sou essa Birrena cujo nome te lembras talvez de ter ouvido pronunciar entre aqueles que te educaram. Não temas, pois, aceitar minha hospitalidade, ou antes, vem para uma casa que, de agora em diante, é a tua."

Durante essa conversa, meu rubor se dissipara. Respondi: "Não posso pensar, minha mãe, em abandonar meu hospedeiro Milão sem motivo nenhum de queixa. Mas farei tudo que puder ser feito sem descortesia. Cada vez que passar por aqui, não deixarei de descer em tua casa."

Assim dialogando, demos alguns passos e chegamos à mansão de Birrena.

[4] O átrio era belíssimo. Em cada um dos quatro ângulos se elevava uma coluna, que sustentava uma estátua da Vitória. A deusa das asas espalmadas não caminhava: aflorando com a fresca planta dos pés o instável ponto de apoio de uma bola móvel, nela pousava sem se fixar, e parecia desferir voo. Um bloco de mármore de Paros,[22] figurando uma Diana, ocupava o meio da sala, que dividia simetricamente. Obra-prima sem defeito, a deusa, túnica ao vento, parecia, na sua carreira ágil, colocar-se diante dos que entravam, e por sua majestade inspirava

---

[22] Ilha do arquipélago das Cíclades, de onde os gregos retiravam mármore belíssimo para escultura. (N. da T.)

introeuntibus obvium et maiestate numinis venerabile; canes utrimquesecus deae latera muniunt, qui canes et ipsi lapis erant; his oculi minantur, aures rigent, nares hiant, ora saeviunt, et sicunde de proximo latratus ingruerit, eum putabis de faucibus lapidis exire, et in quo summum specimen operae fabrilis egregius ille signifex prodidit, sublatis canibus in pectus arduis pedes imi resistunt, currunt priores. Pone tergum deae saxum insurgit in speluncae modum muscis et herbis et foliis et virgulis et sicubi pampinis et arbusculis alibi de lapide florentibus. Splendet intus umbra signi de nitore lapidis. Sub extrema saxi margine poma et uvae faberrime politae dependent, quas ars aemula naturae veritati similes explicuit. Putes ad cibum inde quaedam, cum mustulentus autumnus maturum colorem adflaverit, posse decerpi, et si fonte, qui deae vestigio discurrens in lenem vibratur undam, pronus aspexeris, credes illos ut rure pendentes racemos inter cetera veritatis nec agitationis officio carere. Inter medias frondes lapidis Actaeon simulacrum curioso optutu in deam [sum] proiectus iam in cervum ferinus et in saxo simul et in fronte loturam Dianam opperiens visitur.

[5] Dum haec identidem rimabundus eximie delector, "Tua sunt" ait Byrrhena "cuncta quae vides", et cum dicto ceteros omnes sermone secreto decedere praecipit. Quibus dispulsis omnibus: "Per hanc" inquit, "deam, o Luci carissime, ut anxie tibi metuo et ut pote pignori meo longe provisum cupio, cave tibi, sed cave fortiter a malis artibus et facinorosis illecebris Pamphiles illius, quae cum Milone isto, quem dicis hospitem, nupta est. Maga primi nominis et omnis carminis sepulchralis magistra creditur, quae surculis et lapillis et id genus frivolis inhalatis omnem istam lucem mundi sideralis imis Tartari et in vetustum chaos submergere novit. Nam

veneração. Estava flanqueada de cães, à direita e à esquerda, eles também de pedra. Tinham olhos ameaçadores, orelhas empinadas, ventas largas, fauces em posição de morder: se ressoasse por perto um latido, poder-se-ia acreditar ter saído dessas goelas de mármore. Mas o maravilhoso escultor havia sobrepujado a si mesmo: os cães de peito alto tinham os membros posteriores em repouso, as patas da frente na atitude de correr. Por trás da deusa, elevava-se um rochedo, cavado em forma de gruta, com musgos, ervas, folhas, galhos flexíveis, aqui moitas, ali arbustos, toda uma floração saída da pedra. A sombra da estátua, no interior da gruta, iluminava-se com os reflexos do mármore. Sob a cornicha do rochedo pendiam frutos e cachos de uva, num trabalho bem-acabado, pois que a arte, rival da natureza, tinha sabido lhe dar a aparência da realidade. Dir-se-ia que na vindima, quando o sopro do outono os tivesse dourado e amadurecido, poder-se-ia colhê-los para comer, e, ao inclinar-se para olhar a fonte, que ondulava aos pés da deusa com suas vagas de doces frêmitos, tinha-se a ilusão de que tais cachos se balançavam na natureza, não lhes faltando os atributos da verdade, mesmo o movimento. Do meio da folhagem, um Acteão[23] de pedra avançava a cabeça, pousando na deusa um olhar curioso. Quase transformado já em animal, sob a forma de um cervo, ele se via, ao mesmo tempo, na pedra do rochedo e na água da fonte, que espiava o banho de Diana.

[5] Eu não me desprendia desse espetáculo e me deleitava com ele infinitamente. "Tudo que vês", me disse Birrena, "é teu." Ao mesmo tempo, mandou sair todos os presentes, para que conversássemos a sós. Quando todos se distanciaram, recomeçou: "Juro por esta deusa, meu caríssimo Lúcio, que padeço grandes angústias por tua causa, e queria, pois te amo como a um filho, velar pela tua segurança, antes que o mal aconteça. Guarda-te, guarda-te energicamente dos perigosos artifícios e da criminosa sedução dessa Pânfila, mulher do Milão que dizes ser o teu hospedeiro. Ela passa por mágica de primeira ordem, e entendida em todos os gêneros de encantamentos sepulcrais. Consegue, soprando sobre varinhas, pedregulhos, ou outros objetos miúdos, mergulhar toda a luz do mundo sideral no fundo do Tártaro e no antigo caos. Re-

---

[23] Acteão, caçador, foi espiar a deusa Diana que se banhava. Ela o transformou em veado, e, nessa forma, o caçador foi devorado por seus próprios cães. (N. da T.)

simul quemque conspexerit speciosae formae iuvenem, venustate eius sumitur et ilico in eum et oculum et animum detorquet. Serit blanditias, invadit spiritum, amoris profundi pedicis aeternis alligat. Tunc minus morigeros et vilis fastidio in saxa et in pecua et quodvis animal puncto reformat, alios vero prorsus extinguit. Haec tibi trepido et cavenda censeo. Nam et illa uritur perpetuum et tu per aetatem et pulchritudinem capax eius es." Haec mecum Byrrhena satis anxia.

[6] At ego curiosus alioquin, ut primum artis magicae semper optatum nomen audivi, tantum a cautela Pamphiles afui ut etiam ultro gestirem tali magisterio me volens ampla cum mercede tradere et prorsus in ipsum barathrum saltu concito praecipitare. Festinus denique et vecors animi manu eius velut catena quadam memet expedio et "Salve" propere addito ad Milonis hospitium perniciter evolo. Ac dum amenti similis celero vestigium, "Age", inquam, "o Luci, evigila et tecum esto. Habes exoptatam occasionem, et voto diutino poteris fabulis miris explere pectus. Aufer formidines pueriles, comminus cum re ipsa naviter congredere, et a nexu quidem venerio hospitis tuae tempera et probi Milonis genialem torum religiosus suspice, verum enimvero Photis famula petatur enixe. Nam et forma scitula et moribus ludicra et prorsus argutula est. Vesperi quoque cum somno concederes, et in cubiculum te deduxit comiter et blande lectulo collocavit et satis amanter cooperuit et osculato tuo capite quam invita discederet vultu prodidit, denique saepe retrorsa respiciens substitit. Quod bonum felix et faustum itaque, licet salutare non erit, Photis illa temptetur."

[7] Haec mecum ipse disputans fores Milonis accedo et, quod aiunt, pedibus in sententiam meam vado. Nec tamen domi Milonem vel uxorem eius offendo, sed tantum caram meam Photidem: suis parabat isicium fartim concisum et pulpam frustatim consectam ambacupascuae iurulenta et quod naribus iam inde ariolabar, tuccetum perquam sapidissimum. Ipsa linea tunica mundule amicta et russea fasceola praenitente altiuscule sub ipsas papillas succinctula illud cibarium vasculum floridis palmulis

parando num moço bonito e bem feito, atraída por sua beleza, não tira dele mais nem os olhos nem os pensamentos. Prodigaliza-lhe carícias, apodera-se do seu espírito, enlaça-o para sempre nas armadilhas de um amor insaciável. Mas aqueles que se mostram morigerados, e que, por seus desdéns, incorrem em seu desfavor, num instante ela os transforma em pedras, em carneiros, em quaisquer animais, sem falar daqueles que simplesmente suprime. Eis o que temo, e contra o que te previno. Pois que ela arde sem descanso, e tu, por tua idade, tua aparência, tens muito que impressioná-la." Assim falou Birrena, cheia de ânsia.

[6] Mas eu, com a minha habitual curiosidade, logo que ouvi mencionar a arte mágica, desde sempre objeto de meus desejos, em vez de ter cautela com Pânfila, ambicionei, ao contrário, ardentemente, meter-me em tal escola, custasse o que custasse, e precipitar-me de um pulo em pleno báratro. Minha pressa chegava ao delírio. Desprendi-me da mão de Birrena, como faria com uma cadeia, disse-lhe brevemente adeus, e voei, rapidissimamente, para a casa do meu hospedeiro. Cada vez apertava mais o passo, como um louco: "Atenção", dizia a mim mesmo, "atenção, Lúcio! Vigia e mantém alerta o teu espírito. Eis a ocasião sonhada. Teu antigo voto será cumprido. Vais poder fartar o coração com relatos maravilhosos. Banidos os pueris temores, aborda o negócio às claras e de frente. Nada de intriga amorosa com a tua hospedeira. Respeita religiosamente o leito nupcial do honesto Milão. Mas a fâmula Fótis, podes resolutamente atacar. É uma bonita moça, gosta de rir e é viva. Ontem à tarde, ainda, quando caías de sono, ela gentilmente te conduziu ao teu quarto, te pôs no leito com gesto brando, te cobriu com ternura. Depois, tendo-te beijado a fronte, retirou-se com pena, isso se lia no seu rosto. Afinal, deteve-se por diversas vezes, voltando-se para te olhar. Então, experimentemos essa Fótis, e que possa ser a consequência disso boa, feliz e próspera."

[7] Assim deliberando comigo mesmo, cheguei à porta da casa de Milão, louvando-me em minha opinião, como se diz. De resto, não encontrei na casa nem Milão, nem sua mulher, mas somente minha cara Fótis. Ela preparava para seus amos um prato de carne com linguiça picada miúdo, com um refogado e um pastelão de carne de conserva, tudo muito saboroso, o que se podia adivinhar pelo cheiro. Estava graciosamente ataviada com uma túnica de linho. Uma faixa de um vermelho vivo lhe cingia o talhe, à altura dos seios. Com suas mãos pequenas, mexia a panela, e enquanto acompanhava esse movimento circular

rotabat in circulum, et in orbis flexibus crebra succutiens et simul membra sua leniter inlubricans, lumbis sensim vibrantibus, spinam mobilem quatiens placide decenter undabat. Isto aspectu defixus obstupui et mirabundus steti, steterunt et membra quae iacebant ante. Et tandem ad illam: "Quam pulchre quamque festive", inquam "Photis mea, ollulam istam cum natibus intorques! Quam mellitum pulmentum apparas! Felix et <certo> certius beatus cui permiseris illuc digitum intingere."

Tunc illa lepida alioquin et dicacula puella: "Discede", inquit "miselle, quam procul a meo foculo, discede. Nam si te vel modice meus igniculus afflaverit, ureris intime nec ullus extinguet ardorem tuum nisi ego, quae dulce condiens et ollam et lectulum suave quatere novi."

[8] Haec dicens in me respexit et risit. Nec tamen ego prius inde discessi quam diligenter omnem eius explorassem habitudinem. Vel quid ego de ceteris aio, cum semper mihi unica cura fuerit caput capillumque sedulo et puplice prius intueri et domi postea perfrui sitque iudicii huius apud me certa et statuta ratio, vel quod praecipua pars ista corporis in aperto et in perspicuo posita prima nostris luminibus occurrit et quod in ceteris membris floridae vestis hilaris color, hoc in capite nitor nativus operatur; denique pleraeque indolem gratiamque suam probaturae lacinias omnes exuunt, amicula dimovent, nudam pulchritudinem suam praebere se gestiunt magis de cutis roseo rubore quam de vestis aureo colore placiturae. At vero — quod nefas dicere, nec quod sit ullum huius rei tam dirum exemplum! — si cuiuslibet eximiae pulcherrimaeque feminae caput capillo spoliaveris et faciem nativa specie nudaveris, licet illa caelo deiecta, mari edita, fluctibus educata, licet inquam ipsa Venus fuerit, licet omni Gratiarum choro stipata et toto Cupidinum populo comitata et balteo suo cincta, cinnama flagrans et

com rápidas sacudidelas, fazendo deslizar seus membros com delicadeza, o ligeiro meneio dos rins fazia vibrar docemente a espinha móvel, obrigando-a a ondular com graça. Vendo isto, a surpresa e a perturbação me sacudiram e me pregaram no lugar. Meu corpo ficou tenso pela emoção, até naquelas partes que no momento anterior estavam mais inertes. Por fim, eu lhe disse: "Com que lindo movimento do traseiro, e com que graça, adorável Fótis, tu mexes essa caçarola! Que fino cozido preparas! Feliz, sim certamente, e favorecido pelo destino, aquele a quem permitires enfiar o dedo aí."

Então, a lépida e maliciosa menina disse: "Salva-te, desgraçadinho, arreda-te para bem longe do meu fogão. Se a menor faísca te atingir, queimarás até a medula, e ninguém extinguirá o braseiro, senão eu, que conheço as boas receitas e sei fazer dançar agradavelmente uma caçarola — e um leito."

[8] Assim dizendo, ela voltou-se para mim e riu. Entretanto, antes de me distanciar, demorei-me explorando todos os pormenores de sua pessoa. Inútil falar do resto, quando a cabeleira foi sempre o meu único interesse. É o que na rua tenho o cuidado de olhar primeiro, e com ela me encanto ainda, depois de ter entrado em casa. E esta preferência está fundada em boas razões. Com efeito, não é essa parte do corpo que, dominando as outras e mostrando-se a descoberto e colocada em evidência, atrai primeiro os olhares? O que é para os membros a alegria de um tecido de cores vivas, é para a cabeça esse enfeite natural. E vede: numerosas mulheres, para fazerem valer seus atrativos pessoais, lançam de si toda a roupa, afastam as bordas da túnica e querem que sua beleza se apresente toda nua. Contam, para agradar, menos com o ouro das vestes que com a rósea frescura da pele. Verdadeiramente, dizer isto é um sacrilégio e pensar uma blasfêmia, e é preciso desejar que fique sem exemplo: despoja-se de sua cabeleira uma mulher da mais peregrina beleza, privando assim o rosto do seu ornamento natural. Que ela tivesse caído do céu, fosse nascida do mar, nutrida da substância das ondas, que fosse a própria Vênus e caminhasse cercada de todo o coro das Graças, escoltada de todo o enxame dos Amores, ataviada com o seu cinto,[24] exalando o perfume do cinamomo, e banhada de

---

[24] O cinto ou fita que, na *Ilíada*, Hera empresta de Afrodite, contém todos os encantos. Nele residem a ternura, o desejo, os atrativos, e as palavras sedutoras que enganam o coração dos mais prudentes. (N. da T.)

balsama rorans, calva processerit, placere non poterit nec Vulcano suo.

[9] Quid cum capillis color gratus et nitor splendidus inlucet et contra solis aciem vegetus fulgurat vel placidus renitet aut in contrariam gratiam variat aspectum et nunc aurum coruscans in lenem mellis deprimitur umbram, nunc corvina nigredine caerulus columbarum colli flosculos aemulatur, vel cum guttis Arabicis obunctus et pectinis arguti dente tenui discriminatus et pone versum coactus amatoris oculis occurrens ad instar speculi reddit imaginem gratiorem? Quid cum frequenti subole spissus cumulat verticem vel prolixa serie porrectus dorsa permanat? Tanta denique est capillamenti dignitas ut quamvis auro veste gemmis omnique cetero mundo exornata mulier incedat, tamen, nisi capillum distinxerit, ornata non possit audire.

Sed in mea Photide non operosus sed inordinatus ornatus addebat gratiam. Vberes enim crines leniter remissos et cervice dependulos ac dein per colla dispositos sensimque sinuatos patagio residentes paulisper ad finem conglobatos in summum verticem nodus adstrinxerat.

[10] Nec diutius quivi tantum cruciatum voluptatis eximiae sustinere, sed pronus in eam, qua fine summum cacumen capillus ascendit, mellitissimum illud savium impressi. Tum illa cervicem intorsit et ad me conversa limis et morsicantibus oculis: "Heus ut, scolastice", ait "dulce et amarum gustulum carpis. Cave ne nimia mellis dulcedinem diutinam bilis amaritudinem contrahas."

"Quid istic" inquam "est, mea festivitas, cum sim paratus vel uno saviolo interim recreatus super istum ignem porrectus assari" et cum dicto artius eam complexus coepi saviari. Iamque aemula libidine in amoris parilitatem congermanescenti mecum, iam patentis oris inhalatu cinnameo et occursantis linguae inlisu nectareo prona

fragrantes essências; se fosse calva, não poderia agradar nem mesmo o seu Vulcano.[25]

[9] E que dizer de uma cabeleira cujo colorido rico resplandece como a luz, devolve os raios do Sol, seja em vivos clarões, seja em amortecidos reflexos, ou toma tons cambiantes que se opõem entre si? Ora como o ouro cintila, para ir esmaecendo até o louro dourado do mel. Ou então, quando de um negro azulado, assemelha-se à plumagem de um corvo. Lembra os desenhos que enfeitam o colo das pombas, e, quando perfumada com essências da Arábia, delicadamente repartida com o dente fino de um pente, e enfeixada para trás, ela se oferece aos olhos de um amante, e lhe devolve, como um espelho, uma imagem que o lisonjeia. Que dizer, por fim, daquela que, apertada em pesadas tranças, coroa o cimo da cabeça, ou da que, livremente espalhada, cascateia ao longo do dorso? É tão grande a dignidade da cabeleira que uma mulher pode se apresentar ataviada com ouro, belos tecidos, pedras preciosas, todo o aparato da elegância, mas se estiver mal penteada, não passará por uma mulher que se saiba vestir.

Mas minha Fótis não tinha nada de estudado em seu arranjo, e essa negligência era um encanto a mais. Seus opulentos cabelos, molemente atirados para trás, caíam para a nuca, espalhavam-se sobre o pescoço, depois, ligeiramente enrolados, iam até a barra da túnica. Estavam apanhados pelas pontas e apertados em um nó no alto da cabeça.

[10] Não pude suportar por mais tempo o suplício de volúpia tão rara. Inclinei-me e, na raiz dos cabelos, quando eles sobem para o alto da cabeça, dei um beijo, um beijo dulcíssimo, tanto quanto o mel. Ela então, com uma flexão da nuca, voltou-se para mim e me disse, com um olhar oblíquo e uma piscadela: "Olá, menino de escola, o fruto que furtas é doce e amargo ao paladar. Que a doçura deste mel não se transforme por muito tempo na tua boca em amargo fel."

"Que dizes?", repliquei. "Festa minha, por um único beijo que me dá vida, estou pronto a me deixar assar em seguida, estendido sobre um braseiro." E assim dizendo, apertei-a em meus braços e cobri-a de beijos. Logo, rivalizando de ardor, ela pôs seus transportes em sintonia com os meus, e o hálito perfumado de sua boca entreaberta, o toque perturbador de sua língua, tudo demonstrava que ela era sensível ao

---

[25] Vulcano, o mais feio dos deuses, coxo além do mais, conforme a tradição registrada por Homero e Virgílio, desposou Vênus, a mais bela das deusas. (N. da T.)

cupidine adlibescenti: "Pereo", inquam "immo iam dudum perii, nisi tu propitiaris". Ad haec illa rursum me deosculato: "Bono animo esto", inquit "nam ego tibi mutua voluntate mancipata sum, nec voluptas nostra differetur ulterius, sed prima face cubiculum tuum adero. Abi ergo ac te compara, tota enim nocte tecum fortiter et ex animo proeliabor."

[11] His et talibus obgannitis sermonibus inter nos discessum est. Commodum meridies accesserat et mittit mihi Byrrhena xeniola porcum opimum et quinque gallinulas et vini cadum in aetate pretiosi. Tunc ego vocata Photide: "Ecce" inquam "Veneris hortator et armiger Liber advenit ultro. Vinum istud hodie sorbamus omne, quod nobis restinguat pudoris ignaviam et alacrem vigorem libidinis incutiat. Hac enim sitarchia navigium Veneris indiget sola, ut in nocte pervigili et oleo lucerna et vino calix abundet."

Diem ceterum lavacro ac dein cenae dedimus. Nam Milonis boni concinnaticiam mensulam rogatus adcubueram, quam pote tutus ab uxoris eius aspectu, Byrrhenae monitorum memor, et perinde in eius faciem oculos meos ac si in Avernum lacum formidans deieceram. Sed adsidue respiciens praeministrantem Photidem inibi recreabar animi, cum ecce iam vespera lucernam intuens Pamphile: "Quam largus" inquit "imber aderit crastino", et percontanti marito qui comperisset istud respondit sibi lucernam praedicere. Quod dictum ipsius Milo risu secutus: "Grandem" inquit "istam lucernam Sibyllam pascimus, quae cuncta caeli negotia et solem ipsum de specula candelabri contuetur."

[12] Ad haec ego subiciens: "Sunt" aio "prima huiusce divinationis experimenta; nec mirum, licet modicum istum igniculum et manibus humanis laboratum, memorem tamen illius maioris et caelestis ignis velut sui

apelo do desejo. "Eu morro", disse-lhe eu, "ou melhor, morrerei se não te mostrares caridosa." A isto, dando-me outro beijo, ela respondeu: "Tem paciência. Teus sentimentos são correspondidos. Sim, eu sou tua escrava e nosso prazer não será diferido por muito tempo mais. À hora em que as luzes se acendem, eu estarei no teu quarto. Vai, então, e mantém-te em forma, pois durante a noite quero lutar valentemente contigo e com isso alegrar o coração."

[11] Depois desta troca de doces frases, separamo-nos. Estávamos no meio do dia, quando me levaram, da parte de Birrena, como presente de boas-vindas, um porco bem gordo, cinco frangos e uma jarra de um precioso vinho velho. Chamei então Fótis e lhe disse: "Eis que vem Baco, por si mesmo, sustentar a coragem de Vênus e lhe trazer suas armas. É preciso hoje sorver este vinho até a última gota. Que ele afogue o pudor que desencoraja e comunique aos nossos sentidos o vigor e a alegria. Quando se navega com Vênus, não são necessárias outras provisões para passar a noite de vigília, senão a lâmpada cheia de óleo e o cálice cheio de vinho."

O resto do dia foi consagrado ao banho, e depois ao jantar. Por insistência do honesto Milão, abanquei-me à sua engenhosa mesinha. Tendo presentes na memória as advertências de Birrena, evitava tanto quanto possível os olhares de sua mulher, da qual observava o rosto com um olho tão amedrontado como o faria para olhar o lago Averno.[26] Porém, voltava-me sem cessar para Fótis, que nos servia, e vê-la me reanimava a coragem. Caíra a tarde, quando Pânfila disse, olhando para a lâmpada: "Que chuva abundante teremos amanhã!" E como o marido lhe perguntasse como sabia, ela respondeu que era sua lâmpada que lho predizia. A estas palavras, riu-se Milão, dizendo: "Que famosa Sibila mantemos na pessoa desta lâmpada: do alto de seu candelabro, como de um observatório, ela contempla tudo que se passa no céu, e o próprio Sol."

[12] Intervim, considerando: "Esses são os primeiros passos da arte da adivinhação. E não é de admirar que essa pequena flama, por modesta que seja, e apesar de produzida por mãos humanas, conserve, como do pai que a engendrou, a memória de outro fogo maior, o fogo

---

[26] O lago Averno (*a*: alfa privativo; *vernos*: pássaros), lago sem pássaros, cheio de emanações mefíticas, sulfurosas, lugar onde nem as aves sobreviviam, foi considerado, na Roma antiga, como sendo a entrada do Inferno. (N. da T.)

parentis, quid is sit editurus in aetheris vertice divino praesagio et ipsum scire et nobis enuntiare. Nam et Corinthi nunc apud nos passim Chaldaeus quidam hospes miris totam civitatem responsis turbulentat et arcana fatorum stipibus emerendis edicit in vulgum, qui dies copulas nuptiarum adfirmet, qui fundamenta moenium perpetuet, qui negotiatori commodus, qui viatori celebris, qui navigiis opportunus. Mihi denique proventum huius peregrinationis inquirenti multa respondit et oppido mira et satis varia; nunc enim gloriam satis floridam, nunc historiam magnam et incredundam fabulam et libros me futurum."

[13] Ad haec renidens Milo: "Qua" inquit "corporis habitudine praeditus quove nomine nuncupatus, hic iste Chaldaeus est?" "Procerus" inquam "et suffusculus, Diophanes nomine." "Ipse est" ait "nec ullus alius. Nam et hic apud nos multa multis similiter effatus non parvas stipes, immo vero mercedes opimas iam consecutus fortunae scaevam an saevam verius dixerim miser incidit.

Nam die quadam cum frequentis populi circulo conseptus coronae circumstantium fata donaret, Cerdo quidam nomine negotiator accessit eum, diem commodum peregrinationi cupiens. Quem cum electum destinasset ille, iam deposita crumina, iam profusis nummulis, iam dinumeratis centum denarium quos mercedem divinationis auferret, ecce quidam de nobilibus adulescentulus a tergo adrepens eum lacinia prehendit, et conversum amplexus exosculatur artissime. At ille ubi primum consaviatus eum iuxtim se ut adsidat effecit, attonitus et repentinae visionis stupore et praesentis negotii quod gerebat oblitus infit ad eum: 'Quam olim equidem exoptatus nobis advenis?' Respondit ad haec ille alius: 'Commodum vespera oriente. Sed vicissim tu quoque, frater, mihi memora quem ad modum exinde ut de Euboea insula festinus enavigasti et maris et viae confeceris iter.'

[14] Ad haec Diophanes ille Chaldaeus egregius mente viduus necdum suus: 'Hostes' inquit 'et omnes inimici nostri

celeste. Que saiba e nos anuncie, por divina presciência, que obras prepara ele nas alturas do éter. Está neste momento entre nós um caldeu[27] de passagem para Corinto. Emociona cotidianamente toda a cidade com espantosos oráculos e ganha a vida publicando os segredos do destino, indicando o dia que dá força às relações matrimoniais, aquele que é propício aos negócios, um outro que assegura às paredes alicerces duráveis, o que se presta para percorrer estradas, o que se deve escolher para a navegação. Pois a mim mesmo, que lhe perguntei o que adviria desta viagem, anunciou uma quantidade de coisas perfeitamente miríficas e muito variadas: eu teria uma fama estrondosa; seria, por outro lado, o herói de uma longa história, de uma fábula incrível, e para o futuro escreveria livros."

[13] A estas palavras, sorriu Milão: "Que aparência tem esse teu caldeu e como se chama?" "É alto, de tez um pouco baça, chama-se Diófanes." "É ele mesmo, não pode ser outro. Entre nós também, para numerosas pessoas, fez oráculos idênticos", tornou ele. "Já tinha ajuntado, não digo alguns níqueis, mas lucros opulentos, quando, por desgraça, a estupidez, ou, se preferem, a crueldade da Fortuna, sobreveio.

Pois um dia, quando, circundado e premido pela multidão, ele via a sorte de pessoas que o cercavam, aproximou-se um negociante chamado Cerdão, que desejava saber qual o dia propício a uma viagem. Designaram-lhe um, e o nosso homem tinha já deposto a bolsa, espalhado o dinheiro, contado cem denários para o adivinho, como preço da consulta, quando um nobre adolescente, deslizando por trás, puxou Diófanes pela barra das vestes, e tendo este se voltado, apertou-o nos braços, beijando-o. O outro devolveu-lhe o carinho, fê-lo assentar-se ao seu lado, e esquecendo na surpresa, pois estava atônito com esse encontro imprevisto, o negócio que o ocupava nesse instante, disse: 'Ver-te quanto me alegra! Desde quando estás aqui?' 'Desde ontem', respondeu o outro. 'Porém, conta-me tu agora, meu irmão, como, desde tua precipitada partida da ilha de Eubeia, decorreu tua viagem por mar e por terra.'

[14] A isto, Diófanes, esse egrégio caldeu, que não se tinha recuperado e ainda estava aturdido, disse: 'Eu desejaria aos meus inimigos, e

---

[27] A Caldeia foi o país de origem da ciência astrológica. Então, o nome de caldeu se aplicava não só aos nascidos na Caldeia, mas aos astrólogos em geral, aos adivinhos, e àqueles que sabiam dizer a sorte. (N. da T.)

tam diram, immo vero Vlixeam peregrinationem incidant.
Nam et navis ipsa <qua> vehebamur variis turbinibus
procellarum quassata utroque regimine amisso aegre ad
ulterioris ripae marginem detrusa praeceps demersa est et
nos omnibus amissis vix enatavimus. Quodcumque vel
ignotorum miseratione vel amicorum benivolentia
contraximus, id omne latrocinalis invasit manus, quorum
audaciae repugnans etiam Arignotus unicus frater meus sub
istis oculis miser iugulatus est.' Haec eo adhuc narrante
maesto Cerdo ille negotiator correptis nummulis suis, quos
divinationis mercedi destinaverat, protinus aufugit. Ac
dehinc tunc demum Diophanes expergitus sensit
imprudentiae suae labem, cum etiam nos omnis circumsecus
adstantes in clarum cachinnum videret effusos.

Sed tibi plane, Luci domine, soli omnium
Chaldaeus ille vera dixerit, sisque felix et iter dexterum
porrigas."

[15] Haec Milone diutine sermocinante tacitus
ingemescebam mihique non mediocriter suscensebam quod
ultro inducta serie inopportunarum fabularum partem
bonam vesperae eiusque gratissimum fructum amitterem.
Et tandem denique devorato pudore ad Milonem aio:
"Ferat suam Diophanes ille fortunam et spolia populorum
rursum conferat mari pariter ac terrae; mihi vero
fatigationis hesternae etiam nunc saucio da veniam
maturius concedam cubitum"; et cum dicto facesso et
cubiculum meum contendo atque illic deprehendo
epularum dispositiones satis concinnas. Nam et pueris
extra limen, credo ut arbitrio nocturni gannitus
ablegarentur, humi quam procul distratum fuerat et
grabattulum meum adstitit mensula cenae totius honestas
reliquias tolerans et calices boni iam infuso latice semipleni
solam temperiem sustinentes et lagoena iuxta orificio
caesim deasceato patescens facilis hauritu, prorsus
gladiatoriae Veneris antecenia.

[16] Commodum cubueram, et ecce Photis mea, iam
domina cubitum reddita, laeta proximat rosa serta et rosa
soluta in sinu tuberante. Ac me pressim deosculato et

a todos que me querem mal, uma viagem assim hor*el. A de Ulisses*
não foi pior. O navio que nos levava, batido pela tem*rade e sacudi-*
do em todos os sentidos pelos turbilhões, privados de s*dois pilotos,*
acabou por ser atirado contra a margem e depois foi a *. Quanto*
a nós, era muito justo que nos salvássemos a nós mesmo*do, ten-*
do perdido tudo o mais. Socorridos pela caridade de pess*e não*
conhecíamos e pela bondade de amigos, uma súcia de ladrõ*piou*
tudo que tínhamos recolhido assim. Lutando contra os agress*ceu*
único irmão, Arignoto, no mesmo verão, diante destes meus *hi*
degolado, o infeliz.' Ainda estava narrando sua deplorável *na*
quando Cerdão, o nosso negociante, agarrou as moedas destina*
pagamento da predição e escapuliu. E foi somente então que Diót*
enfim desperto, tomou consciência de sua desastrosa distração, ve*
que todos nós, ao seu redor, ríamos às gargalhadas.

Entretanto, Senhor Lúcio, estimo que só a ti, único entre todos,
caldeu tenha dito a verdade: sê feliz, é meu desejo, e prossegue a tua
rota com sucesso."

[15] Enquanto Milão prolongava assim a conversa, eu gemia baixinho, e não pouco me irritava contra mim mesmo, por ter, tão inopor-
tunamente, aberto o capítulo das anedotas, e com isso perdido boa parte da minha noite e seus dulcíssimos frutos de volúpia. Por fim, sufocando toda a vergonha, eu disse a Milão: "Seja feito de Diófanes o que
sua fortuna quiser. Que junte de novo, percorrendo a terra e o mar, os
espólios das populações. Quanto a mim, sinto-me ainda dolorido com
a fadiga de ontem. Permite que eu de pronto me acomode." Assim dizendo, retirei-me e fui para o quarto, onde encontrei os preparativos de
uma ceia das melhores. A cama dos escravos tinha sido arranjada no
chão, fora e longe do quarto, sem dúvida a fim de afastar qualquer testemunha dos nossos encontros noturnos. Perto do meu catre se erguia
uma mesinha, que sustinha os restos honestos da ceia, assim como cálices de boa dimensão, cheios de vinho até meia altura, não esperando
senão a água destinada a temperá-lo. Ao lado, uma ânfora, cujo orifício, com um rebordo, se abria comodamente a quem quisesse se servir.
Em suma, tudo que era preciso para os combates que iam travar os gladiadores de Vênus.

[16] Acabara de me deitar, quando minha Fótis, tendo deitado já
sua senhora, aproximou-se de mim alegremente, com grinaldas de rosas e outras rosas soltas enfeitando as pregas do vestido. Beijou-me ter-

ac flore persperso adripit poculum ac
corollis revinc...alida iniecta porrigit bibam, idque modico
desuper aq...tum exsorberem clementer invadit ac
prius qua...llulatim labellis minuens meque respiciens
relictu...ilciter. Sequens et tertium inter nos vicissim et
sorbi...alternat poculum, cum ego iam vino madens nec
freantum verum etiam corpore ipso ad libidinem
...s alioquin et petulans et iam saucius, paulisper
...num fine lacinia remota inpatientiam veneris Photidi
...ae monstrans: "Miserere" inquam "et subveni
...aturius. Nam, ut vides, proelio quod nobis sine fetiali
officio indixeras iam proximante vehementer intentus, ubi
primam sagittam saevi Cupidinis in ima praecordia mea
delapsam excepi, arcum meum et ipse vigorate tetendi et
oppido formido ne nervus rigoris nimietate rumpatur. Sed
ut mihi morem plenius gesseris, in effusum laxa crinem et
capillo fluente undanter ede complexus amabiles."

[17] Nec mora, cum omnibus illis cibariis vasculis
raptim remotis laciniis cunctis suis renudata crinibusque
dissolutis ad hilarem lasciviam in speciem Veneris quae
marinos fluctus subit pulchre reformata, paulisper etiam
glabellum feminal rosea palmula potius obumbrans de
industria quam tegens verecundia: "Proeliare" inquit "et
fortiter proeliare, nec enim tibi cedam nec terga vortam;
comminus in aspectum, si vir es, derige et grassare naviter et
occide moriturus. Hodierna pugna non habet missionem."
Haec simul dicens inscenso grabattulo super me sensim
residens ac crebra subsiliens lubricisque gestibus mobilem

namente, cingiu-me a cabeça com coroas, espalhou flores sobre mim. Pegando um copo, nele derramou água tépida e mo estendeu para beber. Depois, sem me deixar tempo para o esvaziar até o fundo, apoderou-se dele docemente, tocou devagar o resto com os lábios, e, gulosa, sorveu a pequenos goles todo o conteúdo, olhando para mim. Um segundo e um terceiro copos, seguidos de muitos outros, passaram por ela e por mim, alternadamente. O efeito do vinho, acrescido do ardor e do ímpeto com os quais, não somente meu espírito, mas os meus sentidos aspiravam à volúpia, me supliciava. Minha túnica, levantada até as virilhas revelava a Fótis a impaciência dos meus desejos: "Tem piedade de mim", eu lhe roguei "socorre-me depressa. Como vês, minhas forças estão tensas à aproximação do combate que me anunciaste, sem proclamação do fecial.[28] Agora que senti a primeira flecha do cruel Cupido penetrar-me o coração, também estiquei meu arco, e com tamanho vigor, que tenho medo que o nervo tenso arrebente com o excesso. Entretanto, se queres tornar perfeita a tua bondade, solta a cabeleira, e que ela ondule em liberdade sobre o teu torso adorável."

[17] Um instante depois, removido todo o arranjo da mesa, despojada de todos os véus, com a cabeleira desnastrada, no mais amorável abandono, Fótis me aparecia como a própria Vênus, quando emerge das espumas do mar, e tal como a deusa, muito de indústria e não por pudor, sombreando com seus dedos de rosa a brancura polida do sexo. "À luta", disse ela, "à luta mais forte, pois por mim não recuarei nem voltarei as costas. Se és homem, avança direito para a frente e combate face a face. Ataca sem desfalecimento e mata como quem deve morrer: a batalha de hoje é sem tréguas." Assim disse; subiu ao leito, acocorou-se sobre mim pouco a pouco, e, agitando o torso delicado com lúbricos gestos e rápidos sobressaltos, ela me dispensou, com mo-

---

[28] Os feciais eram geralmente quatro, chefiados pelo *pater patratus*. Quando os romanos se julgavam lesados por um outro povo, os feciais serviam como árbitros, para julgarem se era caso de guerra. Em caso afirmativo, iam pedir satisfações ao outro povo, tomando os deuses como testemunhas de seu direito, com uma fórmula solene. Depois de um armistício de trinta e três dias, se não lhes fosse dada satisfação, e o povo e senado romanos concordassem em fazer guerra, o *pater patratus* declarava-a, lançando no território inimigo um dardo acerado, guarnecido de madeira ensanguentada ou de ferro. Esse rito visava sobretudo a voltar contra o inimigo os males da guerra e a tornar impotentes os seres infernais, pela virtude profilática e apotropaica do ferro e do sangue. (N. da T.)

spinam quatiens pendulae Veneris fructu me satiavit, usque dum lassis animis et marcidis artibus defetigati simul ambo corruimus inter mutuos amplexus animas anhelantes. His et huius modi conluctationibus ad confinia lucis usque pervigiles egimus poculis interdum lassitudinem refoventes et libidinem incitantes et voluptatem integrantes. Ad cuius noctis exemplar similes adstruximus alias plusculas.

[18] Forte quadam die de me magno opere Byrrhena contendit, apud eam cenulae interessem, et cum impendio excusarem, negavit veniam. Ergo igitur Photis erat adeunda deque nutu eius consilium velut auspicium petendum. Quae quamquam invita quod a se ungue latius digrederer, tamen comiter amatoriae militiae brevem commeatum indulsit. Sed "Heus tu", inquit "cave regrediare cena maturius. Nam vesana factio nobilissimorum iuvenum pacem publicam infestat; passim trucidatos per medias plateas videbis iacere, nec praesidis auxilia longinqua levare civitatem tanta clade possunt. Tibi vero fortunae splendor insidias, contemptus etiam peregrinationis poterit adferre."

"Fac sine cura" inquam "sis, Photis mea. Nam praeter quod epulis alienis voluptates meas anteferrem, metum etiam istum tibi demam maturata regressione. Nec tamen incomitatus ibo. Nam gladiolo solito cinctus altrinsecus ipse salutis meae praesidia gestabo."

Sic paratus cenae me committo.

[19] Frequens ibi numerus epulonum et utpote apud primatem feminam flos ipse civitatis. <Mens>ae opipares citro et ebore nitentes, lecti aureis vestibus intecti, ampli calices variae quidem gratiae sed pretiositatis unius. Hic vitrum fabre sigillatum, ibi crustallum inpunctum, argentum alibi clarum et aurum fulgurans et sucinum mire cavatum et lapides ut binas et quicquid fieri non potest ibi est. Diribitores plusculi splendide amicti fercula copiosa scitule

vimentos de pêndulo, os dons de Vênus, até o momento em que, esgotados ambos, no fim das forças, com os membros lassos, caímos ofegantes nos braços um do outro. Tais foram os prélios, que nos mantiveram despertos até quase a madrugada. Por vezes, pedíamos ao vinho novo ânimo para nossa lassidão, estímulo para os nossos desejos, excitantes para as nossas volúpias. E a esta noite se ajuntaram para nós muitas outras do mesmo gênero.

[18] Aconteceu que, um dia, Birrena me convidou com muita insistência para ir jantar em casa dela. Aleguei várias escusas, ela se recusou a considerá-las. Não me restava, então, senão encontrar Fótis e me aconselhar com ela, assim como quem aceita um auspício. Se bem que ela visse com desprazer eu afastar-me, mesmo que fosse à distância de uma unha, concedeu-me gentilmente um curto feriado de ausência das lides do amor. "Mas tem o cuidado de voltar cedo do teu jantar", recomendou, "pois bandos de jovens loucos das melhores famílias perturbam a tranquilidade pública. Verás pessoas trucidadas estendidas em plena rua, e as tropas da polícia do governador estão muito distantes para livrarem a cidade desse flagelo. A tua brilhante fortuna e o pouco caso que se faz de um estrangeiro poderiam atrair para ti algum mau encontro."

"Não te preocupes, minha Fótis. Sem mencionar que, a um jantar na cidade, prefiro nossos prazeres, porei fim aos teus sustos regressando cedo. De resto, não irei sem escolta. Com o fiel punhal que levo ao lado, na cintura, terei com que defender a vida."

Tomadas estas disposições, fui ao jantar.

[19] Ali encontrei um grande número de convidados, e, como seria de esperar em casa de tão grande senhora, a flor da cidade. Opíparas mesas onde esplendiam o cedro e o marfim, leitos recobertos de estofos tecidos em ouro, cálices de grandes dimensões, variados em sua beleza, mas igualmente preciosos. Aqui o vidro de relevos perfeitos, ali o cristal sem mácula, além a prata de claros fulgores e o ouro de brilho coruscante, e o âmbar cavado maravilhosamente, assim como pedras por onde se bebia; em suma, tudo se via ali, mesmo o impossível. Diversos escanções,[29] envolvidos em mantos esplêndidos, apresentavam

---

[29] Os escanções, belos meninos vestidos luxuosamente e encarregados de acolher os convivas de um festim, ou de servir à mesa, eram, na época republicana, um dos ornamentos das grandes mansões. (N. da T.)

89   Livro II

subministrare, pueri calamistrati pulchre indusiati
gemmas formatas in pocula vini vetusti frequenter
offerre. Iam inlatis luminibus epularis sermo
percrebuit, iam risus adfluens et ioci liberales et
cavillus hinc inde.

Tum infit ad me Byrrhena: "Quam commode
versaris in nostra patria? Quod sciam, templis et lavacris
et ceteris operibus longe cunctas civitates antecellimus,
utensilium praeterea pollemus adfatim. Certe libertas
otiosa, et negotioso quidem advenae Romana frequentia,
modesto vero hospiti quies villatica: omni denique
provinciae voluptati secessus sumus."

[20] Ad haec ego subiciens: "Vera memoras nec usquam
gentium magis me liberum quam hic fuisse credidi. Sed
oppido formido caecas et inevitabiles latebras magicae
disciplinae. Nam ne mortuorum quidem sepulchra tuta
dicuntur sed ex bustis et rogis reliquiae quaedam et
cadaverum praesegmina ad exitiabiles viventium fortunas
petuntur, et cantatrices anus in ipso momento choragi
funebris praepeti celeritate alienam sepulturam
antevortunt."

His meis addidit alius: "Immo vero istic nec
viventibus quidem ullis parcitur. Et nescio qui
simile passus ore undique omnifariam deformato
truncatus est."

Inter haec convivium totum in licentiosos cachinnos
effunditur omniumque ora et optutus in unum quempiam
angulo secubantem conferuntur. Qui cunctorum obstinatione
confusus indigna murmurabundus cum vellet exsurgere, "Immo
mi Thelyphron", Byrrhena inquit "et subsiste paulisper et more
tuae urbanitatis fabulam illam tuam remetire, ut et filius meus
iste Lucius lepidi sermonis tui perfruatur comitate."

At ille: "Tu quidem, domina", ait "in officio manes sanctae
tuae bonitatis, sed ferenda non est quorundam insolentia." Sic
ille commotus. Sed instantia Byrrhenae, quae eum adiuratione
suae salutis ingratis cogebant effari, perfecit ut vellet.

[21] Ac sic aggeratis in cumulum stragulis et effultus
in cubitum suberectusque [in torum] porrigit dexteram et

com habilidade pratos copiosos. Rapazes de cabelo cacheado, ostentando belas túnicas, ofereciam continuamente vinho velho em taças feitas cada uma de uma gema. Logo trouxeram luzes. A sala do festim se encheu do rumor de conversas, risos esfuziaram de todos os lados, trocaram-se palavras espirituosas e divertidas.

Então Birrena, dirigindo-me a palavra, disse-me: "Estás contente da estadia em nossa pátria? Que eu saiba, pelos templos, banhos, e outros edifícios públicos, somos bem superiores a não importa qual cidade. Quanto a utensílios, estamos providos satisfatoriamente. E é certo que se vive livremente e à vontade. Um forasteiro ativo aqui encontra a animação de Roma. Um hóspede modesto, a paz do campo. Em suma, por toda a província, somos um retiro encantador."

[20] "Dizes a verdade", aquiesci ao ouvi-la. "Não creio que em nenhum país do mundo se viva em tanta liberdade como aqui. Todavia, temo extremamente as armadilhas invisíveis e inevitáveis da ciência mágica. Pois as próprias sepulturas dos mortos não estão seguras, dizem, mas ali vão roubar, nos montículos de terra, e nos restos das fogueiras dos condenados, relíquias tomadas dos cadáveres, para a perdição dos vivos. E no próprio momento das cerimônias fúnebres, velhas mágicas avançam, céleres como pássaros, sobre aqueles que procedem ao sepultamento."

A estas minhas palavras, um outro acrescentou: "Podes até dizer que os vivos, aqui, não são tratados melhor. Testemunha isto certa pessoa que uma desventura desse gênero mutilou, a ponto de ficar completamente desfigurado."

A isto, a assembleia toda desatou em licenciosas gargalhadas, enquanto os rostos se voltavam para um homem deitado num canto afastado. Confundido por ser objeto de atenção tão indigna, ele murmurou despeitado alguma coisa e quis se levantar para partir. "Fica um pouco mais, meu bom Telifrão", disse Birrena, "e, com a urbanidade costumeira, conta ainda uma vez a tua história, a fim de que este meu filho, Lúcio, desfrute da graça aprazível da tua palavra."

E ele respondeu: "Ah! tu, senhora, és sempre a mesma, cheia de bondade e delicadeza. Mas a insolência da tua gente é intolerável." Estava muito excitado. Porém, a insistência de Birrena, que o conjurava, por sua vida, a falar, venceu por fim suas repugnâncias.

[21] Tendo amontoado as cobertas do leito, apoiou-se Telifrão sobre o cotovelo. Com o corpo erguido a meio, estendeu a mão direita

ad instar oratorum conformat articulum duobusque infimis conclusis digitis ceteros eminens [porrigens] et infesto pollice clementer subrigens infit Thelyphron:

"Pupillus ego Mileto profectus ad spectaculum Olympicum, cum haec etiam loca provinciae famigerabilis adire cuperem, peragrata cuncta Thessalia fuscis avibus Larissam accessi. Ac dum singula pererrans tenuato admodum viatico paupertati meae fomenta conquiro, conspicor medio foro procerum quendam senem. Insistebat lapidem claraque voce praedicabat, siqui mortuum servare vellet, de pretio liceretur. Et ad quempiam praetereuntium 'Quid hoc' inquam 'comperior? Hicine mortui solent aufugere?'

'Tace', respondit ille 'nam oppido puer et satis peregrinus es meritoque ignoras Thessaliae te consistere, ubi sagae mulieres ora mortuorum passim demorsicant, eaque sunt illis artis magicae supplementa.'

[22] Contra ego: 'Et quae, tu' inquam 'dic sodes, custodela ista feralis?' 'Iam primum' respondit ille 'perpetem noctem eximie vigilandum est exsertis et inconivis oculis semper in cadaver intentis nec acies usquam devertenda, immo ne obliquanda quidem, quippe cum deterrimae versipelles in quodvis animal ore converso latenter adrepant, ut ipsos etiam oculos Solis et Iustitiae facile frustrentur; nam et aves et rursum canes et mures immo vero etiam muscas induunt. Tunc diris cantaminibus somno custodes obruunt. Nec satis quisquam definire poterit quantas latebras nequissimae mulieres pro libidine sua comminiscuntur. Nec tamen huius tam exitiabilis operae merces amplior quam quaterni vel seni ferme offeruntur aurei. Ehem, et quod paene praeterieram, siqui non integrum corpus mane restituerit, quidquid inde decerptum deminutumque fuerit, id omne de facie sua desecto sarcire compellitur.'

[23] His cognitis animum meum conmasculo et ilico accedens praeconem: 'Clamare' inquam 'iam desine. Adest

como fazem os oradores, fechados os dois últimos dedos, os outros dois abertos e alongados sem rigidez, enquanto que o polegar apontava para a frente. Depois, começou:

"Eu era ainda pupilo quando vim de Mileto assistir aos espetáculos olímpicos. Desejei visitar também a região em que estamos, parte de uma ilustre província.[30] Tinha então percorrido toda a Tessália, quando os pássaros da desgraça me levaram a Larissa. Minhas magras provisões de viagem estavam muito diminuídas, e eu errava pela cidade, à procura de qualquer meio de me desembaraçar de minha pobreza, quando reparei, no meio do fórum, num velho alto. De pé, em cima de uma pedra, avisava ao público em voz retumbante que, se alguém queria vigiar um defunto, podia dar preço. Dirigindo-me a um transeunte, perguntei: 'Que ouço? Que é isto? Aqui os mortos costumam fugir?'

'Cala-te', respondeu. 'Vê-se bem que és um menino e peregrino de muito longe, pois ignoras que te encontras na Tessália, país onde as feiticeiras têm o hábito de roubar com os dentes, do rosto dos mortos, material com que prover suas artes mágicas.'

[22] Tornei a perguntar: 'E em que consiste essa vigília fúnebre? Dize-mo, eu te peço.' 'Para começar', respondeu ele, 'é preciso ficar bem desperto, do princípio ao fim da noite, com os olhos abertos, sem cochilos, fixos sobre o cadáver; não voltar a vista para nada, nem arriscar um olhar de lado. Pois quando essas medonhas criaturas, que têm o poder de se transformar em animais, tomam a forma de um irracional qualquer, deslizam tão furtivamente, que enganariam sem esforço os próprios olhos do Sol e da Justiça. Revestem-se da figura de pássaros, de cães, de ratos, e até de moscas. Depois, por meio de seus infernais encantamentos, fazem o vigilante cair num sono de morte. Verdadeiramente, ninguém poderia contar todos os estratagemas inventados por sua fantasia perversa. No entanto, para serviço tão perigoso, oferecem-se apenas como salário quatro ou seis moedas de ouro. Ah! E temos mais isto, que eu ia esquecendo; se, pela manhã, não se entrega o corpo intacto, tudo o que foi subtraído ou estragado tem que ser substituído, às custas do próprio rosto do guardião.'

[23] Munido destes conhecimentos, enrijeci a alma com uma coragem viril e fui direito ao pregoeiro: 'Chega!', eu disse. 'Está aqui dian-

---

[30] A Tessália fez parte da Acaia, depois de Augusto, e da Macedônia, à qual foi anexada pelos Antoninos. (N. da T.)

custos paratus, cedo praemium.' 'Mille' inquit 'nummum deponentur tibi. Sed heus iuvenis, cave diligenter principum civitatis filii cadaver a malis Harpyis probe custodias.' 'Ineptias' inquam 'mihi narras et nugas meras. Vides hominem ferreum et insomnem, certe perspicaciorem ipso Lynceo vel Argo et oculeum totum.' Vix finieram, et ilico me perducit ad domum quampiam, cuius ipsis foribus obseptis per quandam brevem posticulam intro vocat me et conclave quoddam obseratis luminibus umbrosum <intrans> demonstrat matronam flebilem fusca veste contectam, quam propter adsistens: 'Hic' inquit 'auctoratus ad custodiam mariti tui fidenter accessit.' At illa crinibus antependulis hinc inde dimotis etiam in maerore luculentam proferens faciem meque respectans: 'Vide oro' inquit 'quam expergite munus obeas.' 'Sine cura sis', inquam 'modo corollarium idoneum compara.'

[24] Sic placito consurrexit et ad aliud me cubiculum inducit. Ibi corpus splendentibus linteis coopertum introductis quibusdam septem testibus manu revelat et diutine insuper fleto obtestata fidem praesentium singula demonstrat anxie, verba concepta de industria quodam tabulis praenotante. 'Ecce' inquit 'nasus integer, incolumes oculi, salvae aures, inlibatae labiae, mentum solidum. Vos in hanc rem, boni Quirites, testimonium perhibetote', et cum dicto consignatis illis tabulis facessit. At ego: 'Iube', inquam 'domina, cuncta quae sunt usui necessaria nobis exhiberi.' 'At quae'

te de ti um guardião. Indica teu preço.' 'Mil sestércios', disse ele, 'é a soma que te será reservada. Mas presta atenção, rapaz. Trata-se do filho de um dos nossos cidadãos principais. Toma cuidado ao guardar seu cadáver da malvadez das Harpias.'[31] 'Tolices e bagatelas', repliquei. 'O homem que vês tem um corpo de ferro, não dorme, e possui vista mais penetrante do que o próprio Linceu, ou Argo.[32] Em resumo, é feito inteiramente de olhos.' 'Mal terminei, conduziu-me ele a uma casa, cuja entrada principal estava fechada. Convidou-me a segui-lo, penetrando por uma portinha de trás, num quarto de persianas fechadas, mergulhado em penumbra. Designou-me uma mulher em prantos, coberta de luto; parou junto dela e lhe disse: 'Aqui está um homem que se empregou como guarda de teu marido e garante o seu serviço.' Ela, afastando os cabelos que caíam para a frente, deixou ver um rosto que, mesmo na dor, era fresco, e levantou os olhos para mim: 'Faze por estar bem desperto, durante a missão que deves desempenhar.' 'Não te preocupes', disse eu, 'e somente conserva pronta uma honesta gratificação.'

[24] Concluído o negócio, ela se levantou e me conduziu para um outro quarto. Encontrava-se ali o corpo coberto de linhos esplêndidos. Sete pessoas foram introduzidas na qualidade de testemunhas. Ela descobriu o corpo com a sua própria mão, chorou longo tempo sobre ele, e depois, apelando para a boa-fé dos presentes, levantou um inventário minucioso, cujas cláusulas, concebidas de antemão, tinham sido anotadas por um deles sobre tabuinhas. 'Vede', dizia ela, 'o nariz está inteiro, incólumes estão os olhos, salvas as orelhas, ilibados os lábios, o queixo sólido. Disto, meus bons Quirites,[33] vós prestareis testemunho.' Logo que as tabuinhas foram seladas, ela ia se retirar, quando eu disse: 'Manda que me tragam, senhora, tudo que é necessário para o meu ser-

---

[31] As Harpias são seres parte mulheres, parte aves, associadas aos ventos e às tempestades. Normalmente consideradas assustadoras e de mal agouro, servem aqui de alusão às bruxas. (N. da E.)

[32] São duas figuras mitológicas que se destacam pela visão penetrante. Linceu, companheiro de Jasão na expedição dos Argonautas, conseguia ver através da madeira, e Argo, o gigante de muitos olhos, a quem nada escapava, foi incumbido por Hera de vigiar Io, uma das mortais seduzidas por Zeus. (N. da E.)

[33] A mulher se dirige aos gregos chamando-os de *Quirites*, isto é, cidadãos votantes, nome especificamente romano. (N. da T.)

inquit 'ista sunt?' 'Lucerna' aio 'praegrandis et oleum ad lucem luci sufficiens et calida cum oenophoris et calice cenarumque reliquis discus ornatus.' Tunc illa capite quassanti: 'Abi', inquit 'fatue, qui in domo funesta cenas et partes requiris, in qua totiugis iam diebus ne fumus quidem visus est ullus. An istic comissatum te venisse credis? Quin sumis potius loco congruentes luctus et lacrimas?' Haec simul dicens respexit ancillulam et: 'Myrrhine', inquit 'lucernam et oleum trade confestim et incluso custode cubiculo protinus facesse.'

[25] Sic desolatus ad cadaveris solacium perfrictis oculis et obarmatis ad vigilias animum meum permulcebam cantationibus, cum ecce crepusculum et nox provecta et nox altior et dein concubia altiora et iam nox intempesta, mihique oppido formido cumulatior quidem cum repente introrepens mustela contra me constitit optutumque acerrimum in me destituit, ut tantillula animalis prae nimia sui fiducia mihi turbarit animum. Denique sic ad illam: 'Quin abis', inquam 'inpurata bestia, teque ad tui similes musculos recondis, antequam nostri vim praesentariam experiaris? Quin abis?' Terga vortit et cubiculo protinus exterminatur. Nec mora, cum me somnus profundus in imum barathrum repente demergit, ut ne deus quidem Delphicus ipse facile discerneret duobus nobis iacentibus quis esset magis mortuus. Sic inanimis et indigens alio custode paene ibi non eram.

[26] Commodum noctis indutias cantus perstrepebat cristatae cohortis. Tandem expergitus et nimio pavore perterritus cadaver accurro et admoto lumine revelataque eius facie rimabar singula, quae cuncta convenerant: ecce uxor misella flens cum hesternis testibus introrumpit anxia et statim corpori superruens multumque ac diu deosculata sub arbitrio luminis recognoscit omnia, et conversa Philodespotum requirit actorem. Ei praecipit bono custodi redderet sine mora

viço.' 'O quê?' 'Uma lâmpada de bom tamanho, óleo em quantidade suficiente para me iluminar até vir o dia, água quente com ânforas de vinho, e um cálice e uma bandeja guarnecida com os restos da ceia.' Então, sacudindo a cabeça, disse ela: 'Vai-te, impertinente, que, numa casa desolada pela presença da morte, vens falar de ceia e reclamar a tua parte. Há dias que aqui dentro não se vê sequer uma fumaça. Crês que vieste para comilanças? É melhor que tomes uma atitude que às circunstâncias convenha, a atitude do luto e das lágrimas.' Assim falando, ela se voltou para uma pequena escrava, ordenando: 'Mirrina, providencia uma lâmpada de óleo. Depois, fecha o quarto.'

[25] Assim, deixado sozinho com o morto, eu esfregava os olhos, fortificando-os para a vigília, e cantava para me dar coragem. E então, veio o crepúsculo, depois a noite, depois as trevas fechadas, depois as horas em que tudo dorme, e aquelas, enfim, em que toda a vida se cala. Verdadeiramente, meu medo não cessava de crescer. De súbito, uma doninha, deslizando pelo aposento, parou diante de mim e fixou-me um olhar tão agudo, que a nímia segurança de um animal tão pequeno me causou profundo mal-estar. Por fim, eu lhe disse: 'Queres tu sair daqui, besta abjeta, e te esconderes junto dos ratos, teus semelhantes? Senão, eu te farei sentir a minha força, imediatamente. Queres sair?' Ela virou as costas e foi direito para o quarto. Um instante depois, pesado sono mergulhou-me, de súbito, no fundo de um abismo. O próprio deus de Delfos[34] teria que fazer um certo esforço para decidir, dos dois jacentes, qual era o morto. Inanimado, e tendo eu próprio necessidade de um guarda, por assim dizer não estava lá.

[26] O povo de crista esburacava com seu canto barulhento a treva da noite, quando por fim despertei. Penetrado de horror até a medula, corri para o cadáver, aproximei dele a luz, descobri-lhe o rosto, examinei-lhe miudamente cada um dos pontos a respeito dos quais houvera acordo. Eis que a pobre viúva em pranto, acompanhada das testemunhas da véspera, irrompeu, cheia de ansiedade, atirou-se logo sobre o corpo, cobrindo-o de beijos; depois, ajudada com a luz de uma lâmpada, passou revista em tudo. Voltando-se então, chamou seu intendente Filodéspota, e lhe ordenou que pagasse sem demora ao bom vigilante o salário que lhe deviam. Isso foi feito imediatamente, e de-

---

[34] Apolo. (N. da T.)

praemium, et oblato statim: 'Summas' inquit 'tibi, iuvenis, gratias agimus et hercules ob sedulum istud ministerium inter ceteros familiares dehinc numerabimus.'

Ad haec ego insperato lucro diffusus in gaudium et in aureos refulgentes, quos identidem in manu mea ventilabam, attonitus: 'Immo', inquam 'domina, de famulis tuis unum putato, et quotiens operam nostram desiderabis, fidenter impera.' Vix effatum me statim familiares omen nefarium exsecrati raptis cuiusque modi telis insecuntur; pugnis ille malas offendere, scapulas alius cubitis inpingere, palmis infestis hic latera suffodere, calcibus insultare, capillos distrahere, vestem discindere. Sic in modum superbi iuvenis Aoni vel Musici vatis Piplei laceratus atque discerptus domo proturbor.

[27] Ac dum in proxima platea refovens animum infausti atque inprovidi sermonis mei sero reminiscor dignumque me pluribus etiam verberibus fuisse merito consentio, ecce iam ultimum defletus atque conclamatus processerat mortuus rituque patrio, utpote unus de optimatibus, pompa funeris publici ductabatur per forum. Occurrit atratus quidam maestus in lacrimis genialem canitiem revellens senex et manibus ambabus invadens torum voce contenta quidem sed adsiduis singultibus impedita: 'Per fidem vestram', inquit 'Quirites, per pietatem publicam perempto civi subsistite et extremum facinus in nefariam scelestamque istam feminam severiter vindicate. Haec enim nec ullus alius miserum adulescentem, sororis meae filium, in adulteri gratiam et ob praedam hereditariam extinxit veneno.'

Sic ille senior lamentabiles questus singulis instrepebat. Saevire vulgus interdum et facti

pois ela acrescentou: 'Nós te devemos, jovem, a maior obrigação e, em reconhecimento da tua consciência no exercício de tuas funções, eu declaro, nós te contaremos, de hoje em diante, no número dos nossos amigos.'

Transbordante de alegria, em vista do lucro inesperado, fascinado pelo coruscar das peças de ouro, que não parava de fazer tilintar nas mãos, respondi: 'Dize antes, senhora, no número dos teus servidores, e todas as vezes que tiveres necessidade de meus serviços, não hesites em me chamar.' Mal tinha deixado escapar estas palavras, as pessoas da casa, acolhendo-as como execrações e de pressago sacrilégio, se apoderaram das primeiras armas à mão e se puseram a me perseguir. Um esmurrou-me as faces; outro, a cotoveladas, me cutucou as costelas; um outro esbofeteou-me os flancos. Deram-me pontapés, arrancaram-me os cabelos, dilaceraram-se as vestes. Foi assim que, à semelhança do jovem aônio ou ao canto inspirado de Pipleu,[35] lançaram-me para fora da casa, rasgado e feito em pedaços.

[27] Eu estava na rua vizinha, tomando um fôlego, e pensava, um pouco tarde, sobre a estupidez de minhas funestas palavras, reconhecendo que, com justiça, eu merecia mais pancada ainda, quando reparei que o morto já tinha saído da casa, depois dos prantos e dos chamados supremos. Segundo o uso tradicional, como se tratava de um membro da aristocracia, faziam-lhe funerais públicos e o cortejo passava através do fórum. Eis que sai ao seu encontro um homem de roupa sombria, triste, lavado em lágrimas, arrancando os nobres cabelos brancos. Esse ancião se atirou para a urna funerária, agarrou-a com as duas mãos e disse com voz forte, se bem que sacudida de contínuos soluços: 'Apelo para a vossa boa-fé, Quirites, apelo para a piedade pública; para vingardes a morte de um dos vossos e para impordes a uma infame celerada o castigo que merece o último dos criminosos. Foi ela, com efeito, e ninguém mais, quem fez perecer pelo veneno esse desgraçado moço, filho da minha irmã, para comprazer um amante e se aproveitar da herança.'

Assim ia o velho de um para outro, fazendo soar as lamentosas queixas. O povo, entrementes, tornava-se ameaçador. A verossimilhan-

---

[35] O jovem aônio (termo raro para beócio) é Penteu; já o cantor do Pipleu (monte na Piéria associado às Musas) é Orfeu. Ambos foram despedaçados pelas mênades, seguidoras de Dioniso. (N. da E.)

verisimilitudine ad criminis credulitatem impelli. Conclamant ignem, requirunt saxa, parvulos ad exitium mulieris hortantur. Emeditatis ad haec illa fletibus quamque sanctissime poterat adiurans cuncta numina tantum scelus abnuebat.

[28] Ergo igitur senex ille: 'Veritatis arbitrium in divinam providentiam reponamus. Zatchlas adest Aegyptius propheta primarius, qui mecum iam dudum grandi praemio pepigit reducere paulisper ab inferis spiritum corpusque istud postliminio mortis animare', et cum dicto iuvenem quempiam linteis amiculis iniectum pedesque palmeis baxeis inductum et adusque deraso capite producit in medium. Huius diu manus deosculatus et ipsa genua contingens: 'Miserere', ait 'sacerdos, miserere per caelestia sidera per inferna numina per naturalia elementa per nocturna silentia et adyta Coptica et per incrementa Nilotica et arcana Memphitica et sistra Phariaca. Da brevem solis usuram et in aeternum conditis oculis modicam lucem infunde. Non obnitimur <necessitati> nec terrae rem suam denegamus, sed ad ultionis solacium exiguum vitae spatium deprecamur.'

Propheta sic propitiatus herbulam quampiam ob os corporis et aliam pectori eius imponit. Tunc orientem obversus incrementa solis augusti tacitus imprecatus venerabilis scaenae facie studia praesentium ad miraculum tantum certatim adrexit.

[29] Immitto me turbae socium et pone ipsum lectulum editiorem quendam lapidem insistens cuncta curiosis oculis arbitrabar. Iam tumore pectus extolli, iam salebris vena pulsari, iam spiritu corpus impleri: et adsurgit cadaver et profatur adulescens: 'Quid, oro, me post Lethaea pocula iam Stygiis paludibus innatantem ad momentariae vitae reducitis officia? Desine iam, precor, desine ac me in meam quietem permitte.'

ça do fato os predispunha a dar crédito à acusação. Pediram tochas em grandes gritos, procuraram pedras, juntaram calhaus, quiseram matá--la. No entanto, a mulher, derramando lágrimas estudadas e jurando por todas as divindades, por tudo quanto encontrou de mais sagrado, negou ter cometido tal abominação.

[28] O ancião recomeçou: 'Deixemos a demonstração da verdade à divina providência. Temos entre nós o egípcio Zatchlas, profeta de primeira ordem, que, mediante um preço muito elevado, combinou comigo trazer por um momento, dos infernos, o espírito do defunto, e chamar esse corpo da morte para a vida.' Assim dizendo, empurrou para a frente, no meio da multidão, um homem moço, vestido com uma túnica de linho, calçado com sandálias de fibra de palmeira e a cabeça inteiramente raspada. Beijando-lhe longamente as mãos, e tocando mesmo seus joelhos, disse o velho: 'Piedade, oh! padre, pelos astros do céu, pelas potências do inferno, pelos elementos da natureza, pelo silêncio das noites, pelos santuários de Coptos, pelas enchentes do Nilo, pelos mistérios de Mênfis, pelos sistros de Faros![36] Permite um breve retorno à claridade do dia, e nesses olhos fechados para a eternidade, derrama uma luz fugidia. Não nos revoltamos contra o inevitável, nem recusamos à terra o que lhe pertence: o consolo da vingança, e, para obtê-la, um curto instante de vida, é tudo que pedem nossas preces.'

Instado desta maneira, o profeta colocou um raminho de planta na boca do morto, e outro sobre seu peito. Depois, voltando-se para o oriente e invocando em silêncio a augusta majestade do Sol que subia no horizonte, pela solenidade dessa atitude fez crescer cada vez mais, entre os assistentes, a expectativa do milagre.

[29] Misturei-me à multidão, e, atrás do próprio esquife, empoleirado sobre uma pedra bem alta, eu era por inteiro um olho curioso. E eis que o peito se distende e se eleva. O pulso começa a bater. O corpo se anima de um sopro de vida, o cadáver se levanta e o moço fala. Ele disse: 'Quando eu já tinha bebido das águas do Letes, quando já navegava nos pantanais do Estige, por que me chamas para as funções de uma vida que não deve durar senão um instante? Deixa-me, deixa-me, eu te imploro, abandona-me ao repouso.'

---

[36] Coptos, Mênfis, Faros: locais do Egito associados à deusa Ísis e seu culto. (N. da E.)

Haec audita vox de corpore, sed aliquanto
propheta commotior: 'Quin refers' ait 'populo singula
tuaeque mortis illuminas arcana? An non putas
devotionibus meis posse Diras invocari, posse tibi
membra lassa torqueri?'

Suscipit ille de lectulo et imo cum gemitu
populum sic adorat: 'Malis novae nuptae
peremptus artibus et addictus noxio poculo
torum tepentem adultero mancipavi.'

Tunc uxor egregia capit praesentem audaciam et
mente sacrilega coarguenti marito resistens altercat.
Populus aestuat diversa tendentes, hi pessimam
feminam viventem statim cum corpore mariti
sepeliendam, alii mendacio cadaveris fidem non
habendam.

[30] Sed hanc cunctationem sequens adulescentis
sermo distinxit; nam rursus altius ingemescens: 'Dabo',
inquit 'dabo vobis intemeratae veritatis documenta
perlucida et quod prorsus alius nemo cogno<rit vel
o>minarit indicabo.' Tunc digito me demonstrans: 'Nam
cum corporis mei custos hic sagacissimus exertam mihi
teneret vigiliam, cantatrices anus exuviis meis inminentes
atque ob id reformatae frustra saepius cum industriam
eius fallere nequivissent, postremum iniecta somni nebula
eoque in profundam quietem sepulto me nomine ciere non
prius desierunt quam dum hebetes artus et membra frigida
pigris conatibus ad artis magicae nituntur obsequia. <At>
hic utpote vivus quidem sed tantum sopore mortuus, quod
eodem mecum vocabulo nuncupatur, ad suum nomen
ignarus exsurgit, et in exanimis umbrae modum ultroneus
gradiens, quamquam foribus cubiculi diligenter obclusis,
per quoddam foramen prosectis naso prius ac mox
auribus vicariam pro me lanienam sustinuit. Utque
fallaciae reliqua convenirent, ceram in modum
prosectarum formatam aurium ei adplicant examussim
nasoque ipsius similem comparant. Et nunc adsistit miser
hic praemium non industriae sed debilitationis
consecutus.'

102

Tais foram as palavras que se ouviram desse corpo. Mas o profeta indignou-se. 'Que? Tu recusarias relatar ao povo tudo que se passou, esclarecendo assim o mistério da tua morte? Pensas que meus encantamentos não têm o poder de evocar as Fúrias, e o poder de torturar teus membros fatigados?'

Retomando a palavra, aquele que estava sobre o esquife, com um profundo gemido, dirigiu-se ao povo nestes termos: 'São as artes culposas de minha nova esposa as causadoras de minha morte. Vítima de uma beberagem perniciosa, deixei um adúltero no meu leito ainda tépido.'

Então, armando-se de audácia, a virtuosa esposa opôs às peremptórias acusações do marido um desmentido sacrílego. A multidão se partiu em diversas tendências, as opiniões se dividiram: uns queriam que tão odiosa criatura fosse enterrada viva, imediatamente, com o corpo do marido; outros sustentavam que não se devia acreditar nas falsidades de um cadáver.

[30] Mas o prosseguimento da cena cortou cerce todas as hesitações. Retomando a palavra, com um gemido ainda mais fundo, o moço acrescentou: 'Vou dar uma prova incontestável da minha intemerata veracidade, revelando fatos de que nenhum outro, a não ser eu, terá tido conhecimento nem pressentimento. Quando o homem que está ali', e ele me designava com o dedo, 'exercia junto ao meu corpo uma atenta vigilância, velhas feiticeiras, que queriam meus despojos, e tinham-se metamorfoseado com essa intenção, fizeram diversas tentativas vãs para enganar seu zelo diligente. Nada conseguindo, por fim, fizeram descer sobre ele uma nuvem de sono. Quando ele foi envolvido num profundo torpor, puseram-se a me chamar pelo nome, sem cessar. Meus membros entorpecidos e meus órgãos gelados faziam preguiçosos esforços para obedecerem às injunções mágicas. Ora, aconteceu que este homem, que estava vivo e não tinha de um morto senão o sono, era meu homônimo. Ao apelo de seu nome, levantou-se sem saber e, como sombra sem vida, avançou maquinalmente. A porta estava cuidadosamente fechada, mas por um buraco lhe cortaram primeiro o nariz, depois as orelhas, e foi em meu lugar que ele sofreu essas amputações. Em seguida, a fim de que nenhuma desordem lhes descobrisse a traça, no modelo das orelhas cortadas fizeram orelhas de cera que lhe aplicaram perfeitamente, e, do mesmo modo, um nariz. O desgraçado está agora muito perto daqui, e o preço que lhe tocou foi não do seu trabalho, mas de sua debilidade.'

His dictis perterritus temptare formam adgredior. Iniecta manu nasum prehendo: sequitur; aures pertracto: deruunt. Ac dum directis digitis et detortis nutibus praesentium denotor, dum risus ebullit, inter pedes circumstantium frigido sudore defluens evado. Nec postea debilis ac sic ridiculus Lari me patrio reddere potui, sed capillis hinc inde laterum deiectis aurium vulnera celavi, nasi vero dedecus linteolo isto pressim adglutinato decenter obtexi."

[31] Cum primum Thelyphron hanc fabulam posuit, conpotores vino madidi rursum cachinnum integrant. Dumque bibere solita Risui postulant, sic ad me Byrrhena:

"Sollemnis" inquit "dies a primis cunabulis huius urbis conditus crastinus advenit, quo die soli mortalium sanctissimum deum Risum hilaro atque gaudiali ritu propitiamus. Hunc tua praesentia nobis efficies gratiorem. Atque utinam aliquid de proprio lepore laetificum honorando deo comminiscaris, quo magis pleniusque tanto numini litemus."

"Bene" inquam "et fiet ut iubes. Et vellem hercules materiam reperire aliquam quam deus tantus affluenter indueret." Post haec monitu famuli mei, qui noctis admonebat, iam et ipse crapula distentus protinus exsurgo et appellata propere Byrrhena titubante vestigio domuitionem capesso.

[32] Sed cum primam plateam vadimus, vento repentino lumen quo nitebamur extinguitur, ut vix inprovidae noctis caligine liberati digitis pedum detunsis ob lapides hospitium defessi rediremus. Dumque iam iunctim proximamus, ecce tres quidam vegetis et vastulis corporibus fores nostras ex summis viribus inruentes ac ne praesentia quidem nostra tantillum conterriti sed magis cum aemulatione virium crebrius insultantes, ut nobis ac mihi potissimum non immerito latrones esse et quidem saevissimi viderentur. Statim denique gladium, quem veste mea contectum ad hos usus extuleram, sinu liberatum adripio. Nec cunctatus medios latrones involo ac singulis, ut

Apavorado com essa fala, quis verificar minha aparência. Agarrei o nariz, ele me ficou na mão. Tateei as orelhas, elas se desprenderam. As pessoas estendiam o dedo, sacudindo a cabeça do meu lado, para me designar, enquanto estouravam as risadas. Passei por entre as pernas dos mais próximos que me cercavam, molhado de suor frio. Mutilado como estava, tornara-me ridículo. Não pude mais voltar aos pátrios lares. Espalhando o cabelo à direita e à esquerda, escondi a cicatriz das orelhas. Velei por vergonha o nariz, colando este pano, por decência."

[31] Logo que acabou a narração de Telifrão, os convivas, aquecidos pelo vinho, recomeçaram as gargalhadas, e enquanto pediam os copos para beber, em honra do Riso, conforme o uso, Birrena se dirigiu a mim:

"É amanhã", disse ela, "a festa anual cuja instituição remonta à fundação desta cidade. Nesse dia, invocamos o favor do Venerável Deus Riso, santíssimo entre os mortais, por meio de tradicionais brincadeiras. Tua presença aumentará nosso divertimento nesse dia. Desejamos mesmo que tua própria alegria natural te inspire, para honrar o deus, alguma jocosa invenção, que torne mais completa nossa homenagem à divindade."

"Bem", respondi, "faça-se como ordenas. Sentir-me-ei feliz, certamente, se encontrar alguma ideia que possa fornecer ampla matéria ao grande deus." Tendo o meu criado me advertido, depois disto, que a noite avançava, com o estômago distendido pela bebida, levantei-me logo, despedi-me rapidamente de Birrena e, com passo inseguro, tomei o caminho de casa.

[32] Mas na primeira rua pela qual enveredamos, uma brusca lufada de vento extinguiu a luz com que contávamos. Com grande esforço, escapamos da súbita escuridão da noite, e nos orientamos para a casa do meu hospedeiro, esgotados de fadiga e com os artelhos machucados de bater contra as pedras. Aproximávamo-nos já, andando juntos, quando três valentes, de possante arcabouço, se lançaram com toda a força contra nossa porta, tão pouco intimidados por nossa presença, que, ao contrário, multiplicavam seus assaltos, rivalizando entre si em violência. Julgamos, eu sobretudo, não sem razão, que eram ladrões e dos mais empedernidos. Tirei logo do seio a espada que tinha levado sob as vestes, para casos desta espécie. Com a arma na mão, precipitei-me sem hesitar no meio dos ladrões e a mergulhei, profundamente e

quemque conluctantem offenderam, altissime demergo,
quoad tandem ante ipsa vestigia mea vastis et crebris
perforati vulneribus spiritus efflaverint. Sic proeliatus, iam
tumultu eo Photide suscitata, patefactis aedibus anhelans et
sudore perlutus inrepo meque statim utpote pugna trium
latronum in vicem Geryoneae caedis fatigatum lecto simul et
somno tradidi.

ao azar do encontro, no corpo do primeiro que me resistiu, até que, por fim, crivados de grandes feridas, exalaram seu último suspiro aos meus pés. O tumulto do combate tinha despertado Fótis. Encontrando a porta aberta, deslizei para dentro, banhado em suor e sem fôlego. Meu combate contra três bandidos me tinha fatigado como se tivesse feito o morticínio de Gerião.[37] Lancei-me sobre o leito e adormeci no mesmo instante.

---

[37] Monstro de três cabeças, aniquilado por Hércules. (N. da T.)

Liber III

[1] Commodum punicantibus phaleris Aurora roseum quatiens lacertum caelum inequitabat, et me securae quieti revulsum nox diei reddidit. Aestus invadit animum vespertini recordatione facinoris; complicitis denique pedibus ac palmulis in alternas digitorum vicissitudines super genua conexis sic grabattum cossim insidens ubertim flebam, iam forum et iudicia, iam sententiam, ipsum denique carnificem imaginabundus. "An mihi quisquam tam mitis tamque benivolus iudex obtinget, qui me trinae caedis cruore perlitum et tot civium sanguine delibutum innocentem pronuntiare poterit? Hanc illam mihi gloriosam peregrinationem fore Chaldaeus Diophanes obstinate praedicabat."

Haec identidem mecum replicans fortunas meas heiulabam. Quati fores interdum et frequenti clamore ianuae nostrae perstrepi.

[2] Nec mora, cum magna inruptione patefactis aedibus magistratibus eorumque ministris et turbae miscellaneae cuncta completa statimque lictores duo de iussu magistratuum immissa manu trahere me sane non renitentem occipiunt. Ac dum primum angiportum insistimus, statim civitas omnis in publicum effusa mira densitate nos insequitur. Et quamquam capite in terram immo ad ipsos inferos iam deiecto maestus incederem, obliquato tamen aspectu rem admirationis maximae conspicio: nam inter tot milia populi circumfluentis nemo prorsum qui non risu dirumperetur aderat. Tandem pererratis plateis omnibus et in modum eorum quibus

Livro III

[1] Agitando seu braço de rosa, a Aurora atirou no céu os cavalos de rutilantes faleras[38] e a noite se transformou em dia, arrancando-me à tranquilidade do sono. À lembrança dos sucessos da véspera, a febre tomou conta de meu espírito. Com os pés colocados um sobre o outro, as mãos juntas e os dedos cruzados sobre os joelhos, acocorei-me no leito e chorei abundantemente, antevendo já o fórum, o tribunal, a sentença, o próprio carrasco, por fim. "Poderei cair com um juiz tão suave, tão benévolo, que me proclame inocente, quando trago sobre mim os vestígios de uma tríplice morte e estou coberto pelo sangue de tantos cidadãos? Está aí a gloriosa viagem que me anunciava, com tanta segurança, o caldeu Diófanes."

Tal era o discurso que repetia a mim mesmo, chorando barulhentamente sobre o meu infortúnio. Entretanto, com grande ruído, bateram à porta, gritaram.

[2] E logo, irrompendo pela casa aberta, os magistrados, seu pessoal, todo o povo misturado, invadiram o lugar. No mesmo instante, sob as ordens dos magistrados, dois litores me agarraram e me arrastaram, sem encontrarem, podeis crer, a menor resistência. Mal enveredamos pelo primeiro beco, toda a população espalhada fora se apertou sobre nossos passos, formando surpreendente cortejo. Ao avançar, eu tinha os olhos tristemente abaixados para o chão — para o inferno, diria melhor; lançando um olhar de esguelha, reparei, porém, numa coisa espantosa: na multidão que me cercava não havia ninguém, absolutamente ninguém, que não risse às gargalhadas. Percorremos assim todas as ruas. Por fim, quando, à maneira das vítimas que são levadas de um para outro lugar, para conjurar as ameaças de um prodígio por meio

---

[38] Faleras eram ornamentos de forma variável, consistindo ordinariamente de rodinhas ou placas de metal, aplicadas nos aperos dos cavalos. Os soldados usavam faleras nas roupas ou sobre a couraça, como insígnias ou enfeites. (N. da T.)

lustralibus piamentis minas portentorum hostiis circumforaneis expiant circumductus angulatim forum eiusque tribunal adstituor. Iamque sublimo suggestu magistratibus residentibus, iam praecone publico silentium clamante, repente cuncti consona voce flagitant propter coetus multitudinem, quae pressurae nimia densitate periclitaretur, iudicium tantum theatro redderetur. Nec mora, cum passim populus procurrens caveae conseptum mira celeritate complevit; aditus etiam et tectum omne fartim stipaverant, plerique columnis implexi, alii statuis dependuli, nonnulli per fenestras et lacunaria semiconspicui, miro tamen omnes studio visendi pericula salutis neclegebant. Tunc me per proscaenium medium velut quandam victimam publica ministeria producunt et orchestrae mediae sistunt.

[3] Sic rursum praeconis amplo boatu citatus accusator quidam senior exsurgit et ad dicendi spatium vasculo quoidam in vicem coli graciliter fistulato ac per hoc guttatim defluo infusa aqua populum sic adorat:

"Neque parva res ac praecipue pacem civitatis cunctae respiciens et exemplo serio profutura tractatur, Quirites sanctissimi. Quare magis congruit sedulo singulos atque universos vos pro dignitate publica providere ne nefarius homicida tot caedium lanienam, quam cruenter exercuit, inpune commiserit. Nec me putetis privatis simultatibus instinctum odio proprio saevire. Sum namque custodiae nocturnae praefectus nec in hodiernum credo quemquam pervigilem diligentiam meam culpare posse. Rem denique ipsam et quae nocte gesta sunt cum fide proferam. Nam cum fore iam tertia vigilia scrupulosa diligentia cunctae civitatis ostiatim singula considerans circumirem, conspicio istum crudelissimum iuvenem mucrone destricto passim caedibus operantem iamque tris numero saevitia eius

de cerimônias lustrais e sacrifícios expiatórios, depois de terem-me feito percorrer os menores recantos, a toda a volta da cidade, pararam comigo no fórum, diante do tribunal. E os magistrados já tinham-se colocado no alto do estrado, o pregoeiro público pedira silêncio, quando, de repente, a uma só voz, o povo inteiro rogou que, por motivo da afluência, e do perigo de haver alguém esmagado no aperto, um julgamento de tal importância fosse feito no teatro. Dispersou-se logo o povo, correndo com incrível rapidez para ocupar todo o espaço reservado aos espectadores. Amontoaram-se nos corredores de acesso e até nos vigamentos do teto. Muitos se atracaram às colunas, abraçando-as. Outros se suspenderam às estátuas. Encheram as fendas das janelas e as aberturas todas — todos ávidos de ver, tanto que esqueceram o perigo a que se expunham. Então, os funcionários da cidade me fizeram avançar como uma vítima, atravessando a cena, e me colocaram no meio da orquestra.[39]

[3] Ao mesmo tempo, o pregoeiro, alteando de novo a voz, deu a palavra ao acusador. Um homem de certa idade se levantou, e, depois de ter derramado água numa espécie de vaso furado, como um funil, com uma estreita abertura por onde escorria o líquido gota a gota, para medir o tempo,[40] dirigiu-se ao povo nestes termos:

"O presente caso, honrados Quirites, não é destituído de importância. Trata-se da paz da cidade inteira, e é necessário que se dê um severo e salutar exemplo. Convém, pois, que tanto individualmente como todos juntos, como ordena a dignidade pública, tenhais o cuidado de não deixar o infame assassino escapar ao castigo dessa orgia sangrenta a que se entregou. Não me julgueis animado por um ressentimento privado, nem que ceda à violência de um ódio pessoal. Como prefeito, responsável pela custódia noturna da cidade, ninguém, até hoje, encontrou falha em meu zelo vigilante. Eu vos exporei fielmente o que se passou na derradeira noite. Por volta da terceira vigília, eu fazia a ronda da cidade e inspecionava tudo, de porta em porta, com escrupulosa exatidão, quando vi este jovem crudelíssimo que, de arma na mão, fazia uma carnificina, tendo feito já três vítimas. Elas jaziam a seus pés, agonizantes, e palpitavam lavadas em sangue. De resto, ele

---

[39] Lugar no antigo teatro grego onde se colocava o coro. (N. da T.)

[40] Trata-se da clepsidra. (N. da T.)

interemptos ante pedes ipsius spirantibus adhuc corporibus in multo sanguine palpitantes. Et ipse quidem conscientia tanti facinoris merito permotus statim profugit et in domum quandam praesidio tenebrarum elapsus perpetem noctem delituit. Sed providentia deum, quae nihil impunitum nocentibus permittit, priusquam iste clandestinis itineribus elaberetur, mane praestolatus ad gravissimum iudicii vestri sacramentum eum curavi perducere. Constanter itaque in hominem alienum ferte sententias de eo crimine quod etiam in vestrum civem severiter vindicaretis."

[4] Sic profatus accusator acerrimus immanem vocem repressit. Ac me statim praeco, si quid ad ea respondere vellem, iubebat incipere. At ego nihil tunc temporis amplius quam flere poteram, non tam hercules truculentam accusationem intuens quam meam miseram conscientiam. Sed tandem oborta divinitus audacia sic ad illa:

"Nec ipse ignoro quam sit arduum trinis civium corporibus expositis eum qui caedis arguatur, quamvis vera dicat et de facto confiteatur ultro, tamen tantae multitudini quod sit innocens persuadere. Sed si paulisper audientiam publica mihi tribuerit humanitas, facile vos edocebo me discrimen capitis non meo merito sed rationabilis indignationis eventu fortuito tantam criminis frustra sustinere.

[5] Nam cum a cena me serius aliquanto reciperem, potulentus alioquin, quod plane verum crimen meum non diffitebor, ante ipsas fores hospitii ad bonum autem Milonem civem vestrum devorto video quosdam saevissimos latrones aditum temptantes et domus ianuas cardinibus obtortis evellere gestientes claustrisque omnibus, quae accuratissime adfixa fuerant, violenter evulsis secum iam de inhabitantium exitio deliberantes. Vnus denique et manu promptior et corpore vastior his adfatibus et ceteros incitabat: 'Heus pueri, quam maribus animis et viribus alacribus dormientes adgrediamur. Omnis cunctatio ignavia omnis facessat e pectore; stricto mucrone per totam domum caedes ambulet. Qui sopitus iacebit, trucidetur; qui repugnare temptaverit, feriatur. Sic salvi recedemus, si salvum in domo neminem reliquerimus.' Fateor,

próprio, consciente da enormidade do seu crime e justamente perturbado, fugiu, esgueirando-se, com o favor das trevas, para uma casa onde se manteve escondido a noite inteira. Porém, a providência divina não permitiu que tal crime ficasse impune, e, antes que furtivamente escapasse por ignoradas vias, de manhã muito cedo eu o detive e o fiz comparecer diante da tremenda majestade do vosso tribunal. Tendes, assim, diante de vós, um acusado maculado por muitas mortes, um acusado apanhado em flagrante, e estrangeiro neste país. Condenai, pois, sem fraqueza, por um crime pelo qual puniríeis severamente mesmo um dos vossos concidadãos, esse homem de outras terras."

[4] Depois deste violento requisitório, a voz formidável do acusador se calou. Em seguida, o pregoeiro avisou que, se eu quisesse responder, podia principiar. Nesse momento, eu não era capaz senão de chorar, devo dizer que não tanto sob o efeito da feroz acusação, mas por causa dos tormentos da minha consciência, Todavia, com uma audácia inspirada pela providência divina, repliquei:

"Não ignoro quanto é difícil, em presença dos cadáveres de três cidadãos, o acusado das mortes persuadir de sua inocência uma assembleia tão grande, mesmo se disser a verdade; mesmo se, sem dificuldade, explicar-se. Entretanto, se vossa bondade, cidadãos, me conceder um momento de atenção, não terei muito trabalho em demonstrar que não se trata de uma falta que põe minha cabeça em perigo, mas foi o efeito fortuito de uma indignação razoável que me trouxe o labéu do odioso crime de que não sou culpado.

[5] Eu tinha ceado na cidade e voltava um pouco tarde, bêbado, sim, eu estava bêbado. Este crime não negarei. Justamente diante da casa do meu hospedeiro, o bom Milão, concidadão vosso, desci e vi audaciosos malfeitores que tentavam assaltar a casa, forçando os gonzos e procurando fazer saltar a porta. As trancas que a mantinham cuidadosamente fechada tinham sido arrancadas brutalmente, e eles já deliberavam entre si se matariam os moradores. Um deles, enfim, mais resoluto que os outros e mais corpulento, excitou-os: 'Vamos, rapazes, a quem anima uma alma viril e que têm um braço alerta, ataquemo-los durante o seu sono. Para longe de nós qualquer hesitação ou covardia. Adaga em punho! E que corra sangue pela casa inteira. Quem dorme no seu leito que seja degolado. Quem procurar se defender, que seja abatido. Não sairemos daqui a salvo se deixarmos viva alguma pessoa nesta casa.' Confesso, Quirites, que acreditei cumprir um dever de bom

Quirites, extremos latrones boni civis officium arbitratus, simul et eximie metuens et hospitibus meis et mihi gladiolo, qui me propter huius modi pericula comitabatur, armatus fugare atque proterrere eos adgressus sum. At illi barbari prorsus et immanes homines neque fugam capessunt et, cum me vident in ferro, tamen audaciter resistunt.

[6] Dirigitur proeliaris acies. Ipse denique dux et signifer ceterorum validis me viribus adgressus ilico manibus ambabus capillo adreptum ac retro reflexum effligere lapide gestit. Quem dum sibi porrigi flagitat, certa manu percussum feliciter prosterno. Ac mox alium pedibus meis mordicus inhaerentem per scapulas ictu temperato tertiumque inprovide occurrentem pectore offenso peremo. Sic pace vindicata domoque hospitum ac salute communi protecta non tam impunem me verum etiam laudabilem publice credebam fore, qui ne tantillo quidem umquam crimine postulatus sed probe spectatus apud meos semper innocentiam commodis cunctis antetuleram. Nec possum reperire cur iustae ultionis qua contra latrones deterrimos commotus sum nunc istum reatum sustineam, cum nemo possit monstrare vel proprias inter nos inimicitias praecessisse ac ne omnino mihi notos illos latrones usquam fuisse, vel certe ulla praeda monstretur cuius cupidine tantum flagitium credatur admissum."

[7] Haec profatus rursum lacrimis obortis porrectisque in preces manibus per publicam misericordiam per pignorum caritate maestus tunc hos tunc illos deprecabar. Cumque iam humanitate commotos misericordia fletuum adfectos omnis satis crederem, Solis et Iustitiae testatus oculos casumque praesentem meum commendans deum providentiae paulo altius aspectu relato conspicio prorsus totum populum risu cachinnabili diffluebant nec secus illum bonum hospitem parentemque meum Milonem risu maximo dissolutum. At tunc sic tacitus mecum: "En fides", inquam "en conscientia! Ego quidem pro hospitis salute et homicida sum et reus capitis inducor, at ille, non contentus quod mihi nec adsistendi solacium perhibuit, insuper exitium meum cachinnat."

cidadão acometendo contra esses ladrões da pior espécie, porquanto temia pela vida dos meus hospedeiros e pela minha. Eu estava armado de punhal, na previsão de semelhantes perigos, e experimentei pôr-lhes medo, para que fugissem. Mas esses bárbaros, esses selvagens, não pensaram em salvar-se, mas, vendo-me de arma na mão, resistiram com a mesma audácia.

[6] Eis-nos em linha para o combate. O próprio chefe da súcia, e seu porta-insígnia, se atirou contra mim com todas as suas forças, me agarrou bruscamente com as duas mãos pelos cabelos e me virou a cabeça para trás, com o manifesto intento de a esmagar com uma pedra. Enquanto ele pedia com insistência que lhe passassem uma, eu o atravessei com mão segura e felizmente o estendi por terra. Um outro se agarrou às minhas pernas, mordendo-me. Com um golpe bem calculado, eu o atingi entre as espáduas, matando-o. Do mesmo modo matei o terceiro, que correu imprudentemente para mim. Golpeei-o em pleno peito. Tendo assim restabelecido a ordem, protegido a casa dos meus anfitriões, e assegurado a salvação comum, pensei que, em vez de ser punido, deveria receber públicos louvores. Antes disto, jamais tive o menor atrito com a justiça. Considerado entre os meus, sempre pus a inocência acima de todas as outras coisas. Não posso explicar, então, como o justo impulso que me levou a vingar-me de abomináveis ladrões me valha hoje esta acusação. Ninguém pode demonstrar que eu tive anteriormente, com esses bandoleiros, nenhuma animosidade pessoal, ou que simplesmente os tenha conhecido. E ninguém pode, ao menos, mostrar uma presa para ser partilhada, que tornasse verossímil semelhante crime."

[7] Acabado este discurso, minhas lágrimas jorraram de novo. Estendendo as mãos num gesto de súplica, implorei tristemente pela pública misericórdia a uns, por suas afeições mais caras a outros. Acreditava-os já tocados de humanidade e comovidos com o meu pranto. Tomava por testemunhas os olhos do Sol e da Justiça, recomendava à providência divina meu infortúnio, quando, erguendo um pouco mais os olhos, reparei que todo o povo reunido entregava-se a um louco riso geral. Até meu bondoso hospedeiro e pai Milão, ria um enorme riso dissoluto. Vendo isso, disse eu comigo mesmo: "Eis aí, por minha fé, o que se chama gratidão. Eu, por ter salvo o anfitrião, sou assassino e réu de uma acusação. E ele, não contente de ter-me recusado até o conforto de sua assistência, ainda escarnece da minha funesta sorte."

[8] Inter haec quaedam mulier per medium theatrum lacrimosa et flebilis atra veste contecta parvulum quendam sinu tolerans decurrit ac pone eam anus alia pannis horridis obsita paribusque maesta fletibus, ramos oleagineos utraeque quatientes, quae circumfusae lectulum, quo peremptorum cadavera contecta fuerant, plangore sublato se lugubriter eiulantes: "Per publicam misericordiam per commune ius humanitatis" aiunt "miseremini indigne caesorum iuvenum nostraeque viduitati ac solitudini de vindicta solacium date. Certe parvuli huius in primis annis destituti fortunis succurrite et de latronis huius sanguine legibus vestris et disciplinae publicae litate."

Post haec magistratus qui natu maior adsurgit et ad populum talia: "De scelere quidem, quod serio vindicandum est, nec ipse qui commisit potest diffiteri; sed una tantum subsiciva sollicitudo nobis relicta est, ut ceteros socios tanti facinoris requiramus. Nec enim veri simile est hominem solitarium tres tam validos evitasse iuvenes. Prohinc tormentis veritas eruenda. Nam et qui comitabatur eum puer clanculo profugit et res ad hoc deducta est ut per quaestionem sceleris sui participes indicet, ut tam dirae factionis funditus formido perematur."

[9] Nec mora, cum ritu Graeciensi ignis et rota, tum omne flagrorum genus inferuntur. Augetur oppido immo duplicatur mihi maestitia, quod integro saltim mori non licuerit. Sed anus illa quae fletibus cuncta turbaverat: "Prius", inquit "optimi cives, quam latronem istum miserorum pignorum meorum peremptorem cruci affigatis, permittite corpora necatorum revelari, ut et formae simul et aetatis contemplatione magis magisque ad iustam indignationem arrecti pro modo facinoris saeviatis."

His dictis adplauditur et ilico me magistratus ipsum iubet corpora, quae lectulo fuerant posita, mea manu detegere. Reluctantem me ac diu rennuentem praecedens facinus

[8] Entrementes, uma mulher lacrimosa atravessou correndo o teatro. Queixosa, vestida de preto, levava uma criancinha apertada contra o seio. Outra mulher a seguia, uma anciã coberta de horrendos trapos, igualmente dolorosa e, como aquela, chorando. Ambas agitavam ramos de oliveira.[41] Colocando-se ao lado do esquife, onde jaziam sob véus os cadáveres das vítimas, puseram-se a lamentar-se, desferindo lúgubres clamores: "Pela misericórdia pública", diziam, "e pelo direito comum de humanidade, tende compaixão destes moços, indignamente chacinados, e, vingando-nos, consolai nosso abandono e nossa solidão. Socorrei ao menos o infortúnio desta criancinha, deixada sem proteção nos seus verdes anos, e oferecei o sangue desse bandido, como expiação, às vossas leis e à ordem pública."

Depois disto, o magistrado mais velho se levantou e se dirigiu ao povo: "Que houve um crime que exige severo castigo, o seu próprio autor não pode negar. Só um ponto subsidiário nos deixa ainda confusos. É preciso procurar os cúmplices. Não é verossímil, com efeito, que um indivíduo sozinho tenha podido tirar a vida de três moços tão vigorosos. Devemos então obter pela tortura a verdade. Pois o escravo que o acompanhava fugiu, e não temos outro recurso senão levar o acusado, através do interrogatório, a denunciar aqueles que participaram do seu ato celerado, a fim de extirpar radicalmente o terror espalhado por esse bando maldito."

[9] Logo após, conforme o costume dos gregos, trouxeram fogo, a roda, e látegos de várias espécies.[42] Minha tristeza aumentava, ou antes, dobrava, por não ter nem o direito de morrer sem mutilação. No entanto, a velha cujo pranto havia causado tanta emoção, falou: "Antes de ligar à cruz, honrados cidadãos, o ladrão que infligiu esses infortúnios à minha ternura, permiti que se descubram os corpos dos mortos, a fim de que a contemplação de sua beleza e juventude, avivando vossa justa indignação, vos inspire um rigor proporcional ao crime."

Aplaudiram estas palavras, e, sem demora, o magistrado me ordenou que fosse eu mesmo descobrir os cadáveres do esquife. Resisti, recusei-me obstinadamente a renovar por esta exibição a cena trágica da

---

[41] O ramo de oliveira era a insígnia dos suplicantes e dos embaixadores. Quase o mesmo que hoje a bandeira branca. (N. da T.)

[42] Instrumentos de tortura usados para extrair confissões. (N. da E.)

instaurare nova ostensione lictores iussu magistratuum quam
instantissime compellunt, manum denique ipsam e regione
lateris trudentes in exitium suum super ipsa cadavera
porrigunt. Evictus tandem necessitate succumbo, et ingratis
licet abrepto pallio retexi corpora. Dii boni, quae facies rei?
Quod monstrum? Quae fortunarum mearum repentina
mutatio? Quamquam enim iam in peculio Proserpinae et Orci
familia numeratus, subito in contrariam faciem obstupefactus
haesi, nec possum novae illius imaginis rationem idoneis verbis
expedire. Nam cadavera illa iugulatorum hominum erant tres
utres inflati variisque secti foraminibus et, ut vespertinum
proelium meum recordabar, his locis hiantes quibus latrones
illos vulneraveram.

[10] Tunc ille quorundam astu paulisper
cohibitus risus libere iam exarsit in plebem. Hi gaudii
nimietate graculari, illi dolorem ventris manuum
compressione sedare. Et certe laetitia delibuti meque
respectantes cuncti theatro facessunt. At ego, ut
primum illam laciniam prenderam, fixus in lapidem
steti gelidus nihil secus quam una de ceteris theatri
statuis vel columnis. Nec prius ab inferis emersi quam
Milon hospes accessit et iniecta manu me renitentem
lacrimisque rursum promicantibus crebra
singultientem clementi violentia secum adtraxit, et
observatis viae solitudinibus per quosdam amfractus
domum suam perduxit, maestumque me atque etiam
tunc trepidum variis solatur affatibus. Nec tamen
indignationem iniuriae, quae inhaeserat altius meo
pectori, ullo modo permulcere quivit.

[11] Ecce ilico etiam ipsi magistratus cum suis insignibus
domum nostram ingressi talibus me monitis delenire gestiunt:
"Neque tuae dignitatis vel etiam prosapiae tuorum ignari

véspera. Por ordem dos magistrados, os litores[43] me compeliram com insistência a fazê-lo. Por fim, apoderando-se da mão que me pendia ao longo do corpo, estenderam-na, para sua perda, até os cadáveres. Vencido, afinal, pela necessidade, consenti, e, bem contra a vontade, retirei o manto que os recobria. Bons deuses, que vejo? Que prodígio foi esse? Que repentina transformação se dera em minha sorte? Eu me contava já entre o tesouro de Prosérpina[44] e a família de Orco[45] e de repente tudo adquiriu uma feição nova, que me paralisava de estupefação. Nenhuma palavra haverá capaz de exprimir o imprevisto de tal espetáculo. Os cadáveres de nossos degolados eram três odres estufados, com rasgões aqui e ali, e largos dilaceramentos, que, a julgar por minhas lembranças da peleja da véspera, correspondiam aos ferimentos que eu fizera nos ladrões.

[10] Então, o riso, que alguns tinham tido a malícia de reprimir por um momento, explodiu livremente e se propagou na multidão. Uns, no excesso da alegria, cacarejavam, outros seguravam a barriga com as duas mãos para que não doesse, e foi com uma transbordante satisfação que todos deixaram o teatro, voltando-se para olhar-me. Quanto a mim, imóvel na atitude em que tinha pegado a mortalha, permanecia frio como pedra e quieto como as estátuas e as colunas do teatro. Não ressurgi dos infernos senão quando Milão, meu hospedeiro, se aproximou, pousando a mão sobre mim. Apesar de minha resistência, e ao passo que minhas lágrimas jorravam novamente, acompanhadas de convulsivos soluços, ele me arrastou com doce violência e me conduziu para casa, tendo o cuidado de fazer algumas voltas por solitários caminhos. Procurava palavras consoladoras para acalmar meu desgosto e para serenar a emoção que me agitava ainda. Porém, não conseguia amenizar de maneira nenhuma a indignação que eu sentia por uma afronta que de modo tão profundamente grave me atingia o coração.

[11] Mas eis que, nesse instante, os próprios magistrados, revestidos com suas insígnias, penetraram em nossa casa e fizeram quanto podiam para me apaziguar: "Não ignoramos, Senhor Lúcio, nem tua clas-

---

[43] Litor designa o oficial que precedia os magistrados romanos, portando um feixe de varas e uma machadinha, nas execuções judiciais. (N. da E.)

[44] Esposa de Orco, cujo tesouro são os mortos sobre os quais reina. (N. da E.)

[45] Orco é o outro nome de Plutão, rei dos infernos. (N. da T.)

sumus, Luci domine; nam et provinciam totam inclitae vestrae familiae nobilitas conplectitur. Ac ne istud quod vehementer ingemescis contumeliae causa perpessus es. Omnem itaque de tuo pectore praesentem tristitudinem mitte et angorem animi depelle. Nam lusus iste, quem publice gratissimo deo Risui per annua reverticula sollemniter celebramus, semper commenti novitate florescit. Iste deus auctorem et actorem suum propitius ubique comitabitur amanter nec umquam patietur ut ex animo doleas sed frontem tuam serena venustate laetabit adsidue. At tibi civitas omnis pro ista gratia honores egregios obtulit; nam et patronum scripsit et ut in aere staret imago tua decrevit."

Ad haec dicta sermonis refero: "Tibi quidem", inquam "splendidissima et unica Thessaliae civitas, honorum talium parem gratiam memini, verum statuas et imagines dignioribus meique maioribus reservare suadeo."

[12] Sic pudenter allocutus et paulisper hilaro vultu renidens quantumque poteram laetiorem me refingens comiter abeuntes magistratus appello. Et ecce quidam intro currens famulus: "Rogat te" ait "tua parens Byrrhena et convivii, cui te sero desponderas, iam adpropinquantis admonet." Ad haec ego formidans et procul perhorrescens etiam ipsam domum eius: "Quam vellem" inquam "parens, iussis tuis obsequium commodare, si per fidem liceret id facere. Hospes enim meus Milon per hodierni diei praesentissimum numen adiurans effecit ut eius hodiernae cenae pignerarer, nec ipse discedit nec me digredi patitur. Prohinc epulare vadimonium differamus."

Haec adhuc me loquente manu firmiter iniecta Milon iussis balnearibus adsequi producit ad lavacrum proximum. At ego vitans oculos omnium et quem ipse fabricaveram risum obviorum declinans lateri eius adambulabam obtectus. Nec qui laverim, qui terserim, qui domum rursum reverterim, prae rubore memini; sic omnium oculis nutibus ac denique manibus denotatus inpos animi stupebam.

[13] Raptim denique paupertina Milonis cenula perfunctus, causatusque capitis acrem dolorem quem mihi lacrimarum

se, nem teu nascimento, nem o renome da ilustre família que é a tua e que se estende por toda a província. O que te aflige tão fortemente, não foi para te ofender que to fizemos suportar. Espanta do coração a tristeza e expulsa a amargura da alma, pois os divertimentos periódicos aos quais nossa cidade se entrega todo ano, em honra do Deus Riso, devem sempre seu sucesso a uma invenção nova. Foste tu a fonte e o instrumento do Riso. O favor e a amizade do deus te acompanhará por toda a parte. Ele não permitirá jamais que tua alma prove nenhum infortúnio, mas sem cessar iluminará tua fronte de serena graça e de alegria. Em reconhecimento pelo que te deve, a cidade inteira te prestará honras extraordinárias. Ela te nomeará seu patrono e decidiu te elevar uma estátua de bronze."

A esse discurso, repliquei desta maneira: "Cidadãos da mais ilustre entre todas as cidades da Tessália, minha gratidão por essas honrarias está à altura da benfeitoria. Porém, reservai as estátuas e imagens, eu vos peço, para outros mais dignos e melhores que eu."

[12] A essa modesta alocução, distendi o rosto num sorriso, e, fazendo o possível para recuperar alguma alegria, saudei cortesmente os magistrados e eles se retiraram. E eis que entra correndo um criado de Birrena: "Tua mãe", disse ele, "te reclama e te lembra que se aproxima a hora do jantar, para o qual foste convidado ontem à noite." Apavorado e cheio de horror, só de pensar nessa casa, mandei dizer a Birrena: "Eu gostaria muito, mãe, de obedecer às tuas ordens, se pudesse fazê-lo sem faltar à minha palavra. Meu hospedeiro Milão, com efeito, me fez prometer, tomando como testemunha a divindade protetora deste dia, que eu cearia com ele esta noite. Ele não consente nem suporta que eu me afaste. Deixemos, pois, para mais tarde esse compromisso de jantar."

Eu falava ainda, quando Milão me agarrou com mão firme, e, ordenando que levassem atrás nossos utensílios de banho, me conduziu ao estabelecimento vizinho. Mas eu, para evitar os olhares do público e não me expor ao riso dos passantes, de que eu mesmo tinha sido o provocador, caminhava a seu lado, dissimulado. Como me banhei, como me enxuguei, como voltei para casa, a vergonha que eu sentia me fez tudo esquecer. Todos me designavam com os olhos, com a cabeça, com o dedo, e eu caíra num aturdimento estúpido.

[13] Depois de ter, por fim, consumido às pressas o jantarzinho magro de Milão, tomei como pretexto a violenta dor de cabeça causa-

121   Livro III

adsiduitas incusserat, concedo venia facile tributa cubitum et abiectus in lectulo meo quae gesta fuerant singula maestus recordabar, quoad tandem Photis mea dominae suae cubito procurato sui longe dissimilis advenit; non enim laeta facie nec sermone dicaculo, sed vultuosam frontem rugis insurgentibus adseverabat. Cunctanter ac timide denique sermone prolato: "Ego" inquit "ipsa, confiteor ultro, ego <origo> tibi huius molestiae fui", et cum dicto lorum quempiam sinu suo depromit mihique porrigens: "Cape", inquit "oro te, et <de> perfidia mulieri vindictam immo vero licet maius quodvis supplicium sume. Nec tamen me putes, oro, sponte angorem istum tibi concinnasse. Dii mihi melius, quam ut mei causa vel tantillum scrupulum patiare. Ac si quid adversi tuum caput respicit, id omne protinus meo luatur sanguine. Sed quod alterius rei causa facere iussa sum mala quadam mea sorte in tuam reccidit iniuriam."

[14] Tunc ego familiaris curiositatis admonitus factique causam delitiscentem nudari gestiens suscipio: "Omnium quidem nequissimus audacissimusque lorus iste, quem tibi verberandae destinasti, prius a me concisus atque laceratus interibit ipse quam tuam plumeam lacteamque contingat cutem. Sed mihi cum fide memora: quod tuum factum <fortunae> scaevitas consecuta in meum convertit exitium? Adiuro enim tuum mihi carissimum caput nulli me prorsus ac ne tibi quidem ipsi adseveranti posse credere quod tu quicquam in meam cogitaveris perniciem. Porro meditatus innoxios casus incertus vel etiam adversus culpae non potest addicere."

Cum isto fine sermonis oculos Photidis meae udos ac tremulos et prona libidine marcidos iamiamque semiadopertulos adnixis et sorbillantibus saviis sitienter hauriebam.

[15] Sic illa laetitia recreata: "Patere", inquit "oro, prius fores cubiculi diligenter obcludam, ne sermonis elapsi profana petulantia committam grande flagitium", et cum dicto pessulis iniectis et uncino firmiter immisso sic ad me reversa colloque meo manibus ambabus inplexa voce tenui et admodum minuta: "Paveo" inquit "et formido solide domus huius operta detegere et arcana dominae meae revelare secreta. Sed melius de te doctrinaque tua

da pelo abalo e por minhas lágrimas sem fim, e obtive facilmente permissão para ir deitar. Estendido no leito, repassava tristemente, em pensamento, todos os pormenores da aventura, quando, por fim, Fótis, após acomodar a patroa, chegou, bem diferente de si mesma. Não tinha mais nem a alegre expressão, nem o tom zombeteiro, mas rugas profundas tornavam-lhe sombria a fronte ruidosa. Falou, por fim, hesitante e tímida: "Fui eu, eu mesma, confesso, que te proporcionei esta desgraça." Tirando do seio uma espécie de chicote, mo apresentou, dizendo: "Toma, eu te peço, e vinga-te de uma pérfida mulher. Inflige-lhe mesmo, se queres, um suplício mais severo. Não creias, todavia, que te causei desgosto voluntariamente. Não praza aos deuses que tenhas de sofrer por minha causa o mais ligeiro dissabor. Se alguma desgraça ameaça tua cabeça, possa o meu sangue resgatá-la inteiramente. Mas do que fiz, cumprindo ordens, e com outra intenção, minha má sorte fez recair sobre ti as abomináveis consequências."

[14] Sentindo despertar minha curiosidade natural, e ardendo do desejo de descobrir as origens da aventura, repliquei: "Aqui está um látego, inigualável em audácia e crueldade. Tu o destinavas ao teu próprio suplício. Será ele que, despedaçado e cortado em bocadinhos, se acabará na minha mão antes de tocar tua pele delicada como a pluma e branca como o leite. Mas conta-me sinceramente: que cometeste afinal, que os fados transformaram tão neciamente em objeto de minha perdição? Juro por tua cabeça, caríssima, não são palavras ao vento; ninguém poderá me persuadir de que nutriste a meu respeito desígnios prejudiciais. Ora, quando a intenção é honesta, não são as consequências de um acaso desencontrado que podem torná-la culpável."

Terminando estas palavras, olhei e vi os olhos de minha Fótis, úmidos e trêmulos, se escurecerem de desejo e se entrecerrarem de langor, enquanto eu os fechava com os lábios e os devorava, com desespero, de beijos apaixonados.

[15] Tendo recuperado sua costumeira alegria, ela disse: "Deixa-me primeiro fechar a porta deste quarto, para que nenhuma frase escape daqui. A indiscrição seria, de minha parte, de uma abjeção profana." Enquanto falava, passou os ferrolhos, firmou os ganchos, e depois, voltando-se para mim e cercando com os dois braços meu pescoço, disse baixinho, com voz quase imperceptível: "Estou tremendo, estou cheia de horror, ao pensar em revelar o que sucede nesta casa, e ao pensar em desvendar os segredos misteriosos de minha ama. Mas

praesumo, qui praeter generosam natalium dignitatem
praeter sublime ingenium sacris pluribus initiatus profecto
nosti sanctam silentii fidem. Quaecumque itaque
commisero huius religiosi pectoris tui penetralibus, semper
haec intra conseptum clausa custodias oro, et
simplicitatem relationis meae tenacitate taciturnitatis tuae
remunerare. Nam me, quae sola mortalium novi, amor is
quo tibi teneor indicare compellit. Iam scies omnem domus
nostrae statum, iam scies erae meae miranda secreta,
quibus obaudiunt manes, turbantur sidera, coguntur
numina, serviunt elementa. Nec umquam magis artis huius
violentia nititur quam cum scitulae formulae iuvenem
quempiam libenter aspexit, quod quidem ei solet crebriter
evenire.

[16] Nunc etiam adulescentem quendam Boeotium
summe decorum efflictim deperit totasque artis manus
machinas omnes ardenter exercet. Audivi vesperi, meis his,
inquam, auribus audivi, quod non celerius sol caelo ruisset
noctique ad exercendas inlecebras magiae maturius cessisset,
ipsi soli nubilam caliginem et perpetuas tenebras
comminantem. Hunc iuvenem, cum e balneis rediret ipsa,
tonstrinae residentem hesterna die forte conspexit ac me
capillos eius, qui iam caede cultrorum desecti humi iacebant,
clanculo praecipit auferre. Quos me sedulo furtimque
colligentem tonsor invenit, et quod alioquin publicitus
maleficae disciplinae perinfames sumus, adreptam inclementer
increpat: 'Tune, ultima, non cessas subinde lectorum iuvenum
capillamenta surripere? Quod scelus nisi tandem desines,
magistratibus te constanter obiciam.' Et verbum facto secutus
immissa manu scrutatus e mediis papillis meis iam capillos
absconditos iratus abripit. Quo gesto graviter adfecta
mecumque reputans dominae meae mores, quod huius modi
repulsa satis acriter commoveri meque verberare saevissime
consuevit, iam de fuga consilium tenebam, sed istud quidem
tui contemplatione abieci statim.

não, eu tenho a mais alta opinião de ti, de tua educação, e, sem falar da generosa classe a que pertences por nascimento, ou da elevação do teu espírito, sei que, iniciado como és em mais de um culto, conheces seguramente a santa lei do silêncio. Assim, seja o que for que me aconteça confiar ao piedoso santuário do teu coração, guarda-o fechado nesse retiro seguro, e recompensa a franqueza de minhas revelações com uma discrição a toda prova. Trata-se de coisas que neste mundo só eu sei. É o amor por ti que me domina, e que me obriga a te contar isso. Vais saber o que é esta casa. Vais saber dos maravilhosos segredos pelos quais minha ama se faz obedecer dos manes,[46] perturba o curso dos astros, constrange as potências divinas, serve-se dos elementos. Mas jamais recorre ela com mais vontade à força de sua arte como quando um bonito rapaz lhe chama a atenção, o que, em verdade, acontece frequentemente.

[16] É assim que, neste momento, ela morre de amor por um jovem beócio, de admirável beleza, e movimenta fervorosamente todos os recursos de sua arte, todas as suas máquinas de guerra. Ouvi-a esta tarde, com os meus ouvidos. Porque o Sol tinha sido lento demais para baixar no céu, e não se tinha retirado logo para dar lugar à noite, para ela se entregar aos seus encantamentos, ameaçou o próprio Sol de o envolver num véu de escuridão e de trevas eternas. Ontem, por acaso, quando ela voltava do banho, reparou num moço sentado num salão de barbeiro. Ordenou-me que levasse, às escondidas, seus cabelos que caíam sob as tesouras e juncavam o solo. Ajuntava-os com furtivo cuidado, quando o barbeiro me surpreendeu. Nós já somos mal vistas na cidade, como gente dada à ciência dos malefícios. Ele me apanhou e me increpou asperamente: 'Velhaca, tu não paras de vir roubar os cabelos desses jovens senhores? Põe um fim a essas práticas criminosas, ou, sem esperar mais, eu te entrego aos magistrados.' Juntando o gesto à palavra, para me revistar mergulhou a mão entre meus seios, vasculhou, e retirou irado os cabelos que eu escondera ali. Pensando no mau humor de minha patroa, que essa espécie de insucesso deixava num estado tão violento que me desancava sempre com a maior brutalidade, dispunha-me a fugir, mas teu pensamento, tua imagem, bem depressa me fizeram abandonar este projeto.

---

[46] Almas dos mortos. (N. da T.)

[17] Verum cum tristis inde discederem ne prorsus vacuis manibus redirem, conspicor quendam forficulis attondentem caprinos utres; quos cum probe constrictos inflatosque et iam pendentis cernerem, capillos eorum humi iacentes flavos ac per hoc illi Boeotio iuveni consimiles plusculos aufero eosque dominae meae dissimulata veritate trado. Sic noctis initio, priusquam cena te reciperes, Pamphile mea iam vecors animi tectum scandulare conscendit, quod altrinsecus aedium patore perflabili nudatum, ad omnes orientales ceterosque <plerosque> aspectus pervium, maxime his artibus suis commodatum secreto colit. Priusque apparatu solito instruit feralem officinam, omne genus aromatis et ignorabiliter lamminis litteratis et infelicium navium durantibus damnis <repletam>, defletorum, sepultorum etiam, cadaverum expositis multis admodum membris; hic nares et digiti, illic carnosi clavi pendentium, alibi trucidatorum servatus cruor et extorta dentibus ferarum trunca calvaria.

[18] Tunc decantatis spirantibus fibris libat vario latice, nunc rore fontano, nunc lacte vaccino, nunc melle montano, libat et mulsa. Sic illos capillos in mutuos nexus obditos atque nodatos cum multis odoribus dat vivis carbonibus adolendos. Tunc protinus inexpugnabili magicae disciplinae potestate et caeca numinum coactorum violentia illa corpora, quorum fumabant stridentes capilli, spiritum mutuantur humanum et sentiunt et audiunt et ambulant et, qua nidor suarum ducebat exuviarum, veniunt et pro illo iuvene Boeotio aditum gestientes fores insiliunt: cum ecce crapula madens et improvidae noctis deceptus caligine audacter mucrone destricto in insani modum Aiacis armatus, non ut ille

[17] Distanciava-me triste, com o temor de voltar com as mãos completamente vazias, quando vi um homem que tosava com uma tesoura uns odres de pelo de cabra. Eu os via ali, solidamente amarrados, cheios, e já pendurados. Os pelos que estavam no chão eram de um tom louro que lembrava a cabeleira de um jovem beócio. Levei uma certa quantidade e a entreguei à minha ama, disfarçando a verdade. Nas primeiras horas da noite tu não tinhas voltado ainda do jantar. Pânfila, fora de si, subiu, do outro lado da casa, a um terraço coberto de pranchas, livre, acessível a todos os ventos, de onde a vista abrange o oriente e se estende de outro lado em várias direções. Esse lugar se presta como nenhum às suas operações mágicas, e Pânfila o frequenta em segredo. Ela dispôs então, para começar, o aparelhamento ordinário de sua oficina infernal, cheia de substâncias aromáticas de todo o gênero, de lâminas cobertas de inscrições desconhecidas, de velas de navios perdidos no mar. Estavam ali expostos inúmeros fragmentos de cadáveres, já chorados ou mesmo já colocados no túmulo: aqui narizes e dedos, ali cavilhas de forca, com langanhos de carne, além o sangue recolhido de gargantas cortadas, e crânios mutilados arrancados dos dentes das feras.

[18] Ela pronunciou em seguida encantamentos sobre entranhas palpitantes e derramou como oferenda de feliz presságio, sucessivamente, água da fonte, leite de vaca, mel das montanhas, por fim o hidromel. Trançou então os cabelos de que falei, formando nós[47] e os atirou, com uma certa quantidade de substâncias odorantes para fazê-los queimar, sobre brasas. E, de repente, pelo poder irresistível da ciência mágica e pela força escondida das divindades a seu serviço, os corpos, cujo pelo fumegava crepitando, tomaram uma alma humana: sentiram, ouviram, caminharam. Guiados pelo odor de seus despojos em combustão, dirigiram-se para a casa. Tomando o lugar do jovem beócio, tentaram entrar, forçando a porta. Foi então que, nesse momento, cheio de bebida e induzido em erro pela súbita escuridão da noite, tu corajosamente tiraste o teu punhal e te serviste de tua arma, como um Ájax na sua loucura.[48] Mas eram animais vivos que atacaram Ájax quando ele massa-

---

[47] As tranças e os nós têm o poder de ligar. Usam-se principalmente na magia amorosa. (N. da T.)

[48] Ájax julgava ter direito às armas de Aquiles; no entanto, o conselho dos che-

vivis pecoribus infestus tota laniavit armenta, sed longe <tu> fortius qui tres inflatos caprinos utres exanimasti, ut ego te prostratis hostibus sine macula sanguinis non homicidam nunc sed utricidam amplecterer."

[19] Adrisi lepido sermoni Photidis et in vicem cavillatus: "Ergo igitur iam et ipse possum" inquam "mihi primam virtutis adoriam ad exemplum duodeni laboris Herculei numerare vel trigemino corpori Geryonis vel triplici formae Cerberi totidem peremptos utres coaequando. Sed ut ex animo tibi volens omne delictum quo me tantis angoribus inplicasti remittam, praesta quod summis votis expostulo, et dominam tuam, cum aliquid huius divinae disciplinae molitur, ostende. Cum deos invocat, <vel> certe cum reformatur, videam; sum namque coram magiae noscendae ardentissimus cupitor. Quamquam mihi nec ipsa tu videare rerum <istarum> rudis vel expers. Scio istud et plane sentio, cum semper alioquin spretorem matronalium amplexuum sic tuis istis micantibus oculis et rubentibus bucculis et renidentibus crinibus et hiantibus osculis et flagrantibus papillis in servilem modum addictum atque mancipatum teneas volentem. Iam denique nec larem requiro nec domuitionem paro et nocte ista nihil antepono."

[20] "Quam vellem" [inquit] respondit illa "praestare tibi, Luci, quod cupis, sed praeter invidos mores in solitudinem semper abstrusa et omnium praesentia viduata solet huius modi secreta perficere. Sed tuum postulatum praeponam periculo meo idque observatis opportunis temporibus sedulo perficiam, modo, ut initio praefata sum, rei tantae fidem silentiumque tribue."

Sic nobis garrientibus libido mutua et animos simul et membra suscitat. Omnibus abiectis amiculis hactenus denique intecti atque nudati bacchamur in Venerem, cum quidem mihi

crava rebanhos inteiros. Quanto a ti, és bem mais forte; pelejaste com três odres de pelo de cabra, arrancando-lhes o sopro de que estavam cheios. Derrubaste teus inimigos sem te manchares com uma só gota de sangue, e aí está por que abraço neste momento não um homicida, mas um odricida."

[19] Este lépido sermão me fez rir, e eu disse a Fótis, tomando parte na brincadeira: "Eu bem que posso, neste caso, comparar minha aventura, meu primeiro título de glória, com um dos doze trabalhos de Hércules: três odres mortos valem bem o tríplice corpo de Gerião ou as três cabeças de Cérbero. Mas se queres que eu te perdoe, sinceramente e de bom coração, a falta por intermédio da qual me trouxeste tais angústias, concede aos meus desejos o que eles reclamam tão insistentemente, e mostra-me a tua senhora quando entregue a algum trabalho da ciência divinatória. Que eu a veja quando ela invoca os deuses, ou então quando se metamorfoseia. Queimo na ânsia de conhecer de perto, e com os meus olhos, a magia. De resto, tu própria tens o ar de não ser novata, nem inexperiente, nessas coisas. Sim, eu sei, estou vendo. Pois sempre desdenhei os favores das mulheres: mas teus olhos cintilantes, tuas faces coradas, a deslumbrante cabeleira, teus beijos ávidos, teus seios perfumados, fizeram de mim uma coisa tua, e me mantiveram cativo, voluntariamente escravo. Já não mais suspiro por meu lar, nem me disponho ao regresso. Nada há que eu prefira a uma só das nossas noites."

[20] "Eu gostaria bem, Lúcio"', respondeu Fótis, "de contentar teu desejo, mas além de ciumenta, ela se retira sempre para a solidão, longe de qualquer presença, para cumprir seus ritos secretos. Entretanto, a tua vontade está para mim acima do perigo: aguardarei o momento favorável e me esforçarei por te satisfazer, com a condição, todavia, de que, como eu disse no começo, tu guardes fielmente silêncio sobre negócio tão grave."

Tagarelando dessa maneira, um mútuo desejo vejo despertar ao mesmo tempo nossos espíritos e nossos sentidos. Despojando-nos de todas as vestes, abandonamo-nos desnudos aos transportes de Vênus.

---

fes aqueus decidiu que as armas daquele seriam entregues a Ulisses. Num acesso de loucura, por isso, o filho de Télamon degolou um rebanho de carneiros, acreditando pelejar com os seus inimigos. (N. da T.)

iam fatigato de propria liberalitate Photis puerile obtulit corollarium; iamque luminibus nostris vigilia marcidis infusus sopor etiam in altum diem nos attinuit.

[21] Ad hunc modum transactis voluptarie paucis noctibus quadam die percita Photis ac satis trepida me accurrit indicatque dominam suam, quod nihil etiam tunc in suos amores ceteris artibus promoveret, nocte proxima in avem sese plumaturam atque ad suum cupitum sic devolaturam; proin memet ad rei tantae speculam caute praepararem. Iamque circa primam noctis vigiliam ad illud superius cubiculum suspenso et insono vestigio me perducit ipsa perque rimam ostiorum quampiam iubet arbitrari, quae sic gesta sunt. Iam primum omnibus laciniis se devestit Pamphile et arcula quadam reclusa pyxides plusculas inde depromit, de quis unius operculo remoto atque indidem egesta unguedine diuque palmulis suis adfricta ab imis unguibus sese totam adusque summos capillos perlinit multumque cum lucerna secreto conlocuta membra tremulo succussu quatit. Quis leniter fluctuantibus promicant molles plumulae, crescunt et fortes pinnulae, duratur nasus incurvus, coguntur ungues adunci. Fit bubo Pamphile. Sic edito stridore querulo iam sui periclitabunda paulatim terra resultat, mox in altum sublimata forinsecus totis alis evolat.

[22] Et illa quidem magicis suis artibus volens reformatur, at ego nullo decantatus carmine praesentis tantum facti stupore defixus quidvis aliud magis videbar esse quam Lucius: sic exterminatus animi attonitus in amentiam vigilans somniabar; defrictis adeo diu pupulis an vigilarem scire quaerebam. Tandem denique reversus ad sensum praesentium adrepta manu Photidis et admota meis luminibus: "Patere, oro te", inquam "dum dictat occasio, magno et singulari me adfectionis tuae fructu perfrui et impertire nobis unctulum indidem per istas tuas pupillas, mea mellitula, tuumque mancipium inremunerabili beneficio sic tibi perpetuo pignera ac iam perfice ut meae Veneri Cupido pinnatus adsistam tibi."

"Ain?" inquit "Vulpinaris, amasio, meque sponte asceam cruribus meis inlidere compellis? Sic inermem

Quando me fatiguei, Fótis, com liberalidade ofereceu como corolário o seu prazer. Por fim, o sono se espalhou sobre nossos olhos, lassos da vigília, e não nos deixou senão dia claro.

[21] Algumas noites somente decorreram assim na volúpia, quando certo dia Fótis, em tremenda agitação, chegou correndo e me anunciou que sua senhora, vendo que os outros meios não adiantavam em nada os seus negócios do coração, devia, na noite seguinte, revestir-se da plumagem de um pássaro e voar assim para o desejado. "Prepara-te", acrescentou ela, com precaução, "para observar esse grande acontecimento." Por volta da primeira vigília da noite, caminhando na ponta dos pés e sem fazer nenhum ruído, ela me conduziu ao aposento do alto e me convidou a olhar por uma fresta da porta, e eis as coisas de que fui testemunha: primeiro Pânfila se despiu completamente, abriu um cofre e dali tomou diversas caixas, abriu a tampa de uma delas, tirou uma pomada, e esfregando-se longamente com as mãos, untou o corpo todo, desde a ponta das unhas até o alto dos cabelos. Depois de longo conciliábulo com a lâmpada, agitou os membros com trêmulos movimentos. Enquanto docemente batia o ar, via-se flutuar a penugem macia, crescerem fortes penas, endurecer-se um curvo nariz, espessarem-se em garras as unhas. Pânfila tornou-se um mocho. Então, com um grito estrídulo, e para experimentar, ela se ergueu da terra aos poucos, mas logo se atirou para o alto, e, batendo as asas, se afastou.

[22] Por suas artes mágicas, Pânfila se metamorfoseara voluntariamente, e a mim, sem encanto nem encantamento, o que acabara de suceder, diante dos meus olhos, me fixara em tal estupor, que eu me parecia ser tudo no mundo, menos Lúcio. Assim, fora de mim, atônito até a demência, eu sonhava acordado. Fiquei por muito tempo esfregando as pálpebras, para me certificar de que não era tudo um sonho. Devolvido, por fim, ao sentimento da realidade, agarrei a mão de Fótis e a aproximei dos olhos, dizendo: "Concede-me, por favor, agora que se apresenta a ocasião, uma prova esmagadora e singular da tua afeição. Por estes meus olhos de que és a dona, eu te conjuro, doçura de minha vida, dá-me um pouco daquele unguento. Torna-me para sempre teu escravo, com um favor que nada no mundo poderá pagar. Faze com que eu esteja nos teus flancos, oh! minha Vênus, como um alado Cupido."

"Vede", respondeu ela, "a raposa, ó bem-amado, que me quer convencer a bater o machado em minhas próprias pernas. Inerme como é,

vix a lupulis conservo Thessalis; hunc alitem factum ubi quaeram, videbo quando?"

[23] "At mihi scelus istud depellant caelites", inquam "ut ego, quamvis ipsius aquilae sublimis volatibus toto caelo pervius et supremi Iovis certus nuntius vel laetus armiger, tamen non ad meum nidulum post illam pinnarum dignitatem subinde devolem. Adiuro per dulcem istum capilli tui nodulum, quo meum vinxisti spiritum, me nullam aliam meae Photidi malle. Tunc etiam istud meis cogitationibus occurrit, cum semel avem talem perunctus induero, domus omnis procul me vitare debere. Quam pulchro enim quamque festivo matronae perfruentur amatore bubone. Quid quod istas nocturnas aves, cum penetraverint larem quempiam, solliciter prehensas foribus videmus adfigi, ut, quod infaustis volatibus familiae minantur exitium, suis luant cruciatibus? Sed, quod sciscitari praene praeterivi, quo dicto factove rursum exutis pinnulis illis ad meum redibo Lucium?"

"Bono animo es, quod ad huius rei curam pertinet" ait. "Nam mihi domina singula monstravit, quae possunt rursus in facies hominum tales figuras reformare. Nec istud factum putes ulla benivolentia, sed ut ei redeunti medela salubri possem subsistere. Specta denique quam parvis quamque futtilibus tanta res procuretur herbusculis; anethi modicum cum lauri foliis immissum rori fontano datur lavacrum et poculum."

[24] Haec identidem adseverans summa cum trepidatione inrepit cubiculum et pyxidem depromit arcula. Quam ego amplexus ac deosculatus prius utque mihi prosperis faveret volatibus deprecatus abiectis propere laciniis totis avide manus immersi et haurito plusculo uncto corporis mei membra perfricui. Iamque alternis conatibus libratis brachiis in avem similis gestiebam; nec ullae plumulae nec usquam pinnulae, sed plane pili mei crassantur in setas et cutis tenella duratur in corium et in extimis palmulis perdito numero toti digiti

é com esforço que o defendo das lobas tessalianas.[49] Tornando-se pássaro, onde poderei procurá-lo, quando quiser revê-lo?"

[23] "Defenda-me o céu de semelhante crime", repliquei. "Mesmo que me elevasse com asas de águia, percorrendo os espaços celestes como mensageiro fiel de Júpiter soberano ou altivo portador de seu trovão, eu poderia, nobre volátil, reencontrar, depois de tantas honrarias, o caminho para o meu pequeno ninho. Juro por esta doce cabeleira, cujo nó mantém minha alma cativa: não há mulher no mundo que eu prefira à minha Fótis. Demais, lembro-me agora de uma coisa: uma vez que, graças a este unguento, eu me transforme nessa ave, terei de me manter distante de qualquer habitação. Que belo e galante amoroso, com efeito, o mocho, e muito bem dotado para fazer a felicidade de uma mulher! E então? E não vemos que, quando essas aves da noite penetram em qualquer casa, tomam o cuidado de as agarrar e de as pregar sobre a porta, a fim de que as calamidades com as quais seu voo de funesto presságio ameaça a família, sejam expiadas por sua crucifixão? Mas, ia-me esquecendo de perguntar: que seria preciso dizer, ou fazer, para me despojar da plumagem e voltar ao Lúcio que era?"

"Quanto a isto, podes ficar tranquilo", disse ela. "Isso foi previsto. Minha senhora me mostrou por que meio se pode, depois de cada metamorfose, voltar a revestir a forma humana. Não por benevolência, creio, mas para que, na sua volta, eu possa administrar-lhe o remédio salutar. E veja como são humildes e comuns as ervas que produzem tão grandes efeitos: um broto de aneto, jogado na água pura, com folhas de loureiro, e já temos com que fazer um banho e uma beberagem."

[24] Renovando os protestos de garantia, ela deslizou pelo quarto, palpitante de emoção, e tirou uma caixa do cofre. Agarrei a caixa e a beijei, pedindo-lhe que me concedesse a graça de um voo feliz. Depois, arrancando às pressas todas as minhas roupas, nela mergulhei avidamente as mãos, tirei uma boa dose de unguento, e esfreguei todas as partes do corpo. E já fazia como uma ave, tentando balançar alternativamente os braços. De penugem, no entanto, ou de penas, nenhum sinal. Porém, meus pelos se espessaram em crinas, minha pele macia endureceu como couro, a extremidade de minhas mãos perdeu a divisão dos dedos, que se ajuntaram todos num casco único; da parte mais

---

[49] Referência às bruxas que poderiam predá-lo caso ele se transformasse em ave, "um alado Cupido", por artes da feitiçaria. (N. da E.)

coguntur in singulas ungulas et de spinae meae termino grandis cauda procedit. Iam facies enormis et os prolixum et nares hiantes et labiae pendulae; sic et aures inmodicis horripilant auctibus. Nec ullum miserae reformationis video solacium, nisi quod mihi iam nequeunti tenere Photidem natura crescebat.

[25] Ac dum salutis inopia cuncta corporis mei considerans non avem me sed asinum video, querens de facto Photidis sed iam humano gestu simul et voce privatus, quod solum poteram, postrema deiecta labia umidis tamen oculis oblicum respiciens ad illam tacitus expostulabam. Quae ubi primum me talem aspexit, percussit faciem suam manibus infestis et: "Occisa sum misera:" clamavit "me trepidatio simul et festinatio fefellit et pyxidum similitudo decepit. Sed bene, quod facilior reformationis huius medela suppeditat. Nam rosis tantum demorsicatis exibis asinum statimque in meum Lucium postliminio redibis. Atque utinam vesperi de more nobis parassem corollas aliquas, ne moram talem patereris vel noctis unius. Sed primo diluculo remedium festinabitur tibi."

[26] Sic illa maerebat, ego vero quamquam perfectus asinus et pro Lucio iumentum sensum tamen retinebam humanum. Diu denique ac multum mecum ipse deliberavi, an nequissimam facinerosissimamque illam feminam spissis calcibus feriens et mordicus adpetens necare deberem. Sed ab incepto temerario melior me sententia revocavit, ne morte multata Photide salutares mihi suppetias rursus extinguerem. Deiecto itaque et quassanti capite ac demussata temporali contumelia durissimo casui meo serviens ad equum illum vectorem meum probissimum in stabulum concedo, ubi alium etiam Milonis quondam hospitis mei asinum stabulantem inveni. Atque ego rebar, si quod inesset mutis animalibus tacitum ac naturale sacramentum, agnitione ac miseratione quadam inductum equum illum meum hospitium ac loca lautia mihi praebiturum. Sed pro Iuppiter hospitalis et Fidei secreta numina! Praeclarus ille vector meus cum asino capita conferunt in meamque perniciem ilico consentiunt et

baixa da minha espinha, saiu uma longa cauda. Eis-me agora com uma cara monstruosa, uma boca que se alonga, ventas largas, lábios pendentes. Minhas orelhas, por sua vez, cresceram desmedidamente e se eriçaram de pelos. Miserável transformação, que me oferecia como consolo único, impedido que estava, de agora em diante, de ter Fótis entre os braços, o desenvolvimento de minhas vantagens naturais.

[25] Desprovido de meios de salvação, eu considerava meu corpo sob todos os seus aspectos. Não vi uma ave, mas um burro, e maldisse a conduta de Fótis. Não tendo, no entanto, de homem, nem a voz nem o gesto, não podendo fazer mais, eu estava reduzido a olhá-la de través, com a beiçola pendurada, os olhos úmidos, dirigindo-lhe mudas censuras. Quanto a Fótis, quando me viu nesse estado, voltou contra si mesma as mãos, e batendo no rosto, gritava: "Ah! desgraçada de mim, fui culpada! Em minha perturbação e em minha pressa, cometi um engano. A semelhança das caixas me induziu em erro. Mas, felizmente, o remédio para esta metamorfose é fácil de encontrar: é suficiente que masques rosas para logo te despojares do burro e voltares ao meu perdido Lúcio. Não tivesse eu ontem à tarde, como de costume, tecido algumas coroas, e não terias que suportar nem mesmo uma noite de demora. Mas assim que desponte o dia, o remédio estará depressa aqui."

[26] Assim ela se lamentava. Eu, entretanto, se bem que asno acabado e de Lúcio transformado em besta de carga, conservara uma inteligência humana. Deliberei longamente comigo mesmo se devia matar a abominável celerada, despedaçando-a a coices ou estraçalhando-a com os dentes. Depois de alguma reflexão, abandonei esse projeto insensato. Se, para punir Fótis, eu a matasse, suprimiria, com o mesmo golpe, o socorro de que dependia a minha cura. Baixando então a cabeça, balouçante, eu remoía à parte minha humilhação momentânea, e, acomodando-me à dura situação, fui para a estrebaria, para junto do cavalo, minha leal montaria. Encontrei ali instalado, igualmente, outro burro que pertencia a Milão, que, na altura, ainda era meu hospedeiro. Pensava eu que existia, entre os animais privados de palavra, um liame tácito e natural de solidariedade. Esse cavalo, pois, me reconheceria, teria compaixão de mim, me acolheria portanto como hóspede, e me trataria com a hospitalidade que o senado oferece aos embaixadores estrangeiros. Mas, por Júpiter hospitaleiro, santuário secreto da Boa-Fé! Estando ambos próximos, cabeça contra cabeça, minha digna montaria e o burro se combinaram logo para me perder, e, temendo sem

135   Livro III

verentes scilicet cibariis suis vix me praesepio videre
proximantem: deiectis auribus iam furentes infestis calcibus
insecuntur. Et abigor quam procul ab <h>ordeo, quod
adposueram vesperi meis manibus illi gratissimo famulo.

[27] Sic adfectus atque in solitudinem relegatus
angulo stabuli concesseram. Dumque de insolentia
collegarum meorum mecum cogito atque in alterum diem
auxilio rosario Lucius denuo futurus equi perfidi vindictam
meditor, respicio pilae mediae, quae stabuli trabes
sustinebat, in ipso fere meditullio Eponae deae simulacrum
residens aediculae, quod accurate corollis roseis equidem
recentibus fuerat ornatum. Denique adgnito salutari
praesidio pronus spei, quantum extensis prioribus pedibus
adniti poteram, insurgo valide et cervice prolixa
nimiumque porrectis labiis, quanto maxime nisu poteram,
corollas adpetebam. Quod me pessima scilicet sorte
conantem servulus meus, cui semper equi cura mandata
fuerat, repente conspiciens indignatus exsurgit et: "Quo
usque tandem" inquit "cantherium patiemur istum paulo
ante cibariis iumentorum, nunc etiam simulacris deorum
infestum? Quin iam ego istum sacrilegum debilem
claudumque reddam"; et statim telum aliquod quaeritans
temere fascem lignorum positum offendit, rimatusque
frondosum fustem cunctis vastiorem non prius miserum
me tundere desiit quam sonitu vehementi et largo strepitu
percussis ianuis trepido etiam rumore viciniae conclamatis
latronibus profugit territus.

[28] Nec mora, cum vi patefactis aedibus globus
latronum invadit omnia et singula domus membra
cingit armata factio et auxiliis hinc inde convolantibus
obsistit discursus hostilis. Cuncti gladiis et facibus
instructi noctem illuminant, coruscat in modum ortivi
solis ignis et mucro. Tunc horreum quoddam satis
validis claustris obseptum obseratumque, quod mediis
aedibus constitutum gazis Milonis fuerat refertus,

dúvida por sua pitança, mal me viam aproximar-me da manjedoura, já, de orelhas abaixadas, cheios de fúria, perseguiam-me a patadas. Fui assim enxotado para bem longe da cevada que, na véspera, à noite, eu tinha levado com as minhas mãos, para aquele gratíssimo fâmulo.

[27] Maltratado pela sorte, e relegado à solidão, retirei-me para um canto da estrebaria. Enquanto meditava sobre a insolência dos meus colegas e preparava a vingança que, tornado Lúcio por virtude das rosas, eu exerceria no dia seguinte sobre o meu cavalo, reparei que, à meia altura do pilar central que sustentava as vigas da estrebaria, uma imagem da deusa Epona[50] estava em seu nicho cuidadosamente ornado de coroas, e coroas de rosas frescas. Reconhecendo o instrumento da salvação, e cedendo à atração da esperança, ergui vigorosamente, tão alto quanto podia, minhas patas da frente, estendendo-as para encontrar um ponto de apoio; alonguei o pescoço, avancei desmesuradamente os lábios, e, com o máximo de esforço, procurei alcançar as coroas. Quis a minha má sorte que, quando assim diligenciava, o criadinho ao qual tinha confiado durante todo o tempo o cuidado do meu cavalo, aparecesse de repente. Levantou-se com indignação, gritando: "Até quando suportaremos este velhaco? Há um momento queria a ração dos animais; agora ataca até a imagem dos deuses. Espere esse sacrílego, manquitola, impotente, vou já mostrar-lhe." Logo, procurando uma arma, seus olhos pousaram sobre um feixe de lenha caído ali, por acaso, e um pau ainda enfolhado, mais grosso do que os outros. Machucou-me com ele, dolorosamente. Houvera continuado por muito tempo se não tivesse fugido apavorado, ao ouvir bater à porta, com um enorme barulho e um grande rumor de vozes, enquanto pela vizinhança ecoava o grito de alarme: "Aos ladrões!"

[28] Um momento depois, abriu-se a porta com violência e um grupo de bandoleiros invadiu o lugar; um cordão de homens armados cercou cada ala da construção, enquanto outros se dispersaram para manter à distância gente que, de todas as partes, voava para prestar socorro. Armados todos de gládios e de tochas, iluminavam a noite. O ferro e o fogo lançavam clarões de Sol nascente. No meio da casa estava situada uma sala de reserva, fechada completamente e protegida com fortes fechaduras. Lá estavam acumulados os tesouros de Milão. Ata-

---

[50] Deusa da fertilidade tida por protetora dos cavalos e burros. (N. da E.)

securibus validis adgressi diffindunt. Quo passim recluso totas opes vehunt raptimque constrictis sarcinis singuli partiuntur. Tunc opulentiae nimiae nimio ad extremas incitas deducti nos duos asinos et equum meum productos e stabulo, quantum potest, gravioribus sarcinis onerant et domo iam vacua minantes baculis exigunt unoque de sociis ad speculandum, qui de facinoris inquisitione nuntiaret, relicto nos crebra tundentes per avia montium ducunt concitos.

[29] Iamque rerum tantarum pondere et montis ardui vertice et prolixo satis itinere nihil a mortuo differebam. Sed mihi sero quidem serio tamen subvenit ad auxilium civile decurrere et interposito venerabili principis nomine tot aerumnis me liberare. Cum denique iam luce clarissima vicum quempiam frequentem et nundinis celebrem praeteriremus, inter ipsas turbelas Graecorum genuino sermone nomen augustum Caesaris invocare temptavi; et "O" quidem tantum disertum ac validum clamitavi, reliquum autem Caesaris nomen enuntiare non potui. Aspernati latrones clamorem absonum meum caedentes hinc inde miserum corium nec cribris iam idoneum relinquunt. Sed tandem mihi inopinatam salutem Iuppiter ille tribuit. Nam cum multas villulas et casas amplas praeterimus, hortulum quendam prospexi satis amoenum, in quo praeter ceteras gratas herbulas rosae virgines matutino rore florebant. His inhians et spe salutis alacer ac laetus propius accessi, dumque iam labiis undantibus adfecto, consilium me subit longe salubrius, ne, si rursum asino remoto prodirem in Lucium, evidens exitium inter manus latronum offenderem vel artis magicae suspectione vel indicii futuri criminatione. Tunc igitur a rosis et quidem necessario temperavi et casum praesentem tolerans in asini faciem faena rodebam.

caram a porta a machadadas, para abrir uma brecha; fizeram saltar em pedaços os fechos, levaram todas as riquezas, e repartiram entre si os pacotes amarrados às pressas. Mas a carga ultrapassava o número de carregadores. Atrapalhados com o excesso da opulência, tiraram-me da estrebaria, com o outro asno e o meu cavalo, carregaram-nos quanto puderam com as bagagens mais pesadas, e, sob a ameaça de cacetes, fizeram-nos sair da casa, agora vazia. Depois, deixando um dos seus com a missão de observar e de lhes dar notícias do inquérito aberto sobre o roubo, levaram-nos em marcha batida, à força de pauladas, pelas trilhas perdidas da montanha.

[29] O peso do fardo, a aspereza da subida e o longo caminho fizeram com que entre um morto e mim não houvesse diferença. Foi então que um pouco tarde, mas não por acaso, veio-me ao espírito usar de um expediente aberto a qualquer cidadão: o de invocar o nome venerado do príncipe, para me livrar de meus infortúnios. Já era dia claro e atravessávamos uma cidade populosa, na qual uma feira atraía toda a gente. Bem no meio do povo, tentei invocar, na própria língua dos gregos, o nome augusto de César. Consegui soltar um "ó" distinto e vigoroso,[51] mas o resto, o nome de César, não me foi possível pronunciar. Os ladrões, não achando do seu gosto o som desafinado de minha voz, encarniçaram-se, cada qual mais afoito, sobre o meu mísero couro, e o deixaram em tal estado que não daria nem para fazer uma peneira. Mas, por fim, o grande Júpiter me ofereceu um inesperado meio de salvar-me. Como passássemos ao longo de numerosas casinholas campestres e de algumas habitações espaçosas, reparei, a alguma distância, num jardinzinho muito aprazível, onde, entre outras plantas de enfeite, rosas abriam a corola virginal na rósea madrugada. Arquejante de desejo e estimulado pela esperança da salvação, aproximei-me contentíssimo. Com água na boca, ia apanhá-las com os lábios, quando uma feliz inspiração me fez tomar um partido mais seguro. Pois o caso é que, se reaparecesse como Lúcio, encontraria evidentemente a morte entre as mãos dos bandidos, que me suspeitariam de magia ou me acusariam de querer, um dia ou outro, denunciá-los. Por necessidade, abstive-me portanto de tocar nas rosas, e, resignando-me à desgraça presente, pus-me, como um burro que se preza, a mascar o meu feno.

---

[51] Naturalmente, o burro tentaria gritar em grego "*ó kaisar*". (N. da T.)

Liber IV

[1] Diem ferme circa medium, cum iam flagrantia solis caleretur, in pago quodam apud notos ac familiares latronibus senes devertimus. Sic enim primus aditus et sermo prolixus et oscula mutua quamvis asino sentire praestabant. Nam et rebus eos quibusdam dorso meo depromptis munerabantur et secretis gannitibus quod essent latrocinio partae videbantur indicare. Iamque nos omni sarcina levatos in pratum proximum passim libero pastui tradidere. Nec me cum asino vel equo meo conpascuus coetus attinere potuit adhuc insolitum alioquin prandere faenum, sed plane pone stabulum prospectum hortulum iam fame perditus fidenter invado, et quamvis crudis holeribus adfatim tamen ventrem sagino, deosque comprecatus omnes cuncta prospectabam loca, sicubi forte conterminis in hortulis candens reperirem rosarium. Nam et ipsa solitudo iam mihi bonam fiduciam tribuebat, si devius et frutectis absconditus sumpto remedio de iumenti quadripedis incurvo gradu rursum erectus in hominem inspectante nullo resurgerem.

[2] Ergo igitur cum in isto cogitationis salo fluctuarem aliquanto longius video frondosi nemoris convallem umbrosam, cuius inter varias herbulas et laetissima virecta fulgentium rosarum mineus color renidebat. Iamque apud mea non usquequaque ferina praecordia Veneris et Gratiarum lucum illum arbitrabar, cuius inter opaca secreta floris genialis regius nitor relucebat. Tunc invocato hilaro atque prospero Eventu cursu me concito proripio, ut hercule ipse sentirem non asinum me verum etiam equum currulem nimio velocitatis effectum. Sed agilis atque praeclarus ille conatus fortunae meae

Livro IV

[1] Por volta do meio do dia, quando estava já ardente o calor do Sol, paramos numa aldeia cheia de velhos que eram, para os bandidos, conhecidos e amigos. Por muito asno que eu fosse, seu encontro, suas conversas prolixas, os ósculos trocados, me elucidaram. Os bandidos retiraram alguns objetos do meu lombo, para com eles os presentearem e cochicharam-lhes alguma coisa, à parte, que significava certamente ser aquilo fruto de seus latrocínios. Depressa desembaraçados de todas as nossas bagagens, puseram-nos a pastar livremente e à vontade num campo vizinho. Pouco me agradava ser o comensal do burro e do meu cavalo, e era para mim insólito almoçar feno. Mas eis que, atrás do nosso pasto, vejo uma horta. Faminto, atirei-me para lá, atrevidamente. Que importava que os legumes estivessem crus? Enchi com eles a pança, até não aguentar mais. Dirigindo uma prece a todos os deuses, inspecionei os arredores na esperança de descobrir, nos jardins vizinhos, as vivas cores de um roseiral. O lugar era solitário e isso precisamente era que me dava confiança. Afastado da estrada, escondido entre arbustos, eu poderia, pensei, graças ao remédio salutar, tornar a erguer-me, deixando a marcha inclinada para o solo, de besta de carga de quatro patas, e renascer para a dignidade humana, sem ser notado por ninguém.

[2] Quando flutuava assim nesse oceano de cogitações, vi, a alguma distância, um vale sombrio, estendido à sombra de um frondoso bosque. Entre plantas de várias espécies e ricas verduras, havia rosas de viva cor, tudo alegrando com seu fulgente sorriso. E no meu espírito, que não era inteiramente o de uma besta, dizia-me comigo que deveria ser dedicado a Vênus e às Graças esse bosque secreto, onde, entre a sombra espessa, a nobre flor resplandecia com sua pompa real. Invocando, então, o Êxito, deus das iniciativas felizes, parti num rapidíssimo galope, pois em verdade não me sentia burro, mas cavalo de corrida. Porém, essa agilidade, esse magnífico esforço foi impotente contra

scaevitatem anteire non potuit. Iam enim loco proximus non illas rosas teneras et amoenas, madidas divini roris et nectaris, quas rubi felices beatae spinae generant, ac ne convallem quidem usquam nisi tantum ripae fluvialis marginem densis arboribus septam video. Hae arbores in lauri faciem prolixe foliatae pariunt in odor) modum floris in<odori> porrectos caliculos modice punicantes, quos equidem flagrantis minime rurestri vocabulo vulgus indoctum rosas laureas appellant quarumque cuncto pecori cibus letalis est.

[3] Talibus fatis implicitus etiam ipsam salutem recusans sponte illud venenum rosarium sumere gestiebam. Sed dum cunctanter accedo decerpere, iuvenis quidam, ut mihi videbatur, hortulanus, cuius omnia prorsus holera vastaveram, tanto damno cognito cum grandi baculo furens decurrit adreptumque me totum plagis obtundit adusque vitae ipsius periculum, nisi tandem sapienter alioquin ipse mihi tulissem auxilium. Nam lumbis elevatis in altum, pedum posteriorum calcibus iactatis in eum crebriter, iam mulcato graviter atque iacente contra proclive montis attigui fuga me liberavi. Sed ilico mulier quaepiam, uxor eius scilicet, simul eum prostratum et semianimem ex edito despexit, ululabili cum plangore ad eum statim prosilit, ut sui videlicet miseratione mihi praesens crearet exitium. Cuncti enim pagani fletibus eius exciti statim conclamant canes atque ad me laniandum rabie perciti ferrent impetum passim cohortatur. Tunc igitur procul dubio iam morti proximus, cum viderem canes et modo magnos et numero multos et ursis ac leonibus ad compugnandum idoneos in me convocatos exasperari, e re nata capto consilio fugam desino ac me retrorsus celeri gradu rursum in stabulum quo deverteramus recipio. At illi canibus iam aegre cohibitis adreptum me loro quam valido ad ansulam quandam destinatum rursum caedendo confecissent profecto, nisi dolore plagarum alvus artata crudisque illis oleribus abundans et lubrico fluxu saucia fimo fistulatim excusso quosdam extremi liquoris aspergine alios putore nidoris faetidi a meis iam quassis scapulis abegisset.

[4] Nec mora, cum iam in meridiem prono iubare

as ciladas da minha fortuna. Logo que me aproximo, vejo que não são frescas e macias rosas, úmidas do orvalho celeste e de néctar, surgidas das abençoadas sebes e do espinho afortunado. No vale, nada vejo senão a escarpada margem de um curso d'água, bordada de espessa cortina de árvores. Essas árvores, cuja folhagem abundante lembra a do loureiro, ostentam, à maneira de flores perfumadas, longos cálices inodoros, de um vermelho desbotado. O vulgo ignorante lhes dá o nome de rosas de loureiro, e elas são um perigo mortal para qualquer animal que as coma.

[3] Assim castigado pela fatalidade, perdi até o desejo de viver, e então, foi por minha plena vontade, dessa vez, que me preparei para comer as venenosas flores. Se bem que hesitante, aproximava-me para colhê-las, quando um moço, que me pareceu ser o hortelão do sítio onde eu comera todos os legumes, tendo-se dado conta do prejuízo, acorreu furioso, armado com um grosso cacete, agarrou-me e malhou-me todo o corpo, a ponto de correr perigo a minha vida, se não me lembrasse de me socorrer a mim mesmo. Levantando as ancas, desfechei-lhe, com as patas de trás, um par de coices. Quando o vi gravemente ferido, caído por terra, na encosta do monte, fugi. No mesmo instante uma mulher, a dele, ao que parecia, vendo-o, do alto, prostrado no chão e semimorto, atirou-se a ele, ululando plangentemente, na evidente intenção de provocar piedade e a minha perda. De fato, todos os camponeses, alertados por seus clamores, chamaram logo os cães e os soltaram em cima de mim, apressadamente, excitando-os, em sua raiva, a me dilacerarem. Dessa vez, não duvidei que a morte estivesse próxima, vendo reunidos contra mim mastins de estrutura possante, capazes de lutar contra ursos e leões, e muito numerosos. Aconselhei-me com as circunstâncias. Renunciando a fugir, voltei sobre os meus passos, rapidamente, para alcançar o estábulo junto do qual acampáramos. Mas os homens, que agora se esforçavam para segurar os cães, apoderaram-se de mim, amarraram-me a uma argola com uma forte correia, recomeçaram a bater-me, e teriam certamente acabado comigo, se meus intestinos, contraídos pela dor das pancadas, estufados de legumes crus, como sabeis, e afligidos por uma forte diarreia, não tivessem esguichado um jato de excremento, de maneira que, aspergidos pelo líquido infecto, ou afugentados pelo seu odor repugnante, escapuliram, deixando-me com o lombo quebrado.

[4] Entrementes, avançava o dia, e o Sol começava a baixar. Os

rursum nos ac praecipue me longe gravius onustum producunt illi latrones stabulo. Iamque confecta bona parte itineris et viae spatio defectus et sarcinae pondere depressus ictibusque fustium fatigatus atque etiam ungulis extritis iam claudus et titubans rivulum quendam serpentis leniter aquae propter insistens subtilem occasionem feliciter nactus cogitabam totum memet flexis scite cruribus pronum abicere, certus atque obstinatus nullis verberibus ad ingrediundum exsurgere, immo etiam paratus non fusti tantum sed machaera perfossus occumbere. Rebar enim iam me prorsus exanimatum ac debilem mereri causariam missionem, certe latrones partim inpatientia morae partim studio festinatae fugae dorsi mei sarcinam duobus ceteris iumentis distributuros meque in altioris vindictae vicem lupis et vulturiis praedam relicturos.

[5] Sed tam bellum consilium meum praevertit sors deterrima. Namque ille alius asinus divinato et antecapto meo cogitatu statim se mentita lassitudine cum rebus totis offudit, iacensque in modum mortui non fustibus non stimulis ac ne cauda et auribus cruribusque undique versum elevatis temptavit exsurgere, quoad tandem postumae spei fatigati secumque conlocuti, ne tam diu mortuo immo vero lapideo asino servientes fugam morarentur, sarcinis eius mihi equoque distributis destricto gladio poplites eius totos amputant, ac paululum a via retractum per altissimum praeceps in vallem proximam etiam nunc spirantem praecipitant. Tunc ego miseri commilitonis fortunam cogitans statui iam dolis abiectis et fraudibus asinum me bonae frugi dominis exhibere. Nam et secum eos animadverteram conloquentes quod in proximo nobis esset habenda mansio et totius viae finis quieta eorumque esset sedes illa et habitatio. Clementi denique transmisso clivulo pervenimus ad locum destinatum, ubi rebus totis exsolutis atque intus conditis iam pondere liberatus lassitudinem vice lavacri pulvereis volutatibus digerebam.

[6] Res ac tempus ipsum locorum speluncaeque quam illi latrones inhabitabant descriptionem exponere flagitat. Nam et meum simul periclitabor ingenium, et faxo vos

ladrões carregaram-nos de novo, impondo-me peso maior, e nos fizeram sair do abrigo. Tínhamos percorrido boa parte da estrada. Esgotado pelo comprido trajeto, dobrado sob os fardos, machucado de pauladas, coxo, e sofrendo por causa dos cascos gastos, parei à beira de um regato, cuja água serpenteava docemente. Era uma oportunidade que deveria agarrar pelos cabelos. Pensei em me deixar cair para a frente, com todo o corpo, dobrando as pernas. Estava firmemente decidido (podiam me bater) a não me levantar para reencetar a marcha, e preferia morrer sovado com um cacete, ou mesmo, se fosse o caso, furado de pontaços de adaga. Completamente no fim das forças, dizia-me, e impotente, eu tinha direito à reforma por enfermidade. Entretanto, os bandidos, ou impacientes de esperar, ou com pressa de garantirem a fuga, repartiram a bagagem que eu tinha sobre o dorso entre as duas outras bestas de carga, e, por toda vingança, me deixaram como presa aos lobos e aos abutres.

[5] Mas tão belo projeto foi atrapalhado por uma desgraçada aventura, pois o outro burro adivinhou e, de repente, imitou minha ideia. Fingindo fadiga, caiu com toda sua carga, e ficou deitado como morto. Fustigaram-no, aguilhoaram-no, arrastaram-no em todos os sentidos, para levantá-lo, pegando-o pela cauda, pelas orelhas, pelas pernas. Ele não fez nenhum movimento para se pôr de pé. Por fim, os ladrões, cansados do esforço sem resultado, deliberaram entre si. Para não demorar a fuga, embaraçando-se indefinidamente com um burro morto, isto é, transformado em pedra, distribuíram a sua bagagem entre mim e o cavalo. Depois do que, arrancando os gládios, cortaram-lhe cada jarrete, arrastaram-no um pouco para fora do caminho e o atiraram, respirando ainda, do alto de um profundo precipício, em plano valado. A sorte do meu desventurado camarada me fez refletir. Renunciei deliberadamente às astúcias e enganos, para me conduzir, com os meus donos, como um burro de respeito. Pois, prestando atenção às suas conversas, eu compreendera que íamos logo fazer alto e gozar de descanso, no término da viagem, onde eles tinham sua residência e morada. Por fim, depois de uma subida em aclive suave, chegamos ao destino. Descarregaram os fardos para arrumá-los no interior, e, livre agora do peso, eu rolava na poeira, a modos de banho, para dissipar a fadiga.

[6] O assunto e as circunstâncias exigem que eu coloque aqui uma descrição dos lugares e da caverna habitada pelos bandoleiros. Darei assim uma prova do meu talento, e vos darei medida para julgardes

quoque an mente etiam sensuque fuerim asinus sedulo sentiatis. Mons horridus silvestribusque frondibus umbrosus et in primis altus fuit. Huius per obliqua devexa, qua saxis asperrimis et ob id inaccessis cingitur, convalles lacunosae cavaeque nimium spinetis aggeratae et quaqua versus repositae naturalem tutelam praebentes ambiebant. De summo vertice fons affluens bullis ingentibus scaturribat perque prona delapsus evomebat undas argenteas iamque rivulis pluribus dispersus ac valles illas agminibus stagnantibus inrigans in mondum stipati maris vel ignavi fluminis cuncta cohibebat. Insurgit speluncae, qua margines montanae desinunt, turris ardua; caulae firmae solidis cratibus, ovili stabulationi commodae, porrectis undique lateribus ante fores exigui tramitis vice structis parietis attenduntur. Ea tu bono certe meo periculo latronum dixeris atria. Nec iuxta quicquam quam parva casula cannulis temere contecta, qua speculatores e numero latronum, ut postea comperi, sorte ducti noctibus excubabant.

[7] Ibi cum singuli derepsissent stipatis artubus, nobis ante ipsas fores loro valido destinatis anum quandam curvatam gravi senio, cui soli salus atque tutela tot numero iuvenum commissa videbatur, sic infesti compellant: "Etiamne tu, busti cadaver extremum et vitae dedecus primum et Orci fastidium solum, sic nobis otiosa domi residens lusitabis nec nostris tam magnis tamque periculosis laboribus solacium de tam sera refectione tribues? Quae diebus ac noctibus nil quicquam rei quam merum saevienti ventri tuo soles aviditer ingurgitare."

Tremens ad haec et stridenti vocula pavida sic anus: "At vobis, fortissimi fidelissimeque mei sospitatores iuvenes, adfatim cuncta suavi sapore percocta pulmenta praesto sunt, panis numerosus vinum probe calicibus ecfricatis affluenter immissum et ex more calida tumultuario lavacro vestro praeparata."

In fine sermonis huius statim sese devestiunt nudatique et flammae largissimae vapore recreati

exatamente se eu era asno também pelo espírito e pela inteligência. Imaginai uma montanha selvagem, de uma altitude extraordinária, coberta de sombra por uma espessa floresta. Ao longo dos seus flancos inclinados, centenas de penhas agudas, portanto inacessíveis, largos buracos nas ravinas, eriçadas de moitas de espinho e isoladas por todos os lados cercavam-na como uma defesa natural. Uma fonte abundante jorrava grossa, borbulhante, do cimo da montanha, e se encrespava em ondas de prata, que despencavam pela encosta. Dividia-se em diversos regatos. Depois se espraiava em lençóis tranquilos, através dos valados, formando, de sua reunião, como que um mar fechado ou um rio preguiçoso. Acima da caverna, à beira da falésia, erguia-se uma soberba torre. Fortes cercados, feitos de grades sólidas, próprias de currais de rebanhos de carneiros, prolongavam-se paralelamente, de um e outro lado, protegendo como uma muralha um estreito corredor de acesso. Vós teríeis dito certamente, e eu confirmaria, que era aqui o átrio da morada dos bandidos. Ao lado, nada, senão uma pequena cabana, coberta de caniços reunidos ao acaso, na qual, como eu soube mais tarde, os vigias, escolhidos por sorte entre os bandidos, montavam guarda durante a noite.

[7] Foi por ali que eles deslizaram, um por um, abaixando-se ao passarem. Quanto a nós, amarraram-nos diante da porta com uma sólida tira de couro. Havia lá uma velha, curvada ao peso dos anos, que parecia encarregada de zelar, ela sozinha, pelo bem-estar e pela vida de toda aquela súcia de moços. Eles a interpelaram grosseiramente: "É assim, então, cadáver velho, fugido do túmulo, vergonha dos vivos, único objeto do desprezo de Orco, que te vemos sempre no divertimento, arrastando a tua preguiça pela casa, sem mesmo nos oferecer, nesta hora tardia, alguma coisa para nos restaurar as forças e nos fazer esquecer nossas penas e perigosos trabalhos? Dia e noite, o que sabes fazer é introduzir, no teu estômago em fogo, canadas de vinho puro."

Temerosa e trêmula, a velha respondeu, com uma vozinha muito aguda: "Perdão, meus valentes jovens, meus fiéis protetores. Todas as vossas iguarias estão servidas, cozidas bem no ponto, e suculentas. Tendes pão à vontade. O vinho foi derramado em abundância nos cálices a que dei brilho, e a água quente está pronta como sempre, para servir a qualquer hora para as vossas abluções."

Quando acabou de falar, eles se despiram logo, expuseram os corpos nus ao calor vivificante de um grande fogo, molharam-se com água

calidaque perfusi et oleo peruncti mensas dapibus
largiter instructas accumbunt.

[8] Commodum cubuerant et ecce quidam longe plures
numero iuvenes adveniunt alii, quos incunctanter adaeque
latrones arbitrarere. Nam et ipsi praedas aureorum
argentariorumque nummorum ac vasculorum vestisque
sericae et intextae filis aureis invehebant. Hi simili lavacro
refoti inter toros sociorum sese reponunt, tunc sorte ducti
ministerium faciunt. Estur ac potatur incondite, pulmentis
acervatim, panibus aggeratim, poculis agminatim ingestis.
Clamore ludunt, strepitu cantilant, conviciis iocantur, ac
iam cetera semiferis Lapithis [tebcinibus] Centaurisque
semihominibus similia. Tunc inter eos unus, qui robore
ceteros antistabat: "Nos quidem", inquit "qui Milonis
Hypatini domum fortiter expugnavimus, praeter tantam
fortunae copiam, quam nostra virtute nacti sumus, et
incolumi numero castra nostra petivimus et, si quid ad rem
facit, octo pedibus auctiores remeavimus. At vos, qui
Boeotias urbes adpetistis, ipso duce vestro fortissimo
Lamacho deminuti debilem numerum reduxistis, cuius
salutem merito sarcinis istis quas advexistis omnibus
antetulerim. Sed illum quidem utcumque nimia virtus sua
peremit; inter inclitos reges ac duces proeliorum tanti viri
memoria celebrabitur. Enim vos bonae frugi latrones inter
furta parva atque servilia timidule per balneas et aniles
cellulas reptantes scrutariam facitis."

[9] Suscipit unus ex illo posteriore numero: "Tune solus
ignoras longe faciliores ad expugnandum domus esse
maiores? Quippe quod, licet numerosa familia latis deversetur
aedibus, tamen quisque magis suae saluti quam domini
consulat opibus. Frugi autem et solitarii homines fortunam
parvam vel certe satis amplam dissimulanter obtectam

quente e se esfregaram com óleo. Depois, se acomodaram diante das mesas cheias de comestíveis.

[8] Acabavam de se instalar, quando chegou um grupo muito mais numeroso de jovens, que ninguém teria hesitado em tomar igualmente por ladrões. Traziam também o produto de um saque, composto de moedas de ouro e de prata, de vasos e de panos de seda entretecidos de fios de ouro. Uma vez repousados com abluções semelhantes às dos primeiros, ajeitaram-se sobre os estrados, como os companheiros, depois que a sorte designou quais ficariam de serviço. Comeram e beberam sem conta, engoliram comida aos montões, pão às fornadas, viraram copos em cerradas fileiras. Divertiram-se gritando, cantaram barulhentamente, trocaram injúrias para rir. Dentro em pouco, tudo se transformou no festim dos lápitas, metade animais, e dos centauros, metade homens.[52] Então, um deles, que ultrapassava em força todos os outros, tomou a palavra: "Nós, que corajosamente assaltamos a casa de Milão de Hípata, sem falar do copioso saque que nos valeu nossa coragem, tendo vencido em toda a linha, voltamos, se isto deve entrar na conta, mais ricos de quatro pares de patas. Mas vós, que tínheis como objetivo a cidade da Beócia, trouxestes uma tropa diminuída, sem seu chefe, o valente Lâmaco, a salvação do qual me seria mais preciosa que todos esses embrulhos que trouxestes. Mas, enfim, ele, se morreu, morreu vítima de sua excessiva bravura. Entre os reis ilustres e os generais, deverá ser colocado esse herói, para que sua memória seja celebrada. Quanto a vós, honestos ladrões, que, satisfeitos com miúdos furtos, próprios de escravos, ides surripiar coisas medrosamente nos banhos e nas choupanas das velhas, tendes um ofício de negociantes de quinquilharias."

[9] Um dos homens da segunda turma respondeu: "Só tu ignoras que as grandes casas são as mais fáceis de forçar? Uma residência espaçosa abriga, é verdade, numeroso pessoal, mas cada qual se interessa por sua própria conservação, muito mais que pelos bens do dono. Ao passo que as pessoas simples, que vivem sós, se tiverem fortuna, pequena ou grande, vigiam-na de perto, mantendo-a escondida e defendendo-

---

[52] Lápitas: povo lendário da antiga Grécia. Nas núpcias do lápita Pirítoo com Hipodâmia, o centauro Êurito tentou raptar a recém-casada, e os outros centauros tentaram raptar as mulheres lápitas. O tipo do centauro metade cavalo, metade homem, é bem conhecido. A antítese de Apuleio, aludindo aos lápitas — *semiferi* — meio animais, não pode ser tomada ao pé da letra. (N. da T.)

protegunt acrius et sanguinis sui periculo muniunt. Res ipsa denique fidem sermoni meo dabit. Vix enim Thebas heptapylos accessimus: quod est huic disciplinae primarium studium, [sed dum] sedulo fortunas inquirebamus popularium; nec nos denique latuit Chryseros quidam nummularius copiosae pecuniae dominus, qui metu officiorum ac munerum publicorum magnis artibus magnam dissimulabat opulentiam. Denique solus ac solitarius parva sed satis munita domuncula contentus, pannosus alioquin ac sordidus, aureos folles incubabat. Ergo placuit ad hunc primum ferremus aditum, ut contempta pugna manus unicae nullo negotio cunctis opibus otione potiremur.

[10] Nec mora, cum noctis initio foribus eius praestolamur, quas neque sublevare neque dimovere ac ne perfringere quidem nobis videbatur, ne valvarum sonus cunctam viciniam nostro suscitaret exitio. Tunc itaque sublimis ille vexillarius noster Lamachus spectatae virtutis suae fiducia, qua clavis immittendae foramen patebat, sensim inmissa manu claustrum evellere gestiebat. Sed dudum scilicet omnium bipedum nequissimus Chryseros vigilans et singula rerum sentiens lenem gradum et obnixum silentium tolerans paulatim adrepit, grandique clavo manum ducis nostri repente nisu fortissimo ad ostii tabulam officit et exitiabili nexu patibulatum relinquens gurgustioli sui tectum ascendit, atque inde contentissima voce clamitans rogansque vicinos et unum quemque proprio nomine ciens et salutis communis admonens diffamat incendio repentino domum suam possideri. Sic unus quisque proximi periculi confinio territus suppetiatum decurrunt anxii.

[11] Tunc nos in ancipiti periculo constituti vel opprimendi nostri vel deserendi socii remedium e re nata validum eo volente comminiscimur. Antesignani nostri

-a com perigo de vida. Provarão os próprios fatos a veracidade do que digo. Assim que chegamos diante de Tebas das Sete Portas,[53] como indagássemos sobre a exata situação de fortuna dos habitantes (e, em nosso ofício, esta é a primeira coisa a saber), acabamos reparando num certo Crísero,[54] banqueiro e possuidor de abundantes riquezas. Por temor das obrigações e encargos, dissimulava, a força de habilidade, uma grande opulência. Só e retirado ele vivia, contentando-se com uma casinha modesta, mas bem fortificada. Cobria-se de trapos e sua aparência era sórdida, mas deitava-se sobre sacos de ouro. Resolvemos então dirigir nosso primeiro ataque para esse lado, contando com a pouca resistência de um adversário isolado, e pensando em nos apoderar, sem esforço e à vontade, de tudo quanto ele possuía.

[10] Eis-nos, então, desde a noitinha, de guarda diante da porta. Não queríamos arrombá-la, nem forçá-la, nem arrebentá-la, temendo que o ruído das batidas despertasse toda a vizinhança e nos atraísse más consequências. Foi então que nosso chefe Lâmaco, com o arrojo de uma coragem mais que provada, introduziu devagar a mão na abertura que dava passagem à chave, esforçando-se por fazer saltar a fechadura. Porém, esse Crísero, o mais malvado de todos os bípedes, vigiando sem dúvida havia algum tempo, seguia todos os nossos movimentos. A passo macio, e no mais completo silêncio, aproximou-se sub-repticiamente e, de repente, por meio de um grande prego, pregou na almofada da porta, com uma pancada bem assentada, a mão do nosso chefe. Depois, deixando-o preso como o crucificado sobre seu lenho, subiu ao teto, e de lá, com grandes clamores, dirigindo-se aos vizinhos, chamando cada um pelo nome, e invocando a salvação comum, espalhou a falsa notícia de que um súbito incêndio acabara de se propagar por sua casa. De maneira que cada um, temeroso de um perigo que o tocava tão de perto, acorreu em seu auxilio, com grande ânsia.

[11] Na perigosa alternativa de nos perdermos ou de abandonarmos nosso companheiro, premidos pelas circunstâncias, lembramo-nos de um remédio enérgico, que teve o consentimento do chefe. A parte

---

[53] A cidade grega de Tebas, na Beócia, recebe o epíteto de "das Sete Portas" em Homero. De Ésquilo chegou-nos a tragédia *Sete contra Tebas*, que encena a luta fratricida entre os filhos de Édipo, Polinices e Eteócles, diante de uma das portas da cidade. (N. da E.)

[54] Crísero: aquele que ama o ouro. (N. da T.)

partem, qua manus umerum subit, ictu per articulum medium temperato prorsus abscidimus, atque ibi brachio relicto, multis laciniis offulto vulnere ne stillae sanguinis vestigium proderent, ceterum Lamachum raptim reportamus.

Ac dum trepidi religionis urguemur gravi tumultu et instantis periculi metu terremur ad fugam nec vel sequi propere vel remanere tuto potest vir sublimis animi virtutisque praecipuus, multis nos adfatibus multisque precibus querens adhortatur per dexteram Martis per fidem sacramenti bonum commilitonem cruciatu simul et captivitate liberaremus. Cur enim manui, quae rapere et iugulare sola posset, fortem latronem supervivere? Sat se beatum qui manu socia volens occumberet. Cumque nulli nostrum spontale parricidium suadens persuadere posset, manu reliqua sumptum gladium suum diuque deosculatum per medium pectus ictu fortissimo transadigit. Tunc nos magnanimi ducis vigore venerato corpus reliquum veste lintea diligenter convolutum mari celandum commisimus. Et nunc iacet noster Lamachus elemento toto sepultus.

[12] Et ille quidem dignum virtutibus suis vitae terminum posuit. Enim vero Alcimus sollertibus coeptis eo saevum Fortunae nutum non potuit adducere. Qui cum dormientis anus perfracto tuguriolo conscendisset cubiculum superius iamque protinus oblisis faucibus interstinguere eam debuisset, prius maluit rerum singula per latiorem fenestram forinsecus nobis scilicet rapienda dispergere. Cumque iam cuncta rerum naviter emolitus nec toro quidem aniculae quiescentis parcere vellet eaque lectulo suo devoluta vestem stragulam subductam scilicet iactare similiter destinaret, genibus eius profusa sic nequissima illa deprecatur: 'Quid, oro, fili, paupertinas pannosasque resculas miserrimae anus donas vicinis divitibus, quorum haec fenestra domum prospicit?' Quo sermone callido deceptus astu et vera quae dicta sunt credens Alcimus, verens scilicet ne et ea quae prius miserat quaeque postea missurus foret non sociis suis sed in alienos lares iam certus erroris abiceret, suspendit se fenestra

inferior do braço nós a cortamos prontamente com um golpe bem calculado em cima da articulação. Depois, deixando lá o toco, vedamos o ferimento com um tampão de fazenda, para evitar que gotas de sangue traíssem nossa passagem, e levamos apressadamente o que restava de Lâmaco.

Mas, em nosso ansioso cuidado, sentíamo-nos perseguidos por um tumulto ameaçador, e o temor do perigo apressava nossa fuga. Então, não podendo nem seguir bem depressa, nem demorar sem risco, esse homem de alma sublime e de uma valentia sem igual, nos dirigiu a palavra, fazendo-nos súplicas as mais tocantes, exortando-nos, pela mão direita de Marte, pela fé do juramento, a que livrássemos um companheiro dos seus sofrimentos e, ao mesmo tempo, da prisão. Pois de que serve, a um bandido corajoso, sobreviver à sua mão, se ele é só capaz de rapinar e degolar? Sentir-se-ia feliz de sucumbir voluntariamente, abatido por mão amiga. Não podendo impelir nenhum de nós ao parricídio que reclamava, com a mão que lhe restava apanhou a espada, beijou-a, e, com um fortíssimo golpe, mergulhou-a em pleno peito. Depois de honrar a coragem desse chefe magnânimo, enrolamos cuidadosamente numa mortalha o que restava de seu corpo, e o confiamos aos recessos inacessíveis do mar. E agora nosso Lâmaco jaz sepulto num elemento uno.

[12] Ele deu à sua vida um fim digno de suas virtudes. Apesar da solércia dos seus projetos, Álcimo não pôde obter o mesmo favor da Fortuna cruel. Entrara ele, para roubar, no tugúrio de uma velha mulher adormecida. Subiu ao pavimento superior, e, em lugar de começar por apertar-lhe o pescoço para estrangulá-la, preferiu jogar primeiro os móveis para fora, um depois do outro, por uma janela bastante larga, a fim de, vós o compreendeis, no-los dar sucessivamente para transportar. Tudo foi indo muito bem concatenado, mas, não querendo abrir mão sequer do catre em que a velha repousava, ele a despejou para baixo da cama, e, tendo retirado as cobertas, preparava-se para fazer o móvel tomar o mesmo caminho do resto, quando a velhaca, tombando de joelhos, começou a suplicar: 'Meu filho, eu te peço, responde-me, por que fazes presente dos pobres teres e dos trapos de uma velha miserável aos vizinhos ricos, para a casa dos quais dá aquela janela?' Enganado por essas palavras de insidiosa astúcia, Álcimo acreditou que ela dissesse a verdade. Temendo, evidentemente, que tudo o que tinha enviado e tudo quanto tinha ainda para enviar caísse, não nas mãos dos

sagaciter perspecturus omnia, praesertim domus attiguae, quam dixerat illa, fortunas arbitraturus. Quod eum strenue quidem set satis inprovide conantem senile illud facinus quamquam invalido repentino tamen et inopinato pulsu nutantem ac pendulum et in prospectu alioquin attonitum praeceps inegit. Qui praeter altitudinem nimiam super quendam etiam vastissimum lapidem propter iacentem decidens perfracta diffisaque crate costarum rivos sanguinis vomens imitus narratisque nobis quae gesta sunt non diu cruciatus vitam evasit. Quem prioris exemplo sepulturae traditum bonum secutorem Lamacho dedimus.

[13] Tunc orbitatis duplici plaga petiti iamque Thebanis conatibus abnuentes Plataeas proximam conscendimus civitatem. Ibi famam celebrem super quodam Demochare munus edituro gladiatorium deprehendimus. Nam vir et genere primarius et opibus plurimus et liberalitate praecipuus digno fortunae suae splendore publicas voluptates instruebat. Quis tantus ingenii, quis facundiae, qui singulas species apparatus multiiugi verbis idoneis posset explicare? Gladiatores isti famosae manus, venatores illi probatae pernicitatis, alibi noxii perdita securitate suis epulis bestiarum saginas instruentes; confixilis machinae sublicae, turres structae tabularum nexibus ad instar circumforaneae domus, florida pictura decora futurae venationis receptacula. Qui praeterea numerus, quae facies ferarum! Nam praecipuo studio foris etiam advexerat generosa illa damnatorum capitum funera. Sed praeter ceteram speciosi muneris supellectilem totis utcumque patrimonii viribus immanis ursae comparabat numerum copiosum. Nam praeter domesticis venationibus captas, praeter largis emptionibus partas, amicorum etiam donationibus variis certatim oblatas tutela sumptuosa sollicite nutriebat.

[14] Nec ille tam clarus tamque splendidus publicae voluptatis apparatus Invidiae noxios effugit oculos. Nam diutina captivitate fatigatae simul et aestiva flagrantia maceratae, pigra etiam sessione languidae, repentina correptae pestilentia paene ad nullum redivere numerum.

companheiros, mas na casa de outrem, pendurou-se à janela para investigar atentamente os arredores, e, em particular, para calcular a riqueza da casa contígua, de que a outra havia falado. Plano arrojado, mas imprudente. Enquanto balouçava suspenso no vazio, e, demais, com o espírito ocupado pelas coisas que procurava ver, a velha celerada, com mão fraca, mas gesto rápido e inesperado, o empurrou para a frente, de cabeça para baixo. Caindo de tão alto, ele bateu contra uma enorme pedra que havia por lá e quebrou a caixa torácica. Vomitou rios de sangue, do fundo do peito, e, após ter-nos contado o que se passara, deixou a vida, sem mais longos sofrimentos. Como um digno êmulo, em idêntica sepultura, nós o associamos à sorte de Lâmaco.

[13] Depois disso, vergados sob o golpe dessa dupla perda, renunciamos aos nossos empreendimentos em Tebas e subimos até Plateias, a cidade mais próxima. À nossa chegada, corria o rumor de que um certo Demócares devia oferecer um combate de gladiadores. Esse homem de alto nascimento, de grande riqueza, e de liberalidade inaudita, provia os prazeres do povo, preparando-lhe um espetáculo digno de sua fortuna. Que talento, que eloquência poderiam descrever, em termos exatos, o múltiplo aparato desses preparativos? Havia gladiadores afamados pela força do braço, caçadores conhecidos por sua agilidade, criminosos que, votados a uma sorte sem esperança, eram nutridos para engordar as feras. Havia ainda máquinas feitas de uma estrutura articulada, torres formadas com pavimentos de pranchas, à maneira de casas móveis, com receptáculos para caças futuras, e pinturas floridas. E que número e que aspecto das feras! Punha-se um cuidado particular em fazer vir, mesmo do estrangeiro, esses animais generosos, sepulcros dos condenados à morte. Mas de tudo quanto devia concorrer para a magnificência do espetáculo, nada igualava os enormes ursos, procurados em grande número, e com os quais ele despendia, sem contar, os recursos do seu patrimônio. Àqueles apanhados durante suas próprias caçadas, ou que ele comprava caro, se acrescentavam os que seus amigos solícitos lhe ofereciam de todos os lados; e ele garantia aos animais manutenção suntuosa e alimento escolhido.

[14] Mas esses grandiosos e esplêndidos preparativos para o divertimento do povo não escaparam ao olho maléfico da Inveja. Esgotados por um longo cativeiro, enfraquecidos pelos calores do verão, e debilitados também pela inação e pela imobilidade, os ursos contraíram peste, repentinamente, e morreram quase todos. Podiam-se ver, a cada pas-

Passim per plateas plurimas cerneres iacere semivivorum corporum ferina naufragia. Tunc vulgus ignobile, quos inculta pauperies sine dilectu ciborum tenuato ventri cogit sordentia supplementa et dapes gratuitas conquirere, passim iacentes epulas accurrunt.

Tunc e re nata suptile consilium ego et iste Eubulus tale comminiscimur. Vnam, quae ceteris sarcina corporis praevalebat, quasi cibo parandam portamus ad nostrum receptaculum, eiusque probe nudatum carnibus corium servatis sollerter totis unguibus, ipso etiam bestiae capite adusque confinium cervicis solido relicto, tergus omne rasura studiosa tenuamus et minuto cinere perspersum soli siccandum tradimus. Ac dum caelestis vaporis flammis examurgatur, nos interdum pulpis eius valenter saginantes sic instanti militiae disponimus sacramentum, ut unus e numero nostro, non qui corporis adeo sed animi robore ceteris antistaret, atque si in primis voluntarius, pelle illa contectus ursae subiret effigiem domumque Democharis inlatus per opportuna noctis silentia nobis ianuae faciles praestaret aditus.

[15] Nec paucos fortissimi collegii sollers species ad munus obeundum adrexerat. Quorum prae ceteris Thrasyleon factionis optione delectus ancipitis machinae subivit aleam, iamque habili corio et mollitie tractabili vultu sereno sese recondit. Tunc tenui sarcimine summas, oras eius adaequamus et iuncturae rimam, licet gracilem, setae circumfluentis densitate saepimus. Ad ipsum confinium gulae, qua cervix bestiae fuerat exsecta, Thrasyleonis caput subire cogimus, parvisque respiratui et obtutui circa nares et oculos datis foraminibus fortissimum socium nostrum prorsus bestiam factum inmittimus caveae modico praestinatae pretio, quam constanti vigore festinus inrepsit ipse.

Ad hunc modum prioribus inchoatis sic ad reliqua fallaciae pergimus.

[16] Sciscitati nomen cuiusdam Nicanoris, qui genere Thracio proditus ius amicitiae summum cum illo Demochare colebat, litteras adfingimus, ut venationis suae

so, espichados pelas ruas, como despojos de um naufrágio, os corpos dos animais agonizantes. A populaça ignóbil, que, por sua abjeta miséria, não escolhia alimentos, mas era obrigada a pegar, para guarnecer o ventre, sórdida comida e restos que não custam nada, acorria a esses repastos jacentes no solo.

A situação nos inspirou, a Êubolo, que está aqui, e a mim, uma engenhosa ideia. Avistando um urso mais corpulento do que os outros, nós o levamos para a nossa cabana, como se o quiséssemos preparar para comer. Esfolamo-lo cuidadosamente, separando couro e carnes. Conservamos todas as unhas. Guardamos igualmente intato, até o ponto em que começa o pescoço, a cabeça do animal. Quanto ao resto do corpo, raspamos bem a pele para torná-la mais fina, e, depois de a ter salpicado com cinza peneirada, pusemo-la a secar ao sol. Enquanto ela perdia gordura, ao ardente hálito do sol, empanturrávamo-nos valentemente com a carne do animal, dispondo, sob juramento, os planos para a próxima operação. Ficou combinado que um de nós, superior aos outros não tanto pelo vigor físico, como também pela força de caráter, oferecer-se-ia como voluntário e vestiria o tosão. Disfarçado em urso, seria introduzido na casa de Demócares e aproveitaria o silêncio da noite para nos fazer entrar ali, pela porta.

[15] Em nosso fortíssimo grupo, não foram poucos aqueles que, à ideia de proeza tão engenhosa, desejaram enfrentar os riscos da tarefa. Mas a facção optou por Trasileão, e foi ele que aceitou os riscos do perigoso estratagema. Com o rosto sereno, recobriu-se com esse couro, que, tornado delicado e maleável, se ajustou bem ao seu corpo. Então, aplainamos as dobras por meio de forros e dissimulamos as costuras sob os altos pelos. Forçando um pouco, fizemos a cabeça de Trasileão entrar na do animal, ali onde o pescoço fora cortado, e crivamos de pequenos buracos o couro, à altura das suas narinas e dos seus olhos, para que ele pudesse olhar e respirar. Assim transformado o nosso fortíssimo sócio em verdadeira besta feroz, fizemo-lo entrar numa jaula comprada a preço módico, isto é, ele próprio nela se introduziu, com intrépida resolução.

Estando tudo deste modo preparado, passamos à execução do nosso golpe falaz.

[16] Tendo conseguido obter o nome de um certo Nicanor, de origem trácia, que mantinha com Demócares laços de grande amizade, forjamos uma carta, nos termos da qual Nicanor, como bom amigo, con-

primitias bonus amicus videretur ornando muneri dedicasse. Iamque provecta vespera abusi praesidio tenebrarum Thrasyleonis caveam Demochari cum litteris illis adulterinis offerimus; qui miratus bestiae magnitudinem suique contubernalis opportuna liberalitate laetatus iubet nobis protinus gaudii sui ut ipse habebat gerulis decem aureos [ut ipse habebat] e suis loculis adnumerari. Tunc, ut novitas consuevit ad repentinas visiones animos hominum pellicere, multi numero mirabundi bestiam confluebant, quorum satis callenter curiosos aspectus Thrasyleon noster impetu minaci frequenter inhibebat; consonaque civium voce satis felix ac beatus Demochares ille saepe celebratus, quod post tantam cladem ferarum novo proventu quoquo modo fortunae resisteret, iubet novalibus suis confestim bestiam [iret iubet] summa cum diligentia reportari. Sed suscipiens ego:

[17] 'Caveas', inquam 'domine, fraglantia solis et itineris spatio fatigatam coetui multarum et, ut audio, non recte valentium committere ferarum. Quin potius domus tuae patulum ac perflabilem locum immo et lacu aliquoi conterminum refrigerantemque prospicis? An ignoras hoc genus bestiae lucos consitos et specus roridos et fontes amoenos semper incubare?'

Talibus monitis Demochares perterritus numerumque perditorum secum recenses non difficulter adsensus ut ex arbitrio nostro caveam locaremus facile permisit. 'Sed et nos' inquam 'ipsi parati sumus hic ibidem pro cavea ista excubare noctes, ut aestus et vexationis incommodo bestiae fatigatae et cibum tempestivum et potum solitum accuratius offeramus.'

'Nihil indigemus labore isto vestro', respondit ille 'iam paene tota familia per diutinam consuetudinem nutriendis ursis exercitata est.'

[18] Post haec valefacto discessimus et portam civitatis egressi monumentum quoddam conspicamur procul a via remoto et abdito loco positum. Ibi capulos carie et vetustate semitectos, quis inhabitabant puluerei et iam cinerosi mortui, passim ad futurae praedae receptacula reseramus, et ex disciplina sectae servato noctis inlunio tempore, quo

158

sagrava as primícias de sua caça ao embelezamento dos jogos. Ia já avançada a noite quando, graças à proteção das trevas, apresentamos a Demócares a jaula de Trasileão, e, ao mesmo tempo, a carta falsificada. Ele admirou o porte do animal, comovido com a oportuna generosidade do amigo; mandou contar imediatamente dez peças de ouro, tiradas de sua caixinha, e no-las deu, como portadores, segundo acreditava, de um objeto de alegria para si. E como um espetáculo inédito atrai sempre, pois é este o efeito da novidade sobre os espíritos, acorreu grande número de espectadores para admirar a besta. Examinavam-na com uma curiosidade de que o nosso Trasileão inibia o ímpeto, com alguns pulos ameaçadores. E todos celebravam, a uma voz, a prosperidade do feliz Demócares, que, depois do desastre que fora a perda de suas feras, encontrava, com a nova remessa, uma resposta aos golpes da Fortuna. Por fim, ordenou ele que, sem demora, e com as maiores precauções, transportassem o animal para os seus parques. Mas eu intervim:

[17] 'Repara, senhor. Ele está fatigado pelo calor do sol e pela extensão da caminhada. Não o ponhas em companhia de muitos animais, que, pelo que ouvi dizer, são portadores da peste. Por que não procuras, antes, em tua casa, um lugar aberto e arejado, de preferência perto de um tanque que possa refrescá-lo? Não sabes que os ursos desta espécie procuram sempre lugares arborizados, cavernas úmidas, e a vizinhança de fontes amenas?'

Impressionado por meu aviso, e recenseando tudo o que perdera, Demócares foi facilmente persuadido, e nos permitiu, de boa vontade, que colocássemos a jaula onde nos parecesse bem. 'E depois', acrescentei, 'estamos prontos a ficar vigiando, à noite, aqui mesmo diante da jaula, para proporcionarmos a este animal, incomodado pelo calor e pela fadiga do transporte, seu alimento nas horas requeridas, e sua bebida do costume.'

'Não vos preocupeis, nem é necessário terdes tanto trabalho', respondeu. 'Toda a minha gente está habituada, por uma longa prática, a alimentar ursos.'

[18] Então nos retiramos, e, depois de termos saído da porta da cidade, vimos um monumento, situado um pouco afastado da estrada, num lugar apartado e ao abrigo de olhares. Havia ali antigos túmulos de tetos vetustos e bichados, habitados por mortos já em cinza e poeira. Abrimos alguns, ao acaso, para servirem de receptáculos ao produto do nosso futuro assalto. Depois, fiéis à regra de nossa confraria,

somnus obvius impetu primo corda mortalium validius invadit ac premit, cohortem nostram gladiis armatam ante ipsas fores Democharis velut expilationis vadimonium sistimus. Nec setius Thrasyleon examussim capto noctis latrocinali momento prorepit cavea statimque custodes, qui propter sopiti quiescebant, omnes ad unum mox etiam ianitorem ipsum gladio conficit, clavique subtracta fores ianuae repandit nobisque prompte convolantibus et domus alveo receptis demonstrat horreum, ubi vespera sagaciter argentum copiosum recondi viderat. Quo protinus perfracto confertae manus violentia, iubeo singulos commilitonum asportare quantum quisque poterat auri vel argenti et in illis aedibus fidelissimorum mortuorum occultare propere rursumque concito gradu recurrentis sarcinas iterare; quod enim ex usu foret omnium, me solum resistentem pro domus limine cuncta rerum exploraturum sollicite, dum redirent. Nam et facies ursae mediis aedibus discurrentis ad proterrendos, siqui de familia forte evigilassent, videbatur opportuna. Quis enim, quamvis fortis et intrepidus, immani forma tantae bestiae noctu praesertim visitata non se ad fugam statim concitaret, non obdito cellae pessulo pavens et trepidus sese cohiberet?

[19] His omnibus salubri consilio recte dispositis occurrit scaevus eventus. Namque dum reduces socios nostros suspensus opperior, quidam servulus strepitu scilicet vel certe divinitus inquietus proserpit leniter visaque bestia, quae libere discurrens totis aedibus commeabat, premens obnixum silentium vestigium suum replicat et utcumque cunctis in domo visa pronuntiat. Nec mora, cum numerosae familiae frequentia domus tota completur. Taedis lucernis cereis sebaciis et ceteris nocturni luminis instrumentis clarescunt tenebrae. Nec inermis quisquam de tanta copia processit, sed singuli fustibus lanceis destrictis denique gladiis armati muniunt aditus. Nec secus canes etiam venaticos auritos illos et horricomes ad comprimendam bestiam cohortantur.

[20] Tunc ego sensim gliscente adhuc illo tumultu retrogradi fuga domo facesso, sed plane Thrasyleonem mire canibus repugnantem latens pone ianuam ipse prospicio.

aguardamos o momento em que a noite não tem lua; em que o sono, sem ser procurado, vem assaltar os corações dos mortais e os derruba com seu primeiro e mais vigoroso ataque. Foi então que detivemos nossa coorte, armada de gládios, diante da porta de Démocares, como para um encontro de roubo. Não menos exato, Trasileão aproveitou o instante propício aos latrocínios noturnos. Deslizou para fora da jaula, matou com sua espada, do primeiro ao último, todos os guardas que repousavam adormecidos junto dele, depois o próprio porteiro, e, apoderando-se da chave, escancarou-nos a porta. Um pulo rápido e eis-nos no coração da casa. Ele nos mostrou, então, um aposento onde seu olho perspicaz vira encerrarem à noite grande quantidade de prataria. Reunimo-nos todos, forçando o acesso ao lugar. Ordenei a cada um dos nossos companheiros que levasse o que pudesse de ouro e prata, e que o escondesse bem depressa na casa dos mortos, guardiães incorruptíveis, e voltassem correndo para um novo carreto. Eu sozinho, no interesse de todos, me manteria diante da soleira da casa, para vigiar cuidadosamente até sua volta. Contava eu com a aparição do urso, correndo daqui para ali, no meio da casa, e atemorizando os escravos que, por acaso, viessem a acordar. Quem seria de tal maneira corajoso e intrépido que, à noite sobretudo, posto em presença de um animal assim monstruoso, não se apressaria em fugir, tremendo de pavor, indo-se fechar no quarto, sob ferrolho?

[19] Todas essas felizes disposições, tão judiciosamente concebidas, malograram por um fatal contratempo. Enquanto eu aguardava inquieto a volta dos meus companheiros, um pequeno escravo, que acordara com o ruído, ou talvez fosse uma advertência divina, saiu de mansinho. Quando viu a fera que, correndo livremente daqui e dali, passeava na habitação toda, arrepiou caminho, num silêncio absoluto, e comunicou de algum modo a todos o que tinha visto. Logo os domésticos, num grupo numeroso, encheram com sua presença a casa inteira. Tochas, lâmpadas, círios, candeias, luminárias noturnas de várias espécies, espantaram as trevas. E não havia ninguém sem armas nessa multidão. Munidos de pau, de lança, de espada nua, guardavam as redondezas. Ao mesmo tempo excitavam os cães, esses cães de caça cujas orelhas se empinam e cujo pelo se eriça ao acuarem a fera.

[20] Então, como o tumulto fosse crescendo, bati de mansinho em retirada, distanciando-me da casa, mas antes, escondido atrás da porta, vi Trasileão, que resistia prodigiosamente aos cães. Se bem que percor-

Quamquam enim vitae metas ultimas obiret, non tamen sui nostrique vel pristinae virtutis oblitus iam faucibus ipsis hiantis Cerberi reluctabat. Scaenam denique quam sponte sumpserat cum anima retinens, nunc fugiens, nunc resistens variis corporis sui schemis ac motibus tandem domo prolapsus est. Nec tamen, quamvis publica potitus libertate, salutem fuga quaerere potuit. Quippe cuncti canes de proximo angiportu satis feri satisque copiosi venaticis illis, qui commodum domo similiter insequentes processerant, se commiscent agminatim. Miserum funestumque spectamen aspexi, Thrasyleonem nostrum catervis canum saevientium cinctum atque obsessum multisque numero morsibus laniatum. Denique tanti doloris impatiens populi circumfluentis turbelis immisceor et, in quo solo poteram celatum auxilium bono ferre commilitoni, sic indaginis principes dehortabar: 'O grande' inquam 'et extremum flagitium, magnam et vere pretiosam perdimus bestiam.'

[21] Nec tamen nostri sermonis artes infelicissimo profuerunt iuveni; quippe quidam procurrens e domo procerus et validus incunctanter lanceam mediis iniecit ursae praecordiis nec secus alius et ecce plurimi, iam timore discusso, certatim gladios etiam de proximo congerunt. Enimuero Thrasyleon egregium decus nostrae factionis tandem immortalitate digno illo spiritu expugnato magis quam patientia neque clamore ac ne ululatu quidem fidem sacramenti prodidit, sed iam morsibus laceratus ferroque laniatus obnixo mugitu et ferino fremitu praesentem casum generoso vigore tolerans gloriam sibi reservavit, vitam fato reddidit. Tanto tamen terrore tantaque formidine coetum illum turbaverat, ut usque diluculum immo et in multum diem nemo quisquam fuerit ausus quamvis iacentem bestiam vel digito continguere, nisi tandem pigre ac timide quidam lanius paulo fidentior utero bestiae resecto ursae magnificum despoliavit latronem. Sic etiam Thrasyleon nobis perivit, sed a gloria non peribit. Confestim itaque constrictis sarcinis illis, quas nobis servaverant fideles mortui, Plataeae terminos concito gradu deserentes istud apud nostros animos identidem reputabamus merito nullam fidem in vita nostra reperiri, quod ad manis iam et mortuos odio perfidiae

rendo as metas últimas da vida, ele não se esquecia de quem era, nem de nós, nem de sua antiga coragem, e embora já, pode-se dizer, na goela do próprio Cérbero, que se preparava para devorá-lo, continuava a lutar. Fiel, até o último suspiro, ao papel que voluntariamente assumira, quer negaceando como resistindo e variando atitudes e movimentos, atirou-se enfim para fora da casa. Mas mesmo devolvido à liberdade da rua, teve que renunciar à salvação pela fuga. Pois todos os cães da rua vizinha, tão ferozes quanto numerosos, misturaram-se aos cães de caça que saíam da habitação, e todos se puseram a perseguir a mesma presa. Mísero, funesto espetáculo! Vi nosso Trasileão cercado, de todos os lados, pela malta de cães furiosos, crivado de mordidas, dilacerado por elas. Por fim, não suportando mais a dor, misturei-me aos grupos instáveis da multidão que me cercava, e como único meio de ir em socorro do meu bravo companheiro sem traí-lo, procurei distrair aqueles que lhe seguiam a pista: 'É um escândalo', eu disse, 'é a última das vergonhas. Perdemos um animal magnífico e de alto preço.'

[21] Mas não adiantou falar. Meu estratagema de nada serviu ao desventurado moço, pois um valentão, alto e sólido, que saiu correndo da casa, enterrou sua lança, sem hesitar, em pleno peito do urso. Um segundo lhe seguiu o exemplo, depois a multidão, e, dissipado o medo, todo aquele que se aproximava dava-lhe um golpe com a espada. Quanto a Trasileão, honra sem rival do nosso bando, grande alma digna da imortalidade, sucumbiu por fim, mas não sucumbiu o seu ânimo viril. Não traiu a fé jurada nem por uma queixa, nem por um clamor. Rasgado já de mordeduras, e feito em frangalhos pelo ferro, ele se aplicava, mugindo, roncando como uma fera, e suportava sua desgraça com altiva energia. Para si guardou a glória. A vida, entregou-a ao destino. Tinha sido, entretanto, tão grande o terror e o espanto que perturbaram a todos ali reunidos, que até a aurora, e até dia claro, ninguém ousou tocar nem com a ponta do dedo o animal caído por terra. Enfim, com mão incerta e tímida, um carniceiro, um pouco mais ousado, abriu o ventre do animal, e o escorchou, tirando como de um útero, o magnífico ladrão. Assim pereceu, por sua vez, Trasileão, mas sua glória não perecerá jamais. Apressamo-nos, então a apanhar os pacotes que os mortos, guardas fiéis, tinham conservado para nós, e, deixando com precipitado passo o território de Plateias, repetíamos que não era sem razão que a boa-fé não se encontra entre os vivos, pois, por ódio da nossa falsidade, elegeu seu domicílio entre os manes e entre os mortos.

nostrae demigrarit. Sic onere vecturae simul et asperitate viae toti fatigati tribus comitum desideratis istas quas videtis praedas adveximus."

[22] Post istum sermonis terminum poculis aureis memoriae defunctorum commilitonum vino mero libant, dehinc canticis quibusdam Marti deo blanditi paululum conquiescunt. Enim nobis anus illa recens ordeum adfatim et sine ulla mensura largita est, ut equus quidem meus tanta copia solus potitus saliares se cenas cenare crederet. Ego vero, numquam alias hordeum crudum sed tunsum minutatim et diutina coquitatione iurulentum semper solitus esse, [rim] rimatus angulum, quo panes reliquiae totius multitudinis congestae fuerant, fauces diutina fame saucias et araneantes valenter exerceo. Et ecce nocte promota latrones expergiti castra commovent instructique varie, partim gladiis armati, partim in Lemures reformati, concito se gradu proripiunt. Nec me tamen instanter ac fortiter manducantem vel somnus imminens impedire potuit. Et quamquam prius, cum essem Lucius, unico vel secundo pane contentus mensa decederem, tunc ventri tam profundo serviens iam ferme tertium qualum rumigabam. Huic me operi attonitum clara lux oppressit.

[23] Tandem itaque asinali verecundia ductus, aegerrime tamen digrediens rivulo proximo sitim lenio. Nec mora, cum latrones ultra anxii atque solliciti remeant, nullam quidem prorsus sarcinam vel omnino licet vilem laciniam ferentes, sed tantum gladiis totis totis manibus immo factionis suae cunctis viribus munitam virginem filo liberalem et, ut matronatus eius indicabat, summatem regionis, puellam mehercules et asino tali concupiscendam, maerentem et crines cum veste sua lacerantem advehebant. Eam simul intra speluncam ducunt verbisque quae dolebat minora facientes sic adloquuntur: "Tu quidem salutis et pudicitiae secura

Foi assim que, fatigados todos pelo peso da carga e as asperezas do caminho, privados de três dos nossos companheiros, aqui chegamos com o saque que vedes."

[22] Depois dessa narração, com os copos de ouro fizeram libações de vinho puro em memória dos colegas defuntos. Cantaram, em seguida, hinos de louvor ao deus Marte[55] e quiseram repousar um pouco. Quanto a nós, a velha de que já falei nos tratou liberalmente e sem medida, com cevada fresca, de maneira que o meu cavalo, diante dessa abundância, da qual era o único a se aproveitar, acreditava-se à mesa dos sálios.[56] Eu, que nunca tinha comido cevada crua, mas pilada e reduzida a papa por um longo cozimento, avistando um canto no qual tinham amontoado restos do pão de toda a súcia, fiz valentemente trabalhar a goela cansada de uma longa fome e cheia de teias de aranha. Era já noite alta quando os ladrões, despertando, levantaram acampamento e, arranjados diversamente, uns armados de gládios, outros fantasiados de fantasmas, desapareceram com passo rápido. Entretanto, eu mascava sempre com coragem e perseverança, sem ser detido nem mesmo pelo sono que de mim se apossava. Eu que, outrora, no tempo em que era Lúcio, ficava satisfeito com um pão ou dois, antes de deixar a mesa, dessa vez, para contentar as exigências de um ventre tão profundo, cheguei a esvaziar a terceira cesta. Absorvido nesse trabalho foi que a clara luz do dia me surpreendeu.

[23] Quando terminei, senti vergonha, pelo menos tanta quanta pode sentir um burro, e fui-me desalterar no rio mais próximo. No mesmo instante, voltaram os ladrões, muito ansiosos e preocupados. Não traziam bagagem, absolutamente, nem a trouxa mais vil. Traziam, e era tudo, defendida por todos os seus gládios, por todos os seus braços, por todas as suas forças conjugadas, uma moça com um altivo ar de nobreza, pertencente, como indicavam seus modos de mulher de sociedade, a uma das grandes famílias do país, e muito desejável, por Hércules, mesmo pelo burro que eu era. Enquanto ela se lamentava, dilacerando as roupas e arrancando os cabelos, eles a fizeram entrar na caverna e procuraram, com boas palavras, atenuar os motivos de sua mágoa:

---

[55] Marte era o deus de preferência dos fora-da-lei. (N. da E.)

[56] Os sálios eram os sacerdotes de Marte. (N. da T.) [A expressão "à mesa dos sálios" indica um banquete bem servido. (N. da E.)]

brevem patientiam nostro compendio tribue, quos ad istam sectam paupertatis necessitas adegit. Parentes autem tui de tanto suarum divitiarum cumulo, quamquam satis cupidi, tamen sine mora parabunt scilicet idoneam sui sanguinis redemptionem."

[24] His et his similibus blateratis necquicquam dolor sedatur puellae. Quidni? quae inter genua sua deposito capite sine modo flebat. At illi intro vocatae anui praecipiunt adsidens eam blando quantum posset solaretur alloquio, seque ad sectae sueta conferunt. Nec tamen puella quivit ullis aniculae sermonibus ab inceptis fletibus avocari, sed altius eiulans sese et assiduis singultibus illa quatiens mihi etiam lacrimas excussit. Ac sic: "An ego" inquit "misera tali domo tanta familia tam caris vernulis tam sanctis parentibus desolata et infelicis rapinae praeda et mancipium effecta inque isto saxeo carcere et carnificinae lanigera serviliter clausa et omnibus deliciis, quis innata atque innutrita sum, privata sub incerta salutis spe et carnificinae laniena inter tot ac tales latrones et horrendum gladiatorum populum vel fletum desinere vel omnino vivere potero?"

Lamentata sic et animi dolore et faucium tendore et corporis lassitudine iam fatigata marcentes oculos demisit ad soporem.

[25] At commodum coniverat nec diu, cum repente lymphatico ritu somno recussa longe longeque vehementius adflictare sese et pectus etiam palmis infestis tundere et faciem illam luculentam verberare incipit et aniculae, quamquam instantissime causas novi et instaurati maeroris requirenti, sic adsuspirans altius infit: "Em nunc certe nunc maxime funditus perii, nunc spei salutiferae renuntiavi. Laqueus aut gladius aut certe praecipitium procul dubio capessendum est."

Ad haec anus iratior dicere eam saeviore iam vultu iubebat quid, malum, fleret vel quid repente postliminio pressae quietis lamentationes licentiosas refricaret. "Nimirum" inquit "tanto compendio tuae redemptionis defraudare iuvenes meos destinas? Quod si pergis ulterius,

"Não temas", diziam, "por tua vida nem por tua honra, e dá-nos uma oportunidade de lucro, com um pouco de paciência. É a dura lei da pobreza que nos obriga a este ofício. Mas teus pais possuem montões de riquezas e não demorarão, por maior que seja a sua avareza, a encontrar o que é preciso para o resgate do seu sangue."

[24] Com estas proposições, e outras do mesmo gênero, era em vão que procuravam apaziguar a dor da mocinha. E que fazer, quando, com a cabeça entre os joelhos, ela chorava desconcertadamente? Então, eles mandaram entrar a velha, recomendando-lhe que fizesse companhia à menina, que a consolasse tanto quanto possível, com palavras carinhosas, e que depois voltasse às suas ocupações costumeiras. Mas nada do que dizia a pobre velha chegava a distrair a moça de seu pranto. Ela se lamentava, ao contrário, cada vez mais, e, sacudida por ininterruptos soluços, a ponto de até a mim arrancar lágrimas, falava assim: "Mísera eu sou. Com uma casa como a minha, de numerosos servidores, criados estimados, venerandos pais, e eis-me aqui sozinha, abandonada, vítima de um maldito rapto. De mim, fizeram mercadoria. Fechada como uma escrava neste buraco na pedra, nesta câmara de tortura, tendo perdido todas as doçuras entre as quais nasci e cresci, não ousando esperar a salvação, entre todos esses bandoleiros e esse povo horrível de gladiadores, como posso deixar de chorar, ou continuar a viver?"

Era assim que se lamentava. Acabrunhada pelo desgosto, com a garganta em fogo, o corpo lasso, fechou os olhos desfalecentes e adormeceu.

[25] Porém, mal tivera tempo de cerrar as pálpebras, ei-la que, arrancada do sono como uma possessa, aflita ao mais alto ponto, machucava o próprio peito, voltando as mãos contra si mesma e batendo no rosto fresco. E quando a velha lhe perguntou com insistência a causa desse desgosto recomeçado, replicou a moça com um profundo suspiro: "Ai! Que será feito de mim agora, agora que digo adeus à esperança de salvar-me! Um nó corredio, um gládio, ou, ainda, um salto no precipício, aí está, certamente, o partido que me resta."

A estas palavras, a velha se zangou. Com o rosto dessa vez mais irritado, disse: "Isto vai mal! Podes-me explicar por que choras, quando dormias tão bem; por que te abandonas de novo, em brusca reviravolta, a lamentações desordenadas? Bem vejo do que se trata: queres fraudar meus homens do rico proveito de teu resgate. Pois continua!

iam faxo lacrimis istis, quas parvi pendere latrones consuerunt, insuper habitis viva exurare."

[26] Tali puella sermone deterrita manusque eius exosculata: "Parce", inquit "mi parens, et durissimo casui meo pietatis humanae memor subsiste paululum. Nec enim, ut reor, aevo longiore maturae tibi in ista sancta canitie miseratio prorsus exarvit. Specta denique scaenam meae calamitatis. Speciosus adulescens inter suos principalis, quem filium publicum omnis sibi civitas cooptavit, meus alioquin consobrinus, tantulo triennio maior in aetate, qui mecum primis ab annis nutritus et adultus individuo contubernio domusculae immo vero cubiculi torique sanctae caritatis adfectione mutua mihi pigneratus votisque nuptialibus pacto iugali pridem destinatus, consensu parentum tabulis etiam maritus nuncupatus, ad nuptias officio frequenti cognatorum et adfinium stipatus templis et aedibus publicis victimas immolabat; domus tota lauris obsita taedis lucida constrepebat hymenaeum; tunc me gremio suo mater infelix tolerans mundo nuptiali decenter ornabat mellitisque saviis crebriter ingestis iam spem futuram liberorum votis anxiis propagabat, cum irruptionis subitae gladiatorum fit impetus ad belli faciem saeviens, nudis et infestis mucronibus coruscans: non caedi non rapinae manus adferunt, sed denso conglobatoque cuneo cubiculum nostrum invadunt protinus. Nec ullo de familiaribus nostris repugnante ac ne tantillum quidem resistente misera formidine exanimem, saevo pavore trepidam, de medio matris gremio rapuere. Sic ad instar Attidis vel Protesilai dispectae disturbataeque nuptiae.

[27] Sed ecce saevissimo somnio mihi nunc etiam redintegratur immo vero cumulatur infortunium meum; nam

Os ladrões fazem pouco das lágrimas e, apesar das tuas, eu me encarrego de te fazer queimar viva."

[26] Aterrorizada por esse discurso, e beijando-lhe as mãos, disse a moça: "Por favor, mãe, ouve a voz da piedade humana e concede um pouco de ajuda para dirimir o meu cruel infortúnio. Pois se a idade e a vida te amadureceram, sob esses veneráveis cabelos brancos presumo que a compaixão não esteja em ti de todo ressequida. Vê, pois, a história dramática da minha calamidade. Era uma vez um belo moço, primeiro entre seus iguais, e que tinha sido adotado como filho da cidade, por escolha unânime dos concidadãos. Demais, era meu primo e meu irmão, três anos apenas mais velho do que eu. Crescendo juntos, desde os mais tenros anos, éramos inseparáveis; ocupávamos a mesma doce casa; mais, o mesmo quarto, o mesmo leito. Estávamos ligados pela ternura santa da mútua afeição. O casamento devia consagrar o pacto feito há longo tempo. O consentimento de nossos pais lhe tinha, por ato oficial, conferido o título de esposo. Durante o ofício nupcial, cercado pela multidão dos parentes, que lhe faziam um cortejo de honra, ele imolou vítimas nos templos e nos santuários públicos. Toda a casa, atapetada de loureiros, iluminada pelas tochas, ressoava com os cantos do himeneu. Minha pobre mãe me apertava contra o seio, me enfeitava com belas vestes nupciais, e, enquanto me cobria de ternos beijos, seus desejos inquietos viam já realizada a esperança de uma progenitura. De súbito, irromperam homens portadores de gládios, visão dos furores da guerra: o ferro nu e ameaçador despedia chispas. Porém, seus braços não perpetravam mortes, nem faziam pilhagem. Em formação cerrada, o batalhão foi diretamente ao nosso quarto, invadindo-o. Sem que nenhum dos nossos lutasse para nos defender, ou oferecesse sequer a menor resistência, arrancaram-me, exânime de formidável espanto, perdida de atroz pavor, dos próprios braços de minha mãe. Assim como os de Átis ou de Protesilau, os esponsais foram interrompidos e dispersados.[57]

[27] E eis que agora um sonho horripilante me fez reviver o meu infortúnio, ou antes, o intensificou. Parecia-me que, arrancada violen-

---

[57] Átis e Protesilau foram noivos infelizes. O primeiro, acometido de um acesso de loucura, castrou-se quando estava prestes a unir-se à ninfa Ságaris; o segundo, logo após a celebração de seu casamento, partiu para lutar em Troia, onde morreu logo ao desembarcar. (N. da E.)

visa sum mihi de domo de thalamo de cubiculo de toro
denique ipso violenter extracta per solitudines avias
infortunatissimi mariti nomen invocare, eumque, ut primum
meis amplexibus viduatus est, adhuc ungentis madidum
coronis floridum consequi vestigio me pedibus fugientem
alienis. Vtque clamore percito formonsae raptum uxoris
conquerens populi testatur auxilium, quidam de latronibus
importunae persecutionis indignatione permotus saxo grandi
pro pedibus adrepto misellum iuvenem maritum meum
percussum interemit. Talis aspectus atrocitate perterrita somno
funesto pavens excussa sum."

Tunc fletibus eius adsuspirans anus sic incipit: "Bono animo
esto, mi erilis, nec vanis somniorum figmentis terreare. Nam praeter
quod diurnae quietis imagines falsae perhibentur, tunc etiam
nocturnae visiones contrarios eventus nonnumquam pronuntiant.
Denique flere et vapulare et nonnumquam iugulari lucrosum
prosperumque proventum nuntiant, contra ridere et mellitis dulciolis
ventrem saginare vel in voluptatem veneriam convenire tristitie
animi languore corporis damnisque ceteris vexatum iri
praedicabunt. Sed ego te narrationibus lepidis anilibusque fabulis
protinus avocabo."

Et incipit:

[28] "Erant in quadam civitate rex et regina. Hi tres numero
filias forma conspicuas habuere, sed maiores quidem natu,
quamvis gratissima specie, idonee tamen celebrari posse laudibus
humanis credebantur, at vero puellae iunioris tam praecipua tam
praeclara pulchritudo nec exprimi ac ne sufficienter quidem
laudari sermonis humani penuria poterat. Multi denique civium
et advenae copiosi, quos eximii spectaculi rumor studiosa
celebritate congregabat, inaccessae formonsitatis admiratione
stupidi et admoventes oribus suis dexteram primore digito in
erectum pollicem residente ut ipsam prorsus deam Venerem
religiosis <venerabantur> adorationibus. Iamque proximas
civitates et attiguas regiones fama pervaserat deam quam
caerulum profundum pelagi peperit et ros spumantium fluctuum

tamente de minha casa, de meus aposentos, de meu quarto, do meu leito, eu atravessava solidões inacessíveis, invocando o nome de meu desgraçado marido. E ele, tal como no momento em que se viu privado de meus abraços, ainda úmido de perfumes e coroado de flores, seguia meus passos enquanto eu fugia, levada pelos pés de outrem. Enquanto ele clamava com grandes gritos, lamentando o rapto de sua bela esposa, e tomava o povo como testemunha, chamando-o em seu socorro, um dos bandidos, enfadado com essa perseguição importuna, apanhou aos pés uma grande pedra e golpeou mortalmente meu pobre esposo tão jovem. A atrocidade de tal visão me encheu de pavor e me arrancou, toda trêmula, do meu sono funesto."

A velha, que misturava seus suspiros às queixas da moça, replicou então: "Mocinha, ânimo, e não te deixes apavorar pelos vãos fingimentos de um sonho. As imagens que o sono nos traz, quando o dia chega passam por mentirosas, e até acontece que as visões da noite tenham efeito contrário do que nos apresentam. Assim, chorar, ser espancado, ou então ser degolado, pressagia lucros e bons proveitos. Ao passo que rir, encher a pança de quitutes e de doces, ou saborear o prazer do amor, significa que a tristeza, a doença, e mil outras desgraças estão para vir. Demais, eu poderei te distrair com lindas histórias e contos de gente velha."

E ela começou:

[28] "Havia em certa cidade um rei e uma rainha. Tinham eles três filhas de conspícua beleza. No entanto, as mais velhas, por mais agradáveis que fossem à vista, não tinham, ao que parecia, nada que o humano louvor não pudesse condignamente celebrar. A mais moça, ao contrário, de beleza tão rara, tão brilhante, tinha tal perfeição que, para celebrá-la com um elogio conveniente, era pobre demais a língua humana. Gente do país e do estrangeiro, todos aqueles que a fama de espetáculo tão único congregava em multidão, imóveis e curiosos, permaneciam atônitos de admiração por essa beleza sem igual, e, levando a mão direita aos lábios, pousavam o índice sobre o polegar erguido.[58] Devotavam-lhe a mesma adoração que à própria deusa Vênus. Já nas cidades vizinhas e nos campos circundantes, espalhara-se o rumor de que a deusa nascida do seio azulado dos mares e formada do orvalho

---

[58] O índice sobre o polegar erguido: gesto de adoração. A esse gesto alude Plínio na sua *História natural*. (N. da T.)

educavit iam numinis sui passim tributa venia in mediis conversari populi coetibus, vel certe rursum novo caelestium stillarum germine non maria sed terras Venerem aliam virginali flore praeditam pullulasse.

[29] Sic immensum procedit in dies opinio, sic insulas iam proxumas et terrae plusculum provinciasque plurimas fama porrecta pervagatur. Iam multi mortalium longis itineribus atque altissimis maris meatibus ad saeculi specimen gloriosum confluebant. Paphon nemo Cnidon nemo ac ne ipsa quidem Cythera ad conspectum deae Veneris navigabant; sacra differuntur, templa deformantur, pulvinaria proteruntur, caerimoniae negleguntur; incoronata simulacra et arae viduae frigido cinere foedatae. Puellae supplicatur et in humanis vultibus deae tantae numina placantur, et in matutino progressu virginis, victimis et epulis Veneris absentis nomen propitiatur, iamque per plateas commeantem populi frequentes floribus sertis et solutis adprecantur.

Haec honorum caelestium ad puellae mortalis cultum inmodica translatio verae Veneris vehementer incendit animos, et impatiens indignationis capite quassanti fremens altius sic secum disserit:

[30] 'En rerum naturae prisca parens, en elementorum origo initialis, en orbis totius alma Venus, quae cum mortali puella partiario maiestatis honore tractor et nomen meum caelo conditum terrenis sordibus profanatur! Nimirum communi nominis piamento vicariae venerationis incertum sustinebo et imaginem meam circumferet puella moritura. Frustra me pastor ille cuius iustitiam fidemque magnus comprobavit Iuppiter ob eximiam speciem tantis praetulit deabus. Sed non adeo gaudens ista,

da vaga espumejante, dignara-se tornar acessível seu poderio e misturar-se à sociedade dos homens. A menos que as gatinhas celestes tivessem feito germinar uma nova Vênus, enfeitada com a flor da virgindade, não das ondas, mas da terra.

[29] Foi assim que a crença ganhou terreno, dia a dia; de uma ilha a outra, depois no continente, e de província em província, a fama se estendeu e propagou. Numerosos foram os mortais que, empreendendo grandes viagens e longínquas travessias, afluíram para ver a gloriosa maravilha do século. Em Pafo, em Cnido, na própria Citera,[59] nenhum navegador aportava mais para contemplar a deusa Vênus. Seus sacrifícios foram relaxados, os templos estavam-se derruindo, enxovalhavam-se os nichos, ficavam as imagens sem coroas e as cinzas frias maculavam os desolados altares. Era à moça que dirigiam as preces, e era sob os traços de um ser humano que imploravam mercês da augusta divindade. Quando, pela manhã, aparecia a virgem, era de Vênus ausente que se invocava o nome propício, oferecendo-lhe vítimas e festins, e, quando ela atravessava as praças, o povo se apressava a adorá-la com coroas e flores.

Esta extravagante transferência do culto celeste para a virgem mortal incendiou de veemente cólera o ânimo da verdadeira Vênus. Ela não pôde conter a indignação. Sacudiu a cabeça, fremente, e falou:

[30] 'Então, a mim, antiga mãe da Natureza, origem primeira dos elementos, nutriz do Universo, Vênus, reduziram-me a esta condição de partilhar com uma mortal as honras devidas à minha majestade! E meu nome consagrado no céu é profanado pelo contato com impurezas terrestres. Será preciso, aparentemente, na comunhão equívoca das homenagens prestadas ao meu nome, ver a adoração me confundir com uma substituta? Aquela que por toda a parte apresentará minha imagem é uma moça que está para morrer. Foi em vão que aquele pastor, cuja imparcial justiça foi aprovada pelo grande Júpiter, me preferiu, pelos meus atrativos sem par, às deusas mais eminentes.[60] Porém, não

---

[59] Os santuários mais célebres dedicados a Vênus na Antiguidade eram em Pafo, cidade de Chipre; em Cnido, sobre a costa da Ásia Menor; e na ilha de Citera, ao sul do Peloponeso. (N. da T.)

[60] Páris, filho de Príamo, rei de Troia, e de Hécuba, foi criado entre pastores do monte Ida, pois que um adivinho predissera, antes do seu nascimento, que a criança esperada causaria um dia o incêndio de Troia. Nas núpcias de Tétis e de Peleu, tendo

quaecumque est, meos honores usurpaverit: iam faxo
eam huius etiam ipsius inlicitae formonsitatis
paeniteat.'

Et vocat confestim puerum suum pinnatum illum et satis
temerarium, qui malis suis moribus contempta disciplina publica
flammis et sagittis armatus per alienas domos nocte discurrens et
omnium matrimonia corrumpens impune committit tanta flagitia
et nihil prorsus boni facit. Hunc, quamquam genuina licentia
procacem, verbis quoque insuper stimulat et perducit ad illam
civitatem et Psychen — hoc enim nomine puella nuncupabatur
— coram ostendit,

[31] et tota illa perlata de formonsitatis aemulatione
fabula gemens ac fremens indignatione: 'Per ego te' inquit
'maternae caritatis foedere deprecor per tuae sagittae dulcia
vulnera per flammae istius mellitas uredines vindictam tuae
parenti sed plenam tribue et in pulchritudinem contumacem
severiter vindica idque unum et pro omnibus unicum volens
effice: virgo ista amore fraglantissimo teneatur hominis
extremi, quem et dignitatis et patrimonii simul et
incolumitatis ipsius Fortuna damnavit, tamque infimi ut per
totum orbem non inveniat miseriae suae comparem.'

Sic effata et osculis hiantibus filium diu ac pressule
saviata proximas oras reflui litoris petit, plantisque
roseis vibrantium fluctuum summo rore calcato ecce
iam profundi maris sudo resedit vertice, et ipsum quod
incipit velle, set statim, quasi pridem praeceperit, non
moratur marinum obsequium: adsunt Nerei filiae
chorum canentes et Portunus caerulis barbis hispidus et
gravis piscoso sinu Salacia et auriga parvulus delphinis
Palaemon; iam passim maria persultantes Tritonum
catervae hic concha sonaci leniter bucinat, ille serico

se rejubilará por muito tempo essa, quem quer que ela seja, que me usurpou as honrarias. Poderei, com essa mesma beleza à qual ela não tem direito, fazer com que se arrependa.'

Imediatamente, chamou o filho, o menino alado, esse perverso velhaco que, agravando com sua má conduta a moral pública, armado de tochas e de flechas, corre daqui e dali durante a noite, pela casa dos outros, incendeia todos os lares, comete impunemente os piores escândalos, nunca faz coisa boa.[61] Se bem que ele já fosse impudente por natural velhacaria, ela o excitou ainda mais com seus discursos, conduziu-o à cidade de que falamos, e mostrou-lhe Psiquê — tal era o nome da menina.

[31] Fez-lhe também o completo relato dessa rivalidade em beleza. Por fim, gemendo, trêmula de indignação, disse: 'Eu te conjuro pelos laços do amor materno, pelas doces feridas de tuas flechas, pelas deliciosas queimaduras da tocha que carregas, vinga aquela que te deu à luz, mas vinga-a completamente, e castiga sem piedade essa bela rebelde. Consente apenas — e isto somente me satisfará — em fazer de maneira que essa virgem seja possuída de ardente amor pelo derradeiro dos homens, um homem que a Fortuna tenha amaldiçoado em sua classe, seu patrimônio, sua própria pessoa; tão abjeto, em uma palavra, que, no mundo inteiro, não se encontre miséria que à sua se compare.'

Ela o disse. Com os lábios entreabertos, beijou o filho longamente, avidamente. Depois, ganhando o lugar mais próximo da praia onde a onda morre, calcou com os pés de rosa a crista de espuma das vagas cintilantes, e ei-la bem depressa levada sobre a clara superfície do mar profundo. Mal teve tempo de exprimir a sua vontade, e, como se fosse uma ordem dada antecipadamente, os deuses marinhos apressaram-se a servi-la. Aqui as filhas de Nereu, cantando em coro, e Portuno, de barba azulada, toda eriçada, e Salácia, com as pregas da veste pesada de peixes, e Palêmon, o pequeno auriga, conduzindo um delfim; acolá, pulando sobre o mar, as tropas dos Tritões:[62] um deles docemente so-

---

a Discórdia atirado sobre a mesa um pomo de ouro, com a inscrição: "À mais bela", disputaram-no Juno, Minerva e Vênus, e pediram juízes para a contenda. Júpiter, não querendo se comprometer, mandou-as ao monte Ida, em companhia de Mercúrio, para que fossem julgadas pelo jovem pastor. Vênus foi a escolhida. (N. da T.)

[61] Cupido. (N. da T.) [Também chamado Eros (na Grécia) ou Amor. (N. da E.)]

[62] As filhas de Nereu, o velho do mar, são as chamadas nereidas. Sua mãe era a

tegmine flagrantiae solis obsistit inimici, alius sub oculis dominae speculum progerit, curru biiuges alii subnatant. Talis ad Oceanum pergentem Venerem comitatus exercitus.

[32] Interea Psyche cum sua sibi perspicua pulchritudine nullum decoris sui fructum percipit. Spectatur ab omnibus, laudatur ab omnibus, nec quisquam, non rex non regius nec de plebe saltem cupiens eius nuptiarum petitor accedit. Mirantur quidem divinam speciem, sed ut simulacrum fabre politum mirantur omnes. Olim duae maiores sorores, quarum temperatam formositatem nulli diffamarant populi, procis regibus desponsae iam beatas nuptias adeptae, sed Psyche virgo vidua domi residens deflet desertam suam solitudinem aegra corporis animi saucia, et quamvis gentibus totis complacitam odit in se suam formonsitatem. Sic infortunatissimae filiae miserrimus pater suspectatis caelestibus odiis et irae superum metuens dei Milesii vetustissimum percontatur oraculum, et a tanto numine precibus et victimis ingratae virgini petit nuptias et maritum. Sed Apollo, quamquam Graecus et Ionicus, propter Milesiae conditorem sic Latina sorte respondit:

[33] 'Montis in excelsi scopulo, rex siste puellam
      ornatam mundo funerei thalami.
    Nec speres generum mortali stirpe creatum,
      sed saevum atque ferum vipereumque malum,
    quod pinnis volitans super aethera cuncta fatigat
      flammaque et ferro singula debilitat,
    quod tremit ipse Iovis quo numina terrificantur,
      fluminaque horrescunt et Stygiae tenebrae.'

pra em sua concha sonora, outro vela com um tecido de seda a flama do sol importuno; este mantém um espelho diante do olhar da rainha; aqueles nadam aos pares, atrelados ao seu carro. Tal foi a escolta que acompanhou Vênus em seu passeio pelo Oceano.

[32] Entrementes, Psiquê, com toda a sua estonteante beleza, não tirava proveito nenhum dos seus encantos. Todos a contemplavam, todos a louvavam, mas ninguém, nem rei, nem príncipe, e, à falta destes, nem homem da plebe desejava sua mão ou se apresentava para obtê-la. Admirava-se a sua face de deusa, mas era como a uma estátua, obra de arte perfeita, que a admiravam. Havia muito tempo que suas irmãs mais velhas, cuja beleza comum em nenhuma parte fora proclamada pelo público, concedidas a pretendentes reais, tinham feito brilhantes casamentos. Psiquê, virgem desdenhada, ficava em casa, a chorar seu abandono e sua solidão. Corpo dolente, coração machucado, detestava em si a beleza que constituía o encantamento de nações inteiras. Afinal, o triste pai da desventurada jovem, suspeitando haver contra ela alguma celeste maldição, e temendo ter incorrido na cólera do alto, interrogou o antigo oráculo do deus de Mileto.[63] Ofereceu a essa poderosa divindade preces e vítimas, pediu para a desdenhada virgem um himeneu e um marido. Apolo, apesar de grego e jônio, em consideração pelo autor da nossa milesiana,[64] entregou este oráculo em latim:

[33] 'Montis in excelsi scopulo, rex, siste puellam
    ornatam mundo funerei thalami.
Nec speres generum mortali stirpe creatum,
    sed saeuum atque ferum uipereumque malum,
quod pinnis uolitans super aethera cuncta fatigat,
    flammaque et ferro singula debilitat,
quod tremit ipse Ious quo numina terrificantur,
    fluminaque horrescunt et Stygiae tenebrae.'[65]

---

oceânide Dóris; Portuno era o deus dos portos; Salácia e Tritões, antigas divindades marinhas. (N. da T.)

[63] Deus de Mileto: Apolo Didimeu. No segundo século, era um dos mais florescentes santuários de Apolo o de Dídimo, nos arredores de Mileto. (N. da T.)

[64] Faz-se aqui referência ao próprio romance, designado em I, 1 como uma "conversa de estilo milesiano". (N. da E.)

[65] "Sobre o rochedo escarpado,/ suntuosamente enfeitada,/ expõe, rei, a tua filha/ para núpcias de morte./ Então, ó rei, não esperes/ para teu genro, criaturas/ originadas

Rex olim beatus affatus sanctae vaticinationis accepto pigens tristisque retro domum pergit suaeque coniugi praecepta sortis enodat infaustae. Maeretur, fletur, lamentatur diebus plusculis. Sed dirae sortis iam urget taeter effectus. Iam feralium nuptiarum miserrimae virgini choragium struitur, iam taede lumen atrae fuliginis cinere marcescit, et sonus tibiae zygiae mutatur in querulum Ludii modum cantusque laetus hymenaei lugubri finitur ululatu et puella nuptura deterget lacrimas ipso suo flammeo. Sic adfectae domus triste fatum cuncta etiam civitas congemebat luctuque publico confestim congruens edicitur iustitium.

[34] Sed monitis caelestibus parendi necessitas misellam Psychen ad destinatam poenam efflagitabat. Perfectis igitur feralis thalami cum summo maerore sollemnibus toto prosequente populo vivum producitur funus, et lacrimosa Psyche comitatur non nuptias sed exequias suas. Ac dum maesti parentes et tanto malo perciti nefarium facinus perficere cunctatur, ipsa illa filia talibus eos adhortatur vocibus:

'Quid infelicem senectam fletu diutino cruciatis? Quid spiritum vestrum, qui magis meus est, crebris eiulatibus fatigatis? Quid lacrimis inefficacibus ora mihi veneranda foedatis? Quid laceratis in vestris oculis mea lumina? Quid canities scinditis? Quid pectora, quid ubera sancta tunditis? Haec erunt vobis egregiae formonsitatis meae praeclara praemia. Invidiae nefariae letali plaga percussi sero sentitis. Cum gentes et populi celebrarent nos divinis honoribus, cum novam me Venerem ore consono nuncuparent, tunc dolere, tunc flere, tunc me iam quasi peremptam lugere debuistis. Iam sentio iam video solo me nomine Veneris perisse. Ducite me et cui sors addixit scopulo sistite. Festino

O rei, feliz anteriormente, depois que recebeu o santo vaticínio voltou para casa queixoso, com a alma triste e explicou à mulher o que havia prescrito o infausto oráculo. Lamentaram-se e choraram, os lamentos lhes encheram os dias. Porém, o prazo fatal apressava a execução trágica. Prepararam-se para a infortunada virgem os aparatos das núpcias de morte. A chama das tochas escureceu com a fumaça e morreu sob a cinza. Os sons da flauta nupcial foram substituídos pelos plangentes acordes da melopeia lídia, o alegre canto de himeneu acabou em lúgubres queixumes, e a esposa da manhã enxugava as lágrimas no seu próprio véu. A triste sorte que pesava sobre aquela casa provocava o pranto de simpatia da cidade inteira, e a dor generalizada se traduziu logo pela proclamação de luto público.

[34] Mas a necessidade de obedecer às advertências celestes exigiu que Psiquê, a pobrezinha, sofresse a pena que a esperava. Ultimaram, então, em profunda tristeza, os solenes preparativos desse tálamo fatal, e, seguido de todo o povo, o cortejo se pôs em marcha, acompanhando esse cadáver vivo. Psiquê, em lágrimas, não participava de suas núpcias, mas de seu funeral. Entrementes, os pais, acabrunhados e cheios de mágoa com a desgraça, não se resolviam a consumar o nefando crime. Foi a própria filha que os exortou com estas palavras:

'Por que infligir à vossa infeliz velhice o suplício de contínuo pranto? Por que esse alento, que, mais que vosso, é meu, atormentar, sem tréguas, com clamores? Por que manchar com lágrimas inúteis um rosto para mim venerável? Por que, em vossos olhos devastados, obscurecer a claridade dos meus? Por que arrancar vossos cabelos brancos? Por que bater no peito, nos seios santos para mim? Aí está para vós o prêmio glorioso de minha egrégia formosura. É a inveja sobre-humana que vos desfere o golpe letal, e tarde demais vos dais conta disto. Quando as nações e os povos nos prestavam honras divinas, quando unanimemente me chamavam nova Vênus, então era preciso gemer, era preciso chorar, então era preciso vestir luto, como se eu já vos tivesse sido arrebatada. Hoje eu compreendo. Hoje eu vejo. Foi o nome de Vênus, só, que me perdeu. Levai-me, pois, colocai-me no rochedo que a sorte me

---

de mortal estirpe,/ mas um monstro cruel e viperino,/ que voa pelos ares./ Feroz e mau, não poupa ninguém,/ Leva por toda parte o fogo e o ferro,/ e faz tremer a Júpiter,/ e é o terror de todos os deuses,/ e apavora até as águas do inferno,/ e inspira terror às trevas do Estige." (N. da T.)

felices istas nuptias obire, festino generosum illum
maritum meum videre. Quid differo quid detrecto
venientem, qui totius orbis exitio natus est?'

[35] Sic profata virgo conticuit ingressuque iam
valido pompae populi prosequentis sese miscuit. Itur ad
constitutum scopulom montis ardui, cuius in summo
cacumine statutam puellam cuncti deserunt, taedasque
nuptiales, quibus praeluxerant, ibidem lacrimis suis
extinctas relinquentes deiectis capitibus domuitionem
parant. Et miseri quidem parentes eius tanta clade
defessi, clausae domus abstrusi tenebris, perpetuae nocti
sese dedidere. Psychen autem paventem ac trepidam et in
ipso scopuli vertice deflentem mitis aura molliter
spirantis Zephyri vibratis hinc inde laciniis et reflato sinu
sensim levatam suo tranquillo spiritu vehens paulatim
per devexa rupis excelsae vallis subditae florentis cespitis
gremio leniter delapsam reclinat.

destinou. Tenho pressa de consumar essa feliz união, tenho pressa de ver o nobre esposo. Para que adiar, para que me furtar ao encontro daquele que nasceu para a ruína do Universo?'

[35] Assim falou a virgem. E com passo firme se misturou à multidão que formava seu cortejo. Atingiram o rochedo marcado, na escarpada montanha, e no alto cume colocaram a moça. Depois, todos a abandonaram. Para longe atiraram as tochas nupciais, que haviam iluminado a caminhada e que tinham antes apagado com suas lágrimas, e, de cabeça baixa, retomaram o caminho de suas casas. Os desgraçados pais, acabrunhados pela calamidade, fugiram da luz, e, no fundo de seu palácio, encerraram-se numa noite eterna. Psiquê, entrementes, apavorada e trêmula no alto do seu rochedo, não parou de chorar. O doce hálito do Zéfiro, caricioso, agitou de um leve tremor a barra do seu vestido, e o encheu de pregas. Soergueu a virgem com um movimento suave e, com tranquilo sopro, a levou serenamente ao longo da parede rochosa. Ao pé desta, no escavado vale, ele a depositou deitada gentilmente no leito da relva florida.

Liber V

[1] Psyche teneris et herbosis locis in ipso toro roscidi graminis suave recubans, tanta mentis perturbatione sedata, dulce conquievit. Iamque sufficienti recreata somno placido resurgit animo. Videt lucum proceris et vastis arboribus consitum, videt fontem vitreo latice perlucidum; medio luci meditullio prope fontis adlapsum domus regia est aedificata non humanis manibus sed divinis artibus. Iam scies ab introitu primo dei cuiuspiam luculentum et amoenum videre te diversorium. Nam summa laquearia citro et ebore curiose cavata subeunt aureae columnae, parietes omnes argenteo caelamine conteguntur bestiis et id genus pecudibus occurrentibus ob os introeuntium. Mirus prorsum [magnae artis] homo immo semideus vel certe deus, qui magnae artis suptilitate tantum efferavit argentum. Enimuero pavimenta ipsa lapide pretioso caesim deminuto in varia picturae genera discriminantur: vehementer iterum ac saepius beatos illos qui super gemmas et monilia calcant! Iam ceterae partes longe lateque dispositae domus sine pretio pretiosae totique parietes solidati massis aureis splendore proprio coruscant, ut diem suum sibi domi faciant licet sole nolente: sic cubicula sic porticus sic ipsae valvae fulgurant. Nec setius opes ceterae maiestati domus respondent, ut equidem illud recte videatur ad conversationem humanam magno Iovi fabricatum caeleste palatium.

[2] Invitata Psyche talium locorum oblectatione propius accessit et paulo fidentior intra limen sese facit, mox prolectante studio pulcherrimae visionis rimatur singula et altrinsecus aedium horrea sublimi fabrica perfecta magnisque congesta gazis conspicit. Nec est quicquam quod

Livro V

[1] Psiquê, nessa ervinha tenra, languidamente estendida sobre o leito da relva úmida de orvalho, serenou de sua perturbação e docemente adormeceu. Depois de um plácido sono reparador, ressurgiu-lhe o ânimo. Viu um bosque plantado de árvores frondosas e uma fonte cuja onda era de vidro translúcido. No meio do bosque, junto do lugar onde corria o manancial, havia um palácio real, edificado não por mão de homem, mas por arte divina. Não poderíeis duvidar, mal assomásseis à entrada: tínheis diante de vós a luxuosa e aprazível residência de um deus. Os tetos com lavores de cedro e de marfim esquisitamente esculpidos, sustinham-se sobre colunas de ouro. As paredes, revestidas de prata cinzelada, mostravam desde a entrada feras e outros animais. Certamente fora um semideus, ou mesmo um deus, que animara com arte sutil essa fauna de prata. A pavimentação fora feita de pedras preciosas, diminutas, habilmente colocadas, formando desenhos variados. Felizes, decerto, duas e três vezes felizes aqueles cujos pés descansam nas gemas e nas pérolas. As outras partes da casa, por mais longe que se estendessem, tanto em largura como em comprimento, eram de preço inestimável. Todas as paredes, feitas de blocos de ouro maciço, resplandeciam com seu próprio brilho, de tal modo que se iluminariam por si mesmas se o Sol lhes recusasse a sua luz. Tanto os quartos como as galerias, como os portais, fulguravam. Riquezas que enchiam a casa, correspondiam a essa magnificência. Dir-se-ia, com razão, que, para permanecer entre os homens, o grande Júpiter construíra ali um palácio celeste.

[2] Atraída pela beleza desses lugares, Psiquê se aproximou. Atreveu-se a franquear o portal e, seduzida logo pelo interesse de tão formoso espetáculo, examinou cada coisa atentamente. Do outro lado do palácio, viu os pavimentos de uma arquitetura grandiosa, onde se acumulavam tesouros reais. Nada havia que ali não se encontrasse. Po-

ibi non est. Sed praeter ceteram tantarum divitiarum admirationem hoc erat praecipue mirificum, quod nullo vinculo nullo claustro nullo custode totius orbis thensaurus ille muniebatur. Haec ei summa cum voluptate visenti offert sese vox quaedam corporis sui nuda et: 'Quid', inquit 'domina, tantis obstupescis opibus? Tua sunt haec omnia. Prohinc cubiculo te refer et lectulo lassitudinem refove et ex arbitrio lavacrum pete. Nos, quarum voces accipis, tuae famulae sedulo tibi praeministrabimus nec corporis curatae tibi regales epulae morabuntur.'

[3] Sensit Psyche divinae providentiae beatitudinem, monitusque vocis informis audiens et prius somno et mox lavacro fatigationem sui diluit, visoque statim proximo semirotundo suggestu, propter instrumentum cenatorium rata refectui suo commodum libens accumbit. Et ilico vini nectarei eduliumque variorum fercula copiosa nullo serviente sed tantum spiritu quodam impulsa subministrantur. Nec quemquam tamen illa videre poterat, sed verba tantum audiebat excidentia et solas voces famulas habebat. Post opimas dapes quidam introcessit et cantavit invisus et alius citharam pulsavit, quae videbatur nec ipsa. Tunc modulatae multitudinis conserta vox aures eius affertur, ut, quamvis hominum nemo pareret, chorus tamen esse pateret.

[4] Finitis voluptatibus vespera suadente concedit Psyche cubitum. Iamque provecta nocte clemens quidam sonus aures eius accedit. Tunc virginitati suae pro tanta solitudine metuens et pavet et horrescit et quovis malo plus timet quod ignorat. Iamque aderat ignobilis maritus et torum inscenderat et uxorem sibi Psychen fecerat et ante lucis exortum propere discesserat. Statim voces cubiculo praestolatae novam nuptam interfectae virginitatis curant. Haec diutino tempore sic agebantur. Atque ut est natura redditum, novitas per assiduam consuetudinem delectationem ei commendarat et sonus vocis incertae solitudinis erat solacium.

Interea parentes eius indefesso luctu atque maerore consenescebant, latiusque porrecta fama sorores illae maiores cuncta cognorant propereque

rém, mais prodigioso que essas imensas riquezas, tão espantosas por si mesmas, era que não houvesse nem cadeia, nem fechos, nem guardas para defender esse tesouro vindo do mundo inteiro. Psiquê olhou para tudo, com volúpia, eis senão quando vem até ela uma voz destituída de corpo: 'Por que, senhora, tanto espanto à vista deste esplendor? Tudo isto te pertence. Entra no quarto, deita-te no leito, repousa os membros fatigados, e, quando quiseres, pede um banho. Nós, estas de quem ouves a voz, somos tuas escravas, executaremos apressadamente as tuas ordens, e, acabado o cuidado com a tua pessoa, um festim real te será destinado, e não se fará esperar.'

[3] Psiquê reconheceu nessa felicidade o cuidado de uma providência divina. Dócil aos avisos da voz incorpórea, dissipou a fadiga com um sono, seguido de um banho. Depois, de súbito, percebeu junto dela um móvel disposto em forma de semicírculo. Os arranjos de um repasto fizeram-na pensar que ele estava colocado ali para ela, a fim de que se restaurasse, e, de boa vontade, pôs-se à mesa. Logo, vinhos semelhantes ao néctar, e bandejas carregadas de iguarias variadas e abundantes, foram colocados diante dela, sem ninguém para fazer o serviço, e impelidos somente por um sopro. Ela não vislumbrava nenhum ser, apenas ouvia palavras vindas de alguma parte e não tinha senão vozes como servas. Depois de um copioso festim, entrou alguém que cantou, sem se deixar ver; um outro dedilhou a cítara e, do mesmo modo, permaneceu invisível. Então um grande número de vozes modulou um concerto, e, se bem que nenhum ser humano aparecesse, seus ouvidos confirmaram a presença de um coro.

[4] Terminados esses prazeres, viu Psiquê que caíra a noite, e foi-se deitar. Era noite alta, quando um ligeiro rumor lhe chegou aos ouvidos. Temendo então por sua virgindade, estremeceu medrosa, e mais que com outra desgraça qualquer, apavorou-se com o que ignorava. E eis que se aproxima o marido desconhecido. Subiu ao leito, fez de Psiquê sua mulher, e antes que surgisse a luz do dia, partiu apressado. Logo as vozes, prontas junto do quarto, prestaram seus cuidados à recém-casada, da qual fora imolada a virgindade. Como quis a natureza, à novidade do prazer o hábito acrescentou uma doçura a mais, e o som da misteriosa voz consolava-a da sua solidão.

Entretanto, seus pais envelheciam, consumidos sem descanso pelo luto e pela aflição, enquanto o rumor da aventura se espalhava ao longe; e, então, suas irmãs mais velhas souberam de tudo. Imediata-

maestae atque lugubres deserto lare certatim ad parentum suorum conspectum adfatumque perrexerant.

[5] Ea nocte ad suam Psychen sic infit maritus — namque praeter oculos et manibus et auribus ut praesentius nihil sentiebatur: 'Psyche dulcissima et cara uxor, exitiabile tibi periculum minatur fortuna saevior, quod observandum pressiore cautela censeo. Sorores iam tuae mortis opinione turbatae tuumque vestigium requirentes scopulum istum protinus aderunt, quarum si quas forte lamentationes acceperis, neque respondeas immo nec prospicias omnino; ceterum mihi quidem gravissimum dolorem tibi vero summum creabis exitium.'

Annuit et ex arbitrio mariti se facturam spopondit, sed eo simul cum nocte dilapso diem totum lacrimis ac plangoribus misella consumit, se nunc maxime prorsus perisse iterans, quae beati carceris custodia septa et humanae conversationis colloquio viduata nec sororibus quidem suis de se maerentibus opem salutarem ferre ac ne videre eas quidem omnino posset. Nec lavacro nec cibo nec ulla denique refectione recreata flens ubertim decessit ad somnum.

[6] Nec mora, cum paulo maturius lectum maritus accubans eamque etiam nunc lacrimantem complexus sic expostulat: 'Haecine mihi pollicebare, Psyche mea? Quid iam de te tuus maritus exspecto, quid spero? Et perdia et pernox nec inter amplexus coniugales desinis cruciatum. Age iam nunc ut voles, et animo tuo damnosa poscenti pareto! Tantum memineris meae seriae monitionis, cum coeperis sero paenitere.'

Tunc illa precibus et dum se morituram comminatur extorquet a marito cupitis adnuat, ut sorores videat, luctus mulceat, ora conferat. Sic ille novae nuptae precibus veniam tribuit et insuper quibuscumque vellet eas auri vel monilium donare concessit, sed identidem monuit ac saepe terruit ne quando sororum pernicioso consilio suasa de forma mariti quaerat neve se sacrilega curiositate de tanto fortunarum suggestu pessum deiciat nec suum postea

mente, na tristeza e na desolação, abandonaram o lar e, cada qual mais afoita, correram para junto dos pais, para vê-los e levar-lhes palavras de afeição.

[5] Naquela noite, o marido, dirigindo-se à sua Psiquê (pois, embora invisível, podia ser ouvido e tocado): 'Psiquê', disse-lhe, 'dulcíssima e querida esposa minha, a Fortuna, no seu cru rigor, te ameaça com um perigo mortal. Vela e guarda-te cuidadosamente, eis o meu aviso. Tuas irmãs, que te acreditam morta, em sua perturbação procuram teu rastro, e chegarão logo ao rochedo que tu sabes. Se, por acaso, vires que elas chegam, ouvires lamentos, não respondas, olha mesmo para outra direção, sob pena de me causar uma grande dor, e a ti o pior dos desastres.'

Psiquê concordou. Empenhou-se em fazer a vontade do marido. Mas quando, juntamente com a noite, aquele desapareceu, passou a pobrezinha todo o dia em lágrimas e em prantos, repetindo que nessa hora tinha sua vida se acabado, pois que, na opulenta prisão em que estava encerrada, privavam-na de todos os contatos, de todas as relações com seres humanos. E quando suas próprias irmãs se afligiam por ela, não poderia reconfortá-las, nem vê-las sequer. Não tomou banho, para se refazer, nem alimento, nem nada do que restaura as forças; apenas chorava abundantemente, e assim se retirou para dormir.

[6] Uns instantes depois, pouco mais cedo que de costume, o marido se deitou ao seu lado, tomou-a entre os braços, ainda banhada em lágrimas, e murmurou, ralhando: 'Era isso que prometias, minha Psiquê? Como confiar em ti, de agora em diante? O que esperar de ti? Dia e noite, e até nos braços do esposo, não cessas de te atormentar. Vai, então. Faze o que queres, e satisfaz, para desgraça tua, as exigências do teu coração. Lembra-te, no entanto, das minhas sérias advertências, quando, tarde demais, te arrependeres.'

Então, à força de súplicas e ameaçando morrer, arrancou ao marido a permissão tão desejada de ver as irmãs, de lenir seu luto, de conversar com elas. E não contente de ceder dessa maneira às instâncias da esposa tão recente, ele concedeu-lhe mais, que lhes fizesse presente de quanto ouro e quantos colares quisesse. Mas recomendou com insistência, e de maneira a assustá-la, que não procurasse conhecer a figura do marido, jamais, mesmo que suas irmãs lhe dessem o pernicioso conselho de fazê-lo. Sua curiosidade sacrílega trar-lhe-ia infelicidade e perdição, e a privaria, para sempre, de seus abraços. Psiquê agradeceu ao

contingat amplexum. Gratias egit marito iamque laetior animo: 'Sed prius' inquit 'centies moriar quam tuo isto dulcissimo conubio caream. Amo enim et efflictim te, quicumque es, diligo aeque ut meum spiritum, nec ipsi Cupidini comparo. Sed istud etiam meis precibus, oro, largire et illi tuo famulo Zephyro praecipe simili vectura sorores hic mihi sistat', et imprimens oscula suasoria et ingerens verba mulcentia et inserens membra cohibentia haec etiam blanditiis astruit: 'Mi mellite, mi marite, tuae Psychae dulcis anima.' Vi ac potestate Venerii susurrus invitus succubuit maritus et cuncta se facturum spopondit atque etiam luce proxumante de manibus uxoris evanuit.

[7] At illae sorores percontatae scopulum locumque illum quo fuerat Psyche deserta festinanter adveniunt ibique difflebant oculos et plangebant ubera, quoad crebris earum heiulatibus saxa cautesque parilem sonum resultarent. Iamque nomine proprio sororem miseram ciebant, quoad sono penetrabili vocis ululabilis per prona delapso amens et trepida Psyche procurrit e domo et: 'Quid' inquit 'vos miseris lamentationibus necquicquam effligitis? Quam lugetis, adsum. Lugubres voces desinite et diutinis lacrimis madentes genas siccate tandem, quippe cum iam possitis quam plangebatis amplecti.'

Tunc vocatum Zephyrum praecepti maritalis admonet. Nec mora, cum ille parens imperio statim clementissimis flatibus innoxia vectura deportat illas. Iam mutuis amplexibus et festinantibus saviis sese perfruuntur et illae sedatae lacrimae postliminio redeunt prolectante gaudio. 'Sed et tectum' inquit 'et larem nostrum laetae succedite et afflictas animas cum Psyche vestra recreate.'

[8] Sic allocuta summas opes domus aureae vocumque servientium populosam familiam demonstrat auribus earum lavacroque pulcherrimo et inhumanae mensae lautitiis eas opipare reficit, ut illarum prorsus caelestium divitiarum copiis affluentibus satiatae iam praecordiis penitus nutrirent invidiam. Denique altera earum satis scrupulose curioseque percontari non desinit, quis illarum

marido e disse, mais contente: 'Mas não! Antes cem vezes morrer que não mais gozar do nosso dulcíssimo conúbio. Pois eu ardentemente te amo, e te quero tanto quanto à minha vida, quem quer que tu sejas. Não. Nem mesmo Cupido é comparável a ti. Entretanto, eu te imploro, eu te suplico, tu podes conceder-me ainda isto: ordena a Zéfiro, teu servidor, que transporte minhas irmãs pelo mesmo caminho pelo qual eu vim e que mas traga aqui.' Cobrindo-o de perturbadores beijos, e emocionando-o com ternas palavras, e enlaçando-o blandiciosa, acrescentou às carícias nomes como: 'meu queridinho, meu marido, doçura da alma da tua Psiquê.' O marido sucumbiu à força e ao poder de Vênus, às palavras de amor murmuradas em voz baixa. Cedendo, apesar de o lamentar, prometeu tudo quanto ela quis. De resto, aproximava-se o dia, e ele se desvaneceu entre os braços da mulher.

[7] Entretanto, as duas irmãs, tendo sabido qual era o rochedo e o lugar onde tinha sido Psiquê abandonada, para lá se dirigiram, às pressas, e lá choraram, bateram no peito, clamaram tanto, que seus brados repetidos ecoavam nas pedras e nas rochas. E como chamassem por seu nome a desgraçada irmã, ao agudo ruído de suas queixas estridentes que desciam da montanha, Psiquê, perdida e trêmula, atirou-se para fora de casa: 'Por que', disse ela, 'vos acabais sem motivo, com tantos dilacerantes lamentos? A causa de vosso luto está aqui diante de vós. Terminai vossos fúnebres gemidos, secai essas faces, por tanto tempo orvalhadas de lágrimas, pois que àquela que pranteais podeis agora abraçar.'

Chamou então Zéfiro e lhe transmitiu a ordem do marido. Dócil ao mando, ele as soergueu com um sopro sereno, e, sem dificuldade, as conduziu ao seu destino. Ei-las agora que se abraçam e trocam beijos impacientes, saboreando a doçura de estarem juntas. Lágrimas voltam ao apelo da alegria. 'Mas este aqui é o meu teto e nosso lar', disse Psiquê. 'Entremos. Nada de desgostos agora, e que vossos corações se refaçam de sua aflição em companhia de vossa Psiquê.'

[8] Falando-lhes assim, mostrou-lhes as imensas riquezas da casa de ouro, fê-las ouvirem o povo de vozes que a servia, ofereceu-lhes, para se restaurarem, um banho luxuoso, e os refinamentos da mesa feita para os imortais. Saciadas com essa profusão de riquezas verdadeiramente celestiais, começaram elas, no fundo do coração, a nutrir pensamentos de inveja. Uma delas começou a fazer, com insistência, perguntas mais precisas: quem era o dono dessas divinas maravilhas, e que era

caelestium rerum dominus, quisve vel qualis ipsius sit
maritus. Nec tamen Psyche coniugale illud praeceptum
ullo pacto temerat vel pectoris arcanis exigit, sed e re nata
confingit esse iuvenem quendam et speciosum, commodum
lanoso barbitio genas inumbrantem, plerumque rurestribus
ac montanis venatibus occupatum, et ne qua sermonis
procedentis labe consilium tacitum proderetur, auro facto
gemmosisque monilibus onustas eas statim vocato
Zephyro tradit reportandas.

[9] Quo protenus perpetrato sorores egregiae domum
redeuntes iamque gliscentis invidiae felle fraglantes multa
secum sermonibus mutuis perstrepebant. Sic denique infit
altera: 'En orba et saeva et iniqua Fortuna! Hocine tibi
complacuit, ut utroque parente prognatae diversam sortem
sustineremus? Et nos quidem quae natu maiore sumus maritis
advenis ancillae deditae extorres et lare et ipsa patria degamus
longe parentum velut exulantes, haec autem novissima, quam
fetu satiante postremus partus effudit, tantis opibus et deo
marito potita sit, quae nec uti recte tanta bonorum copia
novit? Vidisti, soror, quanta in domo iacent et qualia monilia,
quae praenitent vestes, quae splendicant gemmae, quantum
praeterea passim calcatur aurum. Quodsi maritum etiam tam
formonsum tenet ut affirmat, nulla nunc in orbe toto felicior
vivit. Fortassis tamen procedente consuetudine et adfectione
roborata deam quoque illam deus maritus efficiet. Sic est
hercules, sic se gerebat ferebatque. Iam iam sursum respicit et
deam spirat mulier, quae voces ancillas habet et ventis ipsis
imperat. At ego misera primum patre meo seniorem maritum
sortita sum, dein cucurbita calviorem et quovis puero
pusilliorem, cunctam domum seris et catenis obditam
custodientem.'

[10] Suscipit alia: 'Ego vero maritum articulari etiam
morbo complicatum curvatumque ac per hoc rarissimo venerem
meam recolente sustineo, plerumque detortos et duratos in
lapidem digitos eius perfricans, fomentis olidis et pannis
sordidis et faetidis cataplasmatibus manus tam delicatas istas
adurens, nec uxoris officiosam faciem sed medicae laboriosam
personam sustinens. Et tu quidem soror videris quam patienti

o seu marido? Não infringiu Psiquê, absolutamente, as prescrições conjugais, nem as deixou escapar do segredo do seu coração. Inventou no momento que era um belo moço, do qual uma penugem de barba sombreava há pouco tempo as faces. Ocupava-se frequentemente em caçar nos campos e nas montanhas. Depois, temendo que a conversa se prolongasse e ela deixasse escapar, por inadvertência, o que resolvera calar, carregou-as de ouro trabalhado, de colares de pedrarias, depois, sem esperar mais, chamou Zéfiro e as confiou para que as reconduzisse, o que foi feito no mesmo instante.

[9] As excelentes irmãs, entrando em casa, cada vez mais devoradas pelo fel ardente da inveja, conversavam com barulhenta animação. Por fim, uma se exprimiu assim: 'Aí estão, oh! iníqua Fortuna, tua cegueira e tua injustiça! Por que aprovaste que filhas de um mesmo pai e da mesma mãe tivessem sortes tão diversas? Nós, as mais velhas, fomos entregues a estrangeiros, para sermos suas escravas. Banidas do lar e mesmo da nossa pátria, levamos, longe dos pais, uma vida de exiladas. A última que veio, fruto tardio de uma fecundidade que ela esgotou, possui imensas riquezas, com um deus por esposo, e nem sabe usar, como é preciso, essa abundância. Tu viste, minha irmã. Quantos colares, valiosos, jogados pela casa! E brilhantes tecidos, e faiscantes pedrarias, sem falar desse ouro sobre o qual se pisa, por toda a parte. Se o marido que tem é tão belo quanto ela pretende, não haverá hoje, no mundo inteiro, mortal mais feliz. Quem sabe mesmo se, com a crescente intimidade e a força do amor que avulta, o deus seu esposo não chegue até a torná-la uma deusa? Ah! sim, vê-se que é isto, pelo seu ar, sua atitude. Desde agora ela aspira a subir mais alto, e tudo indica a deusa na mulher que tem vozes por escravas e que manda no vento. Enquanto que a mim, para minha desgraça, a sorte deu um marido mais velho do que meu pai, mais calvo que uma abóbora, um anão mais miúdo do que um menino, e que vigia tudo, trazendo toda a casa debaixo de ferrolhos e correntes.'

[10] A outra replicou: 'E o meu, então! Entrevado, torcido de reumatismo, e, por esta razão, não prestando senão raríssimas homenagens a Vênus, eis o marido que eu aguento. Fricciono continuamente seus dedos deformados e endurecidos como pedra. Compressas repugnantes, panos sórdidos, fétidos cataplasmas queimam estas mãos delicadas. Não tenho o ofício de esposa, mas o penoso emprego de médica. Vê-se com que paciência, ou melhor, para dizer francamente o que sinto, com

vel potius servili — dicam enim libere quod sentio — haec perferas animo: enimuero ego nequeo sustinere ulterius tam beatam fortunam conlapsam indignae. Recordare enim quam superbe quam adroganter nobiscum egerit et ipsa iactatione immodicae ostentationis tumentem suum prodiderit animum deque tantis divitiis exigua nobis invita proiecerit confestimque praesentia nostra gravata propelli et efflari exsibilarique nos iusserit. Nec sum mulier nec omnino spiro, nisi eam pessum de tantis opibus deiecero. Ac si tibi etiam, ut par est, inacuit nostra contumelia, consilium validum requiramus ambae. Iamque ista quae ferimus non parentibus nostris ac nec ulli monstremus alii, immo nec omnino quicquam de eius salute norimus. Sat est quod ipsae vidimus quae vidisse paenitet, nedum ut genitoribus et omnibus populis tam beatum eius differamus praeconium. Nec sunt enim beati quorum divitias nemo novit. Sciet se non ancillas sed sorores habere maiores. Et nunc quidem concedamus ad maritos, et lares pauperes nostros sed plane sobrios revisamus, diuque cogitationibus pressioribus instructae ad superbiam poeniendam firmiores redeamus.'

[11] Placet pro bono duabus malis malum consilium totisque illis tam pretiosis muneribus absconditis comam trahentes et proinde ut maerebantur ora lacerantes simulatos redintegrant fletus. Ac sic parentes quoque redulcerato prorsum dolore raptim deterrentes vesania turgidae domus suas contendunt dolum scelestum immo vero parricidium struentes contra sororem insontem.

Interea Psychen maritus ille quem nescit rursum suis illis nocturnis sermonibus sic commonet: 'Videsne quantum tibi periculum? Velitatur Fortuna eminus, ac nisi longe firmiter praecaves mox comminus congredietur. Perfidae lupulae magnis conatibus nefarias insidias tibi comparant, quarum summa est ut te suadeant meos explorare vultus, quos, ut tibi saepe praedixi, non videbis si videris. Ergo igitur si posthac pessimae illae lamiae noxiis animis armatae venerint — venient autem, scio — neque omnino sermonem conferas, et si id tolerare pro genuina simplicitate proque animi tui teneritudine non potueris, certe de marito nil quicquam vel audias vel respondeas. Nam et familiam nostram iam propagabimus et hic adhuc infantilis

que servilismo suportas essas coisas. Mas eu, eu não poderei suportar mais ver tal felicidade concedida a uma indigna. Lembra-te, que ostentação, que arrogância na sua conduta a nosso respeito! Que insolente exibição do seu fausto, como deixou transparecer o orgulho que lhe enche o coração! E de tantas riquezas, atirou-nos algumas migalhas, com dó. Depois, logo depois, enfadada com a nossa presença, nos mostrou a porta da rua, mandou que o vento nos varresse, ou antes, que nos soprasse. Não quero ser mulher, e nem respirar mais, se não a precipitar do alto da sua abundância. Se tu também, como é devido, sentes a afronta, procuremos as duas um plano de conduta enérgico. Primeiro de tudo, não mostremos nada a nossos pais, nem a quem quer que seja, disto que levamos. Ignoremos mesmo se ela ainda está viva. Já foi suficiente termos nós visto o que vimos, sem precisarmos ir aos nossos pais, e pelo mundo inteiro, trombetear a feliz notícia. Pois eles não serão felizes, se ninguém lhes conhecer as riquezas. Ela aprenderá que não somos suas servas, mas suas irmãs mais velhas. Por ora retornemos aos nossos pobres lares, que pelo menos são sóbrios, vamos para junto de nossos maridos. Deixemos passar algum tempo, reflitamos. Vejamos se nos pomos em condições de nos tornar mais fortes, para castigar o orgulho.'

[11] As duas malvadas concordaram, achando excelente esse pérfido plano. Esconderam todos os preciosos presentes, e, arrancando os cabelos e arranhando as faces — tratamento bem merecido —, recomeçaram hipocritamente a chorar. Assim, reavivaram a dor dos pais, dos quais tiraram a esperança, e regressaram às pressas para suas casas, sufocadas de louca raiva, para maquinar uma infernal astúcia, um ímpio atentado contra a irmã inocente.

Entrementes, recebia Psiquê novas advertências do desconhecido marido, durante os seus encontros noturnos. 'Tu vês', dizia-lhe, 'quanto perigo te ameaça? A Fortuna te move, à distância, uma guerra de escaramuças. Se não te mantiveres vigilante, ela travará logo um combate corpo a corpo. Pérfidas lobas se esforçam para te apanhar numa armadilha abominável e para te persuadirem a conhecer meu rosto, que é tudo quanto querem. Ora, este rosto, eu te previno sempre, se o vires uma vez, nunca mais o verás. Se, então, futuramente, vierem aqui essas bruxas detestáveis, como sei que virão, armadas de culpadas maquinações, recusa-te a conversar com elas. Ou, se isso é mais do que pode suportar tua natural candura e a ternura do teu coração, pelo menos a respeito do teu marido não escutes nada, não respondas nada. Nossa

uterus gestat nobis infantem alium, si texeris nostra secreta silentio, divinum, si profanaveris, mortalem.'

[12] Nuntio Psyche laeta florebat et divinae subolis solacio plaudebat et futuri pignoris gloria gestiebat et materni nominis dignitate gaudebat. Crescentes dies et menses exeuntes anxia numerat et sarcinae nesciae rudimento miratur de brevi punctulo tantum incrementulum locupletis uteri. Sed iam pestes illae taeterrimaeque Furiae anhelantes vipereum virus et festinantes impia celeritate navigabant. Tunc sic iterum momentarius maritus suam Psychen admonet: 'Dies ultima et casus extremus! Et sexus infestus et sanguis inimicus iam sumpsit arma et castra commovit et aciem direxit et classicum personavit; iam mucrone destricto iugulum tuum nefariae tuae sorores petunt. Heu quantis urguemur cladibus, Psyche dulcissima! Tui nostrique miserere religiosaque continentia domum maritum teque et istum parvulum nostrum imminentis ruinae infortunio libera. Nec illas scelestas feminas, quas tibi post internecivum odium et calcata sanguinis foedera sorores appellare non licet, vel videas vel audias, cum in morem Sirenum scopulo prominentes funestis vocibus saxa personabunt.'

[13] Suscipit Psyche singultu lacrimoso sermonem incertans: 'Iam dudum, quod sciam, fidei atque parciloquio meo perpendisti documenta, nec eo setius adprobabitur tibi nunc etiam firmitas animi mei. Tu modo Zephyro nostro rursum praecipe fungatur obsequio, et in vicem denegatae sacrosanctae imaginis tuae redde saltem conspectum sororum. Per istos cinnameos et undique pendulos crines tuos per teneras et

família se acrescenta, gera-se uma criança no teu útero; divina será se souberes calar e conservar nossos segredos, mortal se os profanares.'

[12] A esta nova, Psiquê, tonta de felicidade, bateu palmas, consolada ao pensamento da divina progenitura. Aturdia-se com a gloriosa esperança desse penhor prometido, e rejubilava-se com a dignidade que lhe conferia o título de mãe. Contava ansiosamente os dias que se somavam e os meses que fugiam, e, portadora novata de um fardo desconhecido, maravilhava-se de que, com uma breve picada, seu ventre se tivesse locupletado tão incrivelmente. Mas já aquelas pestes, aquelas Fúrias horríveis, esguichando o seu veneno de víboras, e animadas de uma pressa ímpia, atravessavam o mar. Então, uma vez mais, o intermitente marido preveniu sua Psiquê: 'O último dia e o termo fatal chegaram. Um adversário, que é do teu sexo, e um inimigo, que é do teu sangue, já agarraram as armas, levantaram acampamento, alinharam as tropas e deram o sinal de combate. Tuas criminosas irmãs já desembainharam o gládio e se preparam para mergulhá-lo em tua garganta. Ah! Quantos desastres nos ameaçam, dulcíssima Psiquê! Tem piedade de ti e de nós. Por uma religiosa continência, livra a nossa casa, livra teu marido, livra-te a ti mesma e a esse pequeno ser que nos pertence, das ruínas e do infortúnio que nos ameaçam. E a essas celeradas mulheres às quais um ódio homicida fez calcar aos pés os laços de sangue, o que não te permite mais chamá-las de irmãs, evita vê-las e ouvi-las, quando tais sereias, debruçadas no cimo da rocha, fizerem ressoar as pedras com seus funestos chamados.'[66]

[13] Psiquê respondeu com a voz entrecortada de soluços e o rosto lavado de lágrimas: 'Parece-me que há muito tempo, já, podias ter percebido a minha discrição e a minha consciência. Aprovarás igualmente, no momento, a minha firmeza de ânimo. Assim, ordena só uma vez mais, a Zéfiro, que desempenhe essa incumbência, pois, na falta de contemplar teu sagrado rosto, o que me é recusado, deixa que eu veja ao menos minhas irmãs. Por essa cabeleira perfumada, espalhada em torno de tua fronte; por essas faces macias e de linhas suaves, que se asse-

---

[66] As sereias eram seres fantásticos que habitavam as margens do mar, entre a ilha de Capri e a costa da Itália. Com sua voz sedutora, encantavam os navegantes que por ali passavam. Os antigos as representavam com cabeça de mulher e corpo de pássaro, empunhando liras e flautas campestres. Jamais, na Antiguidade, foram apresentadas como mulheres-peixes. (N. da T.)

teretis et mei similes genas per pectus nescio quo calore
fervidum sic in hoc saltem parvulo cognoscam faciem
tuam: supplicis anxiae piis precibus erogatus germani
complexus indulge fructum et tibi devotae dicataeque
Psychae animam gaudio recrea. Nec quicquam amplius
in tuo vultu requiro, iam nil officiunt mihi nec ipsae
nocturnae tenebrae: teneo te, meum lumen.'

His verbis et amplexibus mollibus decantatus maritus
lacrimasque eius suis crinibus detergens facturum
spopondit et praevertit statim lumen nascentis diei.

[14] Iugum sororium consponsae factionis ne parentibus
quidem visis recta de navibus scopulum petunt illum praecipiti
cum velocitate nec venti ferentis oppertae praesentiam
licentiosa cum temeritate prosiliunt in altum. Nec immemor
Zephyrus regalis edicti, quamvis invitus, susceptas eas gremio
spirantis aurae solo reddidit. At illae incunctatae statim
conferto vestigio domum penetrant complexaeque praedam
suam sorores nomine mentientes thensaurumque penitus
abditae fraudis vultu laeto tegentes sic adulant: 'Psyche, non
ita ut pridem parvula, et ipsa iam mater es. Quantum, putas,
boni nobis in ista geris perula! Quantis gaudiis totam domum
nostram hilarabis! O nos beatas quas infantis aurei nutrimenta
laetabunt! Qui si parentum, ut oportet, pulchritudini
responderit, prorsus Cupido nascetur.'

[15] Sic adfectione simulata paulatim sororis invadunt
animum. Statimque eas lassitudine viae sedilibus refotas et
balnearum vaporosis fontibus curatas pulcherrime triclinio
mirisque illis et beatis edulibus atque tuccetis oblectat.
Iubet citharam loqui: psallitur; tibias agere: sonatur;
choros canere: cantatur. Quae cuncta nullo praesente
dulcissimis modulis animos audientium remulcebant. Nec
tamen scelestarum feminarum nequitia vel illa mellita
cantus dulcedine mollita conquievit, sed ad destinatam
fraudium pedicam sermonem conferentes dissimulanter
occipiunt sciscitari qualis ei maritus et unde natalium secta
cuia proveniret. Tunc illa simplicitate nimia pristini
sermonis oblita novum commentum instruit atque
maritum suum de provincia proxima magnis pecuniis

melham às minhas; por esse peito, onde queima uma secreta flama; pelo desejo que eu tenho de conhecer tua face ao menos nesta criaturinha que é teu filho, eu te conjuro: concede às piedosas preces de uma suplicante ansiosa, a doçura de poder dar um abraço às irmãs, e com a alegria, devolve a vida à tua Psiquê, que não existe senão para ti. De teu rosto, de hoje em diante, não quero mais saber. As próprias trevas da noite não têm mais sombra para mim: eu tenho a ti, que és minha luz.'

Enfeitiçado por estas palavras, e pelos ternos amplexos, ele enxugou as lágrimas de Psiquê com os cabelos, e prometeu-lhe fazer o que ela pedia. Depois, apressou-se a se desvanecer na luz do dia nascente.

[14] As duas irmãs, dupla fraterna conjugada e ligada, sem mesmo visitar os pais, foram, velozes, diretamente do navio ao rochedo e, na sua precipitação, lançaram-se no vazio com louca temeridade, sem esperar a presença do seu portador, o vento. Zéfiro, fiel às ordens do seu senhor, recebeu-as, um tanto contra a vontade, no seio das auras, e as depositou no solo. Elas, sem perder um momento, entraram na casa com apressado passo, abraçaram a presa, da qual, por falsidade, se diziam irmãs, e cobrindo com uma expressão sorridente o tesouro de perfídia que se lhes escondia no fundo do coração, adularam-na com frases lisonjeiras: 'Não és mais a menina de outrora, Psiquê; agora, por tua vez, és mãe. Que julgas nos trazes na tua sacolinha? De que alegria vais florir nossa casa! Felizes de nós que serviremos de nutrizes a essa maravilhosa criança. Se sua beleza, como é de esperar, corresponder à dos pais, será um verdadeiro Cupido esse que vai nascer.'

[15] Assim, com simulada afeição, insinuaram-se no ânimo da irmã. Apressada, ela lhes ofereceu cadeiras para descansarem da fadiga da viagem, os tépidos vapores de um banho para se refazerem, e conduziu-as ao triclínio, apresentando-lhes o mirífico regalo de iguarias deliciosas e de viandas escolhidas. Deu uma ordem, e retiniram as cítaras; uma outra, e as flautas soaram. Uma outra ainda, os cantos se elevaram em coro. E todas essas suaves melodias encantavam os espíritos dos que as ouviam, sem que ninguém se mostrasse. Porém, mesmo tais acentos, tão doces quanto o mel, não adoçavam a malvada iniquidade das duas celeradas. Pensavam sempre na armadilha concebida por sua malícia. Travaram uma conversa nesse sentido, interrogando a irmã sem parecer fazê-lo, perguntando-lhe quem era o marido, de que família provinha, de que meio saíra. Psiquê, na sua extrema simplicidade, esqueceu o que anteriormente dissera e forjou um novo conto: o mari-

negotiantem iam medium cursum aetatis agere interspersum rara canitie. Nec in sermone isto tantillum morata rursum opiparis muneribus eas onustas ventoso vehiculo reddidit.

[16] Sed dum Zephyri tranquillo spiritu sublimatae domum redeunt, sic secum altercantes: 'Quid, soror, dicimus de tam monstruoso fatuae illius mendacio? Tunc adolescens modo florenti lanugine barbam instruens, nunc aetate media candenti canitie lucidus. Quis ille quem temporis modici spatium repentina senecta reformavit? Nil aliud reperies, mi soror, quam vel mendacia istam pessimam feminam confingere vel formam mariti sui nescire; quorum utrum verum est, opibus istis quam primum exterminanda est. Quodsi viri sui faciem ignorat, deo profecto denupsit et deum nobis praegnatione ista gerit. Certe si divini puelli — quod absit — haec mater audierit, statim me laqueo nexili suspendam. Ergo interim ad parentes nostros redeamus et exordio sermonis huius quam concolores fallacias adtexamus.'

[17] Sic inflammatae, parentibus fastidienter appellatis et nocte turbata vigiliis, perditae matutino scopulum pervolant et inde solito venti praesidio vehementer devolant lacrimisque pressura palpebrarum coactis hoc astu puellam appellant: 'Tu quidem felix et ipsa tanti mali ignorantia beata sedes incuriosa periculi tui, nos autem, quae pervigili cura rebus tuis excubamus, cladibus tuis misere cruciamur. Pro vero namque comperimus nec te, sociae scilicet doloris casusque tui, celare possumus immanem colubrum multinodis voluminibus serpentem, veneno noxio colla sanguinantem hiantemque ingluvie profunda, tecum noctibus latenter adquiescere. Nunc recordare sortis Pythicae, quae te trucis bestiae nuptiis destinatam esse clamavit. Et multi coloni quique circumsecus venantur et accolae plurimi viderunt eum vespera redeuntem e pastu proximique fluminis vadis innatantem.

[18] Nec diu blandis alimoniarum obsequiis te saginaturum omnes adfirmant, sed cum primum

do era de uma província vizinha, disse. Tinha grandes negócios. Era um homem de meia-idade com algumas cãs. Depois, encerrando a conversa, carregou-as novamente de suntuosos presentes e as entregou aos cuidados do seu veículo, o vento.

[16] Feita a travessia dos ares, pelo sopro tranquilo de Zéfiro, regressaram às suas casas, dialogando assim: 'Que dizer, minha irmã, da monstruosa mendacidade dessa tola? Então o adolescente em flor, cuja barba era apenas uma recente lanugem, agora é um homem de meia-idade, de cabeleira salpicada com reflexos de prata. Como ocorreu em tão curto espaço de tempo essa metamorfose em ancião? A única explicação, minha irmã, é que a malvada inventa mentiras, ou então ignora a aparência do marido. De um modo ou de outro, qualquer que seja a verdade, é preciso desalojá-la quanto antes da sua prosperidade. Se ela não conhece a figura do marido, é que foi seguramente um deus que desposou, e um deus nos promete a sua gravidez. Se ela se inculcar como mãe de uma criança divina, que o céu tal não consinta, eu me enforco. Enquanto esperamos, voltemos para junto de nossos pais, e, em continuação a esta conversa, teçamos alguma astúcia conveniente.'

[17] Assim inflamadas, saudaram os pais, com ar enfadado. Depois de uma noite perturbada pela insônia, pela manhã estavam fora de si. Correram ao rochedo, de lá voaram prontamente até embaixo, graças ao auxílio costumeiro do vento, e, apertando as pálpebras para fazer sair algumas lágrimas, dirigiram à jovem estas palavras cheias de astúcia: 'És bem feliz, tu que repousas na ignorância do perigo que te ameaça, na felicidade que te assegura o desconhecimento de tua desgraça. Nós, entretanto, que estamos vigilantes para com os teus interesses, atormentamo-nos cruelmente com os teus infortúnios. Pois soubemos de fonte segura, e não pudemos escondê-lo de ti, associadas que estamos à tua pena e à tua prova, o seguinte: uma horrível serpente, um réptil de tortuosos anéis, com o pescoço estufado de baba sanguinolenta, de um veneno temível, a goela hiante e profunda, eis aí o que repousa à noite, furtivamente, a teu lado. Lembra-te do oráculo do deus de Delfos e da besta monstruosa que sua voz profética te assinalava como esposo. Numerosos são os lavradores, caçadores das redondezas, e vizinhos que a viram voltando à noite do pasto próximo, e nadando nas águas do rio que corre mais perto.

[18] Não será por muito tempo, é o que afirmam, que ele diligenciará servir-te. Nem por muito tempo que te nutrirá de substanciosas

199   Livro V

praegnationem tuam plenus maturaverit uterus, opimiore fructu praeditam devoraturum. Ad haec iam tua est existimatio, utrum sororibus pro tua cara salute sollicitis adsentiri velis et declinata morte nobiscum secura periculi vivere an saevissimae bestiae sepeliri visceribus. Quodsi te ruris huius vocalis solitudo vel clandestinae veneris faetidi periculosique concubitus et venenati serpentis amplexus delectant, certe piae sorores nostrum fecerimus.' Tunc Psyche misella, utpote simplex et animi tenella, rapitur verborum tam tristium formidine: extra terminum mentis suae posita prorsus omnium mariti monitionum suarumque promissionum memoriam effudit et in profundum calamitatis sese praecipitavit tremensque et exsangui colore lurida tertiata verba semihianti voce substrepens sic ad illas ait:

[19] 'Vos quidem, carissimae sorores, ut par erat, in officio vestrae pietatis permanetis, verum et illi qui talia vobis adfirmant non videntur mihi mendacium fingere. Nec enim umquam viri mei vidi faciem vel omnino cuiatis sit novi, sed tantum nocturnis subaudiens vocibus maritum incerti status et prorsus lucifugam tolero, bestiamque aliquam recte dicentibus vobis merito consentio. Meque magnopere semper a suis terret aspectibus malumque grande de vultus curiositate praeminatur. Nunc si quam salutarem opem periclitanti sorori vestrae potestis adferre, iam nunc subsistite; ceterum incuria sequens prioris providentiae beneficia conrumpit.'

Tunc nanctae iam portis patentibus nudatum sororis animum facinerosae mulieres, omissis tectae machinae latibulis, destrictis gladiis fraudium simplicis puellae paventes cogitationes invadunt.

[20] Sic denique altera: 'Quoniam nos originis nexus pro tua incolumitate ne periculum quidem ullum ante oculos habere compellit, viam quae sola deducit iter ad salutem diu diuque cogitatam monstrabimus tibi. Novaculam praeacutam adpulsu etiam palmulae lenientis exasperatam tori qua parte cubare consuesti latenter absconde, lucernamque concinnem completam oleo claro lumine praemicantem subde aliquo claudentis

iguarias, dos manjares mais finos. Mas assim que o fruto que amadurece no teu seio chegar à sua plenitude, tu te tornarás mais aproveitável por tua carne, e ele te devorará. Cabe a ti agora escolher, se queres ouvir tuas irmãs que tremem por tua preciosa existência, entre escapar à morte e viver conosco, sem temer nenhum perigo, ou ter como sepultura as entranhas de uma fera cruel. Se a solidão do campo, habitado por vozes; se o amor clandestino, a repugnante intimidade de noites cheias de perigos, e os abraços de uma serpente venenosa, têm para ti atrativos, nós, pelo menos, irmãs piedosas, cumprimos nosso dever.' A estas tristes palavras, Psiquê, coitadinha, na simplicidade de sua terna alma ingênua, foi apanhada de surpresa. Aturdida, fora de si, esqueceu as advertências do marido e suas próprias promessas. Precipitou-se num abismo de calamidades. Trêmula, exangue, lívida, articulava com esforço, com voz sumida, palavras entrecortadas. Disse:

[19] 'Caríssimas irmãs, vós não fazeis senão permanecer fiéis, como convém aos deveres da piedade fraternal. E quanto àqueles que vos afirmam essas coisas, não me parecem que inventam. Com efeito, jamais vi o rosto de meu marido, não sei mesmo de onde vem. Somente à noite, e captando apenas o som de sua voz, suporto a aproximação de um esposo cuja condição me escapa e que foge da luz. Sim, dizeis a verdade, é um monstro, e eu tenho todo o direito de pensar como vós. Não cessou de me fazer grande medo, para não tentar vê-lo, e me ameaçou dos piores castigos caso tivesse eu a curiosidade de lhe conhecer os traços. Se podeis agora vir em socorro de vossa irmã em perigo, é o momento. Agir de outra maneira seria destruir, por vossa indiferença presente, o bem do vosso primeiro aviso.'

Encontrando escancaradas as portas da alma franqueada, descoberta, da irmã, as celeradas, sem mais dissimular, nem recorrerem a maquinações furtivas, desembainharam o gládio da impostura e se apoderaram dos tímidos pensamentos da cândida menina.

[20] E assim tornou a outra: 'Os laços do sangue afastam de nossos olhos, quando se trata de tua segurança, até a imagem do perigo. Então, depois de muitas e longas reflexões, nós te indicaremos qual o único caminho que conduz à salvação. Toma uma navalha bem afiada, repassa-a na palma da mão, para poli-la e aumentar-lhe o gume, e, sem ser vista, esconde-a no leito, no lugar onde te deitas sempre. Toma uma lâmpada de fácil manejo, cheia de óleo, de clarão bem vivo, e coloca-a debaixo de alguma tampa. Cerca todos esses arranjos de um segredo

aululae tegmine, omnique isto apparatu tenacissime dissimulato, postquam sulcatum trahens gressum cubile solitum conscenderit iamque porrectus et exordio somni prementis implicitus altum soporem flare coeperit, toro delapsa nudoque vestigio pensilem gradum paullulatim minuens, caecae tenebrae custodia liberata lucerna, praeclari tui facinoris opportunitatem de luminis consilio mutuare, et ancipiti telo illo audaciter, prius dextera sursum elata, nisu quam valido noxii serpentis nodum cervicis et capitis abscide. Nec nostrum tibi deerit subsidium; sed cum primum illius morte salutem tibi feceris, anxie praestolatae advolabimus cunctisque istis ocius tecum relatis votivis nuptiis hominem te iungemus homini.'

[21] Tali verborum incendio flammata viscera sororis iam prorsus ardentis deserentes ipsae protinus tanti mali confinium sibi etiam eximie metuentes flatus alitis impulsu solito porrectae super scopulum ilico pernici se fuga proripiunt statimque conscensis navibus abeunt.

At Psyche relicta sola, nisi quod infestis Furiis agitata sola non est aestu pelagi simile maerendo fluctuat, et quamvis statuto consilio et obstinato animo iam tamen facinori manus admovens adhuc incerta consilii titubat multisque calamitatis suae distrahitur affectibus. Festinat differt, audet trepidat, diffidit irascitur et, quod est ultimum, in eodem corpore odit bestiam, diligit maritum. Vespera tamen iam noctem trahente praecipiti festinatione nefarii sceleris instruit apparatum. Nox aderat et maritus aderat primusque Veneris proeliis velitatus altum soporem descenderat.

[22] Tunc Psyche et corporis et animi alioquin infirma fati tamen saevitia subministrante viribus roboratur, et prolata lucerna et adrepta novacula sexum audacia mutatur.

Sed cum primum luminis oblatione tori secreta claruerunt, videt omnium ferarum mitissimam dulcissimamque bestiam, ipsum illum Cupidinem formonsum deum formonse cubantem, cuius aspectu lucernae quoque lumen hilaratum increbruit et acuminis sacrilegi novaculam paenitebat. At vero Psyche tanto aspectu deterrita et impos animi marcido pallore defecta

impenetrável. Quando, arrastando-se na sua marcha ondulante de réptil, ele chegar até aqui e subir ao leito, segundo o seu costume, e estiver estendido; quando, derrubado pelo primeiro sono, ouvires que ressona e, portanto, dorme profundamente, desliza para fora do leito. Descalça, na ponta dos pés, docemente, e a passos miúdos, vai libertar a lâmpada de sua prisão de trevas. Consulta a lucerna para saber qual o instante mais favorável para efetuar o teu glorioso feito. E, sem hesitar mais, levanta o braço direito, e depois, com todas as tuas forças, num vigoroso golpe da arma de dois gumes, corta o nó que liga à nuca a cabeça da serpente maléfica. Nossa assistência não te faltará, de resto. Aguardaremos ansiosas. Logo que, por sua morte, estiveres livre, acorreremos. Levar-te-emos apressadamente, e contigo tudo que tens aqui. Unir-te-emos a uma criatura humana, a um ser humano, por um himeneu digno de teus desejos.'

[21] Tais palavras atearam um incêndio nas entranhas já ardentes da irmã, que elas se apressaram a abandonar, temendo mesmo encontrar-se nas proximidades quando da trágica aventura. Depositadas, como de costume pelas asas do vento, no cume do rochedo, com uma fuga rápida, escapuliram: subiram para seus navios e desapareceram.

Entretanto, Psiquê, deixada só, que digo? Só? Ela não estava só; as Fúrias a fustigavam. Agitada pelo desgosto, ela é como o mar de águas em turbilhão. Por firme que seja seu plano, por obstinado que esteja seu ânimo, no momento de executar o crime titubeia ainda, e vacila; sente-se dividida entre emoções contrárias, nela provocadas pela adversidade. Impaciência, indecisão, audácia, inquietação, desconfiança, cólera, e, afinal, no mesmo ser, ela odeia a besta e ama o esposo. Mas a tarde trouxe a noite. Ela precipitou os arranjos para o horrendo crime. O esposo chegou. E depois dos primeiros combates de Vênus, mergulhou num profundo sono.

[22] Então a Psiquê, débil, por natureza, de corpo e de alma, o fado cruel fortaleceu. Ela foi procurar a lâmpada e apanhou a navalha: a fraqueza do seu sexo se transformara em audácia.

Mas assim que a oblação da luz revelou, no seu clarão, os segredos do leito, ela viu a mais feroz de todas as feras selvagens, o dulcíssimo, o adorável monstro. Cupido em pessoa, o deus formoso que formosamente repousava. Vendo isso, a própria chama da lâmpada se avivou alegremente, e a navalha amaldiçoou seu corte sacrílego. A Psiquê tal espetáculo espantou e aturdiu. Com o rosto lívido, descomposto,

203   Livro V

tremensque desedit in imos poplites et ferrum quaerit
abscondere, sed in suo pectore; quod profecto fecisset, nisi
ferrum timore tanti flagitii manibus temerariis delapsum
evolasset. Iamque lassa, salute defecta, dum saepius divini
vultus intuetur pulchritudinem, recreatur animi. Videt capitis
aurei genialem caesariem ambrosia temulentam, cervices lacteas
genasque purpureas pererrantes crinium globos decoriter
impeditos, alios antependulos, alios retropendulos, quorum
splendore nimio fulgurante iam et ipsum lumen lucernae
vacillabat; per umeros volatilis dei pinnae roscidae micanti flore
candicant et quamvis alis quiescentibus extimae plumulae
tenellae ac delicatae tremule resultantes inquieta lasciviunt;
ceterum corpus glabellum atque luculentum et quale peperisse
Venerem non paeniteret. Ante lectuli pedes iacebat arcus et
pharetra et sagittae, magni dei propitia tela.

[23] Quae dum insatiabili animo Psyche, satis et curiosa,
rimatur atque pertrectat et mariti sui miratur arma, depromit
unam de pharetra sagittam et punctu pollicis extremam aciem
periclitabunda trementis etiam nunc articuli nisu fortiore
pupugit altius, ut per summam cutem roraverint parvulae
sanguinis rosei guttae. Sic ignara Psyche sponte in Amoris
incidit amorem. Tunc magis magisque cupidine fraglans
Cupidinis prona in eum efflictim inhians patulis ac
petulantibus saviis festinanter ingestis de somni mensura
metuebat. Sed dum bono tanto percita saucia mente fluctuat,
lucerna illa, sive perfidia pessima sive invidia noxia sive quod
tale corpus contingere et quasi basiare et ipsa gestiebat,
evomuit de summa luminis sui stillam ferventis olei super
umerum dei dexterum. Hem audax et temeraria lucerna et
amoris vile ministerium, ipsum ignis totius deum aduris, cum
te scilicet amator aliquis, ut diutius cupitis etiam nocte
potiretur, primus invenerit. Sic inustus exiluit deus visaque
detectae fidei colluvie prorsus ex osculis et manibus
infelicissimae coniugis tacitus avolavit.

[24] At Psyche statim resurgentis eius crure dextero
manibus ambabus adrepto sublimis evectionis adpendix
miseranda et per nubilas plagas penduli comitatus extrema
consequia tandem fessa delabitur solo.

204

desfalecente e trêmula, deixou-se cair de joelhos e procurou esconder o ferro, mas no seu próprio peito. Isso teria feito se a arma, pelo temor de tal atentado, não lhe tivesse escorregado das mãos. Mas logo, por mais esgotada, por mais lânguida que estivesse, contemplar a beleza do divino rosto restituiu-lhe o ânimo. Viu uma cabeça dourada, uma nobre cabeleira inundada de ambrosia. Sobre um níveo pescoço e faces coradas, erravam cachos, graciosamente enrolados, que caíam uns para a frente, outros para trás, e tão vivo era o seu brilho que fazia vacilar a própria luz da lâmpada. Nas espáduas do deus alado, plumas cintilavam de brancura, como flores orvalhadas, e nas bordas de suas asas, se bem que estivessem em repouso, uma tênue e delicada penugem ondulava, agitada sem cessar por um frêmito caprichoso. O resto de seu corpo era brilhante e liso de tal modo, que Vênus não podia se arrepender de o ter dado à luz. Aos pés do leito estavam pousados o arco, a aljava e as flechas, armas propícias do poderoso deus.

[23] Com ânimo insaciável, Psiquê, na sua curiosidade, quis examinar, manusear. Admirou as armas do marido, tirou uma flecha da aljava, provou a ponta no polegar, com um dedinho trêmulo, apoiou-a um pouco mais forte, picou-se apenas o bastante para que algumas gotinhas de sangue rosado perolassem a superfície da pele. Foi assim, que, sem saber, Psiquê se tomou ela própria de amor pelo Amor. Então, cada vez mais se consumiu no desejo ardente pelo Autor dos desejos: inclinou-se para ele, arquejante de volúpia, beijou-o avidamente com grandes beijos apaixonados, apesar de temer acordá-lo. Mas, enquanto o coração desfalecente se abandonava irresoluto a essa emoção deliciosa, a lâmpada, fosse por baixa perfídia e malícia ciumenta, fosse por impaciência de tocar também e beijar esse belo corpo, deixou cair de sua mecha acesa uma gota de óleo fervente na espádua direita do deus. Ah! audaciosa e temerária lucerna, vil escrava do amor, como ousaste queimar o próprio dono do fogo? Lembra-te que foi um amante que, para possuir por mais tempo, até a noite, o objeto de seus desejos, te inventou primeiro. O deus, sob a queimadura, saltou, e, quando viu a sua fé traída e mutilada, arrancou-se dos beijos e dos abraços de sua infeliz esposa e voou em silêncio.

[24] Porém, Psiquê, no mesmo instante em que ele se elevou, agarrou-lhe com as duas mãos a perna direita. Mísera companheira de ascensão, suspensa ao voo pelas plagas além das nuvens, obstinou-se em segui-lo. Por fim, com o extremo cansaço, escorregou para o solo.

Nec deus amator humi iacentem deserens involavit proximam cupressum deque eius alto cacumine sic eam graviter commotus adfatur:

'Ego quidem, simplicissima Psyche, parentis meae Veneris praeceptorum immemor, quae te miseri extremique hominis devinctam cupidine infimo matrimonio addici iusserat, ipse potius amator advolavi tibi. Sed hoc feci leviter, scio, et praeclarus ille sagittarius ipse me telo meo percussi teque coniugem meam feci, ut bestia scilicet tibi viderer et ferro caput excideres meum quod istos amatores tuos oculos gerit. Haec tibi identidem semper cavenda censebam, haec benivole remonebam. Sed illae quidem consiliatrices egregiae tuae tam perniciosi magisterii dabunt actutum mihi poenas, te vero tantum fuga mea punivero.' Et cum termino sermonis pinnis in altum se proripuit.

[25] Psyche vero humi prostrata et, quantum visi poterat, volatus mariti prospiciens extremis affligebat lamentationibus animum. Sed ubi remigio plumae raptum maritum proceritas spatii fecerat alienum, per proximi fluminis marginem praecipitem sese dedit. Sed mitis fluvius in honorem dei scilicet qui et ipsas aquas urere consuevit metuens sibi confestim eam innoxio volumine super ripam florentem herbis exposuit.

Tunc forte Pan deus rusticus iuxta supercilium amnis sedebat complexus Echo montanam deam eamque voculas omnimodas edocens recinere; proxime ripam vago pastu lasciviunt comam fluvii tondentes capellae. Hircuosus deus sauciam Psychen atque defectam, utcumque casus eius non inscius, clementer ad se vocatam sic permulcet verbis lenientibus: 'Puella scitula, sum quidem rusticanus et upilio sed senectutis prolixae beneficio multis experimentis instructus. Verum si recte coniecto, quod profecto prudentes viri divinationem autumant,

O divino amante, vendo-a jacente na terra, não a abandonou. Pousou num cipreste vizinho, e, do alto cimo da árvore, profundamente comovido, dirigiu-lhe estas palavras:

'Eu te confesso, Psiquê singela, esqueci as ordens de Vênus minha mãe, que te queria cativa de imperiosa paixão pelo mais ínfimo dos miseráveis, e condenada a uma abjeta união. Fui eu, pelo contrário, que voei ao teu encontro, para ser o teu amante. Era agir levianamente, eu sei. O ilustre sagitário ferido com suas próprias flechas.[67] Afinal, fiz de ti minha mulher, para que me tomasses por uma besta monstruosa e tua mão cortasse com o ferro uma cabeça onde tu vês olhos que te adoram... Contra isto a que chegamos, não te preveni quanto bastasse. No entanto, quanto ouviste de mim de benévolas advertências! Mas tuas excelentes conselheiras não tardarão a receber de mim o preço de seu pernicioso magistério. Para ti, minha fuga será a única punição.' Terminando estas palavras, voou para o alto e desapareceu.

[25] Entrementes, Psiquê, prostrada por terra, seguia com a vista, tão longe quanto podia, o voo do marido, atormentando a alma com lamentos desesperados. Depois que, levado pelo remígio das plumas, afastou-se o esposo nas alturas do espaço, ela foi-se atirar nas águas do rio mais próximo. Mas o rio indulgente, honrando sem dúvida o deus que inflama até as ondas, e temendo por si próprio, tomou-a depressa num rodamoinho, sem lhe fazer mal algum, e a depôs na margem, na florida relva.

Nesse momento, por acaso, Pã,[68] o deus rústico, sentara-se no alto e abraçava Eco, deusa das montanhas, ensinando-lhe a repetir algumas árias. Não longe da água, suas cabras retouçavam aqui e ali, pastavam e ruminavam a folhagem ao longo do rio. O deus de pés de bode, vendo Psiquê chorosa e desfeita (de resto, não lhe ignorava a aventura), chamou-a bondosamente e serenou-a com palavras lenientes: 'Minha bela menina, não sou senão um camponês e um pastor de rebanhos, mas a idade e a velhice me tornaram rico de experiência. Se minhas conjecturas são justas — e pessoas bem informadas chamam a

---

[67] Sagitário: Cupido, o arqueiro, o que maneja o arco e as flechas. (N. da T.)

[68] Divindade agreste, era principalmente venerado na Arcádia, região de montanhas, onde proferia oráculos. Ofereciam-lhe em sacrifício mel e leite de cabra. Representavam-no muito feio, com chifres, corpo de bode da cintura para baixo e barbas compridas. (N. da T.)

ab isto titubante et saepius vaccillante vestigio deque nimio pallore corporis et assiduo suspiritu immo et ipsis marcentibus oculis tuis amore minio laboras. Ergo mihi ausculta nec te rursus praecipitio vel ullo mortis accersito te genere perimas. Luctum desine et pone maerorem precibusque potius Cupidinem deorum maximum percole et utpote adolescentem delicatum luxuriosumque blandis obsequiis promerere.'

[26] Sic locuto deo pastore nulloque sermone reddito sed adorato tantum numine salutari Psyche pergit ire. Sed cum aliquam multum viae laboranti vestigio pererrasset, inscia quodam tramite iam die labente accedit quandam civitatem, in qua regnum maritus unius sororis eius optinebat. Qua re cognita Psyche nuntiari praesentiam suam sorori desiderat; mox inducta mutuis amplexibus alternae salutationis expletis percontanti causas adventus sui sic incipit:

'Meministi consilium vestrum, scilicet quo mihi suasistis ut bestiam, quae mariti mentito nomine mecum quiescebat, prius quam ingluvie voraci me misellam hauriret, ancipiti novacula peremerem. Set cum primum, ut aeque placuerat, conscio lumine vultus eius aspexi, video mirum divinumque prorsus spectaculum, ipsum illum deae Veneris filium, ipsum inquam Cupidinem, leni quiete sopitum. Ac dum tanti boni spectaculo percita et nimia voluptatis copia turbata fruendi laborarem inopia, casu scilicet pessumo lucerna fervens oleum rebullivit in eius umerum. Quo dolore statim somno recussus, ubi me ferro et igni conspexit armatam, "Tu quidem" inquit "ob istud tam dirum facinus confestim toro meo divorte tibique res tuas habeto, ego vero sororem tuam" — et nomen quo tu censeris aiebat — "iam mihi confarreatis nuptis coniugabo" et statim Zephyro praecipit ultra terminos me domus eius efflaret.'

[27] Necdum sermonem Psyche finierat, et illa vesanae libidinis et invidiae noxiae stimulis agitata, e re concinnato mendacio fallens maritum, quasi de morte parentum aliquid comperisset, statim

isto adivinhação —, essa marcha incerta e vacilante, essa extrema palidez, os suspiros contínuos, e, sobretudo, esses olhos rasos de lágrimas, indicam que um grande amor é a causa de tua mágoa. Então escuta: não te precipites nem te faças matar de outra qualquer maneira. Não te entristeças. Esquece o desgosto. Venera, antes, por tuas preces a Cupido, o maior dos deuses, e faze por merecer, por meio de ternas homenagens, o favor do adolescente que ele é, voluptuoso e amigo do prazer.'

[26] Assim falou o deus pastor. Psiquê, por toda resposta, adorou seu salutar poder, e prosseguiu a caminhada. Errara já por algum tempo, quando, ao cair da noite, chegou, sem o saber, por um certo caminho, a uma cidade onde reinava o marido de uma das irmãs. Tendo sabido disso, pediu Psiquê que anunciassem à irmã sua presença. Introduziram-na. Depois dos mútuos amplexos, e saudações recíprocas, aquela perguntou a causa de sua vinda. E assim falou Psiquê:

'Lembrai-vos do conselho que me destes? A esse monstro que, sob o nome enganador de marido, passava comigo as noites, vós me convencestes a matá-lo com a navalha de dois gumes, antes que ele engolisse a pobre criança que trago nas entranhas, com sua goela voraz. Aceitei o conselho, mas quando a lâmpada cúmplice me mostrou seu vulto, eis que vejo um espetáculo maravilhoso e verdadeiramente divino: era o próprio filho da deusa Vênus, Cupido em pessoa, que repousava num sono sereno. À vista do esplêndido espetáculo, fui tomada de perturbação tão deliciosa, e de tal excesso de volúpia, que me quedei imóvel. Mas eis que, por um acidente funesto, a lâmpada espirrou na sua espádua uma gota de óleo fervente. Arrancou-o a dor, bruscamente, do sono, e ele, vendo-me armada com a flama e o ferro, disse: "Como castigo do teu crime abominável, divorcio-me de ti, toma quanto te pertence e deixa-me.[69] Eu desposarei tua irmã — e foi teu nome que ele disse —, desposá-la-ei por confarreácio."[70] Depois, ordenou a Zéfiro que com um sopro me pusesse para fora dos limites da sua casa.'

[27] Psiquê não tinha ainda acabado de falar e a outra, sob o aguilhão de uma paixão libidinosa, e agitada pelo estímulo de um maligno ciúme, inventou um conto para enganar o marido, alegou a morte dos

---

[69] A expressão "toma quanto te pertence", *tibi res tuas habeto*, é a fórmula do divórcio romano. (N. da T.)

[70] Matrimônio por confarreácio era o antigo casamento religioso, contraído diante do sumo pontífice, flamínio de Júpiter, e dez testemunhas. (N. da T.)

navem ascendit et ad illum scopulum protinus pergit et quamvis alio flante vento caeca spe tamen inhians, 'Accipe me', dicens 'Cupido, dignam te coniugem et tu, Zephyre, suscipe dominam' saltu se maximo praecipitem dedit. Nec tamen ad illum locum vel satem mortua pervenire potuit. Nam per saxa cautium membris iactatis atque dissipatis et proinde ut merebatur laceratis visceribus suis alitibus bestiisque obvium ferens pabulum interiit.

Nec vindictae sequentis poena tardavit. Nam Psyche rursus errabundo gradu pervenit ad civitatem aliam, in qua pari modo soror morabatur alia. Nec setius et ipsa fallacie germanitatis inducta et in sororis sceleratas nuptias aemula festinavit ad scopulum inque simile mortis exitium cecidit.

[28] Interim, dum Psyche quaestioni Cupidinis intenta populos circumibat, at ille vulnere lucernae dolens in ipso thalamo matris iacens ingemebat. Tunc avis peralba illa gavia quae super fluctus marinos pinnis natat demergit sese propere ad Oceani profundum gremium. Ibi commodum Venerem lavantem natantemque propter assistens indicat adustum filium eius gravi vulneris dolore maerentem dubium salutis iacere, iamque per cunctorum ora populorum rumoribus conviciisque variis omnem Veneris familiam male audire, quod ille quidem montano scortatu tu vero marino natatu secesseritis, ac per hoc non voluptas ulla non gratia non lepos, sed incompta et agrestia et horrida cuncta sint, non nuptiae coniugales non amicitiae sociales non liberum caritates, sed enormis colluvies et squalentium foederum insuave fastidium.

Haec illa verbosa et satis curiosa avis in auribus Veneris fili lacerans existimationem ganniebat. At Venus irata solidum exclamat repente: 'Ergo iam ille bonus filius meus habet amicam aliquam? Prome agedum, quae sola mihi servis amanter, nomen eius quae puerum ingenuum et investem sollicitavit, sive illa de Nympharum populo seu de Horarum numero seu de Musarum choro vel de mearum Gratiarum ministerio.'

pais para sair, embarcou logo num navio, foi direito ao rochedo, e, se bem que soprasse um outro vento, cega de ávida esperança, disse: 'Recebe oh! Cupido, uma esposa digna de ti, e tu, Zéfiro, vem servir à tua senhora.' E deu o grande salto no vazio. Mas nem morta pôde chegar aonde queria. Deixando de queda em queda, nas saliências do rochedo, os membros dispersos, teve o que merecia. Suas carnes em frangalhos foram oferecidas como pasto às aves de rapina e às feras.

Igualmente para a segunda, a vindita não tardou. Pois, retomando a errante caminhada, Psiquê chegou a outra cidade onde morava a outra irmã. Também esta se deixou embair pela fraterna astúcia. Na impaciência de suplantar a irmã, com um casamento criminoso, correu para o rochedo, precipitou-se, e morreu da mesma morte.

[28] Neste ínterim, enquanto Psiquê percorria a terra toda, à procura de Cupido, ele, na dor do ferimento feito pela lâmpada, estava deitado, gemebundo, no próprio tálamo materno. Então, a ave de plumagem branca, que em voo rasante aflora a superfície das ondas marinhas, a gaivota, mergulhou veloz no seio profundo do Oceano. Lá estava Vênus, banhando-se e nadando, e dela a gaivota se aproximou. Contou-lhe que seu filho tinha-se queimado, que a ferida era grave e dolorosa, que ele estava de cama em estado gravíssimo, que pelo mundo inteiro corriam rumores e maledicências comprometedoras sobre a família de Vênus. 'Queixam-se', a ave falou, 'de que desapareceste, ele para seguir uma criatura nas montanhas e tu para mergulhares no mar. E desde então, adeus volúpia, adeus graça, adeus doce alegria. Por toda a parte o desmazelo, a grosseria inculta. Não mais uniões conjugais, nem laços de amizade, nem a afeição dos filhos, mas o enorme e abjeto desregramento, o tédio sórdido em todas as ligações.'

Era assim que a ave indiscreta e tagarela murmurava ao ouvido de Vênus, dilacerando-lhe a honra do filho. A isto, Vênus, irada, exclamou de repente: 'Com que então o meu bom filho já tem uma amiga? Dize-me tu, que és serva afetuosa, o nome dessa que desencaminhou o rapaz ingênuo e ainda inocente, se é do povo das Ninfas, do número das Horas ou pertence ao coro das Graças, minhas servas?'[71]

---

[71] As ninfas presidiam à vida da Natureza sob seus múltiplos aspectos. Eram chamadas de Náiades as que viviam nas fontes e nos rios; de Oréades, as das montanhas, rochas e escarpas; de Napeias, as dos vales e campinas; de Dríades, as das florestas e bosques. As Hamadríades eram ninfas de cujo destino dependia o de certas árvores

Nec loquax illa conticuit avis, sed: 'Nescio', inquit 'domina: puto puellam, si probe memini, Psyches nomine dici: illam dicitur efflicte cupere.'

Tunc indignata Venus exclamavit vel maxime: 'Psychen ille meae formae succubam mei nominis aemulam vere diligit? Nimirum illud incrementum lenam me putavit cuius monstratu puellam illam cognosceret.'

[29] Haec quiritans properiter emergit e mari suumque protinus aureum thalamum petit et reperto, sicut audierat, aegroto puero iam inde a foribus quam maxime boans: 'Honesta' inquit 'haec et natalibus nostris bonaeque tuae frugi congruentia, ut primum quidem tuae parentis immo dominae praecepta calcares, nec sordidis amoribus inimicam meam cruciares, verum etiam hoc aetatis puer tuis licentiosis et immaturis iungeres amplexibus, ut ego nurum scilicet tolerarem inimicam. Sed utique praesumis nugo et corruptor et inamabilis te solum generosum nec me iam per aetatem posse concipere. Velim ergo scias multo te meliorem filium alium genituram, immo ut contumeliam magis sentias aliquem de meis adoptaturam vernulis, eique donaturam istas pinnas et flammas et arcum et ipsas sagittas et omnem meam supellectilem, quam tibi non ad hos usus dederam: nec enim de patris tui bonis ad instructionem istam quicquam concessum est.

[30] Sed male prima a pueritia inductus es et acutas manus habes et maiores tuos irreverenter pulsasti totiens et ipsa matrem tuam, me inquam ipsam, parricida denudas

A ave loquaz não ficou muda, mas replicou: 'Não sei, senhora. Creio, se não me falha a memória, que é chamada Psiquê, essa por quem ele está perdidamente apaixonado.'

Então, indignada, Vênus exclamou, completamente transtornada: 'Psiquê! Ela, a usurpadora de meu nome e minha rival em beleza? E ele a ama, verdadeiramente? O velhaquete me tomou por uma alcoviteira, e imaginou que eu lhe mostrei essa moça, para que ele a conhecesse.'

[29] Esbravejando desta maneira, ela se apressou a subir à superfície, seguiu direito ao seu rico tálamo de ouro. Encontrando ali enfermo o filho, como lhe tinham anunciado, ainda na soleira da porta gritou com quanta força tinha: 'Honesta conduta a tua, digna da nossa raça e da tua virtude! Para começar, desdenhaste as ordens de tua mãe e tua soberana, o que é pior! E, em lugar de infligir à minha inimiga os tormentos de um amor ignóbil, tu mesmo, rapazinho, sem respeitar coisa alguma, te uniste a ela, com laços precoces demais, penso que para me impor como nora a minha inimiga. Tu te presumes libertino, corruptor, sujeito odioso; pensas que podes constituir o tronco de uma família, e que eu, pela minha idade, não posso mais conceber? Pois fica sabendo, darei à luz outro filho, muito melhor que tu. Ou antes, para tornar a afronta mais sensível, adotarei um dos meus pequenos escravos domésticos e lhe darei essas asas, essa tocha, e o arco com as flechas, todo o aparelhamento que me pertence e que eu te confiei sabes para que uso. Pois seguramente tua herança paterna não se contribuiu em nada para esse equipamento.

[30] Mas tu foste malcriado desde pequenino. Tens as unhas afiadas. Quantas vezes destrataste teus irmãos mais velhos, sem o menor respeito! Tua mãe mesmo, sim, eu, digo, tua mãe, tu me desnudas to-

---

com as quais nasciam e morriam, sendo principalmente com os carvalhos essa união. As graças eram três: Aglaia (brilhante), Talia (verdejante) e Eufrosina (alegria da alma). Dispensavam aos homens não somente a boa vontade, a alegria, a igualdade de humor, a delicadeza de maneiras, mas ainda a liberalidade, a eloquência e a prudência. Delas dependiam os benefícios e a gratidão. Representavam-nas jovens e virgens, esbeltas, dando-se as mãos, numa atitude de dança, ora nuas, ora vestidas com gazes transparentes. Eram três também as Horas: Eunômia, Dice e Irene, isto é, a Boa Ordem, a Justiça e a Paz. Correspondiam às três estações: primavera, verão e inverno. Mais tarde, criaram-se mais duas, às quais foi confiada a guarda dos frutos e das flores: Carpo e Talo. Por fim, quando os gregos dividiram o dia em doze partes iguais, os poetas multiplicaram o número das Horas até doze, chamando-as de doze irmãs. (N. da T.)

cotidie et percussisti saepius et quasi viduam utique contemnis
nec vitricum tuum fortissimum illum maximumque
bellatorem metuis. Quidni? cui saepius in angorem mei
paelicatus puellas propinare consuesti. Sed iam faxo te lusus
huius paeniteat et sentias acidas et amaras istas nuptias. —
Sed nunc inrisui habita quid agam? Quo me conferam?
Quibus modis stelionem istum cohibeam? Petamne auxilium
ab inimica mea Sobrietate, quam propter huius ipsius
luxuriam offendi saepius? At rusticae squalentisque feminae
conloquium prorsus [adhibendum est] horresco. Nec tamen
vindictae solacium undeunde spernendum est. Illa mihi
prorsus adhibenda est nec ulla alia, quae castiget asperrime
nugonem istum, pharetram explicet et sagittas dearmet,
arcum enodet, taedam deflammet, immo et ipsum corpus eius
acrioribus remediis coerceat. Tunc iniuriae meae litatum
crediderim cum eius comas quas istis manibus meis subinde
aureo nitore perstrinxi deraserit, pinnas quas meo gremio
nectarei fontis infeci praetotonderit.'

[31] Sic effata foras sese proripit infesta et stomachata
biles Venerias. Sed eam protinus Ceres et Iuno continantur
visamque vultu tumido quaesiere cur truci supercilio tantam
venustatem micantium oculorum coerceret. At illa:
'Opportune' inquit 'ardenti prorsus isto meo pectori
volentiam scilicet perpetraturae venitis. Sed totis, oro, vestris
viribus Psychen illam fugitivam volaticam mihi requirite. Nec
enim vos utique domus meae famosa fabula et non dicendi
filii mei facta latuerunt.'

Tunc illae non ignarae quae gesta sunt palpare Veneris iram
saevientem sic adortae: 'Quid tale, domina, deliquit tuus filius ut
animo pervicaci voluptates illius impugnes et, quam ille diligit, tu
quoque perdere gestias? Quod autem, oramus, isti crimen si
puellae lepidae libenter adrisit? An ignoras eum masculum et
iuvenem esse vel certe iam quot sit annorum oblita es? An, quod
aetatem portat bellule, puer tibi semper videtur? Mater autem tu

dos os dias, parricida. Bateste-me frequentemente, tu me desprezas, como a uma mulher relaxada, dir-se-ia, sem temor nenhum de teu padrasto, esse grande e valente guerreiro.[72] Afinal, por que não? Não tens por acaso o costume, para atormentar meu coração amante, de lhe fornecer meninas para suas galanterias? Mas eu farei com que te arrependas dessas brincadeiras e sintas o ácido e o amargo, nessas núpcias. Mas, desdenhada como sou, que fazer? Para que lado me virar? Como trazer à razão esta pequena víbora? Poderei pedir socorro à minha inimiga, a Sobriedade, que eu tenho ofendido frequentemente, com a própria luxúria deste rapaz? Em verdade, faz-me horror falar com essa mulher grosseira e suja. Mas o consolo que nos traz a vingança não é para desdenhar, venha de onde vier. Então é a ela e a ninguém mais que tenho de recorrer para castigar duramente esse malandro, para esvaziar sua aljava, desarmar suas flechas, despojar seu arco, apagar a flama de sua tocha, e mais, para acabar com ele com remédios heroicos. Não considerarei vingada a minha injúria senão quando ela tiver raspado essa cabeleira que amiúde, com minhas próprias mãos, acariciei e fiz brilhar como o ouro, e roído essas asas que sobre meu seio inundei de néctar.'

[31] Com estas palavras saiu, a bile fervendo de cólera, a cólera de Vênus. No mesmo instante se lhe juntaram Ceres e Juno. Vendo-a com o rosto alterado, perguntaram-lhe por que esse zangado franzir de supercílios, e o que velava o brilho de seus belos olhos. 'Oh!' disse ela, 'viestes muito oportunamente, para dar ao meu coração ardente a satisfação que ele reclama. Não poupeis esforços, eu vos peço, para descobrir e me trazer essa Psiquê fugitiva, que voou não sei para onde. Não ignorais, eu creio, o escândalo de minha casa, nem as proezas daquele que não deve mais ser chamado meu filho.'

Elas, que sabiam o que se passara, tentaram acalmar a ira violenta de Vênus: 'Que crime, senhora', disseram, 'cometeu teu filho, para que com ânimo inflexível contraries seus prazeres e diligencies com paixão a perda daquela que ele ama? Ora, vamos, será tão grande crime gostar de se divertir com uma bonita moça? Ignoras que é macho e jovem, ou esqueceste a sua idade? Ou é porque ele carrega gentilmente os seus anos que tu o vês sempre como um menino? Mãe tu és, e mu-

---

[72] Vênus alude a Marte, é evidente, como padrasto de Cupido. Não se sabe de quem Cupido é filho, não o sendo de Vulcano, marido de Vênus, nem de Marte, o seu amante mais famoso. (N. da T.)

et praeterea cordata mulier filii tui lusus semper explorabis curiose
et in eo luxuriem culpabis et amores revinces et tuas artes tuasque
delicias in formonso filio reprehendes? Quid autem te deum, qui
hominum patietur passim cupidines populis disseminantem, cum
tuae domus amores amare coerceas et vitiorum muliebrium
publicam praecludas officinam?'

Sic illae metu sagittarum patrocinio gratioso
Cupidini quamvis absenti blandiebantur. Sed
Venus indignata ridicule tractari suas iniurias
praeversis illis alterorsus concito gradu pelago
viam capessit.

lher cordata. Irás sempre espionar suas folias, acusá-lo de má conduta, reprovar os seus amores e condenar num filho tão formoso as tuas artes e a tua volúpia? A que deus, a que mortal, podes convencer de que tu expandes o desejo entre todas as criaturas, quando na tua própria casa impões aos Amores um amargo constrangimento e fechas a oficina, aberta a todos, do pecado de amar?'

Foi assim que, procurando as boas graças de Cupido, por temor de suas flechas, as duas deusas advogaram-lhe a causa, lisonjeando o ausente. Mas Vênus, indignada por ver ridicularizadas as afrontas recebidas por ela, voltou-lhes as costas e, com passo rápido, tomou o caminho do oceano.

Liber VI

[1] Interea Psyche variis iactabatur discursibus, dies noctesque mariti vestigationibus inquieta animi, tanto cupidior iratum licet si non uxoriis blanditiis lenire certe servilibus precibus propitiare. Et prospecto templo quodam in ardui montis vertice: 'Vnde autem' inquit 'scio an istic meus degat dominus?' Et ilico dirigit citatum gradum, quem defectum prorsus adsiduis laboribus spes incitabat et votum. Iamque naviter emensis celsioribus iugis pulvinaribus sese proximam intulit. Videt spicas frumentarias in acervo et alias flexiles in corona et spicas hordei videt. Erant et falces et operae messoriae mundus omnis, sed cuncta passim iacentia et incuria confusa et, ut solet aestu, laborantium manibus proiecta. Haec singula Psyche curiose dividit et discretim semota rite componit, rata scilicet nullius dei fana caerimoniasve neglegere se debere sed omnium benivolam misericordiam corrogare.

[2] Haec eam sollicite seduloque curantem Ceres alma deprehendit et longum exclamat protinus: 'Ain, Psyche miseranda? Totum per orbem Venus anxia disquisitione tuum vestigium furens animi requirit teque ad extremum supplicium expetit et totis numinis sui viribus ultionem flagitat: tu vero rerum mearum tutelam nunc geris et aliud quicquam cogitas nisi de tua salute?'

Tunc Psyche pedes eius advoluta et uberi fletu rigans deae vestigia humumque verrens crinibus suis multiiugis precibus editis veniam postulabat: 'Per ego te frugiferam tuam dexteram istam deprecor per laetificas messium caerimonias per tacita secreta cistarum et per famulorum tuorum

Livro VI

[1] Entrementes, errava Psiquê, prosseguindo em suas indagações noite e dia, e, de alma inquieta, ansiava por lenir a cólera do marido com as carícias de uma esposa, ou pelo menos desarmá-lo com as súplicas de uma escrava. Avistando de longe um templo, no vértice de um escarpado monte: 'Quem sabe?', indagou, 'se não é lá que habita o meu senhor?' E para lá se dirigiu com passo rápido, estimulada por suas esperanças e desejos, ela que desfalecia já de ininterruptas fadigas. No alto cume, corajosamente escalado, ela se aproximou do altar da divindade. Viu espigas de trigo, amontoadas ou trançadas como coroas, e espigas de cevada. Havia também segadeiras e todas as ferramentas da colheita, mas tudo atirado por ali, jogado com incúria, tal como as teriam deixado, nas horas quentes do verão, as mãos dos trabalhadores. Psiquê as separou com cuidado, pôs cada uma em seu lugar, e as arrumou com ordem, considerando que, em lugar de negligenciar o culto de um deus, deve-se implorar a todos a sua misericórdia benfazeja.

[2] Quando ela se desempenhava dessa tarefa, com solicitude, Ceres nutriz a surpreendeu e teve uma longa exclamação: 'Mas, como, mísera Psiquê? No mundo inteiro, Vênus, ansiosa, procura um vestígio teu, te reclama para o extremo suplício e prepara a vingança, usando todo o seu divino poder. E tu, no entanto, zelas os meus interesses e pensas, não na tua salvação, mas em outra coisa?'

Então, Psiquê se atirou aos seus pés, orvalhou-os com uma torrente de lágrimas, e, varrendo o solo com os cabelos, implorou-lhe a graça, com muitas preces: 'Pela tua mão direita, que dispensa os frutos da terra, eu te conjuro; pelos ritos de fertilidade das messes; pelo segredo inviolável dos cestos;[73] pela carruagem alada dos dragões teus escravos;

---

[73] Cestos cilíndricos que continham os objetos sagrados apresentados aos iniciados, como um ato essencial nos mistérios de Elêusis. (N. da T.)

draconum pinnata curricula et glebae Siculae sulcamina et currum rapacem et terram tenacem et inluminarum Proserpinae nuptiarum demeacula et luminosarum filiae inventionum remeacula et cetera quae silentio tegit Eleusinis Atticae sacrarium, miserandae Psyches animae supplicis tuae subsiste. Inter istam spicarum congeriem patere vel pauculos dies delitescam, quoad deae tantae saeviens ira spatio temporis mitigetur vel certe meae vires diutino labore fessae quietis intervallo leniantur.'

[3] Suscipit Ceres: 'Tuis quidem lacrimosis precibus et commoveor et opitulari cupio, sed cognatae meae, cum qua etiam foedus antiquum amicitiae colo, bonae praeterea feminae, malam gratiam subire nequeo. Decede itaque istis aedibus protinus et quod a me retenta custoditaque non fueris optimi consule.'

Contra spem suam repulsa Psyche et afflicta duplici maestitia iter retrorsum porrigens inter subsitae convallis sublucidum lucum prospicit fanum sollerti fabrica structum, nec ullam vel dubiam spei melioris viam volens omittere sed adire cuiscumque dei veniam sacratis foribus proximat. Videt dona pretiosa et lacinias auro litteratas ramis arborum postibusque suffixas, quae cum gratia facti nomen deae cui fuerant dicata testabantur. Tunc genu nixa et manibus aram tepentem amplexa detersis ante lacrimis sic adprecatur:

[4] 'Magni Iovis germana et coniuga, sive tu Sami, quae sola partu vagituque et alimonia tua gloriatur, tenes vetusta delubra, sive celsae Carthaginis, quae te virginem vectura leonis caelo commeantem percolit, beatas sedes frequentas, seu prope ripas Inachi, qui te iam nuptam Tonantis et reginam deorum memorat, inclitis Argivorum praesides moenibus, quam cunctus oriens Zygiam veneratur et omnis occidens Lucinam

pelos sulcos das glebas sicilianas; pelo carro do rapto e pela terra, guardiã avara; pela descida de Prosérpina para as núpcias tenebrosas; pela volta de tua filha, reencontrada, à luz das tochas; por tudo que cobre de um véu de silêncio o santuário de Elêusis ática, atende à súplica da mísera Psiquê. Consente que eu me esconda entre os montes de espiga, somente por alguns dias, o bastante para deixar à fúria desencadeada da poderosa deusa o tempo de se abrandar, ou, pelo menos, para que minhas forças esgotadas por um longo trabalho, tenham o intervalo necessário a um repouso apaziguante.'

[3] Ceres replicou: 'Tuas lágrimas, tuas preces me comovem e eu desejo te socorrer. Porém, Vênus é minha parenta colateral, e com ela mantenho velhas relações de amizade. É uma mulher excelente. Não quero provocar-lhe o ressentimento. Sai, pois, depressa desta casa, e dá-te por feliz, se eu não te retenho em custódia.'

Rejeitada, contra toda a esperança, e duplamente aflita, Psiquê, voltando sobre os passos, ao atravessar a penumbra de um bosque sagrado, num valado, viu, à sombra dele, um templo construído com arte sábia. Não querendo negligenciar nenhuma oportunidade, mesmo incerta, de sucesso, nem de solicitar o favor de não importa que divindade, aproximou-se da divina entrada. Viu oferendas preciosas e, suspensos aos ramos das árvores e nos portais, tecidos sobre os quais estava inscrito em letras de ouro, com o agradecimento de uma graça, o nome da deusa a quem se faziam tais presentes. Psiquê, ajoelhando-se, cercou com as mãos o altar ainda quente e, depois de ter enxugado as lágrimas, orou:

[4] 'Esposa e irmã do Grande Júpiter, tu que habitas em Samos, que se vangloria, ela somente, de ter sido o teu berço, de ter ouvido teus vagidos, de ter alimentado tua infância. Tu que frequentas as casas felizes da alta Cartago, a que te honra sob o aspecto de uma virgem percorrendo o céu, levada por um leão. Ou ainda que, junto das margens do Ínaco, que reconhece em ti a esposa do Tonante[74] e rainha dos deuses, proteges os feitos ilustres de Argos. Tu que todo o Oriente venera sob o nome de Zígia, e todo o Ocidente sob o de Lucina,[75] sê para mim,

---

[74] Júpiter. (N. da T.)

[75] Juno preside aos nascimentos sob o nome de Zígia, entre os gregos, e Lucina entre os romanos. (N. da T.)

appellat, sis mei extremis casibus Iuno Sospita meque in tantis exanclatis laboribus defessam imminentis periculi metu libera. Quod sciam, soles praegnatibus periclitantibus ultro subvenire.'

Ad istum modum supplicanti statim sese Iuno cum totius sui numinis angusta dignitate praesentat et protinus: 'Quam vellem' inquit 'per fidem nutum meum precibus tuis accommodare. Sed contra voluntatem Veneris nurus meae, quam filiae semper dilexi loco, praestare me pudor non sinit. Tunc etiam legibus quae servos alienos profugos invitis dominis vetant suscipi prohibeor.'

[5] Isto quoque fortunae naufragio Psyche perterrita nec indipisci iam maritum volatilem quiens, tota spe salutis deposita, sic ipsa suas cogitationes consuluit: 'Iam quae possunt alia meis aerumnis temptari vel adhiberi subsidia, cui nec dearum quidem quanquam volentium potuerunt prodesse suffragia? Quo rursum itaque tantis laqueis inclusa vestigium porrigam quibusque tectis vel etiam tenebris abscondita magnae Veneris inevitabiles oculos effugiam? Quin igitur masculum tandem sumis animum et cassae speculae renuntias fortiter et ultroneam te dominae tuae reddis et vel sera modestia saevientes impetus eius mitigas? Qui scias an etiam quem diu quaeritas illic in domo matris reperias?' Sic ad dubium obsequium immo ad certum exitium praeparata principium futurae secum meditabatur obsecrationis.

[6] At Venus terrenis remediis inquisitionis abnuens caelum petit. Iubet instrui currum quem ei Vulcanus aurifex subtili fabrica studiose poliverat et ante thalami rudimentum nuptiale munus obtulerat limae tenuantis detrimento conspicuum et ipsius auri damno pretiosum. De multis quae circa cubiculum dominae stabulant procedunt quattuor candidae columbae et hilaris incessibus picta colla torquentes iugum gemmeum subeunt susceptaque domina laetae subvolant. Currum deae prosequentes gannitu constrepenti lasciviunt passeres et ceterae quae dulce cantitant aves melleis modulis suave resonantes adventum deae pronuntiant. Cedunt

em minha extrema desgraça, Juno Auxiliadora. Tu me vês esgotada por todas as fadigas que tenho suportado. Livra-me do temor de um perigo ameaçador. Não és tu que vens por ti mesmo, sem chamado, em socorro daquelas que vão dar à luz e estão em perigo?'

Enquanto ela assim rogava, Juno em pessoa lhe apareceu em toda a augusta majestade de seu augusto poder. 'Bem que eu queria', disse, 'podes crer, acolher favoravelmente as tuas súplicas. Mas a honra não me permite ir contra a vontade de minha nora Vênus, que eu sempre estimei como filha. De resto, impede-me também a lei que interdita recolher contra a vontade do dono um escravo fugido.'

[5] Acabrunhada por esse novo naufrágio da fortuna, Psiquê, não podendo daí em diante procurar o esposo alado, e renunciando a toda e qualquer esperança de salvação, cogitou: 'Tentar o que, em minha desgraça, agora? Como procurar outro recurso, quando as próprias deusas, apesar de sua boa vontade, não me podem dar nenhum apoio? Aonde ir se estou presa por todos os lados por um cordel? Em que abrigo, em que trevas me esconder, para escapar aos inevitáveis olhos da grande Vênus? Que esperas, então? Arma-te de máscula energia, renuncia corajosamente às ruínas de tuas pobres esperanças, entrega-te voluntariamente à tua soberana e senhora, e procura desarmar com tua submissa modéstia, por tardia que seja, os transportes de sua fúria. E quem sabe mesmo se aquele que procuras há tanto tempo não encontrarás lá embaixo, em casa da mãe?' Tendo assim tomado o partido de uma obediência arriscada, para não dizer de uma perda certa, meditava como deveria começar as súplicas.

[6] No entanto, Vênus, renunciando a prosseguir suas buscas por meios terrenos, dispôs-se a subir ao Céu. Mandou equipar o carro que Vulcano, o sutil joalheiro, tinha feito para ela, com toda a sua arte, e a ela oferecido como presente de núpcias, antes das primícias do himeneu. Embelezara-o em detrimento do tamanho, e afinando-o com o trabalho da lima, com a própria perda do ouro, tinha-lhe acrescentado valor. Das numerosas pombas que se aninhavam nos beirais da casa da senhora, avançaram quatro, todas brancas, que, com passo gracioso, e curvando o colo nuançado, colocaram-se sob o jugo ornado de pedrarias, receberam a dona e alçaram voo alegremente. Pardais acompanharam o carro da deusa, com suas lascivas brincadeiras e seu pipilar barulhento, enquanto que outros pássaros de canto harmonioso faziam soar docemente sua melodia suave e anunciavam o advento da

nubes et Caelum filiae panditur et summus aether
cum gaudio suscipit deam, nec obvias aquilas vel
accipitres rapaces pertimescit magnae Veneris
canora familia.

[7] Tunc se protinus ad Iovis regias arces dirigit et
petitu superbo Mercuri dei vocalis operae necessariam
usuram postulat. Nec rennuit Iovis caerulum supercilium.
Tunc ovans ilico, comitante etiam Mercurio, Venus caelo
demeat eique sollicite serit verba: 'Frater Arcadi, scis
nempe sororem tuam Venerem sine Mercuri praesentia nil
unquam fecisse nec te praeterit utique quanto iam tempore
delitescentem ancillam nequiverim reperire. Nil ergo
superest quam tuo praeconio praemium investigationis
publicitus edicere. Fac ergo mandatum matures meum et
indicia qui possit agnosci manifeste designes, ne si quis
occultationis illicitae crimen subierit, ignorantiae se possit
excusatione defendere'; et simul dicens libellum ei porrigit
ubi Psyches nomen continebatur et cetera. Quo facto
protinus domum secessit.

[8] Nec Mercurius omisit obsequium. Nam per omnium ora
populorum passim discurrens sic mandatae praedicationis munus
exsequebatur: 'Sic quis a fuga retrahere vel occultam
demonstrare poterit fugitivam regis filiam, Veneris ancillam,
nomine Psychen, conveniat retro metas Murtias Mercurium
praedicatorem, accepturus indicivae nomine ab ipsa Venere
septem savia suavia et unum blandientis adpulsu linguae longe
mellitum.'

Ad hunc modum pronuntiante Mercurio tanti praemii cupido
certatim omnium mortalium studium adrexerat. Quae res nunc vel
maxime sustulit Psyches omnem cunctationem. Iamque fores eius
dominae proximanti occurrit una de famulitione Veneris nomine

deusa. As nuvens se afastaram, o Céu se abriu para a filha,[76] o Éter acolheu com alegria a imortal. Não houve encontro com as águias, nem as aves de rapina apareceram para causar terror ao cortejo canoro da grande Vênus.

[7] Ela se dirigiu diretamente à real fortaleza, morada de Júpiter. Em voz alta, apresentou seu pedido requisitando os serviços de Mercúrio, o deus da voz sonora, para um negócio urgente. Júpiter anuiu, movendo o negro supercílio. Então, Vênus, triunfante, desceu do Céu acompanhada de Mercúrio e começou com ar solícito: 'Tu sabes, não é verdade, meu irmão arcadiano,[77] que tua irmã Vênus jamais fez fosse o que fosse sem a assistência de Mercúrio. E tu não podes deixar de saber que, há já algum tempo, procuro em vão uma serva minha que se escondeu. Assim, não me resta outro recurso senão publicar, por teu intermédio, o anúncio de uma recompensa a quem a tiver descoberto. Apressa-te, pois, a te desincumbir da missão que te confio. Dá um sinal, para que sem falta a reconheçam, a fim de que, se alguém, contra a lei, tornar-se culpado de a ocultar, não possa invocar a escusa da ignorância.' Ao mesmo tempo estendia-lhe um papel, levando o nome de Psiquê e outras indicações. Depois, voltou para casa.

[8] Mercúrio não deixou de obedecer. Percorreu a Terra em todos os sentidos, visitou todas as nações, e assim se desincumbiu da proclamação de que estava encarregado: 'Se alguém detiver a fugitiva Psiquê, escrava, filha de rei, serva de Vênus, ou revelar o lugar em que se esconde, que procure Mercúrio, pregoeiro público, atrás das metas de Múrcia,[78] e esse receberá, como prêmio da denúncia, da própria Vênus, sete doces beijos, mais um doce como mel, com um toque da ponta da língua.'

Este anúncio de Mercúrio, e o desejo de tão grande prêmio, suscitaram logo entre todos os mortais o zelo. Essa circunstância, mais do que tudo, acabou com as vacilações de Psiquê. Já se aproximava da casa da soberana, quando acorreu ao seu encontro uma serva de Vênus,

---

[76] São dois os relatos sobre o nascimento de Vênus. Teria a deusa nascido da espuma do mar onde caíra o membro de Urano, o Céu, decepado por Crono, seu filho. Também é tida como filha de Júpiter e Dione, uma titânide. (N. da E.)

[77] Mercúrio nasceu no monte Cileno, na Arcádia. (N. da T.)

[78] Localizadas no Circo Máximo, em Roma, marcavam o ponto de retorno para as corridas de bigas. Ficavam próximas ao templo de Vênus Múrcia. (N. da E.)

Consuetudo statimque quantum maxime potuit exclamat: 'Tandem, ancilla nequissima, dominam habere te scire coepisti? An pro cetera morum, tuorum temeritate istud quoque nescire te fingis quantos labores circa tuas inquisitiones sustinuerimus? Sed bene, quod meas potissimum manus incidisti et inter Orci cancros iam ipsos habes, isti datura scilicet actutum tantae contumaciae poenas',

[9] et audaciter in capillos eius inmissa manu trahebat eam nequaquam renitentem. Quam ubi primum inductam oblatamque sibi conspexit Venus, latissimum cachinnum extollit et qualem solent furenter irati, caputque quatiens et ascalpens aurem dexteram: 'Tandem' inquit 'dignata es socrum tuam salutare? An potius maritum, qui tuo vulnere periclitatur, intervisere venisti? Sed esto secura, iam enim excipiam te ut bonam nurum condecet'; et: 'Vbi sunt' inquit 'Sollicitudo atque Tristities ancillae meae?' Quibus intro vocatis torquendam tradidit eam. At illae sequentes erile praeceptum Psychen misellam flagellis afflictam et ceteris tormentis excruciatam iterum dominae conspectui reddunt. Tunc rursus sublato risu Venus: 'Et ecce' inquit 'nobis turgidi ventris sui lenocinio commovet miserationem, unde me praeclara subole aviam beatam scilicet faciat. Felix velo ego quae in ipso aetatis meae flore vocabor avia et vilis ancillae filius nepos Veneris audiet. Quanquam inepta ego frustra filium dicam; impares enim nuptiae et praeterea in villa sine testibus et patre non consentiente factae legitimae non possunt videri ac per hoc spurius iste nascetur, si tamen partum omnino perferre te patiemur.'

[10] His editis involat eam vestemque plurifariam diloricat capilloque discisso et capite conquassato graviter affligit, et accepto frumento et hordeo et milio et papavere et cicere et lente et faba commixtisque acervatim confusisque in unum grumulum sic ad illam: 'Videris enim mihi tam deformis ancilla nullo alio sed tantum sedulo ministerio amatores tuos promereri: iam ergo et ipsa frugem tuam periclitabor. Discerne seminum istorum passivam congeriem singulisque granis rite

chamada Consuetude,[79] que logo gritou quanto pôde: 'Então, escrava abominável, acabaste compreendendo que tens uma senhora? Ou, com tua temeridade habitual, fingirás também ignorar quantas fadigas sofremos para correr à tua procura? Por felicidade, caíste justamente entre minhas mãos, e estás nas unhas do próprio Orco, pois não esperarás por muito tempo o castigo da tua contumácia.'

[9] E arrastando-a brutalmente pelos cabelos, levou-a consigo, sem que ela opusesse a mínima resistência. Quando a viu levada assim presa, Vênus deu uma ampla gargalhada, como fazem as pessoas furiosamente iradas; depois, sacudindo a cabeça e coçando a orelha direita, disse: 'Afinal, tu te dignaste a vir saudar a sogra? Ou vieste visitar o teu marido, a quem fizeste uma ferida que lhe põe a vida em perigo? Mas fica tranquila. Eu te receberei como se deve receber uma boa nora.' E: 'Onde estão?', perguntou, 'a Inquietação e a Tristeza, minhas servas?' Assim que entraram, Vênus lhes entregou Psiquê, para que a afligissem, e elas obedeceram às ordens da senhora, magoando com muitos tormentos a pobre criança. Apresentaram-na depois à soberana. Então um novo frouxo de riso sacudiu a Vênus. 'Aí está', disse ela, 'para que eu me apiede, ela conta com a sedução do seu túrgido ventre, cujo fruto glorioso deve fazer de mim uma feliz avó. Verdadeiramente feliz, sim, na flor da idade, tratarem-me de avó, e o filho de uma vil escrava passará por neto de Vênus! Mas eu sou tola. Um filho, eu digo? Não. Os cônjuges são de condição desigual. Demais, um casamento contraído no campo, sem testemunhas, sem o consentimento do pai, não pode ser considerado legítimo. Então este que vai nascer será espúrio, supondo-se que te deixemos levar essa gravidez até o termo.'

[10] Assim disse, e caindo sobre ela, despedaçou-lhe as vestes, arrancou-lhe os cabelos, bateu-lhe na cabeça, machucando-a cruelmente. Depois mandou trazer grãos de trigo, de cevada, de milho, de papoula, de ervilha, de lentilha e de fava, tomou grandes punhados, misturou-os, confundiu-os num monte, depois disse, dirigindo-se a Psiquê: 'Disforme como és, vejo que para ganhar as boas graças de teus amantes contas com teu devotamento ao serviço. Pois bem, eu também quero experimentar se és mesmo diligente. Separa o monte confuso das sementes que aqui estão. Fazes a triagem dos grãos e arranja-os em or-

---

[79] *Consuetudo*, ou o Hábito. (N. da T.)

227   Livro VI

dispositis atque seiugatis ante istam vesperam opus
expeditum approbato mihi.'

Sic assignato tantorum seminum cumulo ipsa cenae
nuptiali concessit. Nec Psyche manus admolitur inconditae illi
et inextricabili moli, sed immanitate praecepti consternata
silens obstupescit. Tunc formicula illa parvula atque ruricola
certa difficultatis tantae laborisque miserta contubernalis
magni dei socrusque saevitiam execrata discurrens naviter
convocat corrogatque cunctam formicarum accolarum classem:
'Miseremini terrae omniparentis agiles alumnae, miseremini et
Amoris uxori puellae lepidae periclitanti prompta velocitate
succurrite.' Ruunt aliae superque aliae sepedum populorum
undae summoque studio singulae granatim totum digerunt
acervum separatimque distributis dissitisque generibus e
conspectu perniciter abeunt.

[11] Sed initio noctis e convivio nuptiali vino madens
et fraglans balsama Venus remeat totumque revincta corpus
rosis micantibus, visaque diligentia miri laboris: 'Non
tuum', inquit 'nequissima, nec tuarum manuum istud opus,
sed illius cui tuo immo et ipsius malo placuisti', et frustro
cibarii panis ei proiecto cubitum facessit.

Interim Cupido solus interioris domus unici cubiculi
custodia clausus coercebatur acriter, partim ne petulanti
luxurie vulnus gravaret, partim ne cum sua cupita
conveniret. Sic ergo distentis et sub uno tecto separatis
amatoribus tetra nox exanclata.

Sed Aurora commodum inequitante vocatae Psychae Venus
infit talia: 'Videsne illud nemus, quod fluvio praeterluenti ripisque
longis attenditur, cuius imi frutices vicinum fontem despiciunt?
Oves ibi nitentis auri vero decore florentes incustodito pastu
vagantur. Inde de coma pretiosi velleris floccum mihi confestim
quoquo modo quaesitum afferas censeo.'

[12] Perrexit Psyche volenter non obsequium quidem illa
functura sed requiem malorum praecipitio fluvialis rupis
habitura. Sed inde de fluvio musicae suavis nutricula leni
crepitu dulcis aurae divinitus inspirata sic vaticinatur
harundo viridis: 'Psyche tantis aerumnis exercita, neque tua
miserrima morte meas sanctas aquas polluas nec vero istud

dem. É preciso que tudo esteja arrumado e expedido até à tarde, e então submeterás o trabalho à minha aprovação.'

Depois de assim ter designado o montão de grãos de várias espécies, Vênus foi a uma festa de casamento. Psiquê nem a mão estendeu para aquela confusão inextricável, mas, consternada por essa desumanidade, quedou-se num silencioso estupor. Então a formiga, o humilde animalejo dos campos, medindo as dificuldades da tarefa, teve compaixão da companheira do grande deus e maldiçoou a crueldade da sogra. Correndo ativamente de um lado para outro, convocou e reuniu todo o exército das formigas vizinhas: 'Piedade, ágeis filhas da terra, mãe de todas as coisas, piedade para uma pobre menina, esposa do Amor, que está em perigo. Acorrei, velozes, para socorrê-la.' Vaga sobre vaga, desfilou todo o povinho de seis patas, e, cada qual mais diligente, todas separaram grão por grão, repartiram, agruparam por espécies, depois se apressaram a desaparecer.

[11] No começo da noite, Vênus voltou de sua festa nupcial, úmida de vinho, perfumada, enfeitada de grinaldas de rosas, de cores brilhantes. Quando viu pronto o prodigioso trabalho, disse: 'Não foste tu, velhaca, não foram tuas mãos que fizeram a tarefa, mas foi sim aquele a quem és cara, para tua desgraça, por tua desgraça e pela sua.' E atirando-lhe um pedaço de pão grosseiro, foi-se deitar.

Entretanto, Cupido, sozinho no fundo da casa, prisioneiro num quarto isolado, estava severamente encerrado, tanto para evitar que seu petulante ardor agravasse a ferida, como para o impedir de se unir ao objeto de seus desejos. Foi assim que, longe um do outro, separados sob um mesmo teto, os dois amantes passaram uma noite desesperada.

Mas antes que a Aurora subisse ao seu carro, Vênus chamou Psiquê e lhe disse: 'Vês esse bosque que, junto do rio onde suas raízes se banham, se estende ao longo da corrente, e cujas árvores sombreiam a fonte mais próxima? Ovelhas de tosão de ouro pastam ali sem pastor, errando à vontade. Procura agora um floco de lã desse tosão precioso, não importa como, e traze-mo. Eis a minha vontade.'

[12] Psiquê pôs-se a caminho, não, em verdade, para executar a ordem recebida, mas para buscar o repouso de suas desventuras, precipitando-se de uma penha ao rio. Mas, do meio da corrente, um verde caniço, origem de sons melodiosos por inspiração divina, ao doce murmúrio da brisa ligeira sussurrou este aviso profético: 'Atormentada com tantos trabalhos, Psiquê, não poluas com morte misérrima as minhas

horae contra formidabiles oves feras aditum, quoad de solis
fraglantia mutuatae calorem truci rabie solent efferri
cornuque acuto et fronte saxea et non nunquam venenatis
morsibus in exitium saevire mortalium; se dum meridies solis
sedaverit vaporem et pecua spiritus fluvialis serenitate
conquieverint, poteris sub illa procerissima platano, quae
mecum simul unum fluentum bibit, latenter abscondere. Et
cum primum mitigata furia laxaverint oves animum,
percussis frondibus attigui nemoris lanosum aurum reperies,
quod passim stirpibus conexis obhaerescit.'

[13] Sic harundo simplex et humana Psychen
aegerrimam salutem suam docebat. Nec auscultatu
paenitendo indiligenter instructa illa cessavit, sed observatis
omnibus furatrina facili flaventis auri mollitie congestum
gremium Veneri reportat. Nec tamen apud dominam saltem
secundi laboris periculum secundum testimonium meruit,
sed contortis superciliis subridens amarum sic inquit: 'Nec
me praeterit huius quoque facti auctor adulterinus. Sed iam
nunc ego sedulo periclitabor an oppido forti animo
singularique prudentia sis praedita. Videsne insistentem
celsissimae illi rupi montis ardui verticem, de quo fontis
atri fuscae defluunt undae proxumaeque conceptaculo
vallis inclusae Stygias inrigant paludes et rauca Cocyti
fluenta nutriunt? Indidem mihi de summi fontis penita
scaturrigine rorem rigentem hauritum ista confestim defer
urnula.' Sic aiens crustallo dedolatum vasculum insuper ei
graviora comminata tradidit.

[14] At illa studiose gradum celerans montis extremum
petit cumulum certe vel illic inventura vitae pessimae finem.
Sed cum primum praedicti iugi conterminos locos appulit,
videt rei vastae letalem difficultatem. Namque saxum
immani magnitudine procerum et inaccessa salebritate
lubricum mediis e faucibus lapidis fontes horridos evomebat,
qui statim proni foraminis lacunis editi perque proclive
delapsi et angusti canalis exarato contecti tramite proxumam

águas santas; tenta, porém, aproximar-te das temíveis ovelhas. Quando o sol ardente lhes comunica o seu calor, uma raiva temerosa as galvaniza. Então, com seus acerados cornos, sua testa de pedra, e às vezes com suas mordidas envenenadas, atacam os seres humanos, para matá-los. Mas uma vez diminuído o ardor do sol do meio-dia, o rebanho repousa na serenidade das margens frescas do rio. Daqui até lá, poderás esconder-te sob o altíssimo plátano que bebe onde eu bebo. Desde que se mitigue o furor das ovelhas, e esteja seu ânimo apaziguado, bate as frondes do bosque vizinho. Encontrarás flocos da lã de ouro, que ficam presos nas pontas dos ramos.'

[13] Foi assim que o caniço, humano e simples, ensinou à atormentada Psiquê como salvar-se. Não cometeu ela a falta de deixar de prestar atenção a essas instruções, mas teve, pelo contrário, o cuidado de as seguir cuidadosamente e furtou facilmente o macio tosão de ouro fulvo, tanto quanto bastasse para levar uma boa porção a Vênus. Nem o êxito desta segunda prova foi reconhecido por ela que, franzindo os supercílios, disse, com um sorriso amargo: 'Eu não me engano. Sei quem é o autor desta nova astúcia. Mas desta vez eu saberei averiguar se realmente tua alma é corajosa e tua prudência inigualável. Vês tu o cume desta montanha escarpada, dominando o altíssimo rochedo? Lá se encontra uma fonte sombria. É ela a origem do negro curso d'água que, recolhido na bacia escavada no vale vizinho, se transforma nos pantanais do Estige e alimenta as ondas retumbantes do Cocito.[80] Eu quero que, no próprio cimo, onde a fonte jorra das entranhas da terra, apanhes um pouco de sua água gelada e ma tragas sem demora, nesta pequena urna.' E assim dizendo, entregou-lhe um vaso talhado em cristal, e acrescentou algumas terríveis ameaças.

[14] Psiquê, apertando o passo, dirigiu-se para o alto da montanha, para encontrar ali ao menos o fim de uma vida lamentável. Mal chegou às proximidades do cimo, viu a vastidão da empresa e suas dificuldades mortais. O rochedo era desmesuradamente alto, íngreme, liso, inacessível. As próprias entranhas da pedra vomitavam águas repugnantes que, escapadas das aberturas inclinadas, resvalavam ao longo da encosta, traçando um caminho por um estreito canal, onde se perdiam e caíam, despercebidas, no vale próximo. À direita e à esquer-

---

[80] Estige e Cocito são dois dos rios que correm no Orco. (N. da E.)

convallem latenter incidebant. Dextra laevaque cautibus cavatis proserpunt et, longa colla porrecti, saevi dracones inconivae vigiliae luminibus addictis et in perpetuam lucem pupulis excubantibus. Iamque et ipsae semet muniebant vocales aquae. Nam et 'Discede' et 'Quid facis? Vide' et 'Quid agis? Cave' et 'Fuge' et 'Peribis' subinde clamant. Sic impossibilitate ipsa mutata in lapidem Psyche, quamvis praesenti corpore, sensibus tamen aberat et inextricabilis periculi mole prorsus obruta lacrumarum etiam extremo solacio carebat.

[15] Nec Providentiae bonae graves oculos innocentis animae latuit aerumna. Nam supremi Iovis regalis ales illa repente propansis utrimque pinnis affuit rapax aquila memorque veteris obsequii, quo ductu Cupidinis Iovi pocillatorem Phrygium sustulerat, opportunam ferens opem deique numen in uxoris laboribus percolens alti culminis diales vias deserit et ob os puellae praevolans incipit: 'At tu, simplex alioquin et expers rerum talium, sperasne te sanctissimi nec minus truculenti fontis vel unam stillam posse furari vel omnino contingere? Diis etiam ipsique Iovi formidabiles aquas istas Stygias vel fando comperisti, quodque vos deieratis per numina deorum deos per Stygis maiestatem solere? Sed cedo istam urnulam', et protinus adrepta complexaque festinat libratisque pinnarum nutantium molibus inter genas saevientium dentium et trisulca vibramina draconum remigium dextra laevaque porrigens nolentes aquas et ut abiret innoxius praeminantes excipit, commentus ob iussum Veneris petere eique se praeministrare, quare paulo facilior adeundi fuit copia.

[16] Sic acceptam cum gaudio plenam urnulam Psyche Veneri citata rettulit. Nec tamen nutum deae saevientis vel tunc expiare potuit. Nam sic eam maiora atque peiora flagitia comminans appellat renidens exitiabile: 'Iam tu quidem magna videris quaedam mihi et

da das cavidades das rochas, emergiam, arrastando-se sobre o ventre, alongando o pescoço, dragões sanguinários, cujos olhos feitos para a vigília não se fechavam jamais, cujas pupilas velavam, perpetuamente abertas à luz. Além disso, as águas, dotadas de voz, se defendiam a si mesmas. 'Afasta-te!' e 'Que fazes? Abre os olhos!'; 'Que pensas? Vamos!' e 'Foge!' e 'Morrerás' clamavam sem cessar. Então, ao ver a impossibilidade da tarefa, em lápide se mudou Psiquê, pois seu corpo estava presente, mas os sentidos estavam longe. Literalmente esmagada pelo peso de um perigo inexplicável, não lhe restava nem o supremo consolo das lágrimas.

[15] Mas as penas da alma inocente não escaparam aos olhos graves da boa Providência. Apareceu, de repente, de asas estendidas, a ave real de Júpiter soberano, a águia rapace. Lembrando-se de que outrora, ministro complacente, havia, sob a direção de Cupido, raptado para Júpiter o escanção frígio,[81] quis, com um auxílio oportuno, obsequiar o poderoso deus nos trabalhos de sua esposa. Abandonou então os radiosos caminhos da abóbada celeste e voou para diante da moça, dirigindo-lhe a palavra: 'Ah! Tu, simples como és, e inexperiente nessas coisas, esperas então que dessa fonte, terrível e sagrada, possas furtar algumas gotas, ou pensas que possas mesmo atingi-la? Os próprios deuses, sem excetuar Júpiter, temem as águas estígias, não ouviste contar? E os juramentos que fazes pelo poder dos deuses, fazem os deuses pela majestade do Estige. Porém, dá-me essa ânfora.' Apanhou-a, rodeou-a com as garras, e, diligente, balanceou a massa oscilante das asas, estendeu os remígios à direita e à esquerda, passou entre os dragões com seus maxilares de dentes cruéis e as línguas onde vibrava um dardo tríplice. As águas se afastaram, advertindo a águia com ameaças, para que se retirasse sem nada tomar. Ela respondeu que viera por ordem de Vênus, que estava a seu serviço, e essa invenção lhe garantiu acesso um pouco mais fácil.

[16] Assim, Psiquê recebeu com alegria a urnazinha cheia e se apressou a levá-la a Vênus. Mas mesmo então não pôde satisfazer a implacável deusa, que, ameaçando-a com piores e maiores castigos, apostrofou-a com um riso infernal: 'Tu me pareces uma grande feiticeira, e

---

[81] Ganimedes, filho de Trós e neto de Ilo, o mais belo dos mortais, e justamente por sua beleza foi raptado pela águia de Júpiter para servir de escanção ao pai dos deuses, e viver entre os imortais. (N. da T.)

alta prorsus malefica, quae talibus praeceptis meis obtemperasti naviter. Sed adhuc istud, mea pupula, ministrare debebis. Sume istam pyxidem', et dedit; 'protinus usque ad inferos et ipsius Orci ferales penates te derige. Tunc conferens pyxidem Proserpinae: "Petit de te Venus" dicito "modicum de tua mittas ei formonsitate vel ad unam saltem dieculam sufficiens. Nam quod habuit, dum filium curat aegrotum, consumpsit atque contrivit omne." Sed haud immaturius redito, quia me necesse est indidem delitam theatrum deorum frequentare.'

[17] Tunc Psyche vel maxime sensit ultimas fortunas suas et velamento reiecto ad promptum exitium sese compelli manifeste comperit. Quidni? quae suis pedibus ultro ad Tartarum manesque commeare cogeretur. Nec cunctata diutius pergit ad quampiam turrim praealtam, indidem sese datura praecipitem: sic enim rebatur ad inferos recte atque pulcherrime se posse descendere. Sed turris prorumpit in vocem subitam et: 'Quid te' inquit 'praecipitio, misella, quaeris extinguere? Quidque iam novissimo periculo laborique isto temere succumbis? Nam si spiritus corpore tuo semel fuerit seiugatus, ibis quidem profecto ad imum Tartarum, sed inde nullo pacto redire poteris. Mihi ausculta.

[18] Lacedaemo Achaiae nobilis civitas non longe sita est: huius conterminam deviis abditam locis quaere Taenarum. Inibi spiraculum Ditis et per portas hiantes monstratur iter invium, cui te limine transmeato simul commiseris iam canale directo perges ad ipsam Orci regiam. Sed non hactenus vacua debebis per illas tenebras incedere, sed offas polentae mulso concretas ambabus gestare manibus at in ipso ore duas ferre stipes. Iamque confecta bona parte mortiferae viae continaberis claudum asinum lignorum gerulum cum agasone simili, qui te rogabit decidentis sarcinae fusticulos aliquos porrigas ei, sed tu nulla voce deprompta tacita praeterito. Nec mora, cum ad flumen mortuum venies, cui praefectus Charon protenus expetens portorium sic ad ripam ulteriorem sutili cumba deducit commeantes. Ergo et inter mortuos

muito versada em malefícios, para ter obedecido a ordens como as minhas. Mas há ainda, minha pequena, um serviço que me deverás prestar. Toma esta caixinha', e entregou-lhe uma, 'desce aos infernos, e passa entre os penates do próprio Orco. Lá, apresentarás o cofre a Prosérpina e lhe dirás: "Vênus te pede que lhe envies um pouco da tua formosura, apenas a ração de um dia. A que ela possuía, gastou-a completamente em cuidar do filho enfermo." Mas não voltes tarde demais. Preciso untar-me com isso antes de ir a um espetáculo no teatro dos deuses.'

[17] Mais do que nunca, sentiu Psiquê que sua fortuna atingia um clímax, e compreendeu que a lançavam abertamente, sem disfarce, à morte. E então? Não a forçavam a ir com seus próprios pés, ela mesma, ao Tártaro, entre os manes? Sem hesitar mais, dirigiu-se a uma alta torre, para se precipitar de lá. Seria, pensava, o caminho mais direto e mais próprio para descer aos infernos. Mas a torre, subitamente, começou a falar: 'Por que', perguntou ela, 'desgraçada criança, procurar a tua destruição, atirando-te daqui? Para que, nesta derradeira prova e neste derradeiro trabalho, desistires de tudo, sem motivo? Uma vez separado do corpo o teu espírito, irás sem dúvida ao fundo do Tártaro. Mas não poderá voltar mais, de maneira nenhuma. Escuta-me:

[18] A Lacedemônia, cidade ilustre da Acaia, está situada não longe daqui. Nas suas fronteiras, o Tênaro desliza para lugares afastados. Descobre esse lugar. Lá se abre uma entrada para a casa de Dite,[82] e pelas portas hiantes se divisa um ínvio caminho. Logo que franqueares a soleira, segue por ele e chegarás diretamente ao palácio de Orco. Mas não vás avançar assim de mãos vazias, através das trevas. Segura em cada uma delas um bolo de farinha de cevada, amassado com vinho e mel, e leva na boca duas moedas. Quando tiveres atrás de ti boa parte da estrada que conduz à casa dos mortos, encontrarás um burro coxo, carregando lenha, e um burriqueiro com o mesmo defeito. Este te pedirá que lhe apanhes alguns cavacos caídos de sua carga. Mas não profiras nenhuma palavra; passa adiante. Logo chegarás ao rio da morte, com seu barqueiro, Caronte. Ele exigirá primeiro que lhe deixes o direito de passagem. É com esta condição que, na sua barca de couro costurado, ele transporta os viajantes para a margem oposta. Vê, pois, que

---

[82] Dis (Diues), acusativo Ditem, é a tradução latina do nome de Plutão, rei dos infernos. (N. da T.)

avaritia vivit nec Charon ille Ditis exactor tantus deus quicquam gratuito facit: set moriens pauper viaticum debet quaerere, et aes si forte prae manu non fuerit, nemo eum exspirare patietur. Huic squalido seni dabis nauli nomine de stipibus quas feres alteram, sic tamen ut ipse sua manu de tuo sumat ore. Nec setius tibi pigrum fluentum transmeanti quidam supernatans senex mortuus putris adtollens manus orabit ut eum intra navigium trahas, nec tu tamen inclita adflectare pietate.

[19] Transito fluvio modicum te progressam textrices orabunt anus telam struentes manus paulisper accommodes, nec id tamen tibi contingere fas est. Nam haec omnia tibi et multa alia de Veneris insidiis orientur, ut vel unam de manibus omittas offulam. Nec putes futile istud polentacium damnum leve; altera enim perdita lux haec tibi prorsus denegabitur. Canis namque praegrandis teriugo et satis amplo capite praeditus immanis et formidabilis tonantibus oblatrans faucibus mortuos, quibus iam nil mali potest facere, frustra territando ante ipsum limen et atra atria Proserpinae semper excubans servat vacuam Ditis domum. Hunc offrenatum unius offulae praeda facile praeteribis ad ipsamque protinus Proserpinam introibis, quae te comiter excipiet ac benigne, ut et molliter assidere et prandium opipare suadeat sumere. Sed tu et humi reside et panem sordidum petitum esto, deinde nuntiato quid adveneris susceptoque quod offeretur rursus remeans canis saevitiam offula reliqua redime ac deinde avaro navitae data quam reservaveris stipe transitoque eius fluvio recalcans priora vestigia ad istum caelestium siderum redies chorum. Sed inter omnia hoc observandum praecipue tibi censeo, ne velis aperire vel inspicere illam quam feres pyxidem vel omnino divinae formonsitatis abditum curiosius temptare thensaurum.'

[20] Sic turris illa prospicua vaticinationis munus explicuit. Nec morata Psyche pergit Taenarum sumptisque rite stipibus illis et offulis infernum decurrit meatum transitoque per silentium asinario debili et amnica stipe vectori data neglecto supernatantis mortui

mesmo entre os mortos impera a avareza, e um deus como Caronte, preposto de Dite, não faz nada de graça. O pobre, quando morre, deve-se munir do viático, e, se lhe acontece não ter o dinheiro na mão, não lhe permitirão dar o último suspiro. A esse velho esquálido, darás, a título de estipêndio, uma das peças que levares, porém de maneira que ele a tome de tua boca, com sua própria mão. E não é tudo. Durante a travessia da água preguiçosa, um ancião morto, boiando à superfície, levantará para ti as mãos podres, e te suplicará que o puxes para o barco. Mas não te deixes arrastar por uma piedade que te é proibida.

[19] Quando tiveres atravessado o rio e caminhado um pouco, velhas tecelãs, tecendo um pano, te pedirão para lhes dares um auxílio. Não toques no seu trabalho, não tens direito. Isto será uma das muitas armadilhas engenhadas por Vênus, para te fazer largar pelo menos um dos bolos. Não julgues fútil a recomendação a respeito de cevada, nem que o prejuízo seja leve. Se perderes um deles, acabou-se para ti a luz do dia. Pois um cão gigantesco, de três enormes cabeças — monstruoso e formidável animal que, contra os mortos a quem já não pode fazer nenhum mal, lança, do fundo das fauces, latidos como trovões, que os enchem de vão terror —, mantém-se na soleira do sombrio átrio de Prosérpina, como sentinela vigilante da casa deserta de Dite. Joga-lhe como presa um dos bolos. Ele amansará. Passando por ele, sem mais dificuldades penetrarás então em casa da própria Prosérpina. Ela te receberá graciosamente e com bondade; convidar-te-á para sentares numa poltrona macia, e para tomares um opíparo repasto. Mas tu, senta-te no chão, pede um pão grosseiro. Depois de comer, dize-lhe o que te leva e toma o que te for apresentado. Na volta, apazigua o cão furioso com o bolo que te restar. Darás em seguida ao avaro barqueiro a moeda que tiveres reservado, e, uma vez atravessado o rio, calcarás o vestígio dos teus primeiros passos e voltarás a ver enfim nosso céu, e ouvirás os coros siderais. Porém, de todas as minhas recomendações, a mais importante é esta: não tentes abrir a caixa que trouxeres, nem examines seu interior. Em suma, guarda-te de qualquer movimento de curiosidade, a respeito do divino tesouro de beleza que ele encerra.'

[20] E assim a torre, que via longe, fez o seu vaticínio. Psiquê foi sem demora para o Tênaro. Devidamente munida das moedas, assim como dos bolos, desceu rapidamente o corredor infernal, passou sem nada dizer pelo almocreve manquitola, deu ao barqueiro uma peça como portagem, permaneceu insensível ao pedido do morto que flutuava

desiderio et spretis textricum subdolis precibus et offulae cibo sopita canis horrenda rabie domum Proserpinae penetrat. Nec offerentis hospitae sedile delicatum vel cibum beatum amplexa sed ante pedes eius residens humilis cibario pane contenta Veneriam pertulit legationem. Statimque secreto repletam conclusamque pyxidem suscipit et offulae sequentis fraude caninis latratibus obseratis residuaque navitae reddita stipe longe vegetior ab inferis recurrit. Et repetita atque adorata candida ista luce, quanquam festinans obsequium terminare, mentem capitur temeraria curiositate et: 'Ecce' inquit 'inepta ego divinae formonsitatis gerula, quae nec tantillum quidem indidem mihi delibo vel sic illi amatori meo formonso placitura',

[21] et cum dicto reserat pyxidem. Nec quicquam ibi rerum nec formonsitas ulla, sed infernus somnus ac vere Stygius, qui statim coperculo relevatus invadit eam crassaque soporis nebula cunctis eius membris perfunditur et in ipso vestigio ipsaque semita conlapsam possidet. Et iacebat immobilis et nihil aliud quam dormiens cadaver.

Sed Cupido iam cicatrice solida revalescens nec diutinam suae Psyches absentiam tolerans per altissimam cubiculi quo cohibebatur elapsus fenestram refectisque pinnis aliquanta quiete longe velocius provolans Psychen accurrit suam detersoque somno curiose et rursum in pristinam pyxidis sedem recondito Psychen innoxio punctulo sagittae suae suscitat et: 'Ecce' inquit 'rursum perieras, misella, simili curiositate. Sed interim quidem tu provinciam quae tibi matris meae praecepto mandata est exsequere naviter, cetera egomet videro.' His dictis amator levis in pinnas se dedit, Psyche vero confestim Veneri munus reportat Proserpinae.

[22] Interea Cupido amore nimio peresus et aegra facie matris suae repentinam sobrietatem pertimescens ad armillum redit alisque pernicibus caeli penetrato vertice magno Iovi supplicat suamque causam probat. Tunc Iuppiter prehensa Cupidinis buccula manuque ad os suum relata consaviat atque sic ad illum: 'Licet tu', inquit 'domine fili, numquam mihi concessu deum decretum

na superfície das águas, desdenhou os pedidos insidiosos das tecelãs, acomodou a raiva terrível do cão, atirando-lhe o bolo para comer, e penetrou, afinal, na casa de Prosérpina. Sem aceitar nem cadeira macia nem iguarias requintadas, que lhe oferecia a anfitriã, sentou-se a seus pés, no chão, e, contente com um pão grosseiro, expôs a missão de que a encarregara Vênus. Em segredo, encheram a caixinha, fecharam-na, e Psiquê a recebeu. Com o auxílio do segundo bolo, ela enganou o cão e silenciou a besta que latia, deu em pagamento ao barqueiro a peça que lhe restava, e, com passo bem mais ligeiro, saiu dos infernos. Mas assim que, reencontrando-o, adorou o branco luzeiro do mundo, apesar da pressa que tinha de chegar ao fim da prova, uma curiosidade temerária se lhe apoderou do espírito. 'Então, sou tão boba que vá levar a beleza divina, sem tirar nem um poucochinho para mim e agradar assim, quem sabe, o meu formoso amante?'

[21] Ainda falando, abriu a caixa. Mas naquele cofre não havia nada. De beleza nem sinal. Nada senão um sono infernal, um verdadeiro sono do Estige, que, libertado de sua caixa, a tomou toda, infundindo em todos os seus membros uma espessa letargia, e estendendo-a, em colapso, no caminho, no próprio lugar onde pousara o pé. Ei-la, pois, jacente, imóvel, como um cadáver adormecido.

Mas Cupido, com seu ferimento já cicatrizado, convalescia. Como não podia suportar a longa ausência de Psiquê, escapara pela alta janela do quarto onde o tinham encerrado. Revigoraram-se-lhe as asas durante o tempo de repouso. Com um voo mais rápido que nunca, reuniu-se à sua Psiquê, afastou com cuidado o sono, fechou-o de novo dentro da caixa, no lugar que ali ocupava. Depois, despertando Psiquê com a inofensiva picada de uma de suas flechas, disse-lhe: 'És vítima uma vez mais, desgraçada criança, da curiosidade que já te perdeu. Agora vai, acaba a missão de que te encarregou minha mãe. O resto compete a mim.' Com estas palavras, o amante alado retomou o voo e Psiquê se apressou a levar a Vênus o presente de Prosérpina.

[22] Entrementes, Cupido, devorado por um excesso de amor, e com a feição dolente, temendo acima de tudo a súbita austeridade da mãe, voltou às antigas atividades. Com rápido voo, penetrou até o Céu, apresentou sua súplica ao grande Júpiter, e advogou sua causa junto dele. Júpiter, então, tomando-lhe com a mão a face, atraiu-o a si, para beijá-lo e disse-lhe: 'Nunca, senhor meu filho, tu me prestaste as honras às quais tenho direito, com o consentimento de todos os deuses. E este

servaris honorem, sed istud pectus meum quo leges
elementorum et vices siderum disponuntur convulneraris
assiduis ictibus crebrisque terrenae libidinis foedaveris
casibus contraque leges et ipsam Iuliam disciplinamque
publicam turpibus adulteriis existimationem famamque
meam laeseris in serpentes in ignes in feras in aves et
gregalia pecua serenos vultus meos sordide reformando, at
tamen modestiae mea memor quodque inter istas meas
manus creveris cuncta perficiam, dum tamen scias aemulos
tuos cavere, ac si qua nunc in terris puella praepollet
pulcritudine, praesentis beneficii vicem per eam mihi
repensare te debere.'

[23] Sic fatus iubet Mercurium deos omnes ad
contionem protinus convocare, ac si qui coetu caelestium
defuisset, in poenam decem milium nummum conventum
iri pronuntiare. Quo metu statim completo caelesti theatro
pro sede sublimi sedens procerus Iuppiter sic enuntiat:

'Dei conscripti Musarum albo, adolescentem istum
quod manibus meis alumnatus sim profecto scitis omnes.
Cuius primae iuventutis caloratos impetus freno quodam
coercendos existimavi; sat est cotidianis eum fabulis ob
adulteria cunctasque corruptelas infamatum. Tollenda est
omnis occasio et luxuria puerilis nuptialibus pedicis
alliganda. Puellam elegit et virginitate privavit: teneat,
possideat, amplexus Psychen semper suis amoribus
perfruatur.' Et ad Venerem conlata facie: 'Nec tu', inquit
'filia, quicquam contristere nec prosapiae tantae tuae
statuque de matrimonio mortali metuas. Iam faxo
nuptias non impares sed legitimas et iure civili congruas',
et ilico per Mercurium arripi Psychen et in caelum
perduci iubet. Porrecto ambrosiae poculo: 'Sume', inquit
'Psyche, et immortalis esto, nec umquam digredietur a

peito, onde se dispõem as leis dos elementos e dos movimentos dos astros, tu feres continuamente com teus golpes, e lhe infliges, sem nenhum respeito, a vergonha de fraquezas e aventuras terrenas. Com o desprezo das leis, da própria lei Júlia,[83] e da moral pública, tu comprometes, nas torpezas do adultério, minha honra e minha reputação, dando aos meus traços augustos forma aviltante de uma serpente de fogo, de um animal selvagem, de uma ave, de qualquer besta. Não me importa. Lembrar-me-ei, de boa vontade, que cresceste entre as minhas mãos. Farei o que me pedes, com a condição, todavia, de que, conhecendo teu dever, fiques de olho aberto contra os teus êmulos, e, se existir atualmente sobre a Terra uma beleza inigualável, que ma ofereças em recompensa do benéfico presente.'

[23] Deu então ordem a Mercúrio, para convocar depressa todos os deuses em assembleia, proclamando que quem faltasse ao encontro celeste incorreria numa multa de dez mil sestércios. Com esta ameaça, encheu-se logo o anfiteatro do Céu, e Júpiter, dominando os outros do alto do seu elevado trono, assim falou:

'Deuses conscritos,[84] cujos nomes estão no registro das Musas, aqui está um adolescente que criei com as minhas mãos, como vós todos sabeis. Achei que é preciso pôr um freio aos impetuosos ardores de sua primeira juventude. Assim, ele tem dado o que falar, pelo escândalo cotidiano de seus adultérios e tolices de toda espécie. Tiremos-lhe a ocasião e acabemos-lhe com a luxúria de adolescente, encadeando-o com os laços do casamento. Ele escolheu uma moça e tirou-lhe a virgindade. Que a conserve, que a guarde para si, e, unido a Psiquê, possa fruir para sempre do seu amor.' Depois, voltando para Vênus a face, disse: 'E tu, minha filha, não te entristeças, e que esta aliança com uma mortal não te inspire nenhum temor pela prosápia de tua ilustre casa. Farei com que esse casamento não seja desigual, porém um matrimônio legítimo e conforme com o direito civil.' Então, ordenou que Mercúrio fosse procurar Psiquê e a conduzisse ao Céu. Estendendo-lhe um copo de ambrosia: 'Toma, Psiquê', disse-lhe, 'e sê imortal. Jamais Cupi-

---

[83] A *lex Iulia*, contra o adultério, foi proposta por Otávio Augusto em 17 a.C. (N. da T.)

[84] Paródia aos discursos no senado romano, que usualmente começavam com o vocativo: "Pais conscritos!". (N. da T.)

tuo nexu Cupido sed istae vobis erunt perpetuae
nuptiae.'

[24] Nec mora, cum cena nuptialis affluens exhibetur.
Accumbebat summum torum maritus Psychen gremio suo
complexus. Sic et cum sua Iunone Iuppiter ac deinde per
ordinem toti dei. Tunc poculum nectaris, quod vinum
deorum est, Iovi quidem suus pocillator ille rusticus puer,
ceteris vero Liber ministrabat, Vulcanus cenam coquebat;
Horae rosis et ceteris floribus purpurabant omnia, Gratiae
spargebant balsama, Musae quoque canora personabant.
Tunc Apollo cantavit ad citharam, Venus suavi musicae
superingressa formonsa saltavit, scaena sibi sic
concinnata, ut Musae quidem chorum canerent, tibias
inflaret Saturus, et Paniscus ad fistulam diceret. Sic rite
Psyche convenit in manum Cupidinis et nascitur illis
maturo partu filia, quam Voluptatem nominamus."

[25] Sic captivae puellae delira et temulenta illa narrabat anicula;
sed astans ego non procul dolebam mehercules quod pugillares et
stilum non habebam qui tam bellam fabellam praenotarem.

Ecce confecto nescio quo gravi proelio latrones
adveniunt onusti, non nulli tamen immo promptiores
vulneratis domi relictis et plagas recurantibus ipsi ad
reliquas occultatas in quadam spelunca sarcinas, ut aiebant,
proficisci gestiunt. Prandioque raptim tuburcinato me et
equum vectores rerum illarum futuros fustibus exinde
tundentes producunt in viam multisque clivis et anfractibus
fatigatos prope ipsam vesperam perducunt ad quampiam
speluncam, unde multis onustos rebus rursum ne breviculo
quidem tempore refectos ociter reducunt. Tantaque
trepidatione festinabat ut me plagis multis obtundentes
propellentesque super lapidem propter viam positum
deicerent, unde crebris aeque ingestis ictibus crure dextero et

do se desembaraçará dos laços que o ligam a ti. As vossas núpcias são perpétuas.'

[24] No mesmo instante, serviu-se um opíparo banquete nupcial. No triclínio de honra, acomodava-se o marido, que tinha Psiquê entre os braços. Vinham, depois, Júpiter com sua Juno, e todos os deuses, por ordem de importância. Aí o copo de néctar, que é o vinho dos deuses, foi apresentado a Júpiter pelo jovem rústico seu escanção. Os outros eram servidos por Líber;[85] Vulcano era o cozinheiro, as Horas enfeitavam tudo de rosas e de outras flores, as Graças espargiam perfumes, as Musas cantavam com voz harmoniosa. Depois, Apolo cantou acompanhando-se com a cítara, e Vênus, ritmando os passos com a doce música, dançou formosamente. Formou-se depois uma orquestra onde as Musas cantaram em coro, enquanto um Sátiro tocava flauta e um Panisco soprava a sua flautinha campestre.[86] Foi assim que Psiquê passou, conforme os ritos, para as mãos de Cupido. Chegado o momento, nasceu-lhes uma filha que chamamos Volúpia."

[25] Este foi o conto que a velha bêbada e falante narrou à jovem cativa. E eu, estando a poucos passos, deplorava, por Hércules, não ter nem tabuinhas nem estilo para tomar nota de história tão bela.

Nesse momento, os ladrões chegaram, carregados de roubo, e deviam ter travado algum rude combate; todavia, alguns, os mais ativos, deixando os feridos no abrigo a cuidarem de seus ferimentos, mostravam-se apressados. Iriam, diziam, buscar o resto do carregamento, escondido em uma caverna. Expedido prontamente o seu almoço, fizeram-nos sair para a estrada, ao cavalo e a mim, com grandes pauladas, para que transportássemos a bagagem. Depois de muitas subidas e muitas voltas, caindo de cansaço, chegamos, à noitinha, diante de uma caverna, dela tirando com que nos carregarem abundantemente. Levaram-nos de volta logo, sem tempo de tomar um fôlego. Estavam com tal febre e tal impaciência que, à força de me moerem de pancada e de me empurrarem para a frente, fizeram-me cair sobre uma pedra que havia à beira do caminho. Batendo sempre, com toda a força, obrigaram-

---

[85] Outro nome de Baco. (N. da T.)

[86] Sátiros e Paniscos são gênios agrestes, originários provavelmente da Arcádia, do mesmo modo que Pã; como Pã, têm pés de bode e cornos. (N. da T.)

ungula sinistra me debilitatum aegre ad exurgendum compellunt.

[26] Et unus: "Quo usque" inquit "ruptum istum asellum, nunc etiam claudum, frustra pascemus?" Et alius: "Quid quod et pessumo pede domum nostram accessit nec quicquam idonei lucri exinde cepimus sed vulnera et fortissimorum occisiones?" Alius iterum: "Certe ego, cum primum sarcinas istas quanquam invitus pertulerit, protinus eum vulturiis gratissimum pabulum futurum praecipitabo."

Dum secum mitissimi homines altercant de mea nece, iam et domum perveneramus. Nam timor ungulas mihi alas fecerat. Tum quae ferebamus amoliti properiter nulla salutis nostrae cura ac ne meae quidem necis habita comitibus adscitis, qui vulnerati remanserant dudum, recurrunt reliqua ipsi laturi taedio, ut aiebant, nostrae tarditatis. Nec me tamen mediocris carpebat scrupulus contemplatione comminatae mihi mortis; et ipse mecum: "Quid stas, Luci, vel quid iam novissimum exspectas? Mors et haec acerbissima decreto latronum tibi comparata est. Nec magno conatu res indiget; vides istas rupinas proximas et praeacutas in his prominentes silices, quae te penetrantes antequam decideris membratim dissipabunt. Nam et illa ipsa praeclara magia tua vultum laboresque tibi tantum asini, verum corium non asini crassum sed hirudinis tenue membranulum circumdedit. Quin igitur masculum tandem sumis animum tuaeque saluti, dum licet, consulis? Habes summam opportunitatem fugae, dum latrones absunt. An custodiam anus semimortuae formidabis, quam licet claudi pedis tui calce unica finire poteris? — Sed quo gentium capessetur fuga vel hospitium quis dabit? Haec quidem inepta et prorsus asinina cogitatio; quis enim viantium vectorem suum non libenter auferat secum?"

[27] Et alacri statim nisu lorum quo fueram destinatus abrumpo meque quadripedi cursu proripio. Nec tamen astutulae anus milvinos oculos effugere potui. Nam ubi me conspexit absolutum, capta super sexum et aetatem audacia lorum prehendit ac me deducere ac revocare contendit. Nec tamen ego, memor exitiabilis propositi

-me a levantar-me penosamente, com a perna direita e o casco esquerdo machucados.

[26] E um deles falou: "Até quando sustentaremos para nada este burro arrebentado, que agora, ainda por cima, se pôs a mancar?" E o outro: "Sem contar que nos trouxe desgraça: desde que chegou, não tivemos nenhum lucro que valesse a pena. Ferimentos e morte derrubaram os mais valentes entre nós." "Por mim", disse um terceiro, "logo que, com toda a má vontade, ele tiver levado sua carga ao destino, eu o mandarei direito para o fundo de um precipício, onde ele alegrará os abutres, que se fartarão de comê-lo."

Enquanto esses homens cheios de mansidão altercavam a respeito de minha morte, chegamos ao abrigo, pois o medo me tinha posto asas nos cascos. Eles nos descarregaram depressa; depois, sem cuidar de nossa vida nem da minha morte, chamaram os camaradas que tinham sido retidos pelos ferimentos, repartiram tudo, correndo para transportarem o resto eles próprios, pois diziam estar cansados da nossa lerdeza. No entanto, eu remoía a minha inquietação, representando a morte que me ameaçava, e dizia comigo mesmo: "Para que adiar? Que esperas, Lúcio? Tudo está disposto para o teu fim — morte das mais cruéis, pois assim decidiam os ladrões. E a coisa não exige grande esforço. Vês, aqui perto, aqueles rochedos de onde se salientam pontas agudas e cortantes. Antes que chegues ao fim da queda, elas entrarão em tuas carnes e espalharão teus membros. Acontece que essa mágica tão gabada não te deu de burro senão a figura e os trabalhos. Ela te recobriu, não do couro espesso de um asno, mas de uma delicada membrana de sanguessuga. Então, arma-te de máscula energia e providencia a tua salvação, enquanto podes. Tens uma grande oportunidade para fugir. Os ladrões não estão. Temerás, por acaso, a vigilância de uma velha semimorta, a quem tu podes acabar com um coice? Porém, fugir para onde? Quem te dará hospitalidade? Questão bem tola em verdade, e digna de um burro. Qual será o viajante que, encontrando uma montaria, não ficará bem satisfeito de a levar consigo?"

[27] Assim, fazendo um grande esforço, rompi a correia com que me haviam ligado, e saí galopando com quantas patas tinha. Não pude escapar, entretanto, aos olhos de águia da maligna velha. Pois, assim que me viu desamarrado, mostrando uma audácia acima de seu sexo e de sua idade, agarrou a correia e se esforçou para me fazer retroceder. Mas a lembrança dos mortíferos propósitos dos ladrões fechava-me a

latronum, pietate ulla commoveor, sed incussis in eam posteriorum pedum calcibus protinus adplodo terrae. At illa quamvis humi prostrata loro tamen tenaciter inhaerebat, ut me procurrentem aliquantisper tractu sui sequeretur. Et occipit statim clamosis ululatibus auxilium validioris manus implorare. Sed frustra fletibus cassum tumultum commovebat, quippe cum nullus adforet qui suppetias ei ferre posset nisi sola illa virgo captiva, quae vocis excitu procurrens videt hercules memorandi spectaculi scaenam, non tauro sed asino dependentem Dircen aniculam, sumptaque constantia virili facinus audet pulcherrimum. Extorto etenim loro manibus eius me placidis gannitibus ab impetu revocatum naviter inscendit et sic ad cursum rursum incitat.

[28] Ego simul voluntariae fugae voto et liberandae virginis studio, sed et plagarum suasu quae me saepicule commonebant, equestri celeritate quadripedi cursu solum replaudens virgini delicatas voculas adhinnire temptabam. Sed et scabendi dorsi mei simulatione nonnumquam obliquata cervice pedes decoros puellae basiabam. Tunc illa spirans altius caelumque sollicito vultu petens:

"Vos", inquit "Superi, tandem meis supremis periculis opem facite, et tu, Fortuna durior, iam saevire desiste. Sat tibi miseris istis cruciatibus meis litatum est. Tuque, praesidium meae libertatis meaeque salutis, si me domum pervexeris incolumem parentibusque et formonso proco reddideris, quas tibi gratias perhibebo, quos honores habebo, quos cibos exhibebo! Iam primum iubam istam tuam probe pectinatam meis virginalibus monilibus adornabo, frontem vero crispatam prius decoriter discriminabo caudaeque setas incuria lavacri congestas et horridas prompta diligentia perpolibo bullisque te multis aureis inoculatum

qualquer sentimento de piedade, e, com um coice bem dado das patas traseiras, aplastrei-a no chão. Apesar de estendida por terra, ela se agarrou tenazmente à correia, sem querer deixá-la, de maneira que seguia o meu galope, sendo arrastada por uma certa distância. Ao mesmo tempo, soltava gritos agudos, para implorar o auxílio de um braço mais sólido. Mas era em vão que chorava, em vão que procurava provocar tumulto: não havia ninguém para lhe levar socorros, com exceção da jovem cativa. Esta, atraída pelos gritos, saiu correndo e assistiu a um espetáculo que, por Hércules, valia uma olhadela: uma Dirce velhinha pendurada, não a um touro, mas a um asno.[87] Armando-se, então, de viril coragem, ela se arriscou numa proeza magnífica; arrancou o laço das mãos da velha, deteve meu impulso com aliciantes inflexões de voz, montou resolutamente sobre meu lombo e, uma vez montada, me incitou ao galope.

[28] Quanto a mim, estimulado de um lado pela ânsia de escapar e pelo desejo de livrar a moça, e, de outro, pelas pancadas que ela prodigalizava de vez em quando a título de encorajamento, eu corria tão depressa como um cavalo, fazendo ressoar o chão com as minhas quatro patas, e me esforçava para dirigir à moça ternos relinchozinhos. Aconteceu-me até, sob o pretexto de coçar o lombo, inclinar a cabeça de lado, para beijar seus bonitos pés. Ela, então, levantou para o céu um rosto inquieto, e disse, com um profundo suspiro:

"Grandes deuses, vinde em meu socorro, neste extremo perigo, e tu, dura Fortuna, cessa a tua crueldade. Sofri bastante, já, para saciar-te. E tu, protetor da minha liberdade e de minha vida, se me levares sã e salva para minha casa, se me entregares a meus pais e ao meu belo pretendente, quanto eu te serei grata, quantas honras te prestarei, e quantas iguarias te oferecerei! Primeiro, pentearei bem penteada esta crina, e a enfeitarei com os meu colares de moça. Os pelos da tua cauda, que, por incúria, estão amontoados em tufos embaraçados, eu os escovarei com fervoroso cuidado. Ornamentado com bolas de ouro, parecerás brilhar como as estrelas sidéreas, e serás conduzido em triun-

---

[87] Dirce casou-se com um príncipe, perseguindo-lhe sem piedade a primeira mulher, Antíope. Conseguindo fugir, Antíope reuniu-se a dois filhos que tivera de Júpiter, Anfíon e Zeto, inflamando-os de cólera e desejo de vingança. Os dois irmãos mataram o soberano Lico, e amarraram Dirce à cauda de um touro bravo, que a arrebentou contra os rochedos. (N. da T.)

veluti stellis sidereis relucentem et gaudiis popularium pomparum ovantem, sinu serico progestans nucleos et edulia mitiora, te meum sospitatorem cotidie saginabo.

[29] Sed nec inter cibos delicatos et otium profundum vitaeque totius beatitudinem deerit tibi dignitas gloriosa. Nam memoriam praesentis fortunae meae divinaeque providentiae perpetua testatione signabo et depictam in tabula fugae praesentis imaginem meae domus atrio dedicabo. Visetur et in fabulis audietur doctorumque stilis rudis perpetuabitur historia "Asino vectore virgo regia fugiens captivitatem". Accedes antiquis et ipse miraculis, et iam credemus exemplo tuae veritatis et Phrixum arieti supernatasse et Arionem delphinum gubernasse et Europam tauro supercubasse. Quodsi vere Iupiter mugivit in bove, potest in asino meo latere aliqui vel vultus hominis vel facies deorum."

Dum haec identidem puella replicat votisque crebros intermiscet suspiratus, ad quoddam pervenimus trivium, unde me adrepto capistro dirigere dextrorsum magnopere gestiebat, quod ad parentes eius ea scilicet iretur via. Sed ego gnarus latrones illac ad reliquas commeasse praedas renitebar firmiter atque sic in animo meo tacitus expostulabam: "Quid facis, infelix puella? Quid agis? Cur festinas ad Orcum? Quid meis pedibus

fo, em meio da alegre populaça. Num saco de seda, eu te levarei bolos e guloseimas, e, como meu salvador, eu te farei untar de unguentos caros todos os dias.

[29] Além dessas iguarias delicadas, desse ócio profundo, e dessa vida de beatitude, não te faltará a dignidade gloriosa. Perpetuarei, com um testemunho visível, a lembrança de minha aventura presente e a intervenção da providência divina, consagrando, no átrio da minha casa, um quadro pintado, representando minha fuga deste instante. Gente virá ver e ouvir contar, e o estilo dos sábios fixará para sempre a história rústica da jovem princesa que se evadiu do cativeiro montada num burro. Terás o teu lugar entre todas as maravilhas de outrora, e acreditaremos de agora em diante, vendo a realidade do teu exemplo, que Frixo atravessou as águas montado num carneiro,[88] que Aríon pilotou um delfim[89] e que Europa se deitou no dorso de um touro.[90] E se Júpiter mugiu verdadeiramente sob o aspecto de um animal de chifres, é possível que em meu burro se esconda o rosto de um homem ou o vulto de um deus."

Enquanto a moça repetia estas frases e entremeava a fala de contínuos suspiros, chegamos a uma encruzilhada. Segurando-me a brida, ela queria, à viva força, me fazer tomar o caminho da direita, que, sem dúvida, era o que conduzia à casa de seus pais. Eu sabia que os bandidos tinham passado por lá para irem buscar o resto do saque, e então resisti teimosamente e lhe fazia em pensamento silenciosas advertências: "Que fazes, desgraçada criança? Que pensas? Por que queres correr para casa de Orco? Ou pretendes para lá ir com as minhas patas? Não é

---

[88] Frixo, da mitologia tessaliana, desdenhando o amor criminoso de sua madrasta Ino, foi por ela perseguido. Influiu a madrasta na decisão do marido de sacrificar o príncipe Frixo e a princesa Hele a Júpiter. No momento do sacrifício, Néfele, a mãe de ambos, metamorfoseada em nevoeiro, raptou-os, e deu aos dois irmãos um carneiro de tosão de ouro, que os transportou até a Ásia. (N. da T.)

[89] O poeta lírico Aríon, no século VII a.C., passou parte de sua vida junto de Periandro, tirano de Corinto. Conta-se que, certa vez, depois de uma excursão pela Itália, os marinheiros do seu navio quiseram matá-lo, depois de o despojarem de seu dinheiro. Ele pediu para cantar uma derradeira vez, acompanhando-se com a cítara. Depois, lançou-se ao mar. Um delfim, encantado com sua música, recolheu-o e o transportou ao cabo Tênaro. (N. da T.)

[90] Europa, filha de Agenor e irmã de Fênix, rei de Tiro, foi raptada por Júpiter, que se metamorfoseou em touro, e a transportou para Creta. (N. da T.)

facere contendis? Non enim te tantum verum etiam me perditum ibis." Sic nos diversa tendentes et in causa finali de proprietate soli immo viae herciscundae contendentes rapinis suis onusti coram deprehendunt ipsi latrones et ad lunae splendorem iam inde longius cognitos risu maligno salutant.

[30] Et unus e numero sic appellat: "Quorsum istam festinanti vestigio lucubratis viam nec noctis intempestae Manes Larvasque formidatis? An tu, probissima puella, parentes tuos intervisere properas? Sed nos et solitudini tuae praesidium praebebimus et compendiosum ad tuos iter monstrabimus." Et verbum manu secutus prehenso loro retrorsum me circumtorquet nec baculi nodosi quod gerebat suetis ictibus temperat. Tunc ingratis ad promptum recurrens exitium reminiscor doloris ungulae et occipio nutanti capite claudicare. Sed: "Ecce", inquit ille qui me retraxerat "rursum titubas et vacillas, et putres isti tui pedes fugere possunt, ambulare nesciunt? At paulo ante pinnatam Pegasi vincebas celeritatem."

Dum sic mecum fustem quatiens benignus iocatur comes, iam domus eorum extremam loricam perveneramus. Et ecce de quodam ramo procerae cupressus induta laqueum anus illa pendebat. Quam quidem detractam protinus cum suo sibi funiculo devinctam dedere praecipitem puellaque statim distenta vinculis cenam, quam postuma diligentia praeparaverat infelix anicula, ferinis invadunt animis.

[31] Ac dum avida voracitate cuncta contruncant, iam incipiunt de nostra poena suaque vindicta secum considerare. Et utpote in coetu turbulento variae fuere sententiae, ut primus vivam cremari censeret puellam, secundus bestiis obici suaderet, tertius patibulo suffigi iuberet, quartus tormentis excarnificari praeciperet; certe calculo cunctorum utcumque mors ei fuerat destinata.

somente a ti que vais pôr a perder, mas a mim também." Puxávamos, assim, cada um do seu lado, disputando, como num processo de limites, a propriedade de um terreno, ou antes, a partilha de um caminho, quando os ladrões, carregados com o fruto de suas rapinas, nos apanharam. Ao clarão do luar, reconheceram-nos de longe. Saudaram-nos com um riso sarcástico.

[30] E um da súcia nos interpelou: "Onde ides com o passo tão rápido, noturnos viajantes? Então não tendes medo, nesta hora tardia, dos Manes e das Larvas? E tu, virtuosa menina, tens tanta pressa de rever teus pais? Vamos auxiliar-te a encontrar o caminho mais curto para os teus." Juntando a ação às palavras, agarrou o laço e me obrigou a fazer meia-volta, sem poupar os costumeiros golpes do cacete nodoso que levava. Então, vendo-me, bem contra a vontade, levado de volta para a morte que me esperava, lembrei-me do ferimento do casco e me pus a mancar, balançando a cabeça. "Aí está", disse o que me ia levando pela arreata, "começas tu a titubear e a vacilar. Então esses pés carunchados são capazes de fugir, mas não de irem a passo? No entanto, há um momento, tu batias, no galope, a Pégaso, o cavalo alado."[91]

Enquanto o amável indivíduo me agradava desta maneira, brandia também o cacete e atingimos a fortificação externa da casa dos ladrões. E eis que, de um dos ramos dum alto cipreste, pendia a velha, com um nó corredio em torno do pescoço. Eles desceram depressa e a atiraram, tal como estava, com sua própria corda, ao fundo de um precipício. Depois de terem amarrado os membros da moça, lançaram-se como bestas esfaimadas sobre a ceia que lhes deixara pronta a diligência póstuma da infortunada anciã.

[31] Durante o tempo em que faziam desaparecer tudo com uma avidez gulosa, deliberavam entre si sobre nosso castigo e sua vingança. E, como acontece numa assembleia tumultuosa, as opiniões se dividiram. Um queria que a mocinha fosse queimada viva, um segundo aconselhava que a entregassem às feras, um terceiro propunha crucificá-la, um quarto declarava que era preciso esquartejá-la entre torturas,[92] mas todos os votos, de um ou de outro modo, eram pela pena de morte. En-

---

[91] Cavalo alado nascido do sangue da Medusa degolada por Perseu. (N. da E.)

[92] As punições sugeridas para Caridade correspondem às previstas em lei para os bandidos, que aqui fazem as vezes de juízes. (N. da E.)

Tunc unus, omnium sedato tumultu, placido sermone sic orsus est:

"Nec sectae collegii nec mansuetudini singulorum ac ne meae quidem modestiae congruit pati vos ultra modum delictique saevire terminum nec feras nec cruces nec ignes nec tormenta ac ne mortis quidem maturatae festinas tenebras accersere. Meis itaque consiliis auscultantes vitam puellae, sed quam meretur, largimini. Nec vos memoria deseruit utique quid iam dudum decreveritis de isto asino semper pigro quidem sed manducone summo nunc etiam mendaci fictae debilitatis et virginalis fugae sequestro ministroque. Hunc igitur iugulare crastino placeat totisque vacuefacto praecordiis per mediam alvum nudam virginem, quam praetulit nobis, insuere, ut sola facie praeminente ceterum corpus puellae nexu ferino coerceat, tunc super aliquod saxum scruposum insiciatum et fartilem asinum exponere et solis ardentis vaporibus tradere.

[32] Sic enim cuncta quae recte statuistis ambo sustinebunt, et mortem asinus quam pridem meruit, et illa morsus ferarum, cum vermes membra laniabunt, et ignis flagrantiam, cum sol nimiis caloribus inflammarit uterum, et patibuli cruciatum, cum canes et vultures intima protrahent viscera. Sed et ceteras eius aerumnas et tormenta numerate: mortuae bestiae ipsa vivens ventrem habitabit, tum faetore nimio nares aestuabit, et inediae diutinae letali fame tabescet, nec suis saltem liberis manibus mortem sibi fabricare poterit."

Talibus dictis non pedibus sed totis animis latrones in eius vadunt sententiam. Quam meis tam magnis auribus accipiens quid aliud quam meum crastinum deflebam cadaver?

tão, um, tendo serenado o tumulto, tomou tranquilamente a palavra. E disse:

"Não está de acordo com os princípios do nosso colégio, nem com a mansuetude de cada um, nem com a minha moderação, consentir no que seria de vossa parte um rigor excessivo e desproporcionado. As feras, a cruz, o fogo, os instrumentos de tortura, nada disto convém, tudo isso apenas adianta para ela a hora tenebrosa da morte. Se quiserdes ouvir meu conselho, concedei a esta moça a vida, mas a vida que ela merece. Não perdestes certamente a memória a respeito de vossa recente decisão, que teve como objeto o burro preguiçoso, mas grande comilão, que ainda há pouco fingia, o impostor, que estava estropiado, mas era cúmplice e auxiliar da fuga da virgem. Proponho, então, degolá-lo amanhã, esvaziá-lo inteiramente de suas entranhas, costurar nua, dentro de seu ventre, a mocinha que o preferiu a nós, de maneira que só o rosto fique para fora, e o resto do corpo fique encerrado nessa besta, como numa prisão. Que assim recheado, como um pastel cheio de carne, o asno fique exposto sobre as pedras de pontas cortantes e aos ardores do sol de fogo.

[32] Deste modo, suportarão um e outro, em sua totalidade, as justas sentenças que pronunciastes: o burro, a morte há muito tempo merecida, e ela a mordida das feras, quando os vermes transformarem seus membros em frangalhos; as queimaduras do fogo, quando o ardente calor do sol inflamar o ventre do animal; o suplício da forca, quando os cães e os abutres lhe arrancarem as entranhas. E não é tudo: fazei a conta dos tormentos que a atormentarão ainda: viva, habitará os flancos da besta morta. Um fedor intolerável encher-lhe-á as narinas e a sufocará. Por muito tempo sem alimento, ela se consumirá lentamente, nas garras mortais da fome, e não terá nem mesmo as mãos livres para ser o instrumento de sua própria morte."

Quando ele acabou, todos os bandidos, sem deixarem seus lugares, mas de pleno acordo, declararam-se de sua opinião. E eu, que o ouvia com minhas longas orelhas, que podia eu, senão chorar sobre o cadáver que seria amanhã?

Liber VII

[1] Vt primum tenebris abiectis dies inalbebat et candidum solis curriculum cuncta conlustrabat, quidam de numero latronum supervenit; sic enim mutuae salutationis officiorum indicabat. Is in primo speluncae aditu residens et ex anhelitu recepto spiritu tale collegio suo nuntium fecit:

"Quod ad domum Milonis Hypatini quam proxime diripuimus pertinet, discussa sollicitudine iam possumus esse securi. Postquam vos enim fortissimis viribus cunctus ablatis castra nostra remeastis, immixtus ego turbelis popularium dolentique atque indignanti similis arbitrabar super investigatione facti cuius modi consilium caperetur et an et quatenus latrones placeret inquiri, renuntiaturus vobis, uti mandaveratis, omnia. nec argumentis dubiis, sed rationibus probabilibus congruo cunctae multitudinis consensu nescio qui Lucius auctor manifestus facinoris postulabatur, qui proximis diebus fictis commendaticiis litteris Miloni sese virum commentitus bonum artius conciliaverat, ut etiam hospitio susceptus inter familiaris intimos haberetur, plusculisque ibidem diebus demoratus falsis amoribus ancillae Milonis animum inrepens ianuae claustra sedulo exploraverat et ipsa membra in quis omne patrimonium condi solebat curiose perspexerat.

[2] Nec exiguum scelerati monstrabatur indicium, quippe cum eadem nocte sub ipso flagitii momento idem profugisset nec exinde usquam compareret; nam et praesidium fugae, quo velocius frustratis insecutoribus procul ac procul abderet sese, eidem facile suppeditasse;

Livro VII

[1] Quando as trevas foram dissipadas pela claridade do dia, e o carro do Sol iluminou todas as coisas, apareceu um que era do número dos ladrões. Pelas saudações trocadas, reconheceram-no como tal. Sentou-se, cansado, à entrada da caverna. Quando retomou alento, participou ao colégio estas novidades:

"Com respeito à casa de Milão de Hípata, que saqueamos no outro dia, podemos, de agora em diante, deixar de lado toda a inquietação e sentirmo-nos garantidos. Pois, enquanto retomáveis o caminho do nosso acampamento, depois de ter tudo obrado por vossa força e vossa coragem, eu, de minha parte, misturado aos grupos de pessoas do lugar, fingia dor e indignação. Observava quais as providências tomadas para o esclarecimento dos fatos, se procurariam os bandidos e até onde iriam as buscas, a fim de trazer-vos notícias, como me encarregastes. Ora, o consenso unânime, da multidão inteira, fundado não sobre argumentos dúbios, mas sobre probabilidades razoáveis, aponta como autor manifesto da façanha um certo Lúcio, que, alguns dias antes, com o auxílio de uma falsa carta de recomendação, fazendo-se passar por homem honesto, tinha tão bem se insinuado nas boas graças de Milão, que o recebera como hóspede, e o tratara como pessoa de intimidade. Passara ele lá vários dias, e com fingidos sentimentos de amor conquistara o coração da criada. Examinou as fechaduras da porta e explorou curiosamente as partes da casa onde Milão costumava encerrar todo o seu patrimônio.

[2] Alegava-se, a mais, um indício muito forte da sua culpabilidade celerada. Na própria noite, no momento exato do atentado, esse mesmo Lúcio tinha desaparecido, e depois não foi mais visto em parte alguma. Além disto, para fugir mais depressa à perseguição, e tomar um grande avanço para se esconder, encontrou um meio fácil de prote-

equum namque illum suum candidum vectorem futurum duxisse secum. Plane servum eius ibidem in hospitio repertum scelerum consiliorumque erilium futurum indicem per magistratus in publicam custodiam receptum et altera die tormentis vexatum pluribus ac paene ad ultimam mortem excarnificatum nil quicquam rerum talium esse confessum, missos tamen in patriam Luci illius multos numero qui reum poenas daturum sceleris inquirerent."

Haec eo narrante veteris fortunae et illius beati Lucii praesentisque aerumnae et infelicis asini facta comparatone medullitus ingemebam subibatque me non de nihilo veteris priscaeque doctrinae viros finxisse ac pronuntiasse caecam et prorsus exoculatam esse Fortunam, quae semper suas opes ad malos et indignos conferat nec unquam iudicio quemquam mortalium eligat, immo vero cum is potissimum deversetur quos procul, si videret, fugere deberet, quodque cunctis est extremius, varias opiniones, immo contrarias nobis attribuat, ut et malus boni viri fama glorietur et innocentissimus contra noxiorum more plectatur.

[3] Ego denique, quem saevissimus eius impetus in bestiam et extremae sortis quadripedem deduxerat cuiusque casus etiam quoivis iniquissimo dolendus atque miserandus merito videretur, crimine latrocinii in hospitem mihi carissimum postulabar. Quod crimen non modo latrocinium verum etiam parricidium quisque rectius nominarit. Nec mihi tamen licebat causam meam defendere vel unico verbo saltem denegare. Denique ne mala conscientia tam scelesto crimini praesens viderer silentio consentire, hoc tantum impatientia productus volui dicere: "Non feci." Et verbum quidem praecedens semel ac saepius inmodice clamitavi, sequens vero nullo pacto disserere potui, sed in prima remansi voce et identidem boavi "Non non", quanquam nimia rutunditate pendulas vibrassem labias. Sed quid ego pluribus de Fortunae scaevitate conqueror, [quam]quam nec

ção, pois levou como montaria o cavalo branco que era seu. Na própria casa onde o tinham recebido, prenderam o seu escravo, que forneceria, pensava-se, indicações sobre os crimes e os planos do dono. Depois de encerrado, por ordem dos magistrados, na prisão da cidade, tinham-no feito suportar, no dia seguinte, toda a sorte de tormentos, arrancando-lhe as carnes até deixá-lo quase morto. Pois não lhe extorquiram nenhuma confissão sobre esse negócio. Entrementes, numerosos emissários foram enviados à pátria de Lúcio, para procurar o acusado e castigá-lo pelo seu crime."

Durante a narração, eu comparava ao Lúcio de outrora, com sua feliz fortuna, o pobre burro do presente e sua miserável condição. Não foi sem motivo que os antigos representaram a Fortuna, não somente cega, mas também sem olhos. É para os malvados e para os indignos que ela reserva os seus favores. Em vez de fundamentar com justas razões a escolha que faz entre os mortais, prefere a companhia de pessoas das quais deveria fugir, se enxergasse. E o pior de tudo, afinal, é que ela distribui a consideração de modo tão atrabiliário, que o mau se glorifica com a reputação de homem de bem, e o mais inocente, pelo contrário, sofre como um culpado.

[3] Assim, eu, que o furor de seus assaltos tinha colocado no lugar de uma besta, o mais estúpido dos quadrúpedes; eu, cuja triste sorte inspiraria compaixão e encheria de dor o coração do mortal mais insensível, acusavam-me de banditismo para com um anfitrião que me era particularmente caro. E ainda não só me acusavam de bandido, como também de parricida, para apresentar o caso como era.[93] No entanto, eu não podia advogar minha causa, nem proferir uma única palavra negando o crime. Para que meu silêncio não parecesse uma confissão da má consciência, quando me acusavam, diante de mim, de tal crime, sem poder conter-me quis gritar somente: "Não, eu não fiz isto." Consegui pronunciar a primeira palavra, com uma explosão da voz, por diversas vezes, mas foi-me impossível articular a seguinte. Não adiantava aplicar-me em arredondar os beiços pendentes, e agitá-los; ficava sempre nesta única silaba, que repetia vociferando: "Não, não." Mas para que me queixar por mais tempo da estupidez da Fortuna,

---

[93] Lúcio seria parricida devido aos liames da hospitalidade, que criavam relações de pai para filho entre hospedeiro e hóspede. (N. da T.)

istud puduit me cum meo famulo meoque vectore illo equo factum conservum atque coniugem?

[4] Talibus cogitationibus fluctuantem subit me cura illa potior, qua statuto consilium latronum manibus virginis decretam me victimam recordabar, ventremque crebro suspiciens meum iam misellam puellam parturibam.

Sed ille, qui commodum falsam de me notoriam pertulerat, expromptis mille aureum quos insutu laciniae contexerat quosque variis viatoribus detractos, ut aiebat, pro sua frugalitate communi conferebat arcae, infit etiam de salute commilitonum sollicite sciscitari. Cognitoque quosdam, immo vero fortissimus quemque variis quidem sed impigris casibus oppetisse, suadet tantisper pacatis itineribus omniumque proeliorum servatis indutiis inquisitioni commilitonum potius insisteretur et tirocinio novae iuventutis ad pristinae manus numerum Martiae cohortis facies integraretur: nam et invitos terrore compelli et volentes praemio provocari posse nec paucos humili servilique vitae renuntiantes ad instar tyrannicae potestatis sectam suam conferre malle. Se quoque iam dudum pro sua parte quendam convenisse hominem et statu procerum et aetate iuvenem et corpore vastum et manu strenuum, eique suasisse ac denique persuasisse, ut manus hebetatas diutina pigritia tandem referret ad frugem meliorem bonoque secundae, dum posset, frueretur valetudinis, nec manum validam erogandae stipi porrigeret sed hauriendo potuit exerceret auro.

[5] Talibus dictis universi omnes adsensi et illum, qui iam comprobatus videretur, adscisci et alios ad supplendum numerum vestigari statuunt. Tunc profectus et paululum commoratus ille perducit immanem quendam iuvenem, uti fuerat pollicitus, nescio an ulli praesentium comparandum — nam praeter ceteram corporis molem toto vertice cunctos antepollebat et ei commodum lanugo malis inserpebat — sed plane centunculis disparibus et male consarcinatis semiamictum, inter quos pectus et venter crustata crassitie relucitabant.

quando ela vergonhosamente fez de mim o companheiro de escravidão e de jugo do meu cavalo, meu fâmulo e minha montaria?

[4] Agitado por estas cogitações, um cuidado mais importante me preocupou o espírito. Lembrei-me da decisão tomada pelos bandidos de me sacrificarem aos manes da virgem, e, cada vez que, baixando a cabeça, olhava para o ventre, já me sentia grávido da pobre menina.

Entretanto, aquele que acabara de espalhar as calúnias a meu respeito, tirou mil peças de ouro, que tinha costurado, para escondê-las, nas pregas de suas vestes. Tinha-as roubado de vários viandantes, e sua probidade ordenava, como um dever, que as depositasse na caixa comum. Também se informou com solicitude da saúde dos companheiros. Sabendo que alguns deles, ou melhor, os mais valentes, tinham sucumbido em ações diversas, mas igualmente audaciosas, aconselhou que deixassem de frequentar as estradas, que cessassem por algum tempo os combates, e se esforçassem fazendo o recrutamento de homens, para que se reconstituísse a marcial coorte. Que se completasse o seu antigo efetivo, pelo arrolamento de novos companheiros de armas. Podiam-se constranger os recalcitrantes pelo terror, e atrair pela sedução do lucro alguns de boa vontade. Quantos homens renunciariam, sem pena, a uma existência humilde e servil, para abraçar uma vida que os faria poderosos como reis! Ele próprio tinha encontrado pouco antes um homem corpulento, de jovem aparência, alto, pronto para a ação. À força de conselhos, conseguira persuadi-lo a consagrar-se a um ofício que aproveitasse melhor as forças em desgaste por um longo ócio. Que aproveitasse, enquanto podia, as benesses de uma boa saúde, e, em lugar de estender a mão robusta para pedir esmolas, que a usasse, antes, para recolher ouro.

[5] Após esse discurso, decidiu-se unanimemente admitir o homem de que se falava, considerado com experiência suficiente. Procurariam outros para completar a quadrilha. O ladrão saiu. Depois de um momento de ausência, voltou, tal como tinha prometido, trazendo um jovem gigante, com o qual nenhum dos presentes podia ser comparado, pois, não se falando nas dimensões do resto do corpo, em altura ele os ultrapassava de uma cabeça, e apenas uma lanugem de barba começava a apontar-lhe nas faces. Vestia farrapos desparelhados e descosturados que mal o cobriam. Pelos rasgões apareciam-lhe o peito e o ventre, guarnecidos de um espesso revestimento de músculos.

Sic introgressus: "Havete", inquit "fortissimo deo Marti clientes mihique iam fidi commilitones, et virum magnanimae vivacitatis volentem volentes accipite, libentius vulnera corpore excipientem quam aurum manu suscipientem ipsaque morte, quam formidant alii, meliorem. Nec me putetis egenum vel abiectum neve de pannulis istis virtute meas aestimetis. Nam praefui validissimae manui totamque prorsus devastavi Macedoniam. Ego sum praedo famosus Haemus ille Thracius cuius totae provinciae nomen horrescunt, patre Therone aeque latrone inclito prognatus, humano sanguine nutritus interque ipsos manipulos factionis educatur heres et aemulus virtutis paternae.

[6] Sed omnem pristinam sociorum fortium multitudinem magnesque illas opes exiguo temporis amisi spatio. Nam procuratorem principis ducenaria perfunctum, dehinc fortuna tristiore decessum, praetereuntem Iove irato fueram adgressus — sed rei noscendae carpo ordinem.

Fuit quidam multis officiis in aula Caesaris clarus atque conspicuus, ipsi etiam probe spectatus. Hunc insimulatum quorundam astu proiecit extorrem saeviens invidia. Sed uxor eius Plotina quaedam, rarae fidei atque singularis pudicitiae femina, quae decimo partus stipendio viri familiam fundaverat, spretis atque contemptis urbicae luxuriae deliciis, fugientis comes et infortunii socia, tonso capillo in masculinam faciem reformato habitu pretiosissimis monilium et auro monetali zonis refertis incincta inter ipsas custodientium milium manus et gladios nudos intrepida cunctorum periculorum particeps et pro mariti salute pervigilem curam sustinens aerumnas adsiduas ingenio masculo sustinebat. Iamque plurimis itineris

Entrou. "Saúde", disse ele, "protegidos do valoroso deus Marte[94] e, de hoje em diante, meus fiéis companheiros de armas. Acolhei de boa vontade quem de boa vontade vos procura, homem valente e resoluto, que prefere receber ferimentos pelo corpo do que apalpar o ouro, e cuja morte será o terror dos outros, e a exaltação da coragem. Não me tomeis por um indigente, um ser abjeto, nem avalieis minhas virtudes pelos meus trapos. Fui o cabeça de uma forte quadrilha e devastei toda a Macedônia. Sou eu Hemo de Trácia, o famoso bandido, a cuja menção tremem de horror todas as províncias; meu pai era Terão, ele também bandido ilustre. Nutrido de sangue humano, educado entre as fileiras do bando, sou o herdeiro e o seguidor das virtudes paternas.

[6] Porém, minha outrora numerosa tropa de bravos companheiros, meus amplos meios de subsistência, tudo que eu tinha, perdi em pouco tempo. Aconteceu que um procurador do príncipe, anteriormente no tratamento de duzentos mil sestércios,[95] caiu em desgraça e foi destituído do cargo. Na sua passagem, eu o ataquei, e foi a minha desgraça. Mas, para que estas coisas sejam entendidas, vamos por ordem.

Havia na corte de César uma pessoa que, por numerosos serviços, distinguira-se conspicuamente e conquistara mesmo a estima pessoal do príncipe. Acusações astuciosas de uma implacável inveja acabaram dando com ele no exílio. Mas sua esposa Plotina, mulher de rara fidelidade e singular pudicícia, que, com dez partos, alicerçara o lar do marido, desprezando e desconsiderando as luxuriosas delícias da cidade, acompanhou o marido em sua fuga, e compartilhou com ele do infortúnio. Com a cabeça raspada, as vestes de talhe masculino, levando sobre o corpo colares valiosos e ouro amoedado, com o qual guarneceu cinturões, passava intrépida no meio dos soldados da guarda e das espadas nuas. Associando-se a todos os perigos do marido, velava sem desfalecimentos por sua vida, e suportava com viril coragem o peso de misérias contínuas. Tinha já deixado atrás de si milhas de viagem difí-

---

[94] Os ladrões tinham uma organização militarizada, e cantavam hinos em louvor do deus Marte, seu protetor e patrono. (N. da T.)

[95] Os procuradores imperiais estavam hierarquicamente repartidos em quatro classes, de acordo com o seu tratamento, que podia ser de sessenta, cem, duzentos e trezentos mil sestércios: *sexagenarii*, *centenarii*, *ducenarii* e *tricenarii*. (N. da T.)

difficultatibus marisque terroribus exanclatis Zacynthum petebat, quam sors ei fatalis decreverat temporariam sedem.

[7] Sed cum primum litus Actiacum, quo tunc Macedonia delapsi grassabamur, appulisset — nocte promota tabernulam quandam litori navique proximam vitatis maris fluctibus incubabant — invadimus et diripimus omnia. Nec tamen periculo levi temptati discessimus. Simul namque primum sonum ianuae matrona percepit, procurrens in cubiculum clamoribus inquietis cuncta miscuit milites suosque famulos nominatim, sed et omnem viciniam suppetiatum convocans, nisi quod pavore cunctorum, qui sibi quisque metuentes delitiscebant, effectum est ut impune discederemus.

Sed protinus sanctissima — vera enim dicenda sunt — et unicae fidei femina bonis artibus gratiosa precibus ad Caesaris numen porrectis et marito reditum celerem et adgressurae plenam vindictam impetravit. Denique noluit esse Caesar Haemi latronis collegium et confestim interivit: tantum potest nutus etiam magni principis. Tota denique factione militarium vexillationum indagatu confecta atque concita ipse me furatus aegre solus mediis Orci faucibus ad hunc evasi modum:

[8] sumpta veste muliebri florida, in sinus flaccidos abundante, mitellaque textili contecto capite, calceis feminis albis illis et tenuibus inductus et et in sequiorem sexum incertatus atque absconditus, asello spicas ordeacias gerenti residens per medias acies infesti militis transabivi. Nam mulierem putantes asinariam concedebant liberos abitus, quippe cum mihi etiam tunc depiles genae levi pueritia splendicarent.

Nec ab illa tamen paterna gloria vel mea virtute descivi, quanquam semitrepidus iuxta mucrones Martios constitutus, sed habitus alieni fallacia tectus villas seu castella solus adgrediens viaticulum mihi conrasi” et diloricatis statim pannulis in medium duo milia profudit aureorum et: “En” inquit “istam sportulam,

cil e os terrores do mar. Dirigia-se para Zacinto,[96] que um destino fatal decretara que deveria ser a residência temporária do banido.

[7] Mas primeiro teriam que aportar à margem do Ácio onde, vindos da Macedônia, operávamos então. Os viajantes, vendo que avançava a noite, deitaram-se, para evitar os balanços do mar, num pequeno albergue, nas proximidades das costas e do navio, quando caímos sobre eles, e roubamos-lhes tudo. Não foi, no entanto, sem que corrêssemos um sério perigo, que abandonamos o lugar. Ao primeiro rumor, com efeito, a matrona correu para a porta, atravessou o quarto, inquietou toda a gente com seus clamores, dirigindo-se individualmente aos soldados, aos criados, chamando em seu socorro até os vizinhos. E sem o pavor dessa gente que, no íntimo, adotava o lema de cada um para si, não sairíamos dali impunemente.

Mas logo a nobre mulher, inigualável de fidelidade — é preciso dizer as coisas como as coisas são —, despertou interesse por sua virtuosa conduta, implorou ao nume de César, obteve para o marido um pronto regresso, e para nossa agressão plena vingança. César decidiu logo que o bando do ladrão Hemo deixaria de existir, e de repente ele desapareceu. Tal é o poder que exerce a simples vontade de um grande príncipe. Realmente, toda a quadrilha, batida pelos destacamentos de soldados, acabou por ser desmantelada e exterminada. Só eu escapei à pena e fugi, eis como, das fauces de Orco:

[8] Sob uma suntuosa roupa florida de mulher, com os seios flácidos, balouçantes, com uma pequena touca de fazenda sobre os cabelos, calçado com delicadas sandálias brancas, femininas, e escondendo minha identidade com os exteriores do sexo fraco, passei através da soldadesca ameaçante, sentado de banda num asno carregado de espigas. Tomavam-me pela mulher de qualquer tocador de burro, e deixavam-me livre para seguir, pois que, nessa ocasião, minhas faces glabras tinham a frescura e o brilho da infância.

Entretanto, não desmenti nem a glória paterna nem a minha própria virtude: ainda pouco seguro, na vizinhança dos gládios belicosos, sob a proteção do meu disfarce enganador, ataquei sozinho fazendas e aldeias, e acumulei assim um pequeno viático." Ao mesmo tempo, abrindo os trapos, espalhou diante de todos mil moedas de ouro: "Aqui

---

[96] Ilha do mar Jônico, hoje Zante, a oeste da costa do Peloponeso. (N. da T.)

immo vero dotem collegio vestro libens meque vobis ducem fidissimum, si tamen non recusatis, offero brevi temporis spatio lapideam istam domum vestram facturus auream."

[9] Nec mora nec cunctatio, sed calculis omnibus ducatum latrones unanimes ei deferunt vestemque lautiusculam proferunt, sumeret abiecto centunculo divite. Sic reformatus singulos exosculatus et in summo pulvinari locatus cena poculisque magnis inauguratur. Tunc sermonibus mutuis de virginis fuga deque mea vectura et utrique destinata monstruosa morte cognoscit et ubi locorum esset illa percontatus deductusque, visa ea, ut erat vinculis onusta, contorta et vituperanti nare discessit et: "Non sum quidem tam brutus vel certe temerarius" inquit "ut scitum vestrum inhibeam, sed malae conscientiae reatum intra me sustinebo si quod bonum mihi videtur dissimulavero. Sed prius fiduciam vestri causa sollicito mihi tribuite, cum praesertim vobis, si sententia haec mea displicuerit, liceat rursus ad asinum redire. Nam ego arbitror latrones, quique eorum recte sapiunt, nihil anteferre lucro suo debere ac ne ipsam quidem saepe et ultis damnosam ultionem. Ergo igitur, si perdideritis in asino virginem, nihil amplius quam sine ullo compendio indignationem vestram exercueritis. Quin ego censeo deducendam eam ad quampiam civitatem ibique venundandam. Nec enim levi pretio distrahi poterit talis aetatula. Nam et ipse quosdam lenones pridem cognitos habeo, quorum poterit unus magnis equidem talentis, ut arbitror, puellam istam praestinare condigne natalibus suis fornicem processuram nec in similem fugam discursuram, non nihil etiam, cum lupanari servierit, vindictae vobis depensuram. Hanc ex animo quidem meo sententiam conducibilem protuli; sed vos vestrorum estis consiliorum rerumque domini."

[10] Sic ille latronum fisci advocatus nostram causam pertulerat, virginis et asini sospitator egregius. Sed in diutina deliberatione ceteri cruciantes mora consilii mea praecordia, immo miserum spiritum elidentes, tandem novicii latronis accendunt sententiae et protinus vinculis exsolvunt virginem. Quae quidem simul viderat illum iuvenem fornicisque et lenonis audierat mentionem, coepit risu laetissimo gestire, ut

está", disse, "uma pequena gratificação, e ainda me ofereço também, se não fizerdes objeção, como um chefe com o qual podeis contar, e que, em pouco tempo, fará desta casa de pedra, uma de ouro."

[9] Sem hesitação nem demora, todos os ladrões, por unanimidade, o aclamaram seu chefe, levaram-lhe roupa mais decente, convidando-o a se desfazer dos seus ricos trapos. Operada essa metamorfose, cada um lhe deu um beijo. Depois, puseram-no sobre o grabato, no lugar de honra, e para festejar a sua entrada solene, fizeram um banquete copiosamente regado. Em meio da conversa, ele soube como a moça tinha fugido, como eu lhe servira de montada e a que morte monstruosa fôramos condenados um e outra. Ele perguntou em que lugar se encontrava ela. Conduziram-no para lá. Depois de ter visto as cadeias com que a tinham sobrecarregado, voltou-se com uma careta de desaprovação. "Não sou tão bruto, e nem tão temerário, certamente", disse, "que vá de encontro à vossa decisão. Não poderia, entretanto, dissimular meu modo de ver, sem expor minha alma às reprovações da má consciência. Começai por dar-me um voto de confiança, pois cuido do vosso interesse. Pois bem, se a minha sentença vos desagradar, será sempre tempo de voltar ao burro. Mas eu acho que um ladrão, se for sábio, não deve colocar coisa alguma acima do seu lucro, nem a vingança, que mais frequentemente recai sobre aquele que a exerce. Ora, se perderdes a virgem no burro, não fareis nada melhor do que satisfazer vossa indignação, sem o menor proveito. Opino ser mais lucrativo conduzi-la para alguma cidade e aí vendê-la. Com tal juventude, tira-se um preço não desprezível. Por mim, conheço alguns negociantes de gente que, um ou outro, penso, dará por esta moça belos talentos, que tanto vale por seu nascimento, para fazê-la entrar num lugar de onde não fugirá mais para os campos. Ao mesmo tempo, quando ela estiver reduzida à servidão do lupanar, vossa vingança estará completa. Isto é o que proponho, coisa sincera e vantajosa. Mas sois vós os donos de vossas decisões e de vossos bens."

[10] Foi assim que, tendo-se arvorado em advogado do tesouro junto dos ladrões, apresentou nossa defesa, como protetor da virgem e do burro. Mas a deliberação entre eles foi longa, e a expectativa de uma decisão que tardava me torturava o coração, ou antes, me arrancava uma vida expirante. Por fim, concordaram com a proposta do ladrão recém-chegado e livraram depressa a virgem dos seus vínculos. Assim que ela viu o moço e ouviu falar de prostituição e do tráfico de escra-

mihi merito subiret vituperatio totius sexus, cum viderem puellam proci iuvenis amore nuptiarumque castarum desiderio simulato lupanaris spurci sordidique subito delectari nomine. Et tunc quidem totarum mulierum secta moresque de asini pendebant iudicio.

Sed ille iuvenis sermone reperito: "Quin igitur" inquit "supplicatum Marti Comiti pergimus et puellam simul vendituri et socios indagaturi? Sed, ut video, nullum uspiam pecus sacrificatui ac ne vinum quidem potatui adfatim vel sufficiens habemus. Decem mihi itaque legate comites, qui contentus proximum castellum petam, inde vobis epulas saliares comparaturus."

Sic eo profecto ceteri copiosum instruunt ignem aramque cespite virenti Marti deo faciunt.

[11] Nec multo post adveniunt illi vinarios utres ferentes et gregatim pecua comminantes, unde praelectum grandem hircum annosum et horricomem Marti Secutori Comitique victimant. Et ilico prandium fabricatur opipare. Tunc hospes ille: "Non modo" inquit "exspoliationum praedarumque, verum etiam voluptatum vestrarum ducem me strenuum sentire debetis" et adgressus insigni facilitate naviter cuncta praeministrat. Verrit, sternit, coquit, tucceta concinnat, adponit scitule, sed praecipue poculis celebris grandibusque singulos ingurgitat. Interdum tamen simulatione promendi quae poscebat usus ad puellam commeabat adsidue, partisque subreptas clanculo et praegustatas a se potiones offerebat hilaris. At illa sumebat adpetenter et non numquam basiare volenti promptis saviolis adlubescebat. Quae res oppido mihi displicebat. "Hem oblita es nuptiarum tuique mutui cupitoris, puella virgo, et illi nescio cui recenti marito, quem tibi parentes iunxerunt, hunc advenam cruentumque percussorem praeponis? Nec te conscientia stimulat, sed adfectione calcata inter lanceas et gladios istos scortari tibi libet? Quid, si quo modo latrones ceteri persenserint? Non rursum recurres ad asinum et rursum exitium mihi parabis? Re vera ludis de alieno corio."

vos, pôs-se a rir e a manifestar tanta alegria, que me senti impelido a acusar todo o seu sexo, dizendo-me que ali estava uma moça que fingia amar o noivo, desejar uma casta união, e que, no entanto, só o nome de lupanar a deleitava. E então, nesse instante, a totalidade das mulheres e sua moralidade dependeu do julgamento de um burro.

Entrementes, o moço retomava a palavra: "Que esperamos para oferecer nossas preces a Marte Companheiro, antes de irmos vender a moça e procurar ao mesmo tempo novos sócios? Mas vejo que aqui não há nenhum animal para o sacrifício, nem mesmo vinho em abundância para beber. Arranjai-me dez companheiros, e não é preciso senão atacar o castelo vizinho, para vos arranjar um banquete comparável ao dos sálios."

Ele se foi, enquanto os outros preparavam um vasto fogo e erguiam ao deus Marte um altar de virente relva.

[11] Pouco depois, voltaram nossos homens, trazendo odres de vinho e tangendo um rebanho, no qual escolheram um grande bode velho, de áspero tosão, para sacrificar a Marte, Seguidor e Companheiro. E, em seguida, fizeram-se os preparativos de uma opípara refeição. O anfitrião retomou a palavra: "Não é somente em vossas pilhagens e vossas depredações, mas será verdadeiramente em vossos prazeres que encontrareis em mim as qualidades de chefe." E, pondo mãos à obra, arranjou tudo com notável facilidade. Varreu, arrumou a mesa, cozinhou, preparou os pratos de carne, serviu como um artista, mas sobretudo encheu até as bordas vastos copos, para uns e outros, tantos que poderia afogá-los a todos. Ao mesmo tempo, simulando precisar procurar tudo quanto exigia o serviço, ia sem cessar para junto da moça, a quem oferecia, sorridente, bocados sorrateiramente subtraídos, ou copos que tinha começado a provar. Tudo ela aceitava com bom apetite, e quando ele queria abraçá-la, ela o beijava prontamente. Estas coisas muito me desagradavam. "Com que então esqueceste teu casamento, e aquele que, virgenzinha, também desejavas? Ao esposo que desconheço, e a quem acabavam de unir-te os teus pais, preferes este adventício sanguinário? Não te aguilhoa a consciência? Apraz-te calcar aos pés as afeições, para te prostituíres entre lanças e gládios? E se, de qualquer modo, os outros ladrões se aperceberem disso? Não voltarás então ao asno, sendo assim o instrumento da minha morte? Verdadeiramente, tu brincas com o couro dos outros."

[12] Dum ista sycophanta ego mecum maxima cum indignatione disputo, de verbis eorum quibusdam dubiis sed non obscuris prudenti asino cognosco non Haemum illum praedonem famosum sed Tlepolemum sponsum puellae ipsius. Nam procedente sermone paulo iam clarius contempta mea praesentia quasi vere mortui: "Bono animo es", inquit "Charite dulcissima; nam totis istos hostes tuos statim captivos habebis", et instantia validiore vinum iam inmixtum, sed modico tepefactum vapore sauciis illis et crapula vinolentiaque madidis ipse abstemius non cessat inpingere. Et hercules suspicionem mihi fecit quasi soporiferum quoddam venenum cantharis immisceret illis. Cuncti denique, sed prorsus omnes vino sepulti iacebant, omnes pariter mortui. Tunc nullo negotio artissimis vinculis impeditis ac pro arbitrio suo constrictis illis, imposita dorso meo puella, dirigit gressum ad suam patriam.

[13] Quam simul accessimus, tota civitas ad votivum conspectum effunditur. Procurrunt parentes, affines, clientes, alumni, famuli laeti faciem, gaudio delibuti. Pompam cerneres omnis sexus et omnis aetatis novumque et hercules memorandum spectamen, virginem asino triumphantem. Denique ipse etiam hilarior pro virili parte, ne praesenti negotio ut alienus discreparem, porrectis auribus proflatisque naribus rudivi fortiter, immo tonanti clamore personui. Et illam thalamo receptam commode parentes sui fovebant, me vero cum ingenti iumentorum civiumque multitudine confestim retro Tlepolemus agebat non invitum. Nam et alias curiosus et tunc latronum captivitatis spectator optabam fieri. Quos fidem colligatos adhuc vino magis quam vinculis deprehendimus. Totis ergo prolatis erutisque rebus et nobis auro argentoque et ceteris onustis ipsos partim constrictos, uti fuerant, provolutosque in proximas

[12] Enquanto, com razões de sicofanta,[97] eu disputava comigo mesmo, indignado ao máximo, algumas de suas palavras de sentido duplo, mas não totalmente obscuras para um burro prevenido, esclareceram-me que não se tratava de Hemo, o bandoleiro famoso, mas de Tlepólemo, o próprio esposo da moça. Aconteceu que, ao correr da conversa, ele erguera um pouco a voz, sem se importar com a minha presença, como se de fato eu já estivesse morto: "Coragem, Caridade dulcíssima, pois todos estes inimigos, logo os terás cativos." E voltou a servir com mais frequência. Aos camaradas já inseguros e mergulhados numa crapulosa bebedeira, não parou mais de os fazer entornar vinho, não misturado desta vez, mas ligeiramente aquecido, e do qual ele próprio se absteve. E, por Hércules, eu já suspeitava disso, juntava-lhe cântaros de alguma droga soporífera. Não tardou que todos, mas todos absolutamente, jazessem sepultados em vinho, bêbados, mortos. Então, sem o menor esforço, ele os amarrou bem amarrados, imobilizou-os à vontade, pôs a moça sobre o meu lombo, e dirigiu nossos passos para a sua pátria.

[13] Quando chegamos, toda a cidade ao mesmo tempo saiu para nos contemplar. Acorreram ao nosso encontro pais, afins, clientes, protegidos, criados, a face alegre, delirantes de contentamento. E teríeis visto, por Hércules, um memorável espetáculo, a multidão de todos os sexos e de todas as idades levando a virgem triunfante sobre um burro. E eu então, tomando parte pessoalmente nessa alegria, para não ter um ar alheio às circunstâncias, e não cometer discrepância, empinei as orelhas, enchi bem de ar as ventas e me pus a zurrar vigorosamente, com um clamor de trovão. A moça fora levada para o quarto, recebendo dos pais cuidados que a situação justificava. Tlepólemo se apressou a me reconduzir para o lugar de onde viéramos, com um grande número de jumentos e de cidadãos, o que não me desagradou, pois à minha curiosidade ordinária se acrescentava, dessa vez, o desejo de assistir como espectador à captura dos ladrões. Foram encontrados mais bem amarrados com o vinho do que com os vínculos. Tudo que lá havia foi tirado e levado para fora. Carregaram-nos de ouro e prata, e outras valiosas coisas, e, quanto aos próprios ladrões, fizeram rolar alguns, atados como estavam, até os rochedos próximos, de onde os precipitaram; ou-

---

[97] Sicofanta, na origem, designa um delator e caluniador hipócrita. (N. da T.)

rupinas praecipites dedere, alios vero suis sibi gladiis obtruncatos reliquere.

Tali vindicta laeti et gaudentes civitatem revenimus. Et illas quidem divitias publicae custodelae commisere, Tlepolemo puellam repetitam lege tradidere.

[14] Exin me suum sospitatorem nuncupatum matrona prolixe curitabat ipsoque nuptiarum die praesepium meum ordeo passim repleri iubet faenumque camelo Bactrinae sufficiens apponi. Sed quas ego condignas Photidi diras devotiones imprecarer, quae me formavit non canem, sed asinum, quippe cum viderem largissimae cenae reliquiis rapinisque canes omnes inescatos atque distentos.

Post noctem et rudimenta Veneris recens nupta gratias summas apud suos parentes ac maritum mihi meminisse non destitit, quoad summos illi promitterent honorem habituri mihi. Convocatis denique gravioribus amicis consilium datur, quo potissimum pacto digne remunerarer. Placuerat uni domi me conclusum et otiosum hordeo lecto fabaque et vicia saginari; sed optinuit alius, qui meae libertati prospexerat, suadens ut rurestribus potius campis in greges equinos lasciviens discurrerem daturum dominis equarum inscensu generoso multas alumnas.

[15] Ergo igitur evocato statim armentario equisone magna cum praefatione deducendus adsignor. Et sane gaudens laetusque praecurrebam sarcinis et ceteris oneribus iam nunc renuntiaturus nanctaque libertate veris initio pratis herbantibus rosas utique reperturus aliquas. Subibat me tamen illa etiam sequens cogitatio, quod tantis actis gratiis honoribusque plurimis asino meo tributis humana facie recepta multo tanta pluribus beneficiis honestarer.

Sed ubi me procul a civitate gregarius ille perduxerat, nullae deliciae ac ne ulla quidem libertas excipit. Nam protinus

tros foram deixados no mesmo lugar, depois de terem-lhes cortado as cabeças com seus próprios gládios.

Voltamos à cidade cheios de alegria e satisfação com essa vingança. O tesouro foi confiado à custódia pública. Tlepólemo tomou posse legalmente da esposa reconquistada.

[14] A partir desse momento, a recém-casada, que me chamava seu salvador, teve comigo pequenos cuidados. No próprio dia das núpcias, recomendou que enchessem bem a manjedoura de cevada, e mandou que me servissem uma ração de feno, suficiente para um camelo de Batriana.[98] Mas com quantas imprecações maldisse eu a Fótis, que me trocou em burro e não em cão, pois os cães encheram a pança, quase a estourar, com os restos da abundante mesa ou com os bocados que furtavam.

Depois da primeira noite e da iniciação na arte de Vênus, a recém-casada não cessou de proclamar sua gratidão para comigo, aos seus pais, e aos do marido, até que obteve deles a promessa de me prestarem grandes honras. Convocaram finalmente os amigos, gente sensata, para consultá-los sobre a melhor maneira de me recompensar de acordo com os meus merecimentos. Um opinou que me conservassem em casa, ocioso, engordando-me com cevada escolhida, fava e ervilha. Mas prevaleceu a opinião de um outro que, concordando em tese com a minha liberdade, aconselhava que me deixassem correr de preferência pelos campos e pelas planícies, mesclando meus impulsos aos das tropilhas de cavalos, para que, cobrindo as éguas, desse aos meus donos, com esse fogo generoso, grande número de mulas para criar.

[15] Mandaram vir então o zelador dos cercados dos cavalos e, depois de grandes recomendações, encarregaram-no de me levar. Com que alegria trotava eu diante dele, sem carregamentos nem fardos, devolvido à liberdade, no começo da primavera, certo de que encontraria algumas rosas nos prados cobertos de plantas. E vinha-me ainda ao espírito um outro pensamento: se tantos agradecimentos e tantas honrarias eram prestadas ao burro que eu era, quantos favores me seriam dispensados se retomasse a forma humana?

Mas, depois que esse burriqueiro me conduziu para longe da cidade, não encontrei mais doçura, nem sequer liberdade. Aconteceu que

---

[98] Vasta região da antiga Ásia, hoje Turquestão, a leste da Pérsia, de onde saem os camelos mais belos e mais resistentes. (N. da T.)

271   Livro VII

uxor eius, avara equidem nequissimaque illa mulier, molae machinariae subiugum me dedit frondosoque baculo subinde castigans panem sibi suisque de meo parabat corio. Nec tantum sui cibi gratia me fatigare contenta, vicinorum etiam frumenta mercennariis discursibus meis conterebat, nec mihi misero statuta saltem cibaria pro tantis praestabantur laboribus. Namque hordeum meum frictum et sub eadem mola meis quassatum ambagibus colonis proximis venditabat, mihi vero per diem laboriosae machinae adtendo sub ipsa vespera furfures apponebat incretos ac sordidos multosque lapide salebrosos.

[16] Talibus aerumnis edomitum novis Fortuna saeva tradidit cruciatibus, scilicet ut, quod aiunt, domi forisque fortibus factis adoriae plenae gloriarer. Equinis armentis namque me congregem pastor egregius mandati dominici serus auscultator aliquando permisit. At ego tandem liber asinus laetus et tripudians graduque molli gestiens equas opportunissimas iam mihi concubinas futuras deligebam. Sed haec etiam spes hilarior in capitale processit exitium. Mares enim ob amissuram veterem pasti satianter ac diu saginati, terribiles [alios] alioquin et utique quovis asino fortiores, de me metuentes sibi et adulterio degeneri praecaventes nec hospitalis Iovis servato foedere rivalem summo furentes persecuntur odio. Hic elatis in altum vastis pectoribus arduus capite et sublimis vertice primoribus in me pugillatur ungulis, ille terga pulposis torulis obesa convertens postremis velitatur calcibus, alius hinnitu maligno comminatus remulsis auribus dentiumque candentium renudatis asceis totum me commorsicat. Sic apud historiam de rege Thracio legeram, qui miseros hospites ferinis equis suis lacerandos devorandosque porrigebat; adeo ille praepotens tyrannus sic parcus hordei fuit ut edacium iumentorum famem corporum humanorum largitione sedaret.

sua mulher, uma criatura odiosa e avarenta, tomou logo conta de mim, para me fazer mover a mó do moinho, e, dispensando-me frequentes corretivos com lenha verde, era na minha pele que ganhava seu pão e o de sua família. De resto, não se contentava em tirar da minha fadiga a sua própria subsistência: alugava meus serviços aos vizinhos para os quais moía trigo. Em troca de tanto trabalho, eu não recebia nem a alimentação estipulada. Pois que a minha cevada, pisada e esmagada na mó que eu mesmo volteava, era vendida por ela aos camponeses das vizinhanças. E eu, atrelado o dia inteiro à trabalhosa máquina, tinha que esperar a noite para que ela me servisse um sujo farelo misturado com areia.

[16] Sentia-me acabrunhado com tantas provas, e a Fortuna, em sua crueldade, infligia-me ainda novas torturas, a fim de que nada faltasse à plena glória dos meus serviços civis e militares. Certo dia, por fim, o egrégio pastor de burros me enviou para misturar-me ao rebanho de cavalos, conformando-se, um pouco tarde, com as ordens dos donos. Alegre como um asno, por fim livre, eu saltitava, estremecia, avançava com imponência, e escolhia já as éguas, minhas futuras concubinas. Mas estas ridentes esperanças naufragaram uma vez mais, ao vir o terrível desastre. Os garanhões, que havia muito tempo deixavam pastar livremente e engordar à vontade, com vistas ao acasalamento, tornavam-se temíveis, e, em todo o caso, mais fortes do que qualquer burro, embirraram comigo. Para prevenir uma degeneração adúltera, puseram-se a perseguir o rival com todo o furor de um ódio violento. Em desacordo com as leis de Júpiter hospitaleiro, um, erguendo o vasto peito, com o pescoço esticado, a cabeça alta, me atacou, beligerante, com os cascos dianteiros. Outro, voltando para mim sua anca larga, de poderosos músculos, me desancou de coices com as patas traseiras. Um terceiro, com um relincho maligno, deitando as orelhas e descobrindo, como facas, os dentes muito brancos, rasgou-me o corpo todo de mordidas. Era assim, tinha eu lido na História, que um rei trácio entregava seus desgraçados hóspedes para serem lacerados e devorados em galopes selvagens. Seria para economizar cevada que ele, tirano prepotente, acalmava a fome das bestas vorazes com grande quantidade de corpos humanos.[99]

---

[99] Diomedes, rei dos bístones, na Trácia, dava como alimento aos cavalos os cor-

[17] Ad eundem modum distractus et ipse variis equorum incursibus rursum molares illos circuitus requirebam.

Verum Fortuna meis cruciatibus insatiabilis aliam mihi denuo pestem instruxit. Delegor enim ligno monte devehundo, puerque mihi praefectus imponitur omnibus ille quidem puer deterrimus. Nec me montis excelsi tantum arduum fatigabat iugum, nec saxeas tantum sudes incursando contribam ungulas, verum fustium quoque crebris ictibus prolixe dedolabar, ut usque plagarum mihi medullaris insideret dolor; coxaeque dexterae semper ictus incutiens et unum feriendo locum dissipato corio et ulceris latissimi facto foramine, immo fovea vel etiam fenestra nullus tamen desinebat identidem vulnus sanguine delibutum obtundere. Lignorum vero tanto me premebat pondere, ut fascium molem elephanto, non asino paratam putares. Ille vero etiam quotiens in alterum latus praeponderans declinarat sarcina, cum deberet potius gravantis ruinae fustes demere et levata paulisper pressura sanare me vel certe in alterum latus translatis peraequare, contra lapidibus additis insuper sic iniquitati ponderis medebatur.

[18] Nec tamen post tantas meas clades inmodico sarcinae pondere contentus, cum fluvium transcenderemus, qui forte praeter viam defluebat, peronibus suis ab aquae madore consulens ipse quoque insuper lumbos meos insiliens residebat, exiguum scilicet et illud tantae molis superpondium. Ac si quo casu limo caenoso ripae supercilia lubricante oneris inpatientia prolapsus deruissem, cum deberet egregius agaso manum porrigere, capistro suspendere, cauda sublevare, certe partem tanti oneris, quoad resurgerem saltem, detrahere, nullum quidem defesso mihi ferebat auxilium, sed occipiens a capite, immo vero et ipsis

[17] Despedaçado eu também, do mesmo modo, pelos variados ataques desses cavalos, até que gostaria de voltar às minhas voltas no moinho.

Mas a insaciável Fortuna, que não se cansava de me torturar, arranjou-me um novo flagelo. Com efeito, deram-me como tarefa transportar lenha da montanha e puseram-me às ordens de um pequeno escravo, que era o mais detestável de todos os velhacos. Como se não bastasse a áspera subida dos píncaros escarpados, nem as pedras pontudas contra as quais eu arrebentava os cascos, estriava-me ainda o lombo, ao longo do caminho, com pauladas tão frequentes, que a dor dos golpes me penetrava até a medula. E como era sempre na coxa que se abatia o cacete, à força de golpear no mesmo lugar, tinha desaparecido o couro, e uma larga ferida cavara ali uma fenda, isto é, um buraco, ou ainda, uma janela. Porém, ele se encarniçava cada vez mais sobre o ferimento, do qual escorria sangue. Impunha-me, além disso, um fardo tão pesado, que quem visse meu carregamento de lenha di-lo-ia destinado a um elefante e não a um burro. E ainda havia mais: cada vez que o peso, irregularmente repartido, fazia escorregar minha carga, em lugar de erguer, como deveria fazer, os paus que pendiam, ou de me aliviar, diminuindo um pouco o feixe, ou de restabelecer pelo menos o equilíbrio, fazendo-os passar para o outro lado, ele lhes acrescentava pedras. Era a sua maneira de remediar a desigualdade do peso.

[18] E ainda achava pouco acabrunhar-me, depois de tantos reveses, sob uma carga desproporcionada. Se nos acontecia atravessar o rio, que corria renteando a estrada, para proteger os sapatos, evitando molhá-los, ele próprio saltava para cima de mim e caía sentado sobre os meus rins, sem dúvida um suplemento muito leve ao peso que eu já suportava. Às vezes, incidentemente, eu fraquejava sob o peso, que me ultrapassava as forças, e caía na lama visguenta que tornava escorregadias as margens altas do rio. Como consciencioso almocreve, ele deveria me ajudar, suster-me pelos freios, levantar-me pela cauda, aliviar-me de parte da pesada carga, dar-me tempo, ao menos, de me firmar nas patas. Mas nada. Apesar de minha fadiga, não me socorria; porém, começando pela cabeça, ou antes, pela pontinha das orelhas, malhava-me

---

pos dos náufragos. Foi vencido por Hércules e devorado por seus próprios cavalos. (N. da T.)

Livro VII

auribus totum me compilabat [cidit] fusti grandissimo, donec fomenti vice ipsae me plagae suscitarent.

Idem mihi talem etiam excogitavit perniciem. Spinas acerrumas et punctu venenato viriosas in fascem tortili nodo constrictas caudae meae pensilem deligavit cruciatum, ut incessu meo commotae incitataeque funestis aculeis infeste me convulnerarent.

[19] Ergo igitur ancipiti malo laborabam. Nam cum me cursu proripueram fugiens acerbissimos incursus, vehementiore nisu spinarum feriebar: si dolori parcens paululum restitissem, plagis compellebar ad cursum. Nec quicquam videbatur aliud excogitare puer ille nequissimus quam ut me quoquo modo perditum iret, idque iurans etiam non numquam comminabatur.

En plane fuit, quod eius detestabilem malitiam ad peiores conatus stimularet; nam quadam die nimia eius insolentia expugnata patientia mea calces in eum validas extuleram. Denique tale facinus in me comminiscitur. Stuppae sarcina me satis onustum probeque funiculis constrictum producit in viam deque proxima villula spirantem carbunculum furatus oneris in ipso meditullio reponit. Iamque fomento tenui calescens et enutritus ignis surgebat in flammas et totum me funestus ardor invaserat, nec ullum pestis extremae suffugium nec salutis aliquod apparet solacium, et ustrina talis moras non sustinet et meliora consilia praevertitur.

[20] Sed in rebus scaevis adfulsit Fortunae nutus hilarior nescio an futuris periculis me reservans, certe praesente statutaque morte liberans. Nam forte pluviae pridianae recens conceptaculum aquae lutulentae proximum conspicatus ibi memet inprovido saltu totum abicio flammaque prorsus extincta tandem et pondere levatus et exitio liberatus evado. Sed ille deterrimus ac temerarius puer hoc quoque suum nequissimum factum in me retorsit gregariisque omnibus adfirmavit me sponte vicinorum foculos transeuntem titubanti gradu prolapsum ignem ultroneum accersisse mihi, et arridens addidit: "Quo usque ergo frustra pascemus inigininum istum?"

todo o corpo com um enorme pau, até que, como se fossem um estimulante, os próprios golpes me fizessem levantar.

Foi ele ainda quem excogitou, para mim, uma artimanha infernal. Tomou espinhos muito agudos, de ponta letal e picada venenosa, teceu um nó em torno deles, para reuni-los em feixe, e ligou-mos à cauda como um enfeite. Esse instrumento de suplício, posto em movimento quando eu caminhava, devia me cutucar com suas funestas agulhas e me cobrir de ferimentos.

[19] Assim, eu sofria um duplo mal. Se galopava e me furtava às cruéis perseguições, os espinhos me espetavam mais acerbamente; se, escapando à dor, eu me detinha um momento, os golpes me forçavam a correr. Dir-se-ia que o velhaquete não tinha outra coisa na cabeça senão trabalhar para a minha perdição, de um ou de outro modo. Acontecia-lhe, mesmo, de resto, ameaçar-me disso, debaixo de juramento.

Sobreveio, precisamente nessa época, uma oportunidade que lhe estimulou a detestável malícia a empreender coisa pior. Um dia, com efeito, ultrapassando todos os limites, abusou de minha paciência, e eu lhe atirei um valente coice. E eis a armadilha que ele inventou para mim: carregou-me com um grande fardo de estopa, fortemente amarrado com cordas, e fomos para a estrada. Na primeira fazenda, furtou uma brasa, que colocou no meio da carga. Vivificado e alimentado pelo tênue combustível, o fogo jorrou chamas e me envolveu inteiramente com sua ardência mortal. Nessa extremidade, eu não entrevia refúgio, nem remédio, nem salvação, e, no entanto, o incêndio não admitia delongas, e não esperava pelos conselhos da sabedoria.

[20] Mas a Fortuna houve por bem fazer brilhar em minha desgraça um raio de alegria. Talvez me reservasse para futuros perigos. O certo é que, na circunstância, salvou-me da morte já tão próxima. Aconteceu que forte chuva, caída na véspera, formara ali perto uma lagoa de água barrenta. Notei isso e, com um pulo inesperado, nela mergulhei completamente. Quando, afinal, saí, estava ao mesmo tempo livre do meu fardo e salvo da morte. Mas o patifezinho, ultrajado, ainda encontrou maneira de lançar sobre mim o seu crime abominável. Afirmou a todos os pastores que eu, voluntariamente, passando perto de um fogo aceso nas vizinhanças, tinha dado um passo em falso e caído, de modo que me tinha incendiado de propósito. E acrescentou, rindo: "Até quando nutriremos sem proveito esse incendiário?"

Nec multis interiectis diebus longe peioribus me dolis petivit. Ligno enim quod gerebam in proximam casulam vendito vacuum me ducens iam se nequitiae meae proclamans imparem miserrimumque istud magisterium rennuens querelas huius modi concinnat:

[21] Videtis istum pigrum tardissimumque et nimis asinum? Me post cetera flagitia nunc novis periculis etiam angit. Vt quemque enim viatorem prospexerit, sive illa scitura mulier seu virgo nubilis seu tener puellus est, ilico disturbato gestamine, non numquam etiam ipsis stramentis abiectis, furens incurrit et homines amator talis appetit et humi prostratis illis inhians illicitas atque incognitas temptat libidines et ferinas voluptates, aversaque Venere invitat ad nuptias. Nam imaginem etiam savii mentiendo ore improbo compulsat ac morsicat. Quae res nobis non mediocris lites atque iurgia, immo forsitan et crimina pariet. Nunc etiam visa quadam honesta iuvene, ligno quod devehebat abiecto dispersoque, in eam furiosos direxit impetus et festivus hic amasio humo sordida prostratam mulierem ibidem incoram omnium gestiebat inscendere. Quod nisi ploratu questuque femineo conclamatum viatorum praesidium accurrisset ac de mediis ungulis ipsius esset erepta liberataque, misera illa compavita atque dirupta ipsa quidem cruciabilem cladem sustinuisset, nobis vero poenale reliquisset exitium."

[22] Talibus mendaciis admiscendo sermones alios, qui meum verecundum silentium vehementius premerent, animos pastorum in meam perniciem atrociter suscitavit. Denique unus ex illis: "Quin igitur publicum istum maritum" inquit "immo communem omnium adulterum illis suis monstruosis nuptiis condignam victimamus hostiam?" et "Heus tu, puer", ait "obtruncato protinus eo intestina quidem canibus nostris iacta, ceteram vero carnem omnem operariorum cenae reserva. Nam corium adfirmatum cineris inspersum dominis referemus eiusque mortem de lupo facile mentiemur."

Sublata cunctatione accusator ille meus noxius, ipse etiam pastoralis exsecutor sententiae, laetus et meis insultans malis calcisque illius admonitus, quam inefficacem fuisse mehercules doleo, protinus gladium cotis adtritu parabat.

Daí a poucos dias, armou contra mim uma astúcia ainda mais pérfida. Depois de ter vendido numa cabana vizinha a lenha que eu transportava, reconduzia-me vazio, quando exclamou que não podia calcular até onde iria a minha malvadez, que estava farto do maldito ofício de tropeiro. E inventava calúnias desta ordem:

[21] "Vede este preguiçoso, este lerdo, mais burro do que é permitido ser. Não bastam todos os outros malfeitos seus, e ainda me põe em novos perigos. Se vê, de longe, passar na estrada uma bonita mulher, uma virgem núbil, ou um tenro jovenzinho, logo atira para longe a carga, sacode por vezes até o arreio, e lança-se como um doido, furioso de libidinosos desejos por criaturas humanas, atira-as por terra, aproxima-se arquejante de desejo, faz tentativas monstruosas e inauditas de bestiais volúpias, convidando a núpcias que Vênus reprovaria, pois não é dos beijos que ele procura a ilusão, apertando e mordendo a vítima com seu beiço insolente. Isto resultará em reclamações indignadas, disputas, e talvez perseguições criminosas. Ainda há pouco, vendo uma honesta moça, esparramou a lenha que trazia, caiu furiosamente sobre ela, com um ímpeto de danado, estendeu-a na lama, e ali, diante de toda a gente, esse delicado amante diligenciou possuí-la. Se alguns passantes, alarmados, não tivessem acorrido em seu socorro, e não a tivessem arrancado e salvo de entre as patas do animal, a infeliz, pisada, quebrada, suportaria um suplício cruciante, e atrairia para nós, prevejo, a pena de morte."

[22] Com falsidades deste gênero, entremeadas de outras conversas mais acabrunhadoras para o meu honesto silêncio, excitou os ânimos dos pastores para me fazerem perecer, enchendo-os de um ardoroso ódio. E um deles disse: "A este sedutor tarado, a este perfeito adúltero, que esperamos para sacrificá-lo por suas núpcias monstruosas? Vamos, meu rapaz", acrescentou, "corta-lhe o pescoço; atirarás sua barrigada aos nossos cães, e todo o resto da carne reservarás para a ceia dos obreiros. Curtiremos o couro, esparzindo cinza sobre ele, e o levaremos aos nossos donos. Não será difícil fazê-los acreditar que foi o lobo quem o matou."

Sem mais hesitação, meu funesto acusador, e, ao mesmo tempo, executor da sentença dos pastores, insultando meus males, preparava já o ferro, aguçando-o alegremente numa pedra ao lembrar-se daquele coice que, com grande pena minha, eu vos juro, tinha ficado sem efeito.

[23] Sed quidam de coetu illo rusticorum: "Nefas" ait "tam bellum asinum sic enecare et propter luxuriem lasciviamque amatoriam criminatum opera servitioque tam necessario carere, cum alioquin exsectis genitalibus possit neque in venerem nullo modo surgere vosque omni metu periculi liberare, insuper etiam longe crassior atque corpulentior effici. Multos ego scio non modo asinos inertes, verum etiam ferocissimo equos nimio libidinis laborantes atque ob id truces vesanoque adhibita tali detestatione mansuetos ac mites exinde factos et oneri ferundo non inhabiles et cetero ministerio patientes. Denique nisi vobis suadeo nolentibus, possum spatio modico interiecto, quo mercatum proxumum obire statui, petitis e domo ferramentis huic curae praeparatis ad vos actutum redire trucemque amatorem istum atque insuavem dissitis femoribus emasculare et quovis vervece mitiorem efficere."

[24] Tali sententia mediis Orci manibus extractus set extremae poenae reservatus maerebam et in novissima parte corporis totum me periturum deflebam. Inedia denique vel praecipiti ruina memet ipse quaerebam extinguere moriturus quidem nihilo minus sed moriturus integer. Dumque in ista necis meae decunctor electione, matutino me rursum puer ille peremptor meus contra montis suetum ducit vestigium. Iamque me de cuiusdam vastissimae ilicis ramo pendulo destinato paululum viam supergressus ipse securi lignum, quod deveheret, recidebat. Et ecce de proximo specu vastum attollens caput funesta proserpit ursa. Quam simul conspexi, pavidus et repentina facies conterritus totum corporis pondus in postremos poplites recello arduaque cervice sublimiter elevata lorum quo tenebar rumpo meque protinus pernici fugae committo perque prona non tantum pedibus verum etiam toto proiecto corpore propere devolutus immitto me campis subpatentibus, ex summo studio fugiens immanem ursam ursaque peiorem illum puerum.

[25] Tunc quidam viator solitarium vagumque me respiciens invadit et properiter inscensum baculo quod gerebat obverberans per obliquam ignaramque me ducebat viam. Nec invitus ego cursui me commodabam

[23] Mas alguém do grupo dos camponeses tomou a palavra: "Seria um crime", disse, "matar dessa maneira um burro tão bonito, sob pretexto de luxúria e libertinagem, privando-nos do seu trabalho e de seus preciosos serviços, quando é suficiente castrá-lo para impedi-lo de empreendimentos amorosos; vós ficaríeis, assim, livres de toda apreensão. Ainda por cima, a operação o faria engordar e tomar uma bela aparência. Já vi frequentemente, não digo asnos indolentes, mas fogosos cavalos, que os libidinosos sentidos trabalhavam a ponto de os tornarem inquietos e enraivecidos, e que essa amputação tornou tratáveis e mansos, habilitando-os para a carga, e fazendo-os mansos para todo e qualquer serviço. A menos que meus conselhos não vos agradem, eu, com pouco — o tempo de ir, como pretendia, ao mercado vizinho —, poderia apanhar em casa os instrumentos destinados a esse trabalho, voltar depressa para vos encontrar, e encarregar-me de transformar este bruto galã indesejável, afastando-lhe as coxas, num castrado mais inofensivo do que um carneiro."

[24] Esta proposta, se me arrancava das unhas de Orco, reservava-me em troca uma pena inominável, e eu chorava ao pensamento de que iria perecer totalmente a parte mais recôndita do meu corpo. Cheguei a pensar em suicídio, por uma abstinência prolongada, ou lançando-me de um precipício. Não deixaria de morrer, mas morreria inteiro. Enquanto eu assim hesitava sobre a escolha de minha morte, pela manhã o rapaz que me assassinava me fez retomar, como de costume, o caminho da montanha. Acabara de me atar a um galho que pendia de uma árvore gigantesca, e, um pouco afastado dali, cortava com um machado a lenha que devia descer, quando, de súbito, de uma caverna vizinha, erguendo a cabeça funesta, saiu um urso carniceiro. Tremendo de medo ao ver isso, apavorado peia inesperada aparição, arriei com todo o peso do corpo sobre as patas de trás, espichei o pescoço, levantei a cabeça, arrebentei a correia que me prendia, e fugi a todo galope. Nem eram mais meus pés que me levavam, era todo o corpo lançado para a frente que rolava ligeiro pela encosta abaixo. Abria-se lá uma planície, por onde enveredei, tendo pressa, antes de tudo, de escapar ao urso monstruoso e ao menino pior do que o urso.

[25] Nesse momento, um passante, que me viu vagando solitário e sem dono, apossou-se de mim, montou agilmente no meu lombo e, batendo-me com um pau que levava, conduziu-me por trilhas que eu não conhecia. Prestei-me, sem desagrado, a um galope que me distan-

relinquens atrocissimam virilitatis lanienam. Ceterum plagis non magnopere commovebar quippe consuetus ex forma concidi fustibus.

Sed illa Fortuna meis casibus pervicax tam opportunum latibulum misera celeritate praeversa novas instruxit insidias. Pastores enim mei perditam sibi requirentes vacculam variasque regiones peragrantes occurrunt nobis fortuito statimque me cognitum capistro prehensum attrahere gestiunt. Sed audacia valida resistens ille fidem hominum deumque testabatur: "Quid me raptatis violenter? Quid invaditis?"

"Ain, te nos tractamus inciviliter, qui nostrum asinum furatus abducis? Quin potius effaris ubi puerum eiusdem agasonem, necatum scilicet, occultaris?" Et illico detractus ad terram pugnisque pulsatus et calcibus contusus infit deierans nullum semet vidisse ductorem, sed plane continatum solutum et solitarium ob indicivae praemium occupasse, domino tamen suo restituturum. "Atque unitam ipse asinum", inquit "quem numquam profecto vidissem, vocem quiret humanam dare meaeque testimonium innocentiae perhibere posset: profecto vos huius iniuriae pigeret."

Sic adseverans nihil quicquam promovebat. Nam collo constrictum reductum eum pastores molesti contra montis illius silvosa nemora unde lignum puer solebat egerere.

[26] Nec uspiam ruris reperitur ille, sed plane corpus eius membratim laceratum multisque dispersum locis conspicitur. Quam rem procul dubio sentiebam ego illius ursae dentibus esse perfectam, et hercules dicerem quod sciebam, si loquendi copia suppeditaret. sed, quod solum poteram, tacitus licet serae vindictae gratulabar. Et cadaver quidem disiectis partibus tandem totum repertum aegreque concinnatum ibidem terrae dedere, meum vero

ciava do esmagamento de minha virilidade. Quanto aos golpes, não me comoviam absolutamente, habituado que estava, de acordo com as regras, a ser fustigado.

Mas a Fortuna, sempre encarniçada em me perder, opôs um obstáculo, com desastrosa rapidez, a uma retirada tão oportuna, e armou contra mim novas insídias. Os pastores, procurando uma de suas novilhas que se tinha perdido, e percorrendo a região em todos os sentidos, encontraram-nos por acaso e reconheceram-me logo. Apoderando-se do meu freio, esforçaram-se por me arrastar. Mas o outro resistiu com tanto vigor como audácia, tomando por testemunhas os homens e os deuses. "Por que?", perguntou ele, "este rapto e esta violência? E por que este ataque?"

"Que dizes? Nós te maltratamos, nós te causamos mal, quando foste tu que trouxeste nosso burro, depois de o teres roubado? Conta-nos, é melhor, onde escondeste o menino que tomava conta dele. Mataste-o, sem dúvida." E logo o apearam, lançaram-no por terra, marretaram-no a murros, machucaram-no com pontapés. Ele jurou que não tinha visto o menino que tangia o burro; que, encontrando o asno solto e sozinho, agarrara-o para que lhe tocasse o prêmio do achado. Que, demorando a procura, tinha a intenção de o restituir ao dono. "Ah, só o burro, só ele, que eu gostaria bem de jamais ter visto, se falasse como homem, poderia prestar testemunho de minha inocência. Lamentaríeis, estou certo, a injúria que me fazeis."

Todos esses protestos foram em pura perda. Os pastores, sem contemplação, agarraram-no pelo pescoço e o levaram para a nemorosa montanha, onde ficava o bosque percorrido pelo menino para tirar lenha.

[26] Não o descobriram em parte alguma, mas viram seu corpo reduzido a frangalhos, e os membros em pedaços, esparsos pelo chão. Eu sabia, fora de dúvida, que os dentes do urso haviam feito esse trabalho, e certamente o teria dito se pudesse fazer uso da palavra. Mas tudo quanto podia fazer era congratular-me interiormente de que uma vingança tão tardia o tivesse alcançado. Quando, por fim, reuniram os fragmentos dispersos e penosamente reconstituíram o cadáver, confiaram-no ao seu lugar, na terra. Quanto ao meu Belerofonte,[100] que

---

[100] Na lenda argiva consta a história de Belerofonte, a quem Minerva, deusa da sabedoria, deu o cavalo alado Pégaso, para combater a Quimera. Vencido o monstro,

Bellerophontem abactorem indubitatum cruentumque percussorem criminantes, ad casas interim suas vinctum perducunt, quoad renascenti die sequenti deductus ad magistratus, ut aiebant, poenas redderetur.

Interim dum puerum illum parentes sui plangoribus fletibusque querebantur, et adveniens ecce rusticus nequaquam promissum suum frustratus destinatam sectionem meam flagitat. "Non est" in his inquit unus "indidem praesens iactura nostra, sed plane crastino libet non tantum naturam verum etiam caput quoque ipsum pessimo isto asino demere. Nec tibi ministerium deerit istorum."

[27] Sic effectum est ut in alterum diem clades differetur mea. At ego gratias agebam bono puero quod saltem mortuus unam carnificinae meae dieculam donasset.

Nec tamen tantillum saltem gratulationi meae quietive spatium datum; nam mater pueri, mortem deplorans acerbam filii, fleta et lacrimosa fuscaque veste contecta, ambabus manibus trahens cinerosam canitiem, heiulans et exinde proclamans stabulum inrumpit meum tunsisque ac diverberatis vehementer uberibus incipit: "Et nunc iste securus incumbens praesepio voracitati suae deseruit et insatiabilem profundumque ventrem semper esitando distendit nec aerumnae meae miseretur vel detestabilem casum defuncti magistri recordatur, sed scilicet senectam infirmitatemque meam contemnit ac despicit et impune se laturum tantum scelus credit. At utcumque se praesumit innocentem; est enim congruens pessimis conatibus contra noxiam conscientiam sperare securitatem. Nam pro deum fidem, quadrupes nequissime, licet precariam vocis usuram sumeret, cui tandem vel ineptissimo persuadere possis atrocitatem istam culpa (tua) carere, cum propugnare pedibus et arcere morsibus misello puero potueris? An ipsum

acusavam como indubitavelmente autor de um rapto e de uma morte cruenta, levaram-no às suas cabanas, amarrado, esperando fazê-lo comparecer no dia seguinte, pela madrugada, diante dos magistrados, para sofrer, diziam eles, a pena de seu crime.

Entretanto, os pais do menino lamentavam sua sorte, batendo no peito e chorando, quando chegou o camponês, que, não faltando à promessa, insistia em fazer em mim a operação combinada. "Por causa dele é que tivemos prejuízo, hoje", disse um deles. "Mas amanhã queremos é isso mesmo; arrancar-lhe não somente as glândulas genitais, mas também a cabeça. E todos que aqui estão, não recusarão o seu auxílio."

[27] Foi assim que a minha catástrofe foi adiada para o dia seguinte. E eu abençoava o bom rapaz que, com sua morte, tinha-me pelo menos prestado o serviço de demorar a obra do carrasco, quando mais não fosse, pelo curto espaço de um dia.

Mas mesmo esta modesta dilação foi recusada à minha alegria e ao meu sossego, pois a mãe do menino, chorando a morte prematura do filho, com os olhos inundados de lágrimas, coberta de luto, arrancando com as duas mãos os cabelos brancos enxovalhados de cinza,[101] com gritos agudos e repetidos apelos, irrompeu pela minha estrebaria adentro. E enquanto batia violentamente nos seios, ferindo-se, dizia: "Vede-o! Sem preocupações, inclinado sobre a manjedoura, entrega-se à gula, e não para de devorar, distendendo as profundezas insaciáveis do ventre. Não tem piedade do meu infortúnio, nem um pensamento para a desgraça inaudita do seu defunto dono. Ao que parece, despreza e desdenha minha idade, minha fraqueza, e se vangloria de um crime que permanecerá impune. E mais. Talvez se presuma inocente. Como é comum com os piores criminosos, apesar da consciência do mal feito, crê que não será inquietado. Entretanto, em nome dos deuses, abominável quadrúpede, mesmo que recebesses temporariamente o uso da palavra, poderias persuadir alguém que não tiveste culpa, quando poderias proteger o pobre pequeno com tuas patas e defendê-lo com os dentes? Mais de uma vez soubeste persegui-lo com teus coices. E quan-

---

quis Belerofonte subir até os céus, impelido por um insensato orgulho, mas, picado por um moscardo enviado por Júpiter, Pégaso corcoveou e derrubou o cavaleiro, que morreu na queda. (N. da T.)

[101] Pertencia ao ritual do luto cobrir os cabelos com cinza. (N. da T.)

quidem saepius incursare calcibus potuisti, morituram vero defendere alacritate simili nequisti? Certe dorso receptum auferres protinus et infesti latronis cruentis manibus eriperes, postremum deserto derelictoque illo conservo magistro comite pastore non solus aufugeres. An ignoras eos etiam qui morituris auxilium salutare denegarint, quod contra bonos mores id ipsum fecerint, solere puniri? Sed non diutius meis cladibus laetaberis, homicidia. Senties efficiam, misero dolori naturales vires adesse";

[28] et cum dicto subsertis manibus exsoluit suam sibi fasceam pedesque meos singillatim inligans indidem constringit artissime, scilicet ne quod vindictae meae superesset praesidium, et pertica qua stabuli fores offirmari solebant adrepta non prius me desiit obtundere quam victis fessisque viribus suopte pondere degravatus manibus eius fustis esset elapsus. Tunc de brachiorum suorum cita fatigatione conquesta procurrit ad focum ardentemque titionem gerens mediis inguinibus obtrudit usque, donec solo quod restabat nisus praesidio liquida fimo strictim egesta faciem atque oculos eius confoedassem. Qua caecitate atque faetore tandem fugata est a mea pernicie: ceterum titione delirantis Althaeae Meleager asinus interisset.

do ele ia morrer, não pudeste vir em seu auxílio com a mesma prontidão? Podias ao menos recebê-lo em teu dorso, apressando-te a levá-lo, arrancando-o às mãos sanguinárias do temível bandido; afinal: não abandonares sem socorro, para fugires sozinho, o teu camarada de escravidão, teu dono, teu companheiro, teu pastor. Ignoras então que os que negam salutar auxílio aos que estão em perigo de morte, são, por isso mesmo, passíveis de castigo, por terem agido contra os costumes? Mas não te alegrarás por muito tempo com as minhas desgraças, assassino. Eu te farei sentir que para a dor cruel a natureza forja armas."

[28] Assim dizendo, deslizou as mãos por sob as vestes, arrancou a própria faixa, e, ligando-a em torno de meus pés, apertou-os fortemente um contra o outro, de maneira, penso, a não me deixar nenhum modo de exercer qualquer vingança. Depois, tendo apanhado uma tranca que servia para firmar a porta do estábulo, bateu até que, esgotada, no fim das forças, com seu próprio peso a arma lhe escapou das mãos. Então, amaldiçoando a fadiga rápida demais dos seus braços, pegou um tição de fogo vivo, e mo enfiou entre as coxas; então, usando o único recurso que me restava, com um jato de fezes fedorentas emporcalhei-lhe a frente e os olhos. A cegueira e o mau cheiro, decidiram-na, por fim, a fugir, sem acabar comigo. Sem isso, o tição de uma Alteia delirante causaria a morte do asno Meléagro.[102]

---

[102] Meléagro tinha matado os tios numa briga. Alteia, sua mãe, para vingar os irmãos, lançou ao fogo um tição, à conservação do qual estava ligada a vida daquele filho. Meléagro morreu logo. (N. da T.)

Liber VIII

[1] Noctis gallicinio venit quidam iuvenis e proxima civitate, ut quidem mihi videbatur, unus ex famulis Charites, puellae illius, quae mecum aput latrones pares aerumnas exanclaverat. Is de eius exitio et domus totius infortunio mira ac nefanda, ignem propter adsidens, inter conservorum frequentiam sic annuntiabat:

"Equisones opilionesque, etiam busequae, fuit Charite nobis, fuit misella et quidem casu gravissimo, nec vero incomitata Manis adivit. Sed ut cuncta noritis, referam vobis a capite quae gesta sunt quaeque possint merito doctiores, quibus stilos fortuna subministrat, in historiae specimen chartis involvere.

Erat in proxima civitate iuvenis natalibus praenobilis quo clarus et pecuniae fuit satis locuples, sed luxuriae popinalis scortisque et diurnis potationibus exercitatus atque ob id factionibus latronum male sociatus nec non etiam manus infectus humano cruore, Thrasyllus nomine. Idque sic erat et fama dicebat.

[2] Hic, cum primum Charite nubendo maturuisset, inter praecipuos procos summo studio petitionis eius munus obierat et quanquam ceteris omnibus id genus viris antistaret eximiisque muneribus parentum invitaret iudicium, morum tamen improbatus repulsae contumelia fuerat aspersus. Ac dum erilis puella in boni Tlepolemi manum venerat, firmiter deorsus delapsum nutriens amorem et denegati thalami permiscens indignationem, cruento facinori quaerebat accessum. Nactus denique praesentiae suae tempestivam occasionem, sceleri, quod diu cogitarat, accingitur. Ac die quo praedonum infestis mucronibus puella fuerat

Livro VIII

[1] À noite, na hora em que canta o galo, chegou da cidade próxima um homem que me pareceu ser um dos fâmulos daquela Caridade que, entre os ladrões, tinha passado comigo por muitos infortúnios. Trazia estranhas e terríveis notícias. A dona havia perecido e tombara a desgraça sobre a casa. Sentando-se junto do fogo, entre os escravos reunidos, falou:

"Palafreneiros e pastores, e vós também boiadeiros, ela não existe mais, a nossa Caridade; não mais existe, pobre criança. Vítima de um destino trágico, foi-se para os Manes, mas não sem escolta. Para que não ignoreis nada, contarei desde o começo. Mereciam que gente mais douta, dotada pela fortuna do dom do estilo, pusesse por escrito, e em forma de história, o que aconteceu.

Havia, na cidade vizinha, um moço que devia ao seu nascimento nobre uma situação brilhante e de amplos recursos; era, porém, libertino, gozador, sedutor de moças, e grande bebedor, em pleno dia. Ligara-se secretamente com facções de malfeitores e as suas próprias mãos não estavam limpas de sangue humano. Chamava-se Trasilo. Sua fama correspondia à realidade.

[2] Assim que Caridade amadureceu para o casamento, ele se colocou entre os seus principais pretendentes, pondo um particular ardor em obter-lhe a mão; se bem que fosse de uma classe superior à de todos os concorrentes, e apesar dos ricos presentes com que pensava aliciar-lhe os pais, sua má reputação de improbidade, todavia, lhe trouxe a humilhação de uma recusa. Vendo, então, a filha dos nossos amos concedida ao honesto Tlepólemo, alimentava com perseverança o amor caído de tão alto, e ao mesmo tempo o ressentimento de pretendente preterido, procurando o jeito de cometer a sangrenta façanha. Tendo, enfim, encontrado uma oportunidade favorável para obter acesso à casa, dispôs tudo para o crime que meditara havia muito tempo. No dia em que a moça foi salva dos gládios ameaçadores dos ladrões devido à

astu virtutibusque sponsi sui liberata, turbae gratulantium exultans insigniter permiscuit sese salutique praesenti ac futurae suboli novorum maritorum gaudibundus ad honorem splendidae prosapiae inter praecipuos hospites domum nostram receptus, occultato consilio sceleris, amici fidelissimi personam mentiebatur. Iamque sermonibus assiduis et conversatione frequenti nonnumquam etiam cena proculoque communi carior cariorque factus in profundam ruinam cupidinis sese paulatim nescius praecipitaverat. Quidni, cum flamma saevi amoris parva quidem primo vapore delectet, sed fomentis consuetudinis exaestuans inmodicis ardoribus totos amburat homines?

[3] Diu denique deliberaverat secum Thrasyllus quod nec clandestinis colloquiis opportunum reperiret locum et adulterinae Veneris magis magisque praeclusos aditus cerneret novaeque atque gliscentis affectionis firmissimum vinculum non posse dissociari perspiceret, et puellae, si vellet, quanquam velle non posset, [copia custodientum] furatrinae coniugalis incommodaret rudimentum; et tamen ad hoc ipsum quod non potest contentiosa pernicie, quasi posset, impellitur. Quod nunc arduum factu putatur, amore per dies roborato facile videtur effectu. Spectate denique, sed, oro, sollicitis animis intendite, quorsum furiosae libidinis proruperit impetus.

[4] Die quadam venatum Tlepolemus assumpto Thrasyllo petebat indagaturus feras, quod tamen in capreis feritatis est; nec enim Charite maritum suum quaerere patiebatur bestias armatas dente vel cornu. Iamque apud frondosum tumulum ramorumque densis tegminibus umbrosum prospectu vestigatorum obseptis capreis canes venationis indagini generosae, mandato cubili residentes invaderent bestias, immittuntur statimque sollertis disciplinae memores partitae totos praecingunt aditus tacitaque prius servata mussitatione, signo sibi repentino reddito, latratibus fervidis dissonisque miscent omnia. Nec ulla caprea nec pavens

valentia e à astúcia do seu noivo, foi notada a satisfação com que, misturando-se ao povo que lhe levava cumprimentos, Trasilo testemunhou aos recém-casados alegria por sua libertação presente, e esperanças de prole no futuro. Em consideração para com uma ilustre família, nossa casa o recebeu como hóspede de honra, enquanto ele escondia seus planos criminosos sob a máscara enganadora da leal amizade. Começaram logo as contínuas conversas, os encontros frequentes. Às vezes, ele era convidado também para comer ou para beber. O amigo se tornava cada vez mais estimado, enquanto, insensivelmente, sem percebê-lo sequer, precipitava-se no abismo para o qual o arrastava a sua paixão. O que não era de espantar. A chama do cruel Amor, fraca a princípio, nos encanta com seu suave calor. Mas quando o hábito o alimenta, ele se transforma em fogo ardente, que nada detém, e consome inteiramente os homens.

[3] Trasilo, havia tempo, cismava em como começar uma ligação amorosa clandestina com a nossa jovem ama. O amor adulterino, bem o via, era muito difícil. Compreendia que um sentimento novo, que crescia cada vez mais, era um laço muito sólido para poder ser rompido. Supondo-se que a mulher consentisse (consentimento muito problemático), havia em torno dela vigilância suficiente para desencorajar qualquer iniciação nos furtos conjugais. No entanto, foi o impossível que o impeliu (como se fosse possível), a obsessão que o perdeu. O que, no momento, julgou difícil, o seu amor, à medida que se fortalecia, fez-lhe parecer perfeitamente realizável. E assim, vede, eu vos peço, considerai, suplico-vos, com toda vossa atenção, a que excessos podem levar os transportes de uma louca paixão.

[4] Tlepólemo um dia partira para a caça, levando consigo Trasilo. Propunha-se seguir o rastro de animais selvagens, se é que a palavra selvagens se pode aplicar a cabras. Caridade, com efeito, não permitia que o marido perseguisse bestas armadas de dentes ou de cornos. Tinham chegado junto a um morro arborizado, coberto da sombra de ramadas que, limitando a vista, escondiam dos caçadores as cabras. Soltaram então os cães, rastreadores de boa raça, com a missão de surpreenderem a caça no fundo de suas tocas. Fiéis às lições de uma orientação prudente, eles logo se dividiram e cercaram todas as saídas. Limitaram-se, de começo, a rosnidos abafados; depois, bruscamente, a um sinal, tudo vibrou com o ruidoso clamor de seus latidos discordantes. Mas o que apareceu não foi um cabrito montês, nem um gamo trê-

dammula nec prae ceteris feris mitior cerva, sed aper immanis atque invisitatus exsurgit toris callosae cutis obesus, pilis inhorrentibus corio squalidus, setis insurgentibus spinae hispidus, dentibus attritu sonaci spumeus, oculis aspectu minaci flammeus, impetu saevo frementis oris totus fulmineus. Et primum quidem canum procaciores, quae comminus contulerant vestigium, genis hac illac iactatis consectas interficit, dein calcata retiola, qua primos impetus reduxerat, transabiit.

[5] Et nos quidem cuncti pavore deterriti et alioquin innoxiis venationibus consueti, tunc etiam inermes atque inmuniti tegumentis frondis vel arboribus latenter abscondimus, Thrasyllus vero nactus fraudium opportunum decipulum sic Tlepolemum captiose compellat: 'Quid stupore confusi vel etiam cassa formidine similes humilitati servorum istorum vel in modum pavoris feminei deiecti tam opimam praedam mediis manibus amittimus? Quin equos inscendimus? Quin ocius indipiscimur? En cape venabulum et ego sumo lanceam.' Nec tantillum morati protinus insiliunt equos ex summo studio bestiam insequentes. Nec tamen illa genuini vigoris oblita retorquet impetum et incendio feritatis ardescens dentium compulsu quem primum insiliat cunctabunda rimatur. Sed prior Tlepolemus iaculum quod gerebat insuper dorsum bestiae contorsit. At Thrasyllus ferae quidem pepercit, set equi quo vehebatur Tlepolemus postremos poplites lancea feriens amputat. Quadrupes reccidens, qua sanguis effluxerat, toto tergo supinatus invitus dominum suum devolvit ad terram. Nec diu, sed eum furens aper invadit iacentem ac primo lacinias eius, mox ipsum resurgentem multo dente laniavit. Nec coepti nefarii bonum piguit amicum vel suae saevitiae litatum saltem tanto periculo cernens potuit expleri, sed perciso atque plagosa ac frustra vulnera contegenti suumque auxilium miseriter roganti per femus dexterum dimisit lanceam tanto ille quidem fidentius quanto crederet ferri vulnera similia futura prosectu dentium. Nec non tamen ipsam quoque bestiam facili manu transadigit.

mulo, nem, mais doce que todos os seus congêneres, uma corça. Foi um javali, tal como nunca se viu outro igual. Calombos de músculos faziam saliência sob a grossa pele; seu couro se eriçava, com um pelo esquálido; cerdas se lhe erguiam híspidas sobre a espinha; suas presas, de ruidoso atrito, estavam cobertas de espuma; os olhos ameaçadores tinham um olhar chamejante, e as bocadas furiosas de sua goela fremente faziam-no assemelhar-se ao raio. Primeiro, os cães mais arrojados o apertaram de perto. Aos avanços, daqui e dali, ele os destripou e matou. Depois, pisando os fracos rastros, lá onde detiveram o seu primeiro impulso, franqueou o obstáculo, e se foi.

[5] Aturdidos de pavor, e, demais, habituados principalmente a caças inofensivas; desprovidos mesmo, nas circunstâncias, de meios de defesa e proteção, abrigamo-nos entre as frondes, escondidos atrás das árvores. Trasilo, porém, vendo ali uma ocasião oportuna para as suas fraudes e astúcias, dirigiu a Tlepólemo estas palavras capciosas: 'Vamos ficar estuporados e confusos, presos de vão pavor, como escravos que se atiram ao chão, ou desfalecentes como mulheres, e deixar escapar de nossas mãos a presa magnífica? Que esperamos? Depressa, a cavalo! Agarrá-lo-emos. Vamos. Aqui está uma espada, eu tenho uma lança.' Sem perder um instante, saltaram de um pulo sobre os cavalos e se lançaram com ardor à perseguição da fera. Esta, com genuíno vigor, fez meia-volta, incendida de um ardor selvagem. Arreganhou os dentes e olhou, indecisa sobre o qual atacaria primeiro. Mas Tlepólemo começou, golpeando o dorso da fera com a arma que tinha na mão. Foi então que Trasilo, sem fazer mal ao javali, feriu com sua lança o cavalo que levava Tlepólemo e cortou os jarretes do animal. O quadrúpede se abateu no sangue, que perdia em abundância, e, virando completamente, sem querer fez o dono rolar pelo solo. O moço não foi longe. O javali, furioso, lançou-se sobre ele, ainda estendido no chão, lanhou a dentadas, primeiro as vestes, depois o próprio Tlepólemo, que procurava se levantar. E o bom amigo lamentou tão pouco o nefando atentado, que até mesmo ver em tão grande perigo a vítima oferecida em sacrifício pela sua ferocidade, não bastou para satisfazê-lo; e, pois, quando Tlepólemo, abatido pelos golpes e tentando em vão proteger os ferimentos, implorava-lhe auxílio com voz lamentável, Trasilo lhe atravessou a coxa direita com a lança, tanto mais decididamente quanto contava que o ferimento do ferro se pareceria com os talhos de dentadas. Depois, com mão segura, trespassou também a fera.

[6] Ad hunc modum defuncto iuvene exciti latibulo suo quisque familia maesta concurrimus. At ille quanquam perfecto voto prostrato inimico laetus ageret, vultu tamen gaudium tegit et frontem adseverat et dolorem simulat et cadaver, quod ipse fecerat, avide circumplexus omnia quidem lugentium officia sollerter adfinxit, sed solae lacrimae procedere noluerunt. Sic ad nostri similitudinem, qui vere lamentabamur, conformatus manus suae culpam bestiae dabat.

Necdum satis scelere transacto fama dilabitur et cursus primos ad domum Tlepolemi detorquet et aures infelicis nuptae percutit. Quae quidem simul percepit tale nuntium quale non audiet aliud, amens et vecordia percita cursuque bacchata furibundo per plateas populosas et arva rurestria fertur insana voce casum mariti quiritans. Confluunt civium maestae catervae, secuntur obvii dolore sociato, civitas cuncta vacuatur studio visionis. Et ecce mariti cadaver accurrit labantique spiritu totam se super corpus effudit ac paenissime ibidem, quam devoverat, ei reddidit animam. Sed aegre manibus erepta suorum invita remansit in vita, funus vero toto feralem pompam prosequente populo deducitur ad sepulturam.

[7] Sed Thrasyllus nimium nimius clamare, plangere et quas in primo maerore lacrimas non habebat iam scilicet crescente gaudio reddere et multis caritatis nominibus Veritatem ipsam fallere. Illum amicum, coaetaneum, contubernalem, fratrem denique addito nomine lugubri ciere, nec non interdum manus Charites a pulsandis uberibus amovere, luctum sedare, heiulatum cohercere, verbis palpantibus stimulum doloris obtundere, variis exemplis multivagi casus solacia nectere, cunctis tamen mentitae pietatis officiis studium contrectandae mulieris adhibere odiosumque amorem suum perperam delectando nutrire.

Sed officiis inferialibus statim exactis puella protinus festinat ad maritum suum demeare cunctasque prorsus pertemptat vias, certe illam lenem otiosamque nec telis ullis

[6] E, deste modo, tendo o jovem acabado assim seus dias, saímos todos dos esconderijos e acorremos, os servidores, em pranto. Apesar de alegre, por ver seu inimigo prostrado e seus desejos cumpridos, Trasilo escondeu o contentamento sob a expressão do rosto. Fronte sombria, exprimindo mágoa, abraçou doloridamente esse cadáver que era obra sua, e aparentou pesar hipócrita. Só as lágrimas se recusaram a sair. Compondo a atitude à semelhança da nossa, e esta sim, sincera, e lamentando como nós isso de que era a sua mão culpada, imputava a culpa à fera.

Mal fora perpetrado o crime, e já a fama, tomando seu curso vagabundo, dava seus primeiros passos em direção à casa de Tlepólemo, alcançando os ouvidos da esposa infortunada. Ouvindo notícia tal, como jamais ouvira, fora de si, aturdida, lançou-se para as ruas populosas, como uma bacante em delírio, e seguiu em direção aos campos, clamando com voz de louca a desgraça do marido. Formaram-se grupos de cidadãos que se lamentavam, e outros passantes se associavam ao seu desespero. A cidade se esvaziou, pois todos queriam ver. E ei-la que corre para o cadáver do esposo. Arquejando, deixa-se cair sobre o corpo e pouco faltou para que entregasse ali mesmo a alma que lhe fora devotada. Arrancada com esforço pelas mãos dos que estavam mais próximos, ficou viva, sem o desejar, enquanto o cortejo fúnebre, seguido por todo o povo, conduziu o defunto à sepultura.

[7] Trasilo, todavia, sem discrição nem medida, lamentava-se com grandes gritos, e as lágrimas, recusadas às suas primeiras demonstrações de luto, vinham-lhe agora, transbordantes, sem dúvida, de alegria. Prodigalizava palavras de afeição, de tal modo que enganaria a Verdade em pessoa. Seu amigo, seu camarada, seu companheiro, seu irmão, assim ele chamava com voz lúgubre aquele de quem repetia o nome, sem se esquecer de reter entre as suas as mãos de Caridade; quando ela tentava bater no peito, apaziguava-lhe o luto, moderava-lhe os gemidos, serenava com palavras ternas o aguilhão de sua mágoa, procurava, com diversos exemplos de uma desgraça que via de um para outro, motivos de consolação. Todos os cuidados de uma fingida piedade não serviam, todavia, senão de pretexto para o seu desejo de acariciar a jovem, dando ao seu culpável amor o alimento de um perverso deleite.

Mas logo que voltaram dos ritos fúnebres, Caridade, impaciente de descer para junto do marido, tentou todas as vias, sem exceção, e em particular aquela que, tranquila e igual, sem necessidade de nenhu-

indigentem sed placidae quieti consimilem: inedia denique misera et incuria squalida, tenebris imis abscondita, iam cum luce transegerat. Sed Thrasyllus instantia pervicaci partim per semet ipsum, partim per ceteros familiares ac necessarios, ipso denique puellae parentes extorquet tandem iam lurore et inluvie paene conlapsa membra lavacro, cibo denique confoveret. At illa, parentum suorum alioquin reverens, invita quidem, verum religiosae necessitati subcumbens, vultu non quidem hilaro, verum paulo sereniore obiens, ut iubebatur, viventium munia, prorsus in pectore, immo vero penitus in medullis luctu a maerore carpebat animum; diesque totos totasque noctes insumebat luctuoso desiderio, et imagines defuncti, quas ad habitum dei Liberi formaverat, adfixo servito divinis percolens honoribus ipso se solacio cruciabat.

[8] Sed Thrasyllus, praeceps alioquin et de ipso nomine temerarium, priusquam dolorem lacrimae satiarent et percitae mentis resideret furor et in sese nimietatis senio lassesceret luctus, adhuc flentem maritum, adhuc vestes lacerantem, adhuc capillos distrahentem non dubitavit de nuptiis convenire et imprudentiae labe tacita pectoris sui secreta fraudesque ineffabiles detegere. Sed Charite vocem nefandam et horruit et detestata est et velut gravi tonitru procellaque sideris vel etiam ipso diali fulmine percussa corruit corpus et obnubilavit animam. Sed intervallo revalescente paulatim spiritu, ferinos mugitus iterans et iam scaenam pessimi Thrasylli perspiciens, ad limam consili desiderium petitoris distulit. Tunc inter moras umbra illa misere trucidati Tlepolemi sanie cruentam et pallore deformem attollens faciem quietem pudicam interpellat uxoris:

'Mi coniux, quod tibi prorsus ab alio dici iam licebit: etsi in pectore tuo non permanet nostri memoria vel acerbae mortis meae casus foedus caritatis intercidit —, quovis alio felicius maritare, modo ne in

ma arma, se assemelha a um plácido sono. Extenuada pelo jejum, negligente até o desleixo, retirada no fundo das trevas, dissera já adeus à luz do dia. Mas Trasilo, com insistência e obstinação, fosse em pessoa, fosse por intermédio dos amigos, dos parentes, dos pais da moça, conseguiu por fim que ela tomasse um banho e algum alimento, para reanimar o corpo lívido, encoscorado de sujeira, quase arruinado. Como filha respeitosa, ela cedeu, se bem que relutante, às exigências de uma piedosa submissão. Com a expressão, não alegre certamente, mas um pouco mais serena, entregou-se, como lhe pediam, às tarefas da vida. No fundo do coração, entretanto, consumia-se de luto e tristeza. Passava todos os seus dias e todas as suas noites ruminando desgostos. Dedicara-se de tal maneira ao serviço de prestar honras divinas às imagens do morto, que fizera representar sob os traços do deus Líber, que o próprio consolo se lhe tornava um tormento.

[8] Mas Trasilo, fogoso e temerário como o seu nome indicava,[103] não esperou que tal dor fosse esmaecida pelas lágrimas, nem que se lhe acalmasse o tumulto da alma agitada; nem que o luto, com o tempo, perdesse o que havia nele de excessivo, e se finasse, esgotado por si mesmo. Enquanto ela chorava ainda o marido, enquanto dilacerava ainda as roupas, enquanto ainda arrancava os cabelos, teve ele o desplante de lhe fazer propostas de casamento, revelando-lhe imprudentemente os recessos secretos do coração, e, de modo implícito, a sua inconfessável felonia. Caridade repeliu com horror o nefando discurso. E como que batida por um estrondo de trovão, por um furacão vindo do céu, ou pelo próprio raio de Júpiter, seu corpo se aniquilou e a alma se lhe obnubilou. Mas, depois de algum tempo, voltando pouco a pouco a si, soltou rugidos de animal, e, percebendo a intriga armada pelo infame Trasilo, opôs adiamentos calculados aos desejos do pretendente. No intervalo, a sombra de Tlepólemo, odiosamente chacinado, com o rosto maculado de sangue, pálido, desfigurado, apareceu à sua mulher no decorrer de um casto sono:

'Cara esposa', disse ele, 'para te chamar por um nome que outro, de agora em diante, terá o direito de te dar, se teu coração não conserva minha lembrança, ou se a catástrofe de minha morte prematura rompeu os laços mútuos, toma por marido quem tu queiras, e sê mais feliz

---

[103] Trasilo, do grego *Trasis*, significa temerário, presunçoso. (N. da T.)

Thrasylli manum sacrilegam conveniam neve
sermonem conferas nec mensam accumbas nec toro
adquiescas. Fuge mei percussoris cruentam dexteram.
Noli parricidio nuptias auspicari. Vulnera illa, quorum
sanguinem tuae lacrimae perluerunt, non sunt tota
dentium vulnera: lancea mali Thrasylli me tibi fecit
alienum' et addidit cetera omnemque scaenam sceleris
inluminavit.

[9] At illa, ut primum maesta quieverat, toro faciem
impressa, etiamnunc dormiens, lacrimis emanantibus
genas cohumidat et velut quodam tormento inquieta
quiete excussa luctu redintegrato prolixum heiulat
discissaque interula decora brachia saevientibus palmulis
converberat. Nec tamen cum quoquam participatis
nocturnis imaginibus, sed indicio facinoris prorsus
dissimulato, et nequissimum percussorem punire et
aerumnabili vitae sese subtrahere tacita decernit. Ecce
rursus inprovidae voluptatis detestabilis petitor aures
obseratas de nuptiis obtundens aderat. Sed illa clementer
aspernata sermonem Thrasylli astuque miro personata
instanter garrienti summisseque deprecanti:

'Adhuc' inquit 'tui fratris meique carissimi mariti facies
pulchra illa in meis deversatur oculis, adhuc odor cinnameus
ambrosei corporis per nares meas percurrit, adhuc formonsus
Tlepolemus in meo vivit pectore. Boni ergo et optimi consules, si
luctui legitimo miserrimae feminae necessarium concesseris tempus,
quoad residuis mensibus spatium reliquum compleatur anni, quae
res cum meum pudorem, tum etiam tuum salutare commodum
respicit, ne forte inmaturitate nuptiarum indignatione iusta manes
acerbos mariti ad exitium salutis tuae suscitemus.'

do que comigo, contanto que a tua mão não ponhas na mão sacrílega de Trasilo; contanto que evites seu comércio, que não partilhes da sua mesa, nem repouses no seu leito. Foge da mão cruenta do meu assassino. Não macules o teu himeneu com os auspícios de um ímpio parricídio. Aquelas feridas, cujo sangue tuas lágrimas perolaram, não foram todas causadas pelo dente do javali. A lança maldita de Trasilo fez com que eu não mais te pertença.' E acrescentou, em seguida, a narração que esclareceu todo o crime.

[9] Caridade, tal como na sua tristeza havia adormecido, com o corpo afundado nas almofadas, e ainda sonolenta, orvalhou as faces com lágrimas abundantes. Arrancada da quietude do seu sono inquieto[104] pelo agudo sofrimento, recomeçou a se lamentar, soltou longos gemidos, dilacerou as roupas, machucou furiosamente os belos braços e as delicadas mãos. Sem, entretanto, contar a ninguém as visões da noite, e dissimulando cuidadosamente, ao contrário, a revelação do crime, decidiu, em segredo, punir o homicida infame, e furtar-se a uma vida desgraçada. Eis que, animado por uma cega volúpia, o detestável candidato se apresentou novamente, importunando com pedidos de casamento ouvidos obstinadamente fechados. Porém ela, com doçura, recusava-se a ouvir. Desempenhando seu papel com maravilhosa astúcia, aos seus instantes pedidos, às suas humildes súplicas, respondia:

'A bela face do teu irmão, e meu caríssimo marido, ainda está diante dos meus olhos; minhas narinas respiram ainda o odor de ambrosia do seu corpo; o formoso Tlepólemo vive ainda no meu coração. Penso que serias bom e prudente se concedesses à mísera esposa o prazo necessário à duração normal do luto, deixando passar os meses que restam para completar o espaço de um ano.[105] Estas coisas têm que ver com o meu pudor, com o teu interesse, e com a tua salvação. Um casamento prematuro provocaria uma justa indignação nos manes irritados de meu marido e suscitaria a tua perda.'

---

[104] "Quietude do sono inquieto" é o jogo de palavras que traduz ao pé da letra a expressão *inquieta quiete* do original. Apuleio se compraz nesses torneios verbais, de que há mais de um exemplo neste livro. (N. da T.)

[105] A antiga lei romana impunha à mulher um prazo de dez meses, o tempo necessário para o termo de uma gravidez, para evitar a *turbatio sanguinis*, antes de contrair novo casamento. Tal prazo se estendeu depois a doze meses. (N. da T.)

[10] Nec isto sermone Thrasyllus sobriefactus vel saltem tempestiva pollicitatione recreatus identidem pergit lingua satianti susurros improbos inurguere, quoad simulanter revicta Charite suscipit: 'Istud equidem certe magnopere deprecanti concedas necesse est mihi, Thrasylle, ut interdum taciti clandestinos coitus obeamus nec quisquam persentiscat familiarium, quoad reliquos dies metiatur annus.'

Promissioni fallaciosae mulieris oppressus subcubuit Thrasyllus et prolixe consentit de furtivo concubitu noctemque et opertas exoptat ultro tenebras uno potiundi studio postponens omnia. 'Sed heus tu', inquit Charite, 'quam probe vestre contectus omnique comite viduatus prima vigilia tacitus fores meas accedas unoque sibilo contentus nutricem istam meam opperiare, quae claustris adhaerens excubabit adventui tuo. Nec setius patefactis aedibus acceptum te nullo lumine conscio ad meum perducet cubiculum.'

[11] Placuit Thrasyllo scaena feralium nuptiarum. Nec sequius aliquid suspicatus sed exspectatione turbidus de diei tantum spatio et vesperae mora querebatur. Sed ubi sol tandem nocti decessit, ex imperio Charites adest ornatus et nutricis captiosa vigilia deceptus inrepit cubiculum pronus spei. Tunc anus de iussu dominae blandiens ei furtim depromptis calicibus et oenophoro, quod inmixtum vino soporiferum gerebat venenum, crebris potionibus avide ac secure haurientem mentita dominae tarditatem, quasi parentem adsideret aegrotum, facile sepelivit ad somnum. Iamque eo ad omnes iniurias exposito ac supinato introvocata Charite masculis animis impetuque duro fremens invadit ac supersistit sicarium.

[12] 'En' inquit 'fidus coniugis mei comes, en venator egregius, en carus maritus. Haec est illa dextera quae meum sanguinem fudit, hoc pectus quod fraudulentas ambages in meum concinnavit exitium, oculi isti quibus male placui, qui quodam modo tamen iam futuras tenebras auspicantes venientes poenas antecedunt. Quiesce securus, beate somniare. Non ego gladio, non ferro petam; absit ut simili mortis genere cum marito meo

[10] Trasilo, contudo, sem querer ouvir palavra, nem se animar com um prazo, persistia nos ímprobos sussurros, repetindo impudentes solicitações até cansar a língua. Afinal, Caridade fingiu render-se e replicou: 'Em todo caso, há uma coisa que não poderás me recusar, Trasilo, e isto te peço insistentemente: durante algum tempo, não digamos palavra, não tenhamos senão relações clandestinas. Que nenhum dos nossos suspeite, até que o ano tenha completado a conta dos seus dias.'

A essa falaciosa promessa da mulher, Trasilo, vencido, cedeu, e consentiu voluntariamente no furtivo coito. Então, já não pôde esperar a noite e a proteção das trevas; o desejo obsessivo da posse o fazia esquecer tudo o mais. 'Mas, cuidado', disse Caridade. 'Cobre-te bem com teu manto, e não venhas acompanhado de ninguém. Na primeira vigília, em silêncio, para diante da casa. Assobia uma vez, e nada mais, depois espera a minha ama, que conheces, e que vigiará diante da porta fechada, aguardando que chegues. É ela quem te abrirá e, fazendo-te entrar, te conduzirá até meu quarto, sem acender nenhuma luz.'

[11] O plano dessas núpcias mortais agradou a Trasilo. Sem nada suspeitar de assustador, agitado somente pela expectativa, não se queixava senão do tamanho do dia e das lentidões da tarde. Quando, por fim, o Sol foi substituído pela noite, dirigiu-se logo para lá, conforme as instruções de Caridade. Entregando-se à astuciosa vigilância da ama, deslizou para o quarto, cheio de ávida esperança. Então, a velha, por ordem da moça, o agradou; trouxe-lhe cálices e uma ânfora, que continha vinho misturado com um soporífero, e saiu furtivamente. Enquanto ele repousava sem desconfiança nem embaraço, e bebia copázios a grandes goles, ela o convenceu de que o que demorava a senhora era que ela estava à cabeceira do pai doente. E assim foi fácil deixá-lo a cair de sono. E então, vendo-o estendido de costas, exposto a todas as injúrias, a ama introduziu Caridade, que, fremente de máscula resolução e de ímpeto vingador, se atirou sobre o sicário, dizendo:

[12] 'Aqui estás, fiel companheiro de meu marido, eis-te aqui, egrégio caçador, aqui, meu caro esposo. Foi esta a mão que derramou meu sangue; este o coração que urdiu para minha perdição pérfidas intrigas; são estes os olhos que, por meu mal, agradei; estes os olhos que, pressentindo as trevas que os aguardam, antecipam, de algum modo, o castigo que está a caminho. Dorme tranquilo. Sonha belos sonhos. Não é com o gládio, não é com um ferro que me armarei contra ti. Longe de mim o pensamento de te igualar ao meu marido por uma morte seme-

coaequeris: vivo tibi morientur oculi nec quicquam
videbis nisi dormiens. Faxo feliciorem necem inimici tui
quam vitam tuam sentias. Lucem certe non videbis, manu
comitis indigebis, Chariten non tenebis, nuptias non
frueris, nec mortis quiete recreaberis nec vitae voluptate
laetaberis, sed incertum simulacrum errabis inter Orcum
et solem, et diu quaeres dexteram quae tuas expugnavit
pupulas, quodque est in aerumna miserrimum, nescies de
quo queraris. At ego sepulchrum mei Tlepolemi tuo
luminum cruore libato et sanctis manibus eius istis oculis
parentabo. Sed quid mora temporis dignum cruciatum
lucraris et meos forsitan tibi pestiferos imaginaris
amplexus? Relictis somnulentis tenebris ad aliam
poenalem evigila caliginem. Attolle vacuam faciem,
vindictam recognosce, infortunium intellege, aerumnas
computa. Sic pudicae mulieri tui placuerunt oculi, sic
faces nuptiales tuos illuminarunt thalamos. Vltrices
habebis pronubas et orbitatem comitem et perpetuae
conscientiae stimulum.'

[13] Ad hunc modum vaticinata mulier acu crinali capite
deprompta Thrasylli convulnerat tota lumina eumque
prorsus exosculatum relinquens, dum dolore nescio crapulam
cum somno discutit, arrepto nudo gladio, quo se Tlepolemus
solebat incingere, per mediam civitatem cursu furioso
proripit se procul dubio nescio quod scelus gestiens et recta
monimentum mariti contendit. At nos et omnis populus,
nudatis totis aedibus, studiose consequimur hortati mutuo
ferrum vesanis extorquere manibus. Sed Charite capulum
Tlepolemi propter assistens gladioque fulgenti singulos
abigens, ubi fletus uberes et lamentationes varias cunctorum
intuetur, 'Abicite' inquit 'importunas lacrimas, abicite luctum
meis virtutibus alienum. Vindicavi in mei mariti cruentum
peremptorem, punita sum funestum mearum [mearum]
nuptiarum praedonem. Iam tempus est ut isto gladio deorsus
ad meum Tlepolemum viam quaeram.'

lhante. Tu viverás e teus olhos morrerão, e não enxergarás senão em sonhos. Eu quero que a morte que deste ao teu inimigo te pareça mais feliz que a tua vida. Disto pelo menos estou certa: não possuirás Caridade, não verás mais a luz, não gozarás do teu himeneu; terás necessidade do braço de um companheiro. Não repousarás na paz da morte, e não desfrutarás da doçura de viver. Fantasma errante, vagarás entre o Orco e o Sol, procurarás por muito tempo a mão que destruiu tuas pupilas. E, o que é mais cruel nesta miséria, tu te queixarás sem saber de quem. Entretanto, eu esparzirei o sangue dos teus olhos, em libação, sobre o túmulo do meu Tlepólemo, e teus olhos sacrificarei aos seus manes santos. Mas para que conceder o benefício de um adiamento a essas torturas merecidas, e te deixar sonhar talvez com abraços, para ti fatais? Deixa as trevas do sono para despertar em outra noite, e isto será o teu castigo. Levanta a face vazia, reconhece a vingança, compreende tua desgraça, faz a conta dos teus sofrimentos. Teus olhos souberam agradar a uma honesta mulher. E aí está como iluminam o tálamo; são as tochas do casamento. As vingadoras do crime vêm presidir teu himeneu.[106] Como companheira, a cegueira terás, e o aguilhão de um remorso eterno. Tal é o teu quinhão.'

[13] Assim profetizando, a mulher tirou da cabeça um grampo de cabelo, e atravessou de lado a lado os dois olhos de Trasilo. Deixou-o completamente cego. Depois, enquanto uma dor jamais sentida dissipava nele a embriaguez e o sono, ela desembainhou a espada que Tlepólemo tinha o costume de cingir; atravessou a cidade correndo como uma fúria, disposta, sem dúvida, a qualquer gesto extremo; e foi direito ao túmulo do marido. Então, um povo inteiro, deixando todas as casas vazias, iniciamos uma viva perseguição, exortando-nos uns aos outros a arrancar-lhe das mãos dementes a espada nua. Mas Caridade, em pé junto ao sepulcro de Tlepólemo, afastava-nos a todos com sua espada faiscante. Depois, abrangendo com o olhar o choro e as lamentações da assistência, disse: 'Fora com essas lágrimas importunas, fora com esse luto que não está de acordo com as minhas virtudes. Vinguei-me do assassino sanguinário de meu marido; puni o funesto predador da minha vida conjugal. Agora é tempo de abrir uma estrada com este gládio, para descer até onde está o meu Tlepólemo.'

---

[106] "Vingadoras do crime": referência às Eumênides, ou Fúrias, consideradas por vezes justiceiras. (N. da T.)

[14] Et enarratis ordine singulis quae sibi per somnium nuntiaverat maritus quoque astu Thrasyllum inductum petisset, ferro sub papillam dexteram transadacto corruit et in suo sibi pervolutata sanguine postremo balbuttiens incerto sermone proflavit animam virilem. Tunc propere familiares miserae Charites accuratissime corpus ablutum unita sepultura ibidem marito perpetuam coniugem reddidere.

Thrasyllus vero cognitis omnibus, nequiens idoneum exitum praesenti (cladi nisi nova) clade reddere certusque tanto facinori nec gladium sufficere, sponte delatus ibidem ad sepulchrum 'Vltronea vobis, infesti Manes, en adest victima' saepe clamitans, valvis super sese diligenter obseratis inedia statuit elidere sua sententia damnatum spiritum.'"

[15] Haec ille longos trahens suspiritus et nonnumquam inlacrimans graviter adfectis rusticis adnuntiabat. Tunc illi mutati dominii novitatem metuentes et infortunium domus erilis altius miserantes fugere conparant. Sed equorum magister, qui me curandum magna ille quidem commendatione susceperat, quidquid in casula pretiosum conditumque servabat meo atque aliorum iumentorum dorso repositum asportans sedes pristinas deserit. Gerebamus infantulos et mulieres, gerebamus pullos, passeres, aedos, catellos, et quidquid infirmo gradu fugam morabatur, nostris quoque pedibus ambulabat. Nec me pondus sarcinae, quanquam enormis, urguebat, quippe gaudiali fuga detestabilem illum exsectorem virilitatis meae relinquentem.

Silvosi montis asperum permensi iugum rursusque reposita camporum spatia pervecti, iam vespera semitam tenebrante, pervenimus ad quoddam castellum frequens et opulens, unde nos incolae nocturna immo vero matutina etiam prohibebant egressione: lupos enim numerosos grandes et vastis corporibus sarcinosos ac nimia ferocitate saevientes passim rapinis adsuetos infestare cunctam illam regionem iamque ipsas vias obsidere et in modum latronum praetereuntes adgredi, immo etiam vaesana fame rabidos finitimas expugnare villas, exitiumque inertissimarum pecudum ipsis iam humanis capitibus imminere. Denique ob

[14] Depois de ter contado, pormenorizadamente, tudo o que o marido lhe havia revelado em sonho, e a astúcia por meio da qual atraíra Trasilo para a armadilha, mergulhou a espada sob o seio direito, caiu, e, afogada no seu próprio sangue, com alguns balbucios indistintos exalou a alma viril. Então os amigos da mísera Caridade, com acuradíssimos cuidados, procederam às abluções fúnebres e, numa só sepultura, uniram ao marido aquela que permanecera sua mulher para sempre.

Trasilo, entrementes, soube de tudo. Não encontrando outra solução para seu desastre senão um novo desastre, e compreendendo que o próprio gládio era pouco para semelhante ato, fez com que o levassem à sepultura: 'Eis aqui', gritou por diversas vezes, 'eis aqui para vós, Manes irritados, uma vítima voluntária.' Depois, fechando cuidadosamente as portas atrás de si, resolveu acabar, à falta de alimento, uma vida condenada por sua própria sentença.'"

[15] Este relato, cortado de longos suspiros e algumas vezes de lágrimas, comoveu profundamente os rústicos. Temendo passar para um novo dono, e lamentando do fundo do coração a desgraça doméstica dos seus amos, resolveram eles fugir. Mas o tratador de cavalos, a cujos cuidados eu fora confiado com insistentes recomendações, carregou sobre o meu dorso e das outras bestas tudo que tinha e guardava de precioso na casa. Com esse furto, abandonou a antiga morada. Levávamos crianças e mulheres, frangos, aves, cabras, cãozinhos. Tudo aquilo cuja marcha hesitante podia demorar a nossa fuga, caminhava assim sobre as nossas pernas. Por mim, nem sentia o peso do fardo, por maior que fosse. Estava alegre demais de fugir, deixando para trás o abominável indivíduo que me queria arrancar a virilidade.

Havíamos transposto o cimo de áspero monte coberto de florestas e atravessado, a seu tempo, a vasta planície que se lhe estendia aos pés. Já a tarde espalhava trevas sobre o caminho quando chegamos a uma aldeia rica e povoada. Os habitantes procuraram dissuadir-nos de sair à noite ou mesmo pela manhã, porque, diziam, bandos de lobos enormes, corpulentos, ferozes, cruéis e acostumados à rapina, infestavam toda a região. Chegavam a percorrer as estradas e a atacar os viajantes, como fazem os ladrões. E mais: na danação em que os punha a fome, forçavam o acesso às propriedades da periferia, e as pessoas se viam agora ameaçadas de morte, como um rebanho indefeso. Ao longo do caminho que teríamos de percorrer, jaziam corpos humanos, meio co-

iter illud qua nobis erat commeadum iacere semesa hominum corpora suisque visceribus nudatis ossibus cuncta candere ac per hoc nos quoque summa cautione viam reddi debere, idque vel in primis observitare ut luce clara et die iam provecto et sole florido vitantes undique latentes insidias, cum et ipso lumine dirarum bestiarum repigratur impetus, non laciniatim disperso, sed cuneatim stipato commeatu difficultates illa transabiremus.

[16] Sed nequissimi fugitivi ductores illi nostri caecae festinationis temeritate ac metu incertae insecutionis spreta salubri monitione nec exspectata luce proxuma circa tertiam ferme vigiliam noctis onustos nos ad viam propellunt. Tunc ego metu praedicti periculi, quantum pote, iam turbae medius et inter conferta iumenta latenter absconditus clunibus meis ab adgressionibus ferinis consulebam iamque me cursu celeri ceteros equos antecellentem mirabantur omnes. Sed illa pernicitas non erat alacritatis meae, sed formidinis indicium; denique meum ipse reputabam Pegasum inclutum illum metu magis volaticum ac per hoc merito pinnatum proditum, dum in altum et adusque caelum sussilit ac resultat, formidans scilicet igniferae morsum Chimaerae. Nam et illi pastores qui nos agebant in speciem proelii manus obarmaverant: hic lanceam, ille venabulum, alius gerebat spicula, fustem alius, sed et saxa, quae salebrosa semita largiter subministrabat; erant qui sudes praeacutas attollerent; plerique tamen ardentibus facibus proterrebant feras. Nec quicquam praeter unicam tubam deerat quin acies esset proeliaris.

Sed necquicquam frustra timorem illum satis inanem perfuncti longe peiores inhaesimus laqueos. Nam lupi, forsitan confertae iuventutis strepitu vel certe nimia luce flammarum deterriti vel etiam aliorsum grassantes, nulli contra nos aditum tulerunt ac ne procul saltem ulli comparverant.

[17] Villae vero, quam tunc forte praeteribamus, coloni multitudinem nostram latrones rati, satis agentes rerum suarum eximieque trepidi, canes rabidos et immanes et quibusuis lupis et ursis saeviores, quos ad tutelae

midos, e viam-se por toda parte, despojados de suas carnes, ossos esbranquiçados. Nós também devíamos, pois, tomar grandes precauções, e, sobretudo, esperar que fosse dia pleno, com o Sol em todo o seu esplendor, para nos pormos a caminho. Devíamos evitar as emboscadas, escolhendo, para andar, as horas em que a própria luz amortecia o impetuoso impulso das feras terríveis, e, para franquear enfim os passos difíceis, não andarmos dispersos, em debandada, mas agrupados em fileiras cerradas.

[16] Mas os abomináveis fugitivos que nos serviam de guias, na cegueira de uma pressa temerária, e na apreensão de uma perseguição muito incerta, sem levarem em conta os salutares avisos nem esperarem a madrugada, nos levaram para a estrada com a nossa carga, por volta da terceira vigília da noite. Temendo o perigo que mencionei, fiz o possível para me dissimular, ora enfiando-me no meio da tropa, entre as filas compactas das bestas de carga, protegendo o traseiro dos ataques de animais ferozes, ora avançando com tal velocidade que ultrapassava os cavalos e maravilhava a todos. Entretanto, essa rapidez em mim indicava não vivacidade, mas terror. A propósito, pensava eu que ao célebre Pégaso era o medo que o fazia voar. E se a tradição, com razão, lhe deu asas, foi porque ele se atirou para os ares, pulando até o céu, evidentemente porque temia a mordedura da Quimera que vomitava fogo. Os pastores que nos levavam tinham-se armado como que para um combate. Um levava dardo, outro lança, outro arco com flechas, outro bastão. Alguns tinham pedras, que a trilha pedrenta fornecia em abundância, ou brandiam pedaços de pau de agudas pontas. A maior parte, no entanto, munira-se de tochas acesas, para manter as feras à distância. Não faltava verdadeiramente senão uma trombeta, para figurarmos uma tropa em formação de batalha.

Porém, com o espírito ocupado por temores vãos e sem fundamento, caímos numa armadilha muito mais perigosa, pois os lobos, espantados talvez pelo ruído dessa juventude em coluna cerrada, ou pelo vivo clarão das tochas, ou ainda, por estarem em expedição para outros lados, não tentaram contra nós o menor ataque, e não vimos nenhum, nem de longe.

[17] Mas os lavradores de um domínio rural junto do qual passamos, vendo-nos tão numerosos, nos tomaram por bandidos. Cheios de inquietação pelos seus bens, e extremamente agitados, com agudos clamores, como é seu costume, e com incitações de todo gênero, instiga-

praesidia curiose fuerant alumnati, iubilationibus solitis et cuiusce modi vocibus nobis inhortantur, qui praeter genuinam ferocitatem tumultu suorum exasperati contra nos ruunt et undique laterum circumfusi passim insiliunt ac sine ullo dilectu iumenta simul et homines lacerant diuque grassati plerosque prosternunt. Cerneres non tam hercules memorandum quam miserandum etiam spectaculum: canes copiosos ardentibus animis alios fugientes arripere, alios stantibus inhaerere, quosdam iacentes inscendere, et per omnem nostrum commeatum morsibus ambulare.

Ecce tanto periculo malum maius insequitur. De summis enim tectis ac de proxumo colle rusticani illi saxa super nos raptim devolvunt, ut discernere prorsus nequiremus qua potissimum caveremus clade, comminus canum an eminus lapidum. Quorum quidem unus caput mulieris, quae meum dorsum residebat repente percussit. Quo dolore commota statim fletu cum clamore sublato maritum suum pastorem illum suppetiatum ciet.

[18] At ille deum fidem clamitans et cruorem uxoris abstergens altius quiritabat: "Quid miseros homines et laboriosos viatores tam crudelibus animis invaditis atque obteritis? Quas praedas inhiatis? Quae damna vindicatis? At non speluncas ferarum vel cautes incolitis barbarorum, ut humano sanguine profuso gaudeatis."

Vix haec dicta et statim lapidum congestus cessavit imber et infestorum canum revocata conquievit procella. Vnus illinc denique de summo cupressus cacumine: "At nos" inquit "non vestrorum spoliorum cupidine latrocinamur, sed hanc ipsam cladem de vestris protelamus manibus. Iam denique pace tranquilla securi potestis incedere."

Sic ille, sed nos plurifariam vulnerati reliquam viam capessimus alius lapidis, alius morsus vulnera referentes, universi tamen saucii. Aliquanto denique viae permenso spatio pervenimus ad nemus quoddam proceris arboribus consitum et pratentibus virectis amoenum, ubi placuit illis ductoribus nostris refectui paululum conquiescere corporaque sua diverse laniata sedulo recurare. Ergo passim prostrati solo primum fatigatos animos recuperare ac dehinc vulneribus medelas varias adhibere festinant, hic cruorem praeterfluentis aquae

ram contra nós cães enormes, furiosos, mais cruéis que todos os lobos e que todos os ursos do mundo, e especialmente treinados para a defesa e a guarda. Com a sua ferocidade natural exasperada pela balbúrdia dos donos, caíram sobre nós, cercaram-nos por todos os lados, atacaram-nos desordenadamente, despedaçaram sem escolha bichos e gente, e o fizeram de tal modo que, no fim de pouco tempo, a maioria dos nossos jazia prostrada no chão. Espetáculo, por Hércules, memorável, mas mísero espetáculo. Teríeis visto cães possantes, cheios de selvagem ardor, apanharem os que fugiam, atacarem os que paravam, caírem sobre os que caíam, irem e virem mordendo a todos os nossos, ao longo da caravana.

Nesse perigo terrível, sucedeu um mal pior ainda. Do alto dos telhados da colina vizinha, os camponeses fizeram rolar pedras e mais pedras sobre nós, de maneira que não se sabia o que escolher, de que flagelo escapar: se do mais próximo, os cães, se do mais distanciado, as pedras. Uma delas bateu na cabeça de uma mulher que ia sentada no meu lombo. Sob a dor da pancada, ela se pôs a chorar e a gritar, chamando em seu socorro o marido, o pastor de que falei.

[18] Este, invocando os deuses por testemunhas, e estancando o sangue da mulher, protestou ruidosamente: "Por que, desgraçados, por que lapidais tão cruelmente viajantes sofredores? Que saque cobiçais? De que prejuízos esperais reparação? No entanto, não habitais cavernas como as feras, nem rochedos como os bárbaros, para assim vos alegrardes derramando sangue humano."

Mal tinha falado, parou a cerrada chuva de pedras. Revogada a muda hostilidade, a tempestade serenou. Por fim, um deles falou do alto de um cipreste: "Não somos ladrões, nem queremos vossos despojos. Ao contrário, é uma violência idêntica que repelimos de vossa parte. Agora, nada mais perturba a paz, podeis avançar em segurança."

Assim falou ele. Cobertos como estávamos de ferimentos de toda espécie, retomamos nossa marcha, levando marcas, este de uma pedrada, aquele de uma dentada, e todos em muito mau estado. Tendo, por fim, percorrido certa distância, chegamos a um bosque plantado de altas árvores e alegrado por verdejante relva. Nossos condutores julgaram conveniente acampar durante algum tempo, para repousar e cuidar dos membros retalhados em todos os sentidos. Deitados aqui e ali, no solo, começaram por recobrar o ânimo fatigado; depois, apressaram-se a aplicar nos ferimentos remédios os mais variados: um estancou seu

rore deluere, ille spongeis inacidatis tumores comprimere, alius fasciolis hiantes vincire plagas. Ad istum modum saluti suae quisque consulebat.

[19] Interea quidam senex de summo colle prospectat, quem circum capellae pascentes opilionem esse profecto clamabant. Eum rogavit unus e nostris, haberetne venui lactem vel adhuc liquidum vel in caseum recentem inchoatum. At ille diu capite quassanti: "Vos autem" inquit "de cibo vel poculo vel omnino ulla refectione nunc cogitatis? an nulli scitis quo loco consederitis?", et cum dicto conductis oviculis conversus longe recessit. Quae vox eius et fuga pastoribus nostris non mediocrem pavorem incussit. Ac dum perterriti de loci qualitate sciscitari gestiunt nec est qui doceat, senex alius, magnus ille quidem, gravatus annis, totus in baculum pronus et lassum trahens vestigium ubertim lacrimans per viam proximat visisque nobis cum fletu maximo singulorum iuvenum genua contingens sic adorabat:

[20] "Per Fortunas vestrosque Genios, sic ad meae senectutis spatia validi laetique veniatis, decepto seni subsistite meumque parvulum ab inferis ereptum canis meis reddite. Nepos namque meus et itineris huius suavis comes, dum forte passerem incantantem sepiculae consectatur arripere, delapsus in proximam foveam, quae fruticibus imis subpatet, in extremo iam vitae consistit periculo, quippe cum de fletu ac voce ipsius avum sibi saepicule clamitantis vivere illum quidem sentiam, sed per corporis, ut videtis, mei defectam valetudinem opitulari nequeam. At vobis aetatis et roboris beneficio facile est subpetiari miserrimo seni puerumque illum novissimum successionis meae atque unicam stirpem sospitem mihi facere."

[21] Sic deprecantis suamque canitiem distrahentis totos quidem miseruit. Sed unus prae ceteris et animo fortior et aetate iuvenior et corpore validior, quique solus praeter alios incolumis proelium superius evaserat, exsurgit alacer et percontatus quonam loci puer ille decidisset monstrantem digito non longe frutices horridos senem illum inpigre comitatur. Ac dum pabulo nostro suaque cura refecti sarcinulis quisque sumptis suis viam capessunt, clamore primum

sangue com água de uma fonte que corria ali perto; outro pôs compressas de vinagre sobre os seus tumores; um outro cercou com uma atadura as largas feridas. E assim todos procuraram alívio aos seus males.

[19] Entrementes, do alto de uma colina, um velho olhava para longe, e os animais que pastavam em torno proclamavam, sem sombra de dúvida, que ele era pastor. Um dos nossos lhe suplicou que vendesse algum leite, fosse líquido, fosse recentemente coalhado para fazer queijo. Mas ele, sacudindo a cabeça longamente, falou: "Pois quê? Pensais neste momento em comer e beber, para vos restaurardes? Ignorais, então, completamente, em que lugar parastes?" Com estas palavras, tangendo as ovelhas, fez meia-volta e se afastou. Sua linguagem e sua fuga causaram aos nossos pastores um medo extraordinário. Enquanto, em seu terror, procuravam se informar o que era esse lugar, sem encontrar ninguém que respondesse, um outro ancião, alto, gravado de anos, apoiado com todo o peso sobre seu cajado, e que caminhava de modo lento e lasso, avançou ao nosso encontro, na estrada, mostrando vestígios de lágrimas abundantes. Quando nos viu, redobrou o pranto, e tocando os joelhos dos moços a toda a volta, assim implorou:

[20] "Pela Fortuna, pelo vosso Gênio, e que possais, com essa boa ação, atingir uma idade tão avançada quanto a minha fortes e alegres, vinde socorrer o abandono de um velho, arrancai do inferno um pobre inocente, e alegrai os meus cabelos brancos. Era meu netinho, meu doce companheiro nesta estrada; eis que perseguindo, para o agarrar, um passarinho que cantava na ramada, caiu, perto daqui, numa fossa que se abre ao pé das moitas, e sua vida corre perigo. Pelo seu pranto e pelos repetidos apelos que dirige ao avô, mostra que está vivo. Como vedes, minhas forças em declínio nada me permitem fazer por ele. Vós, que tendes juventude e força, fácil vos é socorrer um misérrimo velho, e devolver-me sã e salva esta criança, o último dos meus descendentes, e meu único sucessor."

[21] Assim suplicava, arrancando os cabelos brancos, e todos se compadeceram. Um, mais corajoso, mais jovem, mais robusto que os outros, e o único que saíra incólume da recente batalha, levantou-se açodado e perguntou em que lugar caíra o menino. O velho designou com o dedo, não longe dali, moitas espinhentas. O jovem acompanhou o ancião sem hesitar. Mas depois que acabamos de pastar, e eles de cuidarem de si, tendo todos restaurado suas forças, cada qual apanhou sua pequena bagagem para se pôr a caminho. Primeiro chamaram o moço

nominatim cientes illum iuvenem frequenter inclamant, mox
mora diutina commoti mittunt e suis arcessitorem unum, qui
requisitum comitem tempestivae viae commonefactum
reduceret. At ille modicum commoratum refert sese: buxanti
pallore trepidus mira super conservo suo renuntiat:
conspicatum se quippe supinato illi et iam ex maxima parte
consumpto immanem draconem mandentem insistere nec
ullum usquam miserrimum senem comparere illum. Qua re
cognita et cum pastoris sermone conlata, qui saevum prorsus
hunc illum nec alium locorum inquilinum praeminabatur,
pestilenti deserta regione velociori se fuga proripiunt nosque
pellunt crebris tundentes fustibus.

[22] Celerrime denique longo itinere confecto
pagum quendam accedimus ibique totam perquiescimus
noctem. Ibi coeptum facinus oppido memorabile narrare
cupio.

Servus quidam, cui cunctam familiae tutelam dominus
permiserat, suus quique possessionem maximam illam, in quam
deverteramus, vilicabat, habens ex eodem famulitio conservam
coniugam, liberae cuiusdam extrariaeque mulieris flagrabat
cupidine. Quo dolore paelicatus uxor eius instricta cunctas
mariti rationes et quicquid horreo reconditum continebatur
admoto combussit igne. Nec tali damno tori sui contumeliam
vindicasse contenta, iam contra sua saeviens viscera laqueum
sibi nectit, infantulumque, quem de eodem marito iam dudum
susceperat, eodem funiculo nectit seque per altissimum puteum
adpendicem parvulum trahens praecipitat. Quam mortem
dominus eorum aegerrime sustinens adreptum servulum, qui
causam tanti sceleris luxurie sua praestiterat, nudum ac totum
melle perlitum firmiter alligavit arbori ficulneae, cuius in ipso
carioso stipite inhabitantium formicarum nidificia borriebant et
ultro citro commeabant multiiuga scaturrigine. Quae simul
dulcem ac mellitum corporis nidorem persentiscunt, parvis
quidem sed numerosis et continuis morsiunculis penitus
inhaerentes, per longi temporis cruciatu ita, carnibus atque ipsis
visceribus adesis, homine consumpto membra nudarunt, ut ossa
tantum viduata pulpis nitore nimio candentia funestae
cohaererent arbori.

pelo nome, com grandes gritos, por diversas vezes. Depois, inquietos por sua demorada ausência, enviaram um dos seus à sua procura, para advertir o companheiro de que já era tempo de partir, e para levá-lo. Mas o emissário dali a pouco voltou: pálido como o buxo, e trêmulo, trazia acerca do outro extraordinárias notícias. Tinha-o vislumbrado deitado de costas, meio devorado, e, agachado sobre ele, um dragão que o mordia. Quanto ao desgraçado ancião, não o vira em parte alguma: desaparecera. Aproximando-se, então, aqueles que tinham acabado de ouvir as palavras do pastor, cujas sinistras advertências não designariam outra coisa senão o cruel habitante dessas regiões, deixaram o amaldiçoado lugar, apertando o passo para fugir e fazendo-nos avançar com o estímulo de grandes pauladas.

[22] Depois de um longo trecho de caminho, rapidamente vencido, chegamos por fim a uma localidade onde repousamos toda a noite. Haviam cometido nesse lugar um crime memorável, e que eu desejo contar.

Havia ali um escravo, ao qual o dono confiara a vigilância de toda a famulagem e a autoridade máxima sobre o vasto domínio onde nos alojáramos. Sendo casado com uma escrava ligada ao serviço dessa mesma casa, desejava ele ardentemente uma mulher livre, domiciliada fora. Não atendendo senão ao ressentimento causado por essa traição conjugal, a esposa destruiu pelo fogo todos os registros do marido, todas as provisões que ele conservava no celeiro. Não contente de ter vingado com uma contumélia o ultraje feito ao seu leito, e voltando o furor contra suas próprias entranhas, enfiou a cabeça num laço, amarrou à corda a criança que tivera anteriormente desse mesmo marido, e se atirou num poço muito profundo, arrastando o pequeno após si. O dono, muito perturbado com essa morte, agarrou o desgraçado escravo, cuja luxúria fora a causa de tal crime, pô-lo nu, lambuzou-o inteiramente de mel, e o amarrou solidamente a uma figueira, da qual o tronco carcomido servia de habitação às formigas. Ocupadas em fazer seu ninho, elas saíam em multidão, num desordenado vaivém, de todos os buracos. Logo que sentiram o doce cheiro de mel naquele corpo, nele se agarraram com suas pequenas, mas inumeráveis e implacáveis mandíbulas, e, num lento suplício, roeram assim as carnes, e até as vísceras do homem, e acabaram com ele. Nada restou dele, a não ser a deslumbrante brancura dos ossos despojados da carne, que constituíam como que uma árvore funesta.

[23] Hac quoque detestabili deserta mansione, paganos in summo luctu relinquentes, rursum pergimus dieque tota campestres emensi vias civitatem quandam populosam et nobilem iam fessi pervenimus. Inibi larem sedesque perpetuas pastores illi statuere decernunt, quod et longe quaesituris firmae latebrae viderentur et annonae copiosae beata celebritas invitabat. Triduo denique iumentorum refectis corporibus, quo vendibiliores videremur, ad mercatum producimur magnaque voce praeconis pretia singulis nuntiantis equi atque alii asini opulentis emptoribus praestinantur; at me relictum solum ac subsicivum cum fastidio plerique praeteribant. Iamque taedio contrectationis eorum, qui de dentibus meis aetatem computabant, manum cuiusdam faetore sordentem, qui gingivas identidem meas putidis scalpebat digitis, mordicus adreptam plenissime conterui. Quae res circumstantium ab emptione mea utpote ferocissimi deterruit animos. Tunc praeco dirruptis faucibus et rauca voce saucius in meas fortunas ridiculos construebat iocos: "Quem ad finem cantherium istum venui frustra subiciemus et vetulum et extritis ungulis debilem et dolore deformem et in hebeti pigritia ferocem nec quicquam amplius quam ruderarium cribrum? Atque adeo vel donemus eum cuipiam, si qui tamen faenum suum perdere non gravatur."

[24] Ad istum modum praeco ille cachinnos circumstantibus commovebat. Sed illa Fortuna mea saevissima, quam per tot regiones iam fugiens effugere vel praecedentibus malis placare non potui, rursum in me caecos detorsit oculos et emptorem aptissimum duris meis casibus mire repertum obiecit. Scitote qualem: cinaedum et senem cinaedum, calvum quidem sed cincinnis semicanis et pendulis capillatum, unum de triviali popularium faece, qui per plateas et oppida cymbalis et crotalis personantes deamque Syriam circumferentes mendicare compellunt. Is nimio praestinandi studio

[23] Abandonamos essa detestável mansão, com seus camponeses enlutados, e retomamos nosso caminho. Depois de termos, durante o dia inteiro, perlongado os caminhos da planície, chegamos fatigados a uma cidade populosa e ilustre. Decidiram os pastores fixar aí sua residência. Pensavam ter encontrado um retiro seguro contra as mais longínquas indagações, e estavam seduzidos pela abundância dos víveres, e a facilidade de aprovisionar. Depois de terem, durante três dias, deixado os animais se refazerem e alisarem o pelo, para adquirirem melhor aparência, conduziram-nos ao mercado. A voz forte do pregoeiro público anunciava, um por um, os preços. Os cavalos e os outros burros encontravam ricos compradores. Só eu, preterido, via a maioria das pessoas passar adiante desdenhosamente. Começava a me aborrecer das apalpadelas daqueles que, de acordo com os meus dentes, me calculavam a idade. Como um deles, com mão suja e fedorenta, recomeçasse a me tatear as gengivas com seus dedos repugnantes, apanhei-lhe a mão entre os queixos e a apertei fortemente. Isso tirou toda a vontade, àqueles que nos cercavam, de comprarem um burro assim feroz. Então, o pregoeiro, que gritara de romper a goela e estava rouco, montado no meu lombo pôs-se a fazer ridículas brincadeiras: "Até quando ficará exposto à venda este velhaco? Velho, de casco gasto, já nem podendo andar; deformado pelas dores, feroz, preguiçoso, estúpido, eis o que ele é: uma peneira de coar entulho. Bem que faríamos presente dele, se alguém tivesse pelo menos vontade de perder seu feno."

[24] Assim provocava o pregoeiro frouxos de riso na galeria. Mas sempre desumana, minha Fortuna, da qual eu fugia em vão, ao fugir por tantas regiões, sem apaziguá-la com as minhas desgraças anteriores, voltou uma vez mais para mim seus olhos cegos e pôs sobre o meu caminho um comprador tal como não podia encontrar outro mais adaptado à minha cruel situação. Um devasso, um velho devasso, completamente calvo, à parte alguns cabelos que caíam em cachos grisalhos, uma dessas figuras saídas do mistério dos cruzamentos populares, que, pelas ruas, de cidade em cidade, tocando címbalo e castanholas, vão levando a deusa Síria[107] e a forçam a mendigar. Tinha um exagerado desejo de me comprar e perguntou ao pregoeiro de que país eu

---

[107] Atagartis, designada pelos romanos por Dea Syria, primariamente ligada à promoção da fertilidade e amplamente cultuada em Grécia e Roma. (N. da E.)

praeconem rogat cuiatis essem; at ille Cappadocum me et
satis forticulum denuntiat. Rursum requirit annos aetatis
meae; sed praeco lasciviens: "Mathematicus quidem, qui
stellas eius disposuit, quintum ei numeravit annum, sed
ipse scilicet melius istud de suis novit professionibus.
Quanquam enim prudens crimen Corneliae legis
incurram, si civem Romanum pro servo tibi vendidero,
quin emis bonum et frugi mancipium, quod te et foris et
domi poterit iuvare?" Sed exinde odiosus emptor aliud de
alio non desinit quaerere, denique de mansuetudine etiam
mea percontatur anxie.

[25] At praeco: "Vervecem" inquit "non asinum vides, ad
usus omnes quietum, non mordacem nec calcitronem quidem,
sed prorsus ut in asini corio modestum hominem inhabitare
credas. Quae res cognitu non ardua. Nam si faciem tuam
mediis eius feminibus immiseris, facile periclitaberis quam
grandem tibi demonstret patientiam."

Sic praeco lurchonem tractabat dicacule, sed ille cognito
cavillatu similis indignanti: "At te" inquit "cadaver surdum et
mutum delirumque praeconem omnipotens et omniparens dea
Syria et sanctus Sabazius et Bellona et mater Idaea cum (suo
Attide et cum) suo Adone Venus domina caecum reddant, qui
scurrilibus iam dudum contra me velitaris iocis. An me putas,
inepte, iumento fero posse deam committere, ut turbatum
repente divinum deiciat simulacrum egoque misera cogar
crinibus solutis discurrere et deae meae humi iacenti aliquem
medicum quaerere?"

era. "Da Capadócia", foi a resposta,[108] "e é muito forte, asseguro." Ele quis também saber a minha idade; e a isto respondeu o pregoeiro, fazendo graça: "Um astrólogo, que estabeleceu quais eram as suas estrelas, calculou que ele andava pelos cinco anos. Mas ele próprio, evidentemente, sabe melhor, de acordo com as suas declarações de profissão. Se bem eu me exponha, e não o ignoro, aos rigores da lei Cornélia, se te vender como escravo um cidadão romano, não hesites em comprá-lo.[109] É um bom e honesto escravo que pode te prestar serviços tanto em casa como fora." Mas o odioso freguês, que continuava sem parar a fazer pergunta sobre pergunta, queria também se informar sobre a minha mansidão.

[25] A isto respondeu o pregoeiro: "É um carneiro, o que vês, não um burro. Ele se presta sabiamente a todas as necessidades. Não morde, nem mesmo escoiceia. Se queres verificá-lo, não é difícil. Introduze-te entre as suas coxas, como um hermafrodita; verás, por ti, como demonstrará imensa paciência."

Assim se divertia o pregoeiro, às custas do nosso libertino, mas compreendendo este que caçoavam dele, exclamou, com ar indignado: "Vê lá, cadáver surdo e mudo, pregoeiro que só sabe delirar! Que a Deusa Síria, a todo-poderosa, mãe universal, e o Santo Sabázio, e Belona, e a Mãe Ideia com seu Átis, Vênus soberana com seu Adônis,[110] te tornem cego, a ti que me provocas há uma hora com tuas grosseiras bufonerias. Acreditas então, imbecil, que eu possa confiar a deusa a um animal duro de queixo, para que ele bruscamente estaque, e derrube a divina imagem, obrigando-me a mim, desgraçado, a correr para todos os lados, cabelos ao vento, à procura de um médico para a minha deusa jacente?"

---

[108] Os escravos (e não os burros) da Capadócia eram famosos por seu vigor. (N. da T.)

[109] Referência brincalhona à *lex Cornelia de sicariis et veneficis*, de 81 a.C., proposta por Lúcio Cornélio Sula, que estabeleceu a pena de morte para quem praticasse assassinato por apunhalamento ou envenenamento. (N. da E.)

[110] Além da deusa Síria, de quem é devoto, o comprador elenca outras divindades para amaldiçoar o pregoeiro, evidenciando todo o sincretismo religioso que vigorava no Império Romano: Sabázio, deus frígio e trácio, é assimilado a Zeus e a Dioniso; Belona é uma divindade guerreira de origem etrusca; Mãe Ideia designa Cibele, outra deusa da fertilidade, cultuada na Ásia Menor, e amante de Átis; Adônis é o jovem amado por Vênus e morto tragicamente em decorrência disso. (N. da E.)

Accepto tali sermone cogitabam subito velut lymphaticus exsilire, ut me ferocitate cernens exasperatum emptionem desineret. Sed praevenit cogitatum meum emptor anxius pretio depenso statim, quod quidem gaudens dominus scilicet taedio mei facile suscepit, septemdecim denarium, et illico me stomida spartea deligatum tradidit Philebo: hoc enim nomine censebatur iam meus dominus.

[26] At ille susceptum novicium famulum trahebat ad domum statimque illinc de primo limine proclamat: "Puellae, servum vobis pulchellum en ecce mercata perduxi." Sed illae puellae chorus erat cinaedorum, quae statim exsultantes in gaudium fracta et rauca et effeminata voce clamores absonos intollunt, rati scilicet vere quempiam hominem servulum ministerio suo paratum. Sed postquam non cervam pro virgine sed asinum pro homine succidaneum videre, nare detorta magistrum suum varie cavillantur: non enim servum, sed maritum illum scilicet sibi perduxisse. Et "heus", aiunt "cave ne solus exedas tam bellum scilicet pullulum, sed nobis quoque tuis palumbulis nonnumquam inpertias."

Haec et huius modi mutuo blaterantes praesepio me proximum deligant. Erat quidam iuvenis satis corpulentus, choraula doctissimus, conlaticia stipe de mensa paratus, qui foris quidem circumgestantibus deam cornu canens adambulabat, domi vero promiscuis operis partiarius agebat concubinus. Hic me simul domi conspexit, libenter adpositis largiter cibariis gaudens adloquitur: "Venisti tandem miserrimi laboris vicarius. Sed diu vivas et dominis placeas et meis defectis iam lateribus consulas." Haec audiens iam meas futuras novas cogitabam aerumnas.

[27] Die sequenti variis coloribus indusiati et deformiter quisque formati facie caenoso pigmento delita et oculis obunctis graphice prodeunt, mitellis et crocotis et carbasinis et bombycinis iniecti, quidam tunicas albas, in modum lanciolarum quoquoversum fluente purpura depictas, cingulo subligati, pedes luteis

Eu, ouvindo este sermão, planejava sair na disparada, de súbito, como um louco, a fim de que, vendo-me presa de um acesso de ferocidade exasperada, ele renunciasse à sua compra. Mas o velho, ansioso para concluir o negócio, antecipou-se ao meu projeto e imediatamente despejou a soma de dezessete denários, que o meu dono, feliz, como se pode imaginar, por se desembaraçar de mim, aceitou sem dificuldade. Amarrando-me logo uma corda em torno do focinho, levou-me a Filebo, nome do que seria, dali em diante, o meu dono.

[26] Tendo este, então, tomado posse de seu novo fâmulo, foi para casa, puxando-me atrás dele. Mal transpôs a soleira, gritou de longe: "Meninas, eis aqui o gentil criado que trouxe do mercado." Mas as meninas eram, na realidade, um coro de invertidos que, exultantes, soltaram gritos desafinados, com voz de mulher quebrada e rouca, pensando, naturalmente, que se tratasse realmente de um pequeno escravo que lhes prestaria serviços. Mas quando viram, não uma corça no lugar de uma virgem, mas um burro por um homem, fizeram caretas e escarneceram do seu dirigente. Não, não era um servo, mas um marido para ele, certamente. "E depois", ajuntaram, "um franguinho tão bonito, não o comas sozinho. Partilha-o algumas vezes conosco, que somos as tuas pombinhas."

Conversando deste modo, amarraram-me junto a um cocho. Havia lá um moço de forte corpulência, hábil tocador de flauta coral, que tinha obtido por baixo preço num leilão de escravos. Nas saídas, quando passeavam em procissão com a deusa, ele tomava parte no cortejo e tocava o instrumento. Em casa, associava-se às necessidades correntes, na qualidade de concubino comanditário. Logo que me viu na estrebaria, serviu-me, sem se fazer de rogado, uma larga ração de alimento, apostrofando-me alegremente: "Eis-te aqui, enfim, para me substituir neste trabalho desgraçado. Mas que vivas muito, e que consigas agradar teus donos, e trarás alívio aos meus rins fatigados." Ouvindo estas palavras, eu imaginava de antemão que novas provas me esperavam.

[27] No dia seguinte, vestiram camisas vistosamente coloridas, e buscaram compor uma odiosa beleza, lambuzando a cara com uma pintura argilosa, e desenhando a volta dos olhos com um bastão gorduroso. Saíram, em seguida, levando pequenas mitras, vestidos de tecidos de linho fino e de seda de um amarelo cor de açafrão. Alguns vestiam túnicas brancas, apertadas na cintura e ornadas com debruns de

induti calceis; deamque serico contectam amiculo mihi
gerendam imponunt bracchiisque suis umero tenus
renudatis, adtollentes immanes gladios ac secures,
evantes exsiliunt incitante tibiae cantu lymphaticum
tripudium. Nec paucis pererratis casulis ad quandam
villam possessoris beati perveniunt et ab ingressu primo
statim absonis ululatibus constrepentes fanatice
provolant diuque capite demisso cervices lubricis
intorquentes motibus crinesque pendulos in circulum
rotantes et nonnumquam morsibus suos incursantes
musculos ad postremum ancipiti ferro, quod gerebant,
sua quisque brachia dissicant. Inter haec unus ex illis
bacchatur effusius ac de imis praecordiis anhelitus
crebros referens velut numinis divino spiritu repletus
simulabat sauciam vecordiam, prorsus quasi deum
praesentia soleant homines non sui fieri meliores, sed
debiles effici vel aegroti.

[28] Specta denique, quale caelesti providentia meritum
reportaverit. Infit vaticinatione clamosa conficto mendacio
semet ipsum incessere atque criminari, quasi contra fas
sanctae religionis dissignasset aliquid, et insuper iustas poenas
noxii facinoris ipse de se suis manibus exposcere. Arrepto
denique flagro, quod semiviris illis proprium gestamen est,
contortis taenis lanosi velleris prolixe fimbriatum et multiiugis
talis ovium tesseratum, indidem sese multinodis commulcat
ictibus mire contra plagarum dolores praesumptione munitus.
Cerneres prosectu gladiorum ictuque flagrorum solum
spurcitia sanguinis effeminati madescere. Quae res incutiebat
mihi non parvam sollicitudinem videnti tot vulneribus largiter
profusum cruorem, ne quo casu deae peregrinae stomachus, ut
quorundam hominum lactem, sic illa sanguinem concupisceret
asininum.

Sed ubi tandem fatigati vel certe suo laniatu satiati
pausam carnificinae dedere, stipes aereas immo vero et

púrpura, que corriam em todos os sentidos, em forma de ferro de lança. Calçavam sapatos amarelos. Deram-me a carregar a deusa vestida com um manto de seda. Com os braços nus até os ombros, levantando enormes espadas e machados, pulavam eles como bacantes, e o som da flauta lhes estimulava a marcha tripudiante de possessos. Depois de terem visitado, aqui e ali, algumas ruinarias, chegaram à casa de campo de um rico proprietário. Logo na entrada, fizeram um barulho enorme, ululando horrivelmente, e lançaram-se para a frente como fanáticos. Mantendo abaixada a cabeça, e movendo com lúbricas torções a nuca, num movimento circular dos cabelos caídos, voltavam-se às vezes contra si mesmos, para se morderem, e acabavam cortando-se os braços com a arma de dois gumes que levavam. Entrementes, um deles se entregava a transportes ainda mais frenéticos. Do fundo do peito, vinha-lhe o arquejo, para dar a impressão de estar tomado pelo espírito da divindade. Simulava um delírio que o esgotava, como se em verdade a presença dos deuses não elevasse os homens acima de si mesmos, mas os tornasse fracos e doentes.

[28] Vede que lucro lhe trouxe a assistência do céu. Vociferando como um inspirado, inventou uma impostura, começou a se atanazar com censuras, a se acusar de uma profanação sacrílega a respeito da santa religião, e infligiu-se, com suas próprias mãos, o justo castigo de seu crime. Enfim, apanhando o que é o atributo por excelência desses semi-homens, um chicote que consistia em delicadas tranças de lã natural, terminadas por longas fímbrias e guarnecidas com ossinhos de carneiro em todo o comprimento, fustigou-se a grandes golpes com o nodoso instrumento, opondo à dor uma prodigiosa resistência. Podia-se ver o solo, sob o relampejar dos gládios e o entrecruzar de chicotadas, molhado do impuro sangue desses efeminados. Senti uma grande inquietação, à vista desse borbotão de sangue, correndo de tantos ferimentos. E se o estômago dessa deusa estrangeira tivesse a fantasia de beber sangue de burro, como certos homens a de beber leite de jumenta?[111]

Quando, por fim, esgotados, ou cansados, em todo caso, de rasgar as carnes, interromperam a carnificina, alguns lhes ofereceram moedas

---

[111] Ao leite de jumenta atribuíam-se propriedades medicinais. (N. da E.)

argenteas multis certatim offerentibus sinu recepere patulo nec non et vini cadum et lactem et caseos et farris et siliginis aliquid, et nonnullis hordeum deae gerulo donantibus, avidis animis conradentes omnia et in sacculos huic quaestui de industria praeparatos farcientes dorso meo congerunt, ut duplici scilicet sarcinae pondere gravatus et horreum simul et templum incederem.

[29] Ad istum modum palantes omnem illam depraedabantur regionem. Sed in quodam castello copia laetati largioris quaesticuli gaudiales instruunt dapes. A quodam colono fictae vaticinationis mendacio pinguissimum deposcunt arietem, qui deam Syriam esurientem suo satiaret sacrificio, probeque disposita cenula balneas obeunt, ac dehinc lauti quendam fortissimum rusticanum industria laterum atque imis ventris bene praeparatum comitem cenae secum adducunt paucisque admodum praegustatis olusculis ante ipsam mensam spurcissima illa propudia ad inlicitae libidinis extrema flagitia infandis uriginibus efferantur, passimque circumfusi nudatum supinatumque iuvenem exsecrandis oribus flagitabant. Nec diu tale facinus mei oculis tolerantibus "Porro Quirites" proclamare gestivi, sed viduatum ceteris syllabis ac litteris processit "O" tantum sane clarum ac validum et asino proprium, sed inopportuno plane tempore. Namque de pago proximo complures iuvenes abactum sibi noctu perquirentes asellum nimioque studio cuncta devorsoria scrutantes, intus aedium audito ruditu meo, praedam absconditam latibulis aedium rati, coram rem invasuri suam improvisi conferto gradu se penetrant palamque illos exsecrandas foeditates obeuntes deprehendunt; iamiamque vicinos undique percientes turpissimam scaenam patefaciunt, insuper ridicule sacerdotum purissimam laudantes castimoniam.

[30] Hac infamia consternati, quae per ora populi facile dilapsa merito invisos ac detestabiles eos cunctis effecerat, noctem ferme circa mediam collectis omnibus furtim castello facessunt bonaque itineris parte ante iubaris exortum transacta iam die claro solitudines avias nancti, multa secum prius conlocuti, accingunt se

de cobre, e também de prata — que eles recebiam nas dobras dos vestidos — ou ainda uma medida de vinho, leite, queijo, um pouco de farinha ou de cereais. Alguns davam cevada ao portador da deusa. Eles tudo recolhiam com avidez, atulhavam os sacos preparados expressamente para esse gênero de esmola, e os empilhavam no meu lombo. De modo que, ao peso da minha carga naturalmente dobrada, eu me tornara simultaneamente celeiro ambulante e templo.

[29] Perambulando desta maneira, depredavam toda a região. Porém, numa aldeia da montanha, alegrados por um lucro maior que de costume, organizaram um banquete. Como preço de um vaticínio forjado, reclamaram de um lavrador um carneiro bem gordo, cujo sacrifício, diziam, devia saciar a fome da Deusa Síria. Uma vez tudo arranjado para esse jantar, foram banhar-se. Na volta do banho, trouxeram como convidado um robusto camponês, cujos flancos intrépidos e baixo ventre eram avantajados. Depois de terem provado algumas guloseimas, antes do repasto propriamente dito, eis que esses desavergonhados imundos, ardendo de um fogo impuro, se abandonaram às mais escandalosas desordens de uma paixão contra a natureza. O moço, deitado de costas, completamente nu, foi cercado de todos os lados, e assediado com abomináveis solicitações. Meus olhos não puderam suportar por mais tempo essas infâmias. "Socorro, Quirites!", tentei gritar, mas só consegui pronunciar, despojado das outras letras e das outras sílabas, um "ó" retumbante e formidável, e tal como só um burro pode soltar. O zurro foi singularmente intempestivo, pois diversos moços da aldeia vizinha, procurando um burrinho que lhes tinha sido roubado durante a noite, e explorando com muito cuidado todos os abrigos, me ouviram zurrar no interior da casa. Pensando que o que lhes tinha sido arrebatado estava escondido no fundo daquela residência, ali penetraram imprevistamente, em fileira cerrada, e surpreenderam nossa gente a pique de se entregar às suas ignomínias. Logo, chamando todos os vizinhos, expuseram-lhes a cena de torpezas, fazendo aos sacerdotes cumprimentos irônicos sobre a sua edificante castidade.

[30] Espantados por esse escândalo que, logo que fosse divulgado pelo clamor público, lhes teria atraído, como eles bem mereciam, o ódio e a maldição gerais, eles, no meio da noite, juntaram todos os seus pertences e deixaram a localidade às escondidas. Depois de terem percorrido um bom trecho de estrada, antes do nascer do sol, chegaram, já dia claro, a um lugar afastado e solitário. Lá, depois de um longo con-

meo funeri deaque vehiculo meo sublata et humi
reposita cunctis stramentis me renudatum ac de
quadam quercu destinatum flagro illo pecuinis ossibus
catenato verberantes paene ad extremam confecerant
mortem; fuit unus, qui poplites meos enervare secure
sua comminaretur, quod de pudore illo candido scilicet
suo tam deformiter triumphassem: sed ceteri non meae
salutis, sed simulacri iacentis contemplatione in vita me
retinendum censuere. Rursum itaque me refertum
sarcinis planis gladiis minantes perveniunt ad quandam
nobilem civitatem. Inibi vir principalis, et alias
religiosus et eximie deum reverens, tinnitu cymbalorum
et sonu tympanorum cantusque Phrygii mulcentibus
modulis excitus procurrit obviam deamque votivo
suscipiens hospitio nos omnis intra conseptum domus
amplissimae constituit numenque summa veneratione
atque hostiis opimis placare contendit.

[31] Hic ego me potissimum capitis periclitatum
memini. Nam quidam colonus partem venationis immanis
cervi pinguissimum femus domino illi suo muneri miserat,
quod incuriose pone culinae fores non altiuscule
suspensum canis adaeque venaticus latenter invaserat,
laetusque praeda propere custodientes oculos evaserat.
Quo damno cognito suaque reprehensa neglegentia cocus
diu lamentatus lacrimis inefficacibus iamiamque domino
cenam flagitante maerens et utcumque metuens altius, filio
parvulo suo consalutato adreptoque funiculo, mortem sibi
nexu laquei comparabat. Nec tamen latuit fidam uxorem
eius casus extremus mariti, sed funestum nodum violenter
invadens manibus ambabus: "Adeone" inquit "praesenti
malo perterritus mente excidisti tua nec fortuitum istud
remedium, quod deum providentia subministrat, intueris?
Nam si quid in ultimo fortunae turbine resipiscis,
expergite me ausculta et advenam insitum asinum remoto
quodam loco deductum iugula femusque eius ad

ciliábulo, resolveram matar-me. Retiraram a deusa de cima do seu portador, depuseram-na em terra, despojaram-me de tudo o que servia para me encilhar. Depois, ligaram-me com uma corrente, e me bateram com o chicote de ossos de carneiro, um depois do outro. Foi tal a sova que pensaram ter-me acabado e me deixaram por morto. Houve um que fez menção de me cortar os machinhos com o seu machado, para me punir, sem dúvida, de ter tão horrivelmente triunfado de seu pudor virginal. Mas os outros, não por interesse em minha salvação, mas pela imagem que estava estendida por terra, opinaram que deviam conservar-me a vida. Tornaram a carregar-me com os fardos, e, incitando-me com golpes do sabre deitado, chegamos a uma cidade importante. Ali, um dos principais, homem devoto e reverente para com os deuses, atraído pelo cintilar dos címbalos, o ruído dos tímpanos, e a excitante modulação das árias frígias,[112] correu ao nosso encontro e, desejoso de receber a deusa sob o seu teto, fez-nos penetrar na sua ampla residência, onde, para aliciar o favor da divindade, nos deu sinal do mais piedoso respeito e ofereceu vítimas escolhidas.

[31] Foi nesse lugar que corri o maior perigo de que me lembro. Aconteceu que um colono da pessoa em questão havia enviado, como presente ao amo e como parte de sua caça, um pernil muito gordo de um cervo gigantesco. Como tal peça fora pendurada um pouco baixo, atrás da porta da cozinha, um cão, que também era caçador, dela se apoderou às escondidas, e alegremente se escondeu dos olhos dos vigias. O cozinheiro, tendo verificado o dano, maldisse a sua negligência, e pôs-se a lamentar-se, derramando lágrimas que não consertavam nada, enquanto o amo reclamava o jantar. Então, acabrunhado de tristeza e inteiramente penetrado de profundo temor, disse adeus ao filho pequeno, e, apoderando-se de uma corda, dispôs-se a fazer um nó para se enforcar. Mas essa decisão desesperada não escapou à esposa, que, agarrando com toda a força de ambas as mãos o funesto nó, disse: "Pois quê! O terror causado por essa desgraça te fez perder a cabeça a ponto de não veres o inesperado auxílio que deixou em tua porta a divina providência? Na tormenta em que te lançou a fortuna, podes te ressarcir; desperta, pois, e escuta: esse burro que acabou de chegar, condu-lo a um lugar afastado, degola-o, corta-lhe uma das coxas. Ela

---

[112] Modo musical associado ao culto de Dioniso e Cibele. (N. da E.)

similitudinem perditi detractum et accuratius in
protrimentis sapidissime percoctum adpone domino
cervini vicem."

Nequissimo verberoni sua placuit salus de mea morte
et multum conservae laudata sagacitate destinatae iam
lanienae cultros acuebat.

será parecida com a que perdeste. Apronta cuidadosamente um cozido, com um tempero bem saboroso, e serve-o ao amo, em lugar da coxa do cervo."

O abominável velhaco aplaudiu a ideia de se salvar à custa da minha vida, e, elogiando a sagacidade da companheira, aguçou as facas para a retaliação que me esperava.

Liber IX

[1] Sic ille nequissimus carnifex contra me manus impias obarmabat. At ego praecipitante consilium periculi tanti praesentia nec exspectata diutina cogitatione lanienam imminentem fuga vitare statui, protinusque vinculo, quo fueram deligatus, abrupto curso me proripio totis pedibus, ad tutelam salutis crebris calcibus velitatus, ilicoque me raptim transcursa proxima porticu triclinio, in quo dominus aedium sacrificales epulas cum sacerdotibus deae cenitabat, incunctanter immitto, nec pauca rerum adparatus cibarii mensas etiam et ignes impetu meo collido atque disturbo. Qua rerum deformi strage paterfamilias commotus ut importunum atque lascivum me cuidam famulo curiose traditum certo aliquo loco clausum (iussit) cohiberi, ne rursum convivium placidum simili petulantia dissiparem. Hoc astutulo commento scitule munitus et mediis lanii manibus ereptus custodela salutaris mihi gaudebam carceris.

Sed nimirum nihil Fortuna rennuente licet homini nato dexterum provenire nec consilio prudenti vel remedio sagaci divinae providentiae fatalis dispositio subuerti vel reformari potest. Mihi denique id ipsum commentum, quod momentariam salutem reperisse videbatur, periculum grande immo praesens exitium conflavit aliud.

[2] Nam quidam subito puer mobili ac trepida facile percitus, ut familiares inter se susurrabant, inrumpit triclinium suoque annuntiat domino de proximo angiportu canem rabidam paulo ante per posticam impetu miro sese direxisse ardentisque prorsus furore venaticos canes invasisse ac dehinc proximum petisse stabulum atque ibi pleraque iumenta incurrisse pari saevitia nec postremum

Livro IX

[1] Assim armava o velhaco carniceiro, contra mim, suas mãos ímpias, mas eu, com uma resolução que a iminência de tão grande perigo precipitava, e sem me deter para longas reflexões, tomei o partido de escapulir à operação de que estava ameaçado. Com um brusco puxão, rompi a corda com que me haviam amarrado, e disparei a galope, não sem mandar coices para todos os lados, para garantir a salvação. Atravessei rapidamente o primeiro pórtico que encontrei e atirei-me sem hesitação para a sala de jantar, onde o dono da casa fazia um repasto sacrificial com os sacerdotes da deusa. Com o impulso, despedacei e esparramei uma boa parte dos aprestos do jantar, as mesas e as tochas. Chocado com o triste espetáculo de tal devastação, o pai de família teve o cuidado de me confiar, como um estraga-festas sem modos, a um dos servidores, com ordem de me manter fechado em lugar seguro, para impedir-me a petulância de lançar de novo a desordem num pacífico banquete. Assim, salvo pela fina astúcia da minha artimanha, e arrancado das próprias mãos do carrasco, eu me felicitava de me ver bem guardado, dentro de uma prisão libertadora.

Mas diz-se que, quando a Fortuna se opõe, nada corre bem para os filhos dos homens, e não é o cálculo da prudência o remédio sutil para alterar ou corrigir os planos imutáveis da divina providência. Foi assim comigo. O próprio expediente que, ao que parecia, momentaneamente me salvara, atraiu sobre mim um grande perigo, ou, para dizer melhor, me pôs de novo a um passo da perda.

[2] De súbito, um jovem escravo, com o rosto transtornado, trêmulo de susto, irrompeu na sala onde os convidados conversavam familiarmente e anunciou ao dono que, vindo da rua vizinha, um cão raivoso acabara de se introduzir na casa, de um pulo, por uma porta de trás. Com o impulso da verdadeira loucura, atirara-se aos cães de caça. De lá fora para a estrebaria, e atacara com a mesma fúria as bestas de carga. Nem os homens tinham sido poupados. O muleiro Mírtilo, o

saltem ipsis hominibus pepercisse; nam Myrtilum mulionem et Hephaestionem cocum et Hypnophilum cubicularium et Apollonium medicum, immo vero et plures alios ex familia abigere temptantes variis morsibus quemque lacerasse, certe venenatis morsibus contacta non nulla iumenta efferari simili rabie.

Quae res omnium statim percussit animos, ratique me etiam eadem peste infectum ferocire arreptis cuiusce modi telis mutuoque ut exitium commune protelarent cohortati, ipsi potius eodem vaesaniae morbo laborantes, persecuntur. Nec dubio me lanceis illis vel venabulis immo vero et bipennibus, quae facile famuli subministraverant, membratim compilassent, ni respecto subiti periculi turbine cubiculum, in quo mei domini devertebant, protinus inrupissem. Tunc clausis obseratisque super me foribus obsidebant locum, quoad sine ullo congressionis suae periculo pestilentiae letalis pervicaci rabie possessus ac peresus absumerer. Quo facto tandem libertatem nanctus, solitariae fortunae munus amplexus, super constratum lectum abiectus, post multum equidem temporis somnum humanum quievi.

[3] Iamque clara die mollitie cubilis refota lassitudine vegetus exsurgo atque illos qui meae tutelae pervigiles excubias agitaverant ausculto de meis sic altercare fortunis: "Adhucine miserum istum asinum iugi furore iactari credimus?" "Immo vero iam virus increscente saevitia prorsum extinctum. Sic opinionis variae terminum ad explorationem conferunt ac de rima quadam prospiciunt sanum me atque sobrium otiose consistere. Iamque ultro foribus patefactis plenius, an iam sim mansuetus, periclitantur. Sed unus ex his, de caelo scilicet missus mihi sospitator, argumentum explorandae sanitatis meae tale commonstrat ceteris, ut aquae recentis completam pelvem offerrent potui meo, ac si intrepidus et more solito sumens aquis adlibescentem, sanum me atque omni morbo scirent expeditum: contra vero si visum contactumque laticis vitarem ac perhorrescerem, pro conperto noxiam rabiem pertinaciter durare; hoc enim libris pristinis proditum observari solere.

cozinheiro Heféstion, o camareiro Hipnófilo e o médico Apolônio, e muitas outras pessoas, entre os domésticos, haviam sido machucados ao tentarem agarrá-lo. Teriam certamente algumas das suas mordeduras envenenadas passado para os jumentos os efeitos da raiva. Tais coisas lhes chocaram os ânimos, e pensaram que o contágio do mal me causara o acesso de violência.

Apoderaram-se então das armas mais à mão, excitando-se uns aos outros a conjurar a catástrofe comum. No entanto, eram eles que tinham o espírito perturbado pela moléstia. Puseram-se a perseguir-me, a espaldeiradas e lançaços, ou, ainda, a golpes de machados de dois gumes, de que os criados facilmente se muniram, e teriam-me arrancado membro por membro se, vendo em que abismo me arriscava a mergulhar, eu não me tivesse atirado para o quarto onde estavam alojados os meus donos. Então, depois de as portas fechadas e aferrolhadas sobre mim, instalaram-se diante do lugar, à espera, sem que ninguém se expusesse ao perigo de um encontro comigo. Esperavam que eu sucumbisse ao flagelo mortal, consumido pela teimosa raiva de que estava possuído. Assim devolvido à liberdade, agarrei avidamente a feliz oportunidade de estar sozinho, e, deixando-me cair sobre o leito muito bem arranjado, saboreei o repouso de um sono humano, pela primeira vez depois de muito tempo.

[3] Era dia claro, eu estava sobre o leito macio, refeito da fadiga. Fresco e disposto, levantei-me e escutei a conversa, a meu respeito, daqueles que tinham passado a noite revezando-se para me vigiar. "Que pensar, dizei-me, desse miserável burro? Estará ainda agitado pelo furor?" "Verdadeiramente, parece que o mal atingiu o paroxismo e extinguiu-se a sua virulência." Para terminar com a discussão, resolveram ir espiar. Olharam por uma fenda, e viram que eu lá me mantinha tranquilo, sadio e sóbrio. Arriscaram-se então a abrir a porta mais largamente e procuraram verificar se eu estava mais manso. Mas um deles, enviado do céu para ser meu salvador, a fim de experimentar minha sanidade, indicou aos outros este meio: não tinham mais que me oferecer uma vasilha cheia de água fresca. Se eu bebesse sem demonstrar inquietação, à minha maneira de sempre, tomando-a com prazer, saberiam que eu estava bem, e isento da moléstia. Se, ao contrário, evitasse com horror a vista e o contato da água, podiam estar certos de que a funesta raiva prosseguia obstinadamente seu curso. Era uma receita conhecida e já apresentada nos livros dos antigos.

[4] Isto placito vas immane confestim aquae perlucidae de proximo petitae fonte, cunctantes adhoc, offerunt mihi: at ego sine ulla mora progressum etiam obvio gradu satis sitienter pronus et totum caput immergens salutares vere equidem illas aquas hauriebam. Iamque et plausus manum et aurium flexus et ductum capistri et quiduis aliud periclitantium placide patiebar, quoad contra vesanam eorum praesumptionem modestiam meam liquido cunctis adprobarem.

Ad istum modum vitato duplici periculo, die sequenti rursum divinis exuviis onustus cum crotalis et cymbalis circumforaneum mendicabulum producor ad viam. Nec paucis casulis atque castellis oberratis devertimus ad quempiam pagum urbis opulentae quondam, ut memorabant incolae, inter semiruta vestigia conditum et hospitio proxumi stabuli recepti cognoscimus lepidam de adulterio cuiusdam pauperis fabulam, quam vos etiam cognoscatis volo.

[5] Is gracili pauperie laborans fabriles operas praebendo parvis illis mercedibus vitam tenebat. Erat ei tamen uxorcula etiam satis quidem tenuis et ipsa, verum tamen postrema lascivia famigerabilis. Sed die quadam, dum matutino ille ad opus susceptum proficiscitur, statim latenter inrepit eius hospitium temerarius adulter. Ac dum Veneris conluctationibus securius operantur, maritus ignarus rerum ac nihil etiam tum tale suspicans inprovisus hospitium repetit. Iam clausis et obseratis foribus uxoris laudata continentia ianuam pulsat, sibilo etiam praesentiam suam denuntiante. Tunc mulier callida et ad huius modi flagitia perastutula tenacissimis amplexibus expeditum hominem dolio, quod erat in angulo semiobrutum, sed alias vacuum, dissimulanter abscondit, et patefactis aedibus adhuc introeuntem maritum aspero sermone accipit: "Sicine vacuus et otiosus insinuatis manibus ambulabis mihi nec obito consueto labore vitae

[4] O alvitre pareceu bom. Apressaram-se a trazer da fonte vizinha uma vasilha enorme de água clara e límpida, que me ofereceram ainda hesitantes. Mas eu, longe de me fazer de rogado, avancei para a frente, estendendo o pescoço com avidez, e mergulhando a cabeça inteira nessas águas verdadeiramente salutares, nelas me desalterei. Puseram-se então, a modo de experiência, a me dar tapas, a me beliscar as orelhas, a me arrastar pelo freio, e outras coisas; eu tudo os deixava fazer com placidez, até que enfim, contrariamente às suas loucas suposições, eu os convenci a todos da doçura das minhas maneiras.

E assim escapei a um duplo perigo. No dia seguinte, carregado de ornamentos sagrados, fizeram-me sair ao som de castanholas e de címbalos, para ir de novo mendigar pelas encruzilhadas. Passamos por algumas casinholas e postos fortificados e chegamos a uma aldeia construída entre as ruínas de uma cidade outrora opulenta, conforme informaram os habitantes. Alojamo-nos na primeira hospedaria, onde ouvimos contar a divertida historieta de um Pobre que se tornou Corno.[113] A vós também quero contá-la.

[5] Reduzido à pobreza mais extrema, ele tirava dos serviços braçais o magro salário para assegurar a subsistência. Tinha, todavia, uma esposa, de condição cativa ela também, que lhe dava muito que falar por sua excessiva lascívia. Um dia, em que nosso homem partira muito cedo para o trabalho, introduziu-se em sua casa, às furtadelas, um temerário adúltero. Enquanto os dois amantes se entregavam, seguros, aos combates do amor, o marido, que ignorava tudo e que estava longe de suspeitar, voltou para casa, inesperadamente. Encontrou a porta fechada e aferrolhada. Louvando já a virtude da mulher, bateu e assobiou para anunciar-lhe a sua presença. A mulher, então, que era ladina e astuciosa nesse gênero de proezas, libertando o homem dos seus apertadíssimos amplexos, escondeu-o no interior de uma jarra enfiada num canto e que se encontrava vazia; depois, abriu a porta. Não tinha o marido ainda entrado e já ela o acolhia com ásperas palavras: "Tenho sempre de te ver flanando, desocupado, preguiçoso, de mãos nos bolsos. Lá deixaste o teu trabalho, sem pensar no sustento, nem em procurar o

---

[113] Essa é a primeira das histórias de traição que Giovanni Boccaccio (1313-1375) vai incorporar ao *Decameron*: "Novela de Peronella" (Sétima Jornada, novela 2, Filóstrato). (N. da E.)

nostrae prospicies et aliquid cibatui parabis? At ego misera pernox et perdia lanificio nervos meos contorqueo, ut intra cellulam nostram saltem lucerna luceat. Quanto me felicior Daphne vicina, quae mero et prandio matutino saucia cum suis adulteris volutatur!"

[6] Sic confutatus maritus: "Et quid istic est?" ait "Nam licet forensi negotio officinator noster attentus ferias nobis fecerit, tamen hodiernae cenulae nostrae propexi. Vide sis ut dolium, quod semper vacuum, frustra locum detinet tantum et re vera praeter impedimentum conversationis nostrae nihil praestat amplius. Istud ego sex denariis cuidam venditavi, et adest ut dato pretio secum rem suam ferat. Quin itaque praecingeris mihique manum tantisper accommodas, ut exobrutum protinus tradatur emptori."

E re nata fallaciosa mulier temerarium tollens cachinnum: "Magnum" inquit "istum virum ac strenuum negotiatorem nacta sum, qui rem, quam ego mulier et intra hospitium contenta iam dudum septem denariis vendidi, minoris distraxit."

Additamento pretii laetus maritus: "Et quis est ille" ait "qui tanto praestinavit?" At illa: "Olim, inepte", inquit "descendit in dolium sedulo soliditatem eius probaturus."

[7] Nec ille sermoni mulieris defuit, sed exurgens alacriter: "Vis" inquit "verum scire, mater familias? Hoc tibi dolium nimis vetustum est et multifariam rimis hiantibus quassum" ad maritumque eius dissimulanter conversus: "Quin tu, quicumque es, homuncio, lucernam" ait "actutum mihi expedis, ut erasis intrinsecus sordibus diligenter aptumne usui possim dinoscere, nisi nos putas aes de malo habere?" Nec quicquam moratus ac suspicatus acer et egregius ille maritus accensa lucerna: "Discede", inquit "frater, et otiosus adsiste, donec probe percuratum istud tibi repraesentem"; et cum dicto nudatus ipse delato numine scabiem vetustam cariosae testae occipit exsculpere. At vero adulter bellissimus ille pusio inclinatam dolio pronam uxorem fabri superincurvatus secure dedolabat. Ast illa capite in dolium demisso maritum suum astu meretricio tractabat ludicre; hoc et illud et aliud et rursus aliud purgandum demonstrat digito suo, donec utroque opere perfecto acceptis septem

que comermos. E eu, desgraçada, tanto à noite como de dia, que torça os dedos a fiar a lã, para que em nosso pobre quarto uma lâmpada ao menos se mantenha acesa. Quanto a vizinha Dafne é mais feliz que eu! Rebola com seus amantes e embebeda-se desde cedinho, a ponto de ficar doente de tanto comer e beber."

[6] Admoestado dessa forma, respondeu o marido: "E que dizes disto? Retido por um negócio forense, nosso chefe da oficina nos deu um feriado; entretanto, providenciei para o nosso jantar de hoje. Olha para esta jarra, sempre vazia, que ocupa tanto lugar, inutilmente, e que não serve para nada, em verdade, senão para atulhar a casa. Vendi-a por seis denários e aqui está o freguês que vem pagar e levar sua compra. Então, vamos! Um auxiliozinho, peço-te, e nós a tiraremos do seu buraco e a entregaremos ao comprador."

A falaciosa mulher não perdeu o sangue-frio. Desatando num riso indecente, exclamou: "O grande homem! Vejam só o hábil comerciante! Um objeto que eu, simples mulher, e sem sair de casa, vendi há um momento por sete denários, ele se desfaz dele por menos."

Surpreendido pelo alto preço, o marido perguntou: "E quem foi que to comprou por preço tão bom?" E ela: "Há que tempo, imbecil, que ele desceu para dentro da jarra, para experimentar-lhe a solidez!"

[7] A estas palavras da mulher, o outro não desperdiçou a deixa, mas surgiu todo álacre, dizendo: "Queres saber a verdade, mãe? Tua jarra é velha demais, e cheia de fendas e buracos." Voltando-se para o marido, fez como se não o conhecesse: "Dize, homenzinho, quem és? Mas quem quer que sejas, dá-me uma lâmpada, depressa, para que eu possa raspar cuidadosamente as sujeiras que estão pregadas nas paredes do vaso e verificar se ele ainda serve para algum uso. Ou pensas que nosso dinheiro é roubado?" Sem demora nem suspeita, o esclarecido esposo acendeu a lâmpada e depois acrescentou: "Retira-te, irmão, e espera aí tranquilamente: eu ta apresentarei tão limpa quanto for necessário." Assim falando, tirou a roupa, desceu com a luz, convencido de estar obrigado a raspar, ele próprio, os velhos depósitos que encoscoravam as paredes do vaso. Brincava o adúltero, no entanto, e, enquanto a mulher do tarefeiro se inclinava para a frente sobre a jarra, ele a apertava de perto e a trabalhava à vontade. Ela, mergulhando a cabeça no vaso, auxiliava o marido com uma astúcia de cortesã: "Aqui, ali, e lá ainda, e mais ali, de novo." Ela mostrava com o dedo os lugares para limpar, até o momento em que, acabada a dupla necessidade,

denariis calamitosus faber collo suo gerens dolium coactus est ad hospitium adulteri perferre.

[8] Pauculis ibi diebus commorati et munificentia publica saginati vaticinationisque crebris mercedibus suffarcinati purissimi illi sacerdotes novum quaestus genus sic sibi comminiscuntur. Sorte unica pro casibus pluribus enotata consulentes de rebus variis plurimos ah hunc modum cavillatum. Sors haec erat:

> "ideo coniuncti terram proscindunt boves,
> ut in futurum laeta germinent sata."

Tum si qui matrimonium forte coaptantes interrogarent, rem ipsa responderi aiebant: iungendos conubio et satis liberum procreandis, si possessionem praestinaturus quaereret, merito boves [ut] et iugum et arva sementis florentia pronuntiari; si qui de profectione sollicitus divinum caperet auspicium, iunctos iam paratosque quadripedum cunctorum mansuetissimos et lucrum promitti de glebae germine; si proelium capessiturus vel latronum factionem persecuturus utiles necne processus sciscitaretur, addictam victoriam forti praesagio contendebat, quippe cervices hostium iugo subactum iri et praedam de rapinis uberrimam fructuosamque captum iri.

Ad istum modum divinationis astu captioso conraserant non parvas pecunias.

[9] Sed adsiduis interrogationibus argumenti satietate iam defecti rursum ad viam prodeunt via tota, quam nocte confeceramus, longe peiorem, quidni? lacunosis incilibus voraginosam, partim stagnanti palude fluidam et alibi subluvie caenosa lubricam. Crebris denique offensaculis et assiduis lapsibus iam contusis cruribus meis vix tandem ad campestres semitas fessus evadere potui. Et ecce nobis repente de tergo manipulus armati supercurrit equitis aegreque cohibita equorum curruli rabie Philebum ceterosque comites eius involant avidi colloque constricto et sacrilegos impurosque compellantes interdum pugnis obverberant nec non manicis etiam cunctos coartant et identidem urgenti sermone comprimunt, promerent potius aureum cantharum, promerent auctoramentum illud sui

e pagos os sete denários, o calamitoso obreiro foi obrigado a carregar a jarra nas costas até o domicílio do adúltero.

[8] Passamos alguns dias nesse lugar. Quando engordaram bem com a munificência pública e com o produto de seus vaticínios, nossos dignos sacerdotes imaginaram uma nova fonte de lucro. Compuseram uma sorte única que se aplicava a múltiplos casos, e dela se serviram para engambelar aqueles que vinham em multidão consultá-los sobre uma coisa e outra. A sorte era assim:

"Os bois colocados sob jugo, se escavam o sulco,
    é para que um dia germine a rica messe."

Então, se os consultava alguém que queria, por exemplo, contrair matrimônio, tinham, diziam eles, resposta de acordo com a circunstância: o jugo era o do casamento, de onde nasciam messes de crianças. Pediam-lhe conselhos sobre a compra de uma propriedade? Era muito a propósito que se falava de bois, de jugo, de sementeiras e de opulentas colheitas. Tratava-se de pessoa ocupada com um projeto de viagem que queria o divino auspício? Os quadrúpedes mais mansos do mundo, já sob o jugo, o esperavam, e o escavar do solo anunciava um benefício. Havia chegado o momento de travar combate, ou de perseguir um bando de ladrões, e procuravam saber se a empresa seria bem-sucedida, asseguravam eles que a vitória estava garantida pelo encorajante presságio: curvariam os inimigos a cabeça sob o jugo e a captura seria de um tesouro ubérrimo e proveitoso.

Nossos adivinhos, por sua capciosa astúcia, juntaram, desta maneira, somas não desprezíveis.

[9] Porém, à força de responder continuamente às questões, acabaram por ficar cansados e se puseram a caminho. A estrada era bem pior que todas que percorrêramos à noite: esburacada e cheia de ravinas, ora mergulhava em um pântano de água estagnada, ora se apresentava coberta de uma camada de lama viscosa. Depois de muitas escorregadelas e de frequentes passos em falso, eu tinha as pernas machucadas, e, com dificuldade, cansadíssimo, cheguei a uma trilha na planície. E eis que aparecem, repentinamente, atrás de nós, cavaleiros armados. Dominaram com esforço o impulso de suas montarias, atiraram-se avidamente sobre Filebo e seus companheiros, agarraram-nos pelos gasnetes, chamando-os de infames sacrílegos; administraram-lhes uns bons murros, algemaram-nos e pediram com insistência o cântaro de ouro. Sim, que devolvessem o produto de seu crime, pois, a pretex-

sceleris, quod simulatione sollemnium, quae in operto
factitaverant, ab ipsis pulvinaribus matris deum clanculo furati,
prosus quasi possent tanti facinoris evadere supplicium tacita
profectione, adhuc luce dubia pomerium pervaserint.

[10] Nec defuit qui manu super dorsum meum iniecta
in ipso deae, quam gerebam, gremio scrutatus reperiret
atque incoram omnium aureum depromeret cantharum.
Nec isto saltem tam nefario scelere impuratissima illa
capita confutari terrerive potuere, sed mendoso risu
cavillantes: "En" inquiunt "indignae rei scaevitatem!
Quam plerumque insontes periclitantur homines! Propter
unicum caliculum, quem deum mater sorori suae deae
Syriae hospitale munus optulit, ut noxius religionis
antistites ad discrimen vocari capitis."

Haec et alias similis afannas frustra blaterantis eos
retrorsus abducunt pagani statimque vinctos in Tullianum
conpingunt cantharoque et ipso simulacro quod gerebam
apud fani donarium redditis ac consecratis altera die
productum me rursum voce praeconis venui subiciunt,
septemque nummis carius quam prius me comparaverat
Philebus quidam pistor de proximo castello praestinavit,
protinusque frumento etiam coempto adfatim onustum
per inter arduum scrupis et cuiusce modi stirpibus
infestum ad pistrinum quod exercebat perducit.

[11] Ibi complurium iumentorum multivii
circuitus intorquebant molas ambage varia nec die
tantum verum perpeti etiam nocte prorsus instabili
machinarum vertigine lucubrabant pervigilem
farinam. Sed mihi, ne rudimentum servitii
perhorrescerem scilicet, novus dominus loca lautia
prolixe praebuit. Nam et diem primum illum
feriatum dedit et cibariis abundanter instruxit

to de uma pretensa cerimônia celebrada por eles em segredo, tinham furtado, às escondidas, dos próprios coxins da Mãe das Deuses, e como somente pela fuga poderiam evitar o suplício devido a tal crime, haviam franqueado os muros, mal raiara o dia.

[10] Um deles, finalmente, pondo a mão no meu lombo e vasculhando o próprio seio da deusa que eu levava, descobriu o cântaro de ouro e dali o tirou, diante dos olhos de todos. Mas mesmo em presença da prova de seu crime hediondo, os impudentes não se mostraram nem embaraçados, nem intimidados. Até mesmo riram um riso caviloso, e tentaram caçoar. "Vede", disseram, "que indignidade, e como com frequência erradamente se condenam os inocentes. Por um único calicezinho que a Mãe dos Deuses ofereceu à sua irmã, a deusa Síria, como presente de hospitalidade, tratam os ministros da religião como criminosos, e os agarram para um processo capital."

Mas de nada lhes adiantaram esses frívolos discursos e outros do mesmo gênero; o pessoal da cidade os levou de volta e, imediatamente os encerraram, carregados de cadeias, no Tuliano.[114] O cântaro, e até a imagem que eu levava, foram depositados e consagrados no tesouro do templo. E eu, no dia seguinte, fui exposto à venda uma vez mais, por intermédio de um pregoeiro. Fui comprado, por sete sestércios a mais do que Filebo pagara anteriormente, por um moleiro do povoado vizinho. Na mesma ocasião, ele comprou trigo, e foi carregado a mais não poder que, por um pedregoso caminho, cortado de raízes de várias espécies, fui conduzido ao moinho onde ele trabalhava.

[11] Lá, numerosos jumentos, descrevendo múltiplos círculos, faziam rodar as mós de variados calibres. E não era só de dia, pois, durante toda a noite, sem trégua nem repouso, com o auxílio das máquinas que giravam, espalhavam a farinha, fruto das vigílias. Mas, evidentemente para evitar que eu me zangasse com a iniciação à servidão, meu novo dono me tratou como a um embaixador estrangeiro.[115] Com efeito, no primeiro dia, ele me deu feriado e guarneceu ricamente a minha manjedoura com uma copiosa ração. Mas esse lazer feliz e essa cara

---

[114] Tuliano era uma prisão subterrânea de Roma. Formava a parte mais baixa da cadeia pública. Foram ali estrangulados os cúmplices de Catilina. Chamar à prisão de Tuliano é uma simples maneira apuleiana de indicar o cárcere local. (N. da T.)

[115] *Loca lautia praebuit*, no original. *Loca lautia* é o tratamento devido a hóspedes de distinção, como embaixadores estrangeiros e senadores. (N. da T.)

praesepium. Nec tamen illa otii saginaeque
beatitudo duravit ulterius, sed die sequenti molae
quae maxima videbatur matutinus adstituor et
illico velata facie propellor ad incurva spatia
flexuosi canalis, ut in orbe termini circumfluentis
reciproco gressu mea recalcans vestigia vagarer
errore certo. Nec tamen sagacitatis ac prudentiae
meae prorsus oblitus facilem me tirocinio
disciplinae praebui; sed quanquam frequenter, cum
inter homines agerem, machinas similiter
circumrotari vidissem, tamen ut expers et ignarus
operis stupore mentito defixus haerebam, quod
enim rebar ut minus aptum et huius modi
ministerio satis inutilem me ad alium quempiam
utique leviorem laborem legatum iri vel otiosum
certe cibatum iri. Sed frustra sollertiam damnosam
exercui. Complures enim protinus baculis armati
me circumsteterunt atque, ut eram luminibus
obtectis securus etiamnunc, repente signo dato et
clamore conserto, plagas ingerentes acervatim, adeo
me strepitu turbulentant ut cunctis consiliis abiectis
ilico scitissime taeniae sparteae totus innixus
discursus alacres obirem.

[12] At subita sectae commutatione risum toto coetu
commoveram.

Iamque maxima diei parte transacta defunctum
alioquin me, helcio sparteo dimoto, nexu machinae
liberatum adplicant praesepio. At ego, quanquam eximie
fatigatus et refectione virium vehementer indiguus et prorsus
fame perditus, tamen familiari curiositate attonitus et satis
anxius, postposito cibo, qui copiosus aderat, inoptabilis
officinae disciplinam cum delectatione quadam arbitrabar.
Dii boni, quales illic homunculi vibicibus lividis totam cutem
depicti dorsumque plagosum scissili centunculo magis
inumbrati quam obtecti, nonnulli exiguo tegili tantum modo
pubem iniecti, cuncti tamen sic tunicati ut essent per
pannulos manifesti, frontes litterati et capillum semirasi et
pedes anulati, tum lurore deformes et fumosis tenebris

opulência não duraram mais que isso. No dia seguinte pela manhã, atrelando-me à mó que parecia a maior, cobriram-me a cabeça e logo em seguida me empurraram para a frente, no caminho circular de uma pista sinuosa, onde, limitado em meu trajeto por um orbe móvel, eu devia voltar sempre sobre meus passos, calcar sem tréguas meu próprio rastro, e seguir, em marcha errante, um itinerário invariável. Entretanto, eu esquecera inteiramente minha sagacidade e prudência. Mostrei-me pouco dócil à aprendizagem do meu ofício. Se bem que, no tempo em que me contava no número dos humanos, tivesse eu visto muitas vezes manobrarem assim semelhantes máquinas, fingi que não possuía de tal trabalho nem experiência nem conhecimento, e, fazendo-me de estúpido, permaneci imóvel. Esperava, com efeito, que, julgando-me inepto e inútil para essa espécie de serviço, me empregassem em qualquer outro trabalho, de qualquer maneira menos penoso; ou, quem sabe, talvez me dessem de comer mesmo sem eu fazer nada. Mas dessa frustrada solércia fui eu quem pagou as custas, pois, de repente e todos juntos, cercou-me um grupo armado de cacetes, e enquanto, com os olhos fechados, eu não desconfiava de nada, a um dado sinal, e com um grito em uníssono, atacaram-me com uma saraivada de pauladas, e me aturdiram tanto com a barulheira que fizeram que, abandonando todos os cálculos, puxei prudentemente, com o corpo, a corda de fibra, e pus-me a dar voltas alegremente. A essa repentina alteração da minha política, estalou o riso de toda a companhia.

[12] Transcorrera a parte maior do dia, e eu estava deveras fatigado, quando me levantaram uma parte dos tirantes de fibra, e, livre da manivela à qual estivera ligado, puseram-me na manjedoura.

Meu cansaço era extremo; sentia uma imperiosa necessidade de refazer as forças e estava perdido de fome. Não obstante, minha curiosidade natural me mantinha fascinado, com o espírito alerta. Negligenciando o alimento que estava diante de mim em abundância, observava com deleite a disciplina a que se submetia essa oficina indesejável. Bons deuses! Quantos cativos, com a epiderme toda zebrada pelas marcas lívidas do chicote, e cujas machucaduras de pancada estavam mais escondidas que protegidas por uns trapos remendados! Alguns levavam uma faixa exígua que não lhes cobria senão o púbis, e todos vestiam só farrapos, entre os quais nada deles ficava desconhecido. Tinham as frontes marcadas de letras, os cabelos raspados de uma banda, os pés carregados de anéis, terrosa a tez, as pálpebras queimadas pelo tenebroso

vaporosae caliginis palpebras adesi atque adeo male luminanti et in modum pugilum, qui pulvisculo perspersi dimicant, farinulenta cinere sordide candidati.

[13] Iam de meo iumentario contubernio quid vel ad quem modum memorem? Quales illi muli senes vel cantherii debiles. Circa praesepium capita demersi contruncabant moles palearum, corvices cariosa vulnerum putredine follicantes, nares languidas adsiduo pulsu tussedinis hialci, pectora copulae sparteae tritura continua exulcerati, costas perpetua castigatione ossium tenus renudati, ungulas multivia circumcursione in enorme vestigium porrecti totumque corium veterno atque scabiosa macie exasperati.

Talis familiae funestum mihi etiam metuens exemplum veterisque Lucii fortunam recordatus et ad ultimam salutis metam detrusus summisso capite maerebam. Nec ullum uspiam cruciabilis vitae solacium aderat, nisi quod ingenita mihi curiositate recreabat, dum praesentiam meam parvi facientes libere, quae volunt, omne et agunt et loquuntur. Nec inmerito priscae poeticae divinus auctor apud Graios summae prudentiae virum monstrare cupiens multarum civitatium obitu et variorum populorum cognitu summas adeptum virtutes cecinit. Nam et ipse gratas gratias asino meo memini, quod me suo celatum tegmine variisque fortunis exercitatum, etsi minus prudentem, multiscium reddidit.

[14] Fabulam denique bonam prae ceteris, suave comptam ad auris vestras adferre decrevi, et en occipio. Pistor ille, qui me pretio suum fecerat, bonus alioquin vir et adprime modestus, pessimam et ante cunctas mulieres longe deterrimam sortitus coniugam poenas extremas tori larisque sustinebat, ut hercules eius vicem ego quoque tacitus frequenter

ardor de uma espessa fumaça, a ponto de mal enxergarem. E, tal como os pugilistas que se empoam para combater, por todo o seu corpo se espalhava a brancura encardida da poeira de farinha.

[13] Quanto aos jumentos com os quais eu partilhava a existência, como lembrar-me deles? Velhos mulos, castrados, débeis, lá estavam em torno do cocho, onde mergulhavam a cabeça para devorar montões de palha. Um sopro arquejante agitava-lhes o couro encoscorado de úlceras purulentas. Suas ventas flácidas se dilatavam sob as sacudidelas de uma tosse contínua. Tinham o peito em carne viva, pela fricção incessante da corda. Suas ancas estavam escoriadas até os ossos pelos perpétuos castigos. A parte coriácea dos cascos, no voltear interminável, tinha-se acachapado numa desmesurada largura, e todo o couro deles era coscorento, pelado e de magreza exasperada.

A vista lamentável dessa tropa de escravos me fez temer uma sorte semelhante para mim. Lembrei-me novamente de Lúcio e de sua fortuna de outrora, e, reduzido a uma sorte de solução impossível, baixava a cabeça e me acabrunhava. Nessa vida de tormentos, nenhum consolo, a não ser o que a minha curiosidade natural para ela levava de divertimento, pois, sem se importarem com a minha presença, todos falavam diante de mim livremente e à vontade. Não foi sem razão que o divino criador da antiga poesia dos gregos,[116] desejando apresentar um homem de sabedoria sem igual, conta dele, nos seus versos, que havia adquirido as mais altas virtudes visitando muitas cidades e conhecendo povos diversos.[117] Pois eu também conservo uma grata lembrança do burro que fui, e graças ao qual, escondido num envoltório e provado por atribulações as mais variadas, tornei-me, se não sábio, pelo menos rico de sabedoria.

[14] E aqui está precisamente uma história, boa entre as melhores, espiritual e agradável, que resolvi contar-vos. Começo. O moleiro que me comprara a peso de dinheiro era um homem bom e modesto; porém, casara-se com a pior das mulheres, malvada entre todas as suas iguais; seu leito e seu lar eram, para ele, uma fonte tão amarga de desgosto, que até eu, por Hércules, gemia frequentemente, à parte, sobre

---

[116] Homero. (N. da T.)

[117] Referência ao proêmio da *Odisseia*, em que se caracteriza Odisseu, a quem Lúcio se compara. (N. da E.)

ingemescerem. Nec enim vel unum vitium nequissimae illi feminae deerat, sed omnia prorsus ut in quandam caenosam latrinam in eius animum flagitia confluxerant: saeva scaeva virosa ebriosa pervicax pertinax, in rapinis turpibus avara, in sumptibus foedis profusa, inimica fidei, hostis pudicitiae. Tunc spretis atque calcatis divinis numinibus in vicem certae religionis mentita sacrilega praesumptione dei, quem praedicaret unicum, confictis observationibus vacuis fallens omnis homines et miserum maritum decipiens matutino mero et continuo corpus manciparat.

[15] Talis illa mulier miro me persequebatur odio. Nam et antelucio, recubans adhuc, subiungi machinae novicium clamabat asinum et statim, ut cubiculo primum processerat, insistens iubebat incoram sui plagas mihi quam plurimas irrogari, et cum tempestivo prandio laxarentur iumenta cetera, longe tardius applicari praesepio iubebat. Quae saevitia multo mihi magis genuinam curiositatem in suos mores ampliaverat. Nam et adsiduo plane commeantem in eius cubiculum quendam sentiebam iuvenem, cuius et faciem videre cupiebam ex summo studio, si tamen velamentum capitis libertatem tribuisset meis aliquando luminibus. Nec enim mihi sollertia defuisset ad detegenda quoquo modo pessimae feminae flagitia. Sed anus quaedam stuprorum sequestra et adulterorum internuntia de die cotidie inseparabilis aderat. Cum qua protinus ientaculo ac dehinc vino mero mutuis vicibus velitata scaenas fraudulentas in exitium miserrimi mariti subdolis ambagibus construebat. At ego, quanquam graviter suscensens errori Photidis, quae me, dum avem fabricat, perfecit asinum, isto tamen vel unico solacio aerumnabilis deformitatis meae recreabar, quod auribus grandissimis praedibus cuncta longule etiam dissita facillime sentiebam.

[16] Denique die quadam timidae illius aniculae sermo talis meas adfertur auris: "De isto quidem, mi erilis tecum ipsa videris, quem

a sua sorte. Pode-se dizer que nenhum vício faltava a essa infame criatura; pelo contrário, estavam todos reunidos na sua alma, como numa latrina emporcalhada: ela era cruel e mesquinha, bruta, bêbada, rebelde, teimosa, avara nas suas torpes rapinas, pródiga nos seus gastos vergonhosos, inimiga da fé, hostil ao pudor. Por outro lado, desprezava, calcando-os aos pés, os numes divinos. Em lugar da religião, falsa e sacrilegamente professava a crença presunçosa num deus que proclamava único.[118] Sob a aparência de observâncias vãs, enganava a toda a gente, principalmente ao mísero marido. Bebia de manhã à noite, e se prostituía durante o dia.

[15] Tal como era, essa mulher me perseguia com ódio. Nem bem tinha amanhecido, e, ainda no leito, ela gritava que atrelassem à máquina o burro recém-vindo. Depois, logo que saía do quarto, vinha se plantar ao meu lado e ordenava que me administrassem em sua presença uma sova de pau. Na hora de comer, desatrelavam as outras bestas, e não era senão muito tarde que ela me mandava para a manjedoura. Essas perseguições haviam aguçado singularmente, a respeito de sua conduta, minha curiosidade natural. Reparei que entrava assiduamente no seu quarto um moço e tinha muita vontade de lhe ver o rosto, se por acaso o tapa-olho concedesse aos meus olhos um instante de liberdade, pois astúcia não me faltava para descobrir, de um modo ou de outro, as torpezas da detestável criatura. Uma velha, cúmplice de suas libertinagens e recadeira de seus amantes, passava os dias junto dela. Inseparáveis, as duas começavam por almoçar juntas. Depois de terem empinado vários copos de vinho puro, combinavam, com infernal astúcia, as artimanhas contra o mísero marido. Qualquer que fosse o meu ressentimento contra o engano de Fótis, que, querendo fabricar um pássaro, conseguira um burro, restava-me, na cruel deformidade, uma única razão de consolo para me levantar o ânimo: é que, graças às minhas longas orelhas, eu ouvia tudo sem o menor esforço, mesmo a considerável distância.

[16] E foi assim que, certo dia, estas frases cautelosas da velha me vieram aos ouvidos: "Isso é contigo, senhora minha, se, sem ter-me con-

---

[118] Referência ao Judaísmo ou ao Cristianismo; o segundo parece ser aqui mais provável. A relação entre paganismo, Judaísmo e Cristianismo era muitas vezes conflituosa. A mulher que renega os deuses romanos é descrita como hipócrita e possuidora dos piores vícios. (N. da E.)

sine meo consilio pigrum et formidulosum familiarem istum sortita es, qui insuavis et odiosi mariti tui caperratum supercilium ignaviter perhorrescit ac per hoc amoris languidi desidia tuos volentes amplexus discruciat. Quanto melior Philesitherus adulescens et formonsus et liberalis et strenuus et contra maritorum inefficaces diligentias constantissimus! Dignus hercules solus omnium matronarum deliciis perfrui, dignus solus coronam auream capite gestare uel ob unicum istud, quod nunc nuper in quendam zelotypum maritum eximio studio commento est. Audi denique et amatorum diversum ingenium compara.

[17] Nosti quendam Barbarum nostrae civitatis decurionem, quem Scorpionem prae morum acritudine vulgus appellat. Hic uxorem generosam et eximia formositate praeditam mira custodela munitam domi suae quam cautissime cohibebat." Ad haec ultima pistoris illa uxor subiciens: "Quidni?" inquit "Novi diligenter. Areten meam condiscipulam memoras." "Ergo" inquit anus "nostri totam Philesitheri et ipsius fabulam?" "Minime gentium", inquit "sed nosse valde cupio et oro, mater, ordine mihi singula retexe." Nec commorata illa sermocinatrix immodica sic anus incipit:

"Barbarus iste cum necessariam profectionem pararet pudicitiamque carae coniugis conservare summa diligentia cuperet, servulum suum Myrmecem fidelitate praecipua cognitum secreto commonet suaeque dominae custodelam omnem permittit, carcerem et perpetua vincula, mortem denique illam lentam de fame comminatur, si quisquam hominum vel in transitu digito tenus eam contigisset, idque deierans etiam confirmat per omnia divina numina. Ergo igitur summo pavore perculsum Myrmecem acerrimum relinquens uxori secutorem, securam dirigit profectionem.

Tunc obstinato animo vehementer anxius Myrmex nec usquam dominam suam progredi sinebat et lanificio domestico districtam inseparabilis adsidebat ac tantum necessario vespertini lavacri progressu adfixus atque conglutinatus,

sultado, te entregaste a um vagabundo e poltrão, que um franzir das sobrancelhas do teu pasmado e insípido marido faz tremer como um covarde, cujo amor se esfria com o medo, e que castiga, com suas hesitações, o ardor de teu amplexo. Quão melhor é Filesítero, formoso adolescente, generoso e valente, que as vãs precauções dos maridos encontra sempre resoluto! Digno ele só, de usufruir os favores de todas as mulheres; digno ele só, de levar uma coroa de ouro na cabeça. Ainda recentemente, com mestria sem igual, imaginou uma astúcia contra um marido ciumento. Escuta, pois, e compara os gênios diversos dos amantes.

[17] Conheces bem um certo Bárbaro, decurião de nossa cidade,[119] a quem o povo chama Escorpião, pela aspereza do seu caráter. Ele tinha mulher bem-nascida, de extraordinária formosura, à qual cercava de inacreditável vigilância e mantinha cautamente encerrada em casa." A essas palavras, a mulher do moleiro comentou: "Como não conheço? Pois falas da minha condiscípula Areteia." "Se é assim", replicou a velha, "sabes também toda a história com Filesítero?" "Não, nada", disse ela, "mas desejo muito conhecê-la, mãe, e te suplico que ma contes sem omitir nada." Sem demora, a infatigável faladeira começou:

"Este Bárbaro preparava-se para fazer uma viagem inadiável, e nada queria negligenciar para preservar a honra da cara esposa. Deu, em segredo, instruções a um jovem escravo chamado Mírmex, de quem conhecia a rara fidelidade. Confiou-lhe inteiramente a guarda da senhora, prometendo-lhe prisão, correntes perpétuas, e até a morte, morte lenta pela fome, se alguém, fosse quem fosse, mesmo de passagem, a tocasse com a ponta do dedo. Isso ele jurou, e confirmou o juramento por todas as divindades. Deixando Mírmex assim aterrorizado, para que servisse à mulher de infatigável seguidor, Bárbaro se pôs a caminho com o espírito tranquilo.

Então, com ansiosa perseverança e ânimo obstinado, Mírmex proibiu à ama todas as saídas. Quando ela estava na casa ocupada, fiando a lã, ele sentava junto dela, sem deixá-la nunca. E como era preciso que à tarde ela saísse para ir ao banho,[120] colava-se a ela, apertando na mão

---

[119] Dava-se o título de decurião, nas cidades, aos membros do conselho. (N. da T.)

[120] O banho, no fim da tarde, tinha um valor quase de ritual. (N. da T.)

extremas manu prendens lacinias, mira sagacitate commissae provinciae fidem tuebatur.

[18] Sed ardentem Philesitheri vigilantiam matronae nobilis pulchritudo latere non potuit. Atque hac ipsa potissimum famosa castitate et insignis tutelae nimietate instinctus atque inflammatus, quidvis facere, quidvis pati paratus, ad expugnandam tenacem domus disciplinam totis accingitur viribus. Certusque fragilitatis humanae fidei, et quod pecuniae cunctae sint difficultates perviae auroque soleant adamantinae etiam perfringi fores, opportune nanctus Myrmecis solitatem, ei amorem suum aperit et supplex eum medellam cruciatui deprecatur: nam sibi statutam decretamque mortem proximare, ni maturius cupito potiatur; nec eum tamen quicquam in re facili formidare debere, quippe cum vespera solus fide tenebrarum contectus atque absconditus introrepere et intra momentum temporis remeare posset. His et huiusce modi suadelis validum addens ad (postremum) cuneum, qui rigentem prorsus servi tenacitatem violenter diffinderet; porrecta enim manu sua demonstrat ei novitate nimia candentes solidos aureos, quorum viginti quidem puellae destinasset, ipsi vero decem libenter offerret.

[19] Exhorruit Myrmex inauditum facinus et occlusis auribus effugit protinus. Nec auri tamen splendor flammeus oculos ipsius exire potuit, sed quam procul semotus et domum celeri gradu pervectus, videbat tamen decora illa monetae lumina et opulentam praedam iam tenebat animo miroque mentis salo et cogitationum dissensione misellus in diversas sententias carpebatur ac distrahebatur: illic fides, hic lucrum, illic cruciatus, hic voluptas. Ad postremum tamen formidinem mortis vicit aurum. Nec saltem spatio cupido formonsae pecuniae leniebatur, sed nocturnas etiam curas invaserat pestilens avaritia, ut quamvis erilis eum comminatio domi cohiberet, aurum tamen foras evocaret. Tunc, devorato pudore et dimota cunctatione, sic ad aures dominae mandatum perfert. Nec a genuina levitate descivit mulier, sed exsecrando metallo pudicitiam suam protinus auctorata est. Ita gaudio perfusus advolat ad suae fidei praecipitium Myrmex, non modo capere verum saltem contingere quam exitio suo viderat pecuniam cupiens, et magnis suis laboribus perfectum desiderium Philesithero

a barra do seu vestido. Assim cumpria, com admirável pertinácia, a missão de confiança de que fora incumbido.

[18] Mas a beleza da nobre senhora não passaria despercebida a Filesítero, com seu ardor vigilante. Essa castidade tão famosa, e os próprios exagerados cuidados da vigilância, avivaram o seu fogo. Pronto a fazer tudo e tudo sofrer, reuniu as forças para triunfar da inflexível disciplina dessa casa. Sabendo bem que a fidelidade humana é coisa frágil, que não há obstáculo para o dinheiro, e que se vê o ouro forçar até portas de aço, aproveitou um momento em que Mírmex estava sozinho, contou-lhe do seu amor e suplicou-lhe remédio para o seu tormento, pois sua resolução estava tomada: decidira recorrer à morte pronta, se não possuísse logo o objeto de seus desejos. De resto, era coisa muito fácil, e que não justificava nenhum temor, pois, estando sozinho à noite, escondido e protegido pelas trevas, podia, num instante, entrar e sair. A esses meios de persuasão, ajuntou um último que devia, como uma cunha forte, abrir uma fenda na rígida firmeza do escravo: estendendo a mão, mostrou-lhe moedas de ouro novas e brilhantes. Vinte eram para a moça, e ao próprio Mírmex, de boa vontade ofereceria dez.

[19] Mírmex estremeceu de horror ao pensamento do inaudito crime, e fugiu, tapando os ouvidos. Mas o brilho chamejante do ouro não queria mais deixar seus olhos. Não lhe adiantou afastar-se a passo rápido. Mesmo depois de chegado a casa, continuava vendo o belo reflexo das peças, e mantinha no pensamento o opulento lucro. Agitado como as águas do mar, e em conflito consigo mesmo, o espírito do pobre rapaz se dividira, solicitado por paixões contrárias: aqui a fidelidade, ali o lucro; aqui os tormentos, ali a volúpia. Por fim, o temor da morte foi vencido pelo ouro. O desejo de possuir as belas moedas não diminuiu nem com o tempo. O flagelo da cobiça envenenava-lhe as noites e, se as ameaças do amo o retinham em casa, a voz do ouro o chamava para sair. Então, sufocando a vergonha, e banindo toda hesitação, levou aos ouvidos da senhora a mensagem de que o tinham encarregado. Esta, longe de desmentir a leviandade natural do sexo, fez imediatamente ao execrável metal o sacrifício da honra. Transbordando de alegria, precipitou-se Mírmex de cabeça baixa para o aniquilamento de sua fidelidade. Queimava, já não digo de desejo de receber, mas simplesmente de apalpar o dinheiro que tinha visto, para sua perdição. Anunciou alegremente a Filesítero que, graças aos seus muitos esforços,

laetitia percitus nuntiat statimque destinatum praemium reposcit, et tenet nummos aureos manus Myrmecis, quae nec aereos norat.

[20] Iamque nocte promota solum perducit ad domum probeque capite contectum amatorem strenuum infert adusque dominae cubiculum. Commodum novis amplexibus Amore rudi litabant, commodum prima stipendia Veneri militabant nudi milites: et contra omnium opinionem captata noctis opportunitate inprovisus maritus adsistit suae domus ianuam. Iam pulsat, iam clamat, iam saxo fores verberat et ipsa tarditate magis magisque suspectus dira comminatur Myrmeci supplicia. At ille repentino malo perturbatus et misera trepidatione ad inopiam consilii deductus, quod solum poterat, nocturnas tenebras sibi causabatur obsistere quin clavem curiose absconditam reperiret. Interdum Philesitherus cognito strepitu raptim tunicam iniectus sed plane prae turbatione pedibus intectis procurrit cubiculo. Tunc Myrmex tandem clave pessulis subiecta repandit fores et recepit etiam tunc fidem deum boantem dominum eoque propere cubiculum petente clandestino transcursu dimittit Philesitherum. Quo iam pro limite liberato securus sui clausa domo rursum se reddidit quieti.

[21] Sed dum prima luce Barbarus procedit cubiculo, videt sub lectulo soleas incognitas, quibus inductus Philesitherus inrepserat, suspectisque a re nata quae gesta sunt, non uxori non ulli familiarum cordolio patefacto, sublatis iis et in sinum furtim absconditis, iusso tantum Myrmece per conservos vincto forum versus adtrahi, tacitos secum mugitus iterans rapidum dirigit gressum, certum solearum indicio vestigium adulteri posse se perfacile indipisci. Sed ecce per plateam dum Barbarus vultu turgido subductisque superciliis incedit iratus ac pone eum Myrmex vinculis obrutus, non quidem coram noxae prehensus, conscientia tamen pessima permixtus lacrimis uberibus ac postremis lamentationibus inefficacem commovet miserationem, opportune Philesitherus occurrens, quanquam diverso quodam negotio destinatus,

dele, Mírmex, seus desejos seriam satisfeitos, e reclamou ao mesmo tempo a recompensa prometida. E eis as peças de ouro na mão de Mírmex, que não conhecia nem o cobre.

[20] Alta noite, ele conduziu à casa o audacioso amante, sozinho e com a cabeça bem coberta, e o fez entrar no quarto da senhora. Porém, quando ela e ele sacrificavam com seus primeiros amplexos ao novo Amor, e, soldados nus, faziam juntos os primeiros exercícios a serviço de Vênus, nesse instante, e contra toda expectativa, aproveitando a sombra da noite, o marido se apresentou inesperadamente diante da porta da casa. Bateu, chamou, malhou na porta fechada com uma pedra, e a demora aumentava cada vez mais suas suspeitas, pelo que ele ameaçava Mírmex de terríveis suplícios. O escravo, perturbado pela súbita desventura, não sabia como fazer na sua cruel perplexidade, e, como único recurso de que dispunha, acusou a escuridão da noite que o impedia de encontrar a chave cuidadosamente escondida. Entrementes, Filesítero, ouvindo a balbúrdia, vestiu prontamente a túnica, mas, na pressa, esqueceu de se calçar, e saiu do quarto na disparada. Foi somente então que Mírmex introduziu a chave sob a tranca, abriu a porta, e fez entrar o amo, que vociferava ainda, invocando todos os deuses. Depois, enquanto o marido alcançava o quarto, Mírmex, o mais depressa que podia, orientou Filesítero para uma evasão clandestina. Estando aquele livre, portas a fora, o escravo, tranquilo a seu respeito, fechou a casa e entrou para dormir.

[21] Mas quando, vindo os primeiros alvores do dia, Bárbaro saiu do quarto, viu sob o leito sandálias desconhecidas: aquelas que Filesítero levava quando entrara. Suspeitando, ao ver isso, do que se havia passado, sem contar o tormento do coração nem à mulher, nem a ninguém da casa, juntou as sandálias, introduziu-as furtivamente sob as roupas, e ordenou somente que Mírmex, carregado de correntes e vigiado pelos companheiros, fosse arrastado até o Fórum, enquanto que ele próprio, sufocando repetidos urros, se dirigiu com passos rápidos na mesma direção, calculando que as sandálias reveladoras o fariam encontrar sem esforço o rastro do sedutor. Avançava então Bárbaro, furioso, pela rua, com o rosto congestionado e as sobrancelhas franzidas. Atrás dele, sob os ferros, Mírmex, que, não compreendendo direito, era no entanto trabalhado por sua má consciência, e que, com uma torrente de lágrimas e veementes lamentações, excitava uma piedade impotente. Nesse momento exato os encontrou Filesítero. Sua cami-

351   Livro IX

repentina tamen facie permotus, non enim deterritus, recolens festinationis suae delictum et cetera consequenter suspicatus sagaciter extemplo sumpta familiari constantia, dimotis servulis invadit cum summo clamore Myrmecem pugnisque malas eius clementer obtundens: 'At te', inquit 'nequissimum et periurum caput, dominus iste tuus et cuncta caeli numina, quae deierando temere devocasti, pessimum pessime perduint, qui de balneis soleas hesterna die mihi furatus es: dignus hercules, dignus, qui et ista vincula conteras et insuper carceris etiam tenebras perferas.'

Hac opportuna fallacia vigorati iuvenis inductus immo sublatus et ad credulitatem delapsus Barbarus, postliminio domum regressus, vocato Myrmece, soleas illas offerens et ignovit ex animo et, uti domino redderet, cui surripuerat, suasit."

[22] Hactenus adhuc anicula garriente suscipit mulier: "Beatam illam, quae tam constantis sodalis libertate fruitur! At ego misella molae etiam sonum et ecce illius scabiosi asini faciem timentem familiarem incidi."

Ad haec anus: "Iam tibi ego prope suasum et confirmatum animi amatorem illum alacrem vadimonium sistam" et insuper condicta vespertina regressione cubiculo facessit.

At pudica uxor statim cenas saliares comparat, vina pretiosa defaecat, pulmenta recentia tuccetis temperat. Mensam largiter instruit; denique, ut dei cuiusdam adventus, sic exspectatur adulteri. Nam et opportune maritus foris apud naccam proximum cenitabat. Ergo igitur metis die propinquante helcio tandem absolutus refectuique secure redditus non tam hercules laboris libertatem gratulabar quam quod revelatis luminibus libere iam cunctas facinorosae mulieris artes prospectare poteram. Sol ipsum quidem delapsus Oceanum subterrenas orbis plagas inluminabat, et ecce nequissimae anus adhaerens lateri temerarius adulter adventat, puer admodum et adhuc lubrico genarum splendore conspicuus, adhuc adulteros

nhada tinha outro objetivo; todavia, o imprevisto espetáculo o atingiu sem desconcertá-lo. Veio-lhe à memória o esquecimento cometido com sua precipitação. Perspicaz, adivinhou toda a sequência e, apelando para sua segurança costumeira, afastou os escravos, lançou-se sobre Mírmex com grandes clamores, martelando-lhe as faces com murros inofensivos: 'Ah! velhaco', dizia, 'perjuro! Possa o teu dono aqui presente, e possam todas as divindades do Céu, que invocaste temerariamente nos teus falsos juramentos, possam elas, malvado, te perderem miseravelmente. Foste tu que, ontem, no banho, me roubaste as sandálias. Em verdade, mereces usar esses ferros, e mereces apodrecer nas trevas do cárcere.'

Enganado por essa oportuna astúcia, e pelo ar decidido do moço, e mais, alegremente crédulo, Bárbaro, de volta a casa, mandou chamar Mírmex, apresentou-lhe as sandálias e, perdoando-o de bom coração, aconselhou-o a entregar ao legítimo dono o que havia furtado."

[22] Não tinha ainda a velha terminado a sua prosa, quando a outra falou: "Feliz da mulher que encontra no amante tanto sangue-frio e presença de espírito! Enquanto que eu, pobre de mim, tremo de medo até do ruído da mó, e do vulto do burro sarnento que ali está."

E respondeu a velha: "Eu persuadirei o outro, cuja coragem confirmo, e trarei, fiel, ao teu encontro, o audacioso amante." Com isso, e combinando voltar à tarde, ela saiu do quarto.

A pudica esposa logo preparou uma ceia comparável às dos sálios. Decantou vinhos caros, misturou carne verde e em conserva, guarneceu abundantemente a mesa. Em suma, em vez do amante, parecia que um deus era esperado. O marido, muito a propósito, jantaria fora, em casa de um lavador de togas vizinho.[121] Chegava o dia ao fim. Desarreado afinal, eu poderia, sem mais preocupação, restaurar as forças; mas, em verdade, alegrava-me menos de estar livre do trabalho que de ter os olhos destapados e poder, dali para a frente, seguir à vontade todo o manejo da celerada. O Sol mergulhara no oceano, e iluminava as regiões inferiores do mundo, quando, lado a lado com a sórdida velha, chegou o temerário amante: um menino, podia-se dizer, cujas faces frescas e imberbes atraíam os olhares, e muito bom ele mesmo, ainda, pa-

---

[121] Os lavadores de toga, chamados *nacca*, que clareavam as vestes de lã, formavam uma corporação importante em Roma e nas outras cidades onde se usava a toga. (N. da T.)

ipse delectans. Hunc multis admodum saviis exceptum mulier cenam iubet paratam adcumbere.

[23] Sed ut primum occursoriam potionem et inchoatum gustum extremis labiis contingebat adulescens, multo celerius opinione rediens maritus adventat. Tunc uxor egregia diras devotiones in eum deprecata et crurum ei fragium amborum ominata, exsangui formidine trepidantem adulterum alveo ligneo, quo frumenta contusa purgari consuerant, temere propter iacenti suppositum abscondit, ingenitaque astutia dissimulato tanto flagitio, intrepidum mentita vultum, percontatur de marito cur utique contubernalis artissimi deserta cenula praematurus adforet. At ille dolenti prorsum animo suspirans adsidue:

"Nefarium" inquit "et extremum facinus perditae feminae tolerare nequiens fuga me proripui. Hem qualis, dii boni, matrona, quam fida quamque sobria turpissimo se dedecore foedavit! Iuro per istam ego sanctam Cererem me nunc etiam meis oculis de tali muliere minus credere."

Hic instincta verbis mariti audacissima uxor noscendae rei cupiens non cessat optundere, totam prorsus a principio fabulam promeret. Nec destitit, donec eius voluntati succubuit maritus et sic, ignarus suorum, domus alienae percenset infortunium:

[24] "Contubernalis mei fullonis uxor, alioquin servati pudoris ut videbatur femina, quae semper secundo rumore gloriosa larem mariti pudice gubernabat, occulta libidine prorumpit in adulterum quempiam. Cumque furtivos amplexus obiret adsidue, ipso illo denique momento quo nos lauti cenam petebamus, cum eodem illo iuvene miscebatur in venerem. Ergo nostra repente turbata praesentia, subitario ducta consilio, eundem illum subiectum contegit viminea

ra fazer a felicidade de um amante. Foi recebido com beijos, mostraram-lhe a ceia preparada e convidaram-no a pôr-se à mesa.

[23] Mas o rapaz mal roçara o primeiro copo com os lábios e mordiscara as primeiras petisqueiras, quando, muito mais depressa do que se esperava, eis o marido de volta. Sua virtuosa esposa o recebeu com as piores imprecações, afirmando que bem gostaria que ele tivesse quebrado as duas pernas. Quanto ao amado, lívido de medo e tremendo, ela o escondeu numa caixa de madeira que servia para guardar o trigo moído e que lá se achava por acaso. Depois, dissimulando, com sua astúcia natural, a infâmia de sua conduta, e deixando transparecer na expressão uma fingida segurança, perguntou ao marido por que deixara a mesa do amigo, com quem mantinha tão estreitas relações de amizade, e voltara tão cedo. Mas ele, cheio de dor, e suspirando sem cessar, disse:

"É que, não podendo suportar a ignomínia e a baixeza de uma mulher perdida, fugi. Ai de nós, deuses bons, como pode a mãe de família tão fiel, tão equilibrada, se macular com a vergonhosa desonra? Juro por esta divina Ceres[122] que o que vi dessa mulher, com os meus olhos, não posso ainda acreditar."

Excitada pelas palavras do marido, a audaciosa se acendia no desejo de conhecer a aventura. Instava sem cessar para obrigá-lo a contar toda a história, e não sossegou enquanto o marido, cedendo à sua vontade, não lhe narrou o infortúnio da casa do outro, inconsciente do que se passava na sua:[123]

[24] "Meu amigo que tinge panos tem uma mulher cuja virtude parecia acima de qualquer suspeita. Gozava de uma reputação que fazia a sua glória, e governava como casta esposa o lar conjugal, quando uma paixão secreta dela se apoderou por não sei que adúltero. Começaram os frequentes encontros furtivos, a ponto de, no próprio momento em que, saídos do banho, íamos para a mesa, ela estar fazendo amor com o moço. Perturbada de súbito pela nossa presença, e apanhada desprevenida, ela o escondeu sob uma gaiola de caniço, feita de vari-

---

[122] Deusa da vegetação, propicia principalmente a cultura dos grãos e, por isso, é a padroeira dos moleiros. (N. da E.)

[123] As histórias das mulheres do moleiro e do lavador de toga, que se entremeiam no romance, também foram aproveitadas por Boccaccio no *Decameron*: "Novela de Pietro di Vinciolo e Ercolano" (Quinta Jornada, novela 10, Dioneu). (N. da E.)

cavea, quae fustium flexu tereti in rectum aggerata cumulum lacinias circumdatas suffusa candido fumo sulpuris inalbabat, eoque iam ut sibi videbatur tutissime celato mensam nobiscum secura participat.

Interdum acerrimo gravique odore sulpuris iuvenis inescatus atque obnubilatus intercluso spiritu diffluebat, utque est ingenium vivacis metalli, crebras ei sternutationes commovebat.

[25] Atque ut primum e regione mulieris pone tergum eius maritus acceperat sonum sternutationis — quod enim putaret ab ea profectum — solito sermone salutem ei fuerat imprecatus et iterato rursum et frequentato saepius, donec rei nimietate commotus quod res erat tandem suspicatur. Et impulsa mensa protenus remotaque cavea producit hominem crebros anhelitus aegre reflantem inflammatusque indignatione contumeliae, gladium flagitans, iugulare moriturum gestiebat, ni respecto communi periculo vix eum ab impetu furioso cohibuissem adseverans brevi absque noxa nostri suapte inimicum eius violentia sulpuris periturum. Nec suadela mea, sed ipsius rei necessitate lenitus, quippe iam semivivum, illum in proximum deportat angiportum. Tum uxorem eius tacite suasi ac denique persuasi, secederet paululum atque ultra limen tabernae ad quampiam tantisper (deverteret) familiarem sibi mulierem, quoad spatio fervens mariti sedaretur animus, qui tanto calore tantaque rabie perculsus non erat dubius aliquid etiam de se suaque coniuge tristius profecto cogitare. Talium contubernalis epularum taedio fugatus larem reveni meum.”

[26] Haec recensente pistore iam dudum procax et temeraria mulier verbis exsecrantibus fullonis illius detestabatur uxorem: illam perfidam, illam impudicam, denique universi sexus grande dedecus, quae suo pudore postposito torique genialis calcato foedere larem mariti lupanari maculasset infamia iamque perdita nuptae dignitate prostitutae sibi nomen adsciverit; addebat et talis oportere vivas exuri feminas. Et tamen taciti vulneris et suae sordidae conscientiae commonita, quo maturius

nhas flexíveis, dispostas em círculo e ajuntando-se no alto, sobre a qual se estendiam as peças de fazenda para clareá-las na fumaça do enxofre. Estando o outro assim escondido em lugar seguro, como pensava, ela veio, sem preocupação, associar-se ao nosso repasto.

Entretanto, o moço, impregnado do acre e penetrante odor sulfúrico, sufocava, desfalecia numa nuvem de vapor, e, conforme o efeito ordinário produzido por esses corpos de virtudes ativas, foi sacudido de frequentes espirros.

[25] Da primeira vez, ouvindo, ao lado da mulher, o ruído de um espirro que se produzia atrás, o marido acreditou que vinha dela e lhe disse a fórmula usual de saúde. Do mesmo modo, veio um segundo espirro, e diversos mais ainda, até o momento em que, intrigado pela repetição do mesmo fato, ele suspeitou, por fim, do que se tratava. Empurrando bruscamente a mesa, descobriu a gaiola e dela tirou um homem cuja precipitada respiração se processava com esforço. Ardendo de indignação com a afronta, pediu uma espada. Fazia já menção de degolar o moribundo, quando, ao pensamento do perigo em que nos meteria a todos, eu lhe contive com esforço o louco impulso, argumentando que, sem culpa nenhuma de nossa parte, seu inimigo não tardaria a sucumbir por si mesmo à violenta ação do enxofre. Acalmado, por fim, menos pelos conselhos que pela força das circunstâncias (o homem, com efeito, não vivia mais senão a meio), foi depositá-lo na rua vizinha. Aconselhei em seguida, baixinho, a mulher, persuadindo-a a se afastar da loja por algum tempo, e retirar-se provisoriamente para casa de uma das amigas, até que o tempo serenasse a cólera fervilhante do marido, pois, a julgar pelo calor e raiva de que estava possuído, não era de duvidar que meditasse também contra si mesmo e contra a mulher algum sinistro projeto. O aborrecimento do tal banquete me afugentou da mesa do meu amigo e me trouxe para minha própria casa."

[26] Durante todo esse relato, a mulher do moleiro, que tinha uma longa prática de impudência e de perfídia, amaldiçoava a mulher do lavador de panos e imprecava contra ela. Era, dizia, uma sem-vergonha, uma ordinária, a desonra e o opróbrio de todo o seu sexo. Pois quê! Sacrificar a honra, calcar aos pés o pacto do leito nupcial, emporcalhar o lar conjugal com a infâmia de um prostíbulo, perder a dignidade de esposa, para ficar com o nome de prostituta! Era preciso queimar vivas tais mulheres, acrescentava. Entretanto, secretamente minada pelos remorsos de uma consciência sórdida, tinha pressa de livrar o cúmplice

stupratorem suum tegminis cruciatu liberaret, identidem
suadebat maritum temperius quieti decedere. At ille utpote
intercepta cena, profugus et prorsus ieiunus, mensam
potius comiter postulabat. Adponebat ei propere, quamvis
invita, mulier quippini destinatam alii. Sed mihi penita
carpebantur praecordia et praecedens facinus et
praesentem deterrimae feminae constantiam cogitanti
mecumque sedulo deliberabam, si quo modo possem
detectis ac revelatis fraudibus auxilium meo perhibere
domino illumque, qui ad instar testudinis alveum
succubabat, depulso tegmine cunctis palam facere.

[27] Sic erili contumelia me cruciatum tandem caelestis
respexit providentia. Nam senex claudus, cui nostra tutela
permissa fuerat, universa nos iumenta, id hora iam postulante, ad
lacum proximum bibendi causa gregatim prominabat. Quae res
optatissimam mihi vindictae subministravit occasionem. Namque
praetergrediens observatos extremos adulteri digitos, qui per
angustias cavi tegminis prominebant, obliquata atque infesta
ungula compressos usque ad summam minutiem contero, donec
intolerabili dolore commotus, sublato flebili clamore repulsoque
et abiecto alveo, conspectui profano redditus scaenam
propudiosae mulieris patefecit.

Nec tamen pistor damno pudicitiae magnopere
commotus exsangui pallore trepidantem puerum serena
fronte et propitiata facie commulcens incipit: "Nihil
triste de me tibi, fili, metuas. Non sum barbarus nec
agresti morum squalore praeditus nec ad exemplum
naccinae truculentiae sulpuris te letali fumo necabo ac ne
iuris quidem severitate lege de adulteriis ad discrimen
vocabo capitis tam venustum tamque pulchellum
puellum, sed plane cum uxore mea partiario tractabo.
Nec herciscundae familiae sed communi dividundo
formula dimicabo, ut sine ulla controversia vel
dissensione tribus nobis in uno conueniat lectulo. Nam et
ipse semper cum mea coniuge tam concorditer vixi ut ex
secta prudentium eadem nobis ambobus placerent. Sed
nec aequitas ipsa patitur habere plus auctoritatis uxorem
quam maritum."

de um abrigo que o incomodava, e não cessava de dar a entender ao marido que era hora de ir dormir. Mas ele, que, da ceia interrompida por sua fuga, tinha voltado completamente em jejum, pediu com delicadeza que lhe dessem antes alguma coisa para comer. A mulher então diligenciou servi-lo, mas bem contra a vontade, e isso se compreende: o repasto era destinado a outro. Mas, profundamente golpeado em meu coração ao pensamento da criminosa conduta dessa mulher abominável e do seu cinismo nesse instante, eu me perguntava ansiosamente se poderia, de algum modo, descobrindo e revelando a fraude, auxiliar o meu dono e fazer aparecer a todos os olhos, revelando-lhe o abrigo, aquele que, como uma tartaruga, se mantinha agachado na caixa.

[27] No tormento que eu experimentava com a injúria feita ao meu dono, a celeste providência afinal lançou os olhos para mim. Era a hora em que o velho coxo encarregado de nos tratar levava, para beber, as bestas de carga, em grupo, ao bebedouro mais próximo. Tal circunstância forneceu à minha vingança a suspirada ocasião, pois, ao passar ao lado do nosso adúltero, vi a ponta de seus dedos, que ultrapassavam as bordas da caixa estreita demais: com um golpe do casco, dado de lado, eu os comprimi sem dó e os esmaguei até reduzi-los a pasta. A dor intolerável lhe arrancou um grito aflito. Ele abriu a caixa, repeliu-a para longe, e sua aparição à vista dos profanos revelou as manobras da despudorada mulher.

O moleiro, entretanto, não estava lá muito comovido com o mal causado à sua honra, e, enquanto o velhaco, pálido, tremia, ele, com a fronte serena, com expressão benévola, disse-lhe, acariciando-o: "Não temas nenhum mal de minha parte, meu filho. Não sou bárbaro, e não tenho os modos grosseiros de um camponês. Também não sou um brutal lavador de panos, para te fazer morrer asfixiado com vapores de enxofre. Eu não recorrerei aos rigores do Direito, nem invocarei a lei sobre o adultério, para intentar um processo capital contra jovem tão gracioso e bonito. Não. Tratarei com minha mulher sobre o princípio da partilha. Não é a divisão dos bens da família que pretendo reclamar, mas o desfrute em comum, a fim de que, sem disputa e sem querelas, nos encontremos os três de acordo num único leito. Assim, vivi sempre com minha mulher em tão perfeita harmonia que, de acordo com o preceito dos sábios, sempre tivemos, um e outra, a mesma opinião em tudo. A equidade, de resto, não permite que a mulher tenha mais autoridade que o marido."

[28] Talis sermonis blanditie cavillatum deducebat ad torum nolentem puerum, sequentem tamen; et pudicissima illa uxore alterorsus disclusa solus ipse cum puero cubans gratissima corruptarum nuptiarum vindicta perfruebatur. Sed cum primum rota solis lucida diem peperit, vocatis duobus e familia validissimis, quam altissime sublato puero, ferula nates eius obverberans: "Tu autem", inquit "tam mollis ac tener et admodum puer, defraudatis amatoribus aetatis tuae flore, mulieres adpetis atque eas liberas et conubia lege sociata conrumpis et intempestivum tibi nomen adulteri vindicas?"

His et pluribus verbis compellatum et insuper adfatim plagis castigatum forinsecus abicit. At ille adulterorum omnium fortissimus, insperata potitus salute, tamen nates candidas illas noctu diuque dirruptus, maerens profugit. Nec setius pistor ille nuntium remisit uxori eamque protinus de sua proturbavit domo.

[29] At illa praeter genuinam nequitiam contumelia etiam, quamvis iusta, tamen altius commota atque exasperata ad armillum revertit et ad familiares feminarum artes accenditur magnaque cura requisitam veteratricem quandam feminam, quae devotionibus ac maleficiis quiduis efficere posse credebatur, multis exorat precibus multisque suffarcinat muneribus, alterum de duobus postulans, vel rursum mitigato conciliari marito vel, si id nequiverit, certe larva vel aliquo diro numine immisso violenter eius expugnari spiritum. Tunc saga illa et divini potens primis adhuc armis facinerosae disciplinae suae velitatur et vehementer offensum mariti flectere atque in amorem impellere conatur animum. Quae res cum ei sequius ac rata fuerat proveniret, indignata numinibus et praeter praemii destinatum compendium contemptione etiam stimulata ipsi iam miserrimi mariti incipit imminere capiti umbramque violenter peremptae mulieris ad exitium eius instigare.

[30] Sed forsitan lector scrupulosus reprehendens narratum meum sic argumentaberis: "Vnde autem tu, astutule asine, intra terminos pistrini contentus, quid secreto, ut adfirmas, mulieres gesserint scire potuisti?" Accipe igitur quem ad modum homo

[28] Conversando assim, com blandiciosas palavras, ele arrastava para o leito o rapaz, que, embora não quisesse, o seguia. Depois de ter fechado sua casta metade numa outra peça, deitou sozinho com o jovem, e gozou plenamente a doçura de vingar o seu himeneu profanado. Mas antes que o disco luminoso do Sol tivesse feito nascer o dia, chamou dois dos seus mais robustos escravos, fê-los segurarem o jovenzinho tão alto quanto possível e, fustigando-o com uma férula, observava: "Ah! Tão tenro e delicado, e tão menino, tu frustras os amorosos da flor da tua juventude, para correres atrás de mulheres, de mulheres de condição livre e das que estão sob as leis do matrimônio. Fazes-te de sedutor e reivindicas antes da idade a fama de adúltero!"

Depois desta apóstrofe e de outras do mesmo gênero, acompanhadas de um corretivo cuidadoso, lançou-o porta afora. O rei dos sedutores, fora do negócio, sem esperança, com as brancas nádegas magoadas do tratamento suportado durante a noite, e depois de dia, fugiu acabrunhado. O padeiro impôs logo divórcio à mulher e expulsou-a imediatamente de casa.

[29] Porém, ela, com sua natural malícia, ressentia-se profundamente da afronta que a exasperava, por justa que fosse. Voltando às suas práticas antigas, exercitou-se nos artifícios familiares ao seu sexo. Procurando bem, descobriu uma velha feiticeira que, com devoções e malefícios, podia conseguir fosse o que fosse. Era o que se acreditava. À força de súplicas e de presentes, assegurou-se do seu concurso, pedindo-lhe de duas coisas uma: ou apaziguar o marido e reconciliá-los, ou, se isso não fosse possível, invocar ao menos algum espectro, algum nume infernal que tivesse posto fim à vida com morte violenta. Esta mulher, então, esta feiticeira, que tinha poder sobre os deuses, tentou, para começar, as armas mais comuns de sua arte criminosa. Esforçou-se por abrandar o coração gravemente ultrajado do marido, impelindo-o de novo ao amor. Mas como o êxito não correspondesse à expectativa, indignada contra as potências divinas e estimulada tanto por seus desdéns como pelo lucro que esperava da recompensa prometida, foi a própria vida do desgraçado que ela ameaçou, incitando a perdê-lo a sombra de uma mulher que perecera de morte violenta.

[30] Mas talvez, leitor escrupuloso, procures censurar minha narrativa argumentando assim: "E como, então, astuto burro, fechado como estavas entre os muros de um moinho, pudeste saber o que as duas mulheres faziam em segredo?" Fica sabendo, pois, como o homem

curiosus iumenti faciem sustinens cuncta quae in perniciem pistoris mei gesta sunt cognovi.

Diem ferme circa mediam repente intra pistrinum mulier reatu miraque tristitie deformis apparuit, flebili centunculo semiamicta, nudis et intectis pedibus, lurore buxeo macieque foedata, et discerptae comae semicanae sordentes inspersu cineris pleramque eius anteventulae contegebant faciem. Haec talis manu pistori clementer iniecta, quasi quippiam secreto conlocutura, in suum sibi cubiculum deducit eum et adducta fore quam diutissime demoratur. Sed cum esset iam confectum omne frumentum, quod inter manus opifices tractaverant, necessarioque peti deberet aliud, servuli cubiculum propter adstantes dominum vocabant operique supplementum postulabant. Atque ut illis (iterum et) saepicule [et inter] vocaliter clamantibus nullus respondit dominus, iam forem pulsare validius, et, quod diligentissime fuerat oppessulata, maius peiusque aliquid opinantes, nisu valido reducto vel diffracto cardine, tandem patefaciunt aditum. Nec uspiam reperta illa muliere vident e quodam tigillo constrictum iamque exanimem pendere dominum, eumque nodo cervicis absolutum detractumque summis plangoribus summisque lamentationibus atque ultimo lavacro procurant, peractisque feralibus officiis, frequenti prosequente comitatu, tradunt sepulturae.

[31] Die sequenti filia eius accurrit e proxumo castello, in quod pridem denupserat, maesta atque crines pendulos quatiens et interdum pugnis obtundens ubera, quae nullo quidem domus infortunium nuntiante cuncta cognorat, sed ei per quietem obtulit sese flebilis patris sui facies adhuc nodo revincta cervice, eique totum novercae scelus aperuit de adulterio, de maleficio, et quem ad modum larvatus ad inferos demeasset. Ea cum se diutino plangore cruciasset, concursu familiarum cohibita tandem pausam luctui fecit. Iamque nono die rite completis apud tumulum sollemnibus familiam supellectilemque et omnia iumenta ad hereditariam deducit auctionem. Tunc unum larem varie dispergit venditionis incertae licentiosa fortuna. Me denique ipsum pauperculus quidam

curioso que eu era, sob a figura de uma besta, teve conhecimento de tudo o que se tramava contra a vida do meu moleiro.

Pelo meio do dia, apareceu de repente, no interior do moinho, uma mulher vestida como uma acusada, desfigurada por uma indizível tristeza. Vestida de trapos lamentáveis, pés nus e sem proteção, estava pálida como o buxo e era de horrível magreza. Sua cabeleira grisalha, espalhada e suja de cinza, caía para a frente e lhe escondia a maior parte do rosto. Assim, pousou docemente a mão sobre o moleiro, e, a pretexto de uma conversa em particular, arrastou-o para o quarto dele, onde, a portas fechadas, demorou-se por muito tempo. Mas como o trigo que os obreiros tinham recebido para manipular estava inteiramente acabado, e era preciso pedir outro, os escravos, diante do quarto, puseram-se a chamar o dono, reclamando suprimento para o trabalho. Por duas vezes, sem resultado, gritaram com toda a força; do dono, nem sinal. Deram então grandes golpes na porta, e, pressentindo, ao encontrá-la aferrolhada com cuidado, algum funesto acidente, com um forte tranco a arrombaram, ou fizeram saltar os gonzos, e abriram por fim um acesso. Não descobriram em parte alguma a mulher, mas viram o amo pendurado a uma viga, estrangulado. Já não respirava mais. Depois de terem desfeito o nó que lhe apertava a garganta, e de o descerem, procederam, com barulhentas queixas e veementes lamentos, às derradeiras abluções, providenciaram os deveres fúnebres, e o levaram ao túmulo seguido de numeroso cortejo.

[31] No dia seguinte, a filha casada, que vivia num povoado vizinho, acudiu chorando, agitando os cabelos desnastrados e batendo no peito a intervalos, com o punho fechado. Ninguém lhe tinha levado a notícia do infortúnio que atingira sua casa; porém, ela o soubera, pois, durante o sono, a lastimosa imagem do pai lhe aparecera, com o pescoço ainda no laço, e lhe revelara a criminosa conduta da madrasta, suas infidelidades, seus malefícios, e como ele próprio, vítima de um fantasma, tinha descido aos infernos. Durante longo tempo, ela se abandonou a torturantes lamentos. Acalmada, enfim, pelos amigos que acudiram e a cercaram, pôs termo ao luto. No nono dia, uma vez acabados os ritos solenes ao pé do túmulo, vendeu tudo que fazia parte da herança, escravos, móveis, animais. Foi assim que todo o patrimônio foi dispersado aqui e ali, ao capricho e ao acaso de uma venda cheia de imprevistos. Fui comprado por um pobre jardineiro por cinquenta ses-

hortulanus comparat quinquaginta nummis, magno, ut aiebat, sed ut communi labore victum sibi quaereret.

[32] Res ipsa mihi poscere videtur ut huius quoque serviti mei disciplinam exponam. Matutino me multis holeribus onustum proxumam civitatem deducere consuerat dominus atque ibi venditoribus tradita merce, dorsum insidens meum, sic hortum redire. Ac dum fodiens, dum irrigans, ceteroque incurvus labore deservit, ego tantisper otiosus placita quiete recreabar. Sed ecce siderum ordinatis ambagibus per numeros dierum ac mensuum remeans annus post mustulentas autumni delicias ad hibernas Capricorni pruinas deflexerat, et adsiduis pluviis nocturnisque rorationibus sub dio et intecto conclusus stabulo continuo discruciabar frigore, quippe cum meus dominus prae nimia paupertate ne sibi quidem nedum mihi posset stramen aliquod vel exiguum tegimen parare, sed frondoso casulae contentus umbraculo degeret. Ad hoc matutino lutum nimis frigidum gelusque praeacuta frusta nudis invadens pedibus enicabar ac ne suetis saltem cibariis ventrem meum replere poteram. Namque et mihi et ipso domino cena par ac similis oppido tamen tenuis aderat, lactucae veteres et insuaves illae, quae seminis enormi senecta ad instar scoparum in amaram caenosi sucus cariem exolescunt.

[33] Nocte quadam paterfamilias quidam e pago proximo tenebris inluniae caliginis impeditus et imbre nimio madefactus atque ob id ab itinere directo cohibitus ad hortulum nostrum iam fesso equo deverterat, receptusque comiter pro tempore licet non delicato necessario tamen quietis subsidio, remunerari benignum hospitem cupiens, promittit ei de praediis suis sese daturum et frumenti et olivi aliquid et amplius duos vini cados. Nec moratus meus sacculo et utribus vacuis secum adportatis nudae spinae meae residens ad sexagesimum stadium profectionem comparat. Eo iam confecto viae spatio

tércios: era caro, dizia ele, mas esperava, por meio do nosso comum trabalho, conseguir com que viver.

[32] Parece-me indicado expor aqui como eram, hora por hora, os deveres do meu novo serviço. Pela manhã, depois de ter posto sobre mim uma pesada carga de legumes, meu dono me conduzia, de costume, à cidade vizinha. Entregava sua mercadoria aos revendedores; depois, montado no meu lombo, voltava para sua horta. Então, enquanto ele capinava e regava, e, curvado para a terra, desincumbia-se dos seus outros trabalhos, eu, durante todo o tempo, não tendo mais nada que fazer, desfrutava de um sereno repouso. Mas os astros cumpriam a ordem imutável de suas revoluções. O ano percorreu o ciclo de seus dias e de seus meses, deixando para trás os doces prazeres das vindimas de outono e se inclinou para o Capricórnio. Veio o inverno com suas nevadas, suas chuvas contínuas. Encerrado ao ar livre, num estábulo sem teto, eu sofria horrivelmente de frio, e não tinha alívio, pois meu dono, em sua extrema pobreza, não podia conceder nem a si mesmo, e muito menos a mim, um colchão de palha, ou uma exígua coberta, e se contentava com uma cabana de folhagem. Acrescentai que era um suplício pôr os pés de manhã na lama fria e sobre pontas de gelo. Eu não tinha nem para encher a pança a minha ração costumeira. Meu cardápio era em tudo semelhante ao do meu dono, mas não deixava de ser, por minha fé, muito magro. Constava de velhas chicórias que, crescidas e brotadas, pareciam grandes vassouras, ásperas, podres, produto do lodo.

[33] Certa noite, um proprietário de pago mais próximo, levado pela escuridão de um céu sem luar, e enganado pela chuva torrencial, tendo por isso se distanciado do caminho, naufragou diante de nossa horta com um cavalo aguado. Acolhido com a solicitude que as circunstâncias exigiam, desfrutou, apesar da falta de conforto, o bem-estar de um repouso necessário, e, desejando recompensar a boa vontade do hospedeiro, prometeu dar-lhe algumas medidas de trigo e de óleo, das suas terras, e seis urnas de vinho. Sem mais esperar, meu patrão, munido de um saco e de odres vazios, instalou-se sobre o meu lombo em pelo e se pôs a caminho, para um trajeto de sessenta estádios.[124] Fran-

---

[124] O estádio ático tem 177 metros de comprimento; o estádio romano, 185 metros. (N. da T.)

pervenimus ad praedictos agros ibique statim meum dominum comis hospes opipari prandio participat.

Iamque iis poculis mutuis altercantibus mirabile prorsus evenit ostentum. Vna de cetera cohorte gallina per mediam cursitans aream clangore genuino velut ovum parere gestiens personabat. Eam suus dominus intuens: "O bona" inquit "ancilla et satis fecunda, quae multo iam tempore cotidianis nos partubus saginasti. Nunc etiam cogitas, ut video, gustulum nobis praeparare." Et "heus", inquit "puer calathum fetui gallinaceo destinatum angulo solito collocato." Ita, uti fuerat iussum, procurante puero gallina consuetae lecticulae spreto cubili ante ipsius pedes domini praematurum sed magno prorsus futurum scrupulo partum. Non enim ovum, quod scimus, illud; sed pinnis et unguibus et oculis et voce etiam perfectum edidit pullum, qui matrem suam coepit continuo comitari.

[34] Nec eo setius longe maius ostentum et quod omnes merito perhorrescerent exoritur. sub ipsa enim mensa, quae reliquias prandii gerebat, terra dehiscens imitus largissimum emicuit sanguinis fontem; hic resultantes uberrimae guttae mensam cruore perspergunt. Ipsoque illo momento quod stupore defixi mirantur ac trepidant divina praesagia, concurrit unus e cella vinaria nuntians omne vinum, quod olim diffusum fuerat, in omnibus doliis ferventi calore et prorsus ut igne copioso subdito rebullire. Visa est interea mustela etiam mortuum serpentem forinsecus mordicus adtrahens, et de ore pastoricii canis virens exsiluit ranula, ipsumque canem qui proximus consistebat aries adpetitum unico morsu strangulavit. Haec tot ac talia ingenti pavore domini illius et familiae totius ad extremum stuporem deiecerant animos, quid prius quidve posterius, quid magis quid minus numinum caelestium leniendis minis quot et qualibus procuraretur hostiis.

[35] Adhoc omnibus exspectatione taeterrimae formidinis torpidis accurrit quidam servulus magnas et postremas domino illi fundorum clades adnuntians. Namque is adultis iam tribus liberis doctrina instructis et

queada essa distância, chegamos ao domínio indicado. Ali, o anfitrião solícito ofereceu ao meu dono uma opípara refeição.

Enquanto os dois homens conversavam, de copo na mão, deu-se um acontecimento prodigioso. Uma galinha da fazenda se pôs a correr em todos os sentidos, no quintal, soltando o seu cacarejo costumeiro, como se quisesse botar. "Boa criada", disse o dono, olhando para ela, "e fecunda quanto se deseja. Há muito tempo que, cotidianamente, nos sustentas com teus ovos. E agora ainda vejo que pensas em nos proporcionar um bom petisco." E depois: "Eh, menino?", gritou, "pega o cesto das galinhas poedeiras e põe no canto do costume." O escravo executou as ordens do dono, mas a galinha, desdenhando o ninho sobre o qual se instalava sempre, depôs aos pés do amo um fruto que veio a termo tarde demais, e que era muito próprio, de resto, para enchê-lo de inquietação. Não foi, com efeito, um ovo como nós os conhecemos, mas um franguinho completamente formado, com suas penas, unhas, olhos e mesmo voz, e que se pôs imediatamente a seguir a mãe.

[34] Como se não bastasse, aconteceu outro fato, bem mais prodigioso ainda e de natureza a inspirar justo sentimento de horror. Sob a própria mesa, sobre a qual se achavam os restos do almoço, abriu-se uma profunda fenda no chão, de onde surgiu uma abundante fonte de sangue, e largas golfadas inundaram o móvel. E, no mesmo momento em que, estarrecidas, interrogavam-se ansiosamente as pessoas sobre esses divinos presságios, eis que chegou um homem correndo, da adega, para anunciar que todo o vinho, havia muito tempo repartido nos tonéis, fermentava e esquentava e fervia, como se o tivessem posto sobre um vasto braseiro. Enquanto essas coisas aconteciam, viu-se ainda uma doninha com uma serpente morta entre os dentes. Da goela de um cão de pastor, saltou uma rãzinha verde, e o próprio cão foi estrangulado, com uma única mordida, por um carneiro que lhe estava ao lado. A repetição de tais fatos apavorara o patrão e toda a família e mergulhara os ânimos em completo abatimento; indagavam-se todos que fazer primeiro, que fazer depois, de mais ou de menos importante, para apaziguar as ameaças dos poderes celestes, qual a espécie, qual o número das vítimas a imolar como expiação.

[35] Estavam ainda estatelados, na expectativa e na apreensão de algum desastre, quando chegou um pequeno escravo, que vinha anunciar ao dono as enormidades, sem igual no mundo, acontecidas no seu domínio. Aquele homem, com efeito, tinha três filhos já crescidos, ins-

verecundia praeditis vivebat gloriosus. His adulescentibus erat cum quodam paupere modicae casulae domino vetus familiaritas. At enim casulae parvulae conterminos magnos et beatos agros possidebat vicinus potens et dives et iuvenis (splendidae) prosapiae (sed) maiorum gloria male utens pollensque factionibus et cuncta facile faciens in civitate; (hic) hostili modo vicini tenuis incursabat pauperiem pecua trucidando, boves abigendo, fruges adhuc immaturas obterendo. Iamque tota frugalitate spoliatum ipsis etiam glebulis exterminare gestiebat finiumque inani commota questione terram totam sibi vindicabat. Tunc agrestis, verecundus alioquin, avaritia divitis iam spoliatus, ut suo saltem sepulchro paternum retineret solum, amicos plurimos ad demonstrationem finium trepidans eximie corrogarat. Aderant inter alios tres illi fratres cladibus amici quantulum quantulum ferentes auxilium.

[36] Nec tamen ille vaesanus tantillum praesentia multorum civium territus vel etiam confusus, licet non rapinis, saltem verbis temperare voluit, sed illis clementer expostulantibus fervidosque eius mores blanditiis permulcentibus repente suam suorumque carorum salutem quam sanctissime adiurans adseverat parvi se pendere tot mediatorum praesentiam, denique vicinum illum auriculis per suos servulos sublatum de casula longissime statimque proiectum iri. Quo dicto insignis indignatio totos audientium pertemptavit animos. Tunc unus et tribus fratribus incunctanter et paulo liberius respondit frustra eum suis opibus confisum tyrannica superbia comminari, cum alioquin pauperes etiam liberali legum praesidio de insolentia locupletium consueverint vindicari. Quod oleum flammae, quod sulpur incendio, quod flagellum Furiae, hoc et iste sermo truculentiae hominis nutrimento fuit. Iamque ad extremam insaniam vecors, suspendium sese et totis illis et ipsis legibus mandare proclamans, canes pastoricios, villaticos feros atque immanes, adsuetos abiecta per agros essitare cadavera, praeterea etiam transeuntium viatorum passivis morsibus alumnatos, laxari atque in eorum

truídos e de bom caráter, que eram o orgulho de sua vida. Esses adolescentes estavam unidos, por antiga amizade, com um pobre homem possuidor de modesta cabana. Ora, a casinhola estava nos limites de terras vastas e opulentas, propriedade de um vizinho poderoso, rico, ainda jovem, de alto nascimento, mas que abusava da glória dos antepassados; tinha ele o gênio da intriga, e, na cidade, fazia tudo quanto queria. Como o faria com um inimigo de guerra, invadia a mísera terra do humilde vizinho, massacrava os rebanhos, levava os bois, pisoteava as searas, que mal começavam a amadurecer. Não contente ainda de o ter espoliado do fruto de seu trabalho, pretendia expulsá-lo de seus pobres campos e, levantando uma vã questão de limites, reivindicava para si todo o domínio. Então o camponês, que, despojado já pela cupidez do rico, pedia na sua modéstia, a fim de conservá-lo ao menos para sua própria sepultura, o solo herdado dos pais, convocou, numa inquietação extrema, numerosos amigos, para estabelecer quais eram os seus limites. No número destes se encontravam os três irmãos, que desejavam auxiliar quanto pudessem o amigo oprimido.

[36] Mas o celerado não se deixou atemorizar, nem mesmo perturbar, pela presença de tantos cidadãos, e não quis atenuar em nada, nem as suas ladroeiras, nem ao menos a maneira de falar. Como os outros faziam valer seus direitos com brandura e procuravam apaziguá-lo com linguagem conciliante, no seu humor efervescente declarou, cara a cara, e jurou por sua vida e pela dos seres que lhe eram caros, que não se importava com a presença de tantos mediadores; quanto ao vizinho, o seu pessoal o tomaria pelas orelhas e o atiraria imediatamente para bem longe da sua barraca. Essas palavras excitaram em todos que as ouviram veemente indignação. Um dos três irmãos lhe respondeu, sem hesitar e com alguma vivacidade, que ele se baseava em vão nas suas riquezas para proferir ameaças com a arrogância de um tirano, pois que também os pobres tinham, sob a proteção das leis, um recurso garantido contra a insolência dos ricos. Como o óleo no fogo, o sopro no incêndio, e o chicote nas mãos da Fúria, esse discurso foi um alimento à sua truculência. Na mais extrema insânia, e completamente fora de si, gritou que podiam enforcar-se — eles e todas as suas leis. E como tinha cães de pastor, esses cães de fazenda, animais selvagens, enormes, que estão habituados a se nutrir de carniça abandonada nos campos, e orientados para morderem indistintamente qualquer viajante que passe pela estrada, mandou que os libertassem e os soltassem sobre os que ali

exitium inhortatos immitti praecepit. Qui simul signo
solito pastorum incensi atque inflammati sunt, furiosa
rabie conciti et latratibus etiam absonis horribiles eunt in
homines eosque variis adgressi vulneribus distrahunt ac
lacerant nec fugientibus saltem compercunt, sed eo magis
inritatiores secuntur.

[37] Tunc inter confertam trepidae multitudinis
stragem e tribus iunior offenso lapide atque obtunsis digitis
terrae prosternitur saevisque illis et ferocissimis canibus
instruit nefariam dapem; protenus enim nancti praedam
iacentem miserum illum adolescentem frustatim discerpunt.
Atque ut eius letalem ululatum cognovere ceteri fratres,
accurrunt maesti suppetias obvolutisque lacinia laevis
manibus lapidum crebris iactibus propugnare fratri atque
abigere canes adgrediuntur. Nec tamen eorum ferociam vel
conterere vel expugnare potuere, quippe cum miserrimus
adulescens ultima voce prolata, vindicarent de pollutissimo
divite mortem fratris iunioris, ilico laniatus interisset. Tunc
reliqui fratres non tam hercules desperata quam ultro
neglecta sua salute contendunt ad divitem atque ardentibus
animis impetuque vaesano lapidibus crebris in eum
velitantur. At ille cruentus et multis ante flagitiis similibus
exercitatus percussor iniecta lancea duorum alterum per
pectus medium transadegit. Nec tamen peremptus ac
prorsum exanimatus adulescens ille terrae concidit; nam
telum transvectum atque ex maxima parte pone tergum
elapsum soloque nisus violentia defixum rigore librato
suspenderat corpus. Sed et quidam de servulis procerus et
validus sicario ille ferens auxilium lapide contorto tertii
illius iuvenis dexterum brachium longo iactu petierat, sed
impetu casso per extremos digitos transcurrens lapis contra
omnium opinionem deciderat innoxius.

[38] Non nullam tamen sagacissimo iuveni proventus
humanior vindictae speculam subministravit. Ficta namque
manus suae debilitate sic crudelissimum iuvenem compellat:
"Fruere exitio totius nostrae familiae et sanguine trium fratrum
insatiabilem tuam crudelitatem pasce et de prostratis tuis civibus
gloriose triumpha, dum scias, licet privato suis possessionibus

estavam, excitando-os ao ataque. Ao costumeiro sinal dos pastores, inflamaram-se os cães, de súbito, de ardente raiva, e precipitaram-se para a frente, espalhando o terror por sua fúria, por seus latidos dissonantes. Cobriram de ferimentos os circunstantes, rasgaram-lhes as roupas e despedaçaram-nas, e, em vez de pouparem ao menos os fugitivos, perseguiram-nos com maior encarniçamento.

[37] Essa carnificina foi causa, na multidão, de uma debandada, no curso da qual o mais jovem dos três irmãos machucou os dedos, batendo contra uma pedra, e foi lançado por terra, oferecendo à cruel rapacidade dos cães um pasto atroz. Foi bastante perceberem a presa jacente, com efeito, para despedaçarem o desgraçado adolescente. Reconhecendo seus uivos de agonia, os irmãos, cheios de dor, correram em seu auxílio, e, com a mão esquerda envolvida num pano de suas vestes, pararam, lançando uma saraivada de pedras para defender o irmão e espantar os cães. Não conseguiram, contudo, nem detê-los, nem vencê--los, nem conter-lhes a ferocidade. O mísero jovem pediu aos irmãos, e foram suas derradeiras palavras, que vingassem no rico, poluído de crimes, a morte do caçula. Depois, todo em frangalhos, expirou. Então os dois sobreviventes, não em desespero de causa, mas porque em verdade nada mais lhes importava, marcharam contra o rico. Na sua cólera ardente, no seu cego impulso, atiravam pedras à distância. Mas o sanguinário homem, exercitado anteriormente no ofício de assassino por numerosas malvadezas semelhantes, lançou sua lança e atravessou de lado a lado, em pleno peito, um dos dois moços. Se bem que ferido de morte, o moço, no entanto, não caiu por terra. A arma que o tinha atravessado, tendo saído pelas costas, no seu maior comprimento, fixou-se ao solo pela violência do golpe. O corpo, sustido por esse apoio muito rígido, ficou em equilíbrio. Lá de cima um escravo, grande e forte latagão, indo em socorro do matador, arremessou uma pedra que visava de longe o braço direito do último dos três irmãos. Mas a pedra não acertou o alvo, e, não tendo senão aflorado de passagem a ponta dos dedos, caiu, contra a expectativa geral, sem causar mal algum.

[38] Com muita sagacidade, o moço soube pelo menos tirar da relativa clemência da sorte uma ligeira esperança de vingança. Fingindo ter a mão inutilizada, interpelou assim o cruel adversário: "Goza a destruição de toda a nossa família, repasta a tua crueldade insaciável no sangue de três irmãos, e triunfa gloriosamente dos teus concidadãos abatidos. No entanto, fica sabendo que foi em vão que privaste um po-

paupere fines usque et usque proterminaveris, habiturum te tamen vicinum aliquem. Nam haec etiam dextera, quae tuum prorsus amputasset caput, iniquitate fati contusa decidit."

Quo sermone, alioquin exasperatus, furiosus latro rapto gladio sua miserrimum iuvenem manu perempturus invadit avidus. Nec tamen sui molliorem provocarat; quippe insperato et longe contra eius opinionem resistens iuvenis complexu fortissimo arripit eius dexteram magnoque nisu ferro librato multis et crebris ictibus impuram elidit divitis animam et, ut accurrentium etiam familiarium manu se liberaret, confestim adhuc inimici sanguine delibuto mucrone gulam sibi prorsus exsecuit.

Haec erant quae prodigiosa praesagaverant ostenta, haec quae miserrimo domino fuerant nuntiata. Nec ullum verbum ac ne tacitum quidem fletum tot malis circumventus senex quivit emittere, sed adrepto ferro, quo commodum inter suos epulones caseum atque alias prandii partes diviserat, ipse quoque ad instar infelicissimi sui filii iugulum sibi multis ictibus contrucidat, quoad super mensam cernulus corruens portentuosi cruoris maculas novi sanguinis fluvio proluit.

[39] Ad istum modum puncto brevissimo dilapsae domus fortunam hortulanus ille miseratus suosque casus graviter ingemescens, depensis pro prandio lacrimis vacuasque manus complodens saepicule, protinus inscenso me retro quam veneramus viam capessit. Nec innoxius ei saltem regressus evenit. Nam quidam procerus et, ut indicabat habitus atque habitudo, miles e legione, factus nobis obvius, superbo atque adroganti sermone percontatur, quorsum vacuum duceret asinum? At meus, adhuc maerore permixtus et alias Latini sermonis ignarus, tacitus praeteribat. Nec miles ille familiarem cohibere quivit insolentiam, sed indignatus silentio eius ut convicio, viti quam tenebat obtundens eum dorso meo proturbat. Tunc hortulanus subplicue respondit sermonis ignorantia se quid ille diceret scire non posse. Ergo igitur Graece subiciens miles: "Vbi" inquit "ducis asinum istum?" Respondit hortulanus petere se civitatem proximam. "Sed mihi" inquit "opera

bre dos seus bens, para estender indefinidamente os limites das tuas terras. Sempre terás um vizinho. Com esta mão, ter-te-ia eu cortado a cabeça, porém ela está inerte pela iniquidade do destino."

Esse discurso exasperou ao máximo o ladrão. Em seu furor, agarrou o gládio e se atirou avidamente sobre o infeliz rapaz para matá-lo. Mas desafiara um homem tão firme quanto ele, e ficou surpreendido com uma resistência que estava longe de esperar. O moço, num robusto abraço, apoderou-se da mão direita do adversário e, balançando o ferro com um impulso enérgico, bateu no rico grandes golpes e o fez entregar a alma impura. Depois, para se livrar das mãos dos servidores que acudiram, prontamente, voltou a ponta da arma, ainda úmida do sangue do inimigo, contra a própria garganta, e cortou firme.

Os prodígios pressagiavam essas coisas — eis a desgraça de que o pai de família recebera o anúncio. Assaltado por tantas calamidades, o ancião não pôde proferir uma palavra, nem mesmo derramar o silencioso pranto. Agarrando a faca, com a qual acabava de repartir o queijo e outros pratos do almoço entre os convivas, a exemplo do seu desgraçado filho, feriu com ela a garganta com diversos golpes e, dobrando-se por fim sobre a mesa, onde a cabeça bateu primeiro, banhou com um novo rio de sangue as manchas do sangue profético.

[39] Foi assim que, num espaço brevíssimo, toda a casa se acabou. O hortelão, chorando tanto infortúnio, e gemendo doloridamente sobre a sua própria desgraça, derramou lágrimas para pagar o almoço e bateu muitas vezes uma contra a outra as mãos vazias; depois, montando em meu lombo, tomou, em sentido inverso, o caminho pelo qual tínhamos vindo. Mas mesmo a sua volta não se realizou sem embaraços, pois um corpulento indivíduo, soldado da legião, como indicavam seu porte e atitude, encontrando-se em nossa estrada, perguntou ao hortelão, em tom soberbo e arrogante, para onde conduzia ele aquele animal sem carregamento. Meu dono, que não se recobrara ainda do desgosto, e que de resto ignorava o latim, passou pelo outro sem dizer nada. O soldado não pôde conter a sua insolência natural. Ultrajado com esse silêncio, como por uma afronta, bateu-lhe com uma cepa de vinha que tinha na mão, e o atirou para debaixo do meu dorso. Então o hortelão respondeu, humildemente, que ignorava a língua do soldado e não podia compreender o que ele dizia. O legionário retomou a palavra em grego: "Para onde levas esse burro?", perguntou. O hortelão respondeu que ia à cidade vizinha. "Mas eu", foi a réplica, "preciso dele, pois é

eius opus est; nam de proximo castello sarcinas praesidis nostri cum ceteris iumentis debet advehere"; et iniecta statim manu loro me, quo ducebar, arreptum incipit trahere. Sed hortulanus prioris plagae vulnere prolapsum capite sanguinem detergens rursus deprecatur civilius atque mansuetius versari commilitonem idque per spes prosperas eius orabat adiurans. "Nam et hic ipse" aiebat "iners asellus et nihilo minus (mordax) morboque detestabili caducus vix etiam paucos holerum maniculos de proximo hortulo solet anhelitu languido fatigatus subvehere, nedum ut rebus amplioribus idoneus videatur gerulus."

[40] Sed ubi nullis precibus mitigari militem magisque in suam perniciem advertit efferari iamque inversa vite de vastiore nodulo cerebrum suum diffindere, currit ad extrema subsidia simulansque sese ad commovendam miserationem genua eius velle contingere, summissus atque incurvatus, arreptis eius utrisque pedibus sublimem elatum terrae graviter adplodit et statim qua pugnis qua cubitis qua morsibus, etiam de via lapide correpto, totam faciem manusque eius et latera converberat. Nec ille, ut primum humi supinatus est, vel repugnare vel omnino munire se potuit, sed plane identidem comminabatur, si surrexisset, sese concisurum eum machaera sua frustatim. Quo sermone eius commonefactus hortulanus eripit ei spatham eaque longissime abiecta rursum saevioribus eum plagis adgreditur. Nec ille prostratus et praeventus vulneribus ullum reperire saluti quiens subsidium, quod solum restabat, simulat sese mortuum. Tunc spatham illam secum asportans hortulanus inscenso me concito gradu recta festinat ad civitatem nec hortulum suum saltem curans invisere ad quempiam sibi devertit familiarem. Cunctisque narratis deprecatur, periclitanti sibi ferret auxilium seque cum suo sibi asino tantisper occultaret, quoad celatus spatio bidui triduive capitalem causam evaderet. Nec oblitus ille veteris amicitiae prompte suscipit, meque per scalas complicitis pedibus in superius cenaculum adtracto hortulanus deorsus in ipsa tabernula derepit in quandam cistulam et supergesto delitiscit orificio.

necessário que, com outras bestas de carga, ele transporte as bagagens do nosso comandante de um castelo fortificado que fica não longe daqui." E, pondo logo a mão sobre mim, pegou a brida que servia para me conduzir, e se pôs a me puxar para o seu lado. O hortelão, enxugando o sangue que lhe corria da ferida recebida há pouco na cabeça, suplicou de novo ao camarada que se conduzisse de maneira mais civil e mais humana. Conjurou-o em nome de suas mais caras esperanças. "E depois", argumentou, "esse burro é um velhaco que não presta para nada, o que não o impede de morder. Sofre de uma doença de sinistro agouro. Mal e mal transporta da portinha próxima, fungando e desfalecendo, alguns molhos de legumes. Não está em condições de levar fardos pesados."

[40] Mas quando viu que o soldado, longe de se deixar enternecer pelas súplicas, excitava-se ainda mais contra ele, e, com a intenção de lhe pregar uma peça, preparava-se para lhe rachar a cabeça com o nó mais grosso da cepa dobrada, recorreu a um meio extremo. Fingindo querer tocar-lhe os joelhos, para movê-lo à comiseração, abaixou-se, agarrou-lhe os dois pés, levantou-o da terra e o fez recair pesadamente. Depois, a murros, a cotoveladas, a dentadas, e mesmo com uma pedra das que se amontoavam pelo caminho, machucou-o na face, nas mãos, nos flancos. Seu adversário, uma vez por terra, e deitado de costas, não podia nem reagir, nem se defender de maneira nenhuma. Mas não deixava de ameaçar o hortelão de, se por acaso se levantasse, o retalhar em pedacinhos com o sabre. Esta palavra foi um aviso: o hortelão apanhou a arma, jogou-a longe, e se pôs a golpear com dobrada fúria. O soldado, estendido de todo o comprimento, imobilizado pelos ferimentos e não encontrando nenhum meio de se salvar, lançou mão do único expediente ao seu alcance: fingiu-se de morto. Então o hortelão, levando o sabre consigo, montou em meu lombo e dirigiu-se à cidade. Sem se preocupar de rever a sua hortinha, tocou-se para a casa de um dos amigos, contou-lhe tudo, suplicou-lhe que o auxiliasse nesse perigo, e que escondesse, a ele e seu burro, por uns dois ou três dias, o tempo de ele poder escapar, pela fuga, a uma perseguição capital. O outro, lembrando-se da velha amizade, recolheu-o solicitamente. Içaram-me por uma escada, introduzindo-me as pernas no pavimento superior. Quanto ao hortelão, ficou embaixo, na loja; deslizou para dentro de um cofre e ali se agachou, depois do que puxaram sobre ele uma tampa.

[41] At miles ille, ut postea didici, tandem velut emersus gravi crapula, nutabundus tamen et tot plagarum dolore saucius baculoque se vix sustinens, civitatem adventat confususque de impotentia deque inertia sua quicquam ad quemquam referre popularium, sed tacitus iniuriam devorans quosdam commilitones nanctus is tantum clades enarrat suas. Placuit ut ipse quidem contubernio se tantisper absconderet — nam praeter propriam contumeliam militaris etiam sacramenti genium ob amissam spatham verebatur —, ipsi autem signis enotatis investigationi vindictaeque sedulam darent operam. Nec defuit vicinus perfidus, qui nos ilico occultari nuntiaret. Tunc commilitones accersitis magistratibus mentiuntur sese multi pretii vasculum argenteum praesidis in via perdidisse idque hortulanum quendam reperisse nec velle restituere, sed apud familiarem quendam sibi delitescere. Tunc magistratus et damno et praesidis nomine cognito veniunt ad deversori nostri fores claraque voce denuntiant hospiti nostro nos, quos occultaret apud se certo certius, dedere potius quam discrimen proprii subiret capitis. Nec ille tantillum conterritus salutique studens eius, quem in suam receperat fidem, quicquam de nobis fatetur ac diebus plusculis nec vidisse quidem illum hortulanum contendit. Contra commilitones ibi nec uspiam illum delitescere adiurantes genium principis contendebant. Postremum magistratibus placuit obstinate denegantem scrutinio detegere. Immissis itaque lictoribus ceterisque publicis ministeriis angulatim cuncta sedulo perlustrari iubent, nec quisquam mortalium ac ne ipse quidem asinus intra comparere nuntiatur.

[42] Tunc gliscit violentior utrimquesecus contentio, militum pro comperto de nobis adseverantium fidemque Caesaris identidem implorantium, at illius negantis adsidueque deum numen obtestantis. Qua contione et clamoso strepitu cognito, curiosus alioquin et inquieti procacitate praeditus asinus, dum obliquata cervice per quandam fenestrulam quidquam sibi vellet tumultus ille

[41] Entrementes o soldado, soube-o eu depois, tinha enfim despertado, como quem sai de profunda bebedeira, e se bem que cambaleando, enfraquecido pelo sofrimento de todos os golpes recebidos, e sustendo-se em pé apenas com o auxílio de um cajado, chegou enfim à cidade. Humilhado demais para contar a qualquer cidadão o seu acesso de cólera e a sua derrota, devorou a injúria em silêncio, até que, encontrando alguns camaradas, contou-lhes, e unicamente a eles, sua desastrosa aventura. Combinaram que ele permaneceria algum tempo no acantonamento, sem se mostrar, pois, abstraindo-se sua ofensa pessoal, ele temia, por ter perdido a espada, o gênio protetor do juramento militar. Enquanto isso, os outros procuravam-nos o rastro, diligenciando descobrir-nos para vingarem-se. Encontraram um vizinho pérfido, que lhes revelou o lugar exato em que estávamos escondidos. Os companheiros do soldado procuraram os magistrados, sob o falso pretexto de terem perdido na estrada um vasinho de prata, muito valioso, pertencente ao seu comandante. Diziam que um hortelão o tinha encontrado e que se recusava a restituí-lo. Que estava escondido na casa de seus amigos. Os magistrados, cientes do caso e do nome do comandante, se apresentaram à porta do nosso abrigo. Citaram em alta voz nosso hospedeiro, e, uma vez que ter-nos ele escondido era fato certo e seguro, argumentaram que era melhor entregar-nos do que pôr a própria cabeça em perigo. Sem se deixar intimidar nem um pouco, e não pensando senão na salvação daquele que recebera sob sua proteção, o hospedeiro confessou nada quanto ao que nos concernia, e afirmou que havia diversos dias não via o hortelão. Os soldados, por seu lado, declararam e juraram, pelo gênio do príncipe, que ele estava escondido ali e não em outra parte. Por fim, decidiram os magistrados acabar com essas negativas obstinadas, dando uma busca. Fizeram então entrar os litores e os outros oficiais de justiça, com ordem de rebuscarem cuidadosamente até os menores recantos. Nenhum ser humano foi visto no interior da casa, e um burro muito menos.

[42] A discussão recomeçou de parte a parte, com mais violência; afirmavam os militares que sabiam o que diziam e não cessavam de invocar o nome de César. O outro persistia em negar, tomando por testemunha os deuses numes. Ouvindo os gritos e o ruído da disputa, com uma curiosidade natural e o descaramento indiscreto de um burro, alonguei o pescoço obliquamente por uma janelinha e esforcei-me para ver o que significava aquele tumulto. O acaso quis que um dos soldados

prospicere gestio, unus e commilitonibus casu fortuito
conlimatis oculis ad umbram meam cunctos testatur incoram.
Magnus denique continuo clamor exortus est et emensis
protinus scalis iniecta manu quidam me velut captivum
detrahunt. Iamque omni sublata cunctatione scrupulosius
contemplantes singula, cista etiam illa revelata, repertum
productumque et oblatum magistratibus miserum hortulanum
poenas scilicet capite pensurum in publicum deducunt
carcerem summoque risu meum prospectum cavillari non
desinunt. Vnde etiam de prospectu et umbra asini natum est
frequens proverbium.

nesse instante voltasse os olhos para a minha sombra. Tomou por testemunhas todos os presentes. Uma grande grita se elevou. Pegaram logo uma escada, agarraram-me e desceram-me cativo. Nenhuma hesitação era possível mais: investigaram tudo escrupulosamente, e, levantando a tampa do cofre, tiraram de seu esconderijo e apresentaram aos magistrados o desgraçado hortelão, que, destinado aparentemente à pena capital, foi conduzido à cadeia pública. Entretanto, à lembrança do meu pescoço espichado para ver, estalavam os risos barulhentos, as brincadeiras sem fim. Para mim, foi esse fato a origem do provérbio, frequentemente citado, do burro que estendeu o pescoço para ver, e da sua sombra.[125]

---

[125] Trata-se de duas expressões combinadas. "O burro que estendeu o pescoço para ver" é um equivalente de "a curiosidade matou o gato". "A sombra do asno" é uma expressão usada para indicar uma discussão vã. Tem origem em uma fábula atribuída ao orador Demóstenes, mas assimilada ao *corpus* esópico. Em um dia de muito sol, o dono de um asno e o homem que o alugara dele discutem sobre de quem seria o direito de usufruir de sua sombra. Enquanto isso, o asno foge sem que os dois notem. (N. da E.)

Liber X

[1] Die sequenti meus quidem dominus hortulanus quid egerit nescio, me tamen miles ille, qui propter eximiam impotentiam pulcherrime vapularat, ab illo praesepio nullo equidem contradicente diductum abducit atque a suo contubernio — hoc enim mihi videbatur sarcinis propriis onustum et prorsum exornatum armatumque militariter producit ad viam. Nam et galeam nitore praemicantem et scutum gerebam longius relucens, sed etiam lanceam longissimo hastili conspicuam, quae scilicet non disciplinae tunc quidem causa, sed propter terrendos miseros viatores in summo atque edito sarcinarum cumulo ad instar exercitus sedulo composuerat. Confecta campestri nec adeo difficili via ad quandam civitatulam pervenimus nec in stabulo, sed in domo cuiusdam decurionis devertimus. Statimque me commendato cuidam servulo ipse ad praepositum suum, qui mille armatorum ducatum sustinebat, sollicite proficiscitur.

[2] Post dies plusculos ibidem dissignatum scelestum ac nefarium facinus memini, sed ut vos etiam legatis, ad librum profero.

Dominus aedium habebat iuvenem filium probe litteratum atque ob id consequenter pietate modestia praecipuum, quem tibi quoque provenisse cuperes vel talem. Huius matre multo ante defuncta rursum matrimonium sibi reparaverat ductaque alia filium procreaverat alium, qui adaeque iam duodecimum annum aetatis supergressus erat. Sed noverca forma magis quam moribus in domo mariti praepollens, seu naturaliter impudica seu fato ad extremum impulsa flagitium, oculos ad privignum adiecit. Iam

Livro X

[1] No dia seguinte, não sei o que aconteceu ao hortelão meu dono. Quanto a mim, o soldado a quem o excesso de cólera tinha valido magistral corretivo, tirou-me da manjedoura e me levou, sem provocar, em verdade, nenhum protesto. Depois, carregando-me com a sua bagagem pessoal, fez-me sair do que me pareceu o acantonamento e me conduziu para a estrada. Equipado e armado militarmente, eu levava um capacete de brilho fulgurante, um escudo que faiscava de longe, sem falar de uma lança, notável pelo comprimento de sua haste. Todo esse equipamento era cuidadosamente posto em evidência, e, como se usa no campo, em cima dos fardos. Não, vós pensais bem, não para se conformar com os regulamentos, mas para amedrontar os desgraçados viandantes. No fim de um caminho na planície, que não era muito penoso, chegamos a uma cidadezinha, onde descemos, não no albergue, mas em casa de um decurião. Entregando-me logo aos cuidados de um pequeno escravo, ele foi, muito atarefado, para junto do chefe, que tinha o comando de mil homens armados.

[2] Lembro-me de que, havia alguns dias, tinha sido cometido nesse mesmo lugar um crime particularmente nefando. Conto aqui o caso, para que vós o possais ler.

O dono da casa tinha um filho ainda jovem, educado na literatura e, em consequência, modelo de piedade e modéstia, um moço, enfim, que todos sonham ter por filho, ou ter um semelhante. A mãe do rapaz morrera havia muito tempo, e o pai reconstruíra o lar com um novo matrimônio. Nascera um segundo filho, que atingira a idade de doze anos. Reinava a madrasta em casa do marido, mais pela beleza que pelos bons costumes. Seja por um impudor natural, seja pela vontade do destino, lançou os olhos indignamente para o enteado. Isto que lês, ex-

ergo, lector optime, scito te tragoediam, non fabulam legere et a socco ad coturnum ascendere.

Sed mulier illa, quamdiu primis elementis Cupido parvulus nutriebatur, imbecillis adhuc eius viribus facile ruborem tenuem deprimens silentio resistebat. At ubi completis igne vaesano totis praecordiis inmodice bacchatus Amor exaestuabat, saevienti deo iam succubuit, et languore simulato vulnus animi mentitur [in] corporis valetudinem. Iam cetera salutis vultusque detrimenta et aegris et amantibus examussim convenire nemo qui nesciat: pallor deformis, marcentes oculi, lassa genua, quies turbida et suspiritus cruciatus tarditate vehementior. Crederes et illam fluctuare tantum vaporibus febrium, nisi quod et flebat. Heu medicorum ignarae mentes, quid venae pulsus, quid coloris intemperantia, quid fatigatus anhelitus et utrimquesecus iactatae crebriter laterum mutuae vicissitudines? Dii boni, quam facilis licet non artifici medico cuivis tamen docto Veneriae cupidinis comprehensio, cum videas aliquem sine corporis calore flagrantem!

[3] Ergo igitur impatientia furoris altius agitata diutinum rupit silentium at ad se vocari praecipit filium — quod nomen in eo, si posset, ne ruboris admoneretur, libenter eraderet. Nec adulescens aegrae parentis moratus imperium, senili tristitie striatam gerens frontem, cubiculum petit, uxori patris matrique fratris utcumque debitum sistens obsequium. Sed illa cruciabili silentio diutissime fatigata et ut in quodam vado dubitationis haerens omne verbum, quod praesenti sermoni putabat aptissimum, rursum improbans nutante etiam nunc pudore, unde potissimum caperet exordium, decunctatur. At iuvenis nihil etiam tunc sequius suspicatus summisso vultu rogat ultro praesentis causas aegritudinis. Tunc illa nancta solitudinis damnosam occasionem prorumpit in audaciam

celente leitor, é uma tragédia, e não fábula ligeira; dos socos subimos para o coturno.[126]

Esta mulher, quando o pequeno Cupido estava no começo de seu crescimento, resistiu-lhe silenciosamente aos assaltos, ainda fracos, dissimulando sem esforço o tênue rubor. Mas quando o seu coração, invadido completamente pelo fogo da vesânia, foi agitado como uma onda que se sacode pelos transportes imoderados do Amor, sucumbiu à violência do deus, e, simulando langor, escondeu os ferimentos da alma sob a aparência enganadora de uma moléstia do corpo. Já a debilidade geral e a alteração do rosto têm exatamente as mesmas formas nos enfermos e nos amorosos. Qualquer um sabe disso. A feição devastada, os olhos molhados, os joelhos lassos, o sono inquieto, suspiros tanto mais profundos quanto mais longo é o tormento. Dir-se-ia que ela flutuava somente nos vapores da febre, se não tivesse também chorado. Pobres médicos, quanta ignorância a vossa! Que significam este pulso rápido e esta cor viva, e essa respiração ofegante, e esses estremecimentos que alquebram os flancos? Bons deuses, quão fácil de compreender, mesmo desconhecendo os artifícios do médico, e por pouco que se seja douto nas artes de Cupido e Vênus, quando se vê uma pessoa que queima sem que seu corpo tenha sido aquecido!

[3] Logo, incapaz de dominar a louca impaciência que a agitava até o fundo do ser, a madrasta rompeu um longo silêncio e mandou chamar o filho — que nome, esse; se pudesse apagá-lo, para não lhe gritar a sua vergonha! Depressa obedeceu o moço às ordens da mãe enferma, e, com a fronte estriada de sombrias rugas, com senil tristeza, como se fosse um velho, foi encontrá-la em seu pequeno quarto, com o respeito devido à mulher de seu pai e à mãe de seu irmão. Porém ela, crucificada pelo longo silêncio, permanecia irresoluta nos abismos da dúvida, pois a palavra que lhe parecia convir melhor à presente conversa, ela a detestava, e, estando seu pudor ainda vacilante, hesitava, sem poder decidir-se por nenhuma entrada na matéria. O moço, sem ter concebido ainda nenhuma feia suspeita, perguntou-lhe primeiro, com deferência, as causas de seu mal. Então, com danosa solicitude, agarrou ela a ocasião. Prorrompeu num abundante choro, mas deu livre curso

---

[126] Socos são os calçados usados pelos atores cômicos, e coturnos, pelos atores trágicos. (N. da E.)

383   Livro X

et ubertim adlacrimans laciniaque contegens faciem voce trepida sic eum breviter adfatur:

"Causa omnis et origo praesentis doloris set etiam medela ipsa et salus unica mihi tute ipse es. Isti enim tui oculi per meos oculos ad intima delapsi praecordia meis medullis acerrimum commovent incendium. Ergo miserere tua causa pereuntis nec te religio patris omnino deterreat, cui morituram prorsus servabis uxorem. Illius enim recognoscens imaginem in tua facie merito te diligo. Habes solitudinis plenam fiduciam, habes capax necessarii facinoris otium. Nam quod nemo novit, paene non fit."

[4] Repentino malo perturbatus adulescens, quanquam tale facinus protinus exhorruisset, non tamen negationis intempestiva severitate putavit exasperandum, sed cautae promissionis dilatione leniendum. Ergo prolixe pollicetur et bonum caperet animum refectionique se ac saluti redderet impendio suadet, donec patris aliqua profectione liberum voluptati concederetur spatium, statimque se refert a noxio conspectu novercae. Et tam magnam domus cladem ratus indigere consilio pleniore ad quendam compertae gravitatis educatorem senem protinus refert. Nec quicquam diutina deliberatione tam salubre visum quam fuga celeri procellam fortunae saevientis evadere. Sed impatiens vel exiguae dilationis mulier ficta qualibet causa confestim marito miris persuadet artibus ad longissime dissitas festinare villulas. Quo facto maturatae spei vesania praeceps promissae libidinis flagitat vadimonium. Sed iuvenis, modo istud modo aliud causae faciens, exsecrabilem frustratur eius conspectum, quoad illa, nuntiorum varietate pollicitationem sibi denegatam manifesto perspiciens, mobilitate lubrica nefarium amorem ad longe deterius transtulisset odium. Et adsumpto statim nequissimo et ad omne facinus emancipato quodam dotali servulo perfidiae suae consilia communicat; nec quicquam melius videtur quam vita miserum privare iuvenem. Ergo missus continuo furcifer venenum praesentarium comparat idque vino diligenter dilutum insontis privigni praeparat exitio.

à sua audácia. Cobrindo o rosto com a ponta do vestido, endereçou ao moço estas palavras, com voz precipitada:

"A causa e origem do meu mal presente, e, ao mesmo tempo, o único remédio que me pode salvar, és tu, és tu mesmo. Foram os teus olhos que, passando por meus olhos, penetraram até o fundo do meu coração e ali acenderam a chama que me devora até a medula. Tem piedade desta que morre por ti, e que nenhum escrúpulo te detenha, pelo direito de teu pai, pois a esposa que ele ia perder, tu lha conservarás. É a sua imagem que encontro nos teus traços; muito natural é que eu te ame. Esta solidão em que estamos te dá plena segurança, facilidade de consumar o que é necessário. E o que ninguém sabe, não existe."

[4] Perturbado por essa confissão inesperada, o adolescente, apesar do horror que tal crime lhe inspirava desde o primeiro momento, imaginou que uma recusa intempestiva a exasperaria, mas cautas promessas dilatórias seriam lenientes. Então acalmou-a, exortou-a tanto quanto pôde a recobrar o ânimo, a fazer quanto pudesse para voltar à saúde e à vida, até que uma ausência do esposo lhe deixasse o campo livre às volúpias. E, logo que pôde, furtou-se à vista culposa da madrasta. Achando que esse incidente doméstico exigia ampla reflexão, contou logo o caso a um velho experiente, grave, que tinha como educador. Depois de longa deliberação, pareceu que o mais salutar seria fugir rapidamente, para escapar à procela desencadeada pela crueldade da Fortuna. Porém, impaciente, não podendo suportar a menor dilação, a mulher, sob não sei que pretexto, persuadiu o marido, com maravilhosa habilidade, a ir apressadamente ver uma casinha de campo, muito longe. Essa partida, que antecipava a realização de suas esperanças, lançou-a em tal frenesi, que ela reclamava sem reserva o encontro prometido à sua paixão. Mas o moço, ora sob um pretexto, ora sob outro, frustrava a execrável entrevista, e, com a variedade das respostas, ela compreendeu claramente, enfim, que ele se lhe recusava, e sua inconstância passou de um amor nefando a um ódio ainda pior. Mandou chamar imediatamente um dos seus escravos dotais, criatura abjeta, com inteira liberdade para o crime, e lhe comunicou os planos concebidos por sua perfídia. O que de melhor lhe acudira fora tirar a vida ao mísero rapaz. Enviou então o celerado, para que procurasse um veneno violentíssimo. Ela o dissolveu cuidadosamente no vinho e preparou assim uma beberagem que devia resultar na morte do enteado inocente.

[5] Ac dum de oblationis opportunitate secum noxii deliberant homines, forte fortuna puer ille iunior, proprius pessimae feminae filius, post matutinum laborem studiorum domum se recipiens, prandio iam capto sitiens repertum vini poculum, in quo venenum latebat inclusum, nescius fraudis occultae continuo perduxit haustu. Atque ubi fratri suo paratam mortem ebibit, exanimis terrae procumbit, ilicoque repentina pueri pernicie paedagogus commotus ululabili clamore matrem totamque ciet familiam. Iamque cognito casu noxiae potionis varie quisque praesentium auctores insimulabant extremi facinoris. Sed dira illa femina et malitiae novercalis exemplar unicum non acerba filii morte, non parricidii conscientia, infortunio domus, non luctu mariti vel aerumna funeris commota cladem familiae in vindictae compendium traxit, missoque protinus cursore, qui vianti marito domus expugnationem nuntiaret, ac mox eodem ocius ab itinere regresso personata nimia temeritate insimulat privigni veneno filium suum interceptum. Et hoc quidem non adeo mentiebatur, quod iam destinatam iuveni mortem praevenisset puer, sed fratrem iuniorem fingebat ideo privigni scelere peremptum, quod eius probrosae libidini, qua se comprimere temptaverat, noluisset succumbere. Nec tam immanibus contenta mendacis addebat sibi quoque ob detectum flagitium eundem illum gladium comminari. Tunc infelix duplici filiorum morte percussus magnis aerumnarum procellis aestuat. Nam et iuniorem incoram sui funerari videbat et alterum ob incestum parricidiumque capitis scilicet damnatum iri certo sciebat. Ad hoc uxoris dilectae nimium mentitis lamentationibus ad extremum subolis impellebatur odium.

[6] Vixdum pompae funebres et sepultura filii fuerant explicatae, et statim ab ipso eius rogo senex infelix, ora sua recentibus adhuc rigans lacrimis trahensque cinere sordentem canitiem, foro se festinus immittit. Atque ibi tum fletu tum precibus genua etiam decurionum contingens nescius fraudium pessimae mulieris in exitium reliqui filii plenis operabatur

[5] Enquanto deliberavam, entre si, as sinistras personagens a respeito da melhor ocasião para a apresentação da beberagem, quis a Fortuna que o mais novo dos dois irmãos, o próprio filho da péssima mulher, entrasse em casa, depois das lições matutinas. Acabara de almoçar. Sentindo sede, e encontrando o copo de vinho onde fora dissolvido o veneno, sem suspeitar da armadilha escondida, esvaziou-o de um trago. Bebeu a morte preparada para o irmão e tombou inanimado. Imediatamente, o seu pedagogo, assustado com o mal súbito que vitimara a criança, com gritos de angústia fez acorrer a mãe e toda a criadagem. Conheceu-se logo o acidente provocado pela perniciosa beberagem, e eis que os presentes põem-se a acusar a este e a aquele, como autores do monstruoso atentado. Mas a mulher, exemplo execrável, sem precedente, da malvadez de madrasta, insensível à morte prematura do filho, ao remorso do ímpio assassínio, à desgraça de sua casa, ao luto do marido, à tristeza dos fúnebres ritos, não quis ver nessa tragédia da família senão o proveito que poderia tirar para a vingança. Imediatamente mandou um mensageiro anunciar ao marido em viagem a catástrofe familiar. Tendo ele voltado, ela acusou o enteado, com a maior desfaçatez, de ter, com o veneno, truncado os dias do menino. Em verdade, não mentia senão por metade, pois que a morte já deliberada do mais velho, o mais novo tinha voltado contra si mesmo. Ela, porém, pretendia que o criminoso enteado suprimira o jovem irmão porque ela se recusara a prestar-se aos seus vergonhosos desejos, quando ele tentara violentá-la. Não contente de falsidade tão monstruosa, ajuntou que a ela própria o moço ameaçara com seu gládio, porque ela havia denunciado o escândalo. Então, o infeliz pai foi duplamente ferido na pessoa de seus filhos, e assaltado pela desgraça, como as ondas pela tempestade. Via o mais jovem dos filhos amortalhado diante de seus olhos, e o outro, sabia-o, seria certamente condenado à morte, como incestuoso e parricida. Demais, as lamentações mendazes da esposa dileta impeliam-no a um ódio extremo por sua descendência.

[6] Mal terminaram as pompas fúnebres e o sepultamento do filho, do próprio túmulo o infortunado velho, ainda com o rosto inundado de lágrimas recentes, e arrancando os cabelos brancos, maculados de cinza, precipitou-se para o fórum. Sem suspeitar das astúcias da mulher infame, com seus pedidos, entre prantos, chegando até a tocar os joelhos dos decuriões, ele trabalhou com ardor apaixonado para a perdição do filho que lhe restava. Tinha este praticado incesto no tálamo

affectibus: illum incestum paterno thalamo, illum parricidam fraterno exitio et in comminata novercae caede sicarium. Tanta denique miseratione tantaque indignatione curiam sed et plebem maerens inflammaverat, ut remoto iudicandi taedio et accusationis manifestis probationibus et responsionis meditatis ambagibus cuncti conclamarint lapidibus obrutum publicum malum publice vindicari.

Magistratus interim metu periculi proprii, ne de parvis indignationis elementis ad exitium disciplinae civitatisque seditio procederet, partim decuriones deprecari, partim populares compescere, ut rite et more maiorum iudicio reddito et utrimquesecus allegationibus examinatis civiliter sententia promeretur, nec ad instar barbaricae feritatis vel tyrannicae impotentiae damnaretur aliquis inauditus et in pace placida tam dirum saeculo proderetur exemplum.

[7] Placuit salubre consilium et ilico iussus praeco pronuntiat, patres in curiam convenirent. Quibus protinus dignitatis iure consueta loca residentibus rursum praeconis vocatu primus accusator incedit. Tunc demum clamatus inducitur etiam reus, et exemplo legis Atticae Martiique iudicii causae patronis denuntiat praeco neque principia dicere neque miserationem commovere.

Haec ad istum modum gesta compluribus mutuo sermocinantibus cognovi. Quibus autem verbis accusator urserit, quibus rebus diluerit reus ac prorsus orationes altercationesque neque ipse absens apud praesepium scire neque ad vos, quae ignoravi, possim enuntiare, sed quae plane comperi, ad istas litteras proferam.

Simul enim finita est dicentium contentio, veritatem criminum fidemque probationibus certis instrui nec suspicionibus tantam coniecturam permitti placuit, atque illum potissimum servum, qui solus haec ita gesta esse scire diceretur, sisti modis omnibus oportere. Nec tantillum cruciarius ille vel fortuna tam magni indicii vel confertae conspectu curiae vel certe noxia conscientia sua deterrimus, quae ipse finxerat, quasi vera adseverare

paterno, tinha matado o irmão, tinha ameaçado com o ferro a madrasta. E tanta foi a compaixão, tanta foi a indignação com que sua mágoa inflamou o senado e o povo, que, sem quererem esperar a lentidão importuna de um processo, a demonstração do fato pela acusação, e as voltas calculadas da refutação, gritaram todos, em uníssono, que era preciso vingar publicamente aquele mal, lapidando o assassino. Entretanto, os magistrados inquietavam-se com o perigo que eles próprios correriam se a efervescência popular ainda em germe crescesse, resolvendo-se em revolta e comprometendo a ordem pública e a legalidade.

Uns, então, intercediam junto aos decuriões, outros procuravam acalmar a plebe, para obterem, com um julgamento regular conforme a tradição, uma sentença fundada no exame imparcial das razões alegadas pelas partes. Não era preciso, imitando os selvagens costumes dos bárbaros, ou a arbitrariedade dos regimes despóticos, condenar um homem sem ouvi-lo, e lançar sobre o século, em plena paz e em plena tranquilidade, a tristeza do sombrio exemplo.

[7] Prevaleceram essas opiniões salutares, e o arauto logo recebeu ordem de convocar os senadores para se reunirem na cúria. Cada um deles correu a ocupar o lugar costumeiro, ao qual sua classe lhe dava direito. Depois, novo aviso do arauto: que o acusador avançasse primeiro e só então se chamasse o acusado, que seria introduzido por seu turno. A exemplo da lei ateniense, e seguindo a prática do tribunal de Marte, o arauto proibiu aos advogados da causa recorrerem aos exórdios e moverem à comiseração.

Que tudo se passou dessa maneira, eu o soube por numerosas conversas ouvidas a respeito. Porém, os termos nos quais o acusador fez o requisitório, os argumentos que lhe opôs o acusado, e, de maneira geral, os discursos e as réplicas, não pude tomar conhecimento deles, da minha cocheira, e não iria contar-vos o que ignoro. Mas o que soube de fonte segura, consignarei neste relato.

Terminados os debates oratórios, para estabelecer os fatos e fundamentar a convicção, decidiu-se recorrer a provas certas, pois não se podia deixar uma sentença tão grave depender de suspeitas e conjecturas. Era preciso, antes de tudo, e não importa como, fazer comparecer o escravo, que era o único a saber, diziam, como os fatos ocorreram. Sem se desconcertar pelo aparato de um processo tão considerável, pelo senado reunido, ou, ao menos, pela consciência do seu crime, o celerado começou declarando e afirmando uma história de sua invenção.

atque adserere incipit: quod se vocasset indignatus fastidio novercae iuvenis, quod, ulciscens iniuriam, filiis eius mandaverit necem, quod promisisset grande silentii praemium, quod recusanti mortem sit comminatus, quod venenum sua manu temperatum dantum fratri reddiderit, quod ad criminis probationem reservatum poculum neclexisse (se) suspicatus sua postremum manu porrexit puero.

Haec eximie nimis ad veritatis imaginem verberone illo simulata cum trepidatione proferente finitum est iudicium.

[8] Nec quisquam decurionum tam aequus remanserat iuveni, quin eum evidenter noxae compertum insui culleo pronuntiaret. Cum iam sententiae pares, cunctorum stilis ad unum sermonem congruentibus, ex more perpetuo in urnam aeream deberent coici, quo semel conditis calculis, iam cum rei fortuna transacto, nihil postea commutari licebat, sed mancipabatur potestas capitis in manum carnificis, unus e curia senior prae ceteris compertae fidi atque auctoritatis praecipuae medicus orificium urnae manu contegens, ne quis mitteret calculum temere, haec ad ordinem pertulit:

"Quod aetatis sum, vobis adprobatum me vixisse gaudeo, nec patiar falsis criminibus petito reo manifestum homicidium perpetrari nec vos, qui iure iurando adstricti iudicatis, inductos servuli mendacio peierare. Ipse non possum calcata numinum religione conscientiam meam fallens perperam pronuntiare. Ergo, ut res est, de me cognoscite.

[9] Furcifer iste, venenum praesentarium comparare sollicitus centumque aureos solidos offerens pretium, me non olim convenerat, quod aegroto cuidam dicebat necessarium, qui morbi inextricabilis veterno vehementer

Contou que, indignado com o desdém da madrasta, o moço o tinha chamado. Para vingar o ultraje recebido, encarregara-o de matar o filho daquela mulher, prometendo-lhe forte soma em dinheiro como preço do seu silêncio. Ante sua recusa, ameaçara-o de morte. O moço lhe havia entregue, disse, um veneno misturado com as suas mãos, para ser dado ao irmão; no entanto, suspeitoso de que ele, iludindo-lhe as ordens, guardasse o copo como peça de convicção, tinha finalmente ele próprio envenenado o menino.

Este discurso, produzido pelo velhaco com simulada veracidade e fingida agitação, acabou com os debates.

[8] Nenhum dos decuriões apoiou o jovem. Reconhecido culpado com evidência, foi condenado a ser costurado num saco.[127] Já as tabuinhas, todas semelhantes, sobre as quais se inscrevera uma fórmula idêntica, resultante de um juízo unânime, iam ser lançadas, de acordo com o uso imemorial, numa urna de bronze. Uma vez depositadas as tábuas da sentença, a sorte do acusado estaria fixada em definitivo; não seria permitido, dali em diante, alterar fosse o que fosse. Sua cabeça estaria entregue ao braço do carrasco. Nesse momento, um dos senadores, ancião conhecido por sua integridade, médico, e que exercia, como tal, particular autoridade, pousou a mão espalmada sobre o orifício da urna, para impedir qualquer voto precipitado, e dirigiu estas palavras à ordem:

"Alegro-me, na idade em que estou, de haver merecido vossa estima durante toda a vida, e não consentirei que se perpetre um homicídio certo, deixando um réu sob falsas acusações; nem que, exercendo a justiça sob juramento, a falsidade de um vil escravo vos induza ao perjúrio. Eu próprio não poderia calcar aos pés o respeito aos deuses e mentir à minha consciência com uma sentença iníqua. Logo, tomai conhecimento, por meu intermédio, destas coisas:

[9] Este miserável, preocupado em encontrar um veneno fulminante, veio há muito tempo procurar-me para tal fim, oferecendo-me em pagamento cem peças de ouro. Precisava dele, dizia, para um enfermo que, gravemente atingido por moléstia antiga e incurável, desejava ar-

---

[127] O suplício reservado pela lei romana ao parricídio, ou seja, ao assassínio de qualquer pessoa ligada ao matador por laços de sangue ou laços piedosos, era o açoite com varas. Em seguida, costuravam o criminoso num saco de couro, e o lançavam ao mar, ou a um rio. (N. da T.)

implicitus vitae se cruciatui subtrahere gestiret. At ego, perspiciens malum istum verberonem blaterantem atque inconcinne causificantem certusque aliquod moliri flagitium, dedi quidem potionem, dedi; sed futurae quaestioni praecavens non statim pretium, quod offerebatur, accepi, sed 'Ne forte aliquis' inquam 'istorum quos offers, aureorum nequam vel adulter reperiatur, in hoc ipso sacculo conditos eos anulo tuo praenota, donec altera die nummulario praesente comprobentur.' Sic inductus signavit pecuniam, quam exinde, ut iste repraesentatus est iudicio, iussi de meis aliquem curriculo taberna promptam adferre et en ecce perlatam coram exhibeo. Videat et suum sigillum recognoscat. Nam quem ad modum eius veneni frater insimulari potest, quod iste comparaverit?"

[10] Ingens exinde verberonem corripit trepidatio et in vicem humani coloris succedit pallor infernus perque universa membra frigidus sudor emanabat: tunc pedes incertis alternationibus commovere, modo hanc, modo illam capitis partem scalpere et ore semiclauso balbuttiens nescio quas afannas effutire, ut eum nemo prorsus a culpa vacuum merito crederet; sed revalescente rursus astutia constantissime negare et accersere mendacii non desinit medicum. Qui praeter iudicii religionem cum fidem suam coram lacerari videret, multiplicato studio verberonem illum contendit redarguere, donec iussu magistratuum ministeria publica contrectatis nequissimi servi manibus anulum ferreum deprehensum cum signo sacculi conferunt, quae comparatio praecedentem roboravit suspicionem. Nec rota vel eculeus more Graecorum tormentis eius apparata iam deerant, sed offirmatus mira praesumptione nullis verberibus ac ne ipso quidem succumbit igni.

[11] Tunc medicus: "Non patiar" inquit "hercules, non patiar vel contra fas de innocente isto iuvene supplicium vos sumere vel hunc ludificato nostro iudicio poenam noxii facinoris evadere. Dabo enim rei praesenti evidens argumentum. Nam cum venenum peremptorium comparare pessimus iste gestiret nec meae sectae crederem convenire

dentemente subtrair-se aos tormentos da existência. Mas eu percebi logo o mal sob as palavras do sinistro velhaco, sob suas enganosas explicações. Convencido de que ele maquinava algum crime, bem que lhe dei a poção, mas, para tomar precauções, na eventualidade de um futuro inquérito, não aceitei imediatamente a soma que me oferecia. De medo, disse-lhe eu, de que uma das moedas de ouro que me oferecia fosse falsa, ou de baixa liga, íamos encerrá-las neste saco: 'Tu o marcarás com teu anel, e amanhã, em presença do cambista, nós as experimentaremos.' Assim ele foi induzido e apôs seu sinete. No instante em que o fizeram comparecer diante deste tribunal, dei ordem a um criado meu para que fosse buscar esse dinheiro no meu gabinete e mo trouxesse a toda pressa. Ei-lo aqui: eu o exibo diante de vós. Que ele o veja; que reconheça o seu sinal. Como imputar o veneno à conta do irmão, se foi esse escravo que o comprou?"

[10] O abjeto ser foi presa de extrema agitação, e sua tez se coloriu de um palor do inferno, enquanto seus membros se orvalhavam de suor frio. Avançou um pé, depois outro, com um movimento incerto; moveu a cabeça para um e outro lado; balbuciou, mal abrindo a boca, não sei que fúteis alegações; vendo-o, ninguém poderia razoavelmente acreditar na sua inocência. Mas logo prevaleceu a astúcia, e ele negou perseverantemente, não cessando de acusar o médico de mentiroso. Vendo-se publicamente difamado na sua consciência de juiz e na sua honra de homem, redobrou o médico de esforços para confundir o malandro. Afinal, por ordem dos magistrados, os agentes da cidade deitaram a mão no malvado escravo, tiraram-lhe do dedo um anel de ferro, e o confrontaram com o sinal no saco. A comparação confirmou as suspeitas. A roda e o cavalete,[128] como é o costume dos gregos, foram logo trazidos, mas ele opôs aos tormentos uma prodigiosa resistência e firmeza, e não sucumbiu nem às vergas nem ao fogo.

[11] Tornou o médico: "'Eu não suportarei, por Hércules, não suportarei que ordeneis o suplício de um jovem inocente, contra a equidade, nem que outro zombe da nossa justiça e escape ao castigo do seu crime. Darei uma prova irrefutável da realidade dos fatos. Eu via, com efeito, que o celerado queria obter um veneno mortal, e julgava não convir à minha profissão dar a ninguém um instrumento de morte.

---

[128] Instrumentos de tortura empregados nos tribunais, sobretudo na Grécia, para extrair confissões dos presos. (N. da E.)

causas ulli praebere mortis nec exitio sed saluti hominum medicinam quaesitam esse didicissem, verens ne, si daturum me negassem, intempestiva repulsa viam sceleri subministrarem et ab alio quopiam exitiabilem mercatus hic potionem vel postremum gladio vel quovis telo nefas inchoatum perficeret, dedi venenum, sed somniferum, mandragoram illum gravedinis compertae famosum et morti simillimi soporis efficacem. Nec mirum desperatissimum istum latronem certum extremae poenae, quae more maiorum in eum competit, cruciatus istos ut leviores facile tolerare. Sed si vere puer meis temperatam manibus sumpsit potionem, vivit et quiescit et dormit et protinus marcido sopore discusso remeabit ad diem lucidam. Quod [sive peremptus est] si morte praeventus est, quaeratis licet causas mortis eius alias."

[12] Ad istum modum seniore adorante placuit, et itur confestim magna cum festinatione ad illud sepulchrum quo corpus pueri depositum iacebat. Nemo de curia, de optimatibus nemo ac ne de ipso quidem populo quisquam, qui non illuc curiose confluxerit. Ecce pater, suis ipse manibus coperculo capuli remoto, commodum discusso mortifero sopore surgentem postliminio mortis deprehendit filium eumque complexum artissime, verbis impar praesenti gaudio, producit ad populum. Atque ut erat adhuc feralibus amiculis instrictus atque obditus deportatur ad iudicium puer. Iamque liquido servi nequissimi atque mulieris nequioris patefactis sceleribus procedit in medium nuda veritas et novercae quidem perpetuum indicitur exilium, servus vero patibulo suffigitur et omnium consensu bono medico sinuntur aurei, opportuni somni pretium. Et illius quidem senis famosa atque fabulosa fortuna providentiae divinae condignum accepit exitum, qui momento modico immo puncto exiguo post orbitatis periculum adulescentium duorum pater repente factus est.

[13] At ego tunc temporis talibus fatorum fluctibus volutabar. Miles ille, qui me nullo vendente comparaverat et sine pretio suum fecerat, tribuni sui praecepto debitum sustinens obsequium, litteras ad magnum scriptas principem Romam versus perlaturus, vicinis me quibusdam duobus servis fratribus undecim denariis vendidit. Hic erat dives admodum dominus. At illorum alter pistor

Aprendi, ao contrário, que a Medicina foi instituída para salvar e não para matar. Todavia, temia que, se respondesse negativamente, minha intempestiva recusa abrisse a porta ao crime, e que esse escravo fosse comprar alhures a beberagem de morte, ou que acabasse com o gládio ou qualquer outra arma sua abominável empresa. Dei-lhe então um soporífero, a mandrágora, narcótico muito conhecido por sua virtude letárgica e que engendra um sono em tudo semelhante à morte. Não é de admirar que esse malfeitor, não tendo mais nada a esperar, e seguro do suplício que lhe reserva o costume herdado de nossos pais, suporte facilmente os tormentos que, em comparação com o que lhe poderá advir, parecer-lhe-ão ligeiros. Mas se é verdade que o menino tomou a poção preparada por minhas mãos, ele vive, repousa, dorme. Não está longe o momento em que sacudirá o langor do sono e voltará à luz do dia. No entanto, se a morte consumou sua obra, podeis procurar-lhe outras causas."

[12] A eloquência do ancião ganhou a causa. Dirigiram-se todos, com grande pressa, ao túmulo, onde, tal como fora ali deposto, jazia o corpo do menino. Cúria, plebe, aristocracia, não houve ninguém que a curiosidade não levasse para lá. Foi o pai quem levantou, com suas próprias mãos, a tampa do esquife. Encontrou o filho que, nesse mesmo instante, saía do seu sono de morte e ressurgia para a vida. Apertou-o entre os braços, incapaz, na alegria do momento, de pronunciar uma única palavra, e o apresentou ao povo. Depois, envolto ainda nos lençóis fúnebres, levaram o pequeno para o tribunal. E então plena luz se fez sobre os crimes de um escravo celerado e da mulher mais celerada ainda, aparecendo a verdade nua. A madrasta foi condenada ao banimento perpétuo, o escravo crucificado. Com o consentimento geral, ficaram para o bom médico as moedas de ouro, preço de um sono tão oportuno, e o velho pai viu sua aventura tão célebre quão fabulosa acabar com um desfecho digno da divina providência, pois que num curto lapso de tempo, ou melhor, de um momento para outro, depois de ter ficado sem os filhos, tornou-se, de repente, o pai de dois jovens.

[13] Quanto a mim, eis em que redemoinhos girava agora o meu destino. O soldado que me comprou sem vendedor e me fez propriedade sua sem desamarrar a bolsa, obedecendo, como devia, a uma ordem do seu tribuno, ia levar uma carta para o soberano em Roma. Vendeu-me por onze denários a dois irmãos, seus vizinhos. Eram dois escravos, pertencentes a um dono muito rico. Um deles, pasteleiro e confeiteiro,

dulciarius, qui panes et mellita concinnabat edulia, alter cocus, qui
sapidissimis intrimentis sucuum pulmenta condita vapore mollibat.
Vnico illi contubernio communem vitam sustinebant meque ad vasa
illa compluria gestanda praestinarant, quae domini regiones
plusculas pererrantis variis usibus erant necessaria. Adsciscor itaque
inter duos illos fratres tertius contubernalis, haud ullo tempore tam
benivolam fortunam expertus. Nam vespera post opiparas cenas
earumque splendidissimos apparatus multas numero partes in
cellulam suam mei solebant reportare domini: ille porcorum,
pullorum, piscium et cuiusce modi pulmentorum largissimas
reliquias, hic panes, crustula, lucunculos, hamos, lacertulos et plura
scitamenta mellita. Qui cum se refecturi clausa cellula balneas
petissent, oblatis ego divinitus dapibus adfatim saginabar. Nec enim
tam stultus eram tamque vere asinus, ut dulcissimis illis relictis cibis
cenarem asperrimum faenum.

[14] Et diu quidem pulcherrime mihi furatrinae
procedebat artificium, quippe adhuc timide et satis parce
subripienti de tam multis pauciora nec illis fraudes ullas
in asino suspicantibus. At ubi fiducia latendi pleniore
capta partes opimas quasque devorabam et iucundiora
eligens abligurribam dulcia, suspicio non exilis fratrum
pupugit animos, et quanquam de me nihil etiam tum tale
crederent, tamen cotidiani damni studiose vestigabant
reum. Illi vero postremo etiam mutuo sese rapinae
turpissimae criminabantur, iamque curam diligentiorem
et acriorem custodelam et dinumerationem adhibebant
partium. Tandem denique rupta verecundia sic alter
alterum compellat: "At istud iam neque aequum ac ne
humanum quidem cotidie ac partes electiores surripere
atque iis divenditis peculium latenter augere, de reliquis
aequam vindicare divisionem. Si tibi denique societas ista
displicet, possumus omnia quidem cetera fratres manere,
ab isto tamen nexu communionis discedere. Nam videro
in immensum damni procedentem querelam nutrire

fabricava pãezinhos e bolos de mel. O outro, que era cozinheiro, preparava carnes suculentas, temperadas com molhos saborosos. Viviam juntos, com despesas em comum, e tinham-me comprado para transporte de utensílios diversos, necessários ao seu dono, que viajava então de uma região para outra. Assim, constituímos um trio, eu, em companhia dos dois irmãos, e nunca tive tanto que bendizer a benevolência da Fortuna. À noite, depois de um jantar opíparo, servido com todo o aparato, meus donos tinham o costume de levar para o seu quarto porções de petisqueiras. Um, os restos abundantes de porco, de galinha, de peixe, de caças de toda espécie. O outro, pães, bolos, canudos recheados, anzóis, lagartos, e muitos outros doces.[129] Quando, para se restaurarem, fechavam o quarto e iam ao banho, eu me empanturrava a mais não poder dessas iguarias oferecidas pelos deuses, pois não era nem tão tolo nem tão burro, por manso que fosse, para deixar de lado todos esses petiscos e cear o áspero feno.

[14] Tal belíssimo sistema de furtos prosseguiu por muito tempo com êxito completo, pois eu não avançava nas coisas senão timidamente, levando minha discrição ao ponto de roubar uma pequena parte de cada coisa boa, e eles não suspeitariam de nenhuma fraude da parte de um burro. Porém, à medida que crescia minha confiança de não ser descoberto, pus-me a devorar os mais belos pedaços e, escolhendo o que havia de mais delicado, regalava-me de guloseimas. Uma suspeita, que não era destituída de consistência, começou a aflorar no espírito dos dois irmãos; sem acreditar ainda fosse eu capaz de semelhante proeza, esforçavam-se eles por descobrir o autor do prejuízo cotidiano. Com a repetição do fato, vieram a atribuir-se mutuamente os vergonhosos roubos, e tomaram, desde então, diligentes precauções, vigiando ativamente e fazendo a conta dos bocados. Por fim, um deles, deixando de lado toda a reserva, interpelou assim o outro: "Em verdade, não é justo nem humano surripiares todos os dias os pedaços mais escolhidos, para vendê-los a retalho e aumentar secretamente o teu pecúlio, reclamando, no entanto, parte igual do resto. Se é assim, se a nossa sociedade te pesa, podemos, sem deixar de ser irmãos, romper o laço de comunidade, pois vejo que a amargura causada pelo prejuízo toma tais proporções que

---

[129] Traduziram-se literalmente os nomes dos doces, que talvez sejam devidos aos seus formatos. (N. da T.)

nobis immanem discordiam." Subicit alius: "Laudo istam tuam mehercules et ipse constantiam, quod cotidie furatis clanculo partibus praevenisti querimoniam, quam diutissime sustinens tacitus ingemescebam, ne viderer rapinae sordidae meum fratrem arguere. Sed bene, quod utrimquesecus sermone prolato iacturae remedium quaeritur, ne silentio procedens simultas Eteocleas nobis contentiones pariat."

[15] His et similibus altercati conviciis deierantur utrique nullam se prorsus fraudem, nullam denique subreptionem factitasse, sed plane debere cunctis artibus communis dispendii latronem inquiri; nam neque asinum, qui solus interesset, talibus cibis adfici posse, et tamen cotidie partis electiles comparere nusquam, nec utique cellulam suam tam immanes involare muscas, ut olim Harpyiae fuere, quae diripiebant Phineias dapes.

Interea liberalibus cenis inescatus et humanis adfatim cibis saginatus corpus obesa pinguitie compleveram, corium arvina suculenta molliveram, pilum liberali nitore nutriveram. Sed iste corporis mei decor pudori peperit grande dedecus. Insolita namque tergoris vastitate commoti, faenum prorsus intactum cotidie remanere cernentes, iam totis ad me dirigunt animos. Et hora consueta velut balneas petituri clausis ex more foribus per quandam modicam cavernam rimantur me passim expositis epulis inhaerentem. Nec ulla cura iam damni sui habita mirati monstruosas asini delicias risu maximo dirumpuntur vocatoque uno et altero ac dein pluribus conservis gulam.

está a ponto de nascer entre nós uma discórdia contra a natureza." "Por Hércules", respondeu o outro, "tenho de admirar o teu descaramento. Dia após dia, és tu quem furtas às escondidas partes que me pertencem; e vens com queixas que eu há muito venho sopitando, gemendo baixinho, para não ter de acusar meu próprio irmão de sórdidos roubos! Mas tanto melhor se esta explicação nos leva a procurar, juntos, um remédio para esses sumiços, antes que o inimigo, progredindo em silêncio, suscite entre nós os conflitos eteocleanos."[130]

[15] Depois de terem trocado, dessa maneira, muitas recriminações, juraram um e outro que não tinham cometido a menor fraude, nem furtado nada. Concordaram então que era preciso, por todos os meios, procurar o malfeitor, causa de seu comum prejuízo, pois o burro, o único que ali assistia além deles, era insensível a iguarias daquele gênero. Entretanto, todos os dias desapareciam bons bocados, e não seriam moscas monstruosas que ao seu quartinho viriam roubar, como as Harpias que outrora pilhavam o repasto de Fineu.[131]

Todavia, por me tratar assim liberalmente e me estufar até à saciedade com iguarias feitas para homens, meu corpo foi-se tornando redondo, obeso, estourando de gordura; meu couro estava esticado por efeito do rico passadio; e meu pelo, bem nutrido, tinha tomado um brilho de nobre aparência. Mas essas vantagens exteriores se transformaram em desvantagens e em confusão para o meu amor-próprio. Espantados, com efeito, com a minha corpulência inexplicável, e vendo que minha ração cotidiana de feno permanecia intacta, os dois irmãos concentraram em mim sua atenção. Na hora do costume, fecharam a porta, conforme o hábito, como se fossem para o banho, e, espiando por uma fenda, viram-me muito ocupado com as vitualhas espalhadas por ali. Sem mais se preocuparem com o prejuízo sofrido, e maravilhados com o inacreditável regalo com que se comprazia o seu burro, ei-los que estalaram num riso enorme. Chamando um amigo, depois dois, depois diversos, deleitavam-se com o espetáculo de uma gula sem exem-

---

[130] Etéocles e Polinices, filhos de Édipo, rei, empenharam-se em luta fratricida, tornando-se tipos eternos das inimizades entre irmãos. (N. da T.)

[131] As Harpias eram demônios espantosos, virgens aladas com cabeça e braços humanos, cauda e patas de pássaros. O divino Fineu, que fora punido com a cegueira pelos deuses, por ter desvendado o futuro dos homens, era vítima das Harpias, que lhe furtavam os alimentos, e os que não podiam furtar, emporcalhavam. (N. da T.)

Tantus denique ac tam liberatis cachinnus
cunctos invaserat, ut ad aures quoque
praetereuntis perveniret domini.

[16] Sciscitatus denique, quid bonum rideret familia,
cognito quod res erat, ipse quoque per idem prospiciens forarem
delectatur eximie; ac dehinc risu ipse quoque latissimo adusque
intestinorum dolorem redactum, iam patefacto cubiculo
proxime consistens coram arbitratur. Nam et ego tandem ex
aliqua parte mollius mihi renidentis fortunae contemplatum
faciem, gaudio praesentium fiduciam mihi subministrante, nec
tantillum commotus securus esitabam, quoad novitate spectaculi
laetus dominus aedium duci me iussit, immo vero suis etiam ipse
manibus ad triclinium perduxit mensaque posita omne genus
edulium solidorum et inlibata fercula iussit adponi. At ergo
quanquam iam bellule suffarcinatus, gratiosum
commendatioremque me tamen ei fare cupiens esurienter
exhibitas escas adpetebam. Nam et quid potissimum abhorreret
asino excogitantes scrupulose ad explorandam mansuetudinem
id offerebant mihi, carnes lasere infectas, altilia pipere inspersa,
pisces exotico iure perfusos. Interim convivium summo risu
personabat. Quidam denique praesentes scurrula: "Date" inquit
"sodali huic quippiam meri."

Quod dictum dominus secutus: "Non adeo" respondit
"absurde iocatus es, furcifer; valde enim fleri potest, ut
contubernalis noster poculum quoque mulsi libenter adpetat."
Et "heus", ait "puer, lautum diligenter ecce illum aureum
cantharum mulso contempera et offer parasito meo; simul, quod
ei praebiberim, commoneto."

Ingens exin oborta est epulonum exspectatio. Nec ulla
tamen ego ratione conterritus, otiose ac satis genialiter contorta
in modum linguae postrema labia grandissimum illum calicem
uno haustum perduxi. Et clamor exsurgit consola voce
cunctorum salute me prosequentium.

[17] Magno denique delibutus gaudio dominus,
vocatis servis suis, emptoribus meis, iubet quadruplum
restitui pretium meque cuidam acceptissimo liberto suo
et satis peculiato magnam praefatus diligentiam
tradidit.

plo numa pesada besta de carga. Por fim, riram tanto, com um riso tão barulhento e exagerado, que chegou até os ouvidos do dono que passava por lá.

[16] Perguntou ele que alegre aventura fazia rir assim a sua gente. Tendo sabido, encostou um olho à mesma abertura. O que viu o divertiu extraordinariamente e ele foi tomado, por sua vez, de um tão largo riso, que lhe doía a barriga. Mandou abrir o quarto e manteve-se ao meu lado, para verificar a coisa de perto. Vendo, afinal, a Fortuna mais indulgente a meu respeito, de algum modo, e mostrando-me um rosto sorridente, continuei tranquilamente a comer. Surpreendido com a novidade do espetáculo, o dono da casa me fez conduzir, ou mais exatamente, me levou com suas próprias mãos, para a sala de jantar. Mandou estender uma mesa onde fossem servidas peças inteiras de todas as espécies e pratos ainda intatos. Eu já estava belamente empanturrado, mas desejando agradá-lo e conquistar-lhe as boas graças, lancei-me como um faminto sobre os petiscos que me foram apresentados. Quebravam a cabeça para imaginar coisas de que um burro tivesse mais horror, a fim de experimentarem até que ponto eu estava civilizado, e ofereceram-me carnes condimentadas com plantas de gosto forte, aves salpicadas com pimenta, peixes num molho exótico de salsa. Entrementes, a mesa estremecia com as gargalhadas. Por fim, um rústico do grupo exclamou: "Dai ao camarada um pouco de vinho puro."

O dono replicou: "A brincadeira não é tão tola, velhaco, pois é bem possível que nosso companheiro de mesa sinta prazer igualmente com um copo de vinho com mel." Dirigiu-se a um escravo: "Enxágua diligentemente aquele cântaro de ouro que ali está. Derrama nele vinho temperado com mel e oferece ao meu parasita. Ao mesmo tempo, avisa-o de que eu bebi à sua saúde."

Houve logo entre os convivas um vivo movimento de curiosidade. Mas eu, sem o menor embaraço, tranquilamente e com graça, arredondei o beiço inferior, a modo de língua, e esvaziei de um trago o cálice de grandes dimensões. Com um uníssono clamor, todos me saudaram.

[17] O dono não cabia em si de alegria; mandou vir os escravos que me haviam comprado, ordenou que lhes restituíssem o preço pago por mim, e me confiou a um dos libertos preferidos, provendo-o de um bom pecúlio e recomendando-lhe que velasse por mim cuidadosamente.

Qui me satis humane satisque comiter nutriebat et, quo se patrono commendatiorem faceret, studiosissime voluptates eius per meas argutias instruebat. Et primum me quidem mensam accumbere suffixo cubito, dein adluctari et etiam saltares sublatis primoribus pedibus perdocuit, quodque esset adprime mirabile, verbis nutum commodare, ut quod nollem relato, quod vellem deiecto capite monstrarem, sitiensque pocillatore respecto, ciliis alterna conivens, bibere flagitarem. Atque haec omnia perfacile oboediebam, quae nullo etiam monstrante scilicet facerem. Sed verebar ne, si forte sine magistro humano ritu ederem pleraque, rati scaevum praesagium portendere, velet monstrum ostentumque me obtruncatum vulturiis opimum pabulum redderent. Iamque rumor publice crebruerat, quo conspectum atque famigerabilem meis miris artibus effeceram dominum: hic est, qui sodalem convivamque possidet asinum luctantem, asinum saltantem, asinum voces humanas intellegentem, sensum nutibus exprimentem.

[18] Sed prius est ut vobis, quod initio facere debueram, vel nunc saltem referam, vis iste vel unde fuerit: Thiasus hoc enim nomine meus nuncupabatur dominus — oriundus patria Corintho, quod caput est totius Achaiae provinciae, ut eius prosapia atque dignitas postulabat, gradatim permensis honoribus quinquennali magistratui fuerat destinatus, et ut splendori capessendorum responderet fascium, munus gladiatorium triduani spectaculi pollicitus latius munificentiam suam porrigebat. Denique gloriae publicae studio tunc Thessaliam etiam accesserat nobilissimas feras et famosos inde gladiatores comparaturus, iamque ex arbitrio dispositis coemptisque omnibus domuitionem parabat. Spretis luculentis illis suis vehiculis ac posthabitis decoris raedarum carpentis, quae partim contecta partim revelata frustra novissimis trahebantur consequiis, equis etiam Thessalicis et aliis iumentis Gallicanis, quibus generosa suboles perhibet pretiosa dignitatem, me phaleris aureis et fucatis ephipiis et purpureis tapetis et frenis

Esse homem me tratava com muita humanidade e doçura, e para cair nas boas graças do patrão, imaginava fazer das minhas habilidades uma fonte de divertimento. Primeiro me ensinou a me pôr perfeitamente à mesa, apoiando-me sobre o cotovelo; depois, a lutar e dançar, levantando no ar as patas da frente; e, prodígio feito entre todos para espantar, a responder à palavra com gestos apropriados: puxar a cabeça para trás significava recusa; incliná-la para a frente, aquiescência. Quando eu tinha sede, olhava para o lado do escanção e piscava os olhos, alternativamente, para pedir bebida. Aprendizagem muito fácil para mim, como sabeis. Eu o teria feito, mesmo sem que me mostrassem, mas temia que, se acontecesse comportar-me como homem, sem as lições de um mestre, vissem em mim um presságio de desgraça, e que, tratando-me como um prodígio ou um ser sobrenatural, me cortassem o pescoço e me atirassem como pasto suculento aos abutres. Espalhava-se já por todos a notícia dos meus maravilhosos talentos, e isso valia ao meu dono as honras da celebridade. "Ali está", diziam, "aquele que tem como companheiro e comensal um burro que luta, um burro que dança, um burro que compreende a palavra humana e exprime seu pensamento por sinais."

[18] Porém, antes de ir além, e por aí deveria eu ter começado, é preciso que vos apresente essa pessoa e suas origens: Tíaso — tal era o nome do meu dono — viera de Corinto, capital da Acaia. Depois de desfrutar todas as honrarias, como lhe facultavam o nascimento e o mérito, fora elevado à magistratura quinquenal.[132] Para dar à tomada de posse dos feixes um brilho correspondente às circunstâncias, prometera oferecer durante o espetáculo um combate de gladiadores. Não havia nenhum limite à sua munificência, a ponto de, em seu desejo de popularidade, ter ido à Tessália procurar as mais nobres feras e os famosos gladiadores. Depois de ter feito suas aquisições à vontade, e arrumado tudo, preparava-se para voltar para casa. Mas desdenhava as equipagens de luxo e fazia pouco do rico aparato das carruagens para viagem, que se arrastavam inúteis, de cortina abaixada ou levantada, seguindo o comboio, assim como dos cavalos tessalianos e seus aperos gauleses, animais de nobre raça e alto preço. Todavia, eu tinha como ornamentos baixeiros coloridos, mantas de púrpura, freios de prata, ar-

---

[132] Designa a função dos dois magistrados, escolhidos a cada cinco anos, para coordenar o censo. (N. da E.)

argenteis et pictilibus balteis et tintinnabulis perargutis exornatum ipse residens amantissime nonnumquam commisit adfatur sermonibus atque inter alia pleraque summe se delectari profitebatur, quod haberet in me simul et convivam et vectorem.

[19] At ubi partim terrestri partim maritimo itinere confecto Corinthum accessimus, magnae civium turbae confluebant, ut mihi videbatur, non tantum Thiasi studentes honori quam mei conspectus cupientes. Nam tanta etiam ibidem de me fama pervaserat, ut non mediocri questui praeposito illo meo fuerim. Qui cum multos videret nimio favore lusus meos spectare gestientes, obserata fore atque singulis eorum sorsus admissis, stipes acceptans non parvas summulas diurnas corradere consuerat.

Fuit in illo conventiculo matrona quaedam pollens et opulens. Quae more ceterorum visum meum mercata ac dehinc multiformibus ludicris delectata per admirationem adsiduam paulatim in admirabilem mei cupidinem incidit; nec ullam vaesanae libidini medelam capiens ad instar asinariae Pasiphaae complexus meos ardenter exspectabat, grandi denique praemio cum altore meo depecta est noctis unius concubitum; at ille nequaquam <anxius, ecquid> posset de me suave provenire, lucro suo tantum contentus, adnuit.

[20] Iam denique cenati e triclinio domini decesseramus et iam dudum praestolantem cubiculo meo matronam offendimus. Dii boni, qualis ille quamque praeclarus apparatus! Quattuor eunuchi confestim pulvillis compluribus ventose tumentibus pluma delicata terrestrem nobis cubitum praestruunt, sed et stragula veste auro ac murice Tyrio depicta probe consternunt ac desuper brevibus admodum, sed satis copiosis pulvillis aliis nimis modicis,

neses bordados, campainhas de claro tintinar, e ele me cavalgava amorosamente, dirigindo-me de vez em quando afetuosos discursos e declarando que, entre tantos motivos de alegria, o que o encantava mais era ter em mim ao mesmo tempo um comensal e uma montaria.

[19] Foi assim que, viajando metade por terra, metade por mar, chegamos por fim a Corinto. O povo acorria em multidão, penso que menos para prestar honras a Tiaso que pelo desejo de me ver, pois lá também minha fama se espalhara tão largamente que fui para o meu guardião oportunidade para proveitos não medíocres. Vendo as pessoas, num açodamento sem limites, se apertarem para assistir aos meus feitos, fechou a porta e os deixou entrar um a um. As gorjetas que recolhia, em geral constituíam frutíferas diárias.

Encontrava-se nesse pequeno círculo certa matrona nobre e opulenta. Pagou como os outros para me ver, ficou encantada com as minhas graças variadas, e por mim caiu num contínuo encantamento, em tão maravilhosa paixão que, sem conseguir remédio para a perturbação dos seus sentidos, nova Pasífae, mas queimando por um burro,[133] vivia do anelo dos meus abraços. Propôs por fim, àquele que me tratava, uma forte soma para se unir comigo só uma noite, e ele, sem se preocupar, absolutamente, se a aventura resultaria bem para mim, mas tendo em vista apenas seu próprio lucro, aceitou.

[20] Tínhamos jantado e acabávamos de deixar a sala do patrão, quando encontramos em meu quarto a dama que esperava há muito tempo. E que aparatos, deuses bondosos, que esplendor! Quatro solícitos eunucos, com uma enorme quantidade de almofadas molemente cheias de penugem delicada, arrumaram um leito no chão, recobrindo-o cuidadosamente com uma coberta bordada de ouro e de púrpura de Tiro,[134] e amontoaram outras almofadas ainda por cima, pequenas mas numerosas, desses travesseirinhos nos quais as mulheres que pro-

---

[133] Pasífae, esposa do rei Minos, de Creta, tomou-se de amores por um touro. Desses amores monstruosos nasceu um ser meio homem, meio animal, o Minotauro. (N. da T.)

[134] O mureide é um molusco muito abundante nas costas do Mediterrâneo, e particularmente nas alturas da Fenícia. Com ele se faz uma tinta que tinge fortemente, em cores variadas, entre o vermelho vivo e o violeta, numa gradação riquíssima. Chama-se púrpura. Havia em Tiro e Sídon, cidades fenícias, grandes oficinas para o preparo dessa tinta, e principalmente a púrpura de Tiro, usada pelos reis, ficou famosa. (N. da T.)

quis maxillas et cervices delicatae mulieres suffulcire consuerunt, superstruunt. Nec dominae voluptates diutina sua praesentia morati, clausis cubiculi foribus facessunt. At intus cerei praeclara micantes luce nocturnas nobis tenebras inalbabant.

[21] Tunc ipsa cuncto prorsus spoliata tegmine, taenia quoque, qua decoras devinxerat papillas, lumen propter adsistens, de stagneo vasculo multo sese perungit oleo balsamino meque indidem largissime perfricat, sed multo tanta impensius (cura) etiam nares perfundit meas. Tunc exosculata pressule, non qualia in lupanari solent basiola iactari vel meretricum poscinummia vel adventorum negantinummia, sed pura atque sincera instruit et blandissimos adfatus: "Amo" et "Cupio" et "Te solum diligo" et "Sine te iam vivere nequeo" et cetera, quis mulieres et alios inducunt et suas testantur adfectationes, capistroque me prehensum more, quo didiceram, reclinat facile, quippe cum nil novi nihilque difficile facturus mihi viderer, praesertim post tantum temporis tam formonsae mulieris cupientis amplexus obiturus; nam et vino pulcherrimo atque copioso memet madefeceram et ungento flaglantissimo prolubium libidinis suscitaram.

[22] Sed angebar plane non exili metu reputans, quem ad modum tantis tamque magnis cruribus possem delicatam matronam inscendere vel tam lucida tamque tenera et lacte ac melle confecta membra duris ungulis complecti labiasque modicas ambroseo rore purpurantes tam amplo ore tamque enormi et saxeis dentibus deformi saviari, novissime quo pacto, quanquam ex unguiculis perpruriscens, mulier tam vastum genitale susciperet: heu me, qui dirrupta nobili femina bestiis obiectus munus instructurus sim mei domini! Molles interdum voculas et adsidua savia et dulces gannitus commorsicantibus oculis iterabat illa, et in summa: "Teneo te" inquit "teneo, meum palumbulum, meum passerem" et cum dicto vanas fuisse cogitationes meas ineptumque monstrat metum. Artissime namque complexa totum me prorsus, sed totum recepit. Illa vero quotiens ei parcens nates recellebam,

curam comodidades costumam apoiar as faces e a nuca. Depois, sem retardar inutilmente com sua presença os prazeres da senhora, fecharam a porta do quarto e se retiraram. No interior, a chama muito clara das velas de cera dissipavam aos nossos olhos, com sua alva luz, as trevas da noite.

[21] Então, depois de ter-se inteiramente desnudado, desatando mesmo a faixa que lhe comprimia os belos seios, ela, em pé, diante da luz, tirou, de um frasco de estanho, um óleo perfumado com que abundantemente se untou. Esfregou-me longamente também, pondo um cuidado particular em me umedecer com ele as ventas. Cobriu-me em seguida de beijos ternos, não como nos lupanares as meretrizes que mendigam níqueis aos clientes que as recusam, mas beijos francos e verdadeiros, entremeados de palavras de carinho: "Eu te amo", "Eu te desejo", "Só a ti é que amo", "Sem ti não posso mais viver", todas essas coisas que as mulheres dizem aos homens, para seduzi-los e para lhes testemunhar seus próprios sentimentos. Depois, tomando-me pelo freio, atraiu-me para si, e não lhe foi difícil fazer-me deitar da maneira pela qual me haviam ensinado, pois o que eu tinha a fazer não me parecia novo nem difícil, sobretudo agora que me esperavam os abraços ávidos de mulher tão formosa, depois de um longo intervalo. Demais, o fino vinho, de que eu bebera copiosas rações, e o fragrante unguento tinham estimulado o ardor da minha libido.

[22] Vinha-me, entretanto, uma inquietação que não era pequeno tormento: com tantas e tão grandes pernas, como subir em mulher assim delicada? A esses membros translúcidos e macios, de leite e mel cristalizados, como apertá-los entre os meus duros cascos? Esses lábios finos e vermelhos, úmidos do orvalho celeste, como beijá-los com esta larga boca informe, plantada de horríveis dentes, semelhantes a ladrilhos? E, mesmo excitada até as pontas das unhas, como faria para receber os meus vastos órgãos genitais? "Que eu tenha a desgraça de fender em dois esta nobre dama, serei entregue às feras, e figurarei no combate oferecido por meu dono." Entrementes, eram de sua parte os ternos chamados, os beijos contínuos, doces sussurros acompanhados de olhadelas provocantes. "Eu te contenho", repetia ela, "vamos, meu pombinho, meu pardal." Enquanto falava, mostrou que minhas cogitações eram vãs, e sem fundamento os meus temores, pois, enlaçando--me com arte, ela me recebeu inteiro, mas todo inteiro. E de cada vez que, para poupá-la, eu esboçava um movimento de recuo, ela se apro-

accedens totiens nisu rabido et spinam prehendens meam adplicitiore nexu inhaerebat, ut hercules etiam deesse mihi aliquid ad supplendam eius libidinem crederem, nec Minotauri matrem frustra delectatam putarem adultero mugiente. Iamque operosa et pervigili nocte transacta, vitata lucis conscientia facessit mulier condicto pari noctis futurae pretio.

[23] Nec gravate magister meus voluptates ex eius arbitrio largiebatur partim mercedes amplissimas acceptando, raptim novum spectaculum domino praeparando. Incunctanter ei denique libidinis nostrae totam detegit scaenam. At ille liberto magnifice munerato destinat me spectaculo publico. Et quoniam neque egregia illa uxor mea propter dignitatem neque prorsus ulla alia inveniri potuerat grandi praemio, vilis acquiritur aliqua sententia praesidis bestiis addicta, quae mecum incoram publicam pudicitiam populi caveam frequentaret. Eius poenae talem cognoveram fabulam.

Maritum habuit, cuius pater peregre proficiscens mandavit uxoris suae, matri eiusdem iuvenis — quod enim sarcina praegnationis oneratam eam relinquebat — ut, si sexus sequioris edidisset fetum, protinus quod esset editum necaretur. At illa, per absentiam mariti nata puella, insita matribus pietate praeventa descivit ab obsequio mariti eamque prodidit vicinis alumnandam, regressoque iam marito natam necatamque nuntiavit. Sed ubi flos aetatis nuptialem virgini diem flagitabat nec ignaro marito dotare filiam pro natalibus quibat, quod solum potuit, filio suo tacitum secretum aperuit. Nam et oppido verebatur ne quos casu, caloris iuvenalis impetu lapsus, nescius nesciam sororem incurreret. Sed pietatis spectatae iuvenis et matris obsequium et sororis officium religiose dispensat et arcanis domus venerabilis silentii custodiae traditis, plebeiam facie tenus praetendens humanitatem, sic necessarium sanguinis sui munus adgreditur ut desolatam vicinam puellam parentumque praesidio

ximava com um impulso frenético e, agarrando a minha espinha, apertava o seu abraço e se aplastrava contra mim, a ponto de eu temer, em verdade, não ter tudo o que era preciso para saciar-lhe os apetites, e não era sem razão, dizia comigo, que a mãe do Minotauro tinha-se deleitado com um adúltero que mugia. Depois de uma noite laboriosa e sem sono, para fugir à luz, a mulher se foi, combinando o mesmo preço para uma futura noite.

[23] De resto, meu instrutor não se fazia de rogado para prover aos seus prazeres, tanto quanto ela quisesse: via nisso um meio de auferir bons lucros e ao mesmo tempo de preparar para o seu dono um espetáculo inédito. Não hesitou, pois, em revelar-lhe toda a cena dos nossos amores. O patrão, depois de ter recompensado magnificamente o liberto, resolveu me apresentar num espetáculo público. Mas não se podia cogitar de minha egrégia esposa por causa da sua dignidade, e não se encontrava nenhuma outra mulher, mesmo instituindo um prêmio. Então foram procurar uma vil criatura, destinada às feras por sentença do governador, para fazê-la descer comigo ao anfiteatro e expor aos olhos do povo o sacrifício de seu pudor. E aqui está, como a ouvi, a história da sua condenação:

Muitos anos atrás, seu futuro pai, partindo em viagem, recomendara à mulher (que já era mãe de um menino) que, se o novo fruto de suas entranhas pertencesse ao sexo frágil, pois a deixara carregando o fardo de uma gravidez, matasse imediatamente a que viesse ao mundo. Durante a ausência do marido, nasceu-lhe uma menina, mas a piedade natural às mães foi mais forte que a obediência ao esposo. Confiou a menina a vizinhos e encarregou-os de a criarem; na volta do marido, anunciou-lhe o nascimento da filha e a sua morte. Mas quando, para a virgenzinha na flor da idade, chegou a hora das núpcias, não podendo dar-lhe um dote de acordo com o seu nascimento, sem o conhecimento do marido, não teve outro remédio senão pôr o filho a par do segredo. Tinha também grande medo de que ele, por infelicidade, num encontro de acaso ou num impulso devido ao calor da juventude, se lançasse sobre ela, sem saber que era sua irmã e sem que ela própria soubesse. O moço, de uma piedade notável, conciliou escrupulosamente a obediência devida à mãe e o devotamento para com a irmã. Colocou os arcanos domésticos sob a custódia do venerável silêncio, mantendo exteriormente apenas um sentimento de humanidade, e assim se desincumbiu dos deveres que lhe impunham os laços de sangue, a ponto de ofe-

viduatam domus suae tutela receptaret ac mox
artissimo multumque sibi dilecto contubernali, largius
de proprio dotem, liberalissime traderet.

[24] Sed haec bene atque optime plenaque cum
sanctimonia disposita feralem Fortunae nutum latere non
potuerunt, cuius instinctu domum iuvenis protinus se direxit
saeva Rivalitas. Et illico haec eadem uxor eius, quae nunc
bestiis propter haec ipsa fuerat addicta, coepit puellam velut
aemulam tori succubamque primo suspicari, dehinc detestari,
dehinc crudelissimis laqueis mortis insidiari. Tale denique
comminiscitur facinus.

Anulo mariti surrepto rus profecta mittit quendam
servulum sibi quidem fidelem, sed de ipsa Fide pessime
merentem, qui puellae nuntiaret quod eam iuvenis
profectus ad villulam vocaret ad sese, addito ut sola et
sine ullo comite quam maturissime perveniret. Et ne qua
forte nasceretur veniendi cunctatio, tradit anulum marito
subtractum, qui monstratus fidem verbis adstipularetur.
At illa mandatu fratris obsequens — hoc enim nomen sola
sciebat — respecto etiam signo eius, quod offerebatur,
naviter, ut praeceptum fuerat, incomitata festinabat. Sed
ubi fraudis extremae lapsa decipulo laqueos insidiarum
accessit, tunc illa uxor egregia sororem mariti libidinosae
furiae stimulis efferata primum quidem nudam flagris
ultime verberat, dehinc quod res erat, clamantem quodque
frustra paelicatus indignatione bulliret fratrisque nomen
saepius iterantem velut mentitam atque cuncta fingentem
titione candenti inter media femina detruso crudelissimae
necavit.

[25] Tunc acerbae mortis exciti nuntiis frater et maritus
accurrunt variisque lamentationibus defletam puellam tradunt
sepulturae. Nec iuvenis sororis suae mortem tam miseram et qua
minime par erat inlatam aequo tolerare quivit animo, sed
medullitus dolore commotus acerrimaeque bilis noxio furore
perfusus exin flagrantissimis febribus ardebat, ut ipsi quoque iam
medela videretur esse necessaria. Sed uxor, quam iam pridem
nomen uxoris cum fide perdiderat, medicum convenit quendam
notae perfidiae, qui iam multarum palmarum spectatus proeliis

recer um asilo, na sua própria casa, à jovem vizinha abandonada e sem a assistência dos pais. Dotou-a generosamente com seus próprios recursos, e deu-a em casamento a um dileto companheiro.

[24] Mas estas medidas tão felizes e de intenção tão pura, não deviam escapar às funestas vontades da Fortuna. Por sua instigação, foi direito para a casa do moço a cruel Rivalidade. E logo a esposa deste, aquela mesma que, por tal feito, estava presentemente condenada a ser lançada às feras, começou a suspeitar da irmã do marido, considerando-a rival e usurpadora de seu leito. Pôs-se depois a detestá-la, a ponto de desejar atirá-la às garras da morte mais desumana. Foi este o crime que imaginou.

Tendo furtado um anel do marido, partiu para o campo e, como possuía um pequeno escravo que a servia tão fielmente que, por ela, ultrajaria a própria Boa-Fé, encarregou-o de anunciar à moça que o rapaz fora para sua casa de campo e a chamava para junto dele. Ela devia, acrescentava, juntar-se-lhe o mais breve possível, sozinha, sem nenhuma companhia. E, para prevenir qualquer hesitação de parte da moça, confiou ao escravo o anel que subtraíra ao marido, e que, ao ser exibido, seria uma garantia da sinceridade de suas palavras. Dócil ao mandado do irmão, que só ela conhecia sob esse nome fraterno, vendo o sinal que lhe era apresentado, apressou-se a moça a partir, como fora convidada a fazer, sem companhia. Mas quando caiu no laço da abominável armadilha, a virtuosa esposa, fora de si, sob o estímulo de um furioso acesso contra a irmã do marido, primeiro desnudou-a, fustigando-a com o chicote, e depois, como a desgraçada gritasse a verdade, repetindo que não houvera nenhum comércio adúltero que justificasse a selvagem fúria, pois que se tratava de um irmão, ela pretendeu que tudo isso era mentira e impostura, e, enfiando-lhe entre as coxas um tição ardente, fê-la crudelissimamente perecer.

[25] Cientes da acerba morte, o irmão e o marido acorreram, e, depois de terem chorado a moça, lastimosamente entregaram-na à sepultura. Mas o moço, muito atingido para resistir ao pensamento da morte lamentável e do injustificado suplício da irmã, comovido de dor até a medula, e presa de funesto delírio resultante da acérrima bile, ardia em febre, a ponto de que parecia indispensável prestar-lhe também cuidados. A mulher, que havia muito perdera o título de esposa, procurou um médico, notável por sua ausência de escrúpulos, frequentemente citado por suas gloriosas explorações, e que contava amplos tro-

411   Livro X

magna dexterae suae tropaea numerabat, eique protinus quinquaginta promittit sestertia, ut ille quidem momentarium venenum venderet, ipsa autem emeret mortem mariti sui. Quo compecto simulatur necessaria praecordiis leniendis bilique subtrahendae illa praenobilis potio, quam sacram doctiores nominant, sed in eius vicem subditur alia Proserpinae sacra Saluti. Iamque praesente familia et nonnullis amicis et adfinibus aegroto medicus poculum probe temperatum manu sua porrigebat.

[26] Sed audax illa mulier, ut simul et conscium sceleris amoliretur et quam desponderat pecuniam lucraretur, coram detento calice: "Non prius", inquit "medicorum optime, non prius carissimo mihi marito trades istam potionem quam de ea bonam partem hauseris ipse. Vnde enim scio an noxium in eam lateat venenum? Quae res utique te tam prudentem tamque doctum virum nequaquam offendet, si religiosa uxor circa salutem mariti sollicita necessariam adfero pietatem."

Qua mira desperatione truculentae feminae repente perturbatus medicus excussusque toto consilio et ob angustiam temporis spatio cogitandi privatus, antequam trepidatione aliqua vel cunctatione ipsa daret malae conscientiae suspicionem, indidem de potione gustavit ampliter. Quam fidem secutus adulescens etiam, sumpto calice, quod offerebatur hausit. Ad istum modum praesenti transacto negotio medicus quam celerrime domum remeabat, salutifera potione pestem praecedentis veneni festinans extinguere. Nec eum obstinatione sacrilega, qua semel coeperat, truculenta mulier ungue latius a se discedere passa est — "priusquam" inquit "digesta potione medicinae proventus appareat" — sed aegre precibus et obtestationibus eius multum ac diu fatigata tandem abire concessit. Interdum perniciem caecam totis visceribus furentem medullae penitus adtraxerant, multum denique saucius et gravedine somnulenta iam demersus domum pervadit aegerrime. Vixque enarratis cunctis ad uxorem mandato saltem promissam mercedem mortis geminatae deposceret, sic elisum violenter spectatissimus medicus effundit spiritum.

[27] Nec ille tamen iuvenis diutius vitam tenuerat, sed inter fictas mentitasque lacrimas uxoris pari casu mortis fuerat extinctus. Iamque eo sepulto, paucis interiectis diebus, quis feralia mortuis litantur obsequia, uxor medici pretium geminae mortis petens aderat. Sed mulier usquequaque sui similis, fidei

féus devidos ao vigor do seu braço. Ofereceu-lhe logo cinquenta mil sestércios, mediante os quais ele lhe venderia um veneno fulminante. Estava assim comprando a morte do marido. Concluído o negócio, fingiram preparar o específico destinado a evacuar a bile e serenar o coração do moço, essa excelente poção a que os sábios chamam sagrada e que substitui uma outra consagrada à Prosérpina Salvadora. E em presença da família e de numerosos amigos, estendeu o médico, com a sua mão, ao doente, a beberagem honestamente misturada.

[26] Porém, a audaciosa mulher, querendo se desembaraçar do cúmplice do seu crime, e ao mesmo tempo guardar o dinheiro prometido, pegou o cálice, diante de todos, e disse: "Não, excelente médico, não darás esta poção ao meu caríssimo esposo, sem beberes tu mesmo uma boa parte. Pois quem me diz que não se esconde nela algum pernicioso veneno? Um homem douto e prudente como tu não poderá se ofender por ver uma esposa devotada até o escrúpulo, cuidosa da saúde do marido e solicitamente piedosa a seu respeito."

A desesperada truculência da mulher perturbou o médico; completamente desprevenido, sem encontrar, na precipitação do momento, tempo para reflexão, e antes mesmo que um sinal de perplexidade ou de hesitação deixasse entrever a confusão de sua consciência, tomou daquele copo uma forte porção da beberagem. Serenado por esse exemplo, o adolescente recebeu por sua vez o cálice e bebeu o que lhe ofereciam. Com sacrílega obstinação, a megera não permitiu ao médico afastar-se nem à distância de uma unha: "Espera", disse-lhe ela, "que a beberagem, espalhando-se pelo corpo do meu esposo, faça o devido efeito." Foi com grande esforço, a poder de súplicas e rogos, que o médico obteve enfim permissão para se ir. Entrementes, a surda virulência do veneno letal tinha-se espalhado por todas as suas fibras e caminhado até a medula. Profundamente atingido, e mergulhado já num pesado torpor, chegou a casa com dificuldade. Contou tudo à mulher, dificultosamente, e recomendou-lhe que reclamasse pelo menos, por essa dupla morte, a recompensa prometida. Depois, presa de asfixia brutal, entregou a alma.

[27] Não demorou com vida o moço: em meio às lágrimas fingidas e mentirosas da mulher, sucumbiu à sorte fatal. Já estava sepultado quando a viúva do médico, tendo deixado transcorrer alguns dias, para que prestassem ao defunto as honras fúnebres, apresentou-se para reclamar o preço da dupla morte. A outra, sem desmentir o seu caráter

supprimens faciem, praetendens imaginem, blandicule respondit et omnia prolixe adcumulateque pollicetur et statutum praemium sine mora se reddituram constituit, modo pauxillum de ea potione largiri sibi vellet ad incepti negotii persecutionem. Quid pluribus? Laqueis fraudium pessimarum uxor inducta medici facile consentit et, quo se gratiorem locupleti feminae faceret, properiter domo petitam totam prorsus veneri pyxidem mulieri tradidit. Quae grandem scelerum nancta materiam longe lateque cruentas suas manus porrigit.

[28] Habebat filiam parvulam de marito, quem nuper necaverat. Huic infantulae quod leges necessariam patris successionem deferrent, sustinebat aegerrime inhiansque toto filiae patrimonio inminebat et capiti. Ergo certa defunctorum liberorum matres sceleratas hereditates excipere, talem parentem praebuit, qualem exhibuerat uxorem, prandioque commento pro tempore et uxorem medici simul et suam filiam veneno eodem percutit. Sed parvulae quidem tenuem spiritum et delicata ac tenera praecordia conficit protinus virus infestum, at uxor medici, dum noxiis ambagibus pulmones eius pererrat tempestas detestabilis potionis, primum suspicata, quod res erat, mox urgente spiritu iam certo certior contendit ad ipsam praesidis domum magnoque fidem eius protestata clamore et populi concitato tumultu, utpote tam immania detectura flagitia, efficit, statim sibi simul et domus et aures praesidis patefierent. Iamque ab ipso exordio crudelissimae mulieris cunctis atrocitatibus diligenter expositis, repente mentis nubilo turbine correpta semihiantes adhuc compressit labias et, attritu dentium longo stridore reddito, ante ipso praesidis pedes examinis corruit. Nec ille vir, alioquin exercitus, tam multiforme facinus excetrae venenatae dilatione languida passus marcescere confestim cubiculariis mulieris adtractis vi tormentorum veritatem eruit atque illam, minus quidem quam merebatur, sed quod dignus cruciatus alius excogitari non poterat, certe bestiis obiciendam pronuntiavit.

[29] Talis mulieris publicitus matrimonium confarreaturus ingentique angore oppido suspensus

até o fim, e dissimulando a verdade sob a aparência de boa-fé, com uma acolhida cordial fez muitas promessas e comprometeu-se a pagar sem demora a soma combinada; porém, queria que ela lhe desse ainda um pouco daquela mesma poção, para acabar o que tinha começado. Que direi mais? Apanhada nas malhas da nova perfídia, a viúva do médico facilmente consentiu, e, para fazer jus à gratidão de uma pessoa rica, apressou-se a ir buscar em casa uma caixinha com veneno. A criminosa, provida de amplos meios de ação, estendeu sobre tudo que a cercava as mãos cruentas.

[28] Tinha ela uma filhinha do marido que acabara de matar. A lei fazia dessa criança a herdeira natural do pai, o que ela não podia suportar; cobiçando todo o patrimônio da filha, atacou também os seus dias. Sabedora de que as mães condenadas a sobreviverem aos filhos recolhem a herança dos mortos, mostrou-se, como mãe, igual ao que se mostrara como esposa. Imaginando um almoço para a circunstância, feriu ao mesmo tempo, e com o mesmo veneno, a mulher do médico e a própria filha. A menina, cuja tênue vida era mais frágil, e que tinha as entranhas delicadas e tenras, bem depressa foi morta pelo veneno. Mas a mulher do médico, sentindo a detestável poção se expandir através dos seus pulmões como um furacão devastador, suspeitou da verdade. O embaraço crescente da respiração dissipou-lhe toda a incerteza, e ela foi direito à própria residência do governador, onde invocou com grandes clamores a sua proteção, suscitou um tumulto entre o povo e fez tantas que, ao anúncio dos monstruosos crimes que dizia ter para revelar, o magistrado depressa lhe abriu a porta da casa e ao mesmo tempo os ouvidos. Ela mal conseguiu expor, ponto por ponto, desde a origem, as atrocidades da mulher crudelíssima, pois, de súbito, um nevoeiro de vertigem se lhe apoderou do espírito, seus lábios entreabertos se crisparam, os dentes cerraram-se com um prolongado rangido, e ela tombou por fim aos pés mesmo do governador. Homem de experiência, não quis ele deixar cair na pasmaceira dos processos que se arrastam os múltiplos crimes da venenosa serpente. Mandou buscar imediatamente o pessoal da casa da acusada, e, pela tortura, arrancou-lhes a verdade. Quanto a ela — era o menos que merecia, mas não podia imaginar nenhum outro suplício proporcional ao crime —, condenou-a a ser exposta às feras.

[29] Era com essa mulher que eu devia, pública e solenemente, contrair casamento, e assim, no cúmulo da angústia e da incerteza, es-

exspectabam diem muneris, saepius quidem mortem mihimet volens consciscere, priusquam scelerosae mulieris contagio macularer vel infamia publici spectaculi depudescerem. Sed privatus humana manu, privatus digitis, ungula rutunda atque mutila gladium stringere nequaquam poteram. Plane tenui specula solabar clades ultimas, quod ver in ipso ortu iam gemmulis floridis cuncta depingeret et iam purpureo nitore praeta vestiret et commodum dirrupto spineo tegmine spirantes cinnameos odores promicarent rosae, quae me priori meo Lucio redderent.

Dies ecce numeri destinatus aderat. Ad conseptum caveae prosequente populo pompatico favore deducor. Ad dum ludicris scaenicorum choreis primitiae spectaculi dedicantur, tantisper ante portam constitutus pabulum laetissimi graminis, quod in ipso germinabat aditu, libens adfectabam, subinde curiosos oculos patente porta spectaculi prospectu gratissimo reficiens.

Nam puelli puellaeque virenti florentes aetatula, forma conspicui veste nitidi, incessu gestuosi, Graecanicam saltaturi pyrricam dispositis ordinationibus decoros ambitus inerrabant nunc in orbem rotatum flexuosi, nunc in obliquam seriem conexi et in quadratum patorem cuneati et in catervae discidium separati. Ad ubi discursus reciproci multinodas ambages tubae terminalis cantus explicuit, aulaeo subducto et complicitis siparis scaena disponitur.

[30] Erat mons ligneus, ad instar incliti montis illius, quem vates Homerus Idaeum cecinit, sublimi instructus fabrica, consitus virectis et vivis arboribus, summo cacumine, de manibus fabri fonti manante, fluvialis aquas eliquans. Capellae pauculae tondebant herbulas et in modum Paridis, Phrygii pastoris, barbaricis amiculis umeris defluentibus, pulchre indusiatus adulescens, aurea

perava eu o dia do espetáculo. Por mais de uma vez quis me matar, para não ser maculado com o contato de uma mulher criminosa, ou desonrado com a infâmia de uma vergonhosa representação pública. Mas, privado de mão humana, sem dedos, reduzido a um casco redondo e gasto, era-me completamente impossível desembainhar uma espada. Só um tênue clarão de esperança me consolava nesse desastre extremo: acabava de surgir a primavera; pintalgava tudo já o tenro botão das flores e tudo se revestia do brilho da púrpura; e eis que, rompendo o manto de espinhos, exalando o embalsamado perfume, desabrochavam rosas que me devolveriam ao Lúcio que eu era.

E então chegou o dia fixado para o espetáculo. Fui conduzido até o muro que cerca os teatros, seguido de um pomposo cortejo de povo. Durante o prelúdio da representação, consagrado aos bailados dançados por profissionais, eu me deleitava, parado por um momento diante da porta, alongando o pescoço para o capim opulento que crescia justamente à entrada, e lançando de vez em quando um olhar curioso pela porta aberta; divertia-me contemplando, de longe, um aprazível espetáculo.

Moços e moças, na flor da juventude, de belas formas, elegantemente vestidos, avançavam com gestos expressivos para dançar a pírrica dos gregos;[135] dispostos em boa ordem, e descrevendo com graça figurados cambiantes, ora víamos voltearem numa ronda ligeira, ora desdobrarem-se obliquamente em linha, como os anéis de uma cadeia, ora juntarem-se para formar os lados de um quadrado e dividirem-se depois em dois grupos. Soou, por fim, uma trombeta, anunciando a deslocação, os movimentos alternados e suas complexas evoluções. Levantou-se o pano, afastaram-se as cortinas e a cena apareceu em todo o seu esplendor.

[30] Uma montanha de madeira se erguia, construída à semelhança daquela montanha famosa que o poeta Homero cantou sob o nome de Ida. Estava plantada com verdes arbustos e árvores vivas. Do alto cume, donde a mão do arquiteto tinha feito jorrar uma fonte, corriam águas fluviais. Algumas cabras pastavam a erva tenra, e, sob os traços de Páris, o pastor frígio, um jovem vestido com uma bela túnica feminina, as pregas de um manto oriental caindo-lhe das espáduas, a cabe-

---

[135] A pírrica era uma dança guerreira em que os dançarinos se apresentavam portando suas armas. (N. da E.)

tiara contecto capite, pecuarium simulabat magisterium.
Adest luculentus puer nudus, nisi quod ephebica
chlamida sinistrum tegebat umerum, flavis crinibus
usquequaque conspicuus, et inter conas eius aureae
pinnulae cognatione simili sociatae prominebant; quem
[caducaeum] et virgula Mercurium indicabat. Is saltatorie
procurrens malumque bracteis inauratum dextra gerens
(adulescentis), qui Paris videbatur, porrigit, qui mandaret
Iuppiter nutu significans, et protinus gradum scitule
referens e conspectu facessit.

Insequitur puella vultu honesta in deae Iunonis
speciem similis: nam et caput stringebat diadema
candida, ferebat et sceptrum. Inrupit alia, quam putares
Minervam, caput contecta fulgenti galea — et oleaginea
corona tegebatur ipsa galea — clypeum attollens et
hastam quatiens et qualis illa, cum pugnat.

[31] Super has introcessit alia, visendo decore praepollens,
gratia coloris ambrosei designans Venerem, qualis fuit Venus,
cum fuit virgo, nudo et intecto corpore perfectam formonsitatem
professa, nisi quod tenui pallio bombycino inumbrabat
spectabilem pubem. Quam quidem laciniam curiosulus ventus
satis amanter nunc lasciviens reflabat, ut dimota pateret flos
aetatulae, nunc luxurians aspirabat, ut adhaerens pressule
membrorum voluptatem graphice liniaret. Ipse autem color deae
diversus in speciem, corpus candidum, quod caleo demeat,
amictus caerulus, quod mari remeat.

Iam singulas virgines, quae deae putabantur, (sui
tutabantur) comites, Iunonem quidem Castor et Pollux,
quorum capita cassides ovatae stellarum apicibus insignes
contegebant, sed et isti Castores erant scaenici pueri. Haec
puella varios modulos Iastia concinente tibia procedens quieta

ça coberta por uma tiara de ouro, fazia de dono do rebanho. A um lado estava um rapaz de surpreendente beleza, de corpo nu, o ombro esquerdo somente coberto com uma clâmide de efebo. Seus louros cabelos atraíam de todos os lados os olhares, e entre os seus cabelos se erguiam pequenas asas de ouro, fixadas simetricamente. Por sua varinha, reconhecia-se Mercúrio.[136] Avançou dançando, estendendo ao adolescente que representava Páris uma maçã recoberta de folhas de ouro, que mantinha na mão direita; fê-lo compreender, com um sinal de cabeça, a incumbência que lhe dera Júpiter, e, dando com graça um passo para trás, desapareceu.

Veio em seguida uma moça de honesta expressão, feita à semelhança da deusa Juno. Sua cabeça era cingida por um diadema branco, e ela segurava um cetro. Uma outra moça surgiu, que não se podia tomar senão por Minerva. Usava um capacete faiscante e, sobre o capacete, uma coroa de oliveira. Erguia o escudo e brandia a lança, na conhecida atitude de Minerva em combate.

[31] Atrás dela, entrou uma terceira: deleite dos olhos, sua graça soberana, o brilho imortal de sua pele mostravam que era Vênus, quando, virgem ainda, na nudez do corpo expunha a perfeição das formas, e somente um delicado tecido de seda lhe velava o adorável púbis. De resto, esse pedacinho de pano, o vento curioso, no seu amoroso sopro, ora o erguia, gaiatamente, e o afastava para deixar ver a tenra flor dos jovens anos, ora o empurrava com impertinência e o colava estreitamente aos membros, dos quais desenhava os volutuosos contornos. Havia um contraste de cores entre o corpo da deusa, que era branco, pois que viera do céu, e seu manto azul, nascido do mar.

Cada uma dessas virgens que faziam o papel de deusas tinha sua guarda de honra. A de Juno representava Castor e Pólux. Levavam estes sobre a cabeça um capacete em forma de ovo, em cuja ponta brilhava uma estrela[137] Quanto à mocinha, cuja marcha era acompanhada por modulações variadas da flauta jônia, e com gestos sóbrios e hones-

---

[136] Mercúrio, deus dos comerciantes, dos viajantes e dos ladrões, era o mensageiro dos deuses. Um de seus atributos era o caduceu, isto é, uma vara com duas serpentes entrelaçadas. (N. da T.)

[137] O capacete em forma de casca de ovo é alusão ao ovo de Leda, do qual nasceram os dióscuros, filhos de Zeus, transformados em cisnes. Os gêmeos Castor e Pólux são deuses da luz, de onde a estrela. (N. da T.)

et inadfectata gesticulatione nutibus honestis pastori pollicetur, si sibi praemium decoris addixisset, sese regnum totius Asiae tributuram. At illam quam cultus armorum Minervam fecerat duo pueri muniebant, proeliaris deae comites armigeri, Terror et Metus, nudis insultantes gladiis. At pone tergum tibicen Dorium canebat bellicosum et permiscens bombis gravibus tinnitus acutos in modum tubae saltationis agilis vigorem suscitabat. Haec inquieto capite et oculis in aspectu minacibus citato et intorto genere gesticulationis alacer demonstrabat Paridi, si sibi formae victoriam tradidisset, fortem tropaeisque bellorum inclitum suis adminiculis futurum.

[32] Venus ecce cum magno favore caveae in ipso meditullio scaenae, circumfuso populo laetissimorum parvulorum, dulce subridens constitit amoene: illos teretes et lacteos puellos diceres tu Cupidines veros de caelo vel mari commodum involasse; nam et pinnulis et sagittulis et habitu cetero formae praeclare congruebant et velut nuptialis apulas obiturae dominae coruscis praelucebant facibus. Et influunt innuptarum puellarum decorae subole, hinc Gratiae gratissimae, inde Horae pulcherrimae, quae iaculis foris serti et soluti deam suam propitiantes scitissimum construxerant chorum, dominae voluptatum veris coma blandientes. Iam tibiae multiforabiles cantus Lydios dulciter consonant. Quibus spectatorum pectora suave mulcentibus, longe suavior Venus placide commoveri cunctantique lente vestigio et leniter fluctuante spinula et sensim adnutante capite coepit incedere mollique tibiarum sono delicatis respondere gestibus et nunc mite coniventibus nunc acre comminantibus gestire pupulis et nonnumquam saltare solis oculis. Haec ut primum ante iudicis conspectum facta est, nisu brachiorum polliceri videbatur, si fuisset deabus ceteris antelata, daturam se nuptam Paridi forma

tos, com mímica cheia de dignidade, prometia ao pastor,[138] se lhe outorgasse o prêmio da beleza, dar-lhe o império de toda a Ásia. Mas aquela de quem o equipamento guerreiro fazia uma Minerva, era flanqueada por dois adolescentes, escudeiros servidores da deusa dos combates, o Espanto e o Terror,[139] que pulavam com espadas nuas. Atrás dela, um flautista tocava uma ária belicosa, à moda dória, e, pela mistura de tons graves e agudos, como por meio de uma trombeta, sustentava a energia da animada dança. Ela própria, cheia de vivacidade, agitava a cabeça e lançava olhares ameaçadores. Com uma rápida e complicada mímica, fazia Páris compreender que, se lhe concedesse a palma da beleza, se tornaria um ínclito guerreiro, distinguido com gloriosos troféus.

[32] Mas eis que Vênus, com aplausos do público, encantadora e com um doce sorriso, deteve-se no meio da cena. Estava cercada de um alegre povinho de meninos, dessas crianças gordinhas, de corpo branco leitoso. Tê-los-íeis tomado por verdadeiros Cupidos, acabando de chegar da terra ou do mar. Suas asinhas, suas pequenas flechas, o conjunto de suas vestes tornavam a semelhança perfeita, e, como se sua senhora voltasse de um festim de núpcias, iluminavam-lhe o caminho com tochas de flama dançarina. Via-se, em seguida, ondular um harmonioso enxame de virgenzinhas, aqui as Graças, cheias de graça, ali as Horas belíssimas, que atiravam flores, em grinaldas e despencadas, em homenagem à deusa. Seu coro, composto com arte, oferecia encantadoramente à rainha das volúpias todos os enfeites da primavera. Mas já as flautas, em diversos tons, fizeram docemente ressoar melodias lídias, carícia para a alma dos espectadores; porém, sua suavidade foi ainda ultrapassada quando se viu Vênus animar-se lentamente e deslizar um pé ainda indeciso, fazendo ondular o talhe flexível com um movimento ao qual a cabeça insensivelmente se associava. Com a blandiciosa música das flautas se harmonizavam seus gestos sensuais. As móveis pupilas se voltavam langorosamente ou dardejavam olhares provocantes. Por momentos, ela dançava apenas com os olhos. Na presença de Páris, pela sua maneira de estender os braços, via-se que ela lhe prometia, se ele a preferisse às outras deusas, dar-lhe uma mulher cuja rara beleza

---

[138] Páris, a quem coube arbitrar a disputa entre as deusas. (N. da E.)

[139] O Espanto e o Terror são personificações homéricas. (N. da T.)

praecipuam suique consimilem. Tunc animo volenti Phrygius iuvenis malum, quod tenebat, aureum velut victoriae calculum puellae tradidit.

[33] Quid ergo miramini, vilissima capita, immo forensia pecora, immo vero togati vulturii, si totis nunc iudices sententias suas pretio nundinantur, cum rerum exordio inter deos et homines agitatum indicium corruperit gratia et originalem sententiam magni Iovis consiliis electus iudex rusticanus et opilio lucro libidinis vendiderit cum totis etiam suae stirpis exitio? Sic hercules et aliud sequens iudicium inter inclitos Achivorum duces celebratum, [vel] cum falsis insimulationibus eruditione doctrinaque praepollens Palamedes proditionis damnatur, virtute Martia praepotenti praefertur Vlixes modicus Aiaci maximo. Quale autem et illud iudicium apud legiferos Athenienses catos illos et omnis scientiae magistros? Nonne divinae prudentiae senex, quem sapientia praetulit cunctis mortalibus deus Delphicus, fraude et invidia nequissimae factionis circumventus velut corruptor adulescentiae, quam frenis cohercebat, herbae pestilentis suco noxio peremptus est relinquens civibus ignominiae perpetuae maculam, cum nunc etiam egregii philosophi sectam eius sanctissimam praeoptent et summo beatitudinis studio iurent in ipsius nomen? Sed nequis indignationis meae reprehendat impetum secum sic reputans: "Ecce nunc patiemur philosophantem nobis asinum?", rursus, unde decessi, revertar ad fabulam.

[34] Postquam finitum est illud Paridis iudicium, Iuno quidem cum Minerva tristes et iratis similes e scaena redeunt, indignationem repulsae gestibus professae, Venus

igualaria a dela, Vênus. Desde então, a decisão do jovem frígio estava tomada: entregou à moça, como penhor de vitória, a maçã de ouro que tinha na mão.

[33] Vós vos espantais ainda, vis criaturas, brutas bestas forenses, ou, para dizer melhor, abutres togados, de todos os juízes de hoje venderem suas sentenças a peso de dinheiro, quando, desde a origem do mundo, a solução de uma causa entre deuses e mortais foi faiscada pelo empenho? Quando a mais antiga das sentenças, um camponês, um pastor escolhido para ser juiz pela prudência do grande Júpiter, a vendeu em proveito de um capricho amoroso e, o que é pior, para a ruína de toda a sua raça? E foi assim, por Hércules, com tais processos, que se acabaram os ínclitos chefes aqueus. Sob falsas acusações, Palamedes, sem igual pelo saber e pela prudência, foi condenado por traição. Ao grande Ájax, grande em valor guerreiro, preferiu-se o medíocre Ulisses.[140] E que dizer do julgamento entre os atenienses, legisladores sutis, mestres de toda ciência? O ancião da divina prudência,[141] que o Deus de Delfos proclamara o mais sábio de todos os mortais, não sucumbiu às intrigas ciumentas de uma abominável facção? Acusado de corromper a juventude, que ele moderava e refreava, pereceu pelo suco mortal de uma erva venenosa, deixando para sempre aos seus concidadãos uma perpétua mácula de ignomínia. Pois até nossos dias ainda, eminentes filósofos se baseiam em sua doutrina, que julgam pura entre todas, e na férvida procura da felicidade juram pelo seu nome.[142] Mas, para que nenhuma censura me venha por este acesso de indignação, e não diga alguém consigo mesmo, ao ler-me: "Será preciso agora suportar um burro, filosofando?", eu retomo a minha narração onde a deixei.

[34] Uma vez acabado, como contei, o julgamento de Páris, Juno e Minerva deixaram a cena tristes e iradas, manifestando, por seus gestos de cólera, essa derrota. Vênus, ao contrário, alegre e sorridente, ex-

---

[140] Palamedes é um guerreiro grego, participante da guerra de Troia. Foi condenado à morte pelos companheiros de armas por uma calúnia de Ulisses (Odisseu). Ájax, apontado na *Ilíada* como o segundo maior guerreiro em Troia depois de Aquiles, foi preterido por Ulisses na disputa pelas armas do herói. (N. da E.)

[141] Referência a Sócrates, condenado em Atenas a beber cicuta, sob a acusação de corromper a mocidade. (N. da T.)

[142] Juramento que incluiria o próprio Apuleio, que é um expoente do platonismo-médio, autor do tratado *De Deo Socratis* (*Sobre o deus de Sócrates*). (N. da E.)

vero gaudens et hilaris laetitiam suam saltando toto cum choro professa est. Tunc de summo montis cacumine per quandam latentem fistulam in excelsum prorumpit vino crocus diluta sparsimque defluens pascentis circa capellas odoro perpluit imbre, donec in meliorem maculatae speciem canitiem propriam luteo colore mutarent. Iamque tota suae fraglante cavea montem illum ligneum terrae vorago decepit.

Ecce quidam miles per mediam plateam dirigit cursum petiturus iam populo postulante illam de publico carcere mulierem, quam dixi propter multiforme scelus bestis esse damnatam meisque praeclaris nuptiis destinatam. Et iam torus genialis scilicet noster futurus accuratissime disternebatur lectus Indica testudine perlucidus, plumea congerie tumidus, veste serica floribus. At ego praeter pudorem obeundi publice concubitus, praeter contagium scelestae pollutaeque feminae, metu iam mortis maxime cruciabar sic ipse mecum reputans, quod in amplexu Venerio scilicet nobis cohaerentibus, quaecumque ad exitium mulieris bestia fuisset immissa, non adeo vel prudentia sollers vel artificio docta vel abstinentia frugi posset provenire, ut adiacentem lateri meo laceraret mulierem, mihi vero quasi indemnato et innoxio parceret.

[35] Ergo igitur non de pudore iam, sed de salute ipsa sollicitus, dum magister meus lectulo probe coaptando districtus inseruit et tota familia partim ministerio venationis occupata partim voluptario spectaculo adtonita meis cogitationibus liberum tribuebatur arbitrium, nec magnopere quisquam custodiendum tam mansuetum putabat asinum, paulatim furtivum pedem proferens portam, quae proxima est, potitus iam cursu memet celerrimo proripio sexque totis passuum milibus perniciter confectis Cenchreas pervado, quod oppidum audit quidem nobilissimae coloniae Corinthiensium, adluitur autem Aegaeo et Saronico mari. Inibi portus etiam tutissimum navium receptaculum magno frequentatur populo. Vitatis ergo turbulis et electo secreto litore prope ipsas fluctuum aspergines in quodam mollissimo harenae gremio lassum corpus porrectus refoveo. Nam et ultimam diei metam curriculum solis deflexerat et vespertinae me quieti traditum dulcis somnus oppresserat.

primia seu contentamento dançando com todo o coro. Depois, do cimo da montanha, por um conduto escondido, um jato de vinho misturado com açafrão jorrou a uma grande altura e, quando tornou a cair, se esparramando, orvalhou com uma chuva odorante as cabras que pastavam em torno, de maneira que, embelezadas pelas manchas, destacavam sua brancura natural contra o amarelo do açafrão. Por fim, quando todo o teatro ficou embalsamado de suave odor, a montanha de madeira desapareceu no fundo do chão.

E eis que um soldado atravessou a rua correndo para ir, a pedido do povo, tirar da cadeia pública a mulher condenada às feras, como eu disse, por seus múltiplos crimes e destinada a se unir comigo em brilhantes núpcias. Para nos servir de leito nupcial, dispunha-se, com grande cuidado, um leito ornado das escamas translúcidas da Índia, maciamente preparado com plumas e florido com um estofo de seda. Eu, entretanto, sem falar da vergonha de um himeneu consumado em público, nem do contato de uma mulher poluída de crimes, estava estranhamente temeroso por minha vida, e assim raciocinava comigo mesmo: "Vamos que, durante o nosso conúbio amoroso, soltem uma fera para devorá-la. Jamais será um animal avisado nos seus julgamentos, ou tão sabiamente orientado, e bastante dono dos seus apetites, para despedaçar a mulher deitada ao meu lado, e me poupar a mim, que não sou nem condenado nem culpado."

[35] Assim, já não se tratava mais do meu pudor, mas da minha vida, e eu estava preocupado. Enquanto meu instrutor, distraído pelo cuidado de arrumar a cama; enquanto os escravos, todos no serviço da casa ou absorvidos pelo prazer do espetáculo, deixavam curso livre às minhas reflexões, sem que ninguém julgasse necessário vigiar um burro tão bem aquinhoado, devagarinho, com pé furtivo, ganhei a porta mais próxima. Uma vez lá fora, desatei a todo o galope, e, depois de ter rapidamente franqueado seis milhas inteiras, cheguei a Cêncreas, cidade que faz parte da ilustre colônia de Corinto, banhada pelo mar Egeu e o golfo Sarônico. O porto que lá se encontra, seguro abrigo para os navios, é muito frequentado. Evitei então a multidão e, escolhendo um lugar afastado, estendi-me para repousar os fatigados membros, bem perto da borda em que arrebentavam as vagas, num buraco de areia macia. O carro do Sol tinha já dobrado o limite extremo do dia e a noite me convidava a dormir. E logo mergulhei num doce sono.

Liber XI

[1] Circa primam ferme noctis vigiliam experrectus pavore subito, video praemicantis lunae candore nimio completum orbem commodum marinis emergentem fluctibus; nanctusque opacae noctis silentiosa secreta, certus etiam summatem deam praecipua maiestate pollere resque prorsus humanas ipsius regi providentia, nec tantum pecuina et ferina, verum inanima etiam divino eius luminis numinisque nutu vegetari, ipsa etiam corpora terra caelo marique nunc incrementis consequenter augeri, nunc detrimentis obsequenter imminui, fato scilicet iam meis tot tantisque cladibus satiato et spem salutis, licet tardam, subministrante, augustum specimen deae praesentis statui deprecari; confestimque discussa pigra quiete <laetus et> alacer exsurgo meque protinus purificandi studio marino lavacro trado septiesque summerso fluctibus capite, quod eum numerum praecipue religionibus aptissimum divinus ille Pythagoras prodidit, [laetus et alacer] deam praepotentem lacrimoso vultu sic adprecabar:

[2] "Regina caeli — sive tu Ceres alma frugum parens originalis, quae, repertu laetata filiae, vetustae glandis ferino remoto pabulo, miti commonstrato cibo nunc Eleusiniam glebam percolis, seu tu caelestis Venus, quae primis rerum exordiis sexuum

Livro XI

[1] Foi por volta da primeira vigília da noite. Despertado por um súbito pavor, vi o disco da lua cheia, que nesse momento emergia das ondas do mar, tudo iluminando com uma viva claridade. Com a cumplicidade da sombra da noite silenciosa e secreta, sabendo também que a augusta deusa exerce um poder soberano; que as coisas humanas estão inteiramente governadas por sua providência; que não somente os animais domésticos e as feras selvagens, mas também os seres inanimados são vivificados pela divina influência de sua luz e do seu poder tutelar; que os próprios indivíduos, na terra, no céu, no mar, crescem com os seus lucros e a seguem docilmente em suas perdas; vendo que o destino, por fim saciado dos meus numerosos e cruéis infortúnios, me oferecia, embora tarde, uma esperança de salvação —resolvi implorar socorro à imagem veneranda da deusa presente aos meus olhos. Sacudindo logo o torpor do sono, levantei-me cheio de alegre entusiasmo. Apressei-me a me purificar, indo banhar-me no oceano. Mergulhando por sete vezes a cabeça nas ondas, pois este é o número que convém aos atos religiosos, conforme o divino Pitágoras,[143] com o rosto inundado de lágrimas dirigi esta prece à todo-poderosa deusa:[144]

[2] "Rainha do céu, quer sejas Ceres nutriz, mãe e criadora das messes que, na alegria de tua filha reencontrada, fizeste desaparecer o uso da bolota de carvalho de antigamente, alimento selvagem, ensinando-nos como obter um alimento melhor, oh! tu que visitas agora os campos de Elêusis; quer sejas Vênus celeste, a que, depois de ter, nos

---

[143] Filósofo e matemático grego do século VI a.C. (N. da E.)

[144] A visão da lua sugere a Lúcio uma presença divina que, a princípio, ele não sabe identificar, daí as referências em XI, 2 a Ceres, Vênus, Diana (cultuada em Éfeso) e Prosérpina. A deusa em questão é Ísis, cujos atributos são descritos em XI, 3-4. (N. da E.)

diversitatem generato Amore sociasti et aeterna subole humano genere propagato nunc circumfluo Paphi sacrario coleris, seu Phoebi soror, quae partu fetarum medelis lenientibus recreato populos tantos educasti praeclarisque nunc veneraris delubris Ephesi, seu nocturnis ululatibus horrenda Proserpina triformi facie larvales impetus comprimens terraeque claustra cohibens lucos diversos inerrans vario cultu propitiaris, — ista luce feminea conlustrans cuncta moenia et udis ignibus nutriens laeta semina et solis ambagibus dispensans incerta lumina, quoquo nomine, quoquo ritu, quaqua facie te fas est invocare: tu meis iam nunc extremis aerumnis subsiste, tu fortunam collapsam adfirma, tu saevis exanclatis casibus pausam pacemque tribue; sit satis laborum, sit satis periculorum. Depelle quadripedis diram faciem, redde me conspectui meorum, redde me meo Lucio, ac si quod offensum numen inexorabili me saevitia premit, mori saltem liceat, si non licet vivere."

[3] Ad istum modum fusis precibus et adstructis miseris lamentationibus rursus mihi marcentem animum in eodem illo cubili sopor circumfusus oppressit. Necdum satis conixeram, et ecce pelago medio venerandos diis etiam vultus attollens emergit divina facies; ac dehinc paulatim toto corpore perlucidum simulacrum excusso pelago ante me constitisse visum est. Eius mirandam speciem ad vos etiam referre conitar, si tamen mihi disserendi tribuerit facultatem paupertas oris humani vel ipsum numen eius dapsilem copiam elocutilis facundiae subministraverit.

Iam primum crines uberrimi prolixique et sensim intorti per divina colla passive dispersi molliter defluebant. Corona multiformis variis floribus sublimem destrinxerat verticem, cuius media quidem super frontem plana rotunditas in modum speculi vel immo argumentum lunae candidum lumen emicabat, dextra laevaque sulcis insurgentium viperarum cohibita, spicis etiam Cerialibus desuper porrectis <conspicua. Tunica> multicolor, bysso tenui pertexta, nunc albo candore lucida, nunc croceo flore lutea, nunc roseo

primeiros dias do mundo, unido os sexos contrários, gerando o Amor e perpetuando o gênero humano por uma constante renovação, recebe agora um culto no santuário de Pafo, cercado pelas vagas; quer sejas a irmã de Febo, que, acudindo com cuidados apaziguantes as mulheres em trabalho, orientaste povos inteiros, e és venerada hoje no templo ilustre de Éfeso; quer sejas a terrível Prosérpina, de uivos noturnos e rosto tríplice, que reprimes os assaltos das larvas, manténs fechadas as prisões subterrâneas, erras de um para outro lado nos bosques sagrados, tornados propícios para os ritos piedosos — tu que expandes a luz feminina por toda parte, nutres com teus raios úmidos as sementes fecundas, e dispensas em tuas evoluções solitárias uma incerta claridade; sob qualquer nome, por meio de qualquer rito, sob qualquer aspecto pelo qual seja legítimo te invocar — assiste-me em minha desgraça, que agora atingiu o cúmulo; afirma a minha fortuna periclitante. Depois de tantas e tão cruéis passagens, concede-me paz e tréguas. Basta de trabalhos. Basta de perigos. Despoja-me desta maldita figura de quadrúpede. Devolve-me à vista dos meus, devolve Lúcio a Lúcio. Ou, se alguma divindade ofendida me persegue com uma vingança inexorável, que me seja ao menos permitido morrer, se não me permitem viver."

[3] Foi assim que me expandi em preces e chorosas lamentações, até que o sono, invadindo de novo meu espírito enlanguescido, pesou sobre mim no mesmo lugar que já me servira de leito. Mal fechara eu os olhos, quando, do seio do mar, elevou-se acima das ondas um rosto divino, que pareceria adorável aos próprios deuses. Depois, pouco a pouco, o corpo inteiro se mostrou, e eu tive a visão da radiosa imagem parada diante de mim, aos embalos da onda amarga. Maravilhosa aparição, dela me esforçaria por dar-vos uma ideia, se a pobreza da linguagem humana me concedesse os meios, ou se a própria divindade me fornecesse os recursos da abundância oratória e da facilidade.

Primeiro, sua rica e longa cabeleira, ligeiramente ondulada e largamente espalhada sobre a nuca divina, flutuava com um mole abandono. Uma coroa, irregularmente trançada com várias flores, cingia-lhe o cimo da cabeça. No meio, acima da fronte, um disco em forma de espelho, ou antes, imitando a lua, lançava um alvo clarão. À direita e à esquerda estava flanqueado pelas roscas de duas víboras de cabeças levantadas, e, mais para cima, inclinavam-se para o lado as espigas de Ceres. Sua túnica de cor cambiante, tecida do linho mais fino, era branca como o dia, amarela como a flor do açafrão, vermelha como a cha-

rubore flammida et, quae longe longeque etiam meum confutabat optutum, palla nigerrima splendescens atro nitore, quae circumcirca remeans et sub dexterum latus ad umerum laevum recurrens umbonis vicem deiecta parte laciniae multiplici contabulatione dependula ad ultimas oras nodulis fimbriarum decoriter confluctuabat.

[4] Per intextam extremitatem et in ipsa eius planitie stellae dispersae coruscabant earumque media semenstris luna flammeos spirabat ignes. Quaqua tamen insignis illius pallae perfluebat ambitus, individuo nexu corona totis floribus totisque constructa pomis adhaerebat. Iam gestamina longe diversa. Nam dextra quidem ferebat aereum crepitaculum, cuius per angustam lamminam in modum baltei recurvatam traiectae mediae paucae virgulae, crispante brachio trigeminos iactus, reddebant argutum sonorem. Laevae vero cymbium dependebat aureum, cuius ansulae, qua parte conspicua est, insurgebat aspis caput extollens arduum cervicibus late tumescentibus. Pedes ambroseos tegebant soleae palmae victricis foliis intextae. Talis ac tanta, spirans Arabiae felicia germina, divina me voce dignata est:

[5] "En adsum tuis commota, Luci, precibus, rerum naturae parens, elementorum omnium domina, saeculorum progenies initialis, summa numinum, regina manium, prima caelitum, deorum dearumque facies uniformis, quae caeli luminosa culmina, maris salubria flamina, inferum deplorata silentia nutibus meis dispenso: cuius numen unicum multiformi specie, ritu vario, nomine multiiugo totus veneratus orbis. Inde primigenii Phryges Pessinuntiam deum matrem, hinc autochthones Attici Cecropeiam Minervam, illinc fluctuantes Cyprii Paphiam Venerem, Cretes sagittiferi Dictynnam Dianam, Siculi trilingues Stygiam Proserpinam, Eleusinii vetusti Actaeam Cererem, Iunonem alii, Bellonam alii, Hecatam isti, Rhamnusiam illi, et qui nascentis dei Solis <et

430

ma. Porém, o que acima de tudo maravilhava os meus olhos era um manto de um negro intenso, resplandecente, de brilho sombrio. Fazendo toda a volta do corpo, passava sob o braço direito para tornar a subir até o ombro esquerdo, de onde a extremidade livre caía para a frente, formando um nó, pendendo em pregas até a barra, e terminando por uma ordem de franjas que flutuavam com graça.

[4] A barra bordada, assim como o fundo do tecido, eram semeados de estrelas faiscantes, no meio das quais uma lua, na sua plenitude, expedia ígneas flamas. Ao longo da curva descrita por esse manto magnífico, corria, sem interrupção, uma grinalda composta inteiramente de flores e de frutas. Quanto aos atributos da deusa, eram muito variados. Sua mão direita levava um sistro de bronze, cuja lâmina estreita, recurva em forma de cinturão, estava atravessada por algumas pequenas campainhas. Ao tríplice movimento dos braços, tintinavam com um som claro. Da sua mão esquerda pendia uma lâmpada de ouro em forma de barca, cuja asa, parte mais saliente, era encimada por uma áspide, que erguia a cabeça, inflando largamente o colo. Seus pés divinos estavam calçados em sandálias trançadas com as folhas da palmeira, a árvore da vitória. Foi sob este imponente aspecto que a deusa, envolta em caros perfumes da Arábia, se dignou dirigir-me a palavra:

[5] "Venho a ti, Lúcio, comovida por tuas preces, eu, mãe da Natureza inteira, dirigente de todos os elementos, origem e princípio dos séculos, divindade suprema, rainha dos Manes, primeira entre os habitantes do céu, modelo uniforme dos deuses e das deusas. Os cimos luminosos do céu, os sopros salutares do mar, os silêncios desolados dos infernos, sou eu quem governa tudo isso, à minha vontade. Potência única, o mundo inteiro me venera sob formas numerosas, com ritos diversos, sob múltiplos nomes.[145] Os frígios, primogênitos dos homens, me chamam deusa-mater, e deusa de Pessinunte; os atenienses autóctones, Minerva Cecropiana; os cipriotas banhados pelas ondas, Vênus Pafiana; os cretenses portadores de flechas, Diana Ditina; os sicilianos trilíngues, Prosérpina Estígia; os habitantes da antiga Elêusis, Ceres Ática; uns Juno, outros Belona; estes Hécate, aqueles Ramnúsia. Mas os que o Sol ilumina com seus raios nascentes, quando se levanta, e com

---

[145] O culto a Ísis é caracterizado pelo sincretismo entre divindades ocidentais e orientais. (N. da E.)

occidentis inclinantibus> inlustrantur radiis Aethiopes utrique priscaque doctrina pollentes Aegyptii caerimoniis me propriis percolentes appellant vero nomine reginam Isidem. Adsum tuos miserata casus, adsum favens et propitia. Mitte iam fletus et lamentationes omitte, depelle maerorem; iam tibi providentia mea inlucescit dies salutaris. Ergo igitur imperiis istis meis animum intende sollicitum.

Diem, qui dies ex ista nocte nascetur, aeterna mihi nuncupavit religio, quo sedatis hibernis tempestatibus et lenitis maris procellosis fluctibus navigabili iam pelago rudem dedicantes carinam primitias commeatus libant mei sacerdotes. Id sacrum nec sollicita nec profana mente debebis opperiri.

[6] Nam meo monitu sacerdos in ipso procinctu pompae roseam manu dextera sistro cohaerentem gestabit coronam. Incunctanter ergo dimotis turbulis alacer continare pompam mea volentia fretus et de proximo clementer velut manum sacerdotis osculabundus rosis decerptis pessimae mihique iam dudum detestabilis beluae istius corio te protinus exue. Nec quicquam rerum mearum reformides ut arduum. Nam hoc eodem momento, quo tibi venio, simul et ibi praesens, quae sunt sequentia, sacerdoti meo per quietem facienda praecipio. Meo iussu tibi constricti comitatus decedent populi, nec inter hilares caerimonias et festiva spectacula quisquam deformem istam quam geris faciem perhorrescet vel figuram tuam repente mutatam sequius interpretatus aliquis maligne criminabitur.

Plane memineris et penita mente conditum semper tenebis mihi reliqua vitae tuae curricula adusque terminos ultimi spiritus vadata. Nec iniurium, cuius beneficio redieris ad homines, ei totum debere, quod vives. Vives autem beatus, vives in mea tutela gloriosus, et cum spatium saeculi tui permensus ad inferos demearis, ibi quoque in ipso subterraneo semirutundo me, quam vides, Acherontis tenebris interlucentem Stygiisque penetralibus regnantem,

seus últimos raios, quando se inclina para o horizonte, os povos das ditas Etiópias e os egípcios poderosos por seu antigo saber, honram-me com o culto que me é próprio, chamando-me pelo meu verdadeiro nome: rainha Ísis. Venho movida de piedade por tuas desgraças. Venho a ti, favorável e propícia. Seca, pois, as tuas lágrimas, deixa-te de lamentos, expulsa o desgosto. Por minha providência, desponta para ti agora o dia da salvação. Então, presta às ordens que vais receber de mim uma atenção religiosa.

O dia que nascerá desta noite foi sempre, em todos os tempos, por um piedoso costume, colocado sob a invocação do meu nome. Nesse dia, acalmam-se as tempestades de inverno, não têm mais vagalhões o mar, nem tempestades, torna-se o oceano navegável. Meus sacerdotes, pela dedicação de uma nave ainda virgem, oferecem-me as primícias do tráfico. Deves esperar a festa, sem apreensões nem pensamentos profanos.

[6] Porque, advertido por mim, o sacerdote, na própria procissão, levará na mão direita uma coroa de rosas amarrada ao seu sistro. Então não hesites: atravessa a multidão a passo decidido, junta-te ao cortejo, conta com a minha benevolência. Quando estiveres bem perto, docemente, como que para beijar a mão do sacerdote, colhe as rosas e, de repente, te verás despojado do couro dessa besta maldita que há muito me é odiosa. Não temas que seja difícil nada do que dispus, porquanto, neste mesmo momento em que venho a ti, apareço por outro lado ao meu sacerdote para instruí-lo durante o sono sobre o que é preciso fazer em seguida. Por minha ordem, as apertadas fileiras do povo se abrirão diante de ti. Ninguém, nessa alegre solenidade e nesse espetáculo de festa, testemunhará horror pela fealdade da tua figura de empréstimo, e tua súbita metamorfose não provocará da parte de ninguém horríveis interpretações ou insinuações malignas.

Mas, acima de todas estas coisas, lembra-te, e guarda sempre gravado no fundo do teu coração, que toda a tua carreira, até o fim da tua vida, e até o teu derradeiro suspiro, me foi penhorada. É de justiça que àquela que te restituiu o teu lugar entre os homens devas tudo o que ainda te resta para viver. Ademais, viverás feliz, viverás cheio de glória sob a minha proteção; e quando se acabar tua trajetória terrestre e desceres aos infernos, lá ainda, nesse hemisfério subterrâneo, a mim, que estás vendo aqui, encontrarás brilhando entre as trevas do Aqueronte e reinando sobre as moradas profundas do Estige. Tu mesmo, habitan-

campos Elysios incolens ipse, tibi propitiam frequens adorabis. Quodsi sedulis obsequiis et religiosis ministeriis et tenacibus castimoniis numen nostrum promerueris, scies ultra statuta fato tuo spatia vitam quoque tibi prorogare mihi tantum licere."

[7] Sic oraculi venerabilis fine prolato numen invictum in se recessit. Nec mora, cum somno protinus absolutus pavore et gaudio ac dein sudore nimio permixtus exsurgo summeque miratus deae potentis tam claram praesentiam, marino rore respersus magnisque imperiis eius intentus monitionis ordinem recolebam. Nec mora, cum noctis atrae fugato nubilo sol exsurgit aureus, et ecce discursu religioso ac prorsus triumphali turbulae complent totas plateas, tantaque hilaritudine praeter peculiarem meam gestire mihi cuncta videbantur, ut pecua etiam cuiusce modi et totas domos et ipsum diem serena facie gaudere sentirem. Nam et pruinam pridianam dies apricus ac placidus repente fuerat insecutus, ut canorae etiam aviculae prolectatae verno vapore concentus suaves adsonarent, matrem siderum, parentem temporum orbisque totius dominam blando mulcentes adfamine. Quid quod arbores etiam, quae pomifera subole fecundae quaeque earum tantum umbra contentae steriles, austrinis laxatae flatibus, germine foliorum renidentes, clementi motu brachiorum dulces strepitus obsibilabant, magnoque procellarum sedato fragore ac turbido fluctuum tumore posito mare quietas adluvies temperabat, caelum autem nubilosa caligine disiecta nudo sudoque luminis proprii splendore candebat.

[8] Ecce pompae magnae paulatim praecedunt anteludia votivis cuiusque studiis exornata pulcherrume. Hic incinctus balteo militem gerebat, illum succinctum chlamide crepides et venabula venatorem fecerant, alius soccis obauratis inductus serica veste mundoque pretioso et adtextis capite

do os Campos Elíseos,[146] prestarás assídua homenagem à minha divindade propícia. E se, por uma obediência escrupulosa, uma piedosa atenção em meu serviço, uma pureza perseverante, tu te tornares digno de minha proteção divina, conhecerás que só eu tenho o poder de prolongar também tua vida para além dos limites fixados por teu destino."

[7] Aqui terminou o oráculo venerável e o nume invicto se retirou. Arrancado ao sono, levantei-me, cheio ao mesmo tempo de temor e de alegria, e banhado de suor. Admirando a presença tão manifesta da poderosa deusa, aspergi-me com a onda marinha, e, não tendo pensamento senão para suas ordens augustas, repassei-lhe ponto por ponto as advertências. Bem depressa, espantando as sombras espessas da noite, levantou-se o Sol de ouro, e eis que, de todos os lados, como num dia de festa, e mais propriamente de triunfo, grupos animados encheram as ruas. Tudo parecia se associar ao meu júbilo e respirar alegria; os animais de toda espécie, as casas, o próprio ar, tudo estava radiante, aos meus olhos, de serenidade e ventura. À bruma gelada da véspera sucedera bruscamente um dia claro e aprazível. Os pássaros cantores, ao convite do quente alento da primavera, davam suaves concertos, e elevavam para a mãe dos astros, para o princípio inicial dos séculos, para a soberana do Universo, a carícia de seus acentos. As próprias árvores, tanto as que produziam frutos, testemunhas de sua fecundidade, como as que na sua esterilidade se contentam de dar sombra, abriam, espanejavam ao sopro do Austro os brotos de suas folhas nascentes, e o doce frêmito dos galhos se acompanhava de um harmonioso e ligeiro murmúrio. O vasto ruído das tempestades havia-se apaziguado; o mar acalmara o balouço de suas ondas tumultuosas e vinha expirar molemente sobre a areia. O céu, por fim desembaraçado do seu véu de neblina, brilhava imaculado com o brilho que lhe é próprio.

[8] Eis que, pouco a pouco, desfilam os primeiros grupos da procissão solene, paramentados muito agradavelmente, de acordo com a inspiração e o gosto de cada um. Um cingia um cinturão e representava um soldado. Outro, com sua clâmide curta, suas botas, seu aparelhamento venatório, tinha se transformado em caçador. Este levava sandálias douradas, vestido de seda, adornos preciosos nos cabelos. À ca-

---

[146] A deusa faz referência à topografia do Orco, cortado pelos rios Estige e Aqueronte. Os Campos Elíseos era a região do mundo dos mortos reservada aos favoritos dos deuses. (N. da E.)

crinibus incessu perfluo feminam mentiebatur.
Porro alium ocreis, scuto, galea ferroque insignem
e ludo putares gladiatorio procedere. Nec ille
deerat, qui magistratum fascibus purpuraque
luderet, nec qui pallio baculoque et baxeis et
hircino barbitio philosophum fingeret, nec qui
diversis harundinibus alter aucupem cum visco,
alter piscatorem cum hamis induceret. Vidi et
ursam mansuem <quae> cultu matronali sella
vehebatur, et simiam pilleo textili crocotisque
Phrygiis Catamiti pastoris specie aureum gestantem
poculum et asinum pinnis adglutinatis
adambulantem cuidam seni debili, ut illum quidem
Bellerophontem, hunc autem diceres Pegasum,
tamen rideres utrumque.

[9] Inter has oblectationes ludicras popularium, quae
passim vagabantur, iam sospitatricis deae peculiaris pompa
moliebatur. Mulieres candido splendentes amicimine, vario
laetantes gestamine, verno florentes coronamine, quae de
gremio per viam, qua sacer incedebat comitatus, solum
sternebant flosculis, aliae, quae nitentibus speculis pone
tergum reversis venienti deae obvium commonstrarent
obsequium et quae pectines eburnos ferentes gestu
brachiorum flexuque digitorum ornatum atque obpexum
crinium regalium fingerent, illae etiam, quae ceteris unguentis
et geniali balsamo guttatim excusso conspargebant plateas;
magnus praeterea sexus utriusque numerus lucernis, taedis,
cereis et alio genere facticii luminis siderum caelestium
stirpem propitiantes. Symphoniae dehinc suaves, fistulae
tibiaeque modulis dulcissimis personabant. Eas amoenus
lectissimae iuventutis veste nivea et cataclista praenitens
sequebatur chorus, carmen venustum iterantes, quod
Camenarum favore sollers poeta modulatus edixerat, quod
argumentum referebat interim maiorum antecantamenta
votorum. Ibant et dicati magno Sarapi tibicines, qui per

beleira postiça que tinha sobre a cabeça e sua marcha ondulante lhe davam aparência de mulher. Aquele, reconhecível por suas perneiras, seu escudo, seu capacete, e sua espada, parecia sair da escola de gladiadores. Outro, precedido de feixes e vestido de púrpura, representava um magistrado. E mais outro, com seu pálio, seu cajado, suas sandálias de fibra vegetal e sua barba de bode, representava o filósofo. Dois que se haviam munido de caniços diferentes, mantinham a figuração, um de passarinheiro com seus visgos, outro de pescador com seus anzóis. Vi também um urso domesticado, que passeava em liteira, vestido como uma senhora. Um macaco penteado, com boné trançado e vestido com túnica amarela à moda frígia, com o aspecto do pastor Ganimedes, levava um copo de ouro. Um burro, ao qual tinham colado asas, perambulava ao lado de um velho alquebrado pela idade: dupla cômica, em que reconheciam, e entre risos, de uma parte Belerofonte e de outra Pégaso.

[9] Enquanto se expandiam livremente, aqui e ali, divertimentos e jogos populares, a pomposa procissão propriamente dita da deusa da salvação se punha a caminho. Mulheres resplandecentes, em suas vestes brancas alegremente enfeitadas de atributos variados e floridos, e com coroas primaveris, tiravam pétalas do seio e juncavam com elas o solo, no percurso do cortejo sagrado. Outros mantinham voltados, atrás do seu dorso, espelhos brilhantes em que a deusa, à medida que avançava, podia contemplar diante de si a homenagem dos fiéis. Alguns, levando pentes de marfim, moviam os braços e fletiam os dedos como que para pentear e fazer o toucado da rainha. Ou ainda derramavam gota a gota, com outros perfumes, um bálsamo divino, orvalhando as ruas. Havia mais: uma numerosa multidão de um e de outro sexo levava lâmpadas, tochas, círios e outras luminárias, para atrair as bênçãos daquela de quem se originam os astros do céu. Depois vinham gaitas e flautas de melodias suaves, em harmoniosa sinfonia. Um coro encantador aparecia em seguida, formado de uma elite de moços deslumbrantes na brancura de neve de suas roupas de festa. Cantavam juntos um belo hino que um poeta de talento havia composto, com música, pela graça das Musas, e cujo texto aludia aos rogos atendidos. Vinham mais atrás os flautistas devotados ao grande Serápis[147] que, com o seu

---

[147] O grande Serápis, deus egípcio de tipo helenizante, teve seu culto instituído pouco tempo depois da fundação de Alexandria. É identificado com Osíris. (N. da T.)

oblicum calamum, ad aurem porrectum dexteram, familiarem
templi deique modulum frequentabant, et plerique, qui
facilem sacris viam dari praedicarent.

[10] Tunc influunt turbae sacris divinis initiatae, viri
feminaeque omnis dignitatis et omnis aetatis, linteae vestis
candore puro luminosi, illae limpido tegmine crines
madidos obvolutae, hi capillum derasi funditus verticem
praenitentes, magnae religionis terrena sidera, aereis et
argenteis immo vero laureis etiam sistris argutum tinnitum
constrepentes, et antistites sacrorum proceres illi, qui
candido linteamine cinctum pectoralem adusque vestigia
strictum iniecti potentissimorum deum proferebant
insignis exuvias. Quorum primus lucernam claro
praemicantem porrigebat lumine non adeo nostris illis
consimilem, quae vespertinas illuminant epulas, sed
aureum cymbium medio sui patore flammulam suscitans
largiorem. Secundus vestitum quidem similis, sed manibus
ambabus gerebat altaria, id est auxilia, quibus nomen
dedit proprium deae summatis auxiliaris providentia. Ibat
tertius attollens palmam auro subtiliter foliatam nec non
et Mercuriale caduceum. Quartus aequitatis ostendebat
indicium deformatam manum sinistram porrecta palmula,
quae genuina pigritia, nulla calliditate nulla sollertia
praedita, videbatur aequitati magis aptior quam dextera;
idem gerebat et aureum vasculum in modum papillae
rutundatum, de quo lacte libabat. Quintus auream
vannum laureis congestam ramulis, sextus ferebat
amphoram.

[11] Nec mora, cum dei dignati pedibus humanis
incedere prodeunt; hic horrendus ille superum
commeator et inferum, nunc atra, nunc aurea facie
sublimis, attollens canis cervices arduas, Anubis, laeva
caduceum gerens, dextera palmam virentem quatiens.
Huius vestigium continuum sequebatur bos in erectum
levata statum, bos, omniparentis deae fecundum
simulacrum, quod residens umeris suis proferebat unus
e ministerio beato gressu gestuosus. Ferebatur ab alio
cista secretorum capax penitus celans operta magnificae

instrumento oblíquo alongado para a orelha direita, tocavam a ária tradicional do deus em seu templo. Não conto todos aqueles que gritavam que se deixasse passagem livre ao piedoso cortejo.

[10] Então chegaram, em ondas cerradas, os iniciados nos divinos mistérios, homens e mulheres de todas as classes e de todas as idades, resplandecentes na brancura imaculada de suas vestes de linho. As mulheres traziam os cabelos úmidos de perfume, envolvidos num véu transparente. Os homens, a cabeça completamente raspada, tinham o crânio luzidio. Eram os astros terrestres da augusta religião. Dos seus sistros de bronze, de prata, e mesmo de ouro, tiravam um som claro e agudo. Quanto aos ministros do culto, esses altos personagens estavam cingidos apertadamente numa vestimenta de linho branco que, modelando o corpo, lhes descia até os pés. Levavam os atributos distintivos dos deuses todo-poderosos. O primeiro apresentava uma lâmpada que espalhava viva claridade. Porém, ela não parecia em nada com aquela que iluminava nossos repastos à noite: era como um barquinho de ouro que, por seu orifício central, lançava uma larga flama. O segundo estava vestido do mesmo modo, mas sustinha com as duas mãos um desses altares que se chamam "socorro" e devem o nome à providência misericordiosa da deusa soberana. O terceiro, caminhando, erguia uma palma feita de uma folha de ouro delicadamente trabalhada, assim como o caduceu de Mercúrio. O quarto mostrava o emblema da justiça — a mão esquerda com a palma aberta. Naturalmente lenta, despojada de agilidade e segurança, a esquerda parecia, mais que a direita, convir à justiça. Levava ele, na outra mão, um vasinho de ouro arredondado em forma de mama, com o qual fazia libações de leite. Um quinto tinha uma caixa de ouro carregada de raminhos de ouro, e o sexto uma ânfora.

[11] Não demoraram a aparecer os deuses, dignando-se, para avançar, a se servirem de pés humanos. Primeiro, o deus de horrendo aspecto, medianeiro entre o mundo superior e o inferno, rosto meio negro e meio dourado, a cabeça alta mantendo altivamente a sua aparência de cão: Anúbis, que, na mão esquerda tinha um caduceu, e com a direita agitava uma palma viridente. Depois, imediatamente sobre os seus passos, vinha uma vaca, símbolo da fecundidade, imagem da deusa mãe de todas as coisas. Repousava sobre os ombros dos seus bem-aventurados ministros, que conservavam ao sustê-la, uma atitude cheia de dignidade. Levava um outro uma cesta, que encerrava o que se dis-

religionis. Gerebat alius felici suo gremio summi numinis venerandam effigiem, non pecoris, non avis, non ferae ac ne hominis quidem ipsius consimilem, sed sollerti repertu etiam ipsa novitate reverendam, altioris utcumque et magno silentio tegendae religionis argumentum ineffabile, sed ad istum plane modum fulgente auro figuratum; urnula faberrime cavata, fundo quam rutundo, miris extrinsecus simulacris Aegyptiorum effigiata; eius orificium non altiuscule levatum in canalem porrectum longo rivulo prominebat, ex alia vero parte multum recedens spatiosa dilatione adhaerebat ansa, quam contorto nodulo supersedebat aspis squameae cervicis striato tumore sublimis.

[12] Et ecce praesentissimi numinis promissa nobis accedunt beneficia et fata salutemque ipsam meam gerens sacerdos adpropinquat, ad ipsum praescriptum divinae promissionis ornatum dextera proferens sistrum deae, mihi coronam — et hercules coronam consequenter, quod tot ac tantis exanclatis laboribus, tot emensis periculis deae maximae providentia adluctantem mihi saevissime Fortunam superarem. Nec tamen gaudio subitario commotus inclementi me cursu proripui, verens scilicet ne repentino quadripedis impetu religionis quietus turbaretur ordo, sed placido ac prorsus humano gradu cunctabundus paulatim obliquato corpore, sane divinitus decedente populo, sensim inrepo.

[13] At sacerdos, ut reapse cognoscere potui, nocturni commonefactus oraculi miratusque congruentiam mandati muneris, confestim restitit et ultro porrecta dextera ob os ipsum meum coronam exhibuit. Tunc ego trepidans, adsiduo cursu micanti corde, coronam, quae rosis amoenis intexta fulgurabat, avido ore susceptam cupidus promissi devoravi. Nec me fefellit caeleste promissum: protinus mihi delabitur deformis et ferina facies. Ac primo quidem squalens pilus defluit, ac dehinc cutis crassa tenuatur, venter obesus residet, pedum plantae per ungulas in digitos

simula aos olhares: escondia, no bojo, os mistérios da sublime religião. Um terceiro mantinha, aconchegada ao peito, a imagem da deusa soberana. Ela não era feita à semelhança de um animal doméstico, nem de um pássaro, nem de bicho selvagem, nem mesmo do ser humano, mas, por um engenhoso achado cuja novidade a tornava respeitável, símbolo inefável da religião que deverá permanecer com os seus segredos cercados do mais profundo silêncio, ela se apresentava feita de ouro fulgente, sob o aspecto material de uma pequena urna torneada com arte, de fundo arredondado, ornamentada com maravilhosos simulacros próprios do Egito. Seu orifício, não muito alto, se prolongava por uma canaleta que se projetava em forma de bico. Do outro lado, estava fixada uma asa de largo contorno, que se alargava e descrevia uma ampla curva, no cimo da qual uma áspide de anéis tortuosos erguia o túrgido colo estriado de escamas.

[12] E eis que veio a mim o benfazejo destino prometido pela deusa misericordiosa, pois, como portador da minha salvação, o grão-sacerdote avançava, no mesmo aparato em que mo havia descrito a divina promissão, segurando na mão direita, para a deusa um sistro, e para mim uma coroa, por Hércules, uma coroa, ah! era bem o que faltava nesse dia! Depois de tantas duras provas, depois de tantos perigos atravessados, a providência da grande deusa me tornava vencedor dos cruéis assaltos da Fortuna. Todavia, eu evitava entregar-me aos transportes de uma alegria súbita, e não queria lançar-me bruscamente para diante, no temor bem natural de que a irrupção súbita de um quadrúpede perturbasse a ordem e a tranquilidade da cerimônia. E foi com passo calmo, medido, como o teria feito um homem, e movendo-me com precaução, que deslizei através da multidão, a qual, de resto, abria-me caminho por uma inspiração divina.

[13] O sacerdote, já advertido, como o desenrolar dos acontecimentos demonstrou, pelo oráculo da noite, e maravilhado de ver como tudo se harmonizava com a missão recebida, parou logo, estendeu por si mesmo a mão, e pôs a coroa à altura de minha boca. Então, palpitante, o coração batendo furiosamente, agarrei avidamente aquela coroa, que fulgurava com as frescas rosas com que estava entrelaçada. Devorei-a, impaciente por ver-se cumprir a promessa. Ela não mentira, a celeste promessa: minha deformada aparência de besta se desfez imediatamente. Primeiro, foi-se o pelo esquálido; depois, o couro espesso se amaciou e o ventre obeso abaixou; na planta dos meus pés, os cascos

exeunt, manus non iam pedes sunt, sed in erecta porriguntur officia, cervix procera cohibetur, os et caput rutundatur, aures enormes repetunt pristinam parvitatem, dentes saxei redeunt ad humanam minutiem, et, quae me potissimum cruciabat ante, cauda nusquam! Populi mirantur, religiosi venerantur tam evidentem maximi numinis potentiam et consimilem nocturnis imaginibus magnificentiam et facilitatem reformationis claraque et consona voce, caelo manus adtendentes, testantur tam inlustre deae beneficium.

[14] At ego stupore nimio defixus haerebam, animo meo tam repentinum tamque magnum non capiente gaudium, quid potissimum praefarer primarium, unde novae vocis exordium caperem, quo sermone nunc renata lingua felicius auspicarer, quibus quantisque verbis tantae deae gratias agerem. Sed sacerdos utcumque divino monitu cognitis ab origine cunctis cladibus meis, quamquam et ipse insigni permotus miraculo, nutu significato prius praecipit tegendo mihi linteam dari laciniam; nam me cum primum nefasto tegmine despoliaverat asinus, compressis in artum feminibus et superstrictis accurate manibus, quantum nudo licebat, velamento me naturali probe muniveram. Tunc e cohorte religionis unus inpigre superiorem exutus tunicam supertexit me celerrume. Quo facto sacerdos vultu geniali et hercules inhumano in aspectum meum attonitus sic effatur:

[15] "Multis et variis exanclatis laboribus magnisque Fortunae tempestatibus et maximis actus procellis ad portum Quietis et aram Misericordiae tandem, Luci, venisti. Nec tibi natales ac ne dignitas quidem, vel ipsa, qua flores, usquam doctrina profuit, sed lubrico virentis aetatulae ad serviles delapsus voluptates curiositatis inprosperae sinistrum praemium reportasti. Sed utcumque Fortunae caecitas, dum te pessimis periculis discruciat, ad religiosam istam beatitudinem inprovida produxit malitia. Eat nunc et summo furore saeviat et crudelitati suae materiem quaerat aliam; nam in eos, quorum sibi vitas <in> servitium deae nostrae maiestas

deixaram emergir os dedos: minhas mãos não eram mais patas, e se prestavam às funções de membro superior; meu longo pescoço chegou aos seus justos limites; meu rosto e minha cabeça se arredondaram, minhas orelhas enormes voltaram à sua pequenez primeira; meus dentes, semelhantes a tijolos, reduziram-se às proporções humanas; e a cauda, sobretudo, que me cruciava, desapareceu! O povo se espantou, os fiéis adoraram a potência manifesta da grande divindade e a facilidade magnífica com a qual se cumprira, conforme as visões da noite, aquela metamorfose. Em voz alta e em uníssono, com as mãos estendidas para o céu, testemunharam o espantoso favor da deusa.

[14] Quanto a mim, o excesso do meu estupor me tinha pregado no lugar, incapaz de uma palavra, pois era demais para o meu ânimo uma alegria tão grande e tão súbita. Não sabia o que dizer de preferência, nem por onde começar. Como entrar na matéria, com a voz que me era devolvida. Com que palavras de feliz augúrio saudar o renascimento em mim da linguagem. Em que termos bastante expressivos exprimir gratidão à augusta deusa. O sacerdote, no entanto, instruído de todas as minhas desgraças, desde a origem, por alguma revelação divina, se bem que vivamente comovido ele próprio por esse espantoso milagre, com um sinal de cabeça ordenou que me dessem uma véstia de linho com que eu me cobrisse, pois, despojado do nefasto envoltório de asno, eu tinha apertado as coxas, fortemente, tapando conforme podia com as mãos, para me proteger decentemente, com um anteparo natural. Então, alguém do piedoso cortejo arrancou vivamente a sua túnica de cima e se apressou a me revestir com ela. Feito isso, o sacerdote, com ar inspirado e expressão verdadeiramente sobre-humana, assim falou, com os olhos fascinados pregados em mim:

[15] "Depois de teres passado tantos e tão variados trabalhos, rudemente sacudido pelos assaltos da Fortuna, e pelas mais violentas tempestades, chegaste enfim, Lúcio, ao porto do Repouso e ao altar da Misericórdia. Nem teu nascimento, nem teu mérito, nem mesmo a ciência que floresce em ti te serviram. As tentações da verde juventude te fizeram escolher volúpias servis. Tua fatal curiosidade te valeu amarga recompensa. No entanto, a cegueira da Fortuna, expondo-te aos sustos mais angustiosos, te conduziu, apesar de tudo, na sua malícia imprevidente, a esta religiosa felicidade. Que ela vá então agora, que dê livre curso à sua fúria e procure alguém sobre quem descarregar sua crueldade, pois não estão mais expostos aos rigores da sorte aqueles que a

vindicavit, non habet locum casus infestus. Quid latrones, quid ferae, quid servitium, quid asperrimorum itinerum ambages reciprocae, quid metus mortis cotidianae nefariae Fortunae profuit? In tutelam iam receptus es Fortunae, sed videntis, quae suae lucis splendore ceteros etiam deos illuminat. Sume iam vultum laetiorem candido isto habitu tuo congruentem, comitare pompam deae sospitatricis inovanti gradu. Videant inreligiosi, videant et errorem suum recognoscant: en ecce pristinis aerumnis absolutus Isidis magnae providentia gaudens Lucius de sua Fortuna triumphat. Quo tamen tutior sis atque munitior, da nomen sanctae huic militiae, cuius non olim sacramento etiam rogabaris, teque iam nunc obsequio religionis nostrae dedica et ministerii iugum subi voluntarium. Nam cum coeperis deae servire, tunc magis senties fructum tuae libertatis."

[16] Ad istum modum vaticinatus sacerdos egregius fatigatos anhelitus trahens conticuit. Exin permixtus agmini religioso procedens comitabar sacrarium totae civitati notus ac conspicuus, digitis hominum nutibusque notabilis. Omnes in me populi fabulabantur: "Hunc omnipotentis hodie deae numen augustum reformavit ad homines. Felix hercule et ter beatus, qui vitae scilicet praecedentis innocentia fideque meruerit tam praeclarum de caelo patrocinium ut renatus quodam modo statim sacrorum obsequio desponderetur."

Inter haec et festorum votorum tumultum paulatim progressi iam ripam maris proximamus atque ad ipsum illum locum quo pridie meus stabulaverat asinus pervenimus. Ibi deum simulacris rite dispositis navem faberrime factam picturis miris Aegyptiorum circumsecus variegatam summus sacerdos taeda lucida et ovo et sulpure, sollemnissimas preces de casto praefatus ore, quam purissime purificatam deae nuncupavit dedicavitque. Huius felicis alvei nitens carbasus litteras [votum] <auro> intextas progerebat: eae litterae votum instaurabant de novi commeatus prospera navigatione. Iam malus insurgit pinus rutunda, splendore sublimis,

deusa majestosa reivindicou para os conservar ao seu serviço. Ladrões, feras, servidão, marchas e contramarchas sobre caminhos aspérrimos, terror cotidiano da morte, de tudo isto que proveito tirou a nefanda Fortuna? Foste recolhido agora sob a proteção de uma Fortuna clarividente e que ilumina até os outros deuses com os raios de sua luz. Alegra-te, sorri, em harmonia com a brancura das tuas vestes, e junta-te com passo álacre ao cortejo da deusa misericordiosa. Que os ímpios vejam, que vejam e reconheçam seu erro. Ei-lo, aí está, livre das antigas atribulações, pela providência da grande Ísis, eis aí Lúcio, que triunfa alegremente da Fortuna. Entretanto, para estar mais seguro e garantido, engaja-te na santa milícia; foste chamado para prestar juramento. Consagra-te desde já às observâncias da nossa religião e submete-te voluntariamente ao jugo do seu ministério. Quando entrares ao serviço da deusa, verás e sentirás, então, verdadeiramente, que começas a desfrutar da tua liberdade."

[16] Profetizou deste modo, com voz ofegante, e aos arrancos, pelo esforço, o virtuoso sacerdote. Assim que cessou de falar, misturei-me ao grupo dos fiéis e acompanhei a marcha do cortejo sagrado. Toda a cidade me reconhecia, e reparava em mim. As pessoas me designavam com a cabeça e com o dedo, e eu era o objeto da conversa de todo o povo. "É aquele ali", diziam. "A augusta vontade da deusa todo-poderosa devolveu-o hoje à sua forma e condição de homem. Mortal feliz, felicíssimo, por Hércules, que, por sua inocência certamente, e pela fidelidade de sua vida anterior, mereceu do Céu uma proteção tão evidente, e assim que renasceu, pois de qualquer maneira é um renascimento, foi consagrado ao santo serviço."

Entrementes, em meio ao alegre tumulto de festa, avançávamos paulatinamente e nos aproximávamos da praia. Chegamos afinal ao lugar que, na véspera, servira de abrigo ao burro que eu era. As imagens divinas ali foram dispostas, segundo os ritos. Estava lá um navio, feito por mão operária e inteiramente recoberto de pinturas egípcias. O grão-sacerdote, depois de ter pronunciado as preces mais solenes com sua casta boca, e depois de ter santamente purificado com uma tocha ardente um ovo e enxofre, consagrou-os à deusa, pondo-os sob a sua invocação. A vela brilhante dessa nave afortunada levava em evidência letras bordadas a ouro, e essas letras eram a expressão dos desejos de feliz reinício da navegação. De um alto pinheiro torneado era feito o mastro, que se atirava radioso para o espaço, e a sua ponta atraía to-

insigni carchesio conspicua, et puppis intorta chenisco, bracteis aureis vestita fulgebat omnisque prorsus carina citro limpido perpolita florebat. Tunc cuncti populi tam religiosi quam profani vannos onustas aromatis et huiusce modis suppliciis certatim congerunt et insuper fluctus libant intritum lacte confectum, donec muneribus largis et devotionibus faustis completa navis, absoluta strophiis ancoralibus, peculiari serenoque flatu pelago redderetur. Quae, postquam cursus spatio prospectum sui nobis incertat, sacrorum geruli sumptis rursum quae quisque detulerant, alacres ad fanum reditum capessunt simili structu pompae decori.

[17] At cum ad ipsum iam templum pervenimus, sacerdos maximus quique divinas effigies progerebant et qui venerandis penetralibus pridem fuerant initiati intra cubiculum deae recepti disponunt rite simulacra spirantia. Tunc ex his unus, quem cuncti grammatea dicebant, pro foribus assistens coetu pastophorum — quod sacrosancti collegii nomen est — velut in contionem vocato indidem de sublimi suggestu de libro de litteris fausta vota praefatus principi magno senatuique et equiti totoque Romano populo, nauticis navibusque quae sub imperio mundi nostratis reguntur, renuntiat sermone rituque Graeciensi πλοιαφέσια. Quam vocem feliciter cunctis evenire signavit populi clamor insecutus. Exin gaudio delibuti populares thallos verbenas corollas ferentes exosculatis vestigiis deae, quae gradibus haerebat argento formata, ad suos discedunt lares. Nec tamen me sinebat animus ungue latius indidem digredi, sed intentus <in praesentis> deae specimen pristinos casus meos recordabar.

[18] Nec tamen Fama volucris pigra pinnarum tarditate cessaverat, sed protinus in patria deae providentis adorabile beneficium meamque ipsius fortunam memorabilem narraverat passim. Confestim denique familiares ac vernulae quique mihi proximo nexu sanguinis

dos os olhares. Um pescoço de cisne se infletia na popa revestida de faiscantes placas de ouro. A carena de cedro era lisa e lustrosa. Então, o povo inteiro, tanto fiéis como profanos (e cada qual trazia caixas cheias de substâncias aromáticas e outras oferendas), derramou sobre as ondas libações de papas feitas com leite. Por fim, transbordando de presentes e de objetos votivos de feliz presságio, o navio foi libertado dos seus cabos e da âncora, e, com o favor de uma brisa propícia, que soprava justamente nessa hora, foi confiado ao pélago. Afastou-se. E, quando o espaço percorrido não nos deixou ter dele senão uma visão indistinta, os carregadores do andor, retomando seu fardo, voltaram cheios de alegria para o templo, novamente em formação de cortejo, e numa pomposa ordem.

[17] Quando chegamos à soleira do templo, o grão-sacerdote, com aqueles que levavam diante dele as imagens divinas, e os iniciados já admitidos no venerável santuário, penetraram também no cubículo da deusa, e dispuseram conforme os ritos os simulacros viventes. E então, um deles, que todos chamavam de Gramático, em pé, diante da porta, convocou, como em assembleia, o grupo dos pastóforos,[148] que é o nome do sacrossanto colégio, e lá mesmo, do alto do estrado, de acordo com um texto escrito, pronunciou primeiro os votos de prosperidade para o príncipe soberano, o senado, a ordem equestre, todo o povo romano, os navegadores e os navios que, no mundo inteiro, estão sob a lei do nosso império. Depois, proclamou em idioma e rito gregos a abertura da navegação. Um clamor geral saudou esta palavra como uma mensagem de bom agouro. Transbordando de alegria, as pessoas levavam brotos, ramos, e guirlandas e beijavam os pés da deusa. Sua estátua de prata havia sido colocada no alto dos degraus, antes de os fiéis voltarem para seus lares. Quanto a mim, em meu estado de espírito, não me animava a afastar-me uma unha que fosse da presença da deusa. Tinha os olhos presos à sua imagem, e recordava as passadas aventuras.

[18] Entrementes, a Fama de asas velozes não deixara a preguiça deter ou tornar mais lento o seu voo, mas, indo direito até minha pátria, espalhara o rumor do adorável benefício que me concedera providencialmente a deusa, assim como a minha própria fortuna memorável. Imediatamente, os meus amigos, meus escravos, e todos os que tinham

---

[148] Pastóforo é o sacerdote grego ou egípcio encarregado de levar estátuas e imagens dos deuses nas procissões. (N. da E.)

cohaerebant, luctu deposito, quem de meae mortis falso nuntio susceperant, repentino laetati gaudio varie quisque munerabundi ad meum festinant ilico diurnum reducemque ab inferis conspectum. Quorum desperata ipse etiam facie recreatus oblationes honestas aequi bonique facio, quippe cum mihi familiares, quo ad cultum sumpturaque largiter succederet, deferre prospicue curassent.

[19] Adfatis itaque ex officio singulis narratisque meis probe et pristinis aerumnis et praesentibus gaudiis me rursum ad deae gratissimum mihi refero conspectum aedibusque conductis intra conseptum templi larem temporarium mihi constituo, deae ministeriis adhuc privatis adpositus contuberniisque sacerdotum individuus et numinis magni cultor inseparabilis. Nec fuit nox una vel quies aliqua visu deae monituque ieiuna, sed crebris imperiis sacris suis me, iam dudum destinatum, nunc saltem censebat initiari. At ego quanquam cupienti voluntate praeditus tamen religiosa formidine retardabar, quod enim sedulo percontaveram difficile religionis obsequium et castimoniorum abstinentiam satis arduam cautoque circumspectu vitam, quae multis casibus subiacet, esse muniendam. Haec identidem mecum reputans nescio quo modo, quanquam festinans, differebam.

[20] Nocte quadam plenum gremium suum visus est mihi summus sacerdos offerre ac requirenti, quid utique istud, respondisse partes illas de Thessalia mihi missas, servum etiam meum indidem supervenisse nomine Candidum. Hanc experrectus imaginem diu diuque apud cogitationes meas revolvebam, quid rei portenderet, praesertim cum nullum unquam habuisse me servum isto nomine nuncupatum certus essem. Vtut tamen sese praesagium somni porrigeret, lucrum certum modis omnibus significari partium oblatione credebam. Sic anxius et in proventum prosperiorem attonitus templi matutinas apertiones opperiebar. Ac dum, velis candentibus reductis in diversum, deae venerabilem conspectum adprecamur, et per dispositas aras circumiens sacerdos, rem divinam procurans supplicamentis sollemnibus, de penetrali fontem petitum spondeo libat; rebus iam rite

comigo laços de sangue deixaram o luto tomado à falsa notícia de minha morte, e acorreram com a alegria da imprevista felicidade, carregados de presentes diversos, para ver com seus próprios olhos minha volta do inferno para a luz do dia. Reconfortado eu também ao vê-los, do que já abandonara a esperança, acolhi com gratidão seus generosos oferecimentos, pois meus amigos, com previdente cuidado, tinham trazido de que prover largamente meu sustento e minhas despesas.

[19] Depois de ter-me dirigido a cada um com o respeito que lhe era devido, e após ter feito um rápido relato das minhas desgraças passadas e da felicidade presente, fui-me a fruir de novo a doce presença da deusa. Arranjei um alojamento no próprio pátio do templo e ali constituí um lar temporário, participando ainda, como leigo, do serviço da deusa, na qualidade de companheiro e comensal dos sacerdotes e de perpétuo adorador da augusta divindade. Não se passava noite, nem momento de sono, em que eu não fosse agraciado com sua vista e suas advertências. Suas ordens, no entanto, muitas vezes repetidas, insistiam para que eu não adiasse por mais tempo a iniciação à qual estava desde havia muito tempo destinado. Mas eu, por fervoroso que fosse o meu desejo, estava inibido por um temor religioso. Tinha tido o cuidado de me informar das dificuldades do santo ministério, do rigor de suas castas abstinências, do conjunto de precauções de que se deve cercar uma vida exposta a muitos incidentes, e, refletindo sem cessar a respeito dessas coisas, não sei como, apesar da minha pressa, diferia.

[20] Uma noite, vi em sonho o sumo sacerdote que me apresentava, cheio de alguma coisa, o pano de suas vestes. Perguntei-lhe o que era aquilo; respondeu que eram remessas para mim, feitas da Tessália, e que chegara, ao mesmo tempo, daquele país, um meu servidor chamado Cândido. Ao despertar, perdi-me em conjecturas sobre esta visão, e sobre o seu significado, tanto mais que tinha certeza de não ter jamais possuído servo com tal nome. Qualquer que fosse o presságio a tirar desse sonho, a alusão às coisas trazidas era sinal certo de proveito, eu sabia. Foi assim que, na ansiosa expectativa de felizes proventos, aguardei a abertura matinal das portas do templo. Afastadas as cortinas brancas para os lados, adoramos a imagem venerável da deusa. O sacerdote fazia a volta aos altares dispostos aqui e ali, desincumbindo-se do serviço divino, e, pronunciando as preces consagradas, derramava com um vaso para libações a água apanhada no fundo do santuário, quando, cumpridos esses piedosos atos, ressoou, anunciando a primeira ho-

consummatis inchoatae lucis salutationibus religiosi primam nuntiantes horam perstrepunt. Et ecce superveniunt Hypata quos ibi reliqueram famulos, cum me Photis malis incapistrasset erroribus, cognitis scilicet fabulis meis, nec non et equum quoque illum meum reducentes, quem diversae distractum notae dorsualis agnitione recuperaverant. Quare sollertiam somni tum mirabar vel maxime, quod praeter congruentiam lucrosae pollicitationis argumento servi Candidi equum reddidisset colore candidum.

[21] Quo facto idem sollicitius sedulum colendi frequentabam ministerium, spe futura beneficiis praesentibus pignerata. Nec minus in dies mihi magis magisque accipiendorum sacrorum cupido gliscebat, summisque precibus primarium sacerdotem saepissime conveneram petens ut me noctis sacratae tandem arcanis initiaret. At ille, vir alioquin gravis et sobriae religionis observatione famosus, clementer ac comiter et ut solent parentes inmaturis liberorum desideriis modificari, meam differens instantiam, spei melioris solaciis alioquin anxium mihi permulcebat animum: nam et diem, quo quisque possit initiari, deae nutu demonstrari et sacerdotem, qui sacra debeat ministrare, eiusdem providentia deligi, sumptus etiam caerimoniis necessarios simili praecepto destinari. Quae cuncta nos quoque observabili patientia sustinere censebat, quippe cum aviditati contumaciaeque summe cavere et utramque culpam vitare ac neque vocatus morari nec non iussus festinare deberem; nec tamen esse quemquam de suo numero tam perditae mentis vel immo destinatae mortis, qui, non sibi quoque seorsum iubente domina, temerarium atque sacrilegum audeat ministerium subire noxamque letalem contrahere; nam et inferum claustra et salutis tutelam in deae manu posita, ipsamque traditionem ad instar voluntariae mortis et precariae salutis celebrari, quippe cum transactis vitae temporibus iam in ipso finitae lucis limine constitutos, quis tamen tuto possint magna religionis committi silentia, numen deae soleat elicere et sua providentia quodam modo renatos ad novae reponere rursus salutis curricula; ergo igitur me

ra do dia, a voz dos fiéis que saudavam a volta da luz. Nesse momento, chegaram, vindo de Hípata, os servidores que eu deixara lá, no tempo em que fui logrado com o funesto engano de Fótis. Tinham, como imaginais, ouvido contar minha história, e até me traziam o cavalo que sabeis. Passara ele de um para outro dono, mas, reconhecido pela marca num dos flancos, tinham-se apossado dele. E eu não me cansava de admirar-me do feliz acordo entre a realidade e o sonho, que não somente anunciara um proveito, como fizera alusão, na pessoa de um servidor chamado Cândido, à cor do cavalo que me seria entregue.

[21] Esta circunstância dobrou meu zelo e meu fervor no desempenho dos deveres religiosos; ao mesmo tempo, eu encontrava nos benefícios presentes o penhor de futuras esperanças. Do mesmo modo, crescia cada vez mais em mim o desejo de receber a consagração. Procurava frequentemente o sumo sacerdote para suplicar-lhe instantemente que me iniciasse, afinal, nos arcanos da noite santa. Ele, como varão grave e conhecido pelo exato cumprimento da sóbria religião, me atendia com doçura e bondade. Mas, como fazem os pais, quando moderam os desejos prematuros dos filhos, opunha adiamentos à minha insistência, e, com os consolos da esperança, serenava a minha aflição, Pois, explicava, a deusa marca com um sinal da sua vontade o dia em que cada um pode ser iniciado. O sacerdote que deve proceder à consagração é, do mesmo modo, escolhido por sua providência. Enfim, as despesas necessárias à cerimônia são fixadas, com instruções semelhantes. Era preciso então, dizia ele, submetermo-nos pacientemente às suas regras, pois eu devia me guardar com cuidado tanto da precipitação como da desobediência, e evitar a dupla falta de me mostrar lento, uma vez chamado, ou apressado, sem ter recebido nenhuma ordem. Demais, nenhum dos membros do seu clero seria bastante louco, ou bastante imprudente, ou mais exatamente, não estaria disposto a morrer para, sem ter recebido ele também ordem expressa da soberana, afrontar temerariamente os riscos de um ministério sacrílego, e incidir num pecado que o condenaria à morte. Em verdade, as chaves do inferno e a garantia da salvação estão nas mãos da deusa. O próprio ato da iniciação representa uma morte voluntária e uma salvação obtida pela graça. O poder da deusa atrai para si os mortais que, chegados ao fim da existência, pisam a soleira onde se acaba a luz; devem eles, porém, saber guardar os augustos segredos da religião. De algum modo, ela os faz renascer por sua providência. Abre-lhes, devolvendo-os à vida, uma

quoque oportere caeleste sustinere praeceptum, quanquam perspicua evidentique magni numinis dignatione iam dudum felici ministerio nuncupatum destinatumque; nec secus quam cultores ceteris cibis profanis ac nefariis iam nunc temperarem, quo rectius ad arcana purissimae religionis secreta pervaderem.

[22] Dixerat sacerdos, nec inpatientia corrumpebatur obsequium meum, sed intentus miti quiete et probabili taciturnitate sedulum quot dies obibam culturae sacrorum ministerium. Nec me fefellit vel longi temporis prolatione cruciavit deae potentis benignitas salutaris, sed noctis obscurae non obscuris imperiis evidenter monuit advenisse diem mihi semper optabilem, quo me maximi voti compotiret, quantoque sumptu deberem procurare supplicamentis, ipsumque Mithram illum suum sacerdotem praecipuum divino quodam stellarum consortio, ut aiebat, mihi coniunctum sacrorum ministrum decernit.

Quis et ceteris benivolis praeceptis summatis deae recreatus animi necdum satis luce lucida, discussa quiete, protinus ad receptaculum sacerdotis contendo atque eum cubiculo suo commodum prodeuntem prodeuntem continatus saluto. Solito constantius destinaveram iam velut debitum sacris obsequium flagitare. At ille statim ut me conspexit, prior: "O" inquit "Luci, te felicem, te beatum, quem propitia voluntate numen augustum tantopere dignatur"; et "Quid" inquit "iam nunc stas otiosus teque ipsum demoraris? Adest tibi dies votis adsiduis exoptatus, quo deae multinominis divinis imperiis per istas meas manus piissimis sacrorum arcanis insinueris." Et iniecta dextera senex comissimus ducit me protinus ad ipsas fores aedis amplissimae rituque sollemni apertionis celebrato ministerio ac matutino peracto sacrificio de opertis adyti profert quosdam libros litteris ignorabilibus praenotatos, partim figuris cuiusce modi animalium concepti sermonis compendiosa verba suggerentes, partim nodosis et in

452

carreira nova. Devia então eu também me conformar com sua celeste vontade, ainda que, havia muito tempo, o evidente favor da grande divindade me houvesse designado e marcado para seu bem-aventurado serviço. Do mesmo modo que os outros fiéis, então, era de minha obrigação abster-me de alimentos profanos e proibidos, a fim de mais seguramente obter acesso aos mistérios da mais pura de todas as religiões.

[22] Assim falou o sacerdote, e a impaciência não mais alterou minha docilidade. Mantive a serenidade pacífica, a reserva de um silêncio exemplar, e uma aplicação constante; dedicava-me, dia após dia, à celebração do serviço divino. A bondade salutar da poderosa deusa não me ludibriou a esperança, nem me atormentou com um prazo longo demais. Numa noite escura, suas ordens, sem nada de obscuro, me advertiram, sem possibilidade de engano, que tinha chegado o dia, sempre anelantemente desejado, em que ela ia responder ao meu voto mais ardente. Fixou-me também quanto eu iria gastar com os arranjos da cerimônia, e Mitra, sumo sacerdote em pessoa, ao qual me ligava uma divina conjunção de estrelas, dizia ela, fora designado para o sagrado ofício.

Foram essas, entre outras, as instruções que me deu a bondade da soberana deusa. Reconfortado espiritualmente, e sem esperar que amanhecesse, corri, completamente desperto, à residência do sumo sacerdote. Ele saía do quarto quando o encontrei e o saudei. Eu estava mais do que nunca resolvido a reclamar, dessa vez como algo que me era devido, a admissão ao santo ministério. Mas ele, assim que me viu, se antecipou: "Lúcio feliz, oh! afortunado, que a augusta divindade julga digno de favor e benevolência." E disse: "Então, que esperas? Ficas ocioso, e é de ti agora que vem a demora? É hoje o dia que não cessavas de reclamar em teus pedidos, o dia em que, sob o divino império da deusa dos múltiplos nomes, estas mãos te introduzirão nos retiros piedosos dos nossos arcanos." Pousando afetuosamente a mão direita sobre o meu ombro, o ancião me conduziu logo até a porta do imponente edifício, onde, depois de ter celebrado, na forma consagrada, o rito de abertura do templo, cumpriu o sacrifício matinal. Tirou de um recesso do fundo do santuário livros em que estavam traçados caracteres desconhecidos.[149] Alguns eram figuras de animais de toda a espécie, expressão abreviada de fórmulas litúrgicas. Outros, de traços nodosos,

---

[149] Provável referência aos hieróglifos egípcios. (N. da E.)

modum rotae tortuosis capreolatimque condensis apicibus a curiositate profanorum lectione munita. Indidem mihi praedicat, quae forent ad usum teletae necessario praeparanda.

[23] Ea protinus naviter et aliquanto liberalius partim ipse, partim per meos socios coemenda procuro. Iamque tempore, ut aiebat sacerdos, id postulante stipatum me religiosa cohorte deducit ad proximas balneas et prius sueto lavacro traditum, praefatus deum veniam, purissime circumrorans abluit, rursumque ad templum reductum, iam duabus diei partibus transactis, ante ipsa deae vestigia constituit secretoque mandatis quibusdam, quae voce meliora sunt, illud plane cunctis arbitris praecepit, decem continuis illis diebus cibariam voluptatem coercerem neque ullum animal essem et invinius essem. Quis venerabili continentia rite servatis, iam dies aderat divino destinatus vadimonio, et sol curvatus intrahebat vesperam. Tum ecce confluunt undique turbae sacrorum ritu vetusto variis quisque me muneribus honorantes. Tunc semotis procul profanis omnibus linteo rudique me contectum amicimine arrepta manu sacerdos deducit ad ipsius sacrarii penetralia.

Quaeras forsitan satis anxie, studiose lector, quid deinde dictum, quid factum; dicerem, si dicere liceret, cognosceres, si liceret audire. Sed parem noxam contraherent et aures et lingua, <ista impiae loquacitatis>, illae temerariae curiositatis. Nec te tamen desiderio forsitan religioso suspensum angore diutino cruciabo. Igitur audi, sed crede, quae vera sunt. Accessi confinium mortis et calcato Proserpinae limine per omnia vectus elementa remeavi, nocte media vidi solem candido coruscantem lumine, deos inferos et deos superos accessi coram et adoravi de proximo. Ecce tibi rettuli, quae, quamvis audita, ignores tamen necesse est. Ergo quod solum potest sine piaculo ad profanorum intellegentias enuntiari, referam.

[24] Mane factum est, et perfectis sollemnibus processi duodecim sacratus stolis, habitu quidem religioso satis, sed

ou arredondados, ou enrolados sobre si mesmos como as gavinhas de parreira, subtraíam a leitura do texto à curiosidade dos profanos. De acordo com esses livros, instruiu-me ele a respeito dos preparativos exigidos para a iniciação.

[23] Sem perder tempo nem discutir sobre as despesas, fiz, eu próprio ou por intermédio dos companheiros, as necessárias compras. Veio então o sacerdote avisar que chegara o momento. Conduziu-me à piscina mais próxima, cercado pela religiosa coorte. Tendo eu tomado o banho costumeiro, invocou ele a divina graça, e me purificou aspergindo-me água lustral. Levou-me depois ao templo. Dois terços do dia haviam-se escoado. Deteve-me aos pés da deusa, deu-me em segredo certas instruções, melhores do que é possível exprimir. Em seguida, e dessa vez diante de toda a gente, recomendou-me que me abstivesse durante dez dias seguidos dos prazeres da mesa, que não comesse carne de nenhum animal nem bebesse vinho, abstinências que observei com religioso respeito. Enfim, chegou o dia marcado para o encontro divino. Já o sol, declinando, dava lugar à noite, quando afluiu de todos os lados grande cópia de pessoas. Segundo a lei antiga dos mistérios, honraram-me com presentes diversos. Depois, todos os profanos se afastaram; fui vestido com uma roupa de linho que jamais tinha sido usada, e o sacerdote, tomando-me pela mão, me conduziu para a parte mais retirada do santuário.

Talvez, estudioso leitor, te perguntes com alguma ansiedade o que foi dito, o que foi feito, em seguida. Eu o diria se me fosse permitido. Tu o saberias, se te fosse permitido ouvi-lo. Mas teus ouvidos e minha língua sofreriam igualmente o castigo ou de uma indiscrição ímpia ou de uma curiosidade temerária. Todavia, eu não infligirei ao teu piedoso desejo, que possivelmente te mantém em suspenso, o martírio de um tormento longo. Escuta, então, e crê: tudo que vou dizer é verdade. Aproximei-me dos limites da morte. Pisei o portal de Prosérpina, e voltei, trazido através de todos os elementos. Em plena noite, vi brilhar o sol, com uma luz que cegava. Aproximei-me dos deuses dos infernos, dos deuses do alto: vi-os face a face e os adorei de perto. Eis aí a minha narração, e o que não ouviste, estás condenado a ignorar. Limitar-me-ei a relatar o que for permitido, sem sacrilégio, revelar à inteligência dos profanos.

[24] Veio a manhã e, acabados todos os ritos, apareci, tendo sobre mim doze roupas de consagração. Dessa roupa, apesar do seu caráter

effari deo eo nullo vinculo prohibeor, quippe quod tunc temporis videre praesentes plurimi. Namque in ipso aedis sacrae meditullio ante deae simulacrum constitutum tribunal ligneum iussus superstiti byssina quidem sed floride depicta veste conspicuus. Et umeris dependebat pone tergum talorum tenus pretiosa chlamida. Quaqua tamen viseres, colore vario circumnotatis insignibar animalibus; hinc dracones Indici, inde grypes Hyperborei, quos in speciem pinnatae alitis generat mundus alter. Hanc Olympiacam stolam sacrati nuncupant. At manu dextera gerebam flammis adultam facem et caput decore corona cinxerat palmae candidae foliis in modum radiorum prosistentibus. Sic ad instar Solis exornato me et in vicem simulacri constituto, repente velis reductis, in aspectum populus errabat. Exhinc festissimum celebravi natalem sacrorum, et suaves epulae et faceta convivia. Dies etiam tertius pari caerimoniarum ritu celebratus et ientaculum religiosum et teletae legitima consummatio.

Paucis dehinc ibidem commoratus diebus inexplicabili voluptate simulacri divini perfruebar, inremunerabili quippe beneficio pigneratus. Sed tandem deae monitu, licet non plene, tamen pro meo modulo supplicue gratis persolutis, tardam satis domuitionem comparo, vix equidem abruptis ardentissimi desiderii retinaculis. Provolutus denique ante conspectum deae et facie mea diu detersis vestigiis eius, lacrimis obortis, singultu crebro sermonem interficiens et verba devorans aio:

[25] "Tu quidem sancta et humani generis sospitatrix perpetua, semper fovendis mortalibus munifica, dulcem matris adfectionem miserorum casibus tribuis. Nec dies nec quies nulla ac ne momentum quidem tenue tuis transcurrit beneficiis otiosum, quin mari terraque protegas homines et depulsis vitae procellis salutarem porrigas dexteram, qua fatorum etiam inextricabiliter contorta retractas licia et Fortunae tempestates mitigas et stellarum noxios meatus cohibes. Te superi colunt, observant inferi, tu rotas orbem, luminas solem, regis

místico, nenhuma obrigação me proibia de falar, pois tudo se passou então diante de numerosas testemunhas. No meio da casa sagrada, diante da imagem da deusa, um estrado de madeira foi erguido. Fui convidado a subir. Em pé, e revestido de um tecido de fino linho, bordado de vivas cores, eu atraía os olhares. Dos meus ombros caía para trás, até os calcanhares, uma clâmide valiosa. E de todos os lados eu estava enfeitado com figuras de animais multicores. Eram dragões da Índia aqui, grifos hiperbóreos ali, engendrados por um outro mundo, dotados de asas como pássaros. Os iniciados dão a essa roupa o nome de estola olímpica. Eu segurava com a mão direita uma tocha acesa e minha cabeça estava cingida por uma nobre coroa de palmas, cujas folhas brilhantes se projetavam para a frente como raios. Assim paramentado, à imagem do Sol, expuseram-me como uma estátua e, quando as cortinas foram afastadas bruscamente, houve um desfile de povo, desejoso de me ver. Celebrei, em seguida, o dia feliz de meu nascimento para a vida religiosa com um repasto de festa, e outros alegres banquetes. No terceiro dia, foram renovadas as mesmas cerimônias, e um almoço sacramental encerrou a iniciação, conforme a ordem estabelecida.

Fiquei ali alguns dias ainda, todo embebido no prazer inefável de contemplar a imagem da deusa, à qual estava ligado por um bem de que jamais poderia me desobrigar. Enfim, com suas próprias advertências, e depois de ter, insuficientemente sem dúvida, mas na medida dos meus meios, pago meu humilde tributo de ação de graças, dispus-me a alcançar novamente os meus pagos, há tanto tempo abandonados, rompendo com desgosto os liames de uma ardente ligação. Prosternado diante da deusa, enxuguei longamente, com meu rosto, os seus pés molhados pelas minhas lágrimas. Sacudido pelos soluços, que me interrompiam as palavras e me sufocavam, disse-lhe:

[25] "Oh! santa que velas sem cansaço pela salvação do gênero humano; oh! tu, sempre pródiga, para com os mortais, de cuidados que os reanimam; tu que dispensas ao infortúnio a doce ternura de uma mãe. Não há dia nem noite, nenhum fugitivo instante, que deixes passar sem marcá-lo com tuas benesses, sem proteger os homens na terra e no mar, sem afugentar para longe deles as tempestades da vida, sem que a tua terna mão misericordiosa, que desfaz as malhas mais inextricáveis da fatalidade, acalme as tempestades da Fortuna e coíba o curso funesto das estrelas. Os deuses do céu te rendem homenagem, os do inferno te respeitam. Moves o mundo no seu eixo, acendes os fogos do

mundum, calcas tartarum. Tibi respondent sidera, redeunt tempora, gaudent numina, serviunt elementa. Tuo nutu spirant flamina, nutriunt nubila, germinant semina, crescunt germina. Tuam maiestatem perhorrescunt aves caelo meantes, ferae montibus errantes, serpentes solo latentes, beluae ponto natantes. At ego referendis laudibus tuis exilis ingenio et adhibendis sacrificiis tenuis patrimonio; nec mihi vocis ubertas ad dicenda, quae de tua maiestate sentio, sufficit nec ora mille linguaeque totidem vel indefessi sermonis aeterna series. Ergo quod solum potest religiosus quidem, sed pauper alioquin, efficere curabo: divinos tuos vultus numenque sanctissimum intra pectoris mei secreta conditum perpetuo custodiens imaginabor."

Ad istum modum deprecato summo numine complexus Mithram sacerdotem et meum iam parentem colloque eius multis osculis inhaerens veniam postulabam, quod eum condigne tantis beneficiis munerari nequirem.

[26] Diu denique gratiarum gerendarum sermone prolixo commoratus, tandem digredior et recta patrium larem revisurus meum post aliquam multum temporis contendo paucisque post diebus deae potentis instinctu raptim constrictis sarcinulis, nave conscensa, Romam versus profectionem dirigo, tutusque prosperitate ventorum ferentium Augusti portum celerrime <pervenio> ac dehinc carpento pervolavi, vesperaque, quam dies insequebatur Iduum Decembrium, sacrosanctam istam civitatem accedo. Nec ullum tam praecipuum mihi exinde studium fuit quam cotidie supplicare summo numini reginae Isidis, quae de templi situ sumpto nomine Campensis summa cum veneratione propitiatur.

Sol, reges o Universo, calcas aos pés o Tártaro. São dóceis à tua voz os astros; obedecem-te os tempos; estão às tuas ordens os elementos; rejubilam-se os deuses à tua vista. Fazes um gesto, e animam-se os ventos, movem-se as nuvens, germinam as sementes, crescem os renovos. Tua majestade enche de santo terror os pássaros que percorrem os céus, as feras errantes dos montes, as serpentes sob o solo, os monstros que nadam no oceano. Porém, para cantar os teus louvores, pobre demais é o meu espírito, para te oferecer sacrifícios, pequeno demais é o meu patrimônio. Falta-me voz para exprimir os sentimentos que me inspira tua grandeza. Mil bocas não são suficientes, nem mil línguas, nem sermões mantidos sem desfalecimento pela eternidade. Pelo menos, tudo que puder fazer, na sua pobreza, um fiel piedoso, eu terei o cuidado de fazer. Teus traços divinos, teu nume santíssimo, eu os guardarei no segredo do meu peito para sempre, e em espírito os contemplarei."

Assim rezei à poderosa deusa; abracei em seguida o sumo sacerdote Mitra, e agora meu pai. Abracei-o, cobri-o de beijos, pedi-lhe que me perdoasse não retribuir dignamente tantos benefícios que me fizera.

[26] Por fim, depois de ter-me demorado falando-lhe longamente de minha gratidão, separei-me dele, e, ao cabo de longa ausência, em linha reta resolvi voltar para Madaura.[150] Poucos dias depois, por inspiração da poderosa deusa, emalei às pressas minha pequena bagagem, embarquei num navio, e parti com destino a Roma. Graças aos ventos favoráveis, cheguei rapidamente ao porto de Augusta.[151] De lá, um carro ligeiro me conduziu e, ao cair da noite, na véspera dos idos de dezembro, eu entrava na cidade sacrossanta. Desde esse momento, não tive preocupação mais urgente que oferecer todos os dias minhas preces à divina majestade da Rainha Ísis, que do templo em que está instalada tira o nome de Campense[152] e é objeto de grande veneração. Era eu seu

---

[150] Pequeno deslize ou piscadela irônica, a depender da interpretação, já que o homem de Madaura é Apuleio, e não Lúcio, o narrador do romance, que se declara originário da Grécia (cf. I, 1). A sobreposição entre os narradores repete-se em XI, 27. (N. da E.)

[151] Porto construído na Óstia durante o império de Augusto. Uma súbita inspiração leva o personagem a partir para Roma tão logo chega a Madaura. (N. da E.)

[152] Epíteto da deusa Ísis, cultuada no templo situado no Campo de Marte. (N. da E.)

Eram cultor denique adsiduus, fani quidem advena, religionis autem indigena.

Ecce transcurso signifero circulo Sol magnus annum compleverat, et quietem meam rursus interpellat numinis benefici cura pervigilis et rursus teletae, rursus sacrorum commonet. Mirabar, quid rei temptaret, quid pronuntiaret futurum; quidni? plenissime iam dudum videbar initiatus.

[27] Ac dum religiosum scrupulum partim apud meum sensum disputo, partim sacratorum consiliis examino, novum mirumque plane comperior: deae quidem me tantum sacris imbutum, at magni dei deumque summi parentis invicti Osiris necdum sacris inlustratum; quanquam enim conexa, immo vero unita ratio numinis religionisque esset, tamen teletae discrimen interesse maximum; prohinc me quoque peti magno etiam deo famulum sentire deberem.

Nec diu res in ambiguo stetit. Nam proxuma nocte vidi quendam de sacratis linteis iniectum, qui thyrsos et hederas et tacenda quaedam gerens ad ipsos meos lares collocaret et occupato sedili meo religionis amplae denuntiaret epulas. Is ut agnitionem mihi scilicet certo aliquo sui signo subministraret, sinistri pedis talo paululum reflexo cunctabundo clementer incedebat vestigio. Sublata est ergo post tam manifestam deum voluntatem ambiguitatis tota caligo et ilico deae matutinis perfectis salutationibus summo studio percontabar singulos, ecqui vestigium similis ut somnium. Nec fides afuit. Nam de pastophoris unum conspexi statim praeter indicium pedis cetero etiam statu atque habitu examussim nocturnae imagini congruentem, quem Asinium Marcellum vocitari cognovi postea, reformationis meae <minime> alienum nomen. Nec moratus conveni protinus eum sane nec ipsum futuri

adorador fiel, recém-vindo à sua casa, mas estava em minha casa na sua religião.

Ora, o grande Sol, percorrendo o círculo do Zodíaco, completara mais um ano, quando interveio de novo no meu sono a solicitude vigilante do nume benéfico, e ela veio conversar comigo ainda a respeito de iniciação e de consagração. Intrigava-me saber qual era seu plano e o que tinha em vista, tanto mais que eu me acreditava havia muito tempo plenamente iniciado.

[27] No entanto, submetendo esse escrúpulo ao exame do meu próprio entendimento, e ao julgamento de pessoas consagradas, fiz uma surpreendente descoberta: estava eu bem iniciado nos mistérios de Ísis, mas faltava-me ainda a luz que vem do grande deus, o invencível Osíris.[153] Apesar dos estreitos laços, apesar da unidade essencial das duas divindades e das duas religiões, discriminavam-se as cerimônias de iniciação. Devia eu então me sentir reclamado também para o serviço do grande deus.

A situação ambígua durou pouco. Na noite seguinte, vi em sonho um dos fiéis consagrados, vestido de linho, que levava tirso, ramos de trepadeira, e mais certos objetos que é proibido nomear, e que os depositou diante do meu lar. Depois, instalando-se sobre a minha cadeira, anunciou um banquete em honra da augusta religião. E, sinal inequívoco pelo qual sem dúvida se tornava reconhecível, ele tinha o calcanhar do pé esquerdo um pouco desviado, e caminhava de manso, com passo mal seguro. A manifestação assim clara da vontade divina dissipava toda incerteza e toda ambiguidade. Logo que terminou a saudação matinal à deusa, examinei com atenção se alguém, entre aqueles que via, tinha o mesmo defeito, ao caminhar, do que o homem do meu sonho. Não foi vã minha esperança. Reparei logo que um dos pastóforos tinha não só o sinal particular no pé, mas a estatura e o todo correspondiam exatamente à visão noturna. Soube mais tarde que se chamava Asínio Marcelo, nome que não deixava de ter ligação com a minha metamorfose.[154] Fui-me direito a ele, sem demora, e ele, da sua parte, não ignorava o que eu lhe diria, tendo sido avisado anteriormen-

---

[153] Deus egípcio associado a Ísis, de quem é marido. (N. da E.)

[154] Asínio (*Asinius*) sugere "asno" (*asinus*). (N. da E.)

sermonis ignarum, quippe iam dudum consimili
praecepto sacrorum ministrandorum commonefactum.
Nam sibi visus est quiete proxima, dum magno deo
coronas exaptaret de eius ore, quo singulorum fata dictat,
audisse mitti sibi Madaurensem, sed admodum
pauperem, cui statim sua sacra deberet ministrare; nam et
illi studiorum gloriam et ipsi grande compendium sua
comparari providentia.

[28] Ad istum modum desponsus sacris sumptuum
tenuitate contra votum meum retardabar. Nam et viriculas
patrimonii peregrinationis adtriverant impensae et
erogationes urbicae pristinis illis provincialibus
antistabant plurimum. Ergo duritia paupertatis
intercedente, quod ait vetus proverbium, inter sacrum ego
et saxum positus cruciabar, nec setius tamen identidem
numinis premebar instantia. Iamque saepicule non sine
magna turbatione stimulatus, postremo iussus, veste ipsa
mea quamvis parvula distracta, sufficientem contraxi
summulam. Et id ipsum praeceptum fuerat specialiter:
"An tu" inquit "si quam rem voluptati struendae moliris,
laciniis tuis nequaquam parceres: nunc tantas caerimonias
aditurus impaenitendae te pauperiei cunctaris
committere?"

Ergo igitur cunctis adfatim praeparatis, decem rursus
diebus inanimis contentus cibis, insuper etiam deraso capite,
principalis dei nocturnis orgiis inlustratus, plena iam fiducia
germanae religionis obsequium divinum frequentabam. Quae
res summum peregrinationi meae tribuebat solacium nec
minus etiam victum uberiorem subministrabat, quidni? Spiritu
faventis Eventus quaesticulo forensi nutrito per patrocinia
sermonis Romani.

[29] Et ecce post pauculum tempus inopinatis et
usquequaque mirificis imperiis deum rursus interpellor et cogor
tertiam quoque teletam sustinere. Nec levi cura sollicitus, sed
oppido suspensus animi mecum ipse cogitationes exercitius
agitabam, quorsus nova haec et inaudita se caelestium
porrigeret intentio, quid subsicivum, quamvis iteratae iam,

te por uma ordem semelhante, que deveria me conferir o sacramento. Na noite precedente também tivera um sonho: enquanto dispunha coroas para o grande deus, este, com a sua própria boca, que dita a cada um o seu destino, informara-o de que um cidadão de Madaura lhe seria enviado, homem muito pobre, em verdade, e que ele deveria, sem tardança, iniciá-lo em seu culto, pois sua providência reservava àquele homem uma gloriosa fama literária, e um lucro considerável a ele próprio.

[28] Desse modo, prometido ao sacramento, a exiguidade dos meus recursos me retardou muito além do meu desejo. Minhas despesas com a peregrinação tinham feito derreter-se o meu modesto patrimônio, e o custo de vida em Roma era muito mais elevado que nas províncias, onde eu estagiara anteriormente. As duras exigências da pobreza, contendo-me assim, como diz um velho provérbio, entre a vítima e a pedra, me torturavam. E não eram menos prementes as instâncias do deus. Não foi sem uma extrema perturbação que o ouvi multiplicar primeiro suas objurgatórias, depois suas ordens. Enfim, vendendo até a roupa de corpo, por modesta que fosse, reuni mal e mal a pequena soma necessária. De resto, isto se deu por força de uma injunção especial. "Pois quê!", dissera-me o deus. "Se tivesses planejado conseguir algum prazer, não te importarias com a venda de tuas roupas, e quando se trata de um ato solene, hesitas em te expor a uma pobreza que não terás que lamentar?"

Logo que acabei todos os preparativos, uma vez mais, durante dez dias, contentei-me com alimentos que tivessem pertencido a coisas inanimadas; mandei raspar a cabeça e, iluminado pelos mistérios noturnos do deus soberano, foi com inteira segurança que observei as práticas da religião irmã. Que consolos, todavia, encontrava em meu exílio? Encontrei meios de existência mais abundantes, e, levado pelo vento do êxito, consegui proventos, advogando no fórum na língua dos romanos.

[29] E eis que, pouco tempo depois, inopinadamente, e perfeitamente miríficas, novas ordens dos deuses impeliram-me a submeter-me a uma terceira iniciação. No cúmulo da perplexidade, e extraordinariamente inquieto, perdi-me em reflexões. Que visaria essa insólita insistência da vontade celeste? Que faltava ainda para que fosse completa uma iniciação já repetida? "Talvez um ou outro dos sacerdotes tenha

traditioni remansisset: "Nimirum perperam vel minus plene consuluerunt in me sacerdos uterque"; et hercules iam de fide quoque eorum opinari coeptabam sequius. Quo me cogitationis aestu fluctuantem ad instar insaniae percitum sic instruxit nocturna divinatione clemens imago:

"Nihil est" inquit "quod numerosa serie religionis, quasi quicquam sit prius omissum terreare. Quin adsidua ista numinum dignatione laetus capesse gaudium et potius exsulta ter futurus, quod alii vel semel vix conceditur, teque de isto numero merito praesume semper beatum. Ceterum futura tibi sacrorum traditio pernecessaria est, si tecum nunc saltem reputaveris exuvias deae, quas in provincia sumpsisti, in eodem fano depositas perseverare nec te Romae diebus sollemnibus vel supplicare iis vel, cum praeceptum fuerit, felici illo amictu illustrari posse. Quid felix itaque ac faustum salutareque sit, animo gaudiali rursum sacris initiare deis magnis auctoribus."

[30] Hactenus divini somnii suada maiestas, quod usus foret, pronuntiavit. Nec deinceps postposito vel in supinam procrastinationem reiecto negotio, statim sacerdoti meo relatis quae videram, inanimae protinus castimoniae iugum subeo et lege perpetua praescriptis illis decem diebus spontali sobrietate multiplicatis instructum teletae comparo largitus, ex studio pietatis magis quam mensurarum collatis. Nec hercules laborum me sumptuumque quidquam tamen paenituit, quidni? Liberali deum providentia iam stipendiis forensibus bellule fotum. Denique post dies admodum pauculos deus deum magnorum potior et potiorum summus et summorum maximus et maximorum regnator Osiris non in alienam quampiam personam reformatus, sed coram suo illo venerando me dignatus adfamine per quietem recipere visus est: quae nunc, incunctanter gloriosa in foro redderem patrocinia, nec extimescerem malevolorum disseminationes, quas studiorum meorum laboriosa doctrina ibidem exciverat. Ac ne sacris suis gregi cetero permixtus deservirem, in collegium me pastophorum

cometido algum engano ou omissão, no exercício de seu ministério a meu respeito." Por Hércules, eu concebia dúvidas até sobre a sua boa-fé. O turbilhão dos meus pensamentos, a agitação do meu espírito, confinavam com a demência, quando uma aparição noturna me trouxe com bondade esta revelação:

"Na série das tuas consagrações sucessivas, nada houve de omisso. Não te espantes, nem penses nessas coisas. Os deuses, ao contrário, não deixaram de conceder-te o seu favor. Rejubila-te, pois, e alegra-te. O que outros obtêm apenas uma vez, tu terás três vezes, e esse número te dá direito a uma felicidade duradoura. Quanto à iniciação que te espera, compreenderás sua absoluta necessidade, se agora pelo menos quiseres refletir no seguinte: os ornamentos da deusa de que foste revestido na província devem permanecer no templo, onde os depuseste. Não podes, então, em Roma, usá-los nos dias de festa, durante as cerimônias, nem, se te for dada a ordem, mostrares-te no esplendor desse bem-aventurado aparato. Assim, para tua felicidade, prosperidade e salvação, aceita de coração alegre uma nova iniciação: os grandes deuses te convidam."

[30] Foi assim que a soberana conselheira me revelou em sonho o que a circunstância reclamava. Sem procrastinar, por preguiça, o que era mister fazer, fui contar ao sacerdote o que tinha visto. Depois me submeti, a partir desse instante, à interdição de alimento animal. Observei-os, ultrapassando-os mesmo, voluntariamente, os dez dias de abstinência estatuídos por uma lei imemorial. Providenciei por fim, generosamente, os aprontos materiais da cerimônia de iniciação, consultando para isso o ardor de minha piedade e não o estado de minha fortuna. Não lamentei, por Hércules, nem trabalhos nem despesas, porquanto a providência dos deuses me procurou de modo assaz liberal, pelos ganhos por meio dos estipêndios forenses. Daí a três dias, o deus que dos grandes deuses é o melhor, dos melhores o mais augusto, dos mais augustos o maior, dos maiores o mestre soberano, Osíris, me apareceu em sonho, não sob qualquer figura, de empréstimo, mas mostrando-se face a face e se dignou fazer ouvir o seu verbo venerando. Incitou-me então, sob o seu patrocínio, a continuar resolutamente no fórum minha gloriosa carreira de advogado. Que não temesse as maledicências invejosas, provocadas naquele meio por meu trabalho erudito e minha cultura. Por fim, não me quis mais ver misturado ao comum dos mortais, no exercício de seu culto. Fez-me entrar para o colégio dos seus

suorum immo inter ipsos decurionum quinquennales
adlegit. Rursus denique quam raso capillo collegii
vetustissimi et sub illis Syllae temporibus conditi munia,
non obumbrato vel obtecto calvitio, sed quoquoversus
obvio, gaudens obibam.

pastóforos, e me elevou até a classe de decurião quinquenal. Mandei raspar a cabeça completamente, então, e, nesse vetustíssimo colégio, fundado desde os tempos de Sula,[155] sem velar nem proteger a calva, mas ao contrário, expondo-a a todos os olhares, das minhas honrosas funções me desincumbi com alegria.

---

[155] Lúcio Cornélio Sula (138-78 a.C.), general e governante romano, a quem se atribui a associação cultual entre Fortuna e Ísis. (N. da E.)

Índice de nomes

Acaia: região a nordeste do Peloponeso; também pode indicar toda a Grécia. — VI, 15; X, 18.

Ácio: pode se referir à cidade ou a um promontório na costa ocidental da Grécia, local famoso em virtude da vitória de Otávio Augusto contra Marco Antônio em 31 a.C. — VII, 7.

Acteão: filho de Autônoe e neto de Cadmo e Harmonia; por ter espiado a deusa Diana se banhando foi metamorfoseado em veado e devorado por seus próprios cães. — II, 4.

Adônis: filho de Cíniras e Mirra, metamorfoseado em flor. — VIII, 25.

Ájax: herói da guerra de Troia, filho de Télamon. — III, 18; X, 33.

Álcimo: um ladrão. — IV, 12.

Alteia: rainha de Cálidon, filha de Téstio, irmã de Plexipo e Toxeu, esposa de Eneu, mãe de Meléagro e Dejanira. — VII, 28.

Amor: personificação. — II, 8; X, 3. Ver também Cupido.

Anúbis: deus egípcio, representado com cabeça de cachorro. — XI, 11.

Apolo: também chamado Febo, filho de Júpiter e Latona, deus arqueiro, divindade da música, da poesia, da medicina e da adivinhação; deus-Sol, pai de Esculápio. — II, 25; IV, 32; V, 17; VI, 24; X, 33; XI, 2.

Apolônio: médico ferido pelo cão raivoso. — IX, 2.

Aqueronte: rio e respectivo deus do Averno, o mundo subterrâneo da morte. — XI, 6.

Arábia: região da Ásia. — II, 9; XI, 4.

Areteia: esposa do decurião Bárbaro. — IX, 17, 22.

Argo: filho de Arestor, tinha cem olhos e foi ordenado por Juno a vigiar Io; após ser morto por Mercúrio, seus olhos tornaram-se as manchas da cauda dos pavões. — II, 24.

Argos: cidade da Grécia, capital da Argólida. — VI, 4.

Arignoto: irmão de Diófanes. — II, 14.

Aríon: poeta grego do século VII a.C.; diz-se que teria encantado um golfinho e viajado sobre ele. — VI, 29.

Aristômenes: negociante. Seu nome deriva do grego *áristos*, que significa "o melhor". — I, 5, 6, 12, 20; II, 1.

Ásia: continente. — X, 31.

Asínio Marcelo: sacerdote de Ísis. — XI, 27.

Atenas: cidade da Ática. — I, 4; I, 24.

Ateniense: relativo a Atenas. — X, 7, 33; XI, 5.

Átis: deus frígio, consorte de Cibele. — IV, 26.

Átis: jovem da Frígia metamorfoseado em árvore. — VIII, 25.

Aurora: é personificada por Éos, que pertence à primeira geração divina. Filha de Hiperíon e Tia. Da sua ligação com Astreu nasceram os ventos Zéfiro, Bóreas e Noto, a Estrela da Manhã (Heósforo) e os Astros; mãe de Lúcifer com Júpiter. É representada como uma deusa que abre as portas do céu ao carro do Sol. — III, 1; VI, 11.

Austro: nome latino de Noto, o vento sul. — XI, 5.

Averno: reino da morte ou lago infernal, confunde-se com Tártaro, Orco, Érebo. — II, 11.

Baco: divindade do vinho, filho de Júpiter e Sêmele, equivalente ao deus grego Dioniso. — II, 11.

Bárbaro: decurião, também chamado Escorpião. — IX, 17, 21.

Belerofonte: cavalgou o alado Pégaso para combater a Quimera. Vencido o monstro, quis subir até os céus, impelido por um insensato orgulho, mas, picado por um moscardo enviado por Júpiter, Pégaso corcoveou e derrubou o cavaleiro, que morreu na queda. — VII, 26; XI, 8.

Belona: deusa romana da guerra, filha de Marte. — VIII, 25; XI, 5.

Beócia: região da Grécia central, entre a Fócida e a Ática. — I, 5; IV, 8.

Birrena: de Hípata, é tia de Lúcio. — II, 3, 5, 6, 11, 18, 19, 20, 31; III, 12.

Boa-Fé: personificação. — III, 26; X, 24.

Caldeu: da Caldeia, a que se reputa a origem da astrologia. Portanto, o patronímico caldeu é utilizado para se referir também aos astrólogos e adivinhos. — II, 12, 13, 14.

Calipso: ninfa que habitava a ilha de Ogígia, na qual reteve Ulisses por sete anos. — I, 12.

Campos Elíseos: local para onde iam as almas dos bem-aventurados, no inferno. — XI, 6.

Cândido: cavalo branco que pertence a Lúcio. — XI, 20.

Capadócia: cidade da Ásia Menor. — VIII, 24.

Capricórnio: constelação, prenunciava o inverno. — IX, 32.

Caridade: moça raptada por bandoleiros. Esposa de Tlepólemo, suicidou-se após descobrir o assassínio do marido pelo amigo Trasilo. — IV, 23, 24, 25, 26; VI, 27, 28, 29, 30, 31, 32; VII, 4, 9, 10, 11, 12, 13, 14; VIII, 1, 2, 3, 4, 5, 6, 7, 8, 9, 10, 11, 12, 13, 14.

Caronte: barqueiro que atravessa as almas pelo rio Estige no mundo dos mortos. — VI, 18.

Cartago: província romana situada no norte da África, consagrada a Juno. — VI, 4.

Castor: irmão de Helena e gêmeo de Pólux, ambos filhos de Tíndaro; foram metamorfoseados na constelação de Gêmeos. — X, 31.

Catâmito: nome dado a Ganimedes, escanção de Júpiter, aquele que lhe dava de beber. "Catâmito" se tornou nome comum, no sentido de belo rapaz, querido, favorito, menino bonito. — I, 12.

Cêncreas: cidade de Corinto. — X, 35.

Cérbero: cão de três cabeças que era guardião do Hades, filho de Equidna, irmão da Hidra de Lerna e de Quimera. — I, 15; III, 19; IV, 20.

Cerdão: negociante que consultou Diófanes sobre uma viagem. — II, 13, 14.

Ceres: deusa romana equivalente à grega Deméter. É filha de Crono e Reia. Pertence, por isso, à segunda geração divina. É a divindade da terra cultivada, sendo fundamentalmente a deusa do trigo. Tem uma filha, Perséfone, que foi raptada por Plutão, seu tio, nos prados de Enna, na Sicília. — V, 31; VI, 2, 3; IX, 23; XI, 2.

César: designação dada ao imperador. — VII, 6, 7; IX, 42.

Céu: divindade. — VI, 6, 7, 22, 23, 24; IX, 21; XI, 16.

Citera: ilha do mar Egeu, ao sul do Peloponeso, conhecida pelo culto a Vênus. — IV, 29.

Clício: professor de Lúcio em Atenas. — I, 24.

Cnido: cidade da Cária. — IV, 29.

Cocito: rio do inferno. — VI, 13.

Coptos: cidade do Egito, ao norte de Tebas, tida como centro de adoração de Ísis. — II, 28.

Corinto: cidade da Grécia nomeada por Éfira, ninfa filha de Oceano e Tétis. — I, 22; II, 12; X, 18, 19, 35.

Creonte: rei mítico de Corinto, foi morto pela feiticeira Medeia. — I, 10.

Crísero: "aquele que ama o ouro", homem rico que acaba sendo vítima dos ladrões. — IV, 9, 10.

Cupido: deus do amor, filho de Vênus, corresponde ao deus grego Eros. — II, 16; III, 22; IV, 30; V, 5, 6, 11, 12, 13, 14, 20, 21, 22, 23, 24, 25, 26, 27, 28, 29, 30, 31; VI, 1, 5, 9, 11, 15, 21, 22, 23, 24; X, 2.

Dafne: a vizinha feliz por ter amantes. — IX, 5.

Demeias: de Corinto, é patrono de Lúcio e o recomendou a Milão — I, 22, 23, 26.

Demócares: homem rico de Plateias. — IV, 13, 14, 16, 17, 18.

Delfos: cidade onde se encontrava o oráculo de Apolo e eram celebrados os Jogos Píticos. — II, 25; V, 17; X, 33.

Diana: também chamada Febe, Délia, Cíntia e Ditina. Filha de Júpiter e Latona, irmã gêmea de Apolo. Corresponde à deusa grega Ártemis. — II, 4; XI, 5.

Diófanes: profeta de Corinto. — II, 13, 14, 15; III, 1.

Diomedes: rei mítico da Trácia, herói grego, rei de Argos, filho de Tideu, neto de Eneu, esposo de Egíale, companheiro de Ulisses. — VII, 16.

Dirce: mulher de Lico, rei de Tebas, deste perseguiu a ex-mulher sem piedade, motivo pelo qual foi amarrada a um touro bravo e arremessada contra rochedos. Nas *Metamorfoses* é retratada como tendo sido transformada em fonte. — VII, 16.

Dite: Hades na mitologia grega, deus do mundo subterrâneo identificado com Plutão. — VI, 18, 19.

Eco: ninfa enamorada de Narciso, transformada por Juno em eco. — V, 25.

Éfeso: cidade na Jônia que cultuava Ceres. — XI, 2.

Egito: região no norte da África. — XI, 11.

Elêusis: cidade da Ática consagrada a Ceres. — VI, 2; XI, 2, 5.

Endimião: jovem caçador grego, amado por Selene, a Lua. Concedeu-lhe Zeus o dom de um sono eterno e de uma juventude perene. Apaixonada por ele, vinha a Lua, à noite, beijá-lo na gruta onde dormia. — I, 12.

Epona: deusa dos cavalos. — III, 27.

Eros: nome grego de Cupido. Ver Cupido.

Esculápio: chamado aqui "deus-médico", é o deus da medicina e da saúde, filho de Apolo e Corônis. Aprendera com Quíron a arte da medicina, mas foi de Atena que recebeu o sangue da veia do lado direito da Górgona, que era benéfico, enquanto o da veia do lado esquerdo espalhava veneno. Foi com esse sangue que restituiu à vida muitos. Receando Zeus que o neto alterasse a ordem do mundo, fulminou-o com seu raio. Corresponde ao deus grego Asclépio. Ovídio, nas *Metamorfoses*, mostra Esculápio tendo na mão um grosseiro cajado — *baculum agreste* — em torno do qual se enrola uma serpente. — I, 4.

Espanto: personificação. — X, 31.

Estige: rio infernal. — II, 29; IV, 33; VI, 13, 15, 21; XI, 6.

Éter: personificação, pai do Céu. — VI, 6.

Etiópia: era, na Antiguidade, sinônimo de África. — I, 8; XI, 5.

Etólia: região da Grécia, na parte ocidental, ao sul do Épiro. — I, 5, 19.

Eubeia: ilha da costa leste da Grécia. — II, 13.

Europa: filha de Agenor, irmã de Cílice, Fênix e Cadmo, mãe de Minos; a quem Zeus raptou sob a figura de um touro. — VI, 29.

Fama: personificação. — XI, 18.

Faros: ilha no Egito, uma das moradas de Ísis. — II, 28.

Febo: o Brilhante, epíteto de Apolo. — XI, 2.

Filebo: sacerdote da deusa Síria. — VIII, 24, 25, 26; IX, 9, 10.

Filesítero: amante de Areteia na história de Bárbaro. — IX, 16, 17, 18, 20, 21.

Filodéposta: escravo que aparece na história contada por Telifrão. — II, 24.

Fineu: adivinho da Trácia, condenado a uma velhice nas trevas. — X, 15.

Fótis: escrava de Milão, por cujo erro Lúcio foi transformado em asno. — I, 23, 24, 26; II, 6, 7, 9, 11, 16, 17, 18, 32; III, 13, 14, 19, 20, 21, 22, 23, 24, 25, 26; VII, 14, 15, 20.

Fortuna: personificação e deusa romana. — II, 13; IV, 12, 16, 31; V, 5, 9, 11; VI, 28; VII, 2, 3, 16, 17, 20, 25; VIII, 1, 20, 24; IX, 1; X, 4, 5, 13; X, 16, 24; XI, 12, 15, 25.

Frixo: filho de Átamas e Néfele, irmão de Hele. — VI, 29.

Fúrias: divindades infernais, filhas do Inferno e da Noite, que castigavam no Tártaro os que haviam vivido mal. Eram três: Alecto, Tisífone e Megera. — I, 19; II, 29; V, 12, 21; VIII, 12.

Ganimedes: escanção de Júpiter, aquele que lhe dava de beber, também chamado Catâmito. — XI, 8.

Gerião: monstro de três cabeças, aniquilado por Hércules. — II, 32; III, 19.

Graças: ninfas que compõem a comitiva de Vênus. — II, 8; IV, 2; V, 28; VI, 24; X, 32.

Grécia: comunidade de cidades gregas, no século II integravam o Império Romano. — I, 1.

Grego: referente à Grécia. — III, 9, 29; IV, 32; IX, 13, 39; X, 9; XI, 17.

Harpias: divindades malévolas que atormentavam o rosto de Fineu. — II, 23; X, 15.

Hécale: foi uma velha mulher que recebeu maternalmente Teseu quando ele ia combater o touro de Maratona. — I, 23.

Hécate: deusa da magia e dos feitiços, ligada ao mundo das sombras, preside às encruzilhadas, onde a sua estátua surge com três corpos ou três cabeças. — XI, 5.

Heféstion: cozinheiro ferido pelo cão raivoso. — IX, 2.

Hemo: nome utilizado por Tlepólemo, esposo da moça raptada, a fim de ludibriar os bandoleiros. — VII, 5, 7, 12.

Hércules: herói, mais tarde divinizado, filho de Júpiter e Alcmena. Também chamado de Alcides pelos romanos, corresponde ao grego Héracles. — I, 24; II, 2; III, 19; IV, 23; VI, 25, 27; VII, 12; VII, 13; IX, 14; X, 11, 14, 33; XI, 12, 16, 29, 30.

Himeto: cidade e monte da Ática, ao sul de Atenas. — I, 1; X, 284.

Hípata: cidade da Tessália, na província da Macedônia. — I, 5, 21; II, 19; III, 11; IV, 8; VII, 1; XI, 20.

Hipnófilo: camareiro ferido pelo cão raivoso. — IX, 2.

Homero: segundo a tradição, poeta grego que viveu no século VIII a.C., autor da *Ilíada* e da *Odisseia*. — IX, 13; X, 30.

Horas: filhas de Zeus e Têmis, divindades das quatro estações do ano que só na época alexandrina passaram a personificar as horas do dia: Eunômia (a disciplina), Dice (a justiça) e Irene (a paz). Presidem ao ciclo da vegetação e asseguram a estabilidade e a paz. — V, 28; VI, 24; X, 32.

Ida: monte próximo a Troia. — X, 30.

Ideia: do Ida, monte próximo a Troia. — VIII, 25; X, 30.

Ínaco: deus-rio, pai de Io e Foroneu, avô de Épafo, antepassado de Perseu. — VI, 4.

Índia: região da Ásia banhada pelos rios Indo e Ganges. — I, 8; X, 34; XI, 24.

Inquietação: serva de Vênus. — VI, 9.

Ísis: deusa egípcia, identificada com Io ou Cibele. — XI, 5, 15, 26, 27.

Istmo efireu: istmo de Corinto, que dividia a Grécia continental do Peloponeso. Éfira era o antigo nome da cidade de Corinto. — I, 1.

Juno: filha de Crono, irmã e esposa de Júpiter, equivalente à deusa grega Hera. — V, 31; VI, 4, 24; X, 30, 31, 34; XI, 5.

Júpiter: rei dos Olímpicos, filho de Crono, equivalente ao deus grego Zeus. — III, 23, 26, 29; IV, 33; V, 1; VI, 4, 7, 15, 22, 23, 24, 29; VII, 16; VIII, 8; X, 30, 33.

Justiça: personificação. — II, 22; III, 7.

Lacedemônia: outro nome para a região de Esparta. — VI, 15.

Lâmaco: chefe de uma quadrilha de ladrões. — IV, 8, 10, 11, 12.

Lâmias: seres meio mulheres, meio pássaros, como as Estriges e as Harpias. Transformavam-se em animais para mutilar os cadáveres. Aqui utilizado para referir-se às feiticeiras Pância e Méroe. — I, 17.

Larissa: importante cidade da Tessália, situada sobre o rio Peneu, na rota da Macedônia para o sul. — I, 7; II, 21.

Letes: rio do reino da morte, cujas águas provocavam o esquecimento. — II, 29.

Líber: outro nome de Baco. — VI, 24; VIII, 7.

Linceu: um dos argonautas, conhecido por sua visão apurada. — II, 24.

Lucina: epíteto de Juno, equivalente ao grego Zígia. — VI, 4. Ver Juno.

Lupo: homem de negócios. Do latim *lupus*, que significa lobo. — I, 5.

Macedônia: região ao norte da Tessália. — I, 7; VII, 5, 7.

Madaura: cidade natal de Apuleio, é no livro também a cidade natal de Lúcio, atual M'Daourouch, na Argélia, local perto da fronteira com a Tunísia, 130 km ao sul do Mediterrâneo.

Manes: espíritos dos defuntos na religião romana. — I, 8; III, 15; IV, 21; VI, 17, 30; VII, 4; VIII, 1, 9, 12, 14; XI, 5.

Marte: deus da guerra, filho de Júpiter, correspondente ao deus grego Ares. — IV, 11, 22; VII, 5, 10, 11; X, 7.

Medeia: filha de Eeto, rei da Cólquida, feiticeira esposa de Jasão. — I, 10.

Mênfis: cidade do Egito. — II, 28.

Meléagro: herói de Cálidon, filho de Alteia e Eneu, irmão de Dejanira, Meléagro violou as leis sagradas da família ao matar os tios. As Eumênides, protetoras dessas leis, exigiram seu castigo. — VII, 28.

Mercúrio: o mensageiro dos deuses, filho de Júpiter e Maia, corresponde ao deus grego Hermes. — VI, 7, 8, 23; X, 30; XI, 10.

Méroe: velha feiticeira. — I, 7, 10, 13, 15.

Milão: hospedeiro de Lúcio, é o marido de Pânfila. — I, 21, 24, 25, 26; II, 3, 5, 7, 11, 13, 15; III, 5, 7, 10, 12, 13, 26, 28; IV, 8; VII, 1.

Minerva: irmã de Júpiter, deusa guerreira, da sabedoria e das artes, patrona da cidade de Atenas, correspondente da deusa grega Atena. — X, 30, 31, 34; XI, 5.

Milesiano: estilo dos contos licenciosos e satíricos criados por Aristides de Mileto entre os séculos II e I a.C. — I, 1; IV, 32.

Mileto: cidade que leva o nome de seu fundador, Mileto, filho de Apolo e Deioneu, pai de Cauno e Bíblis. — II, 21; IV, 32.

Minotauro: ser metade touro, metade homem, filho de Pasífae. — X, 22.

Mírmex: escravo de Bárbaro. — IX, 17, 18, 19, 20, 21.

Mirrina: uma escrava. — II, 24.

Mírtilo: muleiro ferido pelo cão raivoso. — IX, 2.

Mitra: sumo sacerdote de Ísis. — XI, 12, 13, 14, 15, 16, 17, 20, 21, 22, 25.

Musas: as nove deusas patronas das artes. — VI, 23, 24; XI, 9.

Ninfas: divindades menores que habitavam bosques, fontes e campos e formavam o séquito das deusas. — V, 28.

Nereu: Velho do Mar, filho de Ponto (a onda marinha) e de Gaia (a terra). Casou-se com Dóris, com quem gerou as Nereidas. É benfeitor dos marinheiros. — IV, 31.

Nicanor: amigo de Demócares. — IV, 16.

Nilo: rio do Egito. — I, 1; II, 28.

Oceano: divindade marinha, esposo de Tétis, pai de Dóris. — IV, 31; V, 28.

Orco: era inicialmente o espírito da morte. Com o tempo e com a helenização das divindades romanas, passou a ser um dos nomes de Plutão. — III, 9; VI, 7; VI, 8, 16, 18, 29; VII, 7, 24; VIII, 12.

Osíris: deus egípcio, esposo de Ísis. — XI, 27, 28, 30.

Pã: deus dos bosques e dos rebanhos. — V, 25, 26; VI, 24.

Pafo: cidade de Chipre. — IV, 29; XI, 2.

Palamedes: filho de Náuplio, incriminado falsamente por Ulisses. — X, 33.

Palêmon: filho de Átamas e Leucótoe, transformou-se em divindade marinha. — IV, 31.

Pância: feiticeira que acompanha Méroe. — I, 12, 13.

Pânfila: feiticeira, esposa de Milão. — I, 21, 23; II, 5, 6, 11, 16; III, 15, 16, 17, 18, 19, 20, 21, 23, 24.

Páris: filho de Príamo e Hécuba, raptou Helena, mulher do grego Menelau, com isso provocando a guerra de Troia. — IV, 30; X, 30, 31, 32, 34.

Paros: ilha do arquipélago das Cíclades, no mar Egeu, de onde provém o mármore dos mais importantes santuários gregos. — II, 4.

Pasífae: esposa de Minos e mãe do Minotauro. — X, 19.

Pecile: pórtico ornado de pinturas na antiga Atenas. Foi atribuído a Polignoto, que viveu no século V a.C. — I, 4.

Pégaso: cavalo alado, filho da Medusa (nascido de seu sangue), fez brotar com seu casco a fonte de Hipocrene, no cimo do Hélicon. — VI, 30; VIII, 16; XI, 8.

Pessinunte: cidade da Ásia menor, célebre por seu culto a Cibele. — XI, 5.

Pítias: amigo de escola de Lúcio. — I, 24.

Pitágoras: filósofo e matemático grego (*c.* 570-495 a.C.), segundo o qual os números eram a base do universo. — XI, 1.

Plateias: cidade ao sul de Tebas. — IV, 13, 21.

Plotina: esposa do procurador. — VII, 6.

Plutarco: filósofo e historiador grego (*c.* 46-120 d.C.), tio de Sexto. — I, 2; II, 3.

Pólux: gêmeo de Castor, ambos filhos de Tíndaro. — I, 8; X, 31.

Portuno: divindade do mar associada aos portos. — IV, 31.

Prosérpina: nome romano de Perséfone. Filha de Ceres e Júpiter, esposa de Plutão depois de este a ter raptado. — III, 9; VI, 2, 16, 19, 20, 21; X, 25; XI, 2, 25, 24.

Protesilau: herói da guerra de Troia, morto por Heitor, foi o primeiro grego a perder a vida em combate. — IV, 26.

Providência: divindade. — VI, 15.

Psiquê: jovem que rivalizou em beleza com Vênus, causando o furor da deusa; Cupido, ou Eros, dela se enamorou. O mito de Eros e Psiquê é contado nos livros IV a VI. — IV, 30, 32, 34, 35; V, 1, 2, 3, 4, 5, 6, 7, 8, 9, 10, 11, 12, 13, 14, 15, 16, 18, 20, 21, 22, 23, 24, 25, 26, 27, 28, 29, 30, 31; VI, 1, 2, 3, 4, 5, 7, 8, 9, 10, 11, 12, 13, 14, 15, 16, 17, 18, 19, 20, 21, 23, 24.

Quimera: monstro filho de Equidna, irmão da Hidra de Lerna e de Cérbero. — VIII, 16.

Quirites: população sabina de Cures, que depois se integrou na população romana. — I, 1; II, 24, 27; III, 3, 5; VIII, 29.

Ramnúsia: de Ramnunte, epíteto da deusa Nêmesis, divindade da indignação contra os que usam mal dos bens presentes. — XI, 5.

Riso: considerado um deus. — II, 31; III, 11.

Rivalidade: personificação. — X, 24.

Roma: cidade no Lácio, capital do Império Romano. — II, 19; X, 13; XI, 26, 28, 29.

Sabázio: deus frígio identificado com Baco. — VIII, 25.

Salácia: divindade marinha. — IV, 31.

Sálvia: mãe de Lúcio. — II, 2.

Samos: ilha do mar Egeu na costa da Ásia Menor, consagrada a Juno; local de nascimento de Pitágoras. — VI, 4.

Serápis: divindade egípcia identificada com Osíris. — XI, 9.

Sereias: seres fantásticos que habitavam as margens do mar, entre a ilha de Capri e a costa da Itália. Com sua voz sedutora, encantavam os navegantes que por ali passavam. Os antigos as representavam com cabeça de mulher e corpo de pássaro, empunhando liras e flautas campestres. — V, 13.

Sexto: Sexto da Queroneia, filósofo estoico falecido por volta de 160 d.C., sobrinho de Plutarco e tutor de Marco Aurélio (121-180 d.C.). — I, 2.

Sibila: sacerdotisa de Apolo em Cumas. — II, 11.

Síria: deusa identificada com Ísis. — VIII, 24, 25, 29; IX, 10.

Sobriedade: deusa. — V, 30; VI, 22.

Sócrates: amigo de Aristômenes. — I, 6, 11, 12, 13, 16, 17, 18, 19.

Sol: personificação. — I, 5; II, 1, 11, 24, 28; II, 22; III, 7, 16; IV, 1; VI, 32; VIII, 15; XI, 2, 23, 25.

Sula: Lúcio Cornélio Sula (138-78 a.C.), general romano. — XI, 30.

Tártaro: mundo subterrâneo dos mortos. — I, 8, 15; II, 5; VI, 17; XI, 25.

Tebas: cidade na Beócia, fundada por Cadmo. — IV, 9, 13.

Telifrão: convidado de Birrena que narra a história de como teve seu rosto desfigurado por feiticeiras. — I, 20, 21, 31.

Tênaro: promontório e cidade da Lacônia, no extremo sul do Peloponeso, onde se situava uma das entradas dos Infernos. — I, 1; VI, 18, 20.

Terão: pai de Hemo. — VII, 5.

Terror: personificação. — X, 31.

Teseu: rei de Atenas, filho de Egeu, pai de Hipólito. Derrotou o Minotauro com a ajuda de Ariadne, abandonando-a depois em Naxos. — I, 23.

Tessália: também chamada Hemônia, nome da região nordeste da Grécia. — I, 2, 5, 25; II, 1, 21; III, 11; X, 18; XI, 20.

Tessaliano: relativo à Tessália. — III, 22; X, 18.

Tiaso: de Corinto, foi um dos donos de Lúcio-asno. — X, 13, 15, 16, 17, 18, 19, 20, 21, 22, 23, 35.

Tiro: cidade da Fenícia. — X, 20.

Tlepólemo: noivo de Caridade, moça raptada pelos ladrões. Fez-se passar por um ladrão de nome Hemo. Foi morto por Trasilo. — VII, 12; VIII, 2, 5, 6, 8, 12.

Trácia: região ao norte do mar Egeu, entre a Macedônia e o Helesponto. — VII, 7.

Trasileão: nome de um bandido. — IV, 15, 16, 18, 20, 21.

Trasilo: nobre libertino que assassinou Tlepólemo para seduzir-lhe a esposa, Caridade. Quando seu crime foi descoberto, a esposa de Tlepólemo o cegou, de modo que ele se encerrou no túmulo daquele para expiar o próprio crime, morrendo por inanição. — VIII, 2, 3, 4, 5, 6, 7, 8, 10, 11, 13 14.

Tristeza: serva de Vênus. — VI, 9.

Tritões: divindades marinhas. — IV, 31.

Ulisses: herói da guerra de Troia, rei de Ítaca, neto de Sísifo, filho de Laertes e Anticleia, marido de Penélope, pai de Telêmaco. Corresponde ao grego Odisseu. — I, 12; II, 14; X, 33.

Vênus: deusa do amor, mãe de Cupido e Eneias, esposa de Vulcano, corresponde à deusa grega Afrodite. — I, 8; II, 8, 11, 15, 17; III, 20, 22; IV, 2, 28, 29, 30, 31, 34; V, 6, 10, 21, 22, 24, 26, 28, 29, 31; VI, 2, 3, 4, 6, 7, 8, 9, 10, 11, 13, 16, 19, 20, 21, 22, 23, 24; VII, 14, 21; VIII, 25; IX, 20; X, 2, 31, 32, 34; XI, 2, 5.

Vitória: personificação e deusa. — II, 4.

Volúpia: divindade filha de Cupido e Psiquê. — VI, 24.

Vulcano: deus do fogo e da metalurgia, filho de Júpiter e Juno, marido de Vênus, corresponde ao deus grego Hefesto. Forjou as armas de Aquiles e Eneias. — II, 8; VI, 6, 24.

Zacinto: ilha do mar Jônico, hoje Zante, a oeste da costa do Peloponeso. — VII, 6.

Zatchlas: sacerdote egípcio que ressuscita um morto na história da Telifrão. — II, 28.

Zéfiro: vento oeste, fraco e favorável. — IV, 35; V, 6, 7, 8, 13, 14, 16, 26, 27.

Zígia: epíteto de Juno como deusa do nascimento. — VI, 4. Ver Juno.

Sobre o autor

Apuleio (Apuleius) nasceu em Madaura, norte da África (atual M'Daourouch, na Argélia) por volta de 125 d.C., filho de um dos principais magistrados da colônia romana na Numídia. Falando duas línguas, o púnico e o latim, e herdando do pai, juntamente com seu irmão, a quantia de dois milhões de sestércios, Apuleio teve uma educação privilegiada, primeiro em Cartago e depois em Atenas, onde tornou-se versado em grego, estudando com especial interesse a gramática, a retórica e a filosofia. Vivendo na Grécia, realizou diversas viagens, visitando Samos, no mar Egeu, Hierápolis, na Frígia, e Roma.

Quando viajava a Alexandria, após o ano de 155, resolveu se hospedar na casa de um amigo, Ponciano, em Oea (atual Trípoli). Ali Apuleio se enamorou com a mãe de Ponciano, uma rica viúva chamada Pudentila, encorajado inclusive pelo seu amigo. Mas parentes de Ponciano se opuseram ao casamento, e acusaram Apuleio de ter feito uso da magia, algo passível da pena de morte pela lei romana, para conquistar Pudentila. O julgamento de Apuleio ocorreu em Sabrata, entre 158 e 159, diante do procônsul da África, Claudius Maximus. O próprio acusado fez a sua defesa, registrada num texto chamado *Apologia*. Bem-sucedido em sua argumentação, Apuleio foi declarado inocente e pôde voltar à sua terra natal, estabelecendo-se em Cartago, onde permaneceu até o fim de sua vida. Ali tornou-se um orador famoso, tendo feito o discurso fúnebre de dois procônsuls romanos e sido eleito para o cargo de sacerdote provincial. Exemplos de sua oratória foram reunidos no volume *Florida*.

Apuleio também teve destaque como filósofo platônico, tendo redigido os tratados *De deo Socratis*, *De Platone et eius dogmate*, *De mundo*, *De interpretatione* e *Asclepius*. A data de *O asno de ouro* (título registrado por Santo Agostinho em *Cidade de Deus* no século V d.C.) ou *Metamorfoses* (como aparece nos manuscritos), único romance latino da Antiguidade que sobreviveu até nós na íntegra, é incerta, mas provavelmente se deu nos dez últimos anos de sua vida. Morreu em Cartago por volta de 170 d.C.

Sobre a tradutora

Ruth Guimarães nasceu em Cachoeira Paulista, SP, no Vale do Paraíba, em 1920, filha de Cristino Guimarães e Maria Botelho, no sítio de seu avô materno, o português José Botelho. Dos três aos oito anos de idade morou na Fazenda Campestre, em Pedra Branca, atual município de Pedralva, no sul de Minas, onde seu pai trabalhava como administrador. Fez o curso primário no Grupo Escolar Dr. Evangelista Rodrigues, em Cachoeira Paulista, e o magistério na Escola Normal Patrocínio de São José, em Lorena. Mudando-se temporariamente para São Paulo, frequentou a Escola Normal Padre Anchieta em 1935, concluindo seus estudos na Escola Normal de Guaratinguetá em 1937. Aos dez anos, quando ainda residia com os avós maternos em Cachoeira Paulista, publicou seus primeiros versos nos jornais locais *A Região* e *A Notícia*. Órfã aos dezessete anos, radicou-se em São Paulo em 1938, cursando o magistério na Escola Normal Caetano de Campos, e trabalhando como datilógrafa do Laboratório Torres, como revisora de textos da *Folha da Manhã* e depois como funcionária pública concursada do Instituto de Previdência e Assistência dos Servidores do Estado, sustentando dois irmãos menores e vivendo em um quarto na Vila Formosa.

Conheceu Mário de Andrade em 1943, que a iniciou nos estudos de folclore, e frequentou o círculo literário chamado "Grupo da Baruel", ingressando em 1947 na Faculdade de Filosofia, Ciências e Letras da Universidade de São Paulo, onde se formou em Letras Clássicas em 1950. Escreveu poesia, crônicas, contos, artigos, reportagens e crítica literária para diversos jornais e revistas, como *Correio Paulistano*, *A Gazeta*, *Diário de S. Paulo*, *Folha da Manhã*, *Carioca*, *Realidade*, *O Estado de S. Paulo* e *Folha de S. Paulo*. Em 1946 lançou pela Livraria do Globo seu primeiro livro, *Água funda*, romance que retrata com linguagem inventiva o universo rural e a cultura caipira do Vale do Paraíba e sul de Minas, sucesso de público e crítica (republicado pela Editora 34 em 2018), ao qual se seguiu *Os filhos do medo* (Globo, 1950), ampla pesquisa sobre o papel do diabo na tradição popular brasileira. Na década de 1950 frequentou cursos de pós-graduação na USP com Roger Bastide (Sociologia) e Antônio Soares Amora (Literatura), e em 1961 graduou-se em Dramaturgia e Crítica pela Escola de Arte Dramática, de Alfredo Mesquita. Nos anos 1960 traduziu para a editora Cultrix contos de Balzac, Dostoiévski e Daudet, além de *O asno de ouro*, de Apuleio.

Participou de diversas entidades ligadas à preservação da nossa cultura popular, como o Conselho Estadual do Folclore, foi professora de instituições de ensino superior, como a UNIFATEA, e escreveu dezenas de livros, de ficção e de não ficção, além das peças *Romaria* (com Miroel Silveira) e *A Pensão de Dona Branca*. Em 2008 foi a primeira escritora negra eleita para a Academia Paulista de Letras.

Casou-se com seu primo, o jornalista e fotógrafo José Botelho Netto, em 1949, e teve nove filhos: Marta, Rubem, Antonio José, Joaquim Maria, Judá, Marcos, Rovana, Olavo e Júnia. Faleceu em Cachoeira Paulista, em 2014, aos 93 anos de idade.

Este livro foi composto em Sabon
pela Bracher & Malta, com CTP e
impressão da Edições Loyola em
papel Pólen Soft 70 g/m² da Cia.
Suzano de Papel e Celulose para a
Editora 34, em outubro de 2020.